北京市文物局
綜合事務中心藏
介景堂刻本

聊齋誌異摘鈔 中

〔清〕蒲松齡 著
〔清〕王金範 删定

齊魯書社
·濟南·

誌異摘抄目錄

卷之六

雜紀

化男　汪可受

李象先　某生

三生　裸體二則

青城山婦　屠戶三則

義犬　情鴻

獅　象

大蛛　黑獸

蛤　大蝎

鹿銜草　古瓶

誌異摘抄卷之六

雜紀

顏氏

順天某生、家貧、值歲饑、從父之洛、性鈍、年十七、裁不能成幅、而丰儀秀美、能雅謔、善尺牘、見者不知其中之無有也、無何父殁、孑然一身、授蒙童於洛汭、時邸中顏氏有孤女、名士裔也、父在時嘗教之讀、一過輒記不忘、十數歲學吟咏、父曰、吾家女學士也、鍾愛之、期擇貴壻、父卒、母執此志、三年不遂、而母又卒、或勸適佳士、女領之而未就也、適鄰生婦來就與攀談、以字紙裹繡綫、女啟視則某手翰寄鄰生者、反復之而好、爲鄰婦窺其意、私語曰、此翩翩一美少年、孤與卿等、年相若也、倘垂意、囑吾夫撮合之易易耳、女嘿嘿不語、婦歸以意授夫、鄰生故與生善、告之大悅、有母遺金鴉環、託委致焉、刻日成禮、魚水甚歡、及見生文、笑曰、文與卿似是兩人、如此何日可成、朝夕勸生研讀、嚴如師友、斂昏先挑燈據案自哦、爲丈夫率、漏三下乃已、如是年餘、生制藝頗通、而再試再黜、身名蹇落饔飧不給撫情寂寞噭噭悲泣女訶之曰君非丈夫負此弁耳使我易髻而冠青紫直芥視之生方懊喪聞妻言睒睗而怒曰閨中人身不到場屋便以功名富貴似在厨下汲水炊白粥若冠加於頂恐亦猶人耳女笑曰君勿怒俟試期妾請易裝相代倘拓落如君當不敢復藐天下士矣生亦笑曰卿自不知蘗苦眞宜請嘗試之但恐綻露爲鄉鄰笑耳女曰妾非戲言請易男裝從君歸故鄉僞爲弟君以襁褓出誰得辨其非生諾之女入房巾服而出曰視妾可作男

兒否生覘之儼然一少年也大喜徧辭鄰里交好者薄有餽遺買一羸蹇御妻而歸生堂兒見兩弟貌如冠玉甚喜晨夕顧卹之又見宵旰攻苦倍加愛敬僱一翦髮雛奴爲供給使暮後輒遣去之女雖男裝惟下帷讀居半年罕有見其面者客或請見生輒代辭讀其文矚然駭異或排闥入而逼之一揖便亡去客見其丰采共相傾慕由此名大譟世家爭願贅爲壻兄商之惟囅然笑再强之則言矢志青雲不及第不婚也會學使案臨夫妻並試生又落女以冠軍中經

魁明年成進士授桐城令有吏治行取御史尋掌河南道篆因托疾歸里賓客盈門咸謝不納自諸生以及顯貴並不言娶人無不怪之歸後漸置婢或疑其私嫂察之殊無苟且無何明鼎革天下大亂乃告嫂曰實相告我小郎婦也以男子闒茸不能自立負氣自爲之深恐播揚以致召問貽笑海內耳嫂不信脫靴而示之始愕視靴中敗絮滿焉於是使生承其銜仍閉門而雌服矣生平未孕乃出資購妾謂生曰凡人置身通顯則買妾媵以自奉我宦遊十年猶止君

一人耳君何福澤坐享佳麗生曰面首三十人請卿
自擇耳相傳爲笑是時生父母屢受覃恩矣縉紳拜
往尊生以侍御禮生羞襲閨衘惟以諸生自安終身
未嘗輿蓋云
翁姑受封於新婦可謂奇矣然侍御而夫人也者
何代無之但夫人而侍御者少耳天下冠儒冠稱
丈夫者可以少愧矣

易嫁

宋時毛相國家素微其父常爲人牧牛時世族張姓

有新阡在東山之陽、或經其側、聞墓中叱聲曰、若等速避去、勿久溷貴人宅。張聞之、亦未深信、旣又頻得夢警曰、汝家墓地本是毛公佳城、何得久假此。由是家數不利、客勸徙葬吉、張從之。一日相國父牧出、張家故墓、猝遇雨、匿身廢壙中、已而雨傾盆、潦水奔穴、崩淌灌注、遂溺死。相國時尚孩童、母自詣張、願丐咫尺地掩兒父、張徵知其姓氏、異之、行視溺死所、卽在置棺處、大駭、乃使就故壙窆焉、且令携若兒來。葬已、母偕兒詣張謝、張一見輒喜、卽留於家、教之讀、以齒子弟行又請以長女字之母不敢應張妻云既有言何可改卒許之然此女甚薄毛家怨懟之意形於言面人或道及輒掩其耳每向人曰我死不從牧牛兒及親迎新郎入宴彩輿在堂女掩袂向隅而哭催之妝不妝勸之亦不解俄而新郎告行鼓樂大作女猶眼零雨而首飛蓬也父止壻自入勸女女涕若罔聞怒而逼之大哭失聲父亦無奈又有家人傳白新郎欲行父急出言衣妝未竟請少待又奔入視女往來無停履遷延少時事愈急女終無回意父無計周

章欲死、其次女在旁、頗非其姊、苦逼勸之。姊怒曰、小
妮子亦學人喋聒、爾何不從他去。妹曰、阿爺原不曾
以妹子屬毛郎、若以妹子屬之、更何須姊姊勸駕也。
父以其言慷爽、因夫妻竊議、以次易長。母卽向次女
曰、迕逆婢不尊父母命、今以兒代姊、兒願否。女慨然
曰、父母教兒往郎、乞丐不敢辭、且何以見毛家郎、便
終餓殍死乎。父母聞其言、大喜、卽以姊妝妝女、倉猝
登車而去。入門、夫婦雅敦逑好、女素病赤鬝、稍介公
意、久之、浸知易嫁之說、由是以知己德女。居無何、公

補博士弟子、應秋闈試、道經王舍人店、店主人先一夕夢神曰、旦夕當有毛解元來、後且脫汝於厄、以故晨起、專伺察東來客、及見公、甚喜、供具殊豐、善不索直、特以夢兆、厚自托、公亦頗自負、私念細君髮鬑鬑、慮爲衆笑、富貴後自當易之、已而揭曉、竟落孫山、咨嗟蹇分、懊惋喪志、心赧舊主人、取他道歸、後三年、再赴試、店主人延候如初、公曰、爾言初不騐、殊慚祇奉、主人曰、秀才以陰欲易妻故、被冥司黜落、豈妖夢不足以踐、公愕而問故、蓋別後復夢而云、公聞之、惕然

悔、懼、木、立、若偶圭人謂秀才宜自愛、終當作榜首、是
科、果舉賢書第一人、夫人髮亦尋長、雲鬟委綠、轉更
增、媚、姊適里中富室、兒意氣頗自高、夫蕩惰家漸陵
夷、窆舍無烟火、聞妹爲孝廉婦、彌增慚怍、姊妹輒避
路、行、又無何良人卒、家落頓之、公又擢進士、女聞刻
骨自恨、遂削髮爲尼、及公以宰相歸、遣女行者請府
謁、問、冀有所遺、比至、夫人餽以綺縠羅綃若干疋、以
金納其中而行、者不知也、携歸見師、恚曰、與我金錢、
倘可作薪米費、此等儀物、我何須爾、遂令將回、公及

夫人疑之及啟視而金具在方悟見却之意公笑曰汝師百餘金倘不能任焉有福澤從我老倘書也遂以五十金付之曰將去作爾師用度多恐薄福人難承受也行者歸具以告啞然自歎念生平所爲輙自顛倒美惡避就緊豈由人耶後店主人以人命事逮繫囹圄公爲力解釋之

張公故墓毛氏佳城斯已奇矣余聞時人有大姨夫作小姨夫前解元爲後解元之戲此豈慧黠者所能計較耶嗚呼彼蒼者天久不可問何至毛公

其應如響、

郭華野

淄川郭華野以清鯁再起總制荆楚行李蕭然惟四五人從衣履皆敝陋途中人竟不知爲貴官也適有新令赴任與相値駝車二十餘乘前驅數十騎騶從以百計先生亦不知其何官時先之時後之時以數騎雜其伍彼前馬者怒其擾輙訶却之先生亦不與較亡何至一巨鎭兩俱休止乃使人訪之則國學生加納赴任湖南者乃遣一价召之來令聞召駭疑反

詰官悶知為先生悚懼無以為計冠帶匍匐而前先生問汝即某縣尹乎答曰然先生曰蕞爾小邑何能養如許騶從屨任則一方塗炭矣不可使殃民社可旋歸勿前矣令叩首曰下官尚有文憑先生即令取憑審驗已曰此亦細事代若繳之可耳令拜伏而出歸途不知何以為情而先生行矣世有未莅任而被忝者實創聞也

神醫

萬歷閒孫評事少孤母十九歲守節孫舉進士而母

已死、嘗語人曰、我必博誥命以光泉壤。始不負老母苦節。忽得暴病、綦篤、素與醫某善、使人招致之、使者出門而疾愈劇、張目曰、生不能揚名顯親。何以見老母地下乎。遂卒、目不瞑、無何醫至、聞哭聲、即入臨弔、見其狀異之、家人告以故、曰欲得誥命亦不難。今皇后旦晚臨盆。但活十餘日。誥命可得。立命取艾灸一十八處。炷將盡、床上已呻、急灌以藥、竟復生、囑曰、切記勿食熊虎肉、共誌之、然以此物不常有、頗不關意、既而三日平復、仍從朝賀、過六七日、果生太子、召賜

羣臣實命中使出異品徧賜文武、白片朱絲、甘美無比、孫啖之不知何物、次日訪諸同僚、曰熊膰也、大驚失色、卽刻病發、至家遂卒、

賢宰

臨淄某翁女、太學李生妻也、未嫁時、有術士推其造、決其必受官刑、翁怒曰、妄言、一至於此、無論世家女必不至公庭、豈一監生不能庇一婦乎、旣嫁、悍甚、捶罵丈夫以爲常、李不堪其虐、忿鳴於官、邑宰邵公准其詞、簽役立拘、翁聞之大駭、率子弟登堂、哀求寢息、

弗許李亦自悔求罷邵怒曰公門內豈作蝃由爾耶必拘質審既到略詰一二言便曰眞悍婦杖責三十臀肉盡脫

公豈有傷心於閨閫耶何怒之暴也然邑有賢宰里無悍婦矣誌之以補循吏傳之所不及者昌平牧紹興胡公大化治一罵街潑婦令其夫以木柴捶之夫不敢重責以五板始極力重捶之一時稱快

張不量

賈人某至直隸界忽大雨雹伏禾中聞空中云此張不量田勿傷其稼賈私念張氏何人既云不良何反

護祐既而雹止入邨訪之果有其人因告所見且問取名之義葢張素封積粟甚富每春間貧民皆就貸焉償時多寡不校悉內之未嘗執槩取盈故鄉人名之不量衆趨田中見稞穗摧折如麻獨張氏諸田無恙

富而不悋吾邑東苑令于公梓字傅岩者其一焉

蔣虎臣

金壇蔣超記前世爲峨眉僧數夢到故居菴前潭邊濯足爲人篤嗜內典雖早登禁林嘗有出世之想假

歸江南、抵秦郵、不欲歸、子哭挽之、弗聽、遂入蜀居成都之金沙寺、久之、又之峨眉居伏虎寺、無疾坦化、自書偈云、翛然猿鶴自來親。老衲無端墮業塵。妄向鑊湯求避熱。那從大海去翻身。功名傀儡場中物。妻子骷髏隊裏人。只有君親無報答。生生常自視能仁。

阮亭云、金壇故名金沙、其字虎臣、既殁於伏虎寺、名皆巧合、亦奇、余壬子典試蜀中、葬在峨眉、寄余書云、身是峨眉老僧、故萬里歸骨於此、尋化去、余有挽詩曰、西風三十載、九病一遷官、忽憶峨眉好、

眞忘蜀道難、法雲晴浩蕩、春雪氣高寒、萬里空埋骨、天成白玉棺、蓋用書中語也、

亂離二則

陜西某公任鹽秩、家屬未從、値姜瓖之變、故里陷爲盜藪、音信隔絶、後亂平、遣人探問、則百里絶烟、無處可問消息、後以秩滿赴都、有班役喪偶、貧不能娶、公賚數金使買婦、時大兵凱還、俘獲婦女無筭、插標市上、如賣牛馬、遂携金就擇之、自分金少、不敢問少艾、中一媪甚整潔、遂贖以歸、媪坐床上、細認曰、汝非某

班役耶問所自知曰汝從我兒服役胡不識班役大駭急告公公視之果母也相見痛哭因倍償之班役以金多不屑謀媪見一婦年三十餘風範超脫因贖之既行婦且走且顧曰汝非某耶又驚問之曰汝當隨我夫如何不識班役大喜導見公真其夫人又悲失聲一日母妻重聚喜不可已乃以百金爲班役娶美婦焉意必公有大德所以鬼神爲之感應惜言者忘其姓字秦中或有能道之者

淄川學博劉芳輝京都人有妹字戴生出閣有日矣

値明末之亂、父兄恐細弱爲累、謀妝送戴家、修飾未竟、兵紛入、父子分奔、女爲兵俘去、從之數日、殊不少狎、夜則卧之別榻、飲食供給甚殷、無何、又掠一少年來、年與女相若、儀采都雅、兵謂之曰、我無子、將以汝繼續緒、肯否、少年唯唯、又指女謂曰、如肯、即以此女爲汝婦、少年喜、願從、所命、兵乃使同榻、浹洽甚樂、旣而枕上各道姓名、則少年即戴生也、

庫官

鄒平張華東祭南嶽、道出江淮間、將宿驛亭、前驅白

驛中有怪不可居張弗聽宵分依劍而坐俄聞履聲入則一頒白叟皂紗角帶怪而問之叟稽首曰我庫官也為大人典藏有日矣幸節鉞降臨下官釋此重負問庫存幾何答言二萬三千五百金公慮多金難攜約歸時盤驗叟唯唯而退張至南中饋遺頗豐及還宿驛亭叟復出謁及問庫物曰已撥遼東兵餉矣深訝之叟曰人世祿命皆有定數錙銖不能增損大人此行應得之數已足矣又何求言已竟去張計其所獲與所言庫數脗合方歎飲啄有定不必妄求也

橘樹

陝西劉公爲興化令、有道士來獻盆樹、視之則小橘、細裁如指擯弗受、劉有幼女時六七歲、適値初度、道士云、此不足供大人淸玩、聊祝女公子福壽耳、乃受之、女一見不勝愛悅、置諸閨闥、朝夕護之、惟恐傷損、劉任滿、橘盈把矣、是年初結實、簡裝將行、以橘重贅棄之、女抱樹嬌啼、家人紿之曰去數日郎復來、女信之、恐爲人負之去、立視家人移栽墀下、乃行、女歸受莊氏聘、莊丙戌登進士、釋褐令興化、夫人大喜、竊意

十餘年橘不復存及至則樹已十圍實纍纍以千計

問之故役皆云劉公去後橘甚茂而不實此其初結

也更奇之蒞任三年繁實不懈第四年憔悴無少華

夫人曰君任此不久矣至秋果解任

橘其有夙緣於女歟何遇之巧也其實也似感恩

其不華也似傷離物猶如此而況於人乎

真定女

真定有孤女方六七歲收養於夫家居二三年夫誘

與交而孕腹膨膨以為病也告之母母曰動否曰動

異之、然以其齒太稺、不敢決、未幾生男、母歎曰、不圖拳母竟生錐兒、

金永年

利津金永年、八十二歲無子、媪亦七十八矣、忽夢神告曰、本應絕嗣、念汝貿販平準、予一子、醒以告媪、媪曰、此真妄想、兩人皆將就木、何由生子、無何、媪腹震動、十月竟舉一男、

化男

蘓州木瀆鎮、有女夜坐庭中、忽星隕中顱、仆地死、其

父母老而無子、止此女、哀呼急救、移時始蘇、笑曰、我今爲男子矣、驗之果然、其家不以爲妖、而竊喜其暴得子也、奇已

汪可受

汪可受、湖廣黄梅人、能記三生、一世爲秀才、讀書僧寺、僧有牝馬產騾、愛而奪之、後死、冥王稽籍、罰使爲騾、償之、既生、僧愛護之、欲死無間、稍長、輙思投身淵谷、又恐負豢養恩、冥罰更甚、遂安之、數年、孽滿自死、生一農人家、墮蓐能言、父母以爲不祥、殺之、乃生汪

秀才家、秀才近五句、得男甚喜、汪生而了了、但憶前生、以早言死、遂不敢言、至三四歲、人皆以爲啞、一日父方爲文、適有友人過訪、投筆出應客、可入見父作、不覺技癢、代成之、父返見之、因問何人來、家人答曰無之、父大疑、次日書一題、置几上、旋出少間、卽返潛入窺之、則見兒伏案間、稿已數行、忽見父至、不覺出聲、跪求免死、父喜、握手曰、我止汝一子、旣能文、家門之幸也、何自匿爲、由是教之讀、少年成進士、後至大同巡撫、

李象先

象先、壽光閭人也、前世爲某寺之執爨僧、無疾而化、魂出棲牌坊上、下見市上行人、皆有火光出頭上、夜既昏、念坊上不可久居、但諸舍暗黑、不知所之、惟一家燈火猶明、赴之、到門則身已嬰兒、見乳懼、腹不勝饑、閉目強吮、逾三月餘、即不復乳、乳之則驚而啼、母以米瀋間棗栗、雜哺之、得以長成、見時、至某寺、見寺僧、皆能呼其名

某生

某生赴試歷下、歸已日暮、携有蓮實菱藕、又有籐津僞器一事、因欲試之、泡盎中、諸戚友以其新歸、携酒登堂、生倉卒出、令內子經營供饌、薄飲、飲已、入內覓之、盎水已空、問婦、婦曰、適與菱藕並出供客、何尙尋也、生回憶肴中、有黑條錯雜、舉座不知何物、乃失笑曰、癡婆子、此何物事、可供客耶、婦亦疑曰、我乃怨子不言烹法、其狀可醜、又不知何名、只得糊塗臠切耳、生告之、相與大笑、今某生貴矣、相狎者猶以爲戲、

三生

劉孝廉能記前身事、一世爲縉紳、行多玷、六十二歲而歿、初見冥王、待鄉先生禮、賜坐、飲以茶、覷冥王琖中茶色清徹、己琖中濁如膠、暗疑迷魂湯、得勿此耶、乘冥王他顧、以琖就案角瀉之、僞爲盡者、俄頃稽前生惡錄、怒命羣鬼捽下、罰作馬、卽有厲鬼縶去、行至一家、門限甚高、不可踰、方趑趄間、鬼力楚下、痛甚而蹶、自顧則身已在櫪下、但聞人曰、驪馬生駒矣、牡也、心甚明了、但不能言、覺大餒、不得已、就牝馬求乳、逾四五年、體修偉、甚畏撻楚、見鞭則懼而逸、主人騎必覆障泥、緩轡徐行、猶不甚苦、惟奴僕圉人不加韉裝以行、兩踝夾擊痛徹心腑、於是憤甚、三日不食遂死至冥司、冥王查其罰限未滿、責其規避、剝其皮革罰爲犬、意懊喪不欲行、羣鬼亂撻之、痛極而竄於野、自念不如死、憤投絕壁、顛莫能起、自顧則身伏竇中、牝犬舐而腓字之、乃知身已復生於人世矣、稍長見便液亦知穢、然嗅之而香、但立念不食耳、經年常忿欲死、又恐罪其規避、主人又豢養不戮、乃故嚙主人股肉、主人怒杖殺之、冥王鞫狀、怒其狂猘、笞數百俾作蛇、囚於幽室、暗不見天、悶甚、緣壁而上、穴屋而出、自視則身伏茂草、居然蛇矣、遂矢志不殘生類、饑吞木實、積年餘、每思自盡不可、害人而死又不可、欲求一善死之策而未得也、一日臥草中、聞車過、遽出當路、車馳壓之、斷爲兩、冥王訝其速至、因匍匐自剖、冥王以無罪見殺、原之、復爲人、是爲孝廉生、而能言、文章書史、過輒成誦、辛酉舉於鄉、每勸人乘馬、必厚其障泥、股夾之刑、勝於鞭楚也、

毛角之儔、即爲人之變相、其故何哉、作惡降殃、報

在孫子、固已然、其身竟使漏網乎、故賤者爲善、如求花而種其樹、貴者爲善、如已花而培其本、種者可大、培者可久、不然、且將負鹽車、受羈䩭、與之爲馬、不然、且將啗使液、受烹割、與之爲犬、又不然、且將披鱗介、蓺鶴鶉、與之爲蛇、

阮亭云、濟寧邵進士士梅、亦能記前身事、云前世爲棲霞人、與其妻爲夫婦已三世矣、事更奇、

裸體二則

康熙七年六月十七日戌刻、地大震、余適客稷下、方

與外兄李篤之對飲、忽聞有聲如雷、自東南來向西北去、衆駭異、不解其故、俄而几案擺簸、盃盤傾覆、屋梁椽柱錯折有聲、相顧失色、久之方知地震、疾趨出、見樓閣房舍仆而復起、牆傾屋塌之聲、與兒啼女號、喧如鼎沸、人眩暈不能立、坐地上、隨地轉側、河水傾潑丈餘、鷄鳴犬吠滿城中、踰一時許始稍定、視街上則男女裸體相聚、競相告語、並忘其未衣也、

淄川一婦夜起溲溺、回則狼銜其子、婦急與狼爭、狼一緩頰、婦奪兒出、携抱中、狼蹲不去、婦大號、鄰人奔

集狼乃去婦驚定而喜指天畫地述狼銜兒狀已奪兒狀良久忽悟一身未著寸縷乃奔此與地震時男女兩忘同一情狀也

青城山婦

有西商客成都娶青城山寡婦既而西歸年餘復返夫妻一聚而商暴卒同商者疑之鳴於官時費邑高夔說爲成都令亦疑婦有私苦訊之横加酷掠迄無詞牒解郡臬並少情實淹繫獄中積有時日後高署有病者一老醫入偶言及醫聞之遽曰婦尖嘴否問

何說醫初不言問之堅而後言葢繞青城山有數村其中婦女多爲蛇交則生女尖喙陰中有物類蛇舌至淫縱時則舌或出一入陰管男子陽脫立死高闘之駭尚未深信醫曰此處有巫嫗能內藥使婦意蕩舌自出是否可以驗見高如其言使嫗治之舌果出其疑始解牒報郡郡如法驗之乃釋其罪

屠戶　三則

一屠暮行爲狼所逼道旁有夜耕者遺行室奔入伏葦狼自苫中探爪入屠急捉之顧無計可以死之惟

有小刀不盈寸、遂割破爪下皮、以吹豕之法吹之。極力吹移時、覺狼不甚動、方縛一帶出視、則狼脹如牛、股直不能屈、口張不能合、遂負之歸。非屠烏能作此謀也。

有屠晚歸、擔中肉盡、止剩骨。兩狼綴行之、屠懼、投以骨。一狼得骨止、一狼仍從、復投之、後狼止而前狼又至、骨已盡而兩狼並驅如故。屠大窘、恐前後受敵、適旁有麥場、場主積薪其中、苫蔽成邱、屠乃奔倚其下、弛擔持刀、狼不敢前、眈眈相向。少時、一狼逕去、其一犬坐於前久之目漸瞑意甚暇屠暴起以刀劈狼首又數刀斃之轉視積薪後一狼洞其中意將隧入以攻其後也身已半入止露尻尾屠自後斷其股亦斃之乃悟前狼假寐蓋以誘敵狼亦黠矣而頃刻兩斃禽獸之變詐幾何哉

一屠貨肉歸所餘無幾日已暮欻一狼來瞰擔中肉似甚涎涎尾行數里屠懼示以刀則少却既走又從之屠無計默念狼所欲者肉不如懸諸樹而早取之遂鉤肉掛樹間示以空空狼乃止屠歸昧爽往取肉

遂見樹上懸巨物、似人、縊死、狀大、駭、逡巡近之、則狼也、審視、見狼口中含肉、鈎刺其腭、如魚吞餌、時狼革價昂、直十餘金、屠小裕焉、緣木求魚、亦可笑也、三事皆出於屠、屠人殘殺、狼亦可用也、狼之殘殺、屠人亦可用也、

義犬

周村有賈某、貿易蕪湖、獲重貲、賃舟將歸、遇有屠人縛犬、倍價贖之、豢養舟中、舟人固積寇也、窺客裝蕩、舟至空曠處、操刀欲殺、賈哀賜以全屍、盜乃以氈裹

拋江中犬見之哀鳴投水口銜裹具與共浮沉不知流幾里許達淺瀾乃止犬泅出至有人處狺狺哀吠或以爲異從之往見罈束水中引出斷其繩客固未死始言其情復哀他舟載還蕪湖將以伺盜船之歸登舟失犬心甚悼焉抵關三四日估楫如林而盜船無踪影適有同鄉賈將攜俱歸犬忽自來望客鳴嗥喚之却走客下舟尾之犬奔上一舟嚙人脛股撻之不解客近呵之則所嚙卽前盜也衣服與舟皆易故不能識之矣縛而搜之則裹金猶在嗚呼一犬也而

報恩如是。世之負恩者。其亦愧此犬也夫。

情鴻

天津弋人得一嶋鴻。其雄者隨至其家。哀鳴翱翔。抵暮始去。次日弋人早出。則雄者已至。飛號從之。既而集其足下。弋人將並捉之。見其伸頸俯仰。吐出黃金半鋌。弋人悟其意。乃曰。是將以贖婦也。遂釋雌。兩鴻徘徊。若有悲喜。遂雙飛而去。弋人稱金。得二兩餘。噫。禽鳥何知。而鍾情若此。悲莫悲於生別離。物亦然耶。

獅

暹邏貢獅、每止處觀者如堵、其狀與世傳繡畫者迥異、毛黑黃色、長數寸、或投以雞、先以爪搏而吹之、一吹則毛盡落、如掃亦物理之奇也、

象

廣中獵戶入山、偶卧憩息、不覺沉睡、被象鼻攝而去、自分必遭殘害、未幾釋置大樹下、頓首一鳴、羣象紛至、四面旋繞、若有所求、前象伏樹下、仰視樹而俯視人、似欲其登、獵者會意、卽以足踏象背、攀援而升、雖至樹顛、亦不知其意向所在、少間有狻猊來、衆象皆

伏猣猊擇一肥者意將搏噬象戰慄無敢逃者惟共仰樹上似求憐救獵者因望猣猊發一弩立殪之諸象瞻空意若拜舞獵者乃下象復伏以鼻牽衣似欲其乘獵者遂跨身其上象乃行至一處以蹄穴地得脫牙無數獵人下束治已象乃負送出山始返獵人以此致富

大蛛

徐某爲齊東令署中有樓用藏肴餌往往被物竊食狼藉於地家人屢受誚責因伏伺之見一蜘蛛大如

斗、駭走白公、公以爲異、日遣婢輩投餌焉、蛛愈馴、饑輒出、依人、飽而後去、積年餘、徐偶閱案牘、蛛忽來伏几下、疑其饑、方呼家人取餌、旋見兩蛇夾蛛卧、細裁如箸、蛛爪踡腹縮、若不勝懼、轉瞬間、蛇暴長、粗於卵、大駭欲走、巨霆大作、闔署震聾、移時徐甦、夫人及婢僕死者七八餘、以次俱甦、徐病月餘、尋卒、徐爲官廉正愛民、柩發之日、民歛錢以送、哭聲滿野、

黑獸

李敬一言、某公在瀋陽、宴集山巔、俯瞰山下、有虎銜

物來以爪穴地瘞之而去使人探所瘞得死鹿乃取鹿而掩其穴少間虎導一黑獸至毛長數寸虎前驅若邀尊客既至獸眈眈蹲伺虎探穴失鹿戰伏不敢動獸怒其誑以爪擊虎虎立斃獸亦逕去

獸不知何名然問其形殊不大於虎而何延頸受死懼之如此其甚哉凡物各有所制理不可解如獮最畏狨遥見之則百十成羣羅而跪無敢遁者凝睛定息聽狨至以爪徧揣其肥瘠肥者則以片石誌顛頂獮戴石而伏悚若木雞惟恐墮落狨揣

誌已乃次第接石取食餘始閧散余嘗謂貪吏似猴亦且揣民之肥瘠而誌之而裂食之而民之戢耳聽食莫敢喘息蚩蚩之情亦猶是也可哀矣夫

蛤

東海有蛤饑時浮岸邊兩殼張開中有小蠏出赤綫繫之離殼數尺獵食旣飽乃歸殼始合或潛斷其綫兩物皆死亦物理之奇也

此蛤海客名爲蝖子鮮美無比

大蝎

明彭將軍宏征寇入蜀、至深山中、有大禪院、據土人云寺中有妖、入者輒死、已百年無住持、彭恐伏寇、率兵斬茅而入、前殿中有皂雕奪門飛去、中殿無異、至後閣周視、亦無所見、而入者皆頭痛不能禁、彭親入亦然、少頃有蝎大如琵琶、自板上蠢蠢而下、衆兵駭奔、彭遂火其寺、

如此大蝎、以之治風痰諸症、必有奇效、

鹿銜草

關外山中多鹿、土人披鹿皮伏草中、捲葉作聲、鹿即

羣至、然牡少而牝多、牡交羣牝、千百必徧、旣徧遂死、衆牝嗅之、知其死、分走谷中、銜異草、置吻旁以熏之、頃刻復醒、急鳴金施銃、羣鹿驚走、因取其草、可以回生、

古瓶

淄川北村中井涸、某甲乙縋入淘之、掘尺餘、得髑髏、悞破之、口含黃金、喜納腰槖、復掘、又得髑髏六七枚、冀得含金、悉破之、而一無所有、惟旁有磁瓶二、銅器一、器大可合抱、重數十觔、側有雙環、不知何用、班駁

陸離。瓶亦古非近款。既出井。甲乙皆死。移時乙蘇曰。我乃漢人。遭新莽之亂。全家投井中。適有少金。因納口中。實非含歛之物。人人都有也。奈何徧碎頭顱。情殊可恨。衆焚香祝之。許爲殯葬。乙乃愈。而甲不能救矣。顏鎮孫生聞其異。購銅器去。瓶一入袁孝廉宣四家。可驗陰晴。見有一點潤處。初如粟粒。漸潤漸滿。未幾雨至。潤退則雲亦開。其一入張秀才家。刖志朔望。朔則黑起如豆。與日俱長。望則一瓶徧滿。既望又以次而退。至晦則復其初。以埋土中久。瓶口有小石粘

其上刷剔不能下遂敲之石落而口微鉄亦一憾事浸花其中花落結實與在樹者無異云

紅毛氊

紅毛國舊許與中國貿易邊帥見其衆不聽其登岸紅毛人固請曰但賜一氊之地足矣帥思一氊所容無幾許之其人置氊岸上僅容二人拉之容四五人且拉且登頃刻氊畝許已數百人矣短刀齊發出於不意被掠數里而去

查牙山洞

章邱查牙山有石窟如井、深數尺許、北壁有洞門、伏而瞰之可見、會近村數輩九日登臨飲其處、共謀入探之、三人受燭下見洞高丈許、入數武稍狹、即見底、底旁一竇、蛇行可入、燭之深不測、兩人餒而退、一人奪其火而嘑之、銳身而進、隘處僅尺許、忽頓高頓濶、乃立乃行、頂上石參差若將墮、兩壁嶙嶙峋峋然、類寺廟所塑山、都成鳥獸人鬼形、鳥若飛、獸若走、人若坐若立、魍魎示現忿怒、奇奇怪怪、多醜少妍、心凜然怖畏、喜境夷無少陂邃、逖幾百步、四壁開石室、左一

怪石鬼面人立、目努口箕張、齒舌獰惡、左手作拳、鐵
腰際、右手叉五指、欲撲人、心大恐、毛森森以立、遙望
門中有爇灰、知有人曾至焉者、心稍壯、强入之、見地
上列碗琖、中多泥垢、然皆近今物、旁列錫壺四、心利
之、解帶縛繫腰際、見旁一尸、臥西隅、駭極、細審之、足
躡銳屐、梅花刻底猶存、知是少婦、衣色黯敗、莫辨青
紅、髮蓬蓬、粘髑髏上、目鼻孔各二、瓠犀兩行、白巉巉
意是口也、存想首顛當有金珠飾、以火近腦、似有口
氣噓燈、搖搖無定、焰纁黃、衣動掀掀、大懼、手搖顫、燈

頓滅、憶路急奔、不敢手索壁、恐觸鬼物也、忽頭觸石、仆、即復起、冷濕浸頷頰、亦不知是血、不覺痛、不敢呻、坌息奔至竇方、將伏、似有人捉髮住、畢然、遂絶、衆坐洞外、俟久、疑之、又縋二人下、探身入竇、見髮胃石上、血淫淫已殭、二人失色、不敢入、方坐愁歎、俄外又使二人下、中有勇者、始健進、曳之以出、置山上、半日方甦、言之縷縷、所恨未窮其底、窮之、必更有佳境也、後章令聞之、以丸泥封之、不可復入矣、

康熙丁卯、養母峪之南石崖崩、現洞口、望之、鍾乳

林立如密笋然、深險無敢入者、忽有道士至、自稱鍾離弟子、言師遣先至、糞除洞府、居人供以膏火、道士攜之而上、墮石笋上、貫腹而死、土人聞之令令封其洞、其中必有奇境、惜年遠無能言者

煤洞

淄川有煤洞、没於水、挖煤者十餘人溺其中、竭水求尸、兩月餘始得、涸而十餘人並無死者、蓋水大至時共泅高處、得不溺、縋上之、見風始絶、一晝夜乃漸蘇始知人在地下、如蛇鳥之蟄、急切未能死也

研石

王仲超言洞庭君山間、有石洞高可容舟、深暗不測、湖水出入其中、嘗秉燭泛舟而入、見兩壁皆黑石、其色如漆、按之而輭、出刀割之、如切硬腐、隨意製爲研、既出見風、則堅凝過於他石、試之墨大佳、估舟遊楫、往來甚衆、中有佳石、不知所用、亦賴好奇者之品題也、

淄川某

淄邑西鄙某、故梁上君子也、其妻深以爲懼、屢勸止

之、某遂翻然自改、居二三年、貧窶不能堪、思欲一作馮婦而後已、乃托貿易、就善卜者問何往之善、術者占曰、東南吉、利小人、不利君子、兆隱與心合、竊喜、遂南行、抵蘸杭間、日游村郭、幾數月、偶入一寺、見墻隅堆石子二三枚、心知其異、亦以一石投之、竟趨龕後卧、日既暮、寺中聚語、似有十餘人、忽一人數石、詰其多、因共搜龕後、得某、問投石者汝耶、某諾、詰里居姓名、某詭對之、乃授以兵、率與俱去、至一巨第、出輭梯爭踰垣入、以某遠至、徑不熟、俾伏墻外、司傳遞、守囊槖焉少頃擲一裹下又少頃縋一筐下某舉筐知有物乃破篋以手採取凡沉者悉納一囊負之即走竟取道歸由此建樓閣買良田爲子納粟邑令扁其門曰善士後大案發羣寇悉獲惟某無名籍莫可查詰得免事寢既久某醉後時自述之

曹有大寇某得重貲歸肆然安寢有二三小盜踰垣入捉之索金某不與捶灼並施罄所有乃去某向人曰吾不知炮烙之苦如此遂深恨盜投充馬捕捕邑寇殆盡獲曩寇亦以所施者施之

某經畧

某經畧南征凱還至金陵醮薦陣亡將士有舊門人謁見拜已卽呈文藝某久厭文字辭以昏眊生云但煩坐聽容某誦達上聞遂探袖出文抗聲朗讀乃故明思宗御製祭某遼陽死難文也讀畢大哭而去

元老

故明相某會降流寇士論非之歸老林下享堂落成數人值宿其中天明見堂上一匾云三朝元老一聯云一二三四五六七孝弟忠信禮義廉不知何時所

懸、怪之、不解其義、或解之云、首句隱亡、八次句隱無、恥也、似之

秦檜

青州馮中堂家、殺一豕、燖去毛鬣、肉內有字、云秦檜七世身、烹而啖之、其肉臭惡、不可食、因投之犬、嗚呼、檜之肉、犬亦當不食之矣、

誌異摘抄目錄

卷之七

安期島　　呂　祖

宮夢弼　　白于玉

余　德　　劉海石

鄖　生　　顛道人

誌異摘抄卷之七

正神

冥王 二則

韓元少先生爲諸生時、有吏突至、白主人欲延作師、而無名刺、問其家世、亦甚含糊、束帛緘贄、禮儀優渥、先生諾之、約期而去、至日果以輿來迎、迤邐而往、道路皆所未經、忽睹殿閣、下車入、氣象類藩邸、既就館、酒炙紛羅、勸客自進、並無主人筵、既撤、公子出拜、年十五六、姿表秀異、展禮罷、趨就他舍、請業始至師所、公子慧絕聞義輒逼先生以不知家世頗所疑悶館中有二僮給役私詰之皆不對問主人何在答以事忙先生欲窺之僮不可叉屢言僮乃諾導至一處聞拷楚聲自門隙目注之見一王者坐殿上階下劍樹刀山皆冥中事大駭方將郤步內已知之急叱退諸鬼疾呼僮僮變色曰我爲先生禍及身矣戰惕奔入王者怒曰何敢引人私窺卽以巨鞭重笞訖乃召先生入曰所以不見者以幽冥異路今已知之勢難再聚因贈修金使行曰君天下第一人但坎壈未盡耳使

青衣捉騎送之、既歸、坎坷數年、中會狀、其言皆驗、

臨朐李常久、壺榼於野、見旋風來、敬酹奠之、後以故他適、路旁有大第、殿閣弘麗、一青衣人自内出邀之、李曰、素不識、荆得毋悞耶、青衣便言李姓字、問此誰家、第曰入自知之、入門、見一婦釘手足於扉、近視之其嫂也、大駭、李有嫂手足生惡疽、不起者年餘矣、因念何得至此、轉疑招致意不善、畏阻却步、青衣促之、乃入至殿下、上一人冠帶如王者、氣象威猛、李跪伏莫敢仰視、王者命曳之起、曰、勿懼、我以夙昔擾爾杯

酌欲一見相謝無他故也、李心始安、然終不知其故、
王者又曰、爾忘田野酌奠時耶、李頓悟、知其爲神、頓
首曰、適見嫂氏受此嚴刑、骨肉之情、實愴於懷、乞王
憐宥、王者曰、此婦悍妬、宜得是罰、三年前汝兒妾盤
膓生產、彼陰以針刺膓上、俾至今臟腑常痛、此豈有
人理者、李固哀之、乃曰、以爾故宥之、歸當勸其改行、
李謝而出、則扉上無人矣、歸視嫂、臥榻上、創血殷蓆
時以妾拂意、故方致詬罵、李遽勸曰、嫂勿復爾、今日
之苦、皆平日嫉妬所致、嫂怒曰、小郎若個好男兒、房

中娘子賢似孟姑、姑任郎君東家眠、西家宿、不敢一作聲、自當是小郎大乾綱、到不得代哥子降伏老媪、李徹、哂曰、嫂勿怒、若言其情。恐欲哭不暇矣。嫂曰、便會不盜得王母籮中線、又未與玉皇案前吏一眨眼、中懷坦坦、何處可用哭者。李小語曰、針刺人腸、宜何罪。嫂色變、問此言之因、李告之故、嫂戰慄不已、涕泗流漓、而哀鳴曰、吾不敢矣、啼泪未乾、覺痛頓止、旬日而瘥、由是力改前轍、遂稱賢淑、後妾再産、腸復墮、嫂代覓之、針宛然在、急拔之、痛乃瘳

酆都御史

酆都城外有洞，深不可測，相傳爲閻羅署，一切獄具皆借人工。桎梏朽敗，輒遺洞口，邑宰即以新者易之。經宿失所在，供應度支，載之經制。明御史行臺華公按及酆都，聞其說，不信，欲入洞以决其惑，人言不可。公弗聽，秉燭而入，以二役從，深抵里許，燭暴滅，視之，階道澗朗，有廣殿十餘間，列坐尊官，袍笏儼然，惟東首虛一座。尊官見公至，降堦而迎，笑問曰：至矣乎？別來無恙否？公問：此何所？尊官曰：此冥府也。公愕然告退尊官指虛座曰此爲君座那可復還公懼固請寬宥尊官曰定數何可逃也遂撿一卷示之上注云某月日某以肉身歸陰○公覽之戰慄如濯氷水念母老子幼泣然流涕俄有金甲神人捧黃帛書至羣拜舞啟讀已乃賀公曰君有回陽之機矣公喜致問曰此非君所知也乃示公途而出數武之外冥黑如漆不辨行路公甚窘廹忽一神軒然入赤面長髯光射數尺公迎拜而哀之神引之至洞口乃去其二從人則不可問矣

周將軍　二則

青州董尚書可畏家庭嚴肅、內外男女不敢通一語、一日有婢僕調笑於中門外、爲公子見之、怒叱之、各奔而去、及夜公子臥齋中、時方盛暑、室門洞敞、更深、齋僮聞公子床上有聲甚厲、方驚、月影中見前僕提一物出門去、以其家人亦弗怪、少頃忽聞履聲訇然、見一偉丈夫、黑面虬髯、似周將軍像、捉一人頭入、僮懼、蛇行入床下、但聞公子床上支支格格、如振衣、如摩腹、移時始止、履聲又響而去、僮伸頭漸出、見牕上

已可辨色急以手捫公子著手沾濕嗅之血腥大呼
公子醒告而火之血盈枕席大駭不得其故忽有役
扣門公子出見之役愕然言怪事詰之告曰適衙前
一人神色迷罔大聲自言曰我殺主人矣衆見其衣
有血汚執而白之官審知爲公子家人彼言已殺公
子埋首於關帝廟之側往驗穴土猶新而首則無之
公子駭異趨赴公庭見其人即昨狎婢者因述其異
官甚惶惑重責之公子不欲結怨小人以前婢配之
令去積數日其隣人夜聞僕房中一聲震響若崩裂

急起呼之不應排闥入視見夫婦及寢床皆截然斷而爲兩木肉上俱有削痕似一刀所斷者訇音轟

朱生陽穀人少年佻㒓喜詼謔因喪偶往媒嫗家遇其鄰人婦睨之美戲謂媼曰適睹尊鄰雅妙爾若爲我求凰渠可也媼亦戲曰請殺其男子我爲若圖之朱笑曰諾更月餘鄰人出責負被殺於野令拘鄰保取實竟無端緒惟媒媼述相謔之詞以此疑朱逮至百口不承令又疑鄰婦與私搒掠之五毒參至婦不能堪誣服又訊朱朱曰細嫩不任苦刑所言皆妄既

是寃死而又加以不節之名縱鬼神無知予心何忍乎我實供之可矣欲殺夫而娶其婦皆我之爲婦實不之知也問何憑答言血衣可証及令人搜諸其家竟不可得又掠之死而復蘇者再朱又云此母不忍出証據死我耳待自取之因押歸朱告母曰予我衣死也即不予亦死也均之死遲也不如其速也母泣入室移時取衣出付之案乃定經年餘决有日矣一日令方理事忽一人直上公堂努目視令而大罵曰如此憒憒何以臨民隸役數十輩將共執之其人振

臂一揮頹然盡仆令懼欲逃其人大言曰我周將軍
也昏官若動即便誅却令戰懼悚聽其人曰殺人者
乃宮標也於朱某何與言已倒地氣若絕少頃而醒
面無人色及問其名則宮標也擄之盡服其罪蓋宮
素不逞知某索負而歸意腰橐必富及殺之竟無所
得聞朱誣服竊自幸是日身入公門殊不自知令問
朱血衣所自來朱亦不知喚其母問之則割臂所染
驗其左臂刀痕猶未平也令亦愕然後以此被黜免
官罰贖羈留而死年餘鄰母欲嫁其婦婦感朱義嫁

之。

聽訟乃居官之首務、培陰隲。滅天理。皆在於此。可

不慎與。躁急汚暴、固乖天和、淹滯因循、亦傷民命、

一人興訟、則數農違時、一案旣成、則十家蕩産、豈

故之細哉、余嘗謂爲官者、不濫受詞訟、卽是盛德、

且非重大之情、不必羈候、若無疑難之事、何用徘

徊、卽或鄕里愚民、山村豪氣、偶因雞鴨之爭、致起

雀角之忿、此不過借官宰一言、以爲憑定而已、無

用全人止須兩造、笞杖立加、葛藤悉斷、所謂神明

之宰非耶、毎見今之臨民者、一票既出、若故忘之、攝牒者入手未盈、不爲具見官之牘、承行者潤筆不飽、不肯懸聽審之牌、朦蔽延捱、動經歲月、不及登長吏之庭、而皮骨已盡矣、而儼然而民上也者、偃息在床、漠若無事、寧知水火獄中、有無數寃魂伸頸延息、以望救拔耶、然在奸民之凶頑、固無足惜、而在良民之株累、亦復何堪。況無辜之干連往往奸民少而良民多、而良民之受苦、且更倍於奸民、其故何也、奸民難虐、而良民易欺。胥役之所毆

辱需皆相艮者而施之暴身入公門如蹈湯火早
結一日之案則早安一日之生有何大事而顧奄
奄堂上若死人似恐谿壑之不遽飽而故假之以
歲月也者雖非貪暴而其實厥罪維均矣嘗見一
詞之中其不可少者不過二三人其餘皆無辜之
赤子妄被羅織者也或平日以睚眦致怨或當前
以懷璧開罪故興訟者以其全力謀正案而以其
餘毒復小仇帶一名於紙尾遂成附骨之疽受萬
罪於公門竟屬切膚之痛入跪亦跪狀若鳥集人

出亦出、還同猱縶而究之、案不必証、問不必及、祗足破產傾家、飽蠹役之貪囊、鬻子典妻、洩小人之私憤而已。深願爲官者毋拨到時略一審詰、當逐逐之、不當逐芟之、不過一濡毫一動腕之間耳。便保全多少身家、培養多少元氣、從政者曾不一念及於此、又何必桁楊刀鋸能殺人哉。

雷曹

欒雲鶴、夏平子、二人少同里、長同學、相交莫逆、夏十歲知名、欒虛心事之、夏亦相規不倦、欒文思日進、由

是名並著而潦倒場屋戰輒北無何夏病卒貧不能
葬樂銳身任之遺襁褓及未亡人樂以時恤諸其家
毋得升斗必析而二之夏妻子賴以活於是士大夫
賢之樂恒產無多又代夏憂內顧家計日蹙乃歎曰
文如平子尚碌碌以歿而况於我人生富貴須及時
戚戚終日恐先狗馬塡溝壑負此生矣不如早自圖
也於是去讀而賈操業半年家資小康一日客金陵
休於旅舍見一人頎然而長筋骨隆起徬徨座側色
黯淡有戚容樂問欲得食耶其人亦不語樂推食食

之則以手掬啗頃刻已盡。樂又加以兼人饌食復盡。遂命主人割豚脇堆以蒸餅又盡數人之餐始果腹。而謝曰三年以來未嘗如此飫飽樂曰君固壯士何飄泊若此曰罪嬰天譴不可說也問其里居曰陸無屋水無舟朝村而暮郭也樂整裝欲行其人相從戀戀不去樂辭之告曰君有大難吾不忍忘一飯之德。樂異之遂與偕行途中曳與同餐辭曰我終歲僅數飧耳愈奇之次日渡江風濤暴作估舟盡覆樂與其人悉投江中俄風定其人負樂踏波出登客舟又破浪去少時挽一船至扶樂入囑樂臥守復躍入江以兩臂夾貨出擲舟中數出入列貨滿舟樂謝曰君生我亦良足矣敢望珠還哉撿視貨財並無亡失大喜驚爲神人放舟欲行其人告退樂苦留之遂與共濟樂笑云此一厄也止失一金簪耳其人欲復尋之樂方勸止已投水中而沒驚愕良久忽見含笑而出以簪授樂曰幸不辱命見者罔不駭異樂與歸寢處共之每十數日始一食食則啖嚼無算一日又言別樂固挽之適晝晦欲雨聞雷聲樂曰雲間不知何狀雷

又是何物、安得至天上、視之此疑乃可解、其人笑曰、君欲作雲中遊耶、少時倦甚、伏榻假寐、旣醒、覺身搖搖然、不似榻上、開目則在雲氣中、周身如絮、踏之輭無地、仰視星斗在眉目間、遂疑是夢、細視星嵌天上、如老蓮實之在蓬也、大者如甕、次如瓿、小如盎盂、以手撼之、大者堅不可動、小星動搖、似可摘而下者、遂摘其一、藏袖中、撥雲下視、則銀河蒼茫、見城郭如豆、愕然自念、設一脫足、此身何可復問、俄見二龍夭矯、駕縵車來、尾一掉、如鳴牛鞭、車上有器、圍皆數丈、貯水滿之、有數十人、以器擲水、徧灑雲間、忽見欒、共怪之、欒審所與壯士在焉、語衆曰、是吾友也、因取一器授欒、令灑、時苦旱、欒接器、排雲約望故鄉、盡情傾注、未幾水盡、謂欒曰、我本雷曹、前悞行雨、罰謫三載、今限已滿、請從此別、乃以駕車之繩、擲前使握端縋下、欒危之、其人言不妨、欒如言、飀飀然瞬息及地、視之則墮立村外、繩漸收入雲中、不可見矣、時天旱、十五里外、雨僅盈指、獨欒里溝澮皆滿、歸探袖中、摘星仍在、置案頭、黯黝如石、入夜則光明煥發、映照四壁、愈寶之什襲而藏、舟有佳客出以熖飲、一夜妻坐對握、髮忽見星光漸小如螢流動、橫飛、妻方怪咤、已入口中、咯之不出、竟已下咽、愕奔告樂、樂亦奇之、既寢夢夏平子來曰、我少微星也、因先君失一德、促余壽齡、君之惠好、中心不忘。又蒙自天上携歸、可謂有緣、今爲君嗣、以報大德、樂三十無子、得夢甚喜、自是妻果娠、及臨蓐、光輝滿室、因名星光、機警異常、十六歲進士及第、

樂子文章名一世、不須覓彼蒼之位、置我者不在是、

遂棄毛錐如脫屣此與燕頷投筆何以少異至雷曹感一飯之德少微酬良朋之知豈神人之私報恩施哉乃造物之公報賢豪耳

雹神

王公筠蒼涖任楚中擬登龍虎山謁天師及湖甫登舟即有一人駕小艇來公見之貌修偉懷中出天師刺曰聞騶從將臨先遣負弩公訝其預知神之誠意而往天師治具相款其給役者衣冠鬚鬣多不類常人前使者亦侍其側少間向天師耳語天師謂公曰

此先生同鄉不之識耶公問之曰此卽世所傳雹神李左車也公愕然改容天師曰適言奉旨雨雹故告辭耳公問何處曰章邱公以接壤關切離席乞免天師曰此上帝玉勅雹有額數何能相狥公哀之天師垂思良久乃顧而囑曰其多降山谷勿傷禾稼可也又囑貴客在座文去勿武李出至庭中忽足下生烟氤氳匝地俄延踰刻騰起高於樓閣霹靂一聲向北飛去屋宇震動筵器擺簸公駭曰去乃作雷霆耶天師曰適戒之所以遲遲不然平地一聲便逝去矣公

別歸誌其月日遣人問章邱是日果大雨雹溝渠皆滿而田中僅數枚焉

蝗神

明季蝗生青兗間漸集於沂令憂之夜夢一秀才來謁峩冠綠衣狀貌修偉自言禦蝗有策詢之云明日西南道上有婦跨碩腹牝驢蝗神也哀之可免令異之治具出伺良久果有婦來即爇香捧巵拜迎道左捉驢不令去婦問將何爲令便哀懇區區小治幸憫脫蝗口婦曰可恨柳秀才饒舌洩我密機當即以其

身受、不損禾稼可耳、乃盡三匝、嘗不復見、後蝗來飛蔽天日、不落禾田、但集柳樹、方悟秀才柳神也、或云是宰官憂民所感、信然

陸判

陵陽朱爾旦、字小明、資鈍好學、性豪放、一日文社聚飲、夜已深、或戲之曰、君有豪名、能往十王殿、負左廊下判官來、衆當醵作筵、蓋殿中神鬼皆木雕、用關捩子、四肢能動、粧飾如生、東廡判官綠面赤鬚、貌尤獰惡、白晝入者、毛皆森豎、故以此難朱、朱起、逕去、無何

門外大呼曰我請得髯判至矣衆皆起俄負判入置上坐奉觴酹之三衆瑟縮不安於座請仍負去朱又把酒灌地祝曰僕狂率不文判諒不爲怪荒舍不遠合乘興來覓飲幸勿爲畛畦乃負之去次日衆果招飲抵暮歸興未闌挑燈獨酌忽有人搴簾入視之則判官也起曰噫吾殆將死矣前夕冒瀆今來加斧鑕耶判掀濃髯微笑曰非也昨蒙高義相訂今夜偶暇敬踐達人之約朱大悅牽衣促坐滌器爇火判曰天氣溫和可以冷飲朱如命置瓶案上奔告家人治肴

果妻聞大駭戒勿出朱不聽立俟治具以出易琖交酬始詢姓字曰我姓陸無名字與談古典應答如響問知制藝否曰妍媸亦頗辨之陰司誦讀與陽世畧同陸豪飲一舉十觥朱飲過多遂不覺伏几醺睡比醒則殘燭昏黃判已去自是三兩日輒一來情更洽時抵足卧朱獻窗稿輒勒之都言不佳一夜朱醉先寢陸猶自酌忽夢中見陸危坐床前破腔出腸胃條條整理大驚曰夙無仇怨何以見殺陸笑曰勿懼我爲君易慧心耳從容納腸已復合之以布束朱腰見

几上一塊肉問之曰此君心也作文不佳知君之毛竅塞耳適在冥間於千萬心中揀得一枚爲君易之留此以補缺數耳驚醒覺臟腑微痛天明審視見腹際有綫而赤者存焉自是文思大進過目不忘數日陸來告以夢陸曰非也恐驚君故托之夢耳出文示之陸曰可矣但君福薄不能大顯貴鄉科而已問何時曰今歲必魁未幾秋闈果中經魁同社生素揶揄之及見闈墨相視而驚細詢始知其異共求朱先容願納交陸陸諾之衆大設以待更初陸至赤髯生動

目炯炯如電、泉茫乎失色、朱乃邀陸對飲、泉漸亡去、後朱欲赴禮闈、陸曰無用也、徒勞往返耳、朱從之、積三十年一夕、陸告曰君壽不永矣、問何時、對以五日、曰能相救否、曰惟天所命、人何能私、且自達人觀之、死生一耳、何必生之爲樂、而死之爲悲、朱亦爲然、即製衣衾棺槨、既備、至五日盛服而殁、翌日其妻方扶柩哭、朱忽冉冉自外至、妻懼、朱曰我誠鬼、不異生時、慮爾寡母孤兒、殊戀戀耳、妻大慟、朱依依慰解之、妻曰古有還魂之說、君既有靈、何不再生、朱曰天數不可違也。問在陰間作何務、曰陸判薦我督案務、受有官爵、亦無所苦、欲再語、朱曰陸公與我同來、可設酒饌、趨而出、妻依言營備、但聞室中笑飲、亮氣高聲、宛若生前、夜半窺之、窅然已逝、自是三數日輒一來、時而留宿繾綣、家中事就便經理、子瑋方五歲、來輒提抱、至七八歲、則燈下教讀、子亦慧、九歲能文、十五入邑庠、竟不知無父也、從此來漸稀、日月至焉而已、一夕來謂妻曰、今來與卿永訣、問何往、曰承帝命爲太華卿、行將遠赴、事煩途隔、故不能來、母子持之哭曰勿爾兒已成立家計尙可存活豈有百歲不拆之鸞鳳耶顧子曰好爲人勿墮父業十年後可相見耳徑出門去於是遂絕後緯二十五舉進士官行人奉命祭西嶽道經華陰忽有輿從羽葆馳衝鹵簿訶之審視車中人其父也下馬哭伏道左父停輿曰官聲好我無憂矣緯伏不起父促輿行馳不顧去數步回望解佩刀遣人付之遙語曰佩之則貴緯欲追從見輿馬人從飄忽若風瞬息不見痛悼良久抽刀視之製極精工鐫字一行云膽欲大而心欲小智欲圓而行

欲、方後、緯官、至司馬、生子五、沉潛汾渾、深、一夕夢父

曰佩刀宜付渾也、從之、渾仕至總憲、有聲、

仙一

天蓉城

長安方棟頗有才名、而佻㒓不持儀節、每陌上見遊

女、輒尾綴之、清明前一日、偶步郊郭、見一小車、朱茀

繡幰、青衣數輩、款段以從、內一婢乘小駟、容光絕美、

稍稍近覘之、見車幔洞開、內坐二八女郎、紅妝艷麗、

尤生平所未睹、目炫神奪、瞻戀弗舍、或先或後、馳數

里、忽聞女郎呼婢曰、爲我垂簾、何處風狂兒郎頻來窺瞻、婢乃下簾、怒顧生曰、此芙蓉城七郎子新婦歸寧、非同田舍娘子、放敎秀才胡覷、言已擲轍土颺生、生目瞇不可開、纔拭之、而車馬已杳、驚疑而返、覺目終不快、倩人撥視、則睛上生小翳、經宿更劇、百藥無效、數年右目漸愈、而左目盲矣、由是大加撿束、力改前非、鄉中稱盛德焉、

乩仙

長山王瑞亭、能以乩卜、乩神自稱何仙、爲純陽弟子、

毋降輒與人論文作詩李太史質君師事之丹黃課藝理緒明切太史揣摩成何仙之力居多因之文學士俱皈依之然爲人決疑事多憑理不甚言休咎辛未學使朱按濟南試後諸友請決等第何仙索試藝月旦之座中有與樂陵李怀相善者李固名宿衆屬望之因出其文代爲之請乩注云一等少間又書云適評李生據文爲斷然此生運數太晦應犯夏楚異哉文與數不相符豈文章無憑準耶諸公少待試一往探之少頃又書曰適至提學署中見文宗公事旁

午幕友醉後點竄、竟置劣等、實則李生晦運使然、與
人自無尤也、大凡人之命運、定於有生之初、冥冥之
中、主持不爽、智者無所用其謀、強者無所用其力、即
使巧爲趨避、而命之所値、趨避適與相符、倖獲具有
前因、捷徑非當側足、吾人惟有安分守已、爲所當爲、
豈可以成敗利鈍爲欣戚耶、衆以告李、李懼、以文質
之孫太史子未、且訴以兆、太史贊其文、因解其惑、李
以太史海內宗匠、乩語不復置懷、案發竟四等、太史
大駭、取其文復閱之、評曰、石門公祖素有文名、必不

悠謬至此。信爲幕友醉後誤點句讀者所爲。於是衆僉服何仙之神。共焚香謝之。乩書曰。李生勿以暫時之屈。遂懷慚怍。當多寫試卷。慕之。明歲可得優等。李如其教。久之。署內頗聞。懸牌特慰之。次歲果列前矛。其靈應有如此者。

安期島

長山劉中堂鴻訓。使朝鮮。聞安期島神仙所居。欲命舟往遊。國中臣僚僉謂不可。云安期不與世通。惟有弟子小張。歲一兩至。欲至島者。須先白之。如以爲可則一帆可至否則颶風覆舟欲去須待小張逾二日國王召之入見一人佩劍冠椶笠坐殿上年三十許儀容修潔問之則小張也劉因自述向往之意張許之又出視從者惟二人可從遂命舟導與俱往水程不知遠近但覺習習如駕雲霧移時已抵其境時方嚴寒既至則氣候温煦山花遍巖谷導入洞府見三叟趺坐東西者漠若不知惟中坐者起逆客與爲禮既坐呼茶僮將盤去洞外石壁上有鐵錐捶石中僮换錐水即射出以瓊承之滿復塞之既而送至其色

淡碧、試之其凉震齒、劉畏寒不飲、叟顧僮頤視之、僮取琖去、呷其殘者、仍於故處拔錐取而返、則芳烈蒸騰如初出於鼎鬲、異之、問以休咎、笑曰、世外人歲月不知、何解人事。問以却老術、曰、此非富貴人所能爲者。劉起辭、張仍送之歸、既至朝鮮、備述其異、國王歎曰、惜未飲其冷者、是先天之玉液、一琖可延百齡。劉歸、王贈一物、紙帛重裹、囑近海勿開視、既離海、急取拆視、去紙數百重、始見一鏡、審之則鮫宫龍族、歷歷在目、方凝注間、忽見潮頭高於樓閣、洶洶已近、大駭、

疾馳潮從之迅如風雨大懼以鏡投之潮乃頓落

呂祖

吳門畫士某喜畫呂祖每想象而神會之希幸一遇一日值羣丐聚飲內一人敝衣露肘而神采軒豁心忽動疑爲呂祖諦視覺愈確遽捉其臂曰君呂祖也丐者大笑某堅執爲是拜伏不起丐曰我卽呂祖汝將何爲某叩頭但求指教丐曰汝能相識可謂有緣然此處非語所夜當相見也再欲遮問轉盼已杳駭歎而歸夜果夢呂祖來曰念子志慮專凝特來一見

但汝骨氣貪吝不能爲仙使爾見一人可也向空一招遂有一麗人下服飾如貴嬪容光袍儀煥映一室呂祖曰此乃董娘娘汝審誌之旣而又問記得否答已記之又曰勿忘𨚫俄而麗者去呂祖亦去醒而異之卽夢中所見肖而藏之終亦不解所謂後數年偶遊京師會董妃薨上念其賢將爲肖像諸工畢集口授心擬終不能似某忽念夢中人得無是耶以圖呈進宮中傳覽皆謂神肖由是予之官辭之賜萬金以此名大噪貴戚家爭遺重幣乞爲先人傳影懸空摹

鴐無不逼肖浹旬間累數巨萬

宮夢弼

柳芳華保定人財雄一鄉慷慨好客座上嘗百人急人之急千金不靳友朋假貸從無還者惟一客宮夢弼陝人生平無所求每至輒經歲詞旨清洒柳與寢處時最多柳子名和時總角叔之宮亦喜與和戲每和自塾歸輒與發貼地磚埋石子僞作藏金爲笑室屋五架掘藏幾遍衆笑其行稚而和獨愛悅之後十餘年家漸虛不能供多客之求於是客漸稀然十數

人徹宵談讌猶是常也年既暮家吏落尙割畝得直以備雞黍和亦揮霍柳不之禁無何柳病卒至無以治凶具宮乃自出囊金爲之經紀和愈德之事無大小悉委宮叔宮時自外入必袖尨礫至室則抛擲暗陬更不解其何意和每對宮憂貧宮曰子不知作苦之難無論無金即授汝千金可立盡也男子患不自立何患貧一日辭欲歸和泣囑速返宮諾之遂去和貧不自給典質漸空日望宮至一爲經理而宮跡滅影銷不復返矣先是柳生時爲和論親於無極黃氏

素封也後聞柳貧隂有悔心柳卒訃之亦不弔猶以道遠原之和服除母遣請岳所訂昏期冀其憐顧比至黄閽其衣敝履穿斥門者不納寄語云歸謀百金可復來不然請自此絶和聞言痛哭對門劉媪憐而進之食贈錢三百慰令歸母亦哀憤無策因念舊客負欠者十常八九俾富貴者求助焉和日昔之交我者財耳使兒駟馬高車假千金亦不難如此景象誰復憶曩恩念舊好者且父予人金曾無契保責負亦難憑也母强之沿門求貸二十餘日無一應者優人

李四舊受恩卹聞之贈一金母子痛哭自此絕望矣黃女年已及笄聞父絕和竊不直之黃欲女他適泣曰柳郎非生而貧者也使富倍他日豈仇我者所能奪乎今貧而棄之不仁黃不悅曲諭萬端女終不搖翁媼並怒旦夕唾罵之女亦安焉無何夜遭寇刼夫婦炮烙幾死家中蓆捲一空荏苒三載家愈零替有西賈聞女美願以五十金致聘黃利而許之將強奪其志女察知其謀毀粧塗面乘夜遁去丐食於途閱兩月始抵保定訪和居址直造其家母以爲乞人婦

故咄之女嗚咽自陳母携手泣曰兒何形骸至此耶女慘然告以故母子俱哭便爲盥沐顏色光澤眉目煥映母子俱喜然日僅一食母泣曰吾母子固應爾所憐者負吾賢婦女笑慰之曰新婦在乞兒中稔其況味今日視之覺有天堂地獄之别母爲解頤女一日入閒舍中見斷草叢叢無隙地漸入內室塵埃積中暗陬有物堆積蹴之迋足拾視皆朱提驚走告和同往驗視則宮所拋甎礫盡爲白金因念兒時嘗與瘞石室中得毋皆金而瘞石之屋已典出急贖之斷

磚殘缺所藏石子儼然露焉頗覺失望及發他磚則粲粲皆白鏹也頃刻間數巨萬矣由是贖田產市奴僕門庭華好過昔日因自奮曰若不自立負我宮叔刻志下帷三年中鄉選乃厚酬李四躬賫白金往謝劉媪鮮衣射目傒僕十餘輩媪僅一屋和便坐榻上人喧馬騰充塞里巷黃自女亡失西賈逼退聘財業已耗去殆半售居宅始得償以故困窘如和曩日聞舊壻烜耀閉戶自傷而已媪沽酒備饌欵和因述女賢且惜女遁問和娶否和曰娶矣食已强媪往視新

婦、載與俱歸、女華妝出、羣婢簇擁、若仙、相見大駭、遂叙往舊、殷問父母起居、居數日、爲製衣上下一新、始送之返、媼詣黃、報女耗、兼致存問、夫婦大驚、媼勸往投女、黃有難色。既而凍餒難堪、不得已、如保定、既到、見門閎峻麗。閽者怒目張。終日不得通。一婦人出、黃溫色卑詞、告以姓氏、求暗達女、知少間、婦出、導入耳舍、曰、娘子極欲一覲、然恐郎君知、尚候隙也、翁幾時來、此得毋饑否、黃因訴所苦。婦以酒一盛、饌二簋、出置黃前、又贈五金、曰、郎君宴房中、娘子恐不得來、明旦宜早去勿爲郎聞黃諸之早起趣裝則管鑰未啟止於門中忽譁主人出黃將斂避和已見之怪問誰何家人無以應和怒曰是必姦宄可執付有司衆應聲出短綆綳繫樹間黃慚懼不知置詞未幾昨夜婢出跪曰是某舅氏以前夕來晚故未告主人和命釋縛婦送出門曰忘囑門者遂致參差娘子言相思時可使姥僞爲賣花者同劉媼來黃諸歸述之母念女若渴以告劉媼媼果與俱至和家凡啟十餘關始達女所女著帔頂髻珠翠綺紈散香氣撲人嚶嚀一聲

婢婦奔入滿側。移金椅牀。置雙夾膝。慧婢瀹茗。各以隱語道寒暄、相視泪熒、至晚除室、安二嫗裀褥、溫輭並昔年富時所未經、居三五日、女義殷渥、媪輙引坐處泣、自前非女曰、我母子有何過不忘。但郎忿不解防他聞也。每和至、便走匿、一日方倪膝、和遽入見之、怒詬曰、何物村嫗、敢引身與娘子接坐、宜撮鬓毛令盡。劉媪急進曰、此老身瓜葛王嫂、賣花者、幸勿罪責和乃上手謝過、卽坐曰、姥來數日、我大忙、未得展叙黄家老畜産、尚在否、笑云、都佳、但是貧不可過、官人

大富貴何不一念翁壻情也和擊棹曰曩年非姥憐
賜一甌粥更何得旋鄉土今欲得而寢處之何念焉
言至忿際輒頓足起罵女恚曰彼郎不仁是我父母
我迢迢遠來手皴瘃足趾皆穿亦自謂無負郎君何
乃對子罵父使人難堪和乃歛怒起身去黃嫗媿喪
無色辭欲歸女以二十金私付之既歸曠絕音問女
深以爲念和乃遣人招之夫妻至慙怍無以自容和
謝曰舊歲辱臨又不明告遂使開罪良多黃但唯唯
和爲更易衣履留月餘黃心終不自安數告歸和遺

白金百兩曰西賈五十金我今倍之黃汗顏受之女亦大有所贈和以輿馬送歸亦稱小封焉

雍門泣後朱履杳然令人憤氣杜門不欲復交一客然良朋蘊骨化石成金不可謂非慷慨好客之報也閨中人坐享高厚非貞異如黃卿孰能當之而無愧乎造物之不妄降福澤也如是

白子玉

吳青庵錡少知名葛太史見其文每嘉歎之託相善者邀至其家領其言論風采曰焉有才如吳生而長

貧賤者乎。又托人致之、曰、使青庵奮志、雲霄、當以息
女奉巾櫛、時太史有女、絕美、生聞大喜、確自信、旣而
秋闈被黜、使人謂太史、富貴所固有、不可知者遲早
耳、請待我三年、不成而後嫁。太史復之曰、卽待至終
身亦無悔。生於是刻志更苦、一夕月明之下、有秀才
造謁、白皙短鬚、細腰長爪、詰所來、自言白氏、字于玉、
略與傾談、豁人心胸、悅之、留同止宿、遲明欲去、生囑
便道頻過、白感其情殷、願卽假館、約期而別、至日先
以蒼頭送炊具來、少間白至、生另舍舍之、遂共晨久

欣然相得、一夕招生飲、出一卷授之、皆吐納之術、多所不解、因以迂緩置之、從日謂生曰、昨所授、乃黃庭之要道、仙人之梯航也、生笑曰、僕所急不在此、且求仙必斷絕情緣、僕未能也。白詰何故、生以宗嗣爲慮、白曰、胡久不娶、笑曰、寡人好色、白亦笑曰、王請無好小色、生具以情告、白疑未必眞美、生曰、此遐邇所共聞、非小生之目賤也、白微哂而罷、次日忽促裝言別、生悽然、白乃曰、明夕遣僮相招、過我一話、方欲再問、忽見青蟬落案間、白頓小如指、跨蟬背上、杳入雲中、生乃知其非常人、錯愕良久、悵然自失、次夕方寢、見白家僮來招、欣然諾之、而慮無階可升、俄有鳳集於庭、童曰可乘此代步、生試乘之、戛然一鳴、凌升空際、生駭極、俄至一門、僮扶之下、問此何所、曰天門也、門旁有巨虎蹲伏、僮以身障之入、移時白生已候于門、握手入見、簷外清水白沙、涓涓流溢、王砌雕闌、殆擬桂闕、甫坐、即有二八妖鬟、來薦香茗、少間命酌、有四麗人斂衽鳴璫、給事左右、纔覺背上微癢、即以纖指長甲、探衣代搔、生覺心神搖曳、無所安頓、既而微醺、漸不自持、笑顧麗人、白令度曲侑觴、一衣絳綃者、即筵前宛轉清歌、諸麗者笙歌雜和、既闋、白令更番把盞、內一紫衣人尤麗、生托接盃、戲撓纖腕、女笑失手、酒傾於地。白譙呵之、女拾杯含笑云。冷如鬼手馨、強來捉人臂、白大笑、罰令歌且舞、舞已、生謂白曰、人間尤物、僕求一而難之、君集羣芳、能令我真個銷魂否、白笑曰、足下意中自有佳人、此何足當巨眼之顧。生曰、吾今乃知所見之不廣也。白以紫衣人有把臂之好。遂使襆被奉客、既而衾枕之愛、極盡綢繆、生索贈、女脫金腕釧付之。忽僮入曰、仙凡殊路、君宜速行、女急起遁去、生問主人、曰早詣待漏、去時囑送客耳、生悵然從之出、回視童子、不知何時已去、虎哮驟起、生驚竄間、一望無底、而身已墮、一驚而寤、則朝暾已紅、方將振衣、有物墮褥間。視之釧也。心大異之、由是前念頓冷、每欲尋赤松子遊、而尚以嗣續為憂、過十餘月。晝寢方酣、夢紫衣姬自外至。懷中繃嬰兒、曰此君骨血。天上難留此物、敬持送君。乃寢諸床、牽生衣覆之、匆匆欲去、生強與為歡、乃曰、前一度為合巹。今一度爲永訣、百年夫婦盡於此矣。君倘有志、或有見期、生醒、見嬰兒卧襆褥間、綳以告母、母喜、傭媪哺之、取名夢仙、生於是使人告太史、太史身已將隱、請別擇良匹、太史不肯、生固辭、太史告女、女曰遠近無不知兒身已許吳郎、今改之是二天也。因以此意告生、生曰我不但無志於功名、兼絶情於燕好、所以不即入山者、徒以有老母在、太史又以商女、女曰吳郎貧、我甘其藜藿、吳郎去、我事其姑、嫜使人三四返、迄無成謀、遂諏日備輿馬妝奩嬪生於家、生感其賢、敬愛臻至、爾月歸、事姑、孝曲意承順。過貧家女。踰二年母亡、女質奩作具。罔不盡禮。生曰、得卿如此、吾何憂。顧念一人得道、拔宅、飛升。余將遠逝。一切付之於、卿女。殊坦然生遂去、女外理生計、內訓夢仙、井井有法、夢仙聰慧絕倫、年十四以神童領鄉薦、十五入翰林、每褒封不知母姓氏、封葛母一人而已、值霜露之辰輒問父所、母具告之、遂欲棄官往尋、母曰汝父出已十餘年、何處可尋、後奉旨祭南岳、中途遇寇、窘急中一道人仗劍入、寇盡披靡、圍始解、德之、餽以金不受、出書一函付囑曰余有故人與夫人同里煩一致寒暄問何姓名答云王林因憶里中無此名道士曰草野微賤貴官自不識耳臨行出一金釧曰此閨閣物道人拾此無所用即以奉報視之嵌鏤精絶懷歸告母母曰此汝母物也而父在家時嘗以相示今從何來夢仙具告之母詰得其狀泣曰此而父也急發其函上云三年鸞鳳分拆各天持家教子端賴卿賢無以報德奉藥一丸剖而食之可以成仙後書琳娘夫人妝次母曰此汝父家報也琳我小字始悟王林爲拆白謎也

悔恨不已、視丸如豆大、母受而藏之、會甥太史來視
甥女誦異生書、遂進丹藥爲壽、太史剖而分食之、頃
刻精神煥發、時太史已七旬、龍鍾頹廢、忽覺筋力溢
於膚革。遂棄輿而歸、其行甚速、家人望塵始能及焉。
女以釧賜媳、媳愛之、命良工依式配造、終不能及其
精巧。踰年、都城有回祿災、火終日不熄、家人不敢寐、
畢集庭中、見火勢浸及鄰舍、一家徨惑、莫知爲計、忽
媳臂上金釧戛然有聲、脫臂飛去、望之大可數畝、圍
覆宅上、形如月闌、釧口降東南隅、歷歷可見、衆大愕

俄頃火自西來、近闌則斜越而東。迨火勢旣遠、竊意釧亡不可復得、忽見虹光乍歛、釧錚然墮足下。都中延燒民舍數萬間、左右前後盡爲灰燼、獨吳第無恙、惟燒東南一小閣、即釧口漏覆處也。蔦毋年五十餘、或見之猶似二十許人。

余德

武昌尹圖南有別第、嘗爲秀才稅居、半年來亦未過問。一日遇諸其門、年最少、儀容服飾、翩翩甚都、趨與語、蘊藉可愛。異之、歸語妻、遣婢托問遺以覘之。室有

麗姝、美艷、適於仙人、一切花石服玩、俱非耳目所經、
尹不測其何人、詣門投謁、適他出、翌日來答拜、展其
刺、始知知余姓、德名、語次細審官閥、言殊隱約、詰之曰、
欲相往還、僕不敢自絕、應知非寇竊逋逃者。何必定
知來歷。尹謝之、命酒款晏、言笑甚懽、向晚有兩僕捉
馬挑燈導以去、明日折簡報主人、尹至其家、見屋壁
俱用光明紙裱、潔如鏡、金猊爇異香、一碧玉瓶、插
鳳尾孔雀尾、各長二尺餘、一晶瓶浸粉花一樹、不知
何名、亦高二尺許、垂枝覆几外、葉疎花密、含苞未吐、

狀似濕蝶斂翅、蒂即如鬚、筵間不過八簋、而豐美異常。即命僮子擊鼓催花爲令、鼓聲既動、則瓶中花顫顫欲拆。俄而蝶翅漸張、既而鼓歇、淵然一聲、蒂鬚頓落。即爲一蝶、飛落尹衣。余起飛一巨觥、酒方引滿、蝶亦颺去。頃之鼓又作、兩蝶飛集余冠。余笑云、作法自斃矣。亦引二觥、三鼓既終、花翩翩亂墜、惹袖沾衿。鼓僮笑來指數、尹九籌、余四籌。尹已薄醉、强飲三爵、力辭而去。由是大奇之、然其爲人寡交、恒闔門居、不與人通弔慶。尹逢人輒宣播、聞其異者、爭與交、門外兒蓋常相望、余頗不耐、忽辭主人去、尹入視之、空庭洒掃無纖塵、燭泪堆擲青堦下、牕間零帛斷綿、指印宛然、惟舍後遺一白石缸、可受石許、尹移歸貯水、蓄金魚、經年水清如初、貯後爲傭保悞碎之、水貯如故。視之缸宛在。捫之虛。輒以手探之、則水隨手泄。手出則復合。冬月亦不氷。一夜忽結爲晶、魚游如故。尹畏人知、常置密室、久之漸播、索玩者紛錯於門、臘月忽解爲水、蔭濕滿地矣、其殘石猶存、忽有道士踵門求之、尹出以示、並述其異、道士曰、此龍宮貯水器也、破

而不洩缸之魂也殷勤乞少許問其何用曰以屑合藥可得永壽予一片權謝而去

劉海石

蒲臺劉海石幼時避亂於濱州與劉生滄客結爲昆季無何海石歸音問遂闕滄客家頗裕年四十長子吉已十七歲爲邑名士次子亦慧滄客又納倪氏女嬖之後半年長子患腦痛卒無何妻病又卒踰數月長媳又亡而僕婢之死者且相繼也滄客哀悼殆不能堪一日閽人忽通海石至逆以入方欲展寒溫海

石曰兒有滅門禍不知耶滄客愕然不解所以海石曰久失聞問竊疑近況未必佳也滄客泫然以狀對海石欷歔既而笑曰災殃未艾幸弟來可無恙也滄客曰久不晤豈近精越人術耶海石曰非也陽宅風鑑頗能習之滄客喜求相宅海石徧觀之已而請觀諸眷口滄客使家屬俱見於堂滄客一一指示至倪海石仰天大笑衆方驚疑但見倪女戰慄無色身暴縮僅二尺餘海石以界方擊其首作石缶聲揪其髮撿腦後白髮數莖欲拔之女縮項跪啼言即去但求

勿拔、海石怒曰、汝凶心尚未死耶、拔去之、隨手而變、黑色、如貍、衆大駭、海石掇納袖中、顧子婦曰、受毒已深、背上當有異、請驗之、婦羞、不肯袒示、衆固强之、見背上有白毛、長四指許、海石以針挑去、曰、此毛已老、遲七日不可救矣、又視劉子、亦有毛、裁二指、曰、似此、可、月餘死耳、滄客以及婢僕、皆刺之、曰、僕倘不來、一門無噍類矣、問此何物、曰、亦狐屬、吸人神氣以爲靈、最利人死、滄客曰、久不見君、神異如此、無乃仙乎、笑曰、特從師習小技耳、何遽云仙、問其師、云是山石道入適此物我不能死之將歸獻俘於師告別覺袖中無物駭曰忘之矣尾末有大毛未去今已遁衆大駭海石曰領毛已盡不能變人止能化獸遁當不遠於是相其貓犬皆曰無之啟圈笑曰在此矣滄客視之多一豕闖海客笑伏不敢動提耳提出視尾上白毛一莖硬如針方將撿拔而豕轉側哀鳴海石曰汝造孽多端拔一毛猶不肯耶執而拔之隨手化爲原形納袖欲出滄客苦留乃爲一飯問後會曰此難預定我師願弘常使我等遊世上拔救衆生未必無再見

時及別後細思其名始悟曰海石殆仙乎山石合岩字呂祖諱也

郎生

平凉賈奉雉才名冠一時而試輒不售一日途中遇一秀才自言郎姓風格洒然談言微中因邀與歸出課藝就正郎閱罷曰足下文小試取第一則有餘闈場取榜尾則不足賈曰奈何郎曰天下事仰而跂之則難俯而就之甚易遂指一二篇以爲標準大率賈所鄙棄而不屑道者賈笑曰學者立言貴乎不朽如

此獵取功名雖登臺閣非所願也郎曰不然君欲抱卷以終也則可不然簾內諸公皆以此等物事進身不能因閱君文另換一副眼睛肺腸也賈嘿然郎起而笑遂別去賈頗思其言遂取所指示者强讀之昏昏欲睡瞬息塲期將近郎忽至相見甚歡因出所擬七題使賈作之越日索文閱之又令改作作已又訾之賈戲集其葛冗泛濫之句連綴成文俟其來而示之郎喜曰得之矣因使熟記賈笑曰實相告此言不由中不能復憶之也郎令自誦一過袒其背以筆書

符而去曰只此已足矣驗其符躍之不去至場中七題無一遺者回思諸作茫不記憶惟戲綴之文歷歷在心欲少竄易苦思竟日不能復更一字日已西墜直錄而出郎候之已久卽求拭符而已滅矣大奇之因問何不自謀笑曰某惟不作此等想故能不讀此等文也郎旣去買取文閱之嗒焉若喪遂歸未幾榜發高中經魁仍取其文閱之自言曰此文一出何以見天下士乎方慚怍間郎忽至曰求中卽中矣何以悶乎曰僕適自念以金盆玉碗盛狗屎何顏出見同

人行將遁跡山邱與世長絶矣○郎曰此亦太高但恐不能耳果能之僕引見一人長生可得並千載之名亦不足戀況儻來之富貴乎賈悦留與共宿曰容某思之天明告郎曰余志决矣不告妻子隨之飄然去漸入深山至一洞府其中別有天地一叟坐堂上郎使叅之呼以師叟曰來何早也郎曰此人道念已堅望加收齒叟曰汝既來須將此身並置度外始得賈唯唯聽命郎送至一院安其寢處又授以餌始去房亦精潔但戶無扉牕無櫺內惟一几一榻賈解履登

榻月明穿射矣覺微饑取餌啖之甘而易飽竊意即當復至久而寂然但覺淸香滿室臟腑空明脉絡皆可指數忽聞有聲甚厲自牖覘之則虎蹲簷下乍見甚驚因憶師言即復凝神靜坐虎似知其有人尋入近榻氣咻咻徧嗅足股而去又坐少時一美人入蘭麝撲人俏然登榻附耳小言曰我來矣一言之間口脂散馥賈瞑然不少動又低聲曰驪乎聲音頗類其妻心微動又念曰此皆師試我之術也瞑如故美人笑曰鼠子動矣初夫妻與婢同室狎褻惟恐婢聞私

約一言曰鼠子動則相歡好忽聞是語不覺大動開目凝視眞其妻也問何能來答云郎生恐君岑寂思歸遣嫗導我來言次因賈出門不相告語偎傍之際頗有怨懟賈慰藉良久始得嬉笑爲歡既畢夜已向晨聞叟譙訶聲漸近庭院妻急起越短垣去俄頃郎從叟入叟對賈杖郎便令逐客郎亦引賈自短垣出曰僕望君奢不免躁進不圖情緣未斷累受朴責從此暫別相見行有日矣指示歸途拱手遂別賈俯視故村如在目前意妻弱步必滯途間疾趨里餘已至

家門、但見房舍零落。舊景全非。村中老幼。竟無一相識者。心始駭異、忽念劉阮返自天台、情景眞似、不敢入門、於對戶憩坐良久、有老翁曳杖出、賈揖之、問賈某家何所、翁指其第曰、此即是也、得無欲聞奇事乎、僕悉知之、相傳此公聞捷即遁、遁時其子纔七八歲、母忽大睡不醒、子在時、寒暑爲之易衣、迨後窮蹙、房舍拆毁、惟以木架苫覆之、月前夫人忽醒、屈指百餘年矣、遠近聞其異、皆來訪視、近日亦稀矣、賈曰、翁不知奉雉即某是也、翁大駭、走報其家、時長孫已死、次孫祥亦五十餘矣以買年少疑有詐僞少間夫人出始識之涕泪霑霑拽之入暫止孫舍大小男婦并入滿側皆其曾玄卒陋劣少文長孫婦吳氏沽酒具蔡藿又使少子杲及婦遷於已室除舍舍祖翁姑買入舍烟埃兒溺雜氣熏人居數日懊惋殊不可耐兩孫家輪流供給調飪尤乖吳氏故士人女頗嫺閨訓承順不衰祥家給奉漸疎或嘑爾與之賈怒携夫人去設帳東里每謂夫人曰吾甚悔此一返而已無及矣不得已復理舊業若心無愧恥富貴不難致也居年

餘、吳氏猶時餽贈、而祥絕迹矣、是歲入邑庠、邑令重
其文、厚贈之、由此家稍裕、祥稍稍來就之、賈與入計
囊、所耗費、出金償之、斥絕令去、遂買新第、移吳氏共
居之、吳二子、長者留守舊業、次杲頗慧、使與門人輩
共筆硯、賈自山中歸、心思更明澈、無何連捷、又數年
以侍御出巡兩浙、聲名赫奕、歌舞樓臺、一時稱盛、賈
為人鯁峭、不避權貴、朝中大僚思中傷之、賈屢疏乞
休、未准、未幾而禍作矣、先是祥六子皆無賴、賈雖擯
斥不齒、然皆竊餘勢以作威福、橫占田宅、鄉人患之、

有其乙娶婦祥、次子纂娶爲妾、乙故狙詐、鄉人斂金助訟、以此聞於都、於是當道者交章攻賈、賈殊無以自剖、被收經年、祥及次子皆瘐死、賈充遼陽軍、時杲入泮已久、爲人頗仁厚、有賢聲、夫人生一子、年十六。遂以屬杲、携一媪一僕而去、賈曰、十餘年之富貴、曾不如一夢之久。今始知榮華場卽地獄境。悔比劉晨阮肇多造一重孽案耳。數日、抵海壖、遙見巨舟來、鼓樂大作、虞侯皆如天神、旣近、舟中一人出、笑請侍御過舟少憩、賈見驚喜、蹋身而過、押隸不敢禁、夫人急欲相從、而相去已遠、遂憤投海中、見一人垂練於水、引救而去、隸命篙師盪舟、且追且號、但聞鼓聲如雷。與轟濤相間、瞬間遂杳、意者其人卽郎生也、

世傳陳大士在闈中、旣脫稿、吟誦數四、嘆曰、亦復誰人識得、遂棄去、更作賈生羞而遁去、蓋有仙骨焉、乃再返人世、遂以口腹自貶、貧賤之中人甚矣哉、

顚道人

顚道人不知名姓、寓蒙山寺、歌哭不常、煮石爲飯、人

莫之測會重陽有邑貴載酒登臨輿蓋而往宴畢過
寺前及門則道人赤足著破衲自張黃蓋作呵呼聲
而出意近玩弄邑貴慚怒揮僕輩逐罵之道人笑而
郄走逐急棄蓋共毀裂之片片化為鷹隼四散羣飛
衆始駭蓋柄轉成巨蟒赤鱗耀目衆譁欲走有同游
者止之曰此不過翳眼之幻術耳烏能噬人遂操刀
直前蟒張吻怒逆吞而嚥之衆大懼擁貴人急奔息
於三里外使數人逡巡往探漸入寺則人蟒俱無方
將返報聞老槐內喘急如驢駭甚不敢近前潛踪視

之見樹朽中空有竅如盌試一攀窺則操刀者倒植其中而孔大僅容兩手無術可以出之急以刀劈開而人已死踰時少蘓𦤎歸道人不知所之矣

張蓋游山俗氣浹於骨髓仙人遊戲三昧一何可笑或曰操刀之客何以𦤎歸余曰幸有輿在曰蓋則何如曰不張而已矣

誌異摘抄目錄

卷之八

仙二

誌異摘抄卷之八

仙二

鞏仙

鞏道人、無名字、嘗求見魯王、閽人不爲通、有中貴出、求之、中貴見其鄙陋、逐之、去而復來、中貴怒、令人逐且扑、至無人處、道人出黃金百兩、煩逐者餽中貴、爲言我亦不要見王、但聞後苑極人間佳勝、能導我一遊、平生足矣、又以白金賂逐者、其人喜、反命、中貴大喜、引道人自後門入、諸景俱歷、又從登樓上、中貴方澒憁道人一推懸於空際下視則高深暈目有細葛綳腰隱隱作斷聲懼極大號無何數監至見其去地絕遠大駭登樓視之則葛端繫檣上欲解援之則葛細不堪用力遍索道人已杳矣束手無策告之曾王王諳視大奇之命簷下藉茅鋪絮將因而斷之甫畢葛崩然自絕去地乃不咫耳相與失笑王命訪道士所在聞館於尙秀才家問之則出遊未返既遇於途遂引之見王王賜宴坐便請作劇道人曰臣草野人無他能既承優寵敢獻女樂爲大王壽遂探袖中出

美人置地上向王稽拜已道人命演瑤池宴祝王萬年女子弔場數語道人又出一人自白王母少間董雙成許飛瓊一切仙姬末後織女來謁獻天衣一襲金彩絢爛光映一室王意其僞索觀之道人急止之王不聽視之果無縫之衣非人工所能造也道人不樂曰臣竭誠假諸天孫今爲濁氣所染何以還故主乎王意歌者必皆仙姬思欲留其一二細視之皆府中之樂妓耳轉疑此曲非所夙諳問之果茫然道人以衣置火燒之然後納諸袖中再索之則已無矣王

於是深重之留居府中道人曰野人之性視宮殿如藩籠不如秀才家得自由也每至中夜必還其所時而堅留亦遂止宿王問曰聞仙人亦不能忘情果否曰臣非仙人故心如枯木矣一夜王遣少姬往試之入其室數呼不應燭之則瞑坐榻上搖之目一閃則復合再搖之齁聲作矣推之則隨手而倒酣臥如雷彈其額迸指作鐵釜聲反以白王王使刺以針弗可入推之重不可搖加十餘人舉擲床下若千觔石墜地者旦窺之仍眠地上醒而笑曰一塲惡夢墮地不

覺耳舍秀才家中夜不歸鎖其戶及旦啟扉道人已
卧室中初尙與曲妓惠哥善矢志嫁娶惠雅善歌絃
索傾一時曾王聞其名召入供奉遂絕情好每繫念
之苦無由通一夕問道人見惠哥否答言諸姬皆見
不知誰何尙述其貌道其年求寄一語道人笑曰我
世外人不能爲君作塞鴻尙哀之不已道人展其袖
曰必欲一見請入此尙伏身入中大如屋居其內殊
無悶苦道人入府見惠哥至陽以袖拂塵惠已納袖
中尙方獨坐凝想忽見惠哥來兩相驚喜綢繆臻至

倘曰、今日奇緣、不可不誌、請與卿聯之、書壁上曰、侯門似海久無踪、惠曰、誰識蕭郎今又逢、倘曰、袖裏乾坤眞個大、惠曰、離人思婦盡包容、書甫畢、忽有五人入捉惠哥去、倘驚駭、不知所由、道人歸、問其情事、隱諱不言、道人解衣反袖示之、倘審視、有字細如蟣蝨、即所題句也、後數月、又求一入、凡三入、惠謂倘曰、腹中震動、妾甚憂之、常以帛束腰際、府中耳目多、倘一朝臨蓐、何處可容兒啼、可與聾仙謀、見妾三叉腰時、便一拯救、倘諾之、歸見道人、伏地不起、道人曳之曰、所言余已知之但請勿憂君宗祧賴此一綫何敢不竭綿薄但自此不必復入我所以報君者原不在情私也後數月道人自外入笑曰攜得公子至矣可將襁褓來尚妻最賢年近三十數胎而存一子適生女盈月而殤聞之驚喜自出道人探袖出嬰兒酣然若寐臍帶猶未斷也尚妻接抱始呱呱而泣道人解衣曰產血濺衣道家所忌今爲君二十年故物一旦棄之尚爲易衣道人囑曰舊物勿棄郤燒錢許可療難產墮死胎居之又久忽告尚曰所藏舊衲當留少許

自用我死後亦勿忘也尙謂其言不祥道人不言而去入見王曰臣欲死王驚問之曰此有定數亦復何言王不信强留之手談一局急欲去王又止之請從外舍從之道人趨臥視之已死王以禮葬之尙臨哭甚哀衲用催產應如響求者接踵始猶以汗袖與人旣而剪領衿附不效及憶所囑疑妻有產厄斷血布如掌珍藏之會王愛妃臨盆三日不下醫窮於術或有以尙生告者急召之一劑而產王大喜贈白金彩緞甚厚尙悉辭不受王問所欲曰臣不敢言再三問

之頓首曰如推恩但賜舊妓惠哥足矣王召之來問其年曰妾十八入府今十四年矣王以其齒加長命呼輦姬任自擇尚一無所好王笑曰癡哉從前訂昏嫁耶倘以實對乃盛備輿馬以所辭銀幣爲惠作妝送之出惠所生子名秀生秀隱袖時年十一矣曰念輦仙恩清明則上其墓後有客自川中歸者遇道人於途出書一卷曰此魯王府中物來時倉猝未暇送還煩寄尚生代返之王展視果道人所借擬之發其塚空棺耳後尚妻所生子少殤賴秀生承祀更服輦

之先知云

和生

瑞雲杭名妓蔡姬假女也色藝無雙年十四將使出應客雲告曰此奴終身發軔之始不可草草價由母定客則聽奴自擇之姬曰諾乃定價十五金客求見者必以贄厚者接以奕酬以畫薄者留茶而已瑞雲名譟已久富商貴介接踵於門餘杭賀生才名素著而家僅中貲心慕瑞雲亦竭微贄冀得一見芳容又恐閱人既多不以寒酸在意及至相見一談而欵接

殊殷坐語良久眉目含情述詩贈生曰何事求漿者、
藍橋叩曉關有心尋玉杵端只在人間生得之狂喜、
更欲有言忽一鬟自客至生倉猝遂別吟玩詩詞夢、
魂縈擾過一二日情不自已脩贄復往雲接見良歡、
移坐近生俏然曰能圖一宵之聚否生曰窮蹴之士、
惟有癡情可獻知己一縑之贄已極綿薄得近芳容、
意願已足何敢他有所望雲聞之戚然不樂相對無、
一語生久坐不出姬頻喚雲以促之生乃歸心甚悒、
悒思欲罄家以博一歡而更盡而別此情復何可耐

籌思及此熱念都消由是音耗遂絶雲擇壻數月不得一當姬頗恚將强奪之而未發也一日有秀才投贄坐語少時以一指按女額曰可惜可惜遂去雲送客返共視額上有指印黑如墨濯之更真過數日黑痕愈濶年餘連顴徹準矣見者輒笑而車馬之迹以絶姬斥去妝飾使與婢輩伍雲又荏弱不任驅使日加憔悴賀聞而過之見蓬首厨下狀如鬼魅舉首見生面壁自隱賀憐之與姬言願贖作婦姬許之賀貨田傾裝娶之歸入門牽衣攬涕且不敢以伉儷居願

備妾媵以俟來者賀曰人生所重者知己卿盛時猶能知我我豈以衰故忘卿耶遂不復娶聞者姍笑之而生情更篤偶至蘓有和生與同寓忽問杭有名妓蔡姬之女名瑞雲近如何矣賀以適人對又問何人曰其人率與僕等和曰若能如君可謂得人矣不知價幾何許賀曰緣有奇疾姑從賤售耳不然如僕者何能於鉤欄中買佳麗哉又問其人果能如君否賀以其問之異因反詰之和笑曰不相欺昔曾一見其芳儀甚惜其絕世之姿而流落不偶故施一小術晦

其光而保其璞留待憐才者之眞鑒耳賀急問曰君能黙之亦能滌之否和笑曰烏得不能但須其人一誠求耳賀起拜曰瑞雲之壻即某是也和喜曰天下惟眞才人爲能多情不以媸妍易念也請從君歸便贈一佳人遂與同返既至賀將爲酒和止之曰先行吾法當令治具者有歡心也即令以盥器貯水戟指而書之曰濯之當愈然須親出一謝醫人也賀笑捧而去立候雲自靧之隨手光潔艷麗一如當年夫婦共德之同出展拜而和已去徧覓之不可得意者其

仙與、

陽十姑

瓊州士人陽曰旦偶自他郡歸渡海遭颶風舟將覆、忽一空船過急躍登之回視則同舟盡沒風愈狂瞑、然任其所之無何風忽止見島嶼舍宇連亘直抵村、門村中寂然見一門北向松竹掩映時已初冬不知、何花蓓蕾滿樹心愛悅之逡巡而入遙聞琴聲俄有、婢自內出年十四五飄灑艷麗見陽返身入少間一、少年出訝問所自來陽具告之轉詰邦族又告之少年喜曰我姻親也遂揖入精舍華好既入舍則一少婦危坐朱絃方調年約十八九風采煥映見客入推琴欲避少年止之曰勿爾此卿家人也因代溯所由少婦曰是吾姪也因問祖母起居父母動止生曰父母無恙惟祖母得疾沉痼一步履須人耳姪實不省姑係何房望明示以便歸述婦曰道途遼濶音問梗塞久矣但告而父十姑問訊渠自知之生問姑丈何族少年曰海嶼姓宴此名神山島離瓊三千里僕流寓亦不久也十娘呼婢具饌鮮蔬香美亦不知其何

名、飯已引與瞻眺、見桃杏含苞、異之、宴曰、此地無冬
夏、四時皆花、生曰、此乃仙境、歸告父母、可以移家作
鄰、宴但微笑、還齋見琴橫案上、請一聆其雅操、十娘
自內出、宴曰、來、卿爲若姪鼓之、十娘問姪願何聞、生
曰、姪素未識琴操、實無所願、十娘曰、但隨意命題、皆
可成調、生笑曰、海風引舟可否、十娘曰、可、即捺弦挑
動、如有舊譜、靜會之、如身仍在舟中、爲颶風攊簸、生
驚嘆、欲絕問、可學否、十娘授琴試使勾撥、曰、可教也、
欲何學、曰、適所奏颶風操、不知可得、幾日學、請先錄

其曲誦之、十娘曰、此無文字、我以意譜之耳、乃別取一琴、作勾剔之勢、使生效之、生習至更餘、音節粗合、夫妻始別去、生目注心凝、對燭自鼓、久之頓得妙悟、不覺起舞、舉首忽見婢、驚曰、汝固猶未去耶、婢笑曰、十姑命待郎安寢、掩戶移燈耳、審顧之、秋水澄澄、意態媚絕、生心動、微挑之、婢俯首含笑、生愈惑之、遽起挽頸、婢曰、勿爾、夜已四漏、主人將起、彼此有心、來宵未晚、方狎抱間、聞宴喚粉蝶、婢作色曰、殆矣、急奔而去、生前往聽之、但聞宴曰、我固謂婢子塵緣未滅、汝必欲收錄之今何如矣宜鞭之十娘曰此心一萌不可給使不如爲吾姪遣之生甚慚懼返齋自寢天明有童子來侍盥洗不復見粉蝶矣心惴惴恐見譴逐俄宴與十姑出似無所介懷便考所業生爲一鼓十娘曰雖未入神已得什九肆熟可以臻妙生復求別傳宴教以天女謫降之曲指法拗抑習之三日始能成曲宴曰梗槩已盡此後但須熟耳嫺此兩曲琴中無硬調矣生頗憶家告十娘曰姪居此蒙姑撫養甚樂顧家中懸念離家三千里何日可能還也十娘曰

此不難前舟尚在當助爾一帆風爾無家室我已遣粉蝶矣乃贈以琴又授以藥曰歸奉祖母不惟却病亦可延年遂送至海岸俾登舟生覓楫十娘曰無須因解裙作帆爲之縈繫生慮迷途十娘曰無憂但聽帆漾耳繫已下舟生淒然方欲拜別南風競起離岸已遠矣視舟中糗糒已具然止足供一日之餐心怨其吝腹餒不敢多食但啖胡餅一枚覺表裏甘芳餘六七枚珍而存之亦不復饑矣俄見夕陽欲下方悔來時未索膏燭瞬息遂見人烟細審則瓊州也旋已

、近坼、解裙裹餅、歸入門、舉家驚喜、葢離家已十五年矣、始知其遇仙、見祖母老病、憊甚、出藥投之、沉痾立除、共怪問之、因述所見、祖母泫然曰、是汝姑也、初十娘生有仙姿、字宴氏壻、十六歲入山不返、十娘至二十餘、忽無疾而殂、葬已三十餘年、聞生言、其疑其未死、出其裙。則斂時物也。餅分啖之、一枚終日不饑、而精神倍加、祖母令發塚驗視、則空棺也、生初聘吳氏、數年不返、遂他適、共信十娘言、以俟粉蝶之至、既而年餘無音、始議他圖、隣邑錢秀才有女名荷生、艷名遠播年十六三喪其壻遂媒定之涓吉成禮旣入門光艷絕代審視之與粉蝶無異驚問曩事茫乎不知葢被逐時即降生之辰也每鼓天女謫降之操輒支頤凝想若有所會

老嫗

胡大成楚人從塾師讀道由觀音寺偶入有少女挽兒遊戲其中髮纔掩頸而風致娟然時成年十四心好之問其姓氏女笑云我寺西焦畫士女蔆角也問將何爲成又問有壻家否女酡然曰無也成言我爲

若壻好否女慚云我不能自主而眉目澄澄上下睍
成意似欣屬焉成乃出女追而遙告曰崔爾誠吾父
所善用爲媒無不諧成諾之因念其慧而多情愈傾
慕之歸向母實白之母止此兒恐拂之郎挽崔作伐
焦責聘財奢事已不就崔極言成淸族美才焦乃許
之成有伯父司訓湖北老而無子伯母卒母遣成往
奔其喪將歸伯父病壽淹留既久適大寇據湖南家
耗遂隔一日有嫗年將五十縈廻城市日昃不去自
言離亂無歸將以自鬻或問其價言不屑爲人奴亦

不願爲人婦、但有母我者則從之。直不較。聞者皆笑、
成往視之、面目閒酷肖其母、觸於懷而大悲。自念隻
身無縫紉者、遂邀歸、執子禮焉。嫗喜、便爲炊飯紡織。
劬勞若母。拂意輒訶之、而少有疾苦、則濡煦過於所
生。忽謂曰、此處太平、幸可無虞。然兒長大、雖在羈旅、
大倫不可廢。三兩日當爲兒娶婦。成泣曰、兒自有婦、
但南北閒阻耳。嫗曰、大亂後人事反復、何可株守。成
又泣曰、無論結髮之盟不可背、且誰肯以嬌女付萍
梗人。嫗不答、但爲製簾幌衾枕之類、甚周備、亦不識

所自來一日日既夕戚成曰獨坐無寐我往視新婦來也未遂出門去將夜半嫗不返心大疑俄聞門外喧譁出視則一女子坐庭中蓬首啜泣驚問之亦不語良久曰娶我來亦非福但有死耳成大驚不知何故女曰我少受聘於胡大成不意北去音信斷絶父母强我歸汝家身可致志不可奪也成聞而哭曰我即是胡某卿菱角耶女收涕而駭相將入室就燈審顧曰得毋夢耶於是轉悲爲喜相道離苦先是亂後湖南百里無噍類焦攜家竄長沙之東又受周生聘

期是日親迎、女泣不盥櫛、家人強置車中、途次女哭、墮車下、遂有人荷肩輿至、扶之登輿、疾行若飛、至是始停、一老姥曳入、曰此汝夫家、但入勿哭、汝婆婆亦將至矣、乃去、成詰知情事、始悟嫗神人也。夫妻焚香共禱、願得母子復聚、母自戒嚴、即隨同儕奔伏澗谷一夜、譟言寇至、並張皇四出、忽有人以騎授母、母急不暇問、扶肩而上、瞬息數百里、無何扶下、指一門曰此中可居、母將啟謝、而人馬已杳、母撻門、有人出問、其聲甚熟、視之成也、婦亦驚起、一門歡慰、遂家於湖

北焉、

彭海秋

萊州諸生彭好古讀書别業、中秋節岑寂無偶、念郡中無可共語惟邱生是邑名士、而素有隱惡心常鄙之、月既上倍加無聊、不得已邀之飲次有剝啄者、僮出應門則一書生來謁生肅之入相揖環坐便詢族、居客曰小生廣陵人與君同姓字海秋值此良夜旅邸倍苦聞君高雅、遂乃不介而見視其人布衣整潔、談笑風流生大喜曰是我宗人今夕何夕遘此嘉會、

卽命酌款若夙好、察其意似甚鄙邸、邸仰與攀談。輒
傲不爲禮。生代爲之慚、因撓亂其辭、請以俚歌侑飲。
乃歌扶風豪士之曲、相與歡笑、客曰、僕不能韻、莫報
陽春、倩代者可乎、因問此地有名妓否、生曰無、客謂
僮曰、適喚一女子在門外、可導之入、僮出、果見一女
逡巡門外、引之入、年十五六、衣柳黃帔、宛然仙子、生
驚絶、掖坐客便、慰問千里顚頓跋涉也、女含笑唯唯、
生異之、便致研詰、客曰、貴鄕苦無佳人、適於西湖舟
中喚得來、謂女曰、適舟中所唱薄倖郞曲大佳、請反

之因於襪中出玉笛將合之問何調女云工字隨歌
云薄倖郎牽馬洗春沼人聲遠馬聲杳江天高山月
小掉頭去不歸庭中空白曉不怨別離多但愁歡會
少眠何處勿作隨風絮便是不封侯莫向臨邛去歌
已彭驚歎曰西湖至此何止千里咄嗟招來得非仙
乎客曰仙何敢言但視萬里猶戶庭耳今夕西湖風
月尤盛曩時能從我遊否生言幸甚客問舟乎騎乎
生以舟爲逸客曰此處呼舟較遠天河中當有渡者
乃以手向空中招曰船來我等要西湖去不吝價也

無何彩船自空飄落烟雲繞之衆俱登見一人持短棹棹末密排修翮狀類羽扇一搖則清風習習上入雲霄南望遊行其駛如箭踰刻舟落水中但聞絃管敖曹鳴聲喤聒出舟一望月印烟波遊船如蟻榜人罷棹任其自流細視真西湖也客於艙後取異肴佳釀歡然對酌少間一船相近隔牕窺之中有三四人圍棋喧笑客一觥向女曰飲此送君行女飲間生依戀徘徊惟恐其去蹴之以足女斜波送盼彭愈動請要後期女曰如相見愛但問娟娘名字無不知者客

卽以生綾巾授女曰我爲代訂三年之約。卽起扳隣
舟、捉女從聰檽推、去女伏身蛇行、入殊不覺隘、俄聞
隣舟曰娟娘醒矣、舟卽盪去、遙見就泊舟中人紛紛
而去、遊興頓消、遂與客登岸眺矚、覺有里許、邱與客
遲其後。少待之、頃刻牽一馬來、令生拉之復去、曰待
再假兩騎來、久之不至、仰視斜月西轉、天色向曙、遂
振轡至泊舟處、則人船俱渺、會資斧全無、倍加皇惑、
天明、見馬上有小囊、探之得數金、買食凝待、不覺旁
午、計不如暫訪娟娘、可以徐察邱耗、比詢之、並無知

者、與轉蕭索、次日遂行、馬調良、幸不蹇劣、半月始歸、方三人之乘舟而上也、僮歸白主人已仙去、舉家哀涕、謂其不返、生歸繫馬入家、人驚喜集問、生具白其異、因念獨還鄉井、恐邱家聞而致詰、戒家人且勿言、語次道馬所由來、衆以仙人所遺、詣廐驗視、至則但見邱生繫櫪邊、駭極、呼生出視、見邱垂首棧下、面色灰死、問之不言、兩目啟閉而已、生大不忍、解扶榻上、若喪魂魄、灌以湯酏、稍稍能咽、中夜少蘇、急欲登廁、扶掖而往、下馬糞數枚、又少飲啜、始能言、生就榻研

問、邱云、下船後彼引我閒話、至空處戲拍項頷、遂逃
悶顛踣、伏定自顧、已馬心亦醒、悟但不能言耳、是大
恥辱、誠不可以告妻子、乞勿洩也、生諾之、命僕馬送
之歸、荏苒不覺三年、將往杭訪娟娘、以姊丈判揚州
便道省覲、盤桓數日、揚有梁公子與生通家、開筵邀
飲、有歌姬數輩祇謁、公子問娟娘家人、白以病、公子
怒曰、婢子聲價自高、可將索子繫之來、生聞驚問之、
公子云、娼女也、廣陵第一人、緣有微名、遂倨而無禮、
生疑名字偶同、然亟欲一見之、無何娟娘至、公子盛

氣排數生諦視之眞中秋所見者謂公子曰是與僕有舊幸垂原恕娟娘向生審顧似亦錯愕公子卽命行觴生問薄倖郎曲猶記得否娟娘更駭注目移時始度舊曲聽其聲宛似當年中秋時酒闌公子命侍生寢生捉手曰三年之約今始踐耶娟娘曰昔日從人泛西湖飲不數巵忽若醉朦朧間被一人携去止於戸外頃一僮引妾入席中三客君其一焉後船至西湖把手殷殷每所注念自愡隙歸始醒謂幻夢而綾巾宛在今猶什襲藏之生告以故娟娘縱體入懷

曰仙人已作良媒君勿以風塵可棄遂捨念苦海人生曰舟中之約一日未嘗去心原往武林訪卿不意於此相會倘有意傾囊貸爲所不惜也詰旦告公子又稱貸於別駕千金削其籍携之以歸偶至別業猶能識當年飲處云

神女

閩人米生偶至郡醉過高門聞笙歌聲醉中雅愛樂之問之居人云是開壽筵者生即街頭市儀物投刺祝之或見其衣冠樸陋便問與此翁何舊答言無之

或言此流寓者、不審何官、甚貴倨也、既非親故、將何求、生聞而悔之、而刺已入矣、無何兩少年出逆客、華裳炫目、丰采都雅、揖生入、見一叟南向坐、東西列數筵、客六七人、皆似貴胄、見生至、盡起爲禮、叟亦杖而起、生待與周旋、而叟殊不離席、兩少年致詞曰、家君衰邁、起拜良艱、余兄弟代謝高賢之見枉也、生遜謝而罷、既坐、女樂作於下座、後設琉璃屏、以障女眷、鼓吹大作、不可傾談、筵將終、兩少年起、以巨杯勸客、杯可容三斗、生有難色、不得已盡之、已憊甚、起而告退、

少年强留之、遏於地、覺有人以水洒面、恍然若寤、起
視賓客盡散、惟一少年送之、後再過其居、則遷去矣、
一日偶適市、一人招之飲、素不相識、姑從之、入則先
有里人鮑莊在焉、問其人、乃諸姓、市中磨鏡者、曰前
日上壽者、君識之否、生言不識、曰余出入其門最稔、
翁傳姓、但不知何籍何官、先生上壽時、我亦在墀下、
耳、日暮飲散、鮑死於途、生言之於其父、覓諸不得、遂
執名訟生、撿鮑莊身有重傷、備歷梏掠、以謀殺論、因
無証、實淹禁囹圄年餘、直指巡方廉知其冤、釋之、家

中田產蕩盡而衣巾褫革遂入郡冀可辨復將入城休於路側遙見小車來二青衣夾隨之既過輿忽停一青衣回問君米姓乎生諾之問何貧窶若此生告以故青衣去向車中語俄復返請生至前車中以纖手搴簾微睨之乃絕代佳人也謂生曰聞君得無妄之災但今日學使署非白手可以出入者途中無可解贈乃於髻上摘珠花一枝授生曰可鬻此謀之生拜受欲詢官閥車行甚疾其去已遠不解何人執花懸想上綴明珠非凡物也珍藏而行至郡投狀上下

勒索出花展視不忍去遂歸依於兄嫂兄友愛爲之經紀仍不廢讀過歲應童子試赴郡過某山會淸明節遊人甚衆有數女乘馬來內一女郎車中人也見生停驂問所往生具以對女驚曰君衣頂尚未復耶生於衣下出珠花曰不忍棄此故猶我也女郎暈紅上頰既囑坐待路隅款段而去久之一婢馳馬來以裹物授生曰娘子言世上事惟金能語贈白金二百爲進取之資生辭曰娘子惠我多矣自分掇芹非難重金所不敢受但告以姓名繪小像焚香供之足矣

娉不顧委之而去生由此用度頗充然終不屑貧緣後入邑庠第一以金授兒兒善居積三年舊業盡復適閩撫爲生祖門人優恤甚厚兒弟稱巨家矣然生素清鯁雖屬大僚通家未嘗有所干謁一日有客裘馬至門無識之者生出逆則傅公子也揖之入拜伏於地生驚問何事愴然曰家君適罹大禍欲有求於撫軍非兄不可生辭曰渠雖世誼而以私干人生平所不爲也公子伏地哀泣生厲色曰小生與公子一飮之知交耳何遂以喪節强人公子大慚別去越日

方獨坐忽有青衣入視之卽山中贈金者生驚起青
衣曰君忘珠花否生曰何敢忘曰昨公子娘子胞兄
也生聞之竊喜曰此難相信若得娘子親見一言則
油鼎可蹈耳不然不敢奉命青衣出馳馬而去更半
復返扣扉入曰娘子至矣言未已女郎慘然入向壁
而哭不作一語生拜曰小生非卿無以有今日但有
驅策敢不惟命女曰受人求者常驕人求人者常畏
人中夜奔波生平何解此苦祇以畏人故耳生慰之
曰小生所以不遽諾者恐過此一見爲難耳使卿夙

夜蒙露吾知罪矣因挽其袪抑搔之女怒曰子誠鄙人也不念疇昔之義而欲乘人之危余過矣余過矣忿然出登車欲去生追出謝過長跪而要遮之青衣亦爲緩頰女意稍解就車中謂生曰實告君妾神女也家君爲南岳都司理偶失禮於地官將達帝庭非人官印信不可解也君如不忘疇昔以黃紙一幅爲妾求之言已遂去生中夜籌思乃假驪巢言於撫軍撫軍曰子正人也烏用此不得已以重金賂其心腹允之而未得其間也旣歸青衣候門生告之怫然去

生追及之曰歸告娘子如事不成我以身殉之既歸中夜輾轉不知計之所出適院署有寵妾購珠乃以珠花獻之姬大悅竊印爲之鈐之懷歸青衣適至笑曰幸不辱命然數年來貧賤乞食所不忍去者今還爲主人棄之矣因告以情曰歸語娘子珠花須要償也踰數日傅公子登堂申謝獻黃金百兩生作色曰所以然者爲令妹之惠我無私耳不然卽萬金豈足以易名節哉强之生色愈厲公子慚而去翌日青衣至云奉女郎命進明珠百顆曰此足以償珠花矣

生曰亶花非重珠也設當日贈我百鎰之寶直須責作富家翁耳什襲而甘貧賤何爲乎娘子神人幸得報洪恩於萬一矣青衣曰我固知君不受也生置案閒拜而却之越數日公子又至謂生曰君貞介士愚兄弟不能知君有愧裙釵多矣家君感大德無以相報欲以妹子附爲婚姻不以幽明見嫌則幸甚生喜愜非常不知所對公子辭而出曰明夜七月初九新月鈎辰天孫有少女下嫁吉期也可備青廬炎夕果送女郎至一切無異常人三日後合家俱有餽賞又

最賢事嫂如姑數年不育勸納副室生不肯適兄買於江淮爲買少姬歸姬顧姓字博士貌亦淸婉夫婦皆喜見髻上插珠花似當年故物摘視果然異而詰之答云昔一家愛妾死其婢盜出鬻於市先人廉其值得之妾愛之雖貧不忍去後父死家落寄養於顧媪家顧妾姨行見珠屢欲售去妾覓死不願故至今猶存也夫婦歎曰十年之物復歸故主豈非數哉女另出珠花一枝曰此物久無偶矣因賜之親爲簪於髻上姬退問女郎家世家人皆諱言之陰語生曰妾

視娘子非人間人也其眉目間有神氣昨簪花時得近視之其美麗出於肌裏非若凡人以黑白位置中見長者生笑之姬曰君勿言妾將試之如其神但有所需無人處焚香以求彼當自知女繡襪精工博士愛之而不敢言乃即閨中焚香祝之女早起撿篋中出襪遺婢遺博士生見之而笑女問故以實告女曰黠哉婢乎因其慧更憐愛之然博士事女愈恭昧爽必熏沐以朝後博士一舉兩男兩人分字之生年八十女貌猶如處子生抱病女鳩匠為棺令寬大倍於

常生既死女亦不哭乘冢人不見已入材中死矣因並葬之至今傳爲大材塚云

芳雲

王勉字黽齋靈山人有才思屢冠文場心氣頗高善誚罵偶遇一道士視之曰子相極貴被輕薄折盡矣以子智慧若返修道尚可登仙籍王嗤曰福澤不可知然世上豈有仙人道士曰子何見之卑即我便是仙耳王笑其誣道士曰我何足異能從我去真仙數十可立見問在何處曰咫尺耳遂以杖夾股間以一

頭授生令夾之囑閉目、呵曰起、覺杖如五斗囊、凌空翕飛、漕捫之鱗角齒齒焉、方駭懼間、聞呵曰止、卽落令開目、見重樓複閣類帝王居、有臺高丈餘、臺上殿十餘楹、弘麗無比、道士曳客上、遂命僮設筵招賓、列筵數十、鋪設炫目、少頃、客自空中來、或騎龍虎、或乘鸞鳳、不一其類、男女皆赤足、各携樂器、獨一麗者著鳳頭履、宮樣粧束、有侍兒代抱繡囊、約長五尺、酒旣行、珍肴雜錯、入口甘芳、並異常饈、王目注麗者、心愛其人、酒闌、一叟曰、蒙崔眞人雅召、可云盛會、自宜盡懽請以器之同者共隊爲曲於是各合配旅絲竹之聲響徹雲漢獨麗者樂無偶王恐終不一彈而羣聲既歇侍兒始啟繡囊橫陳几上非琴非瑟不知其名女乃舒玉腕如搊箏狀其聲淸亮數倍於琴烈足開胸柔能蕩魄彈半炊許合殿寂然無有咳者既闋鏗爾一聲如擊淸磬共贊曰雲和夫人絕調哉皆起告別鶴唳龍吟一時並散道士設榻備生寢處王初睹麗人心已動聞樂後涉想尤勞然自念才調自合芥拾靑紫富貴後何求弗得頃刻百端心亂如麻道士

似已知之、謂曰、子前生與我同學、後緣意念不堅、遂墮塵網、僕不自外於君、實欲拔出惡濁、不料迷晦已深、不可提悟、今當送君行、未必無再見之期、然作天仙須再刼矣、遂指階下石、令閉目坐、堅囑勿視、乃以鞭鞭石、石飛起、風聲灌耳、不知所行幾許、忽念下方景象、不知何似、眼微開、則見大海茫茫、渾無邊際、大懼、而身已隨石墮、幸夙近海、略諳浮泅、聞人鼓掌曰、美哉跌乎、危殆方急、一采蓮女子援之登舟、曰、吉利吉利、秀才中濕矣、視之、年可十六七、顏色艷麗、王出水寒慄、求火燎衣、女曰、從我到家、當爲處置、苟適意、勿相忘、王曰、是何言、我中原才子、偶遭狼狽、過此當以身報、何但不忘、女以棹催艇、疾如風雨、俄已近圻、携所采蓮花、導與俱去、行半里許、入村、進朱戶、歷數重門、女子馳入、少間一丈夫出、年四十餘、揖王升階、命侍者取衣履爲王易之、既詢邦族、王曰、某不相欺、才名頗可聽聞、崔真人切切眷愛、招昇天闕、自分功名反掌、故不願棲隱、丈夫起敬曰、此名仙人島、遠絕人世、王詢其姓氏、曰、文若桓姓、世居幽僻、何幸得近名流，因而殷勤置酒，又從容言曰：僕有二女，長芳雲，年十六矣，祇今未遇良匹，欲以奉侍高人，何如？王意必采蓮人，離席稱謝。桓命於隣黨中招二三齒德來顧左右，並喚女郎。無何，異香濃郁，美姝十餘輩擁芳雲至，光艷明媚，若芙蕖之映朝日。拜已，郎坐，羣姝列侍，則采蓮人亦在焉。酒數行，一垂髫女自內出，僅十餘齡，而姿態秀曼，笑依芳雲肘下，秋波流動。桓曰：女子不在閨中，出作何務？求與姊夫見禮，乃顧客曰：此綠雲，僕幼女也，頗慧，能記典墳矣。因令吟詩，遂誦竹枝詞三章嬌婉可聽便合傍姊隅坐桓因謂王郎天才宿構必富可使鄙人得聞教否王慨然誦近體一作顧盼自雄中二句云一身剩有鬚眉在小飲能令塊壘消隣叟再三誦之芳雲低告綠雲曰上句是孫行者離火雲洞下句是豬八戒過子母河也一座撫掌桓請其他王述水鳥詩云潴頭鳴格磔忽忘下句甫一沉吟芳雲向妹呫呫耳語遂掩口而笑綠雲告父曰渠爲姊夫續之矣云狗臀響弸巴合席粲然王有慚色桓顧芳雲怒之以目王色稍定桓復請其文

藝王意世外人必不知八股業乃炫其冠軍之作題爲孝哉閔子騫二句破云聖人贊大賢之孝綠雲顧爻曰聖人無字門人者孝哉一句卽是人言王聞之意興索然桓笑曰妮子何知不在此只論文耳王乃復誦每數句姊妹必相耳語似是月旦之詞但囁嚅不可辨王誦至佳處兼述文宗評語云字字痛切綠雲告爻曰姊云切字宜删衆都不解桓恐其嫚不便研詰王誦畢又述總評有云羯鼓一撾則萬花齊落芳雲又掩口語妹綠雲曰姊云羯鼓當是三撾衆又

不解綠雲啟口欲言芳雲忍笑呵之曰婢子敢言打煞矣衆大疑互有猜論綠雲不能忍乃曰去切字言痛則不通鼓三撻其聲云不通不通又不通也衆大笑桓怒呵之因自起泛巵謝過王初以才名自詡俯視一切至此神沮氣喪徒有汗淫桓諛而慰之曰僕有一言請席中屬對焉王子身邊無有一點不似玉衆未措想綠雲應聲曰黽翁頭上再著半夕即成龜芳雲失笑呵手扭脇肉數四綠雲解脫而走回顧曰何預汝事汝罵之屢屢不以爲非寧他人一言便不

許耶桓咄之始笑而去鄰叟辭別諸婢導之入室陳設精備叉覩洞房中牙籤滿架靡書不有畧致問難響應無窮至此始覺望洋堪羞女喚明璫則采蓮者趨應由是始識其名屢受誚辱自恐不見重於閨闥幸芳雲語言雖虐而房闈之內猶相愛好王安居無事輙便吟哦女曰妾有良言不知肯嘉納否問何言曰從此不作詩亦藏拙之一道也王大慚遂絕筆久之漸與明璫狎告芳雲曰明璫有拯命之德願少假以辭色芳雲許之每作房中之戲必招與俱兩情愈

篤時色授而手語之芳雲微覺責詞重疊王惟喋喋强自解免一夕對酌王以爲寂欲招明璫芳雲不許生曰卿無書不讀獨不記獨樂樂數語芳雲曰我言君不通今愈驗矣句讀尚不知耶獨要乃樂與人要問樂孰要乎曰否一笑而罷適芳雲赴隣女之約王得間急引明璫綢繆備至當晚覺小腹微痛陽頓縮大懼以告芳雲芳雲笑曰必明璫之恩報矣王不敢隱實告之芳雲曰自作之孽實無方畧既無痛癢聽之可矣數日不瘳憂悶少歡芳雲知其意亦不訊問

但凝視之秋水盈盈朗若曙星王曰卿所謂胸中正則眸子瞭焉芳雲笑曰君所謂胸中不正則眸子沒焉王失笑哀求方劑曰君不聽良言前此未必不疑爲妬不知此婢原不可近曩實相愛而君若東風之吹馬耳故唾棄不相憐然醫師必審患處乃探衣而兕曰黃鳥黃鳥無止於楚王不覺大笑笑已而瘳數月王以親老子幼每切懷思以意告女女曰歸亦不難但會合無日耳王涕下交頤哀與同歸女籌思再三始許之桓翁設祖餞綠雲提藍入曰姊姊遠別無

可持贈。恐至海南無以爲家。夙夜代營宮室。勿嫌草創。芳雲拜而受之。王審諦則用細草製爲樓閣。大者如椽。小者如橘。約二十餘座。梁棟榱題。歷歷可數。其中供帳床榻類麻粒焉。兒戲視之。而心竊歎其工。芳雲曰。實與君言。我等皆是地仙。因有夙分。遂得陪侍。本不欲踐紅塵。徒以君有老父。故不忍違。待父天年。須復還也。王敬諾。桓問陸耶舟耶。王以風濤險。願陸。出則車馬已候於門。謝別言邁。行蹤鶩駛。俄至海圻。王方慮無塗。芳雲出素練一疋。望南拋去。化爲長堤瀾丈餘、瞬息馳過、堤亦漸收、至一處、潮水所經、四望遼遠、芳雲止、無行下車、取籃中草具、借明璫數輩、布置如法、轉眼化爲巨第、與島中居無少差殊、室內几榻畢具、因居焉、早旦、令生迎養、生命騎詣故里、至則居宅已屬他姓、問之里人、始知母及妻皆已物故、惟老父尚存、子善博、田產並盡、祖孫無可棲止、暫僦居於西村、王初歸時、尚有功名之念、不恝於懷、及聞此況、沉痛大悲、自念富貴縱可攜取、與空花何異、驅馬至西村、見父衣垢敝、衰老堪憐、相見哭失聲、問不肖子則出賭未歸王乃載父還芳雲朝拜已燀湯請浴進以錦裳寢以香舍又遙致故老與之談讌享奉過於世家子一日壽至其處王絕之不聽入但予以念金傳語曰可持娶婦以圖生業再來則鞭之立斃矣子泣而去王自歸不甚與人交接然故人至必延接盤桓撝抑過於平時獨黃子介夙與同學亦名士之坎坷者王留之甚久時與秘語賂遺甚厚居三四年翁卒王萬錢卜葬時子已娶婦婦束男子嚴子賭亦少間矣是日臨喪始得拜識翁姑芳雲一見許其能

家。賜三百金爲田產之資。他日黃及子同往省視、則舍宇全渺。不知所在。

輕薄減其祿籍、理固宜然。豈仙人遂不之忌哉。抑夫婦間不妨誚謔耳。彼婦之口、何其虐也。

西湖主

陳生弼教、字明允、燕人也。家貧、從副將軍賈綰作記室。泊舟洞庭、適有豬婆龍浮水面、賈射之中背。有魚銜其尾不去、並獲之。鎖置桅間、奄存氣息、而龍吻翕張、似求援救。生惻然心動、請於賈而釋之。攜有金瘡

藥戲數匝處縱之入水浮沉踰刻而沒後年餘北歸
復經洞庭大風舟覆幸扳一竹篦漂泊終夜掛木而
止援岸方升有浮尸繼至則其僕也力引出之已就
斃矣慘怛無聊坐對嘆息但見小山聳翠細柳摇青
行人絕少無可問途忽見僕肢體微動喜而捫之嘔
水數斗頓蘇相與曝衣石上近午始燥而枵腸轆轆
饑不可奈於是越山而去冀有村落纔至半山聞馬
鈴聲方疑聽間有二女郎乘駿騎來騁如撒菽各以
紅綃抹額髻插雉尾著小袖紫衣腰束綠錦一挾彈

一臂青鞲度過嶺頭則數十騎獵於榛莽並皆姝麗裝束若一生不敢前有男子步馳似是馭卒因就問之曰此西湖主獵首山也生述所來且告之餒馭卒解裹糧授之囑云卽宜遠避犯駕當誅生懼疾趨下山茂林中隱隱有殿閣疑是蘭若近臨之粉垣圍沓溪水横流朱門半啟石橋通焉攀扉一望則臺榭環雲擬於上苑又疑是貴家園亭逡巡而入横藤礙路香花撲人過數折曲欄又是別一院宇垂楊數十株高拂朱簷山鳥一鳴則花片亂飛深苑微風則榆錢

自落怡目快心殆非人世穿過小亭有鞦韆一架高
二丈許而罥索沉沉杳無人迹因疑地近閨閣未敢
深入俄聞女子笑聲生與僕潛伏花叢中未幾笑聲
漸近遙見紅妝數輩擁一女郎至亭上禿袖戎裝年
可十四五鬟多斂霧腰細驚風玉蕊瓊英未足方喻
諸女子前賀曰今日公主一箭得雁當是喜兆女郎
微笑移時一女子曰公主鞍馬勞頓尚能鞦韆否女
郎笑諾遂有駕肩者捉臂者褰裙者挽扶而上女郎
舒皓腕躡利屣輕如飛燕蹴入雲霄已而扶下羣婢

曰、公主眞天仙也、嘻笑而去、生睨良久、神志飛揚、迨
人聲既寂、出詣鞦韆下、徘徊凝想、見籬下有紅巾、知
爲女郎所遺、喜納袖中、登其亭、見案上設有文具、遂
題巾曰、雅戲何人擬半仙、分明瓊女散金蓮、廣寒殿
裏恐相妬、莫信凌波上九天。題已、吟誦而出、復尋故
徑、則重門扃錮矣、躊躇罔計、反而樓閣亭臺、涉歷殆
盡、忽一婦來、見生驚問、何得至此、生揖之曰、失路之
人、幸能垂救、婦問、拾得紅巾否、生曰、有之、然已玷染
如何、婦大驚曰、汝死無地矣、此公主所常御、塗鴉若

此何能爲地生失色哀求脫免婦曰竊窺宮儀罪已不赦念汝儒生欲以私意相全今孽由自作將何爲計遂皇皇持巾去生心悸肌慄恨無翅翮惟延頸待死遲久婦復來潛賀曰子有生望矣公主看巾三四遍輾然無怒容或當放君去宜姑耐守若攀樹鑽垣發覺不宥矣日已投暮凶祥不能自必而餓焰中燒憂煎欲死無何婦挑燈至一婢提壺榼出酒食餉生生急問消息婦云適我乘間言園中秀才可恕則放之不然餓且死公主沉思云深夜叫渠何之遂命餽

君食此非惡耗也食已又餉僕而去生徬徨終夜危不自安辰刻向盡婦又餉之生哀求緩頰婦曰公主不言殺亦不言放我輩下人何敢屑屑瀆告旣而斜日轉西眺望方殷婦坌息急奔而入曰殆矣多言者洩其事於王妃妃展巾抵地大罵狂傖禍不遠矣生大驚面色如土長跪請教忽聞人語紛拏婦搖手避去數人持索洶洶入內一婢熟視之止持索者曰且勿止勿待白王妃來遂返身去少間來曰王妃請陳郎入生戰慄從之經數十門戶至一殿碧簾銀鉤卽

有美姬揭簾唱、陳郎至、上一麗者、袍服炫冶、生伏地稽首曰、萬里孤臣、幸恕生命、妃急起曳之曰、我非君子。無以有今日。婢輩無知、致忤佳客、罪何可贖、郎設筵酌以鏤杯、生茫然不解其故、妃曰、再造之恩、恨無所報、息女蒙題巾之愛。當是天緣。今夕郎遣奉侍。生意出非望、神惝恍無著、日方暮、一婢前白公主妝竟、遂引生就帳、忽而笙管嗷嘈、階上悉踐花罽、門堂藩溷、處處皆籠燭、數十妖姬扶公主出拜、麝蘭之氣、充溢殿廷。既而相將入幃、兩相傾愛、生曰、羈旅之人生平不省拜侍䵩汚芳巾得免斧鑕幸矣反賜姻好實非所望公主曰妾母湖君妃子乃揚江王女舊歲歸寧偶游湖上爲流矢所中蒙君脫免又賜刀圭之藥一門戴佩常不去心郎勿以非類見疑妾從龍君得長生訣願與郎共之生乃悟爲神人因問婢子何以相識曰爾日洞庭舟上小魚卽此婢也又問旣不見誅何遲遲不賜縱脫笑曰一則憐君之才二則妾昨日射雁時有所禱也但不能自主顛倒終夜莫知爲計生歎曰卿我鮑叔也餽食者誰曰阿念亦妾腹心

生曰、何以報德、笑曰、侍君有日。徐圖塞責未晚耳。問大王何往、曰從關聖征蚩尤未歸、居數日、生慮家中無耗、懸念綦切、乃先以平安書遣僕歸家、中聞舟覆、已年餘矣、僕歸始知不死、又半載、生忽歸、裘馬甚都、囊中寶玉充盈、由此富有巨萬、聲色豪奢、世家所不能及、七八年間生子五人、日日宴集賓客、宮室飲饌之奉、窮極豐盛、或問所遇、言之無少諱、有童稚之交梁子俊者、宦游南服、歸過洞庭、見一畫舫、雕檻朱牕、笙歌幽細、緩蕩烟波、時有美人推牕凭眺、梁注目舫中見一少年科頭疊股傍有二八姝麗挼莎交摩念必貴官而騶從殊少凝眸審諦則陳明允也不覺凴欄酣叫生聞呼罷棹出臨鷁首邀梁過舟見殘肴滿案酒霧猶濃生立命撤去頃之美婢三五羨茗進酒山海珍錯目所未睹梁驚曰十年不見何富貴一至於此笑曰君小覷窮措大不能發跡耶問適共飲何人曰山荊耳梁又異之問攜家何往答將西渡梁欲再詰生遽命歌以侑酒一言甫畢旱雷聒耳絲竹嘈雜不復可聞言笑梁見佳麗滿前乘醉大言曰明允

公能令我眞個銷魂否生笑云、足下醉矣、然有一美妾之貲、可贈故人、遂命侍兒進明珠一顆、曰綠珠不難購、明我非吝惜、乃趨別曰小事忙迫、不及與故人久聚、送粱過舟、開纜逕去、粱歸探諸其家、則生方與客飲、大疑、因問昨在洞庭何歸之速也、答曰無之、粱乃述所見、一座盡駭、生笑曰君惧矣、僕豈有分身法耶、衆異之、而究莫解其故、後八十一歲而終、迨殯訝其棺輕、啟視則空棺耳。

竹篦不沉紅巾題句此中具有鬼神而要之皆惻

隱之一念所通也。迨宮室妻妾、一身而兩享其奉、則又不可解矣。昔有願嬌妻美妾、貴子賢孫、而兼長生不老者、僅得其半耳。豈仙人中亦有汾陽季倫耶。

青娥

霍桓、字匡九、晉人也。父官縣尉、早卒。遺生最幼、聰慧絶人、十一歲以神童入泮。其母過於愛惜、禁不令出庭戶、年十三、尚不能辨伯叔甥舅焉。同里有武評事者、好道入山不返。女青娥、美異常、幼時竊讀父書、慕

何仙姑之爲人、一日生於門外、瞥見之童子、雖無知、
祇覺愛之極而不能言。直告母、使委禽焉、母恐拂兒
意、遂托媒往武夫人來承、生行思坐籌、無以爲計、會
有一道士在門外、手執小鑱、長尺許、生問何用、曰此
劚藥之具、物雖微、堅石可入、生疑之、道士即以斫石、
應手落如腐、生大異之、借閱不釋於手、道士笑曰、公
子愛之、即以奉贈、生大喜、酬之以錢、不受而去、持歸
歷試磚石、略無隔閡、頓念穴牆、則美人可見、而不知
其非法也。更定後、直至武第、凡穴兩重牆、始達中庭、

見小廂中猶有燈火伏窺之則青娥卸曉妝矣少頃燈滅穿牖入女已眠熟輕解雙履俏然登榻又恐女郎驚覺必遭訶逐遂潛伏繡衾之側畧聞香息心願竊慰而半夜經營疲殆頗甚略一合眼不覺懸去女醒聞鼻氣咻咻開眼見穴隙光大駭急起搖婢醒拔關出敲牕喚家人婦共爇火操杖往則一總角書生酣眠繡榻審視知爲霍生抗之始覺遽起目灼灼如流星似亦不大畏懼但靦然不作一語衆指爲賊恐呵之始出涕曰我非賊實以愛娘子故願一見芳澤

耳衆疑穴數重垣非童子所能者生出鏡以言其異共試之駭絶訝爲神授將告之夫人女俛首沉思意似不可衆知女意因曰此子聲名門第殊不玷辱不如縱之使去俾復求媒焉詰旦假盜以告夫人何如也女不答衆乃促生行生索鏡女匿之生覷枕邊有鳳釵一股陰納袖中爲婢子所窺急白之女不言亦不怒一媪拍頸曰莫道他小意念乖絶也乃曳之仍自竇中出既歸不敢實告母但囑母復媒致之母佯諾之徧囑媒氏急爲别覓良姻青娥知之中情皇急

使心腹者風示生母，母悅，托媒往會。小婢洩前事，武夫人不勝恚憤。媒至，更觸其怒，以杖畫地，罵生並及其母。媒懼，竄歸具述之。生母亦怒曰：不肖子所爲，我都夢夢，何遂以無禮相加？當交股時，何不將蕩兒淫女一併殺却！由是見其親屬，輒便披訴。女聞，愧欲死。武夫人大悔，而不能禁之使勿言也。女陰使人婉致生母，且矢之以不他，其詞悲切。母感之，乃不復言，而論婚之說亦遂寢矣。會秦中歐公宰是邑，見生文，深器之，時招入內署。一日問生：婚乎？答曰：尙未。細詰之，

對曰昔與故武評事女有盟約後以微嫌中止問猶
願平生似有淚容公笑曰我當爲子成之即囑學師
縣尉納幣於武夫人喜婚乃定逾歲娶歸女入門乃
以鑱投地曰此寇盜物可將去生笑曰勿忘媒妁珍
佩之恒不去身女爲人温良寡默日三朝其母餘
惟閉門寂坐不甚留心家務母或他往則事事經紀
罔不井井二年餘生一子名孟仙一切委之乳保似
亦不甚顧惜忽一日謂生曰懽愛之情於茲八載今
離長會短可將奈何生驚問之又不答遂盛妝拜母

返身入室、臥榻上而氣絶矣、母子痛悼、購良材瘞之、母已衰邁、往往顧孫思媳、如摧肺肝、由是得呃逆証、但思魚羹、百里外方可得、時廝僕皆他往、生純孝急不能待。懷貲獨往、回至山中、日已沉冥、兩足泡、不能行、後一叟至、問曰、足得毋泡乎、生唯唯、叟便曳坐路隅、敲石取火、以紙裹藥末、令薰之、試使行、不惟痛止、更加矯健、感極申謝、因問何事汲汲、答以母病、且告之故、叟問何不另娶、答云未得佳者、叟遙指山村曰、此處有一佳人、倘能從我去、僕當為君作伐、生辭以

母病待魚不遑及此叟乃約以異日別而去生歸烹
魚獻母母畧進數日尋瘳乃命僕馬往訪至舊處迷
村所在周章踰時夕曛漸墜山谷甚雜又不可以極
望乃與僕分上山頭遙瞻里落而山徑崎嶇不可復
騎跋履而上昧色烟籠矣蹀躞四望更無村落方將
下山歸路已迷荒竄闇冥墮絕壁澗僅容身幸崕邊
皆生小樹約體如欄下視黑不見底移時神定見足
旁有一小洞心竊喜以背著石螬行而入意稍穩天
明可以呼救少頃深處有光如星點漸近之約三四

里許忽睹廊舍並無釭燭而光明如晝一麗人自內出視之則青娥也見生驚曰郎何能來生不暇陳抱袪嗚惻女勸止之問母及兒生悉述苦況女亦慘然生曰卿死年餘此得毋冥間女曰非也此乃仙府曩時非死所瘞一竹杖耳郎今來仙緣有分也因導令朝父則一修髯丈夫坐堂上生趨拜女白翁郎來翁驚起握手曰壻來大好分當留此生辭以母望不能久留翁曰我亦知之但遲三數日亦何妨乃餌以肴酒即令婢設榻於西堂施錦裀焉生既退約女同榻

女曰、此何處可容褻狎、生強之、聞牕外婢子匿笑、女大慚、方爭拒間、翁入叱曰、俗骨汙吾洞府、宜即去、生素負氣、不可忍、作色曰、兒女之情、人所不免、長者何當窺伺、我無難即去、但令愛須便將隨、翁無詞、招女隨去、啟後戶送之、賺生出門、父女闔扉去、回視峭壁巉巖、無少隙縫、隻影煢煢、無所歸適、視天上斜月高揭、星斗已稀、悵悵良久、悲已而恨、面壁叫號、迄無應者、憤極、腰中出鑱、鑿石攻進、且攻且罵、瞬息入三四尺許、隱隱聞人語、生鑿愈急、忽洞門一開、推娥出曰

可去可去門卽復合女怨曰旣愛我爲婦豈有待丈
人如此者是何處老道士授汝兇器將人纒混欲死
生得女意願已慰不復置辨但憂路險難歸女折柳
兩枝各跨其一卽化爲馬行且駛俄頃至家時僕已
回七日矣生母正憂惶間聞子歸甚喜舉首見婦幾
駭絕生畧述之母大欣慰女以形迹詭異慮駭物聽
求母遷居母從之隨遷於異郡僣居十八年生一女
適同邑李氏後母壽終女謂生曰吾家某田中有雉
抱八卵其地可葬汝父子扶櫬歸窆兒已成立宜留

守廬墓、無庸復來、生從其言、葬後自返、月餘、孟仙往
省之、而父母俱杳、問之老奴、云昨晚駕車出、吩咐愼
守門戶、汝小主當至矣、孟仙心知其異、浩歎而已、後
孟仙以拔貢入北闈、遇同號生、年可十七八、神采俊
逸、愛之、視其卷注順天廩生霍仲仙、大駭、因自道姓
名、仲亦異之、便問鄉貫、孟詳告之、仲喜曰、弟赴都時、
父囑場中如逢山右霍姓者、宜與承迎、今果然矣、孟
仙因詰高曾並嚴慈姓諱、已而驚曰、我父母也、仲疑
年齒不類、孟曰、我父母皆仙、何可以貌信其年歲乎、

因述往蹟、仲始信塲後不暇休息、命駕同歸、甫到門、家人、迎告昨夜主人主母不知何往、兩人大驚、仲入詢諸婦、婦言昨夕尚共杯酌、母謂汝夫婦少不更事。明日大哥來。吾無慮矣。早旦入室、則闃無人矣、兄弟聞之、頓足悲哀、仲方欲尋覓、孟以爲無用、乃止、是科仲領鄉薦、以晉中祖墓所在、從兄而歸、猶冀父母尚在人間、隨在探訪、而終無踪跡矣、

誌異摘抄目錄

卷之九

仙三

誌異摘抄卷之九

仙三

雲蘿公主

安大業、盧龍人、生而能言、母飲以犬血始止、既長、韶秀、顧影無儔、又聰慧、能讀書、世家爭婚之、母夢兒當尚主、信之、年十五六、迄無驗、亦漸自悔、一日獨坐、忽聞異香、俄一美婢入、曰、公主至、卽以長氈貼地、一女郎扶婢肩入、服色容光、照耀四壁、婢以繡褥設榻、扶女郎坐、安倉皇不知所爲、問何處神仙、勞降玉趾、女郎微笑婢曰此聖后府中雲蘿公主也聖后屬意郎君欲以公主下嫁故使自來相宅安驚喜不知置辭女亦俛首相對寂然安故好奕楸枰常置座側一婢以紅巾拂塵移諸案上曰主日耽此不知與粉侯孰勝安移坐近案主笑從之甫三十餘著婢竟亂之曰駙馬負矣駙馬當是世間高手主僅能讓六子乃以六黑子置局中主亦從之坐次輒使婢伏以背受足左右更替又兩小鬟夾持之值安凝思時則曲一肘伏肩上局未闌小鬟笑云駙馬負半子婢進曰主囿

宜且退、女乃傾身與婢耳語、婢出、少頃還、以千金置榻上、告安曰、適主言居宅湫隘、以此少致修葺、落成相會也、一婢曰、此月犯天刑、月後吉、女起、安閉門邀止、婢出一物、狀如皮、排就地、鼓之、雲氣突出、俄頃四合、冥不見物、索之已杳、母知之、疑爲妖、而安神馳夢想、不能復舍、急於落成、無暇禁忌、刻日興造、廊舍一新、先是有灤州袁大用、僑寓鄰坊、爲人簡默、溫雅而疎財仗義、安重之、日與往還、遂相交好、一日詣安、作別、贈象箸、南珠等十餘事、白金五百、用助工作、安反

金受物、報以束帛、過月餘、樂亭有仕宦而歸者、貲財
充牣、盜八執主人、刼掠一空、盜貎內有袁家人識之、
行牒追捕、安隣屠氏、與安積不相能、適小僕竊象箸
賣諸其家、知袁所贈、首之尹、以兵圍宅、適生出、執母
去、袁邁受驚、僅存餘息、兩三日不復食飲、尹釋之、生
聞之急歸、則母病已篤、越宿遂卒、甫歛畢、爲捕役執
去、尹見其年少溫文、竊疑誣罔、故恐喝之、生實述其
交往之由、尹問何以暴富、曰母有藏鏹、因欲親迎、故
治婚室耳、尹信之、具牒解郡、屠知其無事、以重金賂

監者、使殺諸途、路經深山、被曳近峭壁、將推墮之、計逼情危、忽一虎自叢中出、嚙二役皆死、銜生至一處、重樓疊閣、虎入置之去、忽見雲蘿扶婢出、淒然慰弔曰、妾欲留君、但母喪未卜窀穸、可懷牒去到郡自投、保無慮也、生如其教、詣郡自投、太守喜其誠信、又稽牒知其冤、釋令歸、途中遇袁、備言情況、袁憤然作色。嘿不一語。生曰、以君風采、何自汙也、曰、袁某所殺、皆不義之人。所取皆不義之財。不然、遺於路者、不拾也。君教我固自嘉。然如君家鄰。豈可留在人間耶。言已、超乘而去生歸殯母已閉門謝客忽一日盜入隣家父子十餘口盡行殺戮止留一婢席捲貲財臨去執燈謂婢曰汝認之殺人者我也與人無涉仍飛簷越牆而去邑宰疑生知情又拘之及訊婢始知其冤又釋之既歸更自韜晦讀書不出一跛媼執炊而已服既除日掃庭階以待好音一日偶登閣見內外陳設煥然方驚異之公主已凝妝至急迎之女挽手曰君不信數遂使土木爲災又以苦塊之戚遲我三年琴瑟是急而反以得緩天下事大抵然也生將治具女

曰無須婢探櫝肴羹一如新出於鼎酒亦芳洌酌移時日已暮足下踏婢漸都亡去女四肢嬌惰足股屈伸似無所主生狎抱之女曰今有兩道請君擇之生攬頸問故曰若爲棋酒之交可得三十年聚首若作床笫之歡可六年諧合耳生曰六年後再商之女曰妾固知君不免俗道此亦數也遂相燕好因令生蓄婢媪居南院炊爨紡績以作生計北院中惟棋枰酒具而已女未嘗至南院然作事勤惰輒知之每使生譴責無不服者女無繁言無響笑偶與狎但俯首微

哂、每並肩坐、喜斜倚人、生、舉而加諸膝、如抱嬰孩、生曰、卿輕若此、可作掌上舞、曰、此婢子所爲、我豈屑之、飛燕乃九姊侍兒、以輕佻謫塵世、又不守女子之貞、今已幽之閨中、以錫礦布滿、冬未嘗寒、夏未嘗熱、女四時皆著、輕縠生爲製衣、強著、適時即卸去、曰、塵濁之物、幾於壓骨成勞、一日抱諸膝上、忽覺沉倍於昔、女笑指腹曰、此中有俗種矣。過數日、蹙黛不食、曰近病惡阻、頗思烟火物、生爲具甘旨、從此飲食無異常人、一日產一子、喜曰、此兒福相、遂名大器、俾付乳媼養諸南院、女自免身、腰細如初、不食烟火矣、忽欲歸寧、問返期、答以三日、鼓皮排如前、遂不見、年餘音信全無、生亦絕望、鍵戶下帷、遂領鄉薦、終不肯娶、每獨宿北院、沐其餘芳、一夜忽見燈火射牕、門亦自闢、羣婢擁公主至、生喜問爽約之故、女曰、妾未愆期、天上二日半耳。生得意自詡、告以秋捷、女愀然曰、烏用是儻來者為。無足榮辱、反折壽筭耳、三日不見、入俗障又深一層矣。生由是不復進取、數月又欲歸寧、生殊悽戀、女曰、此去定早還、無須懸望、且人生離合皆有定數樽節之則長恣縱之則短也既去月餘即返從此數月即一往生亦不以爲怪未幾復思烟火食又生一子女舉之曰豺狼也命棄之生不忍而止因名可棄甫週歲急爲卜婚諸媒接踵問其甲子皆謂不合曰吾欲爲狼子治一深圈竟不可得當令傾敗六七年亦數也囑生曰記取四年後侯氏生女左脇下有小贅疣乃此兒婦當婚之勿較其門第也即令書以誌之後又歸寧竟不復返追溯之去歸寧月日聚首整六年矣思慕不已於是以所囑告親友後果有

侯氏女生有贅扰侯賤而行惡衆咸不齒生竟媒定焉太器十七歲及第娶雲氏夫妻敦睦父鍾愛之○可棄漸長不喜讀潛與無賴遊恒盜物償戲債父撻之終不改相戒提防不使有所得遂夜出爲小穿窬爲主所覺執送宰宰審知之以名刺送之歸父縶之楚掠終日氣幾絶兄代哀免始釋之父忿恚成疾乃爲二子立析産書樓閣沃田盡歸太器可棄怒持刀入室將殺兄悞中嫂先是主有遺袴絶輕輭雲作寢衣可棄斫之火星四射大懼奔出父知之病愈甚尋卒

可棄聞父死始歸兄善視之而可棄愈肆年餘所分田產殆盡赴郡訟兄官審知其情斥逐之兄弟之好遂絕又逾年可棄二十有三侯氏十五矣兄憶母言欲急爲完姻召至家除宅與居迎婦入門三日以父遺良田悉登籍付之曰數頃田爲爾蒙死守之今悉相付吾弟無行寸草與之立盡也此後成敗在於新婦能令改行無憂凍餒不然我亦不能填無底壑也侯跪受其籍而敬聽之侯小家女麗而慧可棄雅畏愛之所言無敢違每出限以晷刻過期則詬厲不與

飲食、可棄以此少歛、年餘生一子、婦曰、我以後無求於人矣。膏腴數頃。母子何患不温飽。無夫焉亦可也。會可棄盜粟出賭、婦知之、彎弓於門以拒之、大懼避去、窺婦入、逡巡亦入、婦操刀起、可棄奔、婦逐斫之、斷幅傷臂、血沾襪履、忿極往訴兄、兄不理焉。兗慚而去、翌日又至、跪嫂哀泣、求先容於婦、婦決絕不納、可棄怒、將往殺妻、兄不阻。可棄忿起、操戈直出、嫂愕然欲止之、兄目禁之。俟其去、乃曰、彼故作此態、實不敢歸也。使人覘之、歸則歸耳、已全息出、蓋可棄入家、婦方弄兒望見之擲兒床上覓得廚刀可棄懼曳戈反走婦逐出門外始返兒已得其情故詰之可棄不言惟向隅泣目盡腫兒憐之親率之去婦乃納之俟兒出使長跪要以重誓而後以殘盆賜之食自此改行爲善婦持籌握筭日致豐盈可棄仰成而已後年七旬子孫滿前婦猶時捋白鬚使膝行焉

妬婦悍妻遭之者如附骨疽死而後已然砒霜天下之至毒者苟得其用非參苓所能及微仙人洞見肺腑烏敢以毒藥貽子孫哉

嫦娥

太原宗子美、從父遊學、流寓廣寧、父與紅橋下林嫗有素、一日父子過紅橋、遇之、固請過諸其家、瀹茗共話、有女在旁、殊色也、翁亟贊之、嫗笑曰、大郎溫婉如處子、福相也、若不相鄙、便奉箕箒、如何、翁笑、促子離席、使拜嫗曰、一言千金矣、先是、嫗獨居、女自外至、訴其孤苦、問其小字、則名嫦娥、嫗愛而留之、實將奇貨居之也、是時生年十四、見女竊喜、意翁必媒定之、而翁歸若忘、心灼熱、陰以告母、翁聞而笑曰、曩與貪婆子戲耳。彼不知將賣金幾何。此何可易言。逾年翁媪相繼卒、生不能忘情嫦娥、服將闋、托人示意媪、初不承、生忿曰、我生平不輕折腰、何媪視之不直一錢。若負前盟、不能甘心。媪乃云、曩與翁約容或有之、但無成言、即都忘却、今既云云、我豈留嫁天王耶、要日日裝束、實望易千金、今請半焉、可乎。宗自度難辦、亦遂置之、適有寡媪僦居西隣、有女及笄、名顛當、偶見之、雅麗不減嫦娥、向慕之、每以饋遺階進、久之漸熟、往往送情以目、而欲語無間、一夕乞火、生喜挽之、遂相燕好約爲嫁娶辭以兄負販未歸由此蹈隙往來形迹周密一日偶過紅橋見嫦娥適在門內疾趨過之嫦娥望見招之以手生駐足女又招之遂入女以背約讓生生述其故女便入室以黃金一鋌付之宗辭曰自分永與卿絕遂他有所約受金而爲卿謀是負人也受金而不爲卿謀是負卿也誠不敢有所負女嘿然良久曰君所約妾亦知之其事必無成卽令成之妾不怨君之負心也其速行媼將至矣生倉猝無以自主受之歸心懷勃亂進退無從入夜顛當來告

之、深以爲然、生不語、顛當願下之、乃悅、遣媒納金林嫗、嫗無以辭、乃以嫦娥歸生、入門後、述顛當言、嫦娥微笑、陽慫慂之、生喜、急欲一白顛當、而顛當迹久絶、一日、偵察之、顛當母子徙去已久、無可追尋、怨歎而已、生自娶嫦娥、家暴富、華堂大厦、彌亘街衢、嫦娥善諧謔、適見飛燕楊妃圖、笑對生曰、君欲見此兩人否、乃入室對鏡修裝、傚飛燕舞風、楊妃帶醉、長短肥瘦、隨時變更、風情意態、與圖畫無少異、生大喜曰、吾得一美人、千古美人皆在床闥矣、一夜方熟寢、數人入火光射壁、女急起云盜至矣、生初醒、見一人掠嫦娥負背上、閧然而去、生大喊、家人畢集、室中珍玩無少亡者、生大悲、惘然若失、告官追捕、殊無音耗、荏苒三四年、鬱鬱無聊、因赴試入都、偶過姚巷、遇一女子、敝衣垢面、縮頭如丐、停足視之、顛當也、駭曰、卿何憔悴至此、答云別後南遷、老母即世、爲惡人掠賣旂下、撻辱凍餒、所不忍言、生泣下、問可贖否、曰恐耗費繁多、不能爲力、生曰、實告卿、年來頗稱小有、如所需過多、當歸家營辦、女約明日出城西相會、勿以人從、生諾之次日早往、則女先在、袿裳鮮明、大非前狀、驚問之、笑曰、昨試君心耳、幸綈袍之意猶存、請至敝廬、宜必得當以報。北行數武、即至其家、遂出肴酒、相與談讌、生約與俱歸、女曰、妾多俗累、不能終從、嫦娥消息、固頗聞之、生急問其何所、女曰、其行蹤縹渺、妾亦不能深悉、西山有老尼、一目眇、問之當自知、遂止宿其家、天明示以徑、生至其處、有古寺、周墉盡頹、叢竹間有茅屋半間、老尼綴衲其中、客至、漫不爲禮、揖之、始舉首致問、因告姓氏、即白所求、尼曰、八十老瞽、與世睽

絕。何處知佳人消息。生固求之、乃曰、我實不知。有二
三戚屬。來夕相過。或小女子輩識之、未可知。汝明夕
來、生乃回、仍止宿顛當家、次日再至、則尼他出、敗扉
扃焉。何之既久、更漏已催、恐懼無所復之、方徘徊間、
遙見二三女郎自外入、則嫦娥在焉。生喜極、突起攬
其袪、嫦娥曰、莽郎君嚇煞妾矣。可恨顛當饒舌、乃教
情欲纏人。生曳坐、執手款曲、歷數艱難、不覺悽楚。女
曰、實告君、妾實姮娥被謫、浮沉俗間、其限已滿、前托
盜劫、所以絕君望耳。尼亦王母守府者、妾初謫時、蒙

其收恤、故暇時常一臨存、君如釋妾、當爲代致顛當、生不聽、垂首隕涕、女遥顧曰、姊妹輩來矣、生方四顧、而嫦娥已杳、生大哭失聲、不欲復活。因解帶自縊、恍惚覺魂出舍、悵悵靡適、俄見嫦娥來、提抱之、足離於地、入寺、取樹上尸推擠之、喚曰、癡郎、嫦娥在此。忽若夢醒、少定、女恚曰、顛當賤婢、害妾而殺郎君、我不能恕之也。下山賃輿歸、既命家人治裝、乃返身出城西、詣謝顛當、至則舍宇全非、愕歎而返、入門、嫦娥迎笑曰、君見顛當耶。生愕然不能答、女曰、背妾烏得顛當。

請坐待之當自至。未幾顛當果至。倉皇伏榻下、嫦娥疊指彈之曰、小鬼頭陷人不淺、顛當叩頭哀免、嫦娥曰、推人坑中而欲脱身天外耶。廣寒十一姑、不日下嫁、須繡枕百幅、履百雙、可從我去、顛當恭白、但求分工、按時賫送、嫦娥謂生曰、君若緩頰、即便放卻、顛當目生、生笑不言、顛當目怒之、乃乞還告家人、許之、遂去、生問之、乃知其爲西山狐也、買輿待之、次日果來、遂俱歸、或有問者、生詭對之、嫦娥重來、持重不輕諧笑、生强使之、亦不爲、顛當慧絕、工媚、嫦娥獨宿時爲多、一夕漏三下、猶聞顛當房中吃吃不絕、使婢竊聽之、婢還不以告、但請娘子自往、伏牕一窺、見顛當凝妝作已狀、生擁抱呼嫦娥、女哂而退、未幾、顛當心暴痛、急褫衣曳生詣嫦娥所、入門便伏、嫦娥曰、我豈醫巫壓勝者耶、汝自捧心效西子耳、顛當但言知罪、女曰、愈矣、遂起、失笑而去、顛當謂生曰、吾能使娘子學觀音、生不信、因戲相賭、嫦娥每喜趺坐、眸含若瞑、顛當悄以玉瓶插柳、置几上、自乃垂髮合掌、侍立其側、櫻唇半啟、瓠犀微露、睛不少轉、生笑之、嫦娥開眼問之、顛當曰、我學龍女侍觀音、耳嫦娥笑罵之、罰使學童子拜、顛當束髮遂四面朝叅之、伏地翻轉逞諸變態、左右側折、襪能摩乎其耳、嫦娥解頤坐而蹴之、顛當仰首口銜鳳鉤、微觸以齒、嫦娥方嬉笑間、忽覺媚情一縷。自足趾而上。直達心舍。意蕩思淫。若不自主。乃急斂神、呵曰、狐奴當死。不擇人而惑之耶。顛當懼、釋口投地、嫦娥又厲責之、衆都不解、乃謂生曰、顛當狐性不改、適間幾爲所愚、自是每嚴御之、顛當慚懼、告生曰、妾於娘子、一肢一體、無不親愛之極、不覺媚之甚、謂妾有異心、不惟不敢、亦不忍、生因以告嫦娥、嫦娥遇之如初、然以狎戲無節、數勸生、生不能聽、因而大小婢媪、競相戲、一日二人扶一婢效楊妃、賺婢懈骨作酣態、兩手遽釋、婢暴顛墀下、聲如傾堵、衆方大譁、而妃子已作馬嵬鬼矣、衆懼急白之、嫦娥驚曰、禍作矣、我言何如、往驗之、已不可救、其父素無行、聞之號奔而至、負尸入廳事、叫罵萬端、生莫知所措、嫦娥自出責之曰、主即虐婢至死、律無償法、且邂逅暴殂、焉知其不能活、其父譟言四肢已冷、焉有生理、嫦娥曰勿譁卽不活。自有官在、乃入廳事撫之、已蘇。良之。隨手起嫦娥。怒曰、幸婢不死。賊奴何得無狀可以草索繫送官府、其父跪求哀免、嫦娥言汝旣知罪、暫免究處、但汝如此無賴。留此婢終爲禍胎。卽宜領去、原價若干、當速爲措置。遣人押出、俾挽二三村老券証署尾訖。乃對衆喚婢至前。使其父問之。答云無恙。而後付之以去。已乃集諸婢徧數而責扑之、又呼顛當爲之厲禁、謂生曰、今乃知爲人上者。一嚬笑亦不可假。諸端開之自妾而流弊遂不可止。凡哀屬陰。樂屬陽陽極陰生循環之數婢子之禍是鬼神告之以漸也荒迷不悟則傾覆及之矣生靜聽之顛當泣求拔脫嫦娥乃掐其耳顛當憮然爲間忽若夢醒據地自投歡喜欲舞自是閨閣清肅無敢譁者婢至其家數日暴死其父以贖金無償挽村老代求憐恕許之又以服役之情施以材木其父感泣而去生常患無子嫦娥忽有身舉之男也數年又產一女男酷類父女酷類母皆論昏於世家

陽極陰生至言哉而仙人顧憂之況常人耶

錦瑟

沂人王生、少孤、家清貧、然風標修潔、美少年也、富翁蘭氏見而悅之、妻以女、未幾翁死、妻兄弟不禮焉、婦尤驕倨、常傭奴其夫、自享佳饍、生則脫粟瓢飲、悉隱忍之、年十九應童子試、被黜歸、婦適他往、釜中烹羊胛熟、噉之、婦入、移釜去、生抵箸於地曰、所遭如此、不如死、婦恚問死期、即授索爲自經具、生怒投羹碗、傷婦頞、自念良不如死、遂懷帶出、至深壑叢樹下、方將擇枝繫帶、忽見土堐間微露裙幅、瞬息一婢出、見生急返如影就滅固知妖異然欲覓死亦無畏怖釋帶坐覘之少間復露半面一窺即縮去念此鬼物從之必樂因叩壁曰地如可入幸示一途我非求歡乃求死者久之無聲又言之內云求死可以夜來生遂坐以待夕無何星宿已繁堐間忽成高第生拾級而入遙見廈屋中有燈火趨之有猛犬暴出拾石以投犬稍卻又有羣犬要之皆大如犢危急間婢出叱退曰求死郎來耶樂死不如苦生君設想何左也吾家娘子憫君窮厄使妾送君歸生曰我實不以生爲樂娘

子巨家、亦應需人、我願服役、不願歸也、婢曰、吾家無他務、惟淘河除糞、飼犬負尸、作不如程、則割耳劓鼻、君願之乎、曰、願之、因問諸役可也、適言負尸何處得來、婢曰、娘子慈悲、設給孤園、收養九幽橫死無歸之鬼、鬼以千計、日有死亡、須負瘞之耳、生請觀之、導至一處、門署給孤園、入見屋宇錯雜、穢臭熏人、衆鬼見燭、羣集、皆斷頭缺足、不堪入目、回首欲行、見尸橫牆下、近視之、血肉狼籍、曰、半日未負、已爲狗咋、即使生移之、生有難色、婢曰、君如不能、請仍歸去、生不得已負置秘處，乃求婢緩頰，幸免尸汚。婢諾，行至一處，曰：姑坐此，妾入言之。飼狗之役稍輕，當代圖之，庶幾得當以報。去少頃，出曰：來，娘子出矣。生從入，見堂上燭明如晝，有女郎據案坐，乃二十許天人也。生伏階下，女命曳之起，曰：此一儒生，焉能飼犬，可使居西堂主簿。生喜，伏謝。女曰：汝似誠樸，可敬乃事，如有舛錯，罪責不輕也。生唯唯。婢導至西堂，見房舍清潔，喜甚，謝婢。始問娘子官閥，婢曰：小字錦瑟，東海薛侯女也。妾名春燕，旦夕所需，幸相聞。婢去，旋以衣履衾褥來置床上生喜得所黎明起視事一門僕役盡來恭謁餽送甚多生引嫌悉却之日兩餐皆自內出娘子察其廉謹特賜儒巾鮮衣凡有賓賚皆遣春燕婢傳風格既熟頻以眉目送情生斤斤自守不敢少致差跌但僞作騃鈍積二年餘賞給倍於常廩而生謹抑如故一夜方寢聞內第喊譟急起捉刀出見炬火光天入窺則羣盜充庭廝僕駭竄一僕約與偕遁生不肯聞諸盜搜錦瑟不得知未爲所獲遂潛入第後覓之遇老嫗始知女與春燕皆越牆矣生亦過牆見主婢伏

於暗陬、曰、此處烏可藏。女曰、吾不能復行矣、生棄刀、
負之、奔二三里許、汗流竟體、始入深谷、釋肩令坐。欲
一虎來、生大駭、欲迎當之。虎已銜女、生急捉虎耳、極
力伸臂入虎口以代女。虎怒、釋女、嚼生臂、脆然有聲、
臂斷落地、虎亦徑去。女泣曰、苦汝矣、苦汝矣、生忙遽
未知痛楚、但覺血溢如泉、倩春燕裂衿裹之、女止之、
覓斷臂自爲續之、乃裹之、東方漸白、始緩步歸、登堂
如墟、天既明、僕嫗始漸集、女親詣西堂、問生所苦、解
裹則臂骨已續、又出藥摻其創、始去、由此愈重生、使

一切享用悉與己等臂愈女置酒內室以勞之賜之坐三讓而後隅坐女舉爵如讓賓客久之曰妾身已附君體意欲效楚王女之於臣建但無媒羞自爲耳生惶恐曰某受恩重殺身不足酬所爲非分懼遭雷殛不敢從命苟憐無室賜婢已過一日女長姊瑤台至四十許佳人也至夕招生入瑤台命坐曰我千里來爲妹主婚今夕可配君子生起辭瑤台遽命酒使兩人易盞生固辭瑤台奪而易之生乃伏地謝罪受飲之瑤台出女曰實告君妾乃仙姬以罪被謫自願

居地下收養寃鬼以贖帝譴、適遭天魔之刼、遂與君有附體之緣、遠邀大姊來𡂖主婚嫁、亦使代攝家政、以便從君歸耳、生曰地下最樂、某家有悍婦、且屋宇隘陋、勢不能圓和委曲以安其生、女笑曰不妨、旣醉歸寢、歡戀臻至、過數日謂生曰冥會不可長、請即歸君幹理家事、畢妾當自至、以馬授生、啟扉自出、壁復合矣、生入村、村人盡駭、至家門則高廬燬矣、先是生出、婦招兩兄至、將捶楚報之、至暮不歸、始去、或於溝中得一履、傳言是生所著、婦亦不問眞僞、遂信其已死、有陝中賈某、媒通蘭氏、遂就生居、與婦合、半年中修建、連亘。賈出經商、又買妾歸、遂不安於其室、賈亦恒數月不歸、生訊得其故、繫馬入見、舊媪媪驚伏地、生叱罵久之、使導詣婦所、尋之已遁、既於舍後得之、已自經死、遂使人舁歸蘭氏、呼妾出、年十八九、風致亦佳、遂與寢處、賈托村人求反其妾、妾哀號不肯去、生乃具狀、將訟其霸產占妻之罪、賈不敢復言、收肆西去、方疑錦瑟負約、一夕正與妾飲、忽車馬叩門而女至矣、女但留春燕、餘俱遣歸、入室、妾朝拜之、女曰此有宜男相可以代妾矣即賜以錦裳珠飾妾拜受立侍之女挽坐言笑甚歡久之曰我醉欲眠生亦解履登床妾始出入房則生臥榻上異而返窺之燭已滅矣生無夜不宿妾室一夜妾起潛窺女所則生及女方共笑語大怪之急返已室則床上無人矣天明陰告生生亦不自知但覺時留女所時寄妾宿耳生囑隱其異久之婢亦私生女若不知之無何有身臨蓐難產但呼娘子女入胎即下舉之男也爲斷臍置婢懷笑曰婢子勿復爾業多則割愛難也自此婢

亦不復產、妾出五男二女、女時返其家、往來皆以夜、居三十餘年、一日携婢去、不復返、生年八十、忽携少僕出、亦不復歸、

龍女

馬驥字龍媒、賈人子、少倜儻、美丰姿、十四入郡庠、即知名、父老、家居、謂生曰、數卷書、饑不可食、寒不可衣、吾兒可仍繼父業、由是從人浮海、一日爲颶風引去、數晝夜、遙見水雲幌漾中、樓閣層疊、舟共慶得生矣、少時抵城下、維舟入見、市上所陳、奇珍異寶、光彩

射目、多人世所無、忽一少年乘駿馬來、市人盡奔避、
云是東洋三世子、自生曰、此非域中人、即有前馬者
來詰邦族、生揖道左、具告之、世子喜曰、既蒙辱臨、緣
分不淺、於是授生騎、請與連轡、乃出西城、方至島岸、
所騎嘶躍入水、生大駭失聲、則見海水中分、屹如壁
立、俄睹宮殿、下馬揖入、仰視龍君在上、世子啟奏見
游市、曆得中華賢士、引見父王、生前展拜、龍君乃言、
先生文學士、欲煩椽筆賦海市、幸無吝珠玉、生稽首
受命、授以筆札、立成千餘言獻之、龍君擊節曰、先生

雄、才有光水國多矣、遂集諸龍族、宴采霞宮、酒炙數行、龍君執爵言曰、寡人所憐女、未有良匹、願累先生、先生倘有意乎。生離席、愧荷唯唯而已、龍君顧左右語、無何宮人數輩扶女郎出、珮環聲動、鼓吹暴作、睍之、仙人也、拜竟而去、少時酒罷、雙鬟挑燈導生入副宮、女濃粧坐待、天方曙、雛女妖鬟奔入滿側、生起出朝謝、拜爲駙馬都尉、以其賦馳傳諸海、諸海龍君皆專員來賀、爭折簡招飲、生衣繡裳、駕青虬、呵殿而出、武士背雕弓、荷白棓、晃耀塡擁、三日間徧歷諸海宮中有玉樹一株，圍可合抱，葉類碧玉，花如赤瑙。常與女嘯咏其下，時有異鳥來鳴，聲等哀玉，惻人肺腑。生每聞，輒思鄉土，因謂女曰：在此年餘，恩慈間阻，每一念及，涕膺汗背，卿能從我歸乎？女曰：仙塵路隔，不能相依，妾亦不忍以魚水之愛，奪膝下之歡，容徐謀之。生泣不自禁，女亦歎曰：此勢之不能兩全者也。明日生自外歸，龍君曰：聞都尉有故土之思，詰旦趣裝可乎？生謝曰：逆旅孤臣，過蒙優寵，銜報之誠，結於肺腑，容暫歸省，當圖復聚耳。入暮，女置酒話別，生訂後會，女曰、情緣盡矣、生大悲、女曰、歸養雙親、見君之孝、人生聚散、百年猶旦暮耳、何用作兒女悲泣、此後妾爲君貞、君爲妾義、兩地同心、即伉儷也、何必旦夕相守乃謂之偕老乎、若渝此盟、婚姻不吉、倘慮中饋之人納婢可耳、更有一事相囑、自奉衣裳、似有佳朕、請君命名、生曰、其女耶、可名龍宮、男耶、可名福海、女曰、三年後四月八日、君當泛舟南島、還君體胤、女以魚革爲囊、實以珠玉、授生曰、珍藏之、數世喫著不盡也、天微明、龍君設餞、餽遺甚豐、拜別出宮、女乘白羊車送諸海涘生上岸下馬女致聲珍重回車便去少頃水合不可復見生乃歸自浮海不返咸謂其已死及至家無不詫異幸翁媼無恙惟妻已他適乃悟龍女守義之言蓋已先知也父欲爲生再婚生不可納婢焉謹誌三年之期泛舟島中見兩兒坐水面拍流嬉笑近引之兒啞然捉生臂躍入懷中其一大啼似嗔生之不已援者亦引上之一男一女貌皆婉秀背有錦囊啟視得書云翁姑計各無恙忽忽三年紅塵永隔盈盈一水青鳥難通結想爲夢引領成勞茫茫藍蔚

有恨如何也顧念奔月姮娥且虛桂府投梭織女猶悵銀河我何人斯而能永好興思及此輒復破涕為笑別後八月竟得孿生今已啁啾懷抱頗解笑言覔棗抓梨不母可活敬以還君膝頭抱兒時如妾在左右也聞君克踐舊盟意願斯慰妾此生不二之死靡他奩中珍物不啬蘭膏鏡裏新粧久辭粉黛君似征人妾作蕩婦卽置而不御亦何得謂非琴瑟哉獨計翁姑亦旣抱孫曾未一見新婦揆之情理亦屬缺然歲後阿姑窀穸當往臨穴一盡婦職過此以往龍宮

無恙。不少把握之期。福海長生。或有往還之路。伏惟珍重。不盡欲言。生反復省書。攬涕。兩兒抱頸曰。歸休乎。生大慟。撫之曰。兒知家在何處。兒亟啼。嘔啞言歸。生望海水茫茫。極天無際。霧鬟人渺。烟波路窮。抱兒悵然。遂返棹歸。生知母壽不永。附身物悉爲預備。逾歲。媼果亡。靈轝至殯宫。有女子縗絰臨穴。衆方驚顧。忽而風激雷轟。繼以急雨。轉瞬間已失所在。松栢新植者多枯。至是皆活。福海稍長。輒思其母。忽自投入海。數日始返。龍宫以女子不得往。時掩戸泣。一日晝瞑龍女急入止之曰兒自成家哭泣何爲乃予八尺珊瑚一樹龍腦香一帖明珠百顆八寶篏金合一雙爲嫁資生聞之突入執手啜泣俄頃疾雷破屋女已去矣

織成

洞庭湖有水神借舟遇空船纜忽自解飄然遊行但聞空中音樂並作舟人蹲伏一隅瞑目聽之莫敢仰視任所往遊畢仍歸故處有柳生落第歸醉卧船上笙樂忽作舟人推生不得醒急匿艎下俄有人拉生

生。醉甚、隨手墮地、眠如故、亦置之、少間、鼓吹鳴聒、生微醒、聞蘭麝充盈、覘之、滿船皆佳麗、心知其異。目若瞑、頃聞呼織成、即有侍兒來立近頰際、翠襪紫舄、細瘦如指。心好之。隱以齒齧其襪、未幾、女子移動、牽曳傾踣、上問之、因白其故、在上者命即行誅、遂有武士入捉而起、見南面一人、冠類王者、因行且語曰、聞洞庭君為柳氏、臣亦柳氏、昔洞庭落第、今臣亦落第、洞庭得龍女而仙。今臣醉戲一姬而死。何幸不幸之懸殊也、王者聞之、喚回問汝下第者乎、生諾、便授筆札、令賦風鬟霧鬢、生固襄陽名士、揮毫立就、王者覽之大悅、曰眞名士也、遂賜以酒、頃刻異饌、紛綸方問對間、一吏捧簿進、白溺籍告成矣、問人數、曰一百二十八人、問簽差何人、曰毛南二尉、生起拜謝、王者贈黃金十觔、又水晶界方一握、曰湖中小有掀數、持此可。免、忽見羽葆人馬紛立水面、王者下舟登輿、遂不復見、舟人自艎下出、蕩舟北渡、風逆不得前、忽見水中鐵猫浮出、舟人駭曰、毛將軍出現矣、各舟人俱伏、無何、又一木直立、檠檠動搖、更懼曰、南將軍又出矣、少時風波大作、上翳天日、四顧湖舟、一時盡覆、生舉界方危坐舟中、萬丈洪濤至舟頓滅。以是得全、既歸、每向人言其異、云舟中侍兒、雖未悉其容貌、而裙下雙鈎、亦人世所無。後以故至武昌、有崔媪女、言有能配其水晶界方者、嫁之、生異之。懷界方往、媪欣然承接。生出界方曰、不知與姥姥家藏相配否、媪出相較、不爽毫釐、大喜、呼女出見、年十五六、媚曼風流、更無倫比。略一展拜、返身入幃、生一見魂魄動搖、媪便問寓所、請生即歸命輿、界方留以為信、生疑之、媪笑曰、官人亦大小心、老身豈爲一界方、抽身竄去、耶生不得已、留之出、急賃輿往、而室已空、大駭、徧問居人、迄無知者、邑邑而返、中途值一輿過、忽搴簾曰、郎何遲也、視之則崔媪、急問之、媪笑曰、必將疑老身掠騙者矣、別後適有便輿、念郎亦僑寓、措辦良艱、故遂送女歸舟耳、生邀迴車、媪必不可、生倉皇不能確信、急歸舟、女及一婢在焉、見生入、含笑承迎、生見翠襪紫履、與織成無異、徘徊凝注、女笑曰、眈眈注目、生平所未見耶。生更俯視之、驚曰、卿織成耶、女掩口微哂、生曰、卿果是早請直言以袪煩惑女曰實告君前舟中所遇即洞庭君也仰慕鴻才便欲以妾相贈因妾過爲王妃所愛故歸謀之妾之來從妃命也生喜沐手焚香望湖朝拜乃歸後詣武昌女求同去將便歸寧既至洞庭女拔釵投水即有一小舟自湖中出女一躍登之轉瞬已杳生坐船頭於沒處凝盼之遥見一樓船至既近牕開如一禽翔過則織成至矣一人自牕中遞金珠珍物甚多皆妃賜也自是歲一兩覲以爲常故生家富有珍寶每出一物有世家所不識者

竹青

湖南魚生、下第歸、資斧乏絕、餓甚、憩吳王廟中、因以憤懣之詞、拜禱神座、出臥廊下、忽一人引去見吳王、跪白黑衣隊尚缺一卒、可使補之、王曰可、即授黑衣化爲烏、振翼而出、羣烏咸集、相將俱去、分集帆檣、舟人爭以肉拋上、烏於空中接食之、因以效尤、須臾果腹、翔棲樹杪、意亦甚得、踰二三日、吳王憐其無偶、配以雌、名之竹青、雅相愛樂、魚每取食、輒馴無機、竹青恒勸之、不能聽、一日有兵過、彈之中胸、幸竹青銜去

之、得不被擒、羣烏怒、鼓翼搧波、波湧起、舟盡覆、竹青
銜餌哺魚、魚傷甚、終日而斃、忽如夢醒、則身臥廟中、
先是居人見魚死、不知誰何、撫之未冰、故不時以人
邏守之、至是詢知其由、歛貲送之、後三年赴試、仍過
故所、謁吳王、設食啖烏、祝曰、竹青如在、當止、食已並
飛去、後領薦歸、復謁吳王、薦以少牢、已乃大設以饗
羣烏、又祝之、是夜宿湖村、方秉燭坐、忽几前如飛鳥
落、視之則二十許麗人、囅然曰、別來無恙乎、魚驚問
之、曰、君不識竹青耶、魚喜、詰所來、曰、妾今爲漢江神

女返故鄉。時常少、前烏使兩道君情、故來一聚、魚大欣慰、宛如夫妻之久別、不勝懽戀、生將偕與俱南、女欲邀與俱西、兩謀不決、寢初醒、則女已起、見高堂中巨燭熒煌。驚起、問此何所。女笑曰、此漢陽也。妾家郎君家、何必南。漸曉、婢嫗紛集、酒炙已進、魚問僕人何在、答云在舟、生慮舟不能久待、曰、不妨、當助君報之、於是日夜談讌、樂而忘歸、舟人早起、忽見漢陽、駭絕、僕訪主人、杳無信兆、舟人欲他適、沙積膠舟、纜不能解、遂共守之、兩月餘、生忽言歸、謂女曰、僕在此親戚

斷絶、且卿與僕名爲琴瑟。而不一認家門。奈何、女曰、
無論妾不能往。縱能之。君家自有婦。將何以處妾乎。
不如置妾於此。爲君別院。可耳。生恨道遠、女出黑衣
曰、君舊衣尚在、如念妾時、著之卽可至。至時爲君解
之、乃大設餚珍、爲生祖餞、既醉而寢、醒則身在舟中。
視之、洞庭舊泊處也。舟人及僕相視大駭、生亦悵然
自驚、枕邊一襆、檢視則女贈衣履並黑衣具在、又有
繡橐繫腰際、探之則金貲充牣焉、抵家厚酬舟人而
去、數月忽憶漢水、潛出黑衣著之、翕然凌空。經兩時

許已達漢水。回翔下視、見孤嶼中有房舍一所、遂飛墮、有婢子望見之、呼曰、官人至矣、無何竹青出、命婢嫗為之緩結。覺毛羽劃然盡脫、握手入舍、曰、郎來卻好、妾旦夕臨蓐矣、生戲問曰、胎生乎、卵生乎、女曰、妾今為神、則皮骨已硬、應與昔異、數日果產、胞衣厚裹如巨卵然、破之男也、名之漢產、居數月、女以舟送之、不用帆楫。飄然自行。抵陸、已有人繫馬道左、遂歸、由此往來不絕、數年、漢產愈秀美、妻和氏苦不育、每思一見漢產。生以情告女、女乃治任送兒從夫歸、約以三月、既見、和愛之過於所生、年餘不忍令返、一日忽不見、和痛悼欲絶、生乃詰漢入門、見漢產卧床上、喜以問女、女曰、君久負約、妾思兒、故招之也、生因述和氏愛兒之故、女曰、待妾再育、令漢產歸、又年餘、女雙生男女各一、男名漢生、女名玉佩、生遂攜漢產歸、然歲恒三四往、不以爲便、遂移家漢陽、漢產年十二入郡庠、女以人間無美質、招去爲之娶婦、送歸、婦名危娘、亦神女產也、後和氏卒、漢生及妹皆來會葬、漢生遂留、生攜玉佩去、自此不返

霞姑

蘓州金生字王孫設帳於淮館縉紳園中花木叢雜一夜三漏將殘忽聞有以指彈扉者急問之以乞火對聲類館童於是敲火啟戶入則二八麗者一婢從之生意妖魅詰之女曰妾以君風雅士枯寂可憐不畏多露相與遣此良宵耳生又以爲鄰之奔女懼喪行檢敬謝之女橫波一顧生覺魂魄皆迷顛倒不能自主婢已知之云霞姑我且去女頷之既而呵曰去則去耳甚雲耶霞耶婢既去女笑曰無知如此遂以

小字令君、聞矣、生曰、卿深細如此、故僕懼有禍機、女曰、久當自知、保不敗君、行止勿憂也、上榻緩其裝束、見臂上腕釧、以條金貫火齊、嵌明珠二粒、燭既滅、光照一室、生大駭、莫測其所自至、五鼓、婢來叩牕、女起、以釧照徑、入樹叢而去、自此無夕不至、生於去時、遥尾之、女似已覺、遽蔽其光、生疑之、曰、卿果神人、當明告以袪煩惑。女曰、岑寂之中。得此癡情人。爲君破悶。妾自謂不惡、苦致詰難、欲相絕耶、生不敢復言、先是、生甥女爲五通所惑、憂之、而未以告人、緣與女狎暱、

久、心事無不吐露、女曰、此亦易除、但須親往、若輩皆
我奴隸、倘令一指得著肌膚、則此恥西江不能濯也、
生哀求不已、女曰、徐圖之、次夕至、告曰、妾爲君遣婢
南下矣、婢子弱、恐不能便誅却耳、次夜方寢、婢來叩
戸、生納入、女問如何、答曰、力不能禽、已宮之矣、笑問
其狀、曰、比至其家、燈火已張、見娘子坐燈下、隱几若
寐、我急斂其魂納瓶中、覆之。伴卧娘子衾中。少時物
至、急退曰、何得寓生人、審視無他、乃復入、我陽若迷。
彼啟衾入。又驚曰、何得有兵氣、本不欲以穢物汙指。

奈恐緩而生變。遂急捉而閹之。物驚嘷遁去、乃起啟瓶、娘子若醒。而婢子行矣。生喜謝之、後半月餘、女不復至、歲暮解館、欲歸、女忽至、生喜逆之、曰、卿久見棄、念必有獲罪處、幸不終絕耶、女曰、終歲之好、分手未有一言、終屬缺事、聞君捲帳、故竊來告別耳、生請借歸、女歎曰、難言之矣、今將別、情不忍昧、妾實龍宮女也、緣與君有夙分、故來相就、昨遣婢一事、互遍傳播、流言云、妾爲君閹割、家君聞之大怒、欲賜死、幸婢以身自任、怒乃稍解、杖婢以百數、妾一跬步、必使保母從之、乘隙一至、不能盡此衷曲、奈何、言已欲别、生挽之而泣、女曰君勿爾、後三十年可復相聚、生曰、僕年三十矣。又三十年、皤然一老、何顏復見。女曰不然、龍宮無白叟也、如欲駐顏固亦大易、乃書一方而去、生歸、甥女始言其異、云、當晚若夢覺、有人捉塞盎中、既醒、則血殷床褥、而怪絕矣、生曰、我曩禱河伯耳、後年六十餘、貌猶類強壯者、一日渡河、遙見上流浮蓮葉大如蓆、一麗人坐其上、視之、則霞姑也、躍從之、人隨荷葉俱小、漸次如錢而滅、

翩翩

邠人羅子浮、父母早世、自幼依叔大業、叔富而無子、愛子浮若己出、年十四、爲匪人誘去、作狹邪遊、會有金陵娼僑寓郡中、生悅而惑之、娼返金陵、竊從之去、居半年、床頭金盡、大爲姊妹行齒冷、然猶未遽絕也、無何、廣瘡潰臭、沾染床蓆、逐之出、丐於市、市人見輒遙避、自恐死異域、日行數十里、漸至邠界、因念敗絮膿穢、無顏入里門、日旣暮、欲趨山寺宿、遇一女子、容貌若仙、問何適、以實告、女曰、我家可以下榻、生喜從

之去至山中門橫溪水石梁駕之又數武有石室二
光明熠澈無須燈燭令生解懸鶉浴於溪流曰濯之
創當愈又開幔拂榻促寢曰妾當爲郎作袴乃取大
葉類芭蕉剪綴爲之無少時疊置床頭乃與對榻寢
生浴後覺創瘍無苦旣醒摩之則痂厚結矣詰旦取
袴視之則綠錦滑絕少間具餐女取葉呼作餅食之
果餅呼作雞魚等物食之與眞者無少異室隅一甕
貯佳醞取飲少減則以溪水灌滿日日取用味無少
異數日痂盡脫就女求宿女曰輕薄兒甫能安身便

生妄想生曰、聊以報德。遂同卧處、大相歡愛、一日有
少婦笑入曰、翩翩快活死、薛姑子好夢幾時做得、女
迎笑曰、花城娘子貴趾久弗涉、今日甚風吹送也、小
哥子抱得未、曰又一小婢子、女笑曰、花娘子眞瓦窯
那弗將來、曰方嗚嗚睡卻矣、於是坐以款飲、生視之
年二十三四、綽有餘妍。心雅好之。剝果故落案下、俯
地拾之、陰捻鳳翹。花城他顧而笑、若不知者、少頃酬
酢、又以指搔纖掌、花城坦然笑謔曰、而家小郎子太
不端好。女亦哂曰、薄倖兒便直得寒凍殺、相與鼓掌

花城辭曰、恐小婢醒啼、腸斷矣、女亦起曰、貪引他家
男兒不憶小花城啼絶也。花城既去、懼女誚責、女卒
晤對、如平時、居無何、秋老風寒、霜零木脫、女乃收落
葉蓄旨禦冬、顧生肅縮、乃持襆掇拾洞口白雲、爲絮
複衣、著之温煖如綿、且輕鬆常如新製、逾年生一子、
各保兒、極慧美、日以弄兒爲樂、然每念故里、乞與同
歸、女曰、妾不能從、不然、君自去、因循二三年、兒漸長、
遂與花城訂爲婚好、生每以叔老爲念、女曰、阿叔臘
故高、幸復强健、無勞懸耿、待保兒婚後、去住由君、女

在石室中、輙取葉寫書教兒讀、兒過目即了、女曰此兒福相、放教入塵寰、無憂至臺閣、兒年十四、女曰可爲兒完婚矣、未幾花城親詣送女、女華妝至、容光照人、夫妻大悅、舉家讌集、翩翩扣釵而歌曰、我有佳兒。不羨貴官。我有佳婦。不羨綺紈。今夕聚首。皆當喜歡。爲君行酒。勸君加餐。既而花城去、與兒夫婦對室居、新婦孝、依依膝下、宛如所生、生又言歸、女曰子有俗骨、終非仙品、兒亦富貴中人、可携去、我不忍悞他新婦思別其母、花城已至、兒女戀戀、泪各盈眶、兩母慰之曰、暫去可復來、翩翩乃剪葉爲驢、令三人跨之以歸、大業已老、億意姪已死、忽攜佳孫美婦歸、喜如獲寶、入門視所衣悉蕉葉、破之絮蒸蒸騰去、乃並易之。後生思翩翩、攜兒往探之、則黃葉滿徑、洞口路迷、涕零而返、

霍女

彰德朱大興、家富而吝、非婚嫁、座無賓、廚無肉、然佻健喜漁色、所在不費不惜、每夜踰垣過村、從蕩婦遊、一夕遇少婦獨行、知爲亡者、脇之歸、燭之美絕、自

言霍氏細致研詰女不悅曰既加收齒何復盤察如恐相累不如早去朱不敢問留與寢處顧女不能安粗糲必海物作羹湯方能饜飽朱無奈極力奉之又善病自言日須參湯一碗朱初不肯女呻吟垂絕不得已投之病若失遂以爲常女衣必錦繡數日即厭其故又苦悶數日輙令一招優伶爲戲如是月餘計所費不貲朱漸不供女啜泣不食復欲去朱懼又委曲承順之居二年家漸落向女婉言求少貶女許之用度皆損其半久之仍不給女不得已以肉糜相安

朱竊喜、忽一夜啟後門亡去、朱惆悵若失、徧訪之、乃知在鄰郵何氏家、何大姓、世胄也、豪縱好客、燈火達旦、忽有麗人夜半入闥、詰之、則朱家之逃妾也、朱爲人何素藐之、又悅女美、遂竟納焉、綢繆數日、愈惑之、窮奢極欲、給奉一如朱、朱得耗、坐索之、何殊不爲意、朱質之於官、官以來歷不明、置不理、朱貨產行賄、方准拘質、女謂何曰、妾在朱家、亦非采禮媒定者、胡畏之、何喜、獨坐客顧生以爲不可、收納逋逃、已干國紀、且此女入門、日費無度、卽千金家何能久也、何大悟、罷訟、以女歸朱、過一二日、女又逃、有黃生者、故貧士、無耦、女叩扉入、自言所來、黃懷刑、自愛艷麗、忽投、驚懼、不知所爲、固郤之、女不去、應對間、嬌婉無那、黃心動、留之、而慮其不能安貧、女早起、躬操家苦、劬勞過舊室焉、黃爲人蘊藉瀟灑、工於內媚、因恨相得晚、止恐風聲漏洩、爲歡不久、而朱自訟後、家愈落、又度女終不能安、遂置不覓、女從黃、數歲、親愛甚篤、一日忽欲歸寧、黃曰、向言無家、何前後之舛、曰、曩漫言之、妾鎮江人、昔從蕩子、流落江湖、遂至於此、妾家亦頗裕君竭貲而往必無相虧黃從其言同至瓜埠因風逆不能渡遂泊舟江邊女適凭窻有巨商子過驚其艷返舟綴之而黃不知也女忽曰君家綦貧今有一療貧方能從之否黃詰之女曰妾相從數年未能爲君育男女亦一不了事妾雖陋幸未老耄有能以千金相贈者便鬻之此中妻室田廬皆備焉此計如何黃失色不知何因女笑曰君勿急天下固多佳人誰肯以千金買妾者揚其言於外以覘其有無賣不賣固在君耳黃不肯女自與榜人婦言之婦目黃黃漫

應焉、婦去卽返、言鄰舟商人子、願出八百、黃故搖首、以難之、未幾復來、便言如命、卽請過船交兌、黃徵哂女、女曰教渠姑待。我囑黃郎。卽令去、女謂黃曰、妾日以千金之軀事君。今始知耶。黃問以何詞遣之、女曰請郎往署券去。不去固在我耳、黃不可、女逼促之、黃不得已詣焉、立刻兌付、黃令封誌之、曰結髮之情、遂以貧故遽相割捨、倘室人必不肯從、仍以原金奉趙、方運金至舟、則女已從榜人婦由船尾登商舟、遙顧作別、並無悽戀、黃驚魂離舍、噤不能言、俄商舟解纜去、如箭激、黃大號欲追之、榜人已得媒禮、亦放舟南渡、瞬息達鎮江運貲上岸、榜人亦解舟去矣、黃守裝悶坐、無所適歸、忽聞嬌聲呼黃郎、愕然四顧、則女已在前途、喜極、負裝從之、問卿何遽得來、女笑曰、再遲數刻則君有疑心矣、黃疑其非常人、乃固詰之、女笑曰、妾生平於吝者則破之、於邪者則誑之也、若實與君謀、君必不肯、何處可致千金者、錯囊充牣、而合浦珠還、君願足矣、窮問何為、乃僱役荷裝、相將俱去、至水門內、一宅南向、徑入、俄而翁媼男婦紛出相迎、皆曰、黄郎來也、黄入叅翁媪、有兩少年揖坐與語、是女兄大郎二郎也、筵間味無多品、皆臠切爲個、少年以巨椀行酒、談吐豪放、已而導入别院、俾夫婦同寢、衾枕滑輭、而床則以熟葦爲之、日有婢媪餽致三餐、女或竟日不至、黄獨居頗覺悶苦、屢言歸、女固止之、一日謂黄曰、今爲君謀、請買一人爲子嗣計、然買婢媵則價奢、令僞爲妾也、兄使父與論昏、良家子不難致、黄不可、女弗聽、有張貢士之女新寡、議聘金百緡、女强爲娶之、新婦小名阿美、亦頗婉妙、女嫂呼之、黄瑟縮不自安、而女殊坦然、他日謂黃曰、妾將與大姊至南海一省阿姨、月餘可返、請夫婦安居、遂去、夫妻獨居一院、按時給飲食、亦甚隆備、然自入門後、曾無一人復至其室、每晨阿美入覲媼、一兩言輒退、娣姒在旁、相視惟一笑、即留連久坐、亦不款曲、黃見翁亦如之、偶值諸郎聚語、黃至即都寂然、黃疑悶莫可告語、阿美覺之、詰曰、君既與諸郎伯仲、何以月來都如生客、黃倉猝不能致對、吃吃曰、我十年於外、今始歸耳、美又細審翁姑閥閱、妯娌里居、黃大窘、不能復隱、女泣曰、妾家雖貧、無作賤媵者、無怪諸兄鄙不齒數矣、黃惶怖失守、莫知籌計、曰、僕惟子身自去耳、女曰、既嫁復歸、於情何忍、渠雖先從、私也、妾雖後至、公也、不如姑俟其歸、問彼既出此謀、將何以置妾也、居數月、女竟不返、一夜聞客舍喧飲、黃潛往窺之、見二客戎裝上坐、一人裹豹皮巾、凜若天神、束首一人、以虎頭革作兜牟、虎口銜額、鼻耳悉具、爲驚異而返、以告阿美、竟莫測霍父子爲何如人、夫妻疑懼、謀欲僦寓他徙、又恐生其猜度、黃曰、即南海人還、折証已定、亦不能家此也、今欲携卿去、又恐尊大人別有異言、不如姑別、一兩年中當復至。卿能待待之、如欲他適、亦自任也。阿美欲告父母而從之、黄不可、阿美流涕、要以信誓、乃別而歸、黄入辭翁媪、時諸郎皆他出、翁挽留以待其歸、黄不聽而行、登舟悽然、形神喪失、至瓜洲、忽回首見片帆來駛、如飛、漸近、則船頭按劍而坐者、霍大郎也、遙謂曰、君欲遄返、胡再不謀遺婦人去、二三年誰復能相待者、言次、舟已逼近、阿美自舟中出、大郎挽登黄舟、跳身竟去、先是阿美歸、向父母泣訴、忽

大郎將輿登門、拔劍相脅、逼女登輿、一家懾息、莫敢
遮問、女述其狀、黃不解何意、而得美良喜、開舟遂發、
至家、出貲營業、頗稱富有、阿美懸念父母、欲黃一往
探之、又恐霍女來、嫡庶復有參差、居無何、張翁訪至、
見屋宇修整、心頗慰、謂女曰、汝出門後、遂詣霍家探
問、見門戶已扃、第主亦不之知、半年竟無消息、汝母
日夜涕零、謂被奸人賺去、不知流落何所、我故尋來、
黃實告之、共相猜爲神、後阿美生子、取名仙賜、至十
餘歲、母遣詣鎮江、至揚州界、休於逆旅、從者皆出、有

女子來挽兒入他室下簾抱諸膝上笑問何名兒告之問取名何義答云不知女言歸問汝父當自知乃爲挽髻自摘髻上花代簪之出金釧束腕上又以黃金納袖曰將去買書讀兒問其誰曰兒不知更有一母耶歸告汝父朱大興死無棺木當助之勿忘也老僕歸失少主尋至他室聞與人語窺之則故主母簾外微嗽將有咨白女推兒榻上恍惚已杳問主舍並無知者後兒自鎮江歸告之父又出所贈黃感歎不已及詢朱則死纔三日露尸未藳厚卹之

誌異摘抄目錄

卷之十

鬼一

誌異摘抄卷之十

鬼一

庚娘

金大用、中州世家子也、娶尤太守女、字庚娘、麗而賢、以流寇之亂、挈家南遷、途遇少年、亦偕妻以逃者、自言廣陵王十八、願爲前驅、金喜、至河上、女隱告金曰、勿與少年同舟、彼屢顧我、目動而色變、中叵測也、金諾之、王殷勤代覔舟、運裝、劬勞臻至、金不忍却、又念其攜有少婦、諒亦無他、婦與庚娘同居、意度亦頗溫婉王坐船頭與舟人語、似甚熟識者、未幾日落、水程迢遞、彌望皆蘆葦、不辨南北、金頗涉疑怪、頃之皎月初升、王邀金父子玩月、乘間擠金入水、翁欲號舟人、以篙戳之、亦溺、生母聞聲出視、又推而溺之、王始喊救、母出時、庚娘在後、已微窺之、既聞一家盡溺、亦不驚、但哭曰、翁姑俱歿、我安適歸。王入勸、娘子勿憂、請從我至金陵、家中田廬頗能給贍、女收涕曰、得如此願亦足矣。王大悅、給奉良殷、遂欲求歡、女托體姅、王乃就婦宿、更深、夫婦喧競、不知何由、但聞婦曰、若所爲雷霆碎汝顱王乃攝婦婦呼曰便死休誠不願爲殺人賊婦王叱怒捽婦出投於水未幾抵金陵導庚娘見媪媪訝之王言婦墮於水此新婦耳歸房又欲犯之庚娘笑曰三十許男子尚未經人道耶市兒初合巹亦須一杯薄漿酒汝家沃饒當亦不難淸醒相對是何體面王喜具酒對酌庚娘執爵酬勸良殷時王漸醉辭不飲庚娘引巨觥媚勸之王不忍拒又飲之於是酣醉裸脫促寢庚娘撤器滅燭托言溲溺出房以刀入暗中以手索王頸王猶捉臂作昵聲庚娘

力切之號而起又揮之始殪媪彷彿有聞趨問之女亦殺之其弟十九覺焉庚娘知不免欲自刎刀鈍不可入啟戶而奔十九逐之已投池中矣呼告居人救之已死色麗如生共驗王尸見𦡀間一函開視則女備述其冤狀羣以爲烈欲鳴之官十九不欲遂已於是衆謀歛貲作殯天明集視者數千人見其容皆朝拜之頃刻得金百謀瘞南郊好事者爲之珠冠袍服瘞藏豐厚焉初金生之溺也浮片板上得不死比曉至淮上爲小舟所救舟蓋富民尹翁耑設以拯溺者

金既蘓詣翁申謝翁優厚之留教其子金以不知親耗將往探訪故不决俄白撈得死叟及媪金疑是父母奔驗果然翁代營棺木生方哀痛又白拯一溺婦自言金生其夫生揮涕出視乃王十八婦也向金大哭請勿相棄金曰我方寸已亂何暇謀人婦更悲尹審其故喜爲天報勸金納婦金以居喪爲辭且將復仇懼爲細弱所累婦曰如君言脫庚娘在亦將以孰仇居喪棄之耶翁以其言善請暫代收養金乃許之卜葬翁媪婦衰絰哭泣如喪翁姑既葬金懷刃托鉢

將赴廣陵婦止之曰妾唐氏祖居金陵與豺子同鄉前言廣陵者詐也且江湖水寇半伊同黨仇不能復祇取禍耳金徘徊不知所謀忽傳女子誅仇事洋溢河渠姓名甚悉金聞之一快然愈悲辭婦曰幸未汙辱家有烈婦如此何忍負心再娶婦以業有成說不肯中離願自居於妾媵會有撫軍袁公與尹有舊適將西發過尹見生大相知愛請爲記室無何流寇犯順袁有大勲金以叅謀叙勞授遊擊以歸始行台丞禮居數日携婦詣金陵以展庚娘之墓過鎮江將登

金山漾舟中流歘一艇過中有少婦絶類庚娘舟過疾再窺之神情更肖驚疑不敢問急呼曰看羣鴨兒飛上天耶少婦聞之亦呼云饞猧兒欲喫貓子腥耶葢當年閨中之隱謔也金大驚急返棹近之眞庚娘青衣扶過舟相抱痛哭傷感行旅唐氏以嫡禮見庚娘驚問金始備述其由庚娘執手曰同舟一話心常不忘不圖吳越一家矣代葢翁姑所當首謝何以此禮相向乃以齒序唐小一歲妹之先是庚娘既葢自不知幾歷春秋忽一人呼曰庚娘汝夫未死尚當重

圓遂如夢醒捫之四面皆壁始悟身死已瘞祇覺悶
悶亦無所苦有惡少窺其瘞具豐滿發塚破棺方將
搜括見庚娘猶活共相駭懼庚娘恐其害己哀之曰
幸汝輩來使我得睹天日所有簪珥悉將去鬻我爲
尼更可少得直我亦不洩也盜稽首曰娘子貞烈神
人共欽小人輩不過貧乏無計作此不仁但無漏言
幸矣何敢鬻娘子庚娘曰此我自願之內一盜曰鎮
江耿夫人寡而無子若見娘子必大喜庚娘謝之自
拔珠飾悉付之盜不敢受固與之乃共拜受遂載去

至耿夫人家、托言船風所迷、耿巨家見庚娘大喜、認爲女、適母子自金山歸也、庚娘緬述其故、金乃登舟拜母、母欸之若壻、邀至家留數日乃歸、後往來不絕焉、

大變當前、淫者生之、貞者死焉、生者裂人、皆死者雪人、涕耳、至如談笑不驚、手刃仇讐、千古烈丈夫中豈多儔匹哉、誰謂女子遂不可比蹤彥雲也、

紉針

東昌虞小思居積爲業、妻夏歸寧、返見門外一嫗偕

少女哭甚哀夏詰之乃知其夫王心齋亦宦裔也家衰落無衣食業稱貸於黃學作賈途中遭寇傷顱喪其資至家黃責償計子母不下三十金實無可以準之黃窺其女綉針美將謀作妾使人質告之如可折債外再以二十金壓券王謀諸妻妻曰我雖貧世家也彼以執鞭發跡何敢媵吾女且綉針固有壻耳先是同邑傅孝廉與王投契生男阿卯與襁中論婚後孝廉官於閩年餘而卒妻子不得歸音耗遂絶以故綉針年十五尚未字也妻言及此王無詞但謀所以

爲計妻曰不得已其商之兩弟蓋妻范氏祖曾任京秩兩孫田產尚多也次日妻攜女告之兩弟任其涕泪並不爲之設處范啼泣而歸適逢夏且遮且哭夏憐之視其女綽約可愛加之哀楚因邀入其家欵以酒食慰之曰母子勿戚妾當竭力范未遑謝女已哭伏於地愈惋惜之籌思雖有薄蓄三十金亦不易得母子拜別夏約以三日別後百計營謀亦不敢告諸其夫三日未滿其數又使人假諸其母范母子至因實告之又訂以次日抵暮母以金來合裹置床頭有

盜穴壁以火入夏覺見之臂上懸短刀狀貌凶惡大懼不敢聲盜近箱意將發扃回顧夏枕旁有裹物探身攫去啟視入橐而返夏乃起呼家僮一小婢隔牆告隣人人集而盜遠矣無何婢驅去夏啜泣引帶經於檽間天曙婢始覺呼人解其懸虞聞之奔至詰婢始悉其由時方夏尸不僵不腐七日始歛之宅旁有空地卽薶之紉針潛出哭於其墓暴雨忽集霹靂大作虞聞哭聲奔驗之則棺木已開夏呻嘶其中抱出之見旁有女震死不知其誰夏審之知爲紉針也方

駭怪間范已至見夏已蘇駭極見女尸哭曰固疑其在此也自聞大娘纔日夜不絕聲今夜告我欲哭於殯宮我云明早偕爾去忽不見故覓之今果死於此矣夏感其義與夫言卽以所瘞棺穴瘞之范拜謝去翌日聞村北馬大被雷擊死背有字云偷夏氏金賊村人白於官拘其婦鞫之得其實搜之止存念金撿其屍又得四數官令賣婦償補夏大喜全金付范俾償於黃越三日又大雷電墓復發女亦頓蘇起扣夏氏門夏耳其聲熟急起隔扉問之女曰娘果生耶我

紉針也夏駭爲鬼呼隣媪共詰之知其更生喜納之告以還金之故女言願隨服役不願歸矣夏曰汝得無謂我捐金買婢耶女泣願以母事之夏未諾女曰兒能操作亦不坐食天明告范范急至亦從女意夏強之歸女啼哭不已王心齋負之來委之而去夏見之方驚問間虞至女即拜之呼以父虞固無子女見女依依憐人頗以爲歡女紡績縫紉勤勞臻至夏病幾殆女晝夜給役見夏不食亦不食面上時有啼痕毋對人曰母有萬分一我誓不復生夏少瘳始解顏

爲笑夏聞之流涕曰我四十無子但生一女如綴針者足矣夏自少不育逾歲忽舉一男人以爲行善之報居二年虞與王謀不能堅守舊盟王曰女在君家惟君所命女慧美無雙賢聲大著問名者趾錯於門虞夫婦爲之揀擇黃某時喪偶亦遣媒來虞惡其不仁力郤之爲擇於馮氏將告於王王出負販未歸遂徑諾之黃以不得於虞亦托作賈跡王所在設饌相邀助以資本王感其情遂與訂盟既歸虞已受馮氏婚書聞王言頗不悅呼女出告之女怫然曰債主吾

仇也以我事仇但有一死王無顏托人告黃黃怒曰女姓王不姓虞我約在先何得背盟遂訴之邑宰宰以先爲斷馮曰王以女付虞固言婚嫁不預聞且某有婚書彼不過杯酒之談耳宰不能堅將惟女願是從黃退以金賂之以此月餘不決一日有孝廉過東昌使人訪王心齋適問於虞虞詰之蓋孝廉傅姓卽阿卯也入閩籍十八已鄉捷矣猶以前約未婚母囑便道訪王問其女已嫁否也虞大喜邀至家歷述所遭然婿來數千里患無質實傳出王當日允婚書王

至驗之果眞乃大喜令傅謁宰其案始銷涓吉約期乃去禮闈後還東昌行親迎禮捷報又自閩中還復入都觀政而返女不樂南遷傅亦以桑梓地往還父柩載母俱歸後數年虞夫婦卒子纔七八歲女撫之過於其弟使讀書入邑庠家稱素封皆傅力也

連城

晉寧喬生少負才名年二十猶淹蹇爲人有肝膽與顧生善顧死時卹其妻子邑宰以文契重生宰終於任家口不得歸生破產揭債送之往返二千餘里故

士林重之而家由此替孝廉史某有女字連城知書
工繡孝廉出所刺倦繡圖徵少年題詠意在擇壻生
題云慵鬟高髻綠婆娑早向蘭窻繡碧荷刺到鴛鴦
魂欲斷暗停針線蹙雙蛾又贊挑繡之工云繡線挑
來似寫生幅中花鳥自天成當年織錦非長技倖把
廻文感聖明女得詩對父稱賞父貧之女逢人輒稱
道又遣媼矯父命贈金以助膏火生知之歎曰連城
我知已也傾懷結想適鹺賈王姓爲子求聘孝廉貪
其富遂字之生始絕望然夢魂中猶佩戴也未幾女

病瘵有頭陀自謂能療但須男子膺肉一錢合藥使
人告婿婿笑曰癡翁欲我剜心頭肉也使返史乃言
於衆曰有能割肉者妻之生聞而往出佩刀刲膺授
僧血濡袍袴僧敷藥始止合藥三丸三日服盡疾若
失史將踐其言王怒欲訟之史乃設筵招生以千金
爲壽曰重負大德請以相報因具述背盟之由生怫
然曰我所以不愛膺肉者聊以報知己耳豈貨肉哉
拂袖而歸女聞之意良不忍托媪慰之且曰以彼才
華當不久落天下何患無佳人我薄不祥三年必死

不必與人爭此泉下物也生曰士為知己死不以色也誠恐連城未必眞知我不諧何害媼代女郎矢誠自剖生曰果爾相逢時當為我一笑死無憾踰數日生偶出遇女自叔氏歸睨之女秋波轉顧啟齒嫣然生大喜曰連城眞知我者會吉期近女前証又作數日尋死生往臨弔一痛而絕史舁送其家生自知已死亦無所憾見南北一道行人如蟻心疑連城亦在其中或能一遇因跡之俄頃入一廨署遇顧生驚問君那得來將令人送歸生言心事未了顧曰僕在此

典牘頗得委任倘可効力不惜也生問史氏女名連
城知之否顧卽導生旋轉多所見連城與一白衣女
郎藉坐廊隅泪睫慘黛見生喜問所來生曰卿死僕
何敢生女泣曰如此負義人尚不唾棄之身殉何爲
然已不能許君今生願矣來世耳生告顧曰有事君
自去我樂死不樂生也但煩稽連城何去行與俱去
耳顧諾而去白衣女郎問何人女爲緬述之女郎聞
之若不勝悲女告生曰此妾同姓小字賓娘長沙史
太守女未字而夭一路同來遂相憐愛生視之意態

憐人方欲研問而顧已返向生賀曰我爲君平章已確即教小娘子從君返魂好否兩人喜方將拜別賓娘大哭曰姊去我安歸乞垂憐救妾爲姊捧帨耳女凄然謀之生生又哀顧顧難之生固強之乃曰試妄爲之去即返搔手曰何如誠不能爲力矣賓娘聞之宛轉嬌啼惟依女肘下恐其即去慘怛無術相對嘿嘿而睹其愁顏戚容使人肺腑酸柔顧生憤然曰請携賓娘去設有愆尤拚身任之賓娘乃喜從生出生憂其道遠賓娘曰妾從君去不願歸也生曰卿大癡

矣不歸何以得活他日至湖南勿復走避爲幸多矣
適有兩媼赴長沙生以賓娘屬之泣别而去女行緩
凡十餘息始至里門女曰再生後慮有翻覆請索妾
骸骨來以君家生當無悔也生然之偕歸女曰妾至
此四肢搖搖似無所主恐志不遂尚宜審謀不然生
後何能自由相將入側廂中嘿定少時女笑曰君憎
妾耶生驚問其故赧然曰恐事不諧重負君矣請先
以魂報也生喜極盡繾綣因徘徊不敢遽生寄廂中
三日女云醜媳婦終須見姑嫜戚戚於此非久計乃

、促生入、生豁然頓蘓、家人驚異、進以湯水、生乃使人要史來、請得連城之尸、自言能活之、史從其言、方舁入已醒○告父曰、兒已委身喬郎、更無歸理○如有變動○但仍一死、史歸、遣婢往給奉、王聞、具詞申理、判歸王、生憤懣欲死、女至王家、忿不食、懸梁覔井、無虛日、數日、憊甚、殆將奄逝、王懼、送歸史、史舁歸生、王亦無可如何、遂安焉、連城每念賓娘、欲遣信㕘之、以道遠而止○一日家人白、門有車馬、夫婦出視、賓娘已至庭中矣、相見悲喜交至、太守親詣送女、生延之入、太守曰、小女賴君復生誓不他適今從其志生拜謝如禮孝廉亦至叙宗好焉生名年字大年一笑之知許之以身世人或議其癡彼田横五百人豈盡愚哉此知希之貴賢豪所以感激而不能自已也顧茫茫海内遂使錦繡才人僅傾心於娥眉之一笑也悲夫

連瑣

楊于畏居泗水之濱齋臨曠野多古墓夜聞白楊蕭蕭聲如濤湧夜闌忽牆外有人吟曰玄夜西風却倒

吹流螢惹草復沾幃反復吟誦其聲哀楚聽之細婉似女子疑之明日視牆外並無人跡惟紫帶一條遺荆棘中拾歸向夜又聞如昨移杌登望吟聲頓輟悟其爲鬼然心向慕之次夜伏伺牆頭一更向盡有女子珊珊自草中出手扶小樹低首哀吟楊微嗽女急入草中而沒楊由是伺諸牆下聞其吟畢卽續之曰幽情苦緒何人見翠袖單寒月上時久之寂然楊乃入室忽見一麗人自外來斂衽曰君子固風雅士妾乃多所畏避楊喜强之坐瘦怯凝寒若不勝衣問何

居里久寄此間答曰妾隴西人隨父流寓十七暴夭幾二十年矣九泉荒野孤寂如鶩所吟乃妾自作以寄幽恨者○思久不屬蒙君代續懽生泉壤楊欲與歡蹙然曰夜臺朽骨不比生人如有幽歡促人壽數妾不忍禍君也楊戲以手探胷雞頭之肉依然處子又欲視其裙下雙鉤女俯首笑曰狂生太囉唣楊把玩之則見月色錦襪約綵線一縷更視其一則紫帶繫之問何不俱帶曰昨宵畏君而避不知遺落何所楊曰爲卿易之卽取以授之女驚問何來因以實告女

乃去綫束帶卽翻案上忽見連昌宮詞慨然曰妾生時最愛讀此今視之殆如夢寐與談詩文慧黠可愛剪燭西窻如得良友自此每夜卽至囑曰君秘勿宣妾膽怯恐有惡客見侵楊諾之兩人懽同魚水雖不及亂而閨閣誠有甚於畫眉者每於燈下爲楊寫書字態端妍又自選宮詞百首錄誦之使治棋枰購琵琶每夜敎楊手談否則挑弄絃索或作蕉窻零雨之曲酸人脅臆不忍卒聽或作曉苑鶯聲之調頓覺心懷暢適挑燈作劇樂輒忘曉微有曙色則倉皇遁去

一日薛生造訪、值楊晝寢、視其室有琵琶棋局、知非所善、又翻書得宮詞、見字跡端好、疑之、楊醒、問戲具何來、答欲學之、又問諸卷、託以假諸友人、薛反復詳玩、見後細書一行云、某月日連瑣書、笑曰、此女郎小字、何相欺也、楊不能答、薛詰之、再、楊不以告、薛卷藏之、曰、不告、不與也、楊不得已、告之、薛求一見、楊因述所囑、薛仰慕殷切、强之、至再、楊諾之、夜分女至、爲致意焉、女勃然曰、所言伊何、乃喋喋向人、楊以實情自白、女曰、與君緣盡矣、楊百詞慰解、終不歡、遂起而去、明日薛來、楊致之、薛疑支托、暮偕臆友二人來淹留不去、故撓之、楊亦無可如何、數夜杳然、衆漸有去志、忽聞吟聲、共聽之、凄婉欲絶、內武生王某、擲石投去、大呼曰、作態不見客、嗚嗚惻惻、使人悶損、吟頓止、衆甚怨之、楊恚憤見於詞色、次日始共引去、楊獨宿空齋、冀其復來、月餘、更無蹤影、楊思之、形銷骨立、莫可追挽、一夕方獨酌、女忽搴幃入、楊喜極、曰、卿見宥耶。女潸泣不言、亟問、欲言復忍、曰、負氣去、又急而求人。難免愧恧、楊再三研詰、乃曰、不知何處來一齷齪隸、逼充妾媵、顧念清白、奇豈屈身輿臺、鬼然一綫弱質、烏能抗拒、君如齒妾於琴瑟之數、必不聽自爲生活、楊大憤、將爲致死、但慮人鬼殊途、不能爲力、女曰、夜來早眠、妾邀君夢中耳、於是復坐傾談、曰、君前致惡賓、幾嚇煞妾、楊爲謝過、女臨去、囑勿晝眠、留待夜約、楊諾之、因於將晚薄飲、乘醺偃臥、忽見女來引手去、至一院宇、闔門授以佩刀、忽聞撻門聲甚厲、女曰、仇人至矣、楊啟戶驟出、見一人赤帽青衣、蝟毛遶喙、怒咄之、隸橫目相視、言詞兇謾、楊大怒、奔之、隸捉石以投驟如急雨中楊腕不能握刀方危急時遙見一人腰矢野射審視之王生也大號乞救王張弓急至一矢殪之楊喜感謝王問之具以告王喜前罪可贖遂與共入女室女戰惕羞縮遙立不作一語王見楊手握小刀長僅尺餘光芒鑑影王接閱不忍釋手見女慚懼可憐乃出楊亦自歸失足驚寤鄰雞已亂唱矣覺腕中痛甚視之皮肉赤腫亭午王生來言夜得一奇夢楊曰未夢獵否王怪其先知楊告以故出手示之王憶夢中顏色恨非真見自幸有功於女復請先

容夜間女來稱謝楊歸功王隨達誠懇女曰將伯之助義不敢忘然彼趄趄妾實畏之既而曰彼愛妾佩刀刀乃妾父出使粤中百金購來妾愛之纏以金絲辮以明珠父憐妾夭亡用以殉葬今願割愛相贈囑伊珍重此寶物也次日楊致之王大悅由是往來如初積數月忽於燈下笑而向楊似有所語面紅而止者三楊抱問之答曰久蒙眷愛妾受生人氣日食烟火白骨頓有生意但須生人精血可以復活楊笑曰卿自不肯我豈惜之女曰交接後君必有念餘日大

病然服某藥可愈遂與綢繆既而曰尚須生血一點滴臍能捹痛以相愛乎楊取利刀刺臂血滴之乃起曰妾不來矣君記取百日之期視妾墳前有青鳥鳴於樹頭即速發塚出門指其墓曰愼記勿忘遂沒越日楊果患腹脹病依方服念餘日下惡物如泥淤晨而愈計至百日荷揷以待申酉間果見青鳥雙鳴喜曰是矣乃斬荆發壙棺木已朽而女貌如生撫之微溫蒙衣舁歸臥煖處氣咻咻然細於屬纊漸進湯酏半夜而蘇每謂楊曰十餘年如一夢耳

阮亭曰結盡而不盡甚妙

慰娘

豐玉桂聊城庠生也貧無生業萬歷間歲大祲孑然南遊至沂而病力疾行數里及城南叢葬處憊甚因卧塚旁少間如夢至一村有叟迎門邀入屋兩楹亦殊草草室內一女子年十六七儀容慧雅叟使瀹栢枝湯以陶器供客詰里居年齒已乃曰老夫平陽李洪都流寓此間三十二年君誌此門戶余家子孫如見探訪卽煩一指示之老夫不敢忘義義女慰娘頗

不陋可配君子三小兒到日即遣主盟生喜拜曰犬馬齒二十有二尚未有良配惠以眷好固佳但何處得翁之家入而告之也叟曰君但住北村中相待月餘自有來者止求無憚煩耳生恐其言不信要之曰實告翁僕固家四壁耳恐後日不如所望中道之棄人所難堪即無姻好亦不敢不守季路之諾叟笑曰君欲老夫旦旦耶我稔知君貧此討非專爲君慰娘孤而無依相托已久不忍聽其流落故以奉君子耳何見疑即提臂送生出拱手闔扉而去生忽似夢覺

則身仍卧塚旁日已將午次且入村村人見之皆驚謂其死道旁已經日矣頓悟叟即塚中人也隱而不言但求寄寓村人莫敢留忽有秀才與同姓聞之趨問家世蓋生緦服叔也喜導至家餌洽之數日尋愈因述所遇叔亦驚怪無何果有官人至村訪父墓址自言平陽進士李叔向先是其父李洪都偕同鄉某行賈死於沂某因瘞諸叢葬處未幾某亦尋死是時翁三子皆幼長伯仁後舉進士令淮南數遣人尋訪並無知者次仲道尋舉孝廉叔向最少登第後至沂

親求父骨無處不問是日至北村遇生乃引至壟所指示之叔向以其年少未敢信生具陳所遇叔向奇之審視有兩墳相接詢之土人言三年前有仕宦者瘞妾於此叔向恐悞發他塚生以所卧處示之於是舁材其側塚開則見女尸服妝黯敗粉黛如生叔向駭極生指之曰此慰娘也而女已頓起四顧曰三哥來耶叔向異之乃解衣覆蔽舁歸逆旅急發旁塚冀父猶活既發則膚革猶存而撫之殭燥悲哀不已裝荷入材女亦衰絰若女告叔向曰阿翁有黃金二錠

曾分一爲妹作奩、以無藏所、故以線束腰、兒得之否、叔向使人求諸壙中、果得之、仍以綫誌者、贈慰娘、先是女父薛寅侯止生慰娘、甚鍾愛之、女一日自金陵舅氏歸、將媪問渡、操舟者金陵媒也、適有任滿赴都者、令其覓美妾、凡歷數家、無當意者、故操舟將詣廣陵覓之、忽遇女、急招附渡、媪又素識者、遂與共濟、中途投毒食中、女媪皆迷、推媪於江、載女返、鬻以重金、女方入嫡知之、怒甚、女迷悶不知爲禮、遂撻楚而囚禁之、北渡至沂、女方醒、婢言本末、女大泣、自經、乃瘗諸亂塚中爲羣鬼所凌李翁時呵護之女乃父事翁翁曰汝命合不死當爲擇一快壻一日生見而出返謂女曰此生品誼不凡待汝三兒來爲汝主婚今早曰汝可歸矣汝三兒來矣女於喪次爲叔向緬述之叔向歎息良久略備衣裝歸於生曰資斧無多不能爲妹辦裝意將偕歸以慰母心何如女欣然於是夫妻從叔向歸母詰得其故愛逾所生館於別院喪次女哀悼過於兒孫母愈憐之不令東歸囑諸子爲之買宅適鄰有馮氏屋願售直六百金一時未能取盈

暫收契劵約日交兌及期馮早至適女以母小恙自別院入省與見馮絕似當年操舟人馮亦驚女趨而進兩兄俱集母所女問聽前跕蹀者誰也仲道曰幾忘却此必前日賣宅者卽欲出女止之告以所疑使詰難之仲道諾而出則馮已去止巷南塾師薛先生在焉因問何來曰昨馮某挽早登堂一署保劵耳適途遇之云偶有所忘暫歸便返使僕坐待少間生及叔向皆至羣坐閒談慰娘以馮故潛自屛後來窺細審之則其父在也奚出抱持大哭薛驚曰吾兒何來

衆始知薛卽寅侯也，仲道雖熟識，初未悉其名字，至是共喜爲莚，前因設酒相慶，詢之，始知失女後妻以悲死，故遊學至此也，生約買宅後迎與同居，久待馮不至，探之，則舉家遁去，始知殺媪賣女者，卽其人也，前馮恐事彰露，遷於平陽，以賣女貲貿易成家，比年賭博，漸就消乏，因思事已年久，欲貨居宅返故鄉，不知賣女之物已加利盡歸於女矣，慰娘得所，亦不追其所往，因擇日移居李母，賂遺不絕，一切日用之需，皆給之，生遂家於平陽，但往返考試，頗不便，是科幸捷鄉薦慰娘每念媪爲己死思有以報其子屢寄信招之媪姓殷一子名富善博一日以爭注殺人逃歸平陽生喜留之門下研詰之其所殺姓名卽馮某也駭歎久之因爲道破富始知馮卽殺母之仇也寅侯就養於壻壻爲買婦生子女各一焉

秋月

秦郵王鼎字仙湖爲人慷慨有力年十八廣交遊與兄鼐友于甚篤適訪友鎮江稅居逆旅閣上江水澄波金焦在目心甚快之一夕夢女郎年可十四五容

華端妙上床與合既寤而遺頗怪之入夜又夢如是
者再大異之不敢息燭雖卧惕然自警睫始交又夢
之方狎忽自驚悟視之則少女如仙猶在抱也女見
生醒頗自愧怯生雖知非人意亦甚得無暇問訊直
與馳驟女若不堪曰狂暴如此無怪人不敢明告也
生詰之答云妾伍氏秋月先父名儒邃於易數常珍
愛妾但言不永壽故不字人十五歲果夭即瘞閣東
令與地平惟立片石於棺側鐫曰伍秋月葬無塚三
十年嫁王鼎今已三十年君適至心竊喜急欲自薦

寸心羞怯故假之蔓麻耳王亦喜復求訖事曰妾少須陽氣欲求復生實不禁此風雨後日好合無限何必今宵遂去次夕復至坐對笑謔歡若平生滅燭登床無異生人一夕月明瑩澈小步庭中問冥中亦有城郭否曰去此三四里以夜爲晝問生人能見之否曰亦可生請往觀女諾之乘月去飄忽若風生極力追隨欻至一處女言不遠矣生無所見女以唾塗其背明倍于常頓見行人俄二役縶三四人來內一人類其兄近之果然驚問何來兄見生潸然零涕言不

知何事、强被拘、四生怒曰、我兄秉禮君子、何至縲絏如此、便請二役、幸且寬釋、役不肯、殊大傲睨、生恚欲與爭、兄止之曰、此是官命、亦合奉法、但余乏用、弟速歸措置、生把臂哭失聲、役怒、猛掣索、兄頓顛躓、生忿火塡胸、不能制止、卽解佩刀立決二役、首、女大驚曰殺官差罪不宥、請卽覓舟北發、遲則禍及、歸家勿摘提幡杜門、絕出入、七日可無慮也、生乃挽兄買舟北渡、歸卽閉門下鑰、而後入視兄、已蘇、時死已二日、家人盡駭、生備言其故、七日啟關去喪旛、人始知其復藴有問者但僞對之緬思秋月想念頗煩遂復南下仍寓舊閣秉燭久待女竟不至瞌睡欲寢見一婦人來曰秋月致意郎君前以公役被殺凶犯逃亡捉得娘子見在監押役遇之虐日夕盼郎君當謀作經紀王悲忿從婦去指一門曰小娘子暫寄此間王近臨窺之見秋月在榻上掩袖泣二役撮衣捉履引以嘲戲一役挽頸曰既犯罪尚守貞耶王怒持刀直入立殺二役篡取女郎而出幸無覺者纔至旅舍驀然而醒見秋月含涕而立生驚喜曳坐告之以夢女曰真

也生驚曰然則奈何女歎曰此有定數。妾待月盡方是生期今已如此急何能待。當急發瘞處載妾同歸頻喚妾名三日可活但未滿時日骨軟足弱不能爲君任井臼耳又曰妾幾忘之生時父傳我符書言三十年後佩之可免冥追索筆書兩符曰一君自佩一粘妾背送之出誌其沒處掘尺許即見棺木側有小碑果如女言發棺視之顏色如生抱置房中粘符已以被褥嚴裹負至江濱托言妹病買舟送歸幸南風大競甫曉已達里門抱女安置始造兄嫂一家驚顫

生長呼秋月日漸温燰三日竟穪七日能步更衣拜嫂不殊神仙但十步外須人而行每勸生曰君罪孽太深宜積德以解之不然壽恐不永也

晚霞

端陽吳越間有鬧龍舟之戲舟尾高丈餘以索引板垂於水面有童於板上顛倒滚跌作諸巧技名曰弔稍然往往墮於水故其購是童也先以金啖其父母預調馴之墮水死勿悔也吳門則載美姬較不同耳鎮江蔣氏童阿端方七歲便捷奇巧莫能過年十六

猶用、之至金山下墮於江、蔣媼止此子、哀鳴而已、阿端不自知死、有兩人導去、入一宮殿、一人兆牟坐、兩人曰、此龍窩君也、使拜伏、君顏色和霽、曰、阿端伎巧、可入柳條部、遂引至一所、有諸少年出與爲禮、率十三四童子也、頃一老媼來、衆呼爲解姥、坐令獻技、已乃教以錢塘飛霆之舞、洞庭和風之樂、但聞鼓鉦喤聒、諸院皆響、姥恐阿端不能卽嫻、獨調撥之、而阿端殊已了了、姥喜曰、得此兒不讓晚霞矣、明日龍窩君按部、首按夜义部、鬼面魚服、鳴大鉦、圍四尺許、鼓徑七尺餘、聲如巨霆、叫噪不可復聞、龍窩君止之、命進乳鶯部、皆二八姝麗、笙樂細作、一時清風習習、波聲俱靜、按畢俱退立西墀下、次按燕子部、皆垂髫人、內一女郎、年十四五、振袖傾鬟、作散花舞、翩翩翔起、衿袖襪履、間皆出五色花朵、隨風飄颺、舞畢亦隨其部下西墀、阿端旁睨、雅愛好之、問之同部、即晚霞也、無何、喚柳條部、龍窩君特試阿端、端作前舞、喜怒隨腔、俯仰中節、君嘉其慧悟、賜五文袴褶、魚鬚金束髮、上嵌夜光珠、端拜賜下、亦趨西墀、端於衆中遙注晚霞

霞亦遙注之相去數武法嚴不敢亂部相視神馳而
已郎按蛺蝶部童男女皆雙舞長短大小服色皆取
諸同按已魚貫而出柳條部在燕子部後端疾趨部
前而霞已緩滯部後回首見端故遺珊瑚釵端急納
袖中既歸凝思成疾寢食俱廢解姥日進甘旨日三
四省撫摩殷切不少瘥姥憂之曰吳江王壽期已近
且爲奈何薄暮一童子來自言隸蛺蝶部從容問曰
君病爲晚霞否端驚問何知笑曰晚霞亦如君耳端
蔞然求計童問尚能步否曰勉強尚能自力童挾出

南敀一戸折而西叉闢雙扉見蓮花數十畝皆生地上葉大如蕭花大如葢瓣落梗下盈尺童引入其中曰姑坐此。遂去少時。一美女撥蓮花而入則晚霞也相見驚喜各道相思畧述生平霞亦吳門端節溺水者遂以石壓荷葢令側雅可障蔽又匀鋪蓮瓣藉之忻與狎寢旣訂後約日以夕陽爲候乃別端歸病尋愈由此兩人日會於蓮畝未幾隨龍窩君往壽吳江王稱壽已諸部悉歸獨留晚霞在宫中敎舞數月更無音耗端悵望若失解姥日往來吳江府端托霞爲外妹求携去、冀一見之、留門下數日、宮禁森嚴、霞雖知端在外、苦不得間、端怏怏而返、積月餘、解姥入戚然曰、惜乎晚霞投江矣、端大駭、涕下不能自止、因毀冠裂服、藏金珠而出、意欲相從俱死、但見江水若壁、以首力觸不得入、念欲復返、冠服已毀、計窮力蹙、汗流浹踵、忽見墻下有大樹一株、乃猱援而上、漸至端杪、猛力一躍、視之已浮水面、不意中恍睹人世、遂飄然泅去、移時得舟拯之、詢問距鎮江不遠矣、遂附舟而去、抵里四顧、恍如隔世、次且至家、忽閨牕中有女子曰汝子來矣其聲甚似晚霞俄與母俱出斯時兩人喜勝於悲而媼則悲疑驚喜萬狀俱作矣初霞在吳江覺腹中震動龍宮法禁嚴恐旦夕臨蓐又不得一見阿端但欲求死遂潛投於江身泛起爲客舟所救問其居里霞自念衏衏不可復投遂曰鎮江蔣氏某吾壻也客因識蔣者因便送諸其家媼疑其悞女因以其情詳告之媼見其風格婉妙頗愛之第慮年太少不能終寡而女甚孝謹顧家中貧脫珍餙售之得數萬媼察其志無他良喜然無子恐一旦得孫不

見信於戚里、謀之女、女曰、母但得真孫、何必求人知、
媪亦安之、會端至、女喜不自已、未幾舉一男、抱之無
異常兒、母大悅、始知子媳皆返魂者也、端以龍窩君
所賜珠貨之、有胡賈出貲百萬、家由此巨富、

秋容小謝

渭南姜部郎宅、素多鬼魅、因徙去、留蒼頭守之、里有
陶生望三者、性倜儻、好挾妓、然酒闌輒去之、友人故
使妓奔就之、亦笑納不拒、而實終夜無所沾染、常宿
姜部郎家、有婢奔之、生堅拒不納、姜以是器重之、家

甚貧、又喪耦、茅屋數椽、溽暑不堪其熱、因假姜廢第、姜以其凶、却之、因作續無鬼論、且曰、卽有亦何能爲。姜以其請之堅、許之、生往除廳事、設書案、薄暮出取他物、案頭所看書已亡去、因臥榻上、靜息伺之、食頃聞步履聲、睨之、有二女郎自房中出、携所亡書還案上、一約二十一、約二八、並皆姝麗、逡巡立榻下相視而笑、長者翹一足踹生腹、少者掩口匿笑、生覺心搖搖、不能自持、急肅然端念、卒不顧、長者以左手捋髭、右手輕批頤頰、少者大笑、生驟起叱曰、鬼物敢爾、二女駭奔而散、生恐夜爲所苦、乃挑燈讀、牖中鬼影憧憧、畧不瞻顧、夜將半燭而寢、始交睫、覺人以細物穿鼻竒痒大嚏、但聞隱隱作笑聲、生不語、假寐以覘之、俄見少女以紙條撚細股、鶴行鷺伏而前、生暴起訶之、飄竄而去、既寢又穿其耳、終夜不勝其擾、雞既鳴、乃寂無聲、生始酣眠、終日無所見、日既下、恍惚出現、生夜篝燈將以達旦、長者漸曲肱几上、觀生讀、既而掩生卷、生怒捉之、即已飄散、少間又撫之、生以手按卷、讀少者潛於身後、交兩手掩生目、瞥然去、遠立以哂生指罵曰小鬼頭捉得便都殺却女並不懼因戲之曰房中縱送我都不解纏我何用二女微笑轉身向竈析薪淅米爲之執爨生顧而喜曰二卿此爲不勝憨跳耶俄頃粥熟爭趨給役生曰感卿如此何以報德女笑云飯中溲合砒鴆矣生曰與卿無嫌怨何至以此相加啜已復送生樂之習以爲常日漸稔接坐傾談審其姓氏長者云妾秋容喬氏彼阮家小謝也又研問所由來小謝笑曰癡郎尚不敢一呈身誰要汝問門第作嫁娶耶生正容曰相對麗質寧獨無

情、但陰冥之氣中人必死、如不見愛、何必玷兩佳人、如果見愛、何必死。一狂士二女相顧動容、自此不甚虐弄之。然時而探手於懷、捋袴於地、亦置不爲怪。一日錄書未卒而出、返則小謝伏案頭、操管代錄。見生擲筆、覥笑視之、雖不成書、而行列疏整。生贊曰、卿雅人也。苟樂此、僕教卿爲之。乃擁諸懷、把腕而教之。秋容自外入、色作變、似妒。小謝笑曰、幼時嘗從父學書、久不作、遂如夢寐。秋容不語、生喻其意、僞爲不覺者、遂抱而授以筆曰、我視卿能此否、作數字而起、曰秋娘大好筆力秋容乃喜於是折兩紙爲倣俾共臨摹生另一燈讀竊喜其各有所事不相侵擾倣畢祇立几前聽生月旦秋容素不解讀塗鴉不可辨認判已自顧不如小謝有慚色生獎慰之顏始霽二女由此師事生坐爲抓背卧爲按股不惟不敢侮爭媚之踰月小謝書居然端好生偶贊之秋容大慚粉黛淫淫淚痕如綫生百端慰解之乃已因教之讀穎悟非常指示一遍無再問者與生競讀常至終夜小謝又引其弟三郎來拜於門下年十五六姿容秀美以金如

意一鈎爲贄、生令與秋容執一經、滿室咿唔、生於此設鬼帳焉、姜聞之喜、以時給其薪水、積數月、秋容與三郎、皆能詩、時相酬唱、一日生將赴試、二女涕泪相別、三郎曰、此行可以托疾免、不然恐履不吉、生以告病爲辱、遂行、先是生好以詩詞譏刺時事、獲罪於貴介、日思中傷之、賂學使誣以行劣、淹禁獄中、資斧絕、乞食於四人、忽秋容飄然入、以饌餽生、相向悲咽、曰三郎慮君不吉、今果不謬、三郎與妾同來、赴院申理、矣、遂去、三日不返、生愁餓無聊、忽見小謝來、愴惋欲

絶言秋容歸經城隍廟被西廊黑判攝去逼充媵御
秋容不屈今亦幽囚妾馳百里奔波頗殆至北郭被
老荊刺足心痛徹骨髓恐不能再至矣因示之足血
殷凌波焉生見之哭暈於地小謝慰之出金三兩跛
踦而沒部院勘三郎無端代控將杖之撲地而滅異
之覽其狀情詞悲惻提生面鞫問三郎何人生僞爲
不知部院悟其冤釋之歸竟夕無一人更闌小謝始
至慘然曰三郎被廨神押赴冥司冥王嘉其義令托
生貴家矣秋容久錮妾以狀投城隍又被按擱且復

奈何生忿然曰黑老魅何敢如此明日仆其像踐踏爲泥數城隍而責之案下吏暴横如此渠在醉夢中耶悲忿相對四漏將殘秋容忽至驚喜急問秋容泣下曰今爲郎萬苦矣判日以刀相逼今夕忽謂妾曰我無他原以愛故既不願亦不敢强歸告陶公勿見譴責生聞少歡欲與同寢曰今日願與二卿死二女戚然曰向受開導頗知義理何忍以愛君者殺君乎執不可然挽頸傾頭情同伉儷二女以遭難故妬念全消會一道士遇生顧謂有鬼氣生以其言異告之

道士曰、此鬼大好、不宜負他、因書二符付生曰、歸授
兩女、任其福命、如聞門外有殯女者、吞符急出、先到
者可活、生拜受歸、囑二女、後月餘、果聞有殯女者、二
女爭奔而去、小謝忙急、忘吞其符、喪輦過、秋容直出、
入棺而没、小謝痛哭而返、生視之、則富室郝氏殯其
女、共見一女進棺去、方共驚疑、俄聞棺中有聲、止殯
發驗、女已頓蘇、因暫寄生齋外、羅守之、忽開目問陶
生、研詰之、答云、我喬秋容也、遂以情告郝、欲舁歸女、
不從、逕入生齋、偃卧不起、郝亦無奈、生視面麗雖異、

而光艷不減秋容喜愜過望殷叙平生忽聞小謝哭於暗陬心甚憐之即移燈往覓譬哀情而衿袖淋漓痛不可解天明郝以婢媼齎送香奩登堂認壻而去追暮入房小謝又哭如此六七日夫婦爲慘痛不能成合卺禮秋容曰道士仙人也再往求或得憐救生然之跡道士所在叩伏自陳道士力言無術生哀之不已道士笑曰癡生好纏人合與有緣請竭吾力乃從生來索靜室掩扉坐戒勿相問凡十餘日不飲不食潛窺之目若瞑一日晨興有少女來明眸皓齒光

艷、動、人、直入靜室、仆地而殭、生大懼、道士微笑曰、跋履、十餘日、憊極矣、被汝糾纏不了、直至百里外、始得一好廬舍、今載與俱來、見其人便交付也、毋恐、欽昏小謝至、女遽起、迎抱之、翕然合爲一體、道士自室中出、拱手逕去、拜而送之、及返則女已蘇、扶置床上、氣體漸舒、少頃、起謝陶生、歡然聚首、兩女與生始成禮焉、後生應試得通籍、有蔡子經者、與同譜、以事過生留數日、適小謝自鄰舍歸、蔡見之、疾趨相躡、小謝側身欽避、心竊怒其輕薄、蔡告生曰、一事深駭物聽、可相告否詰之曰三年前少妹夭殰經兩夜而失其屍至今疑念適見年嫂何相似之甚也生笑曰山荆陋劣何足以方君妹然既係同譜誼即至切何妨一獻妻孥乃入內室使小謝衣殉裝出蔡大驚曰眞吾妹也不特貌是卽衣履何一非舊時物也因而泣下生乃具述本末蔡喜曰妹子未死吾將速歸用慰嚴慈遂去過數日舉家皆至後往來如郝云

道士其仙耶何術之神也苟有其術醜鬼亦可變矣

梅女

太行世族封生雲亭、偶至郡、晝卧逆旅、時年少喪偶、頗有所思、凝視間見墻上有女子影、依稀如畫、念必意想所致、久之不動、亦不滅、異之、起視、儼然少女、容蹙舌伸、索環秀領、驚顧未已、冉冉欲下、知爲縊鬼、然以白晝不甚畏懼、曰、娘子如有奇冤、小生可以極力、女居然下、曰、萍水之人、何敢以重務浼君子、但泉下枯骸、舌不得縮、索不得除、求斷屋梁焚之、恩同山岳矣、諾之、遂滅、詢之主人、言此梅氏故宅、十數年前有

賊入室爲梅所執問官受賊錢誣其女與通將拘質

審女聞自經後梅夫婦相繼亡宅歸於我客往往見

其異而無術以靖之生以易樞告主人難之生出資

助作既易而復居之梅女夜至展謝已喜色充溢姿

態嫣然生愛悅之欲與爲歡女曰陰慘之氣非但不

爲君利若此之爲則生前之垢西江不可濯矣會合

有時今日尚未問何時但笑不言生問飲乎曰不飲

曰坐對佳人悶眼相看亦復何味女曰妾生平技藝

止諳湘蘭之戲但兩人寥落又苦無局今與君爲交

線之戲生從之從膝戟指翻變良久生迷亂不知所從女輒卩道而頤指之愈出愈幻生笑曰此閨房之絶技女曰此妾自悟但有雙綫便可成文人自不之察耳更闌强使就寢曰妾不寐君請自休妾少解按摩之術願盡技能以侑清夢生從之女疊掌輕挼自頂及踵手所經骨若醉既而握拳細搥如以團絮相觸暢不可言搥至腰卩目皆慵至股則沉沉睡去矣及醒日已向巳覺骨節輕和殊於往日遶屋呼之並無響應日夕女始至生曰卿在何所曰鬼無常所要

在地下問地下有隙乎曰鬼不見地猶魚不見水也
生握腕曰使卿得活當破產致之女笑曰亦無須破
莊嚴至夜半若逼之女曰君勿纏我有浙娼愛卿者
新寓北隣頗風致明夕招之來聊以自代何郁生允
之次夕果偕一少婦至年近三十眉目流轉隱含蕩
意二人狎坐打雨為戲頃之女忽擲扉起曰幾忘之
嘉會方殷我且去生挽之飄然已逝兩人登欄曲盡
綢繆語其家也則含糊應之但曰郎如愛妾以指彈
北壁微呼曰壺盧于肺至三呼不應可知不暇勿更

招也、天曉入北壁而去、晚女來、生問愛卿、曰被高公
子招去、侑酒不得來、因而翦燭共話、女每欲有所言、
吻已啟、而輒止、固詰之、終不肯言、欲噓而已、生強與
作戲、四漏始去、自此二女頻來、笑聲常徹宵旦、因而
城社悉聞、前問官嫡室、以私僕被出、繼室顧氏深相
愛好、期月夭殂、心甚悼之、聞封有靈鬼、欲以問冥世
之緣、遂造封、封初不肯、承某力求不已、因爲之招鬼
妓、叩壁而呼、三聲未已、愛卿驟入、見某色變、欲走、生
以身阻之、某審視大怒、投以巨碗、溘然而滅、生大驚

方將詰問忽一老嫗來大駡曰壞我家錢樹子三十貫要償也以杖擊某中顱某抱首而哀曰此我妻也少年而殞不圖爲鬼不貞於姥乎何與嫗怒曰汝本市井一無賴賊買得條烏角帶鼻骨倒豎矣汝居官並無黑白袖有三百錢便而翁也天怒人怨死期已迫汝父母告求冥司願以愛媳入青樓代汝償貪債不知也耶言已又擊某婉轉哀鳴生方驚咤無從解救忽見梅女自房中出張目吐舌顏色變異近以長簪刺其耳生以身蔽之女忿不已生勸曰某誠有罪

倘死於寓所則咎在小生請少存投鼠之器。女乃曳嫗曰暫假餘息爲我顧封郎也。某張皇鼠竄而去至署患腦痛中夜死媪亦去女笑曰痛快惡氣出矣問何仇怨女曰曩已言之受賄誣姦。銜恨已久每欲挽君一爲報之自愧無纖毫之德故將言而輒止。適聞紛拏竊一伺聽不意其仇人也生訝曰此即誣卿者耶曰彼到此十有八年妾寃殁十六寒暑矣問嫗爲誰曰老娼也問愛卿曰傷其臂耳因嚬然曰妾昔謂會合有期今眞不遠矣實告君妾死之日已投生延安展孝廉家徒以大怨未伸、故遷延於此、請以新帛作囊、俾妾得附君以往就展求婚○計必允諧、生慮勢分懸殊、恐將不遂、女曰、但去無憂○生從之、女囑曰、途中愼勿相喚、待合卺之夕、舉囊示新人、急呼曰、勿忘勿忘、生諾之、一如女指、束裝訖、女至、啟囊摊身入、攜至延安、果有展孝廉、生一女、貌極端好、但病癡、又常以舌出唇外、類犬吠日、以故年十六、無問名者、生到門投刺、具通族閥、退即托媒致之、展喜、贅生於家、女癡絕、不知爲禮、使兩婢扶曳歸房、羣婢既去、女解衿露乳對生憨笑生舉囊示之曰勿忘勿忘女乃悟急掩衿生笑曰卿不識小生耶女亦笑詰旦生入謁岳展慰之曰癡女無知旣承青眷君倘有意家中慧婢不乏僕不靳相贈生力辨其不癡展疑之無何女至舉止眞不癡因大驚異女但掩口微笑展細詰之女進退而難於言生爲畧述梗槩展大喜愛悅逾於平時使子大成與壻同學供給豐備年餘大成漸厭薄之廝僕亦刻疵其短展惑於浸潤禮稍懈女覺之謂生曰凡久居岳家者盡闒茸也及今未大决裂宜速

歸生然之告展展欲留女女不可父兄盡怒不給輿馬女自出妝資爲歸費後招令歸女堅辭不往迨生舉孝廉始遍慶好

三百誣姦夜氣牿亡盡矣一命之士苟存心濟物於物必有所濟世有一等闒冗之徒讀書無味治生無方則借此託身以悍隸爲爪牙以劣衿爲鷹狗甚至豢賊貽殃嗾奸反噬瞞天害理無所不至念切民瘼者于此等處留神約束則造福無窮矣

魯女

招遠張于旦性踈狂不羈讀書蕭寺邑令魯公三韓人有女好獵生適遇諸野見其風姿娟秀著錦貂裘跨小驪駒翩然若畫歸憶容華極意傾想後聞女暴卒悼歎欲絕魯以家遠寄柩寺中即生讀所生敬禮如神朝必香食必祭每酹而祝曰覩卿半面長繫夢魂不圖王人奄然物化今近在咫尺而邈若河山恨何如也然生有拘束死無禁忌九泉有靈當珊珊而來慰我傾慕日夜祝之幾半月一夕挑燈夜讀舉首

見女含笑立燈下生驚起女曰感君之情不能自已遂不避私奔之嫌生大喜挽坐遂共歡好自此無虛夜偶值節序欲與偕歸女憂足弱不能跋履生請抱負以行女從之如抱嬰兒殊不重累考試亦載與俱纔行必以夜生將赴秋闈女曰君福薄徒勞往返遂聽其言而止積四五年曾罷官貧不能攜櫬將窆之苦無墓地生自陳有薄壤近寺願葬女公子曾大喜生又力爲營葬德之而莫解其故曾去二人綢繆如平日一夜側依生懷泪落如豆曰五年之好於今别

矣生驚問之曰今將托生河北盧戸部家如不忘今日過此十五年八月十五日煩往一會生泣下曰生三十矣又十五年將就木焉會將何爲女曰相愛固不在老少然求駐顔固亦甚易妾得吐納術行之雖不能還童終身面目可以不改遂書以付之少間曰君送我六七里此去多荆棘妾衣長難度乃抱生頸生送至通衢見路旁一鈿車繡纓朱幰一老媪在焉見女至呼曰來乎女應曰來矣乃回顧生云盡此且去勿忘所言生諾女近車媪引手上之展軨卽發生

悵悵而歸誌時日於壁於是遂行吐納術數年覺身更健求幾長子政次子明相繼擢高科又數年夫人以病卒高門爭婚之曰待吾至河北來而後議屆指已及約期遂命僕馬至河北訪之果有盧戶部先是生一女生而能言長更慧美父母最鍾愛之貴家委禽女輒不欲怪問之具述前生約共計其年大笑曰癡婢張郎計今年將半百縱其尚在髮童而齒豁矣女不聽母見其志不搖與盧公謀倘張果至戒閽人勿與通過期以絕其望求幾生至閽人拒之悵恨無

所為、計開遊郊野、因循而暗訪之、女謂生負約、漭不、食母言、渠不來、必已殂謝、卽不然、背盟之罪亦不在汝、女不語、但終日臥、盧患之、因思一見生之為人、訪知之、乃托遊遨、遇生於野、猶然少年也、訝之、班荆略談、甚倜儻、公喜、邀至其家、匆匆入內告女、女力起窺覘、良是、盧出肅客、置酒宴會、細展官閥、知為巨家、更喜、擇吉成禮、居半月、攜女歸、公送至家、半年乃去、逾年、盧公卒、子尚幼、為豪强中傷、家產幾盡、盧夫人無依、生迎養之、遂家焉

誌異摘抄目錄

卷之十一

鬼二

誌異摘抄卷之十一

鬼二

宦娘

溫如春秦之世家也、少有琴癖、雖逆旅未嘗暫舍、客於晉、道經古寺、暫憩焉、有道士趺坐廊間、節杖倚壁、花布囊琴、溫以所好、因問亦善此耶、道士曰顧不能工、願就善者學之耳、遂解囊授溫、視之紋理佳妙、畧一勾撥、淸越異常、喜爲撫一短曲、道士微笑、似未許可、溫乃竭盡所長、道士哂曰、亦佳、亦佳、但未足爲貧道師也溫以其言夸轉請之道士接置膝上纔撥動和風自來又頃之百鳥咸集溫驚極拜請受業道人三復之溫靜心傾聽稍稍會其節奏道人試使彈點正䟦節曰此塵間已無匹矣溫由是精心刻畫遂稱絕技後歸程離家數十里日已暮暴雨莫可投止路旁有小郵趨之不遑審擇見一門匆匆遽入登其堂間若無人俄一女郎出年十七八貌類神仙舉首見客驚而入溫時未耦繫情殊深頃一老嫗出問客溫道姓名兼求寄宿嫗言宿亦不妨但少床榻不嫌屈

體、便可藉藁、少旋、以燭來、展草鋪地、意良殷、自言姓趙、問女郎何人、曰老身之猶子宦娘也。溫曰不揣寒陋、欲求援繫、如何、嫗曰此即不敢應命、溫詰其故、但曰難言、悵然遂罷、嫗既去、溫視藉草腐濕、不堪卧處、因危坐鼓琴、以消永夜、雨既止、冒夜遂歸、邑有林下部郎葛公、喜文士、溫偶詣之、受命彈琴、簾內隱約有眷客窺聽、忽風動簾開、見一及笄人、麗絕一世。葛公有女、小字良工、善詞賦、有艷名、溫心動、歸與母言、媒通之、而葛以溫勢式微、不許、然女自聞琴後、心竊傾慕毋冀再聆雅奏而溫以姻事不諧志乖意沮絕跡於葛氏之門矣一日女於園中拾得舊箋一折上書惜餘春詞云因恨成癡轉思作想日日爲情顛倒海棠帶醉楊柳傷春同是一般懷抱甚得新愁舊愁剗盡還生便如青草自別離只在奈何天裏度將昏曉今日個蹙損春山望穿秋水道業已拚棄了芳衾如夢玉漏驚魂要聽何能聽好漫說長宵似年儂視一年比更猶少過三更已是三年更有何人不老女吟數四心好之懷歸出錦箋莊書一通置案間踰時

索之不可得竊意爲風飄去適葛過閨門拾之謂艮工作惡其詞蕩火之而未忍言欲急醮之鄰邑劉方伯公子適來問名心善之猶欲一睹其人公子盛服而至儀容秀美葛大悅旣而告别座下遺女舄一鉤心惡其儇薄因呼媒而告以故公子亟辨其誣葛弗聽絕之先是葛有綠菊種恪不傳艮工以植閨中溫庭菊忽有二株化爲綠同人聞之造廬觀賞溫亦寶之晨起視於畦畔得箋書惜餘春詞反復披讀不知其所自至以春爲己名惑之卽案頭加丹黃評語褻

嫚適葛閨溫菊變綠訝之詰其齋見詞便取展閱溫以其評褻奪而援莎之葛僅睹一兩句葢即閨門所拾者也大疑並綠菊之種亦疑良工所贈歸告夫人令詰之良工忿欲死而事無驗見莫有取實夫人恐其跡彰計不如以女歸溫葛亦以爲然遥致溫溫喜極是日招客爲綠菊之宴焚香彈琴夜分方罷既歸寢齋僮聞琴聲初以爲同儕之戲也審之無人始白溫溫自詣之聞其聲梗澁似將效己而未能者爇火暴入杳無所見溫攜琴去則終夜寂然因意爲狐固

知其願拜門墻也者、遂每夕爲奏一曲、奏已仍設坐、
任其自操、潛聽之、琴聲不絕、至六七夜、居然成曲、雅
足聽聞、溫既親迎、各述曩詞、始知締好之由、而終不
知所由來、良工聞鳴琴之異、往聽之、曰此非狐也、調
悽楚、有鬼聲、吾家有古鏡、可鑒魑魅、翌日遣人取至、
伺琴聲既作、握鏡遽入、火之、果有女子在、倉皇竄隅、
不能復隱、細審之、趙氏之宦娘也、大駭、窮詰之、泫然
曰、代作蹇修、不爲無德、何相逼之甚也、溫請去鏡、約
勿避、諾之、女遙坐、曰、妾太守之女、死百年矣、少喜琴

箏箏已頗能諳之獨琴未有嫡傳重泉猶以爲憾惠顧時得聆雅奏傾心向往又恨已物化不能奉裳衣陰爲君撮合佳耦以報眷顧之情劉公子之女烏惜餘春之俚詞皆妾爲之也酬師者不可謂不勞矣夫妻咸拜謝之宦娘曰君之業妾思過半矣但未盡其神理請爲妾再鼓之溫如其請又曲陳其法宦娘大悅曰妾已盡得之矣乃起辭欲去良工故善箏聞其所長願以披聆宦娘不辭其調其譜並非人世所能良工擊節轉請受業女命筆爲繪譜十八章又起

告别夫妻挽之良切宦娘悽然曰君琴瑟之好自相知音薄命人烏有此福如有緣再世可相聚耳因以一卷授溫曰此妾之小像如不忘媒妁當懸之卧室快意焚香一炷對鼓一曲則身受之矣出門遂没

小倩

甯采臣浙人性慷爽自重無二色適有事金華會學使案臨艱於覓寓至北郭解裝蘭若意將棲止而蓬蒿徧地似絶行踪兩廂無人居住惟南一小房扃鍵如新日暮有士人來啓南扉甯趨爲禮且告以意士

人曰此間無房主僕亦僑居旦暮惠教幸甚遂於東廂籍藁代床支板爲几爲久客計是夜月甚明潔二人促膝坐談士人言姓燕字赤霞秦人語甚朴誠既而歸寢甯久不成寐聞屋北喁喁起伏窻下窺之見短墻外一院有婦四十餘一媪駝背龍鍾婦曰小倩何久不來將無向姥有怨言曰不聞但意似戚戚言未已有十七八女郎來彷彿嬌艷媪笑曰我二人正談小妖婢俏來無跡響幸未訾著短處又曰小娘子是畫中人遮莫老身是男子也被攝魂去女曰姥姥

不相嚳更阿誰道好甯意憐人遂寢方將睡去忽有人至審視則北院女子也驚問之女笑曰月夜不寐願修燕好甯正色曰卿防物議我畏人言畧一失足廉恥道喪女云夜無知者甯又叱之女懼乃退忽返以黃金一錠置褥上甯掇擲戶外曰非義之物污我囊橐女拾金言曰此漢當是鐵石詰旦有蘭溪生携一僕來赴試寓於東廂夜暴亡足心有小孔血出莫知其故經宿僕又死症亦如之晚燕生歸甯質之燕以爲魅甯素抗直頗不在意宵分女來謂甯曰妾閱

人多矣未有剛腸如君者妾不敢欺姓聶十八天殁瘞寺側被妖物威脅役賤務心實不甘恐以夜入殺君寗駭求計曰燕君奇人也與同室可免又問何以迷人曰狎我者陰以錐刺其足人即迷因攝血供妖飲又以羅刹鬼骨變金如留之即截取人心二者皆以投時好也問備戒之期答以來宵臨別泣曰郎君義薄雲霄必能救拔倘肯囊妾朽骨歸瘞安宅不啻再造寗毅然諾之問瘞所曰但記白楊之上有雀巢者是也遂去明日約燕同宿燕囑曰足下肝膽須風

良切幸勿翻視筐篋違之俱不利因以一筐置牕前。就枕熟睡甯不成寐近一更許牕外有人來窺目光睒閃甯懼忽有物裂篋出明若匹練觸牕一射即入如電滅燕覺而起甯僞睡以覘之燕撿取嗅視白光晶瑩長可二寸寬一分許包固仍置篋中自語曰何物老魅直爾大膽甯奇之因起告以所見燕曰既知愛何敢隱我劍客也甯欲觀之出相示熒熒然一小劍耳於是愈重燕明詣寺北果有荒墳白楊烏巢迨事畢將歸燕設祖帳情義殷渥贈以破革囊曰此劍袋也。藏之可遠魑魅。甯欲燕授其術，曰：如君剛直，可以爲此。然君富貴中人也。甯乃托有妹葬此，發掘女骨，斂以衾，載歸營墳，葬於宅外，祭而祝之。歸途有人呼曰：緩待同行。回視則小倩也。謝曰：君信義，十死不足以報，請從歸，拜識姑嫜，媵御無悔。審視較黑夜尤艷絕。遂至書齋，甯先入白母，母譌然。時妻久病，母戒勿言，恐爲所駭。言次，女已翩然入，拜伏地下。母驚見其綽約可愛，方敢與言。女曰：兒飄然一身，遠父母兄弟，蒙公子覆露，澤被髮膚，願操箕箒，以報高義。母曰

老身止一子、用承祧緒、不敢令有鬼妻、女曰、泉下八
旣不見信於老母、請以兄事、依高堂、奉晨昏、以報其
德。母允之、欲謁嫂以疾辭、卽入廚下、代母操作、昏夜
母懼令歸、出過生齋、欲入。徘徊戶外、生呼之、女曰、室
有劍氣可畏、甯悟取革囊、懸他室、女乃入曰、途中不
敢相見者、以此、久之、問夜讀否、妾少誦楞嚴經、今多
遺忘、挽求一卷、就兄正之、甯諾、夜將半、不去、促之、愀
然曰、異域孤魂、殊怯荒墓、甯曰、兄妹宜遠嫌、蟄蹴而
去、甯心憐之、女朝夕侍奉、無不曲承母志、夜出必過

齋頭誦經。甯將寢始去。先是甯妻病。母甚勞。自女代之。甚逸。漸久親愛如己出。晩留與同臥。女初來未嘗飲食。半年漸啜粥。母子諱言其鬼。無何甯妻亡。母陰有納女意。恐不利於子。女知之。告母曰。兒不欲禍行人。故從郎君來。無他意。以郎君光明磊落。爲天人所欽敬。實欲相依數年。借博誥封耳。母懼不能延宗嗣。女曰。郎君注籍有亢宗子三。不以女而奪也。遂與子議。列筵告戚黨。衆疑爲仙。諸內眷執贄爲賀。女善畫蘭梅。以尺幅酬答。得者什襲藏之。一日忽問甯。囊何

在日以卿畏之故收他處曰妾受生氣已久當不復
畏宜取來詰之曰三日來心怔忡恐金華妖物旦晚
尋及也甯取至女曰此劍仙盛人頭物也今日視之
肌猶慄慄乃懸戶上次夕約甯勿寢歘有物如飛鳥
至女驚匿幙內甯視之狀如夜叉攫拏而前至門却
步逡巡久之漸近革囊以爪摘取囊忽格然一聲大
可合抱有鬼突出揪夜叉入遂寂囊亦頓縮如故女
出大喜曰無恙矣共視囊中淸水數升而已女曰此
妖水也後數年甯登進士舉一子納一妾又各生一

子皆仕進有聲

無病

洛陽孫生名麒娶蔣太守女甚相得二十夭殂悲不自勝因移居山中別業適陰雨晝卧忽見複室簾下露婦人足疑而問之有女子搴簾出年約十八九微黑多麻衣服樸潔類貧家女意必村中僦屋者呵曰所須宜白家人何得輕入女微笑曰妾小字無病祖籍山東吕姓父文學士客遷於此早離顧復慕公子世家名士願爲康成文婢孫笑曰卿意良佳然僕輩

雜居實所不便容旋里後當與聘之女次且曰自揣
陋劣何敢遂望敵體聊備案前驅使當不至倒捧文
冊孫曰納婢亦須吉日乃指架上使取過書第四卷
蓋試之也女翻得之先自涉覽而後進之笑曰今日
河魁不會在房孫意少動留匿室中女爲之拂几整
書焚香拭鼎滿室光潔孫悅之至夕遣僕他宿女俯
眉承睫殷勤臻至命之寢始持燭去中夜睡醒則床
頭似有臥人以手探之知爲女捉而撼焉女驚起立
榻下孫曰何不別寢床頭豈汝臥處女曰妾善懼孫

憐之俾施枕床內忽聞氣息之來清如蓮蕋異之呼與共枕不覺心蕩漸與同衾大悅之念避匿非策又恐同歸招議孫有母姨近隔十餘戶謀令遁諸其家而後奧致之女稱善便言阿姨妾所熟識無容先達請即去孫送之踰垣而去孫母姨寡居夌晨啟戶女掩入媪詰之答云若甥遣問阿姨歸途乏騎留奴暫寄此耳媪信之遂止焉孫歸矯謂姨家有婢欲相贈遣人舁之歸坐卧皆以從久愈嬖之納為妾世家論昏皆勿許殆有終焉之志女知之苦勸令娶乃娶於

不忍有所拂入門數月擅寵專房而無病之前笑啼艷而驕已甚衣服器用多厭嫌輒加毀棄孫以愛故艷其美宗族仰其勢共慫慂之孫惑焉又娶之色果有王天官女新寡來求姻孫雅不欲娶王再請之媒孫將賤其言告諸宗黨僉謂不可女亦固辭乃止邑無病最愛兒郎令子之可也郎正位爲亦可也既塟無病宿許喚之不去也無何許病尋卒臨訣囑孫曰許舉一子名阿堅無病愛之如已出三歲離乳媼從許許甚賢不爭夕而無病事之甚恭以此嫡庶偕好。

皆罪、時遷怒於夫、數相鬬鬩、孫苦之、以故多獨宿、婦又怒、孫不能堪、托故赴都、逃婦難也、婦又以遠遊咎無病、無病鞠躬屏氣承望顏色、而婦終不快、夜使値宿床下、兒奔與俱、每喚起給使、兒輙啼、婦厭罵之、無病呼老媪來、抱之不去、强之、大號、婦怒毒撻無算、始從媪去、見以是病悸不食、婦禁無病、不令見之、見終日啼、婦使媪棄之地、兒氣竭聲嘶、呼而求飲、婦戒勿與、日既暮、無病潛飲之、兒見水捉衿、嗷咷不止、婦聞之、意氣悩悩而出、兒聞聲、噭溺一躍、遂絶、無病大哭

婦怒曰、賤婢醜態、豈以兒死脅我耶、無論孫家襁褓

物、卽殺王府世子、王天官女、亦能任之、無病忍涕請

爲虀且、婦不許、立命棄之、婦旣去、竊撫兒、四體猶溫、

隱語媼曰、可速抱去、少待於野、我當繼至、其死也埋

之、活也撫之、媼曰諾、無病入室、攜簪珥出、追及之、共

視兒已蘇、大喜、謀趨別業、依姨媼、慮其纖步爲累、無

病乃先趨以俟之、疾若飄風、媼力奔、始能及、約二更

許、兒病危不可復前、遂斜行入村、至田叟家、扣扉借

室、出簪珥易貲、巫醫並至、卒不瘳、女掩泣曰、媼好視

兒、我往尋其父也、媼方驚其謬妄、而女已杳矣、是日孫在都、方憩息床上、女悄然入、孫驚起曰、纔眠已入夢耶、女握手哽咽、頓足不能出聲、久之乃曰、妾歷千辛、與兒逃於楊、句未終、縱聲大哭、倒地而滅、孫駭絶、疑爲夢、急呼燈視之、衣履宛然、大異之、即刻趨裝、星馳而歸、既聞兒死妾遁、撫膺大慟、語侵婦、婦反脣相譏、孫忿、出白刃、婢媼遮救、不得近、遙擲之、刃脊中額、流血披髮、叫嗥而出、將以奔告其家、孫捉還、杖撻無數、衣皆若縷、傷痛不可轉側、孫命舁諸房中、待傷平

而後出之、婦兄弟聞之、怒、率多騎登門、孫亦集健僕
械禦之、兩相呌罵、終日始散、王未快意、訟之、生訴婦
惡狀、宰不能屈、不得已、發學懲戒、以悅王、廣文朱某
世家子、剛正不阿、知其情、怒曰、堂上公以我爲齷齪
敎官、勒索傷天害理錢、以吮人癰痔者、耶、此等乞丐
相、我不爲也、王無奈、示意朋好、爲之調停、欲孫一謝
過其家、孫不肯、十反、不能决、婦創漸平、欲出之、恐王
不受、因循安之、因念妾亡子死、夙夜傷心、思得老媪
一問、忽憶無病言、逃於楊、近村有楊家疃、訪之、並無

知者、或言五十里外有楊谷、遺人詣詢、果得之、兒漸平、復相見、各喜、載與俱歸、兒望見父、嗷然大啼、孫亦泪下、婦聞兒尙存、盛氣奔出、將致誚[illegible]見大啼開目見婦、驚投父懷、若求藏匿、抱而視之、氣已絕矣、急呼之、移時始甦、孫恚曰、不知如何酷虐、遂使吾兒至此乃立休書、送婦歸王、不受、孫不得已、別居一院、媪備述無病情狀、孫始悟其爲鬼、感其義、葬其衣履、題其碑曰、鬼妻呂無病之墓、無何、婦產一男、交手於項而死之、孫愈忿、復出婦、王又舁還之、孫撘之上臺、背以天官故、置不理、後天官卒、孫控不已、乃判令婦歸孫、由此、不復娶、納婢爲婦、既歸悍、名譟甚、居三四年、無問名者、婦頓悔、而已不可復挽、有孫家舊嫗適至、其家、婦優待之、對之流涕、揣其情、似念故夫、嫗告孫、孫笑、置之、又年餘、婦母又卒、孤無所依、諸娣姒頗厭嫉之、婦日夜零涕、一貧士喪偶、兄弟與議、厚其奩妝、遣之、婦不肯、每托往來者致意孫、且告悔、孫不聽、一日婦率一婢、竊驢跨之、竟奔孫、孫方自內出、婦迎跪之、泣不可止、孫欲去之、婦牽衣曰、妾自二十一歲從君二十三歲被出、誠有十分惡、寧無一分情耶、孫固辭曰、如復相聚、常無間言則已耳、一朝有他、汝兄弟如虎狼、再求離、渴豈可復得、婦曰、妾此來、斷無還理、留則留之、否則死之已耳、孫猶疑其詐、欲得婦兄弟一言爲據、婦曰、妾私出、何顏復求兄弟、如不相信、妾藏有死具在此、請斷指以自明、遂出利刃、伸左手一指斷之、血溢如湧、孫急令人裹之、婦容色痛變、而更不呻吟、笑曰、妾今日黃粱之夢已醒、特借斗室爲出家計、何用相猜、孫乃使子及妾另居一院、而已朝夕往來於兩間、婦由此不茹葷酒、閉戶誦佛而已、居久之、見家政廢弛、謂孫曰、妾此來本欲置他事於不問、今見如此、此用度恐子孫有餓莩者矣、無已、再腆顏一經紀、乃集婢媼、按日責績織、家人以其自投也、慢之、私相誚訕、而婦若不聞之、既而課工惰者、鞭撻不貸、衆始懼、又釐簾計僕、綜理微密、孫乃喜、使兒及妾皆拜見之、阿堅已九歲、婦每加意溫恤、朝入塾、常留甘餌以待其歸、兒亦漸親愛之、一日兒以石投雀、婦適過中顱、而仆踰刻不語、孫知之、欲撻兒、婦爇力止之、且喜曰妾昔虐兒中心每不自安今幸消一罪案矣孫愈孌愛之婦每拒使就妾宿居數年屢產屢殤曰此昔日殺兒之報也阿竪既娶以外事委兒內事委媳一日曰妾某日當死孫不信婦自理甃具至日更衣入棺而卒

阿端

衛輝戚生少年蘊藉有氣敢任時大姓有巨第白晝見鬼死亡相繼願賤售生廉其直購居之家人夜驚相譁以鬼月餘喪一婢無何妻以暮至園亭得疾數

日尋甃家人懼勸生他徙生怒盛氣獨宿荒亭留燭
以覘其異久之睡去忽有人以手探被反覆捫搎生
醒見一老大婢攣耳蓬頭臃腫無度生知其鬼捉臂
推之笑曰尊容不堪承教婢慚蹀躞而去少頃見一
女郎自西北隅出神情婉妙至燈下怒罵何處狂生
居然高臥生起笑曰小生此間之第主候卿討房稅
耳遂起裸而逐之女欲遁生先趨西北隅阻其歸路
女計窮便坐床上近臨之對燭如仙漸擁諸懷女笑
曰狂生不畏鬼耶將禍爾死生强解裙襦亦不甚拒

已而自白妾章氏小字阿端、悞適蕩子、横加折辱、憤悒夭逝、瘞此二十餘年矣、此宅下多墳塚、有生人居、鬼不安於夜室、問老婢何人、曰亦一鬼、從妾服役、適令驅君耳、問捫搎何爲、笑曰此婢三十年未經人道、情亦可憫、然亦太不自諒矣、聞鐘鳴、著衣下床、曰如不見猜、夜當復至、入夕來、綢繆愈歡、生曰室人殂謝、感悼不釋于懷、卿能爲我致之否、女聞之慘然曰妾死二十年、誰復致念者、君誠多情、妾當竭力、然聞投生有地矣、不知尚在冥司否、逾夕告生曰娘子將生以失環撻婢、婢自縊、此案未結、故遲留、妾使婢往監守、處行賄、或將來也、二鼓盡、老婢果引妻至、執手大慟、女別、曰請詁契闊、另日相見也、生問婢事、妻曰無妨、行結矣、上床偎抱、欵若平生、後五日、妻忽泣曰、明日將赴山東、遂將永訣、生聞之、哀不自勝、女曰、妾有一策、可得暫聚、共收淚詢之、女請以錢紙十提、焚南堂杏樹下、賄押生者、俾緩時日、生從之、至日、妻至曰、幸賴端姊、復得十日聚、生喜、留女連床、暮以繼曉、惟恐歡盡、過七八日、限將滿、夫妻終夜哭、問計於女、女曰勢難再謀然試爲之非冥資百萬不可㸑之如數女來喜曰已令他鬼代生矣年餘女忽病恍惚如見鬼狀妻撫之曰此爲鬼病生曰端娘已死又何病妻曰人死爲鬼鬼死爲聻鬼之畏聻猶人之畏鬼也女曰合目輒見寃鬼恐不得再履人世矣越宿病更沉重曲體戰慄拉生同卧以首入懷似畏撲捉生偶起端娘已斃床上委脫猶存啟之白骨儼然生大慟以禮葬於祖墓之側一日妻夢適云端娘言夫怒其啟節索命去乞我作道場超度生從之又夢端娘來謝

居三年家人初聞而懼久之漸習生出外則隔牕啟稟一夜向生泣曰前押生者事露恐不能久聚矣數日果病曰情之所鍾本願長死不樂生也今將永訣得非數乎生皇遽求策曰是不可爲也問受責乎曰薄有所責偷生罪大偷死罪小言訖不動細審之漸就澌滅矣生每獨宿亭中冀有所遇終亦寂然

祝生

水莽草生楚中有毒蔓生似葛花紫類扁豆悮食之立死俗傳此鬼必再有毒死者始代之以故桃花江

一帶此鬼尤多云有祝生往戚家途中燥渴思飲俄見道旁一媪張棚施飲趨之媪承迎入棚給奉甚殷嗅之有異味置不飲起而去媪止之急喚三娘可將好茶來俄有少女捧茶出年約十四五姿容艷絶指環臂釧晶瑩鑑影生受琖神馳嗅其茶芳洌無倫吸盡再索覷媪出戲捉纎腕脱指環一枚女赬頰微笑生大惑詰門戶女云郎暮來妾猶在此也生求茶葉一撮而去至戚家覺心頭作惡疑茶爲患以告戚戚曰殆矣此必水莽鬼也先君死於是是不可救生

大懼、出茶葉驗之、果水莽草、又出指環、兼述女子形狀、戚懸想曰、此必寇三娘也、生以其名符、問何以知之、曰、南郵富室寇氏女夙有艷名、數年前悞食水莽而死、必此爲魅、俗言受魅者知其姓氏、求其故襠煮服可瘥、戚急詣寇所、告以故、長跪代懇、寇以其將代女死、故不與、戚忿而返、以告生、生亦切齒恨之、曰、我死、必不令其女脫生、舁之歸、將至家門而卒、母號啼葬之、遺一子甫週歲、妻不能守、改醮去、母留孤自哺、劬瘁不堪、朝夕悲啼、一夕方抱兒哭室中、生悄然入母大駭、揮涕問之、答云、兒地下聞母哭、甚愴於懷。故來奉晨昏耳。兒雖死、已有家室、卽同來分母勞、母其勿悲、問兒婦何人、曰寇氏、名三娘、伊父母坐聽兒死、兒恨之、死後欲尋之、不知其處、途遇某、始相指示、兒往、三娘已投生任侍郎家、兒强捉之來、今爲兒婦、甚相得。移時、一女子入、華妝艷麗、伏地拜母、生曰、此寇三娘也、雖非生人、母見之、情懷差慰、生便遣三娘操作、三娘雖不習慣、然承順殊憐人、由此居故室、遂留不去、女請母告諸家、生不欲、而母憐之、以告翁媼、間

而大駭、命車疾至、相持大慟、女勸止之。媪視生家貧、
意甚悼、女曰、鬼何畏貧、視郎母子情意拳拳、兒固已
安之矣、因問茶媪誰也、曰倪姓、自慚不能惑行人、故
求兒助之耳、今已投生他方矣、因顧生曰、既壻矣、而
不拜岳妾、復何心、生乃拜、女便入厨下、代母執炊、供
客、翁媪悽愴、既歸、即遣兩婢來、爲之服役、金百觔、布
帛數十疋、酒胾不時餽送、稱小阜矣。亦時招三娘歸
寧、居數日、輒曰、家中無人、宜早送兒還。或故稽之、則
飄然自歸。翁乃代生起廈屋、營備臻至。然生未嘗至

翁家、一日三娘曰、翁壻不往來、亦非情理、遂拉與同去、由此始往來焉、一日村中有中水莽毒者、死而復生、傳其異、生曰、是我活之也、母曰、汝何不取人以自代、生曰、兒深恨此輩、方將盡驅除之、何屑爲此、且兒事母至樂、不願生也、由是中毒者往往具筵禱之、輒有效、積十餘年、母亡、夫婦亦哀毁、但不對客、惟命兒縗麻擗踊、教以禮儀而已、又二年餘、爲兒娶婦、婦任侍郎孫女也、先是任公妾生女三日而殤、後聞祝生之異、遂命駕其家、訂翁壻焉、見其子頗異、遂以孫女字之一日謂子曰上帝以我有功人世策爲四瀆牧龍神今行矣俄見庭下有四馬駕黃幨車夫妻盛裝同出登輿子及婦皆泣拜瞬息而渺是日冦冢見視生夫婦來別儀從盛甚媼泣挽留女曰帝命也烏能留出門遂不復見其子名鶚字離塵請諸冦翁以三娘骸骨與生合葬焉

湘裙

陝西延安晏姓兄伯弟仲友愛甚篤兄三十而卒嫂亦繼亡無嗣每思得兩子可以一爲兄後甫舉一男

而妻又死、恐繼室不恤其子、將購一妾、隣村有買婢者往相之、過兄墓所、展之不勝傷悼、及往見其婢不能稱意、有友人留飲醺醉而歸、途中遇一婦控驢過一童子隨之、年八九歲、面目神色絕類其兄、心惻然動、急綴之、問童子何姓、答云姓晏、仲大驚、又問汝父何名、答云不知、言次已至其門、婦下驢入、仲詢童子曰、汝父在家否、童諾而入、頃一媪出窺、眞其嫂也、訝叔何來、仲大悲、隨之入、因問兄何在、曰、責負未歸、問跨驢者何人、曰、汝兄妾甘氏、生兩男矣、長阿大、赴市未返、適所見者阿小、坐久、酒漸醒、始悟所見皆鬼、以兄弟情切、亦不懼、嫂溫酒治具、仲急欲見兄、促阿小覓之、良久、哭而歸、曰、李家負欠不還、反與爻鬪、仲聞之、與阿小奔而去、見兩人方捽兄地上、仲怒、奮拳直入、當者盡踣、急救兄起、敵已俱奔、執手哀泣、既歸、具酒食、兄弟相慶、居無何、一少年入、兄呼阿大、令拜叔、仲向兄曰、大哥有兩兒、而墳墓不掃、弟又少子而鰥、奈何、伯亦悽惻、嫂曰、遣阿小從叔去、亦得、阿小聞之、依叔肘下不去、仲撫之、倍加辛酸、問汝樂從否、答云、樂從伯曰從去切勿嬌慣啖以血肉向日中曝之過午乃已六七年後歷春及夏骨肉更生可以娶妻育子但恐不壽耳言間有女郎在門外窺聽意致溫婉問之曰妾妹也名湘裙孤而無歸寄養十年矣問已字否曰尚未近有媒議東村田家女在牕外小語曰我不嫁田家牧牛子仲頗有意未便遽言既而設榻於齋止弟宿仲雅不欲留而意戀湘裙將設法以窺兄意時方初春氣候猶寒對燭冷坐思得小飲俄而阿小以羹酒至仲喜問誰之爲答云湘姨酒將盡又

以盆火來仲問汝寢何所曰與湘姨共榻耳仲眠阿
小掩門去仲念湘裙慧而解意愈愛慕之又以其能
撫阿小欲得之心更堅輾轉床頭終夜不寢早起告
兄曰弟子然無偶求大哥留意焉伯曰吾家非一瓢
一擔者物色固自有人此地即有佳麗恐不利於弟
仲曰古亦有之伯似會意便言湘裙亦佳但以巨針
刺人迎血出不止者方可何得草草仲曰得湘裙撫
阿小亦得伯但搖首仲言之不已嫂曰試捉湘裙強
刺之不可乃已遂握針出門外遇湘裙急捉其腕則

血痕猶濕蓋聞伯言時早自試之矣嫂笑而返曰渠作有意喬才久矣尙爲之代慮耶甘聞之怒趨出詰湘裙罵曰淫婢不羞欲從阿叔奔走耶我定不如其願湘裙愧憤哭欲覓死舉家沸騰仲大慙別兄嫂率阿小而出兄曰弟姑去阿小勿使復來恐損其陽氣也仲諾之回首兄已不見細審之郎兄墓也既歸托言阿小係兄賣婢之遺腹子衆以其貌酷類亦信之仲敎之讀輙遺抱卷向日中誦之初以爲苦久而安爲盛夏几案灼人而兒戲且讀無少怨又甚慧日盡

半卷夜輙背誦之叔甚慰又以不忘湘裙屢往兄墓
所祝之一日媒來爲阿小議姻中饋無人意甚急之
忽甘嫂偕湘裙至曰阿叔勿怪緣婢子不識羞我故
挫辱之叔如此表表而不相從更欲從何人者仲大
悅肅坐具述有客之故甘亦甚喜乃趨出少間入甘
氏已去詢之云恐阿小見之悲戀耳湘裙卸妝入廚
下供客刀砧盈耳俄而肴胾羅列烹飪得宜客既去
仲入見湘裙凝妝坐室中遂與交拜成禮至晚仍欲
與阿小共宿仲曰我欲以陽氣溫之不可離也因置

女別室至晚杯酒歡會而已湘裙撫前子如已出仲愈賢之後阿小娶婦生一子亦年三十而卒仲撫其孤如姪生時仲年八十其子二十餘矣乃析之湘裙無所出一日謂仲曰我先驅狐狸於地下可乎乃命輿盛妝拉生同載而出至兄墓所指旁一小塚云此妾墓也返身而滅數月仲亦歿

阿霞

文登景星少有重名與陳生比鄰齋隔一短垣一日陳暮過荒落之墟聞女子啼泣聲視之樹有懸帶若

將自經、陳詰之、泣而對曰、毋遠去、托妾於外兄、不圖狠子野心、畜我不卒、伶仃如此、不如死、陳解帶勸令適人、女慮無可托者、陳請暫寄於齋、女從之、旣歸、挑燈審視、丰韻殊絕、大悅、欲亂之、女厲聲抗拒、紛紜之聲、達於間壁、景生踰垣來窺、陳乃釋女、女見景生、凝眸停睇、久乃奔去、二人共逐之、不知去向、景歸閉戶欲寢、則女子自房中出、驚問之、答曰、彼德薄福淺、不可終托、景大喜、詰其姓字、曰、妾齊姓、小字阿霞、入以游詞、笑不甚拒、遂與寢處、齋中多友人來往、女隱匿深房過數日，曰，妾姑去，繼今請以夜卜，問家何所，曰，正不遠耳，遂早去，夜果復來，又數日，謂景曰，我兩人情好雖佳，終屬苟合，家君宦游西疆，明日將從母去，容即稟命而相從，以終焉，間幾日，別約以旬，終既去，景思齋居不可久，移諸內，又慮妻妬，計不如出妻，志既決，妻至，輙詬罵，妻不堪其辱，涕欲死，景曰，死恐見累，請早歸，妻泣曰，從子十年，未嘗有失德，何決絕如此，景不聽，逐愈急，妻乃出門去，自是至壁清塵引領翹待，不意信杳青鸞，如石投海，妻大歸後，數挽知交請復於景景不納遂適人去阿霞一去年餘無耗一日有海神會士女雲集景遙見一女甚似阿霞景近之入於人中從之出於門外飄然竟去追之不及悒悒而返後半載途遇女郎著朱衣從蒼頭鞚黑衛來望之霞也因問從人答言南村鄭公子繼室女郎聞之回眸一睇眞阿霞也見其已適他姓憤塡胸臆大呼霞娘何忘舊約從人聞呼主婦欲奮老拳女急止之謂景曰負心人何顏相見景曰卿自負我我何嘗負卿女曰負妻甚於負我結髮者如是而況其

他。向以祖德厚、名列桂籍、故委身相從。今以棄妻故。祿籍削矣。今科亞魁王昌、即代汝者。我已適鄭、姓無勞注念。景俯首帖耳、口不能道一詞、視女子策蹇去、如飛、悵悵而已。是科景落第、亞魁果王昌。景以是薄倖名大著、四十無偶、家愈落、偶詣鄭、鄭款之、留宿焉。女窺客見而憐之、問鄭曰。客非景慶雲乎。問所自識、曰。未適君時、曾避難其家、亦深得其豢養。彼行雖賤、而祖德未斬、且與君爲故人、亦宜有綈袍之義。鄭然之、易其敗絮、留以數日。一夕夜分、欲寢、有婢持二十餘金贈之女在牕外言曰此此私貯聊酬夙好可將去覔一良匠幸祖德厚尙足及子孫無復喪檢以促餘齡景感謝之既歸買搢紳家婢舉一子後登兩榜鄭官至吏部郎既殁女送葬歸啟輿則虛無人矣始知其非人也

愛奴

河間徐生館於恩縣初歸途遇一叟曰徐先生撤帳矣明歲館何地曰仍舊曰僕敬業施姓有舍甥延求明師君如可就修儀請倍於恩徐以成約爲辭叟曰

信、行、君子也、然去新歲尙遠、敬以黃金一金爲贄、暫留、教之、明歲另議、如何、徐可之、叟曰、僦里不遠、宅綦隘、飼畜爲難、請即遣僕馬去、散步亦佳、徐從之、以行李寄叟馬上、行三四里許、日已暮、始抵其宅、溷釘獸鐶、宛然世家、呼甥出拜、十三四童子也、叟曰、妹夫蔣南川、舊爲指揮使、止遺此兒、頗不鈍、但嬌慣耳、得先生一月善誘、當勝十年、未幾、設筵備極豐美、而行酒下食、皆以婢媼、一婢執壺侍立、年十五六、風致韻絕、心竊動之、席既終、叟命安置床寢、始辭而去、天未明兒出就學、徐方起、捧巾侍盥、執壺人也、日給三餐悉此婢、至夕又來掃榻、徐問何無僮僕、但笑不言、佈衾逕去、次夕復然、入以游語、婢笑不拒、遂與狎、因告曰、吾家並無男子、外事則托施舅、妾名愛奴、夫人雅敬先生、恐諸婢不潔、故以妾來、今後但須緘密、恐發覺、兩無顏也、一夜共寢、忘曉、爲公子所見、徐慙怍不自安、至夕婢來曰、幸夫人重君、不然敗矣、公子言之、夫人急掩其口、若恐人聞、但戒妾勿得久留齋館而已、言已遂去、徐甚德之、然公子不善讀、訶責之、則夫人輒爲緩頰、初猶遣婢傳言、漸親出隔戶與先生語、往往涕零、顧每晚必問公子日課、徐頗不耐、作色曰、既從兒懶、又責兒工、此等師我不慣作、請辭、夫人遣婢謝過、徐乃止、自入館來、卽錮閉之、不令出、一日醉中怏悶、呼愛奴問之、言無他、恐廢學耳、如必欲出、請以夜、徐怒曰、受人數金、便當淹禁死耶、教我夜竄、何之久以素餐爲恥、贄囿猶在也、遂出金置几上、治裝欲行、夫人出、使婢反金、惟闖、哽咽、啟鑰送之、覺門戶狹窄、不似來時、趾步閒、日光射入、則身自陷塚中出、四

望荒凉一古墓也而心感其義乃貨所贈金封堆置
樹而後去過歲復經其處展拜而行遙見施叟笑致
温凉邀之殷切心知其鬼而欲一問夫人起居遂相
將入村肆沽酒共酌不覺日暮叟曰寒舍不遠舍妹
亦適歸寧望移玉趾爲僕祓除不祥出村數武又一
里落叩扉入秉燭揖坐俄蔣夫人自内出視之四十
許麗人也拜謝曰式微之族門戸彫零先生澤及枯
骨寶無計可以償之言已泣下既而呼愛奴向徐曰
此婢妾所憐愛今以相贈凡有所需渠亦畧能解意

徐唯唯、少間兄妹俱去、婢留侍寢、雞初唱、叟即來促裝送行、夫人亦出、囑婢善事先生、又謂徐曰、從此尤宜謹密、彼此遭逢詭異、恐好事者造言也、徐諾而別、與婢共騎至館、而人不之見也、偶有所欲、意一動、而婢已致之、又善巫、一按莎而痾立愈、清明歸至墓所、婢辭而下、徐囑代謝夫人、諾之、遂没、數日返、方擬展墓、而婢已華妝俟之、即與俱發、終歲往返以爲常、欲携與同歸、執不可、歲杪解館、歸相訂後期、愛奴指夫人墓傍石堆曰、此妾墓也、夫人未出閣、便從服役、夭殂瘞此、如再過以炷香相弔、當得復會、既別而歸、懷思頗苦、敬往視之、殊無影響、乃市櫬發塚、意將載骨歸葬、以寄戀慕、開穴見顏色如生、然膚雖未朽而衣敗若灰、玉飾金釧、都如新製、又視腰間裹黃金數錠、卷懷之、解袍覆之、抱入棺木、歛以繡裳、貲輿載歸、停諸別第、獨宿其旁、冀有靈應、忽愛奴自外入、笑曰、刼墳賊在此耶。徐驚喜慰問、婢曰、向從夫人往東昌、三日既歸、則舍宇已空。頻蒙相邀、所以不肯相從者、以少受夫人重恩、不忍離遏耳。今既刼我來、即速瘞葬、便見厚德、徐問有百年復生者、今芳體如故、何不效之歟、曰、此有定數、世傳靈跡、半屬幻妄、若欲復起動履、亦何難、但不能遂如生人、故不必也、乃啟棺入尸、即自起、亭亭可愛、探其懷、冷若冰雪、遂將入棺、徐強止之、愛奴曰、妾過蒙夫人寵、主人自異域來、得黃金數萬、妾取之、亦不問、後瀕危、又無戚屬、遂藏以自殉、夫人痛妾夭、謝又以寶飾入斂、身所以不朽者、不過得金寶之餘氣耳、若在人世、豈能久乎、必欲如此、切勿強以飲食、若使靈氣一散、則游魂亦消矣、徐乃攜精舍、與共寢處、笑語一如常人、但不食、不息、不見生人、年餘、徐、飲、薄醉、執、殘瀝、强灌之、立刻倒地、口中血水流溢、終日而尸已變、哀悔無及、厚瘞之、夫人教子、無異人世、而所以待先生者、抑何厚也、獨恨徐生辭館時、於愛奴一無繫戀、抑何恝也、復不謹誌所囑、以致靈物不享其年、又何忍也、

九娘

于七一案、連坐被誅者、棲霞萊陽兩縣最多、一日俘數百人、盡戮於濟南演武塲、碧血滿地、白骨撑天、當

道慈悲、捐給棺木、濟城工肆材木一空、以故伏刑東
、鬼多、葬南郊、甲寅間有萊陽生至歷下、親友二三人
亦在誅數、因市楮帛酹奠榛墟、就稅舍於僧院、明日
入城營幹、日暮未歸、忽一少年造室來訪、見生不在、
竟脫帽登床、著履仰卧、僕人問詢、合眸不對、既而生
歸、則暮色矇矓、不甚可辨、自詣床下問之、瞠目曰、我
候汝主人、絮絮逼問、我豈暴客耶、生笑曰、主人在此、
少年急起、著冠揖而坐、極道寒暄、聽其音似曾相識、
急呼燈至、則同邑朱生、亦死於于七之難者、大駭卻

走、朱曳之云、僕與君文字交、何寡於情、我雖鬼、故人之念、耿耿於心、今有所瀆、願無以異物懵之、生乃請所命、曰、令甥女獨居無耦、僕欲得主中饋、屢逼媒妁輒以無尊長之命爲辭、幸無惜齒牙餘惠、先是、生有甥女、早失恃、隨生鞠養、十五始歸其家、俘至濟南、聞父被刑、驚慟而絕、生曰、渠自有父、何我之求、朱曰、其父爲猶子啟櫬去、今不在此、問女甥誰依、曰、與鄰媼同居、生慮人不能爲鬼媒、朱曰、如蒙金諾、還屈玉趾、遂起、握生手、生固辭、問何之、曰、第行、勉從與去、南行

里許、有大村落、約數百家、至第一宅、朱以指彈扉、帥
布媪出應門、問朱何爲、曰煩達娘子、阿舅至、媪旋反、
須臾出邀生、顧朱曰、兩椽茅舍子大隘、請門外少候、
生從之入、見半畝荒庭、列小室二、甥女迎門啜泣、生
亦泣、室中燈火熒然、女貌秀潔、如生時、凝眸含涕、徧
問妗姑、生曰、俱各無恙、惟荆人物故矣、女又嗚咽曰、
兒少受妗氏撫育、尙無寸報、殊爲恨恨、去年堂兄遷
父去、置兒不一念、數百里外、伶仃如秋燕、舅不以沉
魂可棄、蒙賜金帛、已得之矣、生乃以朱言告女、俯首

不言媪曰曩楊姥來言三五返老身謂是大好小娘子不肯自草草得舅爲政方此意慊得言次一二八女郎從一青衣遽掩入瞥見生轉身欲遁女牽其裾曰勿須爾是我阿舅非他人生揖之女郎亦歛衽女曰此九娘棲霞公孫氏阿爹故家子今亦窮波斯拓落不稱意旦晚與兒往還生覗之笑彎秋月羞暈朝霞實天人也曰可知是大家蝸廬人那得如此娟好女笑曰且是女學士詩詞俱大高作兒稍得指教九娘微哂曰小婢無端敗壞人教阿舅齒冷也女又笑

曰舅斷絃未續若個小娘子頗能快意否九娘笑奔出曰婢子癲瘋作也遂去言雖近戲而生殊愛好之女似微察乃曰九娘才貌無雙舅倘不以糞壤致猜兒當請諸其母計必允遂生大悅然慮人鬼難匹女曰無傷彼與舅有夙分生乃出女送之曰五日後月明人靜當遣人往相迓生至戶外不見朱翹首西望月銜半規昏黃中猶認舊徑見南向一第朱坐門石上起逆曰相待已久寒舍卽勞垂顧遂握手入殷殷展謝出金爵一晉珠百枚曰他無長物聊代禽儀旣

而曰家有濁醪但幽室之物不足款嘉賓奈何生攜謝而退朱送至中途始別生歸衆集問生隱之曰言鬼者妄也適赴友人飲耳後五日果見朱來意甚欣適纔至戶庭望塵卽拜少間笑曰君嘉禮既成慶在今夕便煩枉步生曰以無回音尚未致聘何遽成禮朱曰僕已代致之矣生深感荷從與俱去直達曩所則甥女華妝迎笑生問何時于歸朱云三日矣生乃出所贈珠爲甥添妝女三辭乃受謂生曰兒以舅意白公孫老母大歡喜但言老耄無他骨肉不欲九娘

遠嫁、期今夜舅往贅諸其家、伊家無男子、便可同郎往也、朱乃導去至村將盡、一第二人登其堂、俄白母至、有二青衣扶嫗出、生欲展拜、云老朽龍鍾、不能爲禮、當即脫邊幅、捐畫青衣置酒高會、朱乃喚家人另出肴酒列生前、亦別設一壺、爲客行觴、筵中進饌、無異生人、然主人自舉、並不食飲、既而席罷、朱歸、青衣導生入室、則九娘華妝凝待、邂逅含情、極盡歡昵、初九娘母子原解赴都、至濟南、母不堪困苦死、九娘亦自剄、枕上追述往事、哽咽不成眠、乃口占兩絕云、昔

日羅裳化作塵空將業果恨前身十年露冷楓林月
此夜初逢畫閣春白楊風雨遶孤墳誰想陽臺更作
雲忽啟縷金箱裏看血腥猶染舊羅裙天將明即促
曰君宜且去勿驚廝僕自此晝來宵往嬖惑殊甚一
夕問九娘此村何名曰萊霞里里多兩處新鬼因以
爲名生聞之欷歔女悲曰千里柔魂蓬遊無底母子
零孤言之愴惻幸念一夕恩義收枯骨歸葬墓側使
百世得所依棲死且不朽生諾之女曰人鬼路殊君
亦不宜久滯乃以羅襪贈生揮淚促別生悽然而出

悵悵不忍歸因過拍朱氏之門朱白足出逆甥亦起
雲鬟蓬鬆驚來省問生怊悵移時始述九娘語女曰
妗氏不言兒亦夙夜圖之此非人世久居誠非所宜
於是相對汍瀾生亦含涕而別叩寓歸寢輾轉達旦
欲覓九娘之墓則忘問誌表及夜復往則千墳纍纍
竟迷村路歎恨而返遂治任東旋半載不能自釋復
如濟南暮至南郊冀有所遇急詣叢莖所但見榛荒
迷目鬼火狐鳴令人心悸驚悼歸舍失意遨遊返轡
遂東行里許遥見一女郎獨行邱墓間神情意致酷

似九娘、揮鞭就視、果九娘、下騎與語、女竟走若不相、識、再逼近之、色作怒、舉袖自障、頓呼九娘、則欻然滅矣、

香草沉羅、血滿胸臆、東山佩玦、淚漬泥沙、古有孝子忠臣、至死不諒於君父者、公孫九娘、豈以負骸骨之托、而怨懟不釋於中耶、脾鬲間物、不能掬以相示、寃哉、　誌表乃第一緊要事、當先問之、此九娘所以恨也、烏得言寃　梓園

文淑

開封鄧成德游學至兖州，寓敗寺中，爲人繕菌籍。歲將暮，一日黎明，有少婦叩門入，睍之，艷絕，至佛前焚香叩拜而去。次日又如之。一日五鼓，鄧適有事起，挑燈，婦來更早。鄧曰：來何早也。婦曰：明則人雜，故不如夜太早，又恐擾君。適見燈光，知君已起，故至耳。生戲曰：寺中無人，寄宿可免奔波。婦哂曰：寺中無人，君是鬼耶。鄧見其可狎，俟其拜畢，曳坐求歡。婦曰：佛前豈可爲此。身無片椽，尚作妄想。鄧固求之。婦曰：去此三十里某村有六七童子延師未就，君往訪李前川可以得之、托言携有家室、令别給一舍、妾便爲君執炊、此長久之計也、鄧慮事發獲罪、婦曰無妨、妾房氏小字文淑、並無親屬、恒終歲寄居舅家、誰知之、鄧喜、至某村訪李前川、其謀果遂、約歲前即携家至、旣返告婦、婦約候於途、鄧假騎去、婦果待之、乃下騎以轡授婦、御之而行、至齋所、相得甚歡、居六七年、公然琴瑟、並無追逋逃者、婦忽舉一子、鄧妻不育、得之甚喜、名之兗生、婦曰、僞配終難作眞、妾將辭君而去、又生此累、人物何爲、鄧曰命好倘得餘錢、擬與卿遁歸鄉里、何出此言、婦曰、多謝我不能脅肩諂笑、仰大婦眉睫、爲人作乳媼、呱呱者難堪也。鄧代妻明不妬、婦亦不言、月餘、鄧解館、謀與前川子同出經商、告婦曰、我思先生設帳、必無富有之理、今學負販、庶有歸時、婦亦不答、至夜半、忽抱子起、問之、曰、姿欲去、鄧急起、門未開而婦已杳、始悟其非人也、鄧以跡可疑、亦不敢告人、托之歸寧而已、初鄧離家、與妻婁約、年終必返、旣而數年無耗、傳其已死、兄以其無子、欲改醮之、婁更以三年爲期。日惟塊然一室、以紡績餬口、一夕、徙扃外戶、一少婦掩入懷中、綳兒曰、自母家歸、適曉、知姊獨居、故求寄宿耳、妻納之、至房中視之、二十餘麗者也、喜與共榻、因弄其兒、兒白如瓠、歎曰、未亡人遂無此福、婦曰、我正嫌其累人、卽嗣爲姊後何如、妻曰、無論娘子不忍割愛、卽忍之、妾亦無乳、能活之也、婦曰、此、何難、當生兒時患無乳、飲藥半劑而效、今餘藥尙在、卽以奉贈、遂出一裹、置牕閒、妻漫應之、既寢、醒而呼之、則兒在、而婦已去矣、大駭、日向辰、兒啼饑、妻不得已、餌其藥、移時湩流、遂哺兒、年餘、兒更豐肥、漸學言語、愛之、不啻己出、但早晚抱子、不能任操作、衣食更窘、一日婦忽至、妻恐其索兒、先問其不謀而去之罪、後叙其鞠養之苦、婦笑曰、姊訴艱難、我遂置兒不索、耶、遂招兒、兒啼入妻懷、婦曰、犢子不認母矣、此百金不能易、妻以爲眞、顏作赧、婦笑曰、姊勿懼、妾來正爲兒也、別後慮姊豢養無資、因多方措十餘金來、乃出金授妻、妻恐將來索兒、有詞、堅却之、婦置床上、出門逕去、追之不及、猶疑其意、惡然得金少權子母、稍可度日、又三年、鄧以賈有贏餘、治裝歸、方共慰藉、見見問誰氏子婁告以故問何名曰其母呼之兗生生驚曰此眞吾子也問其時日卽夜別之日鄧乃歷述與房文淑合離之由大相欣慰猶冀婦至而終渺矣

溫姬

嘉平某公子丰儀秀美年十七八赴郡試偶過許娼之門門內有二八麗人因目注之女微笑點其首公子喜近就與語女便問寓居何所具以告問有同寓者否曰無女云妾夕間奉訪勿令人知公子諾而歸旣暮排去僮僕女果至自言小字溫姬且云妾慕公

子風流、遂背嫗而至、區區之意、深願奉以終身、公子亦喜、願以重金相贖、自此兩三夜輒一至、一夕冒雨來、入門解去濕衣、冒諸椸上、已乃脫足上小韈、求公子代去塗泥、遂上床以被自覆、公子視其韈、乃五文新錦、沾濡殆遍、惜之、女曰、妾非敢以賤物相役、欲使公子知妾之癡於情也、聽牕外雨聲不止、遂吟曰、淒風苦雨滿江城、求公子續、公子辭以不解、女曰、公子如此一人、何乃不知風雅、使妾情興索然、因勸令肄習、公子諾之、來往既頻、僕輩皆知、公子有姊丈宋某、

世家子、亦在郡候試、聞其事、竊求一見、公子言之女、
必不可、宋隱身僕舍、伺女至、伏牕窺之、顛倒欲狂、急
排闥入、女起踰垣而去、宋嚮往殊殷、乃修贄諸許嫗、
指名求之、則果有溫姬而死已久、宋愕然而返、以告
公子、公子始知爲鬼、而心終愛好之、至夜以宋言告
女、女曰誠然、○顧君欲得美女子、妾亦欲得美丈夫、各
遂所願足矣、人鬼何論焉、公子以爲然、試畢而歸、女
亦從之、他人不見也、至家寄諸齋中、公子獨宿不歸、
父母疑之、詰諸僮僕、始知之、大驚、戒公子絕之、公子

不能聽父母深以爲憂百計驅遣不能去一日公子冇諭僕帖置案上中多錯謬椒訛菽薑訛江恨訛浪女見之書其後云何事可浪花菽生江有壻如此不如爲娼遂告公子曰妾初以公子世家文人故蒙羞自薦不圖虛有其表以貌取人毋乃爲天下笑乎言已而没公子雖愧恨猶不知所題折帖示僕聞者傳爲笑談

溫姬可見翩翩公子何乃空其中之所有哉遂至悔不如娼則妻妾羞泣矣顧百計遣之不去而見

帖浩然、則花蔌生江、何殊於杜甫之子章髑髏哉、

有故家子既貧、榜於門賣古窯器、訛窯爲淫、云、有

要宣淫定淫大小、皆有入內看物論價、崔盧之子

孫、如此甚衆、何獨花蔌生江哉、

鬼夢

鳳陽士人、負笈遠遊、謂其妻曰、半年當歸、十餘月無

息、耗妻翹盼綦切、一夜纔就枕、紗月搖影、離思縈懷、

方反側間、有一麗人、珠環絳帔、褰帷而入、笑問姊姊、

得毋欲見郎君乎、妻急起應之、麗人邀與俱往、妻憚

修阻、麗人請勿慮、即挽其手出、約行數武、覺麗人迅速、呼之少待、將歸著複履、麗人牽坐路側、乃捉足脫履相假、女喜著之、幸不鑿枘、從行健步如飛、移時見士人跨白騾來、見妻大驚、問何往、曰將以探君、又顧問麗人伊誰、妻未及答、麗人掩口笑曰、且勿問訊、娘子星馳、非易郎君奔波、夜半人畜想當俱殆、妾家不遠、且請息駕、明早行不晚也、顧數步外、即有村落、遂同行入一庭院、麗人促睡婢起供客、曰今夜月色皎然、不必命燭、小臺石榻可坐、士人縶騾、即坐、麗人曰履大不適於體、途中頗累贅否、歸有代步乞賜還也、稱謝付之、俄頃設酒果、麗人酌曰、鸞鳳久乖、圓在今夕、濁醪一觴、敬以爲賀、士人亦執琖酬報、主客笑言履舄交錯、士人注視麗者、屢以游詞相挑、夫妻乍聚、並不寒暄、麗人亦眉目流情、妖言隱謎、久之漸醲、二人語更狎、又以巨觥勸客、士人辭以醉、媚勸之、士人笑曰、卿爲我度一曲、即當飲、麗人不拒、即以牙板撫提琴而歌曰、黄昏卸得殘粧罷、牕外西風冷透紗、聽蕉聲一陣一陣細。雨下何處與人閒嗑牙、望穿秋水不見還家潛潛淚似麻又是想他又是恨他手拿着紅繡鞋兒占鬼卦歌竟曰此市井里巷之謠不足汙君聽然因流俗所尚故效顰耳音聲靡靡風度褻狎士人搖惑若不自禁少間麗人僞醉離席士人亦起從之而去久之不至婢子疲之伏睡廊下妻獨坐無侶思欲遁歸而夜黴茫不憶道路輾轉無以自主因起而覘之甫近窻則斷雲零雨之聲隱約可聞又聽之聞良人與己素常猥褻之狀盡情傾吐手顫心搖殆不可過念不如出門竄溝壑以死憤然方行忽見

弟三郎乘馬至、問之、具以對、三郎大怒、直入其家、則室門扃閉、枕上之語、猶喁喁也、三郎舉石擊窗欞、三五碎斷、內大呼曰、郎君腦碎矣、奈何、妻聞之大哭曰、我不謀與汝殺郎君、今且若何、三郎曰、汝促我來甫能消此胸中惡、又護男子、怨弟兄、我不慣與婢子供指使、返身欲去、姊牽衣曰、汝不携我去、將何之、三郎撒手推之、驚寤、始知是夢、越日、士人果歸、乘白騾、妻異之、士人云、昨得一夢、述之悉符、大相駭怪、既而三郎聞姊遠歸、亦來省問、語次、謂士人曰、昨宵夢君

今果然士人笑曰幸不爲巨石所斃三郎愕然是夜亦夢姊泣訴憤激投石也三夢相符但不知麗人何許耳

誌異摘抄目錄

卷之十二

鬼三

劉某 返魂　　　隸役

周克昌　　　紫花和尚

誌異摘抄卷之十二

鬼三

聶政

懷慶潞王時、行民間、見好女子、輒奪之、有王生妻、爲王所見、遣輿馬直入其家、女子號泣不伏、强舁而出、王不敢與爭、先亡去、隱身聶政墓旁、知妻必經此、冀一遙訣、無何妻至、見夫大哭、投地、生惻然不覺失聲大慟、從人執之、將加搒掠、忽墓中一丈夫提劍出、氣象威猛、厲聲曰、我聶政也、良家子豈容强占、念汝輩不能自由，姑且有怨，寄語無道主，若不改行，不日將決其首。衆大駭，鼠竄而去。丈夫亦入墓中而沒。夫妻即墓歸，猶懼王命復臨，後竟無消息，心始安。王自此淫威亦少殺云。

余讀刺客傳而獨服膺於軹深井里也，其銳身而報知己，有豫之義，白晝而屠卿相，有鱄之勇，皮面自刑，不累骨肉，有曹之智，至於荆軻，力不足以謀無道秦，遂使絕裾而去，自取滅亡，借樊將軍頭，何日能還也？此千古之所恨，而政之所嘔者，奚聞之

野史其墳見掘於羊左之鬼果爾則生不成名死猶喪義其視政之抱義憤而懲荒淫者何如哉噫政之賢信夫

王六郎

許姓家淄之北郭業漁每夜携酒河上飲且漁飲則酹酒於地祝云河中溺鬼得飲以爲常他人漁迄無所獲而許獨滿筐一夕方獨酌有少年來徘徊其側讓之飲慨與同酌既而終夜不獲一魚意頗失少年起曰請於下流爲君敺之遂飄然去少間復返曰魚大

至矣、果聞唼呷有聲、舉網而得數頭、皆盈尺、喜極申
謝、欲歸贈以魚、不受、曰屢叨佳醞、區區何足云、報如
不棄、要當以爲常耳、許曰方共一夕、何言屢也、如肯
永顧、誠所甚願、但愧無以爲情、詢其姓字、曰姓王、無
字、小名六郎、遂別、明日許貨魚得利、沽酒、晚至河干、
少年已先在、遂與歡飲、飲數杯、輒爲許敺魚、如是半
載、忽告許曰、拜識清揚、情逾骨肉、然相別有日矣、語
甚悽楚、驚問之、欲言又止者再、乃曰、情好如吾兩人、
言之或勿訝耶、今將別、無妨明告、我實鬼也、素嗜酒

沉醉溺死、數年於此矣、前君之獲魚、獨勝於他人者、皆我暗毆以報酬、奠耳、明日孽滿、當有代者、將往投生、相聚只今日、故不能無感、許初聞甚駭、然親狎既久、不甚恐怖。因亦欷歔、酧而言曰、六郎飲此勿戚也。相見遽違、良足悲惻。然孽滿敫脫、正宜相賀、悲乃不倫。遂與暢飲、因問代者何人、曰、兒於河畔視之、亭午有女子渡河而溺者是也、鄰雞既唱、酒淚而別、明日敬伺河邊、果有婦人抱嬰兒來、上渡而墮於河、兒拋船上、揚手擲足而啼、持篙者止一人、又不及救、婦沉浮者屢矣忽淋漓扶篙而上既渡抱兒逕去當婦溺時許意良不忍轉念是所以代六郎者故止不救及婦自出疑其言不驗抵暮漁舊處少年復至曰今又聚首矣問其故曰女子已相代僕憐其抱中兒因一人殘二命故舍之更代不知何期或吾兩人之緣未盡耶許感歎曰此仁人之心可以通上帝矣由此相聚如初數日又來告別許疑其復有代者曰非也前一念惻隱果達帝天今授爲招遠縣鄔鎮土地來日赴任倘不忘故交當一往探勿憚修阻許賀曰君正

直爲神、甚慰人心、但人神路隔、卽不憚修阻、將復如何、少年曰、但往勿慮、再三叮嚀而去、許歸、卽欲製裝東下、妻笑曰、此去數百里、卽有其地、恐土偶不可以共語、許不聽、竟抵招遠、果有鄔鎭、尋至其處、息肩逆旅、問祠所在、主人驚曰、得毋客姓爲許、許曰然、何知之、又曰、得毋客邑爲淄、曰然、主人不答、遽出、俄而丈夫抱子、婦女窺門、雜沓而來、環如墻堵、許亦驚、衆乃告曰、數夜前夢神言、淄川許友當卽來、可爲一助資斧、祇候已久、許亦異之、乃往祭於祠而祝曰、別後寤緜不忘遠踐曩約又蒙夢示居人感篆中懷愧無腆物僅有旨酒如不棄嘗如河上之飲祝畢俄見風起座後旋轉移時始散至夜夢少年來衣冠楚楚大異平時謝曰遠勞顧問喜淚交并但任微職不便會面咫尺河山甚愴於懷居人薄有所贈聊酬夙好如有歸期尚當走送居數日許欲歸衆留殷懇朝請暮邀日更數主許堅辭欲行衆乃抱襆爭來致贐不終朝饋遺盈橐老幼畢集祖送出村歘有羊角風起隨行十餘里許再拜曰六郎珍重勿勞遠涉君心仁愛自

能造福一方毋庸故人囑也風盤旋久之乃去鄱人亦嗟訝而退許歸家稍裕遂不復漁後見招遠人問之其靈應如響云

置身青雲無忘貧賤此其所以神也今日車中貴介寧復識戴笠人哉可歎也已

田子成

江寧田秀才子成過洞庭舟覆而歿子良耜時在抱中妻杜氏聞訃仰藥死良耜受庶祖母撫育得以成立後成進士筮仕湖北奉差營務湖南至洞庭痛哭

而返自告才力不及。降縣丞。隷漢陽。甚非所樂。諸院司强促之乃就。輙放浪江湖間。不以官職自守。一夕艤舟江濵。聞洞簫聲抑揚可聽。乘月步去。約半里許。曠野中茅屋數椽。熒熒燈火。近牕窺之。則三人對酌。上座一秀才。年三十許。下座一叟。側座吹簫者年最少。吹竟。叟擊節稱賞。秀才面壁吟思。若罔聞。叟曰。盧十兄必有佳作。請長吟。俾得共賞之。秀才乃吟曰。瀟江風月冷凄凄。瘦草零花化作泥。千里雲山飛不到。夢魂夜夜竹橋西。吟聲悽惻。叟笑曰。盧十兄故態作

矣因酌以巨觥曰老夫不能屬和請歌以侑酒乃歌
蘭陵美酒之什歌已一座解頤少年起曰我視月斜
何度矣突出見客拍手曰牕外有人我等狂態盡露
矣遂挽之入共一舉手叟使與少年對坐試其杯皆
冷酒辭不飲少年知其意乃起以葦炬燎壺而進之
良耜亦命從者出沽叟固止之因詢邦族良耜具道
生平叟致敬曰吾鄉父母也僕少君姓江此間土著
指少年曰此江西杜野侯又指秀才此盧十兒與公
同鄉盧自見良耜殊不甚為禮良耜因問家居何里

如此清才殀早、不聞、答曰流寓已久。親族恒不相識、可歎人也。言之哀楚、叟搖手亂之曰、好客相逢、不理觴政、聒絮如此、厭人聽聞、遂把杯自飲、曰一令請共行之、不能者罰、每擲三骰、以相逢爲率、須一古典相合、乃擲得么二三、曰三加么二點相同、雞黍三年約、范公朋友喜相逢、次少年擲得雙二單四、曰不讀書人、但記俚典、勿以爲笑、四加雙二點相同、三人聚義、古城中、兄弟喜相逢、盧得雙么單二、曰二加雙么點相同、呂向兩手抱老翁、父子喜相逢、良耜擲復與盧

同曰、二㸦雙幺點相同、葉容二篋。款林宗、主客喜相
逢、令畢、艮耜與辭。盧始起曰。故鄉之誼、未遑傾吐。何
別之遽。將有所問、願少留也。艮耜問何言、曰僕有老
友某歿於洞庭、亦與君同族否。艮耜曰是先君也。何
以相識。曰少時相善、歿日惟僕見之、因收其骨瘞江
邊耳。艮耜泣且拜、求指墓所。盧曰明日來此、當指示
之、要亦易辨。去此數武、但見墳上有叢蘆十莖者是
也。艮耜洒涕與衆拱別、至舟終夜不寐、頓念盧情詞
似皆有因、不能待旦、昧爽而往、並無舍宇、大駭、因遵

1001

所指處往訪墓果有叢蘆其上數之適符其數恍然悟盧十兄之稱皆寓言所遇乃其父之魂也細問土人則二十年前有富翁富而好善設船拯溺死者埋之故有數墳在焉遂發塚召負骨葬官而返歸告祖母質其狀貌皆確江西杜野侯乃其表兄年十九溺於江從其父流寓江西又僑杜夫人歿後葬竹橋之西故詩中憶之也

劉氏婦

彭德廉生小孤簹學家極貧一日他出莫歸失路入

一村、有嫗來曰、廉官人何之、夜得毋深乎、生方皇懼、
更不暇詢問、便求假榻、嫗引入一大第、有雙鬟籠燈、
導一婦出、年四十餘、舉止大方、嫗白曰、廉官人至、生
趨拜、婦喜曰、官人秀發、何但作富家翁乎、即設筵、婦
旁坐、酬勸甚殷、而舉杯舉筯、未嘗飲食、生皇惑屢審
閱、閱婦曰、妾姓劉、夫客江右、遭變遽殞、未亡人獨居
荒僻、日就零落、雖有兩孫、非鴟鴞、即駑駘耳、官人雖
異姓、亦三生骨肉也、且至性純篤、故遂靦然相見、無
他煩、薄藏數金、欲倩官人持販江湖、分其贏餘、亦勝

桑頭枯死也生辭以年少書癡恐負重托婦曰讀書之計先於謀生官人聰明何之不可遣婢運出交兌八百餘兩生皇恐固辭婦曰妾亦知官人未慣懋遷但試爲之當無不利生慮重金非一人可任謀合商侶婦云勿須但覓一樸實老練之僕爲官人服役足矣遂輪纖指以卜之曰伍姓者吉命僕馬囊金送生出曰臘盡滌殘候洗寶裝又顧僕曰此馬調良即贈官人勿須將回生歸時方四鼓僕繫馬自去明日多方覔役果得伍姓因厚價招之伍老於行旅爲人願

拙、不苟、貲財悉倚付之、往涉荆襄、歲杪始得歸、計利三倍、生以得伍力多、於常格外另有酬賞、謀同飛洒不令婦知、甫抵家、婦已遣人來迎、遂與俱去、見堂上華筵已設、婦出備極慰勞、生納貲訖、即呈簿、婦置不顧、少頃即席、伍亦賜食外舍、因生無家室、留守新歲、供給豐盛、待若子姪、次日又求稽查、婦笑曰、後勿須爾、妾會計久矣、乃出冊示生、登誌甚悉、並給僕者亦載其上、生愕然曰、真神人也、一日堂上設席一東面一南面、堂下設一席西向、婦曰、明日財星照臨、宜可遠行令爲主价粗設祖帳以壯行色少間伍亦呼至賜坐堂下女優呈曲目生令唱陶朱婦笑曰此先兆也當得西施作内助矣宴罷仍以全金付生曰此行不可以歲月計非獲巨萬勿歸也妾與官人所憑者在福命所信者在腹心勿勞計算遠方之盈絀妾自知之生唯唯而退往淮上爲鹺賈踰年利又數倍然生嗜讀操籌不忘書卷所與游皆文士所獲既盈隱思止之漸卸任於伍桃源薛生與最善適過訪之薛一門俱適別業昏暮無所復之閽人延生入掃榻作

炊、細詰主人起居、蓋是時方訛傳朝廷欲選良家女、犒邊庭、民間騷動、聞有少年無婦者、不遑以媒妁、竟以女送諸其家、至有一夕而得兩婦者、薛亦新婚於大姓、恐輿馬喧動、爲邑令所知、故暫遷於鄉、生既留初更向盡、方拂榻就寢、忽聞數人排闥入、閽人不知何語、但聞一人云、官人既不在家、秉燭者何人、閽人答、是遠客、俄而問者已入、袍帽光潔、略一舉手、即詰邦族、生告之、喜曰、吾同鄉也、岳家誰氏、答曰無之、大喜、趨出、即招一少年入、敬與爲禮、曰、此吾弟也、某慕

娃、今夕來、將送舍妹於薛兒、至此方知無濟、進退維
谷之際、適逢吾兒、寧非數乎、生以未悉其人、躊躇不
敢應、慕急呼送女者、頃二媪扶女郎入坐生榻、覗之、
年十五六、佳妙無雙、生喜急整巾展謝、又囑閽人行
沽、略盡款洽、慕言先世彰德、母族亦世家、今凌夷矣、
聞外祖遺有兩孫、不知家況何似、生問伊誰、曰外祖
劉字暄若、聞在郡北三十里、生曰、弟郡城東南人、去
北里頗遠、年少知交無多、聞有劉荆卿、亦文學士、未
知是否、然貧矣、慕曰、吾祖墓尚在彰郡、每欲扶櫬歸

塟故里、以資斧未辦、故爾遲遲、今舍妹從去、歸計決矣、生聞之、銳然自任、二櫬甚喜、酒數行、辭去、生郤僕移燈、琴瑟之愛不可勝言、次日、薛知之、入城除別院館生、生請、淮收肆、裝貲偕伍姓、返桃源、同二櫬、載柩歸、安置已、囊金詣劉、前僕已候於途、婦逆見、喜謂曰、陶朱公載得西施來矣。前日爲客、今日吾甥壻也、設席迎塵、倍加親愛、生服其先知、因問與岳母遠近、婦云、久自知之、乃堆金案上、犒伍姓數百金、餘者分爲五、自取其二、曰、吾無用處、聊貽長孫、生辭不受、婦悽然、曰吾家零落、宅中喬木、被人伐作薪、孫子去此頗遠、門戶蕭條、煩代爲營辦之、生諾而金止受其半、婦強納之、送生出、揮涕而返、生疑怪、間回視宅第。則爲墟墓、始悟婦卽妻之外祖母也、旣歸、置墓田一頃、封植偉麗、劉有二孫、長卽荊卿、以館爲業、次玉卿、飲博無賴、兄弟知之、詣生申謝、生悉厚贈之、由此往來最稔、生頗道其經商之由、玉卿竊意塚中多金、夜合博徒數輩、發墓搜之、無少獲、失望而散、生知墓被發、以告荊卿、同驗之、入壙、見案上纍纍、前所分金具在、荊卿欲與生共、取、之、生日、令祖母原留此、以、待、君、也、荊卿乃運歸告諸邑宰、訪緝甚嚴、後一人貨壙中玉簪、獲之、窮其黨、乃玉卿爲首、宰將治以極刑、荊卿哀之、僅得賒死、墓內外兩家並力營治、較前更堅美、由此廉劉皆富、惟玉卿如故、生及荊卿常合潤之、而終不足、供其賭博、一夕盜入生家、索金貲、生所藏金皆以千、五百爲箇、盜發之、取其二、止有鬼馬在廄、用以運之、而去、使生送諸野、乃釋之、村衆望盜火未遠、譟逐之、盜驚遁、共至其處、則金委路側、而馬已爲灰燼、始知馬亦鬼也是夜止失金釧一枚而已先是盜執生妻悅其美將淫之一盜帶面具力呵止之聲似玉卿盜釋生妻止脫腕釧而去生以是疑玉卿然心竊德之後盜以釧質賭爲捕役所獲詰其黨果有玉卿宰怒備極五毒兄與生謀欲脫之謀未成而玉卿已瘐死生猶時䘏其妻子生後登賢書數世皆素封焉諺云貪字是貧字首哉言乎如玉卿者可以鑒矣

葉生

淮陽葉生失其名字文章詞賦冠絕當時而所遇不

偶、屢困名場、會闕東丁乘鶴來令是邑、見其文奇之、
召與語大悅、使卽官署受燈火、時賜錢穀恤其家、値
科試、公游揚於學使、遂領冠軍、公期望綦切、闈後索
文讀之、擊節稱賞、不意時數限人、文章憎命、榜旣放、
依然鎩羽、生嗒喪而歸、愧負知己、形銷骨立、癡若木
偶、公聞召之來、而慰之、生零涕不已、公憐之、相期考
滿入都、攜與俱北、生甚感佩、辭而歸、杜門不出、無何
寢疾、公問遺不絕、而服藥百裹、綦無所效、公適以忤
上官免、將解任去、函致之、其畧云、僕東歸有日、所以

遲遲者待足下耳。足下朝至，則僕夕發矣。傳之卧榻，生持書啜泣，寄語來使，疾革難遽瘥，請先發，使人返白。公不忍去，徐待之踰數日，門者忽通葉生至。公喜，迎而問之，生曰：以犬馬病，勞夫子久待，萬慮不寧，今幸可從杖履。公乃束裝戒旦。抵里，命子師事生，夙夜與俱。公子名再昌，時年十六，尚不能文。然慧絶，凡文藝三兩遍，輒無遺忘。年餘，便能落筆成文，遂入邑庠。生以生平所擬舉業，悉錄授讀，闈中七題，並無脱漏，中亞魁。公一日謂生曰：君出緒餘，遂使孺子成名，然

黃鐘長棄若何、生曰、是殆有命、借福澤爲文章吐氣
使天下人知半生淪落非戰之罪也。願亦足矣。且士
得一人知己、可無憾。何必拋却白紵乃爲之利哉。公
以其久客恐悞歲試、勸令歸省、慘然不樂、公不忍强、
囑公子至都代爲納粟、公子又捷南宮、授部中主政、
踰歲生入北闈竟領鄉薦、會公子差南河典務、因謂
生曰、此去離貴鄉不遠、先生奮跡青雲、錦還爲快、生
亦喜、擇吉就道、抵淮陽界、命僕馬送生歸、見門戶蕭
條、意甚悲惻、逡巡至庭中、妻攜鞍具、出見生擲具駭

走生悽然曰我今貴矣三四年不見何遂頓不相識
妻遂謂曰君死已久何復言貴所以久淹君柩者以
家貧子幼耳今阿大亦已成立將卜窀穸勿作怪異
嚇生人生聞之憮然惆悵入室見靈柩儼然撲地而
滅妻驚視之衣冠履舄如脫委焉大慟抱衣悲哭子
自塾中歸見結駟於門審所自來駭奔告母母揮涕
告之又細詢從者始得顛末從者返公子聞之涕墮
垂膺即命駕哭諸其室出資營葬葬以孝廉禮又厚
遺其子為延師教讀言於學使逾年遊泮

魂從知己、竟忘死耶、聞者疑之、余深信焉、同心倩女。至離枕上之魂。千里良朋、猶識夢中之路、而況藺絲蠅跡、吐學士之心肝、流水高山、遇我曹之性命者哉、嗟乎、遇合難期、遭逢不偶、行踪落落、對影長愁、傲骨嶙嶙、搔頭自愛、歎面目之酸澁、來鬼物之揶揄、頻居康了之中、則鬚髮之條條可醜、一落孫山之外、則文章之處處皆疵、古今痛哭之人、卞和惟爾、顛倒軼羣之物、伯樂伊誰、抱刺於懷、三年滅字、側身以望、四海無家、人生世上、祇須合眼放

步以聽造物之低昂而已天下之昂藏淪落如葉生其人者亦復不少顧安得令威復來而生死從之也哉

去惡

北平陶聖俞名下士順治間赴鄉試寓居郊郭偶出戶見一人負笈徑勤似卜居未就者略詰之遂釋負於道相與傾語言論有名士風陶大悅請與同居客喜攜囊入遂同棲止客自言順天于姓字去惡以陶差長兄之于不喜游矚獨坐一室而案頭無書卷陶

不與談則默卧而已陶疑之搜其篋則筆硯外無長物怪而問之笑曰吾輩讀書豈臨渴始掘井耶一日就陶取書去閉戶抄甚疾終日五十餘紙竊窺之則一脫稿即燒灰吞之怪詰其故曰我以此代讀耳便誦所抄書頃刻數篇一字無訛陶悅欲傳其術于以爲不可陶疑其吝于曰兄誠不諒我之深矣欲不言則此心無以自剖言之又恐驚爲異物奈何陶固請不妨于曰我非人實鬼耳今冥中以科目授官七月十四日奉詔考簾官十五日士子入闈月盡榜放矣

陶問考廉官爲何。曰：此上帝慎重之意。無論月宿星官，皆考之。能文者以內簾用，不通者不得與焉。蓋陰之有諸神，猶陽之有守令也。陽之守令衡文場屋，以五經分房；陰之取士，各分曹類。如在山之精靈則歸山，在水之秀異則歸水，陽神附於天，陰曹歸於地，非如陽世簾官雖專一經而分房無定也。陶然之。一日自外來，有憂色，歎曰：僕生而貧賤，自謂死後可免，不謂迍邅先生相從地下。陶請其故。曰：文昌奉命都羅國封王，簾官之考遂罷。數十年未經遴選，蔓衍文吾輩寧有望耶、陶問爲誰、曰、即言之、君亦不識、略舉一二人、大鱉可知、樂正師曠、司庫和嶠是也、僕自念命不可憑、文不可恃、不如休耳、言已、怏怏遂將治任、陶挽而慰之、乃止、至中元之夕、謂陶曰、我將入闈、煩於昧爽時持香炷於東野、三呼去惡、我便至、乃出門去、陶沽酒烹鮮待之、東方既白、敬如所囑、無何、于偕一少年來、曰、此方子晉、是我良友、適塲中相遇、聞兄盛名、故同來拜識耳、少年亭亭似玉、意度謙婉、陶甚愛之、便問子晉佳作、當大快意、于曰、言之可笑、闈中七則作過半矣聞主司姓名裏具徑出奇人也陶因問闈中何題去惡魁解否于曰書藝經論各一夫人而能之策問自古邪僻固多而世風至今日奸情醜態不可思擬不惟十八獄所不得盡亦非十八獄所能容是果何術而可或謂宜量加一二獄然殊失上帝好生之心其宜增與否與或別有道以清其源爾多士其悉言勿隱弟策雖不佳頗謂痛快表擬天魔殄滅賜羣臣龍馬天衣有差次則瑤臺應制詩西池桃花賦此三種自謂塲中無兩矣言已鼓掌方笑曰

此時快心、放兄獨步矣、數辰後、不痛哭、方爲男子也、
天明、方欲辭去、陶留與同寓、方不可、但期暮至、三日
不復來、陶使于往尋之、于曰、無須、子晉拳拳、非無意
者、日旣西、方果至、出一卷授陶、曰、三日失約、敬錄舊
藝百餘首、求一品題、陶捧讀大喜、略盡一二首、藏諸
笥櫝、遂留方與于共榻寢、自此爲常、方無夕不至、陶
亦無方不懽也、一夕、倉皇而入、向陶曰、地榜已揭、于
五兄落第矣、于方卧、聞言驚起、泫然流涕、二人極意
慰藉、始止、然相對默默、殊不可堪、方曰、適聞大巡環

張桓侯將至、恐失志者之造言也、如果來、文場尚有
反覆、于聞之色喜、陶詢其故、曰桓侯三十年一巡陰
曹、三十五年一巡陽世、兩間之不平、待此老而一消
也、乃起拉方俱去、兩夜始返、方謂陶曰、君不賀五兒
耶、桓侯前夕至、裂碎地榜、榜上名字止存三之一、徧
閱遺卷、得五兒文甚喜、薦作交南巡海使、旦晚輿馬
可到、陶大喜、置酒稱賀、酒數行、于問陶曰、君家有閒
舍否、問將何爲、曰子晉孤無鄉土、又不忍恝然於兄
弟、意欲假館相依、陶喜曰、如此爲幸多矣、即無多屋

宇、同榻、何碍、但有嚴君、須先關白、于曰、審知尊大人慈厚可依、兄場闈有日、子晉如不能待、先歸何如、陶留伴逆旅、以待同歸、于曰、此可不必、將來追隨有日也、次日方暮、有車馬至門、接于蒞任、于起握手曰、從此別矣、一言欲告、又恐阻鋭進之志、問何言、曰、君命淹蹇、生非其時、此科之分十之一、後科桓侯臨世、公道初彰、十之三、三科始可望也、陶聞、欲中止、于曰、不然、此皆天數、即明知不可、而註定之艱苦、亦要歷盡耳、又顧方曰、勿淹滯、今朝年月日時皆良、即以輿盞送君歸、僕馳馬自去、方欣然拜別、陶中心迷亂、不知所囑、但揮涕送之、見輿馬分途、頃刻都散、始悔子晉北旋、未致一字、而已無及矣、三場畢、不甚滿志、奔波而歸、入門問子晉、家中並無知者、因爲父述之、父喜曰、若然則客至久矣、先是陶翁晝臥、夢輿蓋止於其門、一美少年自車中出、登堂展拜、訝問所來、答云大哥許假一舍、以入闈不得偕來、我先至矣、言已請入拜母、翁方謙抑、少年遽入內室、翁意欲止之、適家媪入白、室人產兒子矣、恍然而醒、大奇之、是日陶言適

與夢合、乃悟兒即子晉後身也、父子各喜、因名之小
晉、兒初生善夜啼、母苦之、聖俞曰、倘是子晉、我見之
啼當止、俗忌客忤、故不令聖俞見、母患啼不可耐、乃
呼聖俞入、聖俞呼之曰、子晉勿爾、我來矣、兒啼正急、
聞聲輒止、凝睇不瞬、如審顧狀。聖俞摩頂而出、自是
竟不復啼、數日後、聖俞不敢見之、一見則折腰索抱、
走去則啼不可止、聖俞亦狎愛之、四歲即離母、輒就
兒眠、兒他出則假寐以俟其歸、兒於枕上教毛詩、誦
聲呢喃、夜盡四十餘行、以子晉遺文授之、欣然樂讀

過口成誦、試之他文不能也、八九歲眉目朗澈、宛然一子晉矣、聖俞兩入闈皆不第、丁酉文場事發、廉官多遭誅譴、貢舉之途一肅、聖俞下科中副車、尋貢、遂灰志前途、隱居教弟、嘗曰吾有此樂、翰苑不易也、

余每謁張桓侯廟堂、瞻其鬚眉凜凜、有生氣、其生平喑啞如霹靂、矛馬所至、出人意表、無不大快、世以將軍好武、遂置與絳灌伍、寧知文昌事繁、須侯固多哉、嗚呼、三十五年來、何暮也

褚生

順天陳孝廉十六七歲時從塾師徒侶甚多內有褚
生自言東山人攻苦甚勤寄宿齋中陳與最善因詰
之答云我家貧辦束金不易卽不能惜寸陰而加以
半夜則我之二日可當人三日陳感其言欲移榻與
共褚止之曰且勿我視先生學非吾師也聞有呂先
生年雖耄可師請與俱從之於是同詣呂呂越之名
宿拓落不能歸訓蒙非其志也得兩生甚喜而褚又
最慧過目輒了故尤器重之兩人情好款密月終褚
忽假歸十餘日不至一日陳以故至天寧寺遇諸廊

下甥縈悴、疏見陳殊不自安、陳問何遽廢讀、褚戚然實相告家貧無以遺先生、必半月販、始能一月讀、陳感慨良久、曰但往讀、自合極力、陳父固大賈、陳竊父金代褚遺師、父以亡金責陳、實告之、父以爲癡、遂使廢學。褚大慚別師、欲去。呂知之、讓之曰、子既貧。胡不早言、乃盡以金反陳、止褚讀如故、與共饔飧、若子焉、陳雖不入館、常邀褚過酒家飲、褚以避嫌不往、陳往往泣下、褚不忍絕、仍往來無間、逾二年、陳父死、復求受業呂、嘉其誠納之、然廢學既久、較褚懸絕矣、居半年呂長子丐食尋父門人歛金助裝褚惟洒涕依戀而已呂臨別囑陳師事褚陳從之館褚於家未幾入邑庠即以遺才應試陳慮不能完場褚請代之至期褚邀一人來云是表兄劉天台囑陳暫從去陳方出褚忽自後曳之身欲踣劉急挽之去宿於其家居數日忽已中秋劉曰今日李皇親園中遊人甚多偕君一遊便道送君歸至則水肆梅亭喧啾不得入過水關則柳下橫一畫橈相將登舟酒數行劉顧僮曰梅花館近有新姬不知在家否僮去少時與姬至則李

遏雲也、李都中名妓、工詩善歌、陳曾一飲其家、故識之、相見各道溫凉、姬殊有戚容、劉命之歌、爲歌蒿里、陳不悅曰、主客卽不當、卿意何至對生人歌死曲、姬起謝、强顏爲笑、乃歌艷曲、陳喜、促腕曰、卿向日浣溪紗、讀之數遍、今並忘之、姬吟曰、淚眼盈盈對鏡臺、搴簾忽見小姑來、低頭轉側看弓鞋、强解綠蛾開笑靨、頻將紅袖拭香腮、小心猶恐被人猜、陳反復數四、已而泊舟、過長廊、見壁上題咏甚多、卽用筆記詞其上、日已薄暮、劉曰、闈中人將出矣、遂送陳歸、入門卽別去室暗無人俄延間褚生已至細審之似與已無異方自驚疑忽近身而仆家人曰主人憊矣共扶曳之既起見褚生在旁忽忽若夢屏人研詰之褚曰告之勿驚我實鬼也久當投生所以因循於此者高誼所不能忘故附君體以代捉刀三塲畢此願了矣陳復求赴春闈曰君先世福澤慳吝之骨誥贈不能及也又曰呂先生與我有父子之分繫念常不能置表兄爲冥司典簿求白地府主者或當有說遂別而去陳異之訪李姬已死數日矣一夕褚至喜曰所謀幸成

敬與君別、遂伸兩掌、令陳書褚字於上、以誌之、陳將置酒爲餞、搖手曰、勿須、君如不忘舊好、榜後到浙一晤、陳揮涕送之、見一人候於門、褚方依依、其人以手按其頂、隨手而匾、入囊負之而去、榜發、陳果捷、於是治裝如越、呂妻斷育幾十年、五旬餘忽生一子、兩手握固不可開、陳至、請相見、便謂掌中當有紋、曰褚呂、不信、兒見陳、十指自開、視之果然、問其故、具告之、共相歎異、陳厚遺之、乃返、後呂以歲貢入都、廷試、館於陳、其兒十三歲、已入泮矣、

宋生

平陽王平子、赴試北闈、寓報恩寺、寺中有餘杭生先在、王以比屋居投刺焉、生不之答、朝夕遇之、多無狀、王怒其狂悖、交往遂絕、一日有少年遊寺中、白服裙帽、望之傑然、近與接談、言語諧妙、心愛敬之、展問邦族、云登州宋姓、因命蒼頭設座、相對劇談、餘杭生適過、共起遜坐、生居然上座、更不撝挹、卒然問宋、爾亦入闈者耶、答曰、非也、駑駘之才、無志騰驤久矣、又問何省、宋告之、生曰、竟不進取、足知高明、山左右並無一字通者、宋曰、北人固少通者、然不通者未必是小生、南人固多通者、然通者亦未必是足下、言已、鼓掌王和之、因而鬨堂、生慚忿、掀眉攘腕、而大言曰、敢當前命題、一校文藝乎、宋他顧而哂曰、有何不敢、便取經授王、王隨手一翻、指曰、闕黨童子將命、生起求筆扎、宋曳之曰、口占可也、我破已成、於賓客往來之地、而見一無所知之人、爲王捧腹大笑、生怒曰、全不能文、徒事嫚罵、何以爲人、王力爲排難、請另命佳題、又翻曰、殷有三仁焉、宋立應曰、三子者不同道、其趨一

也、夫一者何也、曰仁也、君子亦仁而已矣、何必同、生
遂不作、起曰其爲人也小有才、遂去王、以此更重宋、
盡出所作質之宋、流覽絶疾、頃刻已盡百首、曰君亦
沉酣於此道者、然命筆時無求必得之念、而尚有冀、
倖得之心、即此已落下乘、遂取閲過者一一詮説、王
大悅、師事之、使庖人以蔗糖作水角、宋啗而甘之、曰
生平未解此味、煩異日更作也、由此相得甚懽、宋三
五日輙一至、王必爲之設水角焉、餘杭生時一遇之、
雖不甚傾談、而傲睨之氣頓減、一日以窻藝示宋、宋

見諸友圈贊已濃、目一過、推置案頭、不作一語、生疑其未閱、復請之、答云覽竟、生又疑其不解、朱曰、有何難解、但不佳耳、生曰、一覽丹黃、何知不佳、朱便誦其文、如夙讀者、且誦且訾、生跼蹐汗流、不言而去、一日生至、堅請王作、王拒之、生强搜得見文、多圈點、笑曰、此大似水角子、王故樸訥、覥然而已、次日朱至、王具以告、宋怒曰、我謂南人不復反矣、傖楚何敢乃爾、必當有以報之、王力陳輕薄之戒以勸之、宋深感佩、既而場後以文示宋、宋頗相許、偶與涉歷殿閣、見一簪僧坐廊下、設藥賣醫、宋訝曰、此奇人也、最能知文、不可不一請教、因令歸寓取文、遇餘杭生、遂與俱來、王呼師叅之、僧疑其問醫者、便詰症候、王具白請教之意、僧笑曰、是誰多口、無目何以論文、王請讀之、僧曰三作兩千餘言、誰耐久聽、不如焚之、我視以鼻可也、王從之、每焚一作、僧嗅而頷之曰、君初法大家、雖未逼真、亦近似矣、我適受之以脾、問可中否、曰亦中得、餘杭生未信、先以古大家文燒試之、僧再嗅曰、妙哉此文、我心受之矣、非歸胡何能辦此、生大駭、始焚己作。僧曰。適領一藝。未窺全豹。何忽另易一人來也。生托言朋友之作。彼止一首。此方是小生作也。僧嗅其餘灰。咳逆數聲。曰。勿再投矣。格格不能下。強受之。以膈。再焚則作惡矣。生慚而退。數日榜發。生竟領薦。王下第。朱與走告僧。僧歎曰。僕雖盲於目。而不盲於鼻。簾中人並鼻盲矣。俄餘杭生至。意氣發舒。曰。盲和尚汝亦啖人水角耶。今竟何如。僧笑曰。我所論者文耳。不謀與君論命。君試尋諸試官之文。各取一首焚之。我便知孰為爾房師。生與王並搜之。共得八人。生曰。

如有舛錯以何爲罰僧憤曰剜我盲瞳去生焚之每一首都言非是至第六篇忽向壁大嘔下氣如雷衆皆粲然僧拭目向生曰此眞汝房師也初不知而驟嗅之刺於鼻棘於腹膀胱所不能容直自下部出矣生大怒曰明日自見勿悔勿悔越二三日竟不至視之已移去矣宋慰王曰凡吾輩讀書人不當尤人但當克己不尤人則德愈宏能克己則學愈進當前落寞固是數之不偶平心而論文亦未便登峰其由此砥礪天下自有刮目之人王肅然起敬又聞次年再

行鄉試、遂不歸、止而受教、宋曰、都中薪桂米珠、勿憂貧、斧舍後有窖鏹、可以發用、即示之處。王謝曰、昔賢范貧而能廉、今某幸能自給、敢自汚乎。一日醉眠、僕及庖人竊發之、王忽覺、聞舍後有聲、起視則金堆地上、情見事露、並相懾伏、方訶責間、見有金爵多鐫款、審視皆大父別號、蓋王祖曾為南部郎、入都寓此、暴病而卒、金其所遺也、王乃喜拜、得金八百餘兩、明日告宋、且示之爵、欲與瓜分、固辭乃已、以百金往贈、贅僧僧已去、積數月、敎習愈苦、及試、宋曰、此戰不捷、始眞是命矣、俄以犯規黜、王尚無言、宋大哭不能自止、王反慰解之、宋曰、僕爲造物所忌、困頓至於終身、今又累及良友、其命也夫、王曰、萬事固有數、在如先生乃無志進取、非命乎、宋拭泪曰、久欲有言、恐有驚怪、某非生人、乃飄泊之遊魂也、少負才名、不得志於塲屋、佯狂至都、冀得知我者、傳諸著作、甲申之年、竟罹於難、歲歲飄蓬、幸相知愛、故極力爲他山之攻、生平未酬之願、實欲借良朋一快之耳、今文字之厄若此、誰復能漠然哉、王亦感泣、問何淹滯、曰、去年上帝有命委宣聖及冥王查核拗鬼上者備諸曹任用餘者即俾轉輪賤名已錄所未投到者欲一見飛黃之快耳今請別矣問所考何職曰梓潼府中缺一司文郎暫令龔儱署篆文運所以顛倒萬一倖得此秩當使聖教昌明吾願足矣明日忻忻而至曰願遂矣宣聖命作性道論視之色喜謂可司文冥王稽簿欲以口孽見黜宣聖爭之乃得就某伏謝已乃呼近案下囑云今以憐才拔充清要宜洗心供職勿蹈前愆此可知冥中重德行更甚於文學也君必修行未至但積

善、勿懈、可耳、王曰、果爾、餘杭生德行何在、曰、此即不
知、要冥司賞罰皆無少爽、即前日贅僧亦一鬼也、是
前朝名家、以生前拋棄字紙過多、罰作贅、彼自欲醫
人疾苦、以贖前愆、故托遊廛肆耳、王命置酒、宋曰、無
須、終歲之擾、盡此一刻、再爲我設水角足矣、王悲愴
不食、坐令自啖、頃刻已過三碗、捧腹曰、此餐可飽三
日、吾以志君德耳、向所食都在舍後、已生菌矣、藏之
以餌兒、可使慧、王問後會、曰、既有官守、當引嫌也、又
問梓潼祠中一相酹祝可能達否、曰、此都無用、九天

甚遠、但潔身力行、某必與知之、言已作別而去、王視舍後、果生紫菌、采而藏之、旁有新土墳起、則水角宛然在焉、王歸、彌自刻勵、一夜、夢宋輿蓋而至、曰、君向以小忿悞殺一婢、削去祿籍、今篤行已折除矣、然命薄、不足仕進也、是年、捷於鄉、明年春闈又勝、遂不復仕、生二子、其一絶鈍、啖以菌、遂大慧、後以故詣金陵、遇餘杭生於旅次、極道契濶、深自降抑、然鬢毛斑矣、餘杭生公然自詡、意其爲文未必盡無可觀、而驕詐之意態顔色、遂使人頃刻不可復忍、天人之厭

棄已久、故鬼神皆玩弄之、脫能增修厥德、謙以下人、雖倖獲科名、何至疾之已甚乎

王蘭

利津王蘭暴病死、閻王覆勘、乃鬼卒之悞勾也、責送還生、則尸已敗、鬼懼罪、謂王曰、人而鬼也則苦、鬼而仙也則樂、苟樂矣、何必生、王以爲然、鬼曰、此處一狐金丹成矣、竊其丹呑之、則魂不散、可以長存、但憑所之、無不如意、子願之否、王從之、鬼導去、入一高第、見樓閣巍然、而悄無一人、有狐在月下、仰首望空際、氣

一呼、有丸自口中出、直上入月中、一吸復落、以口承之、則又呼之、如是不已、鬼潛伺其側、俟其吐急、掇於手、付王吞之、狐驚、盛氣相向、見二人在、恐不敵、憤恨而去、王與鬼別、至其家、妻子見之、咸懼却走、王告以故、乃漸集、由此在家寢處如平時、其友張姓者、聞而省之、相見話溫凉、因謂張曰、我與君俱貧、今有術可以致富、子能從我遊乎、張唯唯、曰、我能不藥而醫、不卜而斷、我欲現身、恐識我者以爲怪、附子而行可乎、張又唯唯、於是卽日趣裝、至山西界、時富室有女得

暴疾、眩然瞀瞑、前後藥禳、既窮、張造其廬、以術自炫、
富翁止此女、常珍惜之、能醫者願以千金爲報、張請
視之、入室、見女瞑臥、啟其衾、撫其體、女昏不覺、王私
告張曰、此魂亡也、當爲覓之、張乃告翁、病雖危可救、
問需何藥、俱言不需、女公子魂離他所、業遣神覓之
矣、約一時許、王忽來、具言已得、張乃請再入、又撫之、
少頃、女欠伸、目遽張、翁大喜、撫問、女言向戲園中、見
一少年挾彈彈雀、數人牽駿馬從諸其後、急欲奔避、
橫被阻止、少年以弓授兒、教兒彈、方羞訶之、便攜兒

馬上累騎而行笑曰我樂與子戲勿羞也數里入山中我馬上號且罵少年怒推墮路旁欲歸無路適有一人捉兒臂疾若馳瞬息至家忽若夢醒翁神之果貽千金王與張謀留二數作路費餘盡攝去付其子命以三百餽張氏乃復還次日與翁别不見金藏何所愈奇之厚禮而送之逾數日張於郊外遇同鄉賀才才飲賭不事生業其貧如丐聞張得異術獲金無筭因强依之王勸薄贈令歸才不改故行旬日蕩盡將復尋張王已知之曰才狂悖不可與處只宜賂之

僕去縱禍猶淺越日才果至強從與俱張曰我固知
汝復來日事酗賭千金何能滿無底壑誠改若所爲
我百金相贈才諾之張瀉囊授之才有百金賭愈豪
如之狹邪遊揮灑如土邑中捕役疑而執之質於官
拷掠慘酷才實告金所自來乃遣役押才捕張才創
劇斃於途魂不忘張復往依之因與王會一日聚飲
於烟墪才大醉狂呼王止之不聽適巡方御史過聞
呼搜之獲張張懼以實告御史怒笞而牒於神夜夢
金甲神告曰查王蘭無辜而死今爲鬼仙醫亦仁術

不可律以妖魅、今奉帝命、授為淸道使、賀才邪蕩、已罰竄鐵圍山、張某無罪、當宥之、御史醒而異之、乃釋張、張製裝旋里、囊中存數百金、敬以一半送王家、王氏子孫以此致富焉、

長淸僧

長淸僧某、道行高潔、年七十餘、猶健、一日顛仆不起、寺僧奔救、已圓寂矣、僧不自知死、魂飄去、至河南界、有故紳子、率十餘騎、按鷹獵兎、馬逸、墮斃、僧魂適相值、翕然而合、遂漸蘇、廝僕環問之、張目曰、胡至此、衆

扶歸入門則粉白黛綠者紛集顧問大駭曰我僧也胡至此家人以爲妄共提耳悟之僧亦不自申解但閉目不復有言餉以脫粟則食酒肉則拒夜獨宿不受妻妾奉數日後忽思少步衆皆喜出少定卽有諸僕紛來錢簿穀籍雜請會計托以病倦悉卻絕之惟問山東長清知之否共答知之曰我鬱無聊賴欲往遊覽宜卽治任衆謂新瘳未應遠涉不聽翌日遂發抵長淸風物如昨無煩問途竟至蘭若弟子數人見貴客至伏謁甚恭乃問老僧焉往答云吾師曩已物

化、問墓所、衆僧不知何意、導之往、則三尺孤墳、荒草猶未合也、既而衆强之歸、囑僧曰、汝師戒行、僧所遺手澤、宜恪守、勿俾損壞、衆唯唯、乃行、既歸、灰心木坐、了不勾當家務、居數月、出門自適、直抵舊寺、謂弟子曰、我卽汝師、衆疑其謬、相視而笑、乃述返魂之由、又言生平所爲、悉符、衆乃信、居以故榻、事之如平日、後其家屢以輿馬來、哀請之、畧不顧瞻、又年餘、其妻遣紀綱來、多所餽遺、金帛皆却之、惟受布袍一襲而已、友人或至長清、敬造之、見其人嘿然誠篤、年僅三十、

而輙道六七十年事

人死則魂散其千里而不散者惟定故耳余於僧不異之乎其再生而異之乎其入紛華靡麗之鄉而能絕人以逃世也

金生色

金生色晉寧人也娶同村木氏生一子方周歲金忽病自分必死謂妻曰我死子必嫁勿守也妻甘詞厚誓期以必守金搖手呼母曰我死求看阿保勿令守也母哭應之既而金果死木媪來哭已謂金母曰天

降凶憂墒遽遭殞命也女太幼弱將何爲計母悲悼
中閫媼言不勝忿激盛氣對曰必以守媼懟而退夜
件女寢私謂女曰人盡夫也以兒好手足何患無良
匹小兒女不早作人家耽耽守此襁褓物寧非癡子
倘必令守不宜以好面目相向金母過頗聞絮語愈
恚明日謂媼曰亡人有遺言本不教婦守也今既急
不能待乃必以守媼怒而去母夜夢子來涕泣相勸
心異之使人言於木約殯後聽婦他適而詢諸術家
本年墓向不利婦思自衒以售縗經之中不忘塗澤

居家猶素妝、一歸寧則薪然新艷、母知之、心弗善也、以其將爲他人婦、亦隱忍之、於是婦愈肆、村中有無賴子董貴者、見而好之、以重金啗其鄰嫗、求通殷勤於婦、夜分由嫗家踰垣以達婦所、因與會合、往來積有旬日、醜聲四播、所不知者惟母耳、室惟一小婢、婦心腹也、一日兩情方洽、聞棺木震響、聲如爆竹、婢在外榻見亡者自幔後出、仗劍入寢室去、俄聞二人駭詫聲、少頃董裸奔出、無何金捽婦髮亦出、婦大嘷、母驚起、見婦赤體啟關出、問之不答、追出寂不聞聲、覓迷所往、入婦室、燈火猶亮、見男子履、呼婢、婢始戰惕而出、具言其異、相與駭怪而已、董竄過隣家、伏墻隅、聞人聲漸息、始起、身無寸縷、苦寒殊甚、謀假衣於媼、覘院中一室、雙扉虛掩、因暫入暗摸榻上、觸女子足、知爲隣子婦、頓生淫心、乘其寢、潛就私之、婦醒、問汝來乎、應曰諾、婦竟不疑、狎褻備至、先是隣子以故赴北村、囑妻掩戶以待、既返、聞室內有聲、疑而審聽、音態絶穢、大怒、操戈入室、董懼、竄於床下、就戮之、又欲殺妻、妻泣而告以悞、乃釋之、但不知床下何人呼母起火之方知是董視之奄有氣息詰其所來猶自供吐而刃傷數處血溢不止少頃已絶嫗倉皇失措謂子曰捉姦而單戮之子且奈何子不得已又殺妻是夜木翁方寢聞戶外拉雜之聲出窺則火熾於簷而放火人猶徬徨未去翁大呼家人畢集幸火初燃尙易撲滅命人操兵弩搜縱火者見一人趫捷如猿竟越垣去垣外乃翁家桃園園中四繚周墉皆峻固數人梯登以望蹤跡殊杳惟墻下塊然微動問之不應射之而輙啟扉往驗則女子白身卧矢貫胸臆燭之

則翁女、而金婦也、駭告主人、翁媪驚惕欲絕、不解其
故、女合眸面色灰死、口氣如屬絲、使人拔腦矢不可
出、足踏頂而後出之、女嚶然一聲、血暴注、氣亦遂絕、
翁大懼、計無所出、既曙、白金母長跪哀祈、金母亦殊
不怨怒、但告以故、令自營塟、金有堂兄生光、怒登翁
門、詬數前非、翁慙、阻賂之、歸而終不知婦所私者何
人、俄隣子以執姦自首、而婦兄馬彪素健訟、具詞控
妹冤、官拘嫗、嫗懼、悉供顛末、又喚金母、母托疾、遣生
光代質、具陳底裏、於是前狀並發、牽木翁夫婦出一

切廉得其情木以誨女嫁坐縱淫笞贖隣婦導淫杖
之斃案乃結
金氏子其靈乎諄囑醮婦必有以窺其素矣一人
不殺而諸恨並雪可不謂靈乎隣嫗誘人婦而反
淫己婦木媪愛女而卒以殺女嗚呼何報之速也
牛成章
牛成章江西布商也娶鄭氏生子女各一牛三十餘
病歿子名忠時方十二女更小鄭不能守貨產入囊
攺醮而去遺兩孤難以存濟有牛從嫂年六旬貧寡

無歸、遂與居處、數年嫗死、家愈替、而忠亦漸長、思繼父業、而苦無貲、妹已適毛姓、毛富賈也、妹哀夫假數十金付兄、從人適金陵、途中遇盜、資斧盡去、飄蕩不能歸、偶過典肆、見主肆者類父、左右訪之、姓字皆符、駭異不知其故、惟流連以窺意旨、而其人亦詧不顧、問如此三日、覘其笑言舉止、眞父無疑、然不敢遽拜識、遂托旁人以同鄉故、求爲傭立券、已主人視其里居姓名、問所從來、忠泣訴其由、主人悵然若失、久之問、而母無恙乎、忠婉應曰、我父六年前經商不返、

母醮而去、幸有伯母撫育、不然、壑溝瘞久矣、壬入慘
然曰、我即汝父也、於是握手悲哀、又導叅其後母、後
母姬三十無子、得忠甚喜、設宴寢門、牛終欲獻不樂、
即欲一歸故里、姬慮肆中乏人、故止之、牛乃率子經
理肆務、居之三月、乃以諸籍委之子、趣裝西歸、既別
忠實以父死告母、姬乃大驚、言彼負販於此、曩所與
交好者留作當商、娶我已六年矣、何言死耶、忠又細
述之、相與疑念、不喻其故、適一晝夜而牛已返、携一
婦入、頭如蓬葆、忠視之、則其所生母也、牛摘耳頓罵、

何棄吾見、婦攝服不敢少動、牛以口齕其項、婦呼忠曰、見救吾、見救吾、忠大不忍、橫身蔽膈其間、牛猶忿怒、婦已不見、衆大驚、相譁以鬼、旋視牛顏色慘變、委衣於地、化爲黑氣、亦尋滅矣、母子駭歎、舉衣冠而瘞之、忠席父業、富有萬金、後歸家問之、則嫁母亦於是日死、一家皆見成章云、

劉某

淄川劉某、虎而冠者也、後遷於沂、習氣不除、鄉人咸畏惡之、有田數畝、與苗某連隴、苗勤、田畔多種桃、桃

初賓子往攀摘、劉怒驅之、指爲已有、子啼而告之父、父方駭怪、劉已登門詬罵、且言將訟、苗笑慰之、怒不解、忿而去、時有淄邑李翠石作典商於沂、劉持狀入城、適與之遇、以同鄉故相識、問之、劉以告、李笑曰、子聲望人所共知、我素識苗某甚平善、何敢占騙、將毋反言之也、乃碎其詞紙、曳入肆、將與調停、劉恨恨不已、竊肆中筆、復草狀藏懷中、期以必告、未幾苗至、細陳所以、因哀李爲之解免、言我農人、半世不見官長、但得罷訟、數株桃何敢執爲已有、李呼劉出、告退讓之意、劉猶指天畫地、叱罵不休、苗惟和色卑詞、無敢少辯、既罷、踰四五日、見其邨中人、云劉已死、李爲驚歎、異日他出、適與劉値、殷殷問訊、且請顧臨、李逡巡間、曰目前忽聞凶訃、何妄也、劉不答、但挽入村、至其家、羅漿酒焉、乃言前日之傳、非妄也、曩出門見二人來、提見官府、問何事、但言不知、自思出入衙門數十年、非怯見官長者、亦不畏怖、從去至公廨、見南面者有怒容、曰汝即劉某耶、罪惡貫盈、不自悛悔、又以他人之物、占爲己有、此等橫暴、合置鼎鑊、一吏呈簿曰此人有一善合不死南面者閱簿色少霽使云暫放他去數十人齊聲呵逐余曰因何事勾我又因何事放我還祈明示吏持簿下指一條示之上記某年月日用錢三百救一人夫婦完聚吏曰非此則今日命當絶宜隨畜生道駭極乃從二人出二人索賄怒曰不知劉某出入公門二十年專勸人財者何得向老虎討肉吃耶二人乃不復言送至村拱手曰此役不曾嗽得一掬水二人旣去入門遂甦時氣絶已兩日矣李聞而異之因詰其善行顛末初崇禎十三年

歲大凶、人相食、劉時在淄爲主捕隷、適見男女哭甚哀、問之、答云夫婦聚裁年餘、今歲荒不能兩全、故悲耳、少時油肆前復見之、似有所爭、近詰之、肆主馬姓者便云、伊夫婦餓將死、日向我討麻醬爲活、今又欲賣婦於我、我家中已買十餘口矣、此何緊要、賤則售之、否則已耳、如此可笑、生來纏人、男子因言今粟貴如珠、自度非三百不足供逃亡之費、本欲兩生、若賣妻而不免於死、何取焉、非敢言直、但求作陰隲行之耳、劉憐之、便問馬出幾何、馬言今日婦口止直百許耳劉請勿短其數且願以半價助之馬執不可劉少負氣便謂男子彼鄙瑣不足道我請如數相贈若能逃荒又全夫婦不更佳耶遂發囊與之夫妻泣拜而去劉述此事李大加獎歎劉自此頓改前行七旬猶健一日李詣周村遇劉與人爭衆圍勸不能解李笑呼曰汝又欲訟桃樹耶劉茫然自失吶吶斂手而退

李翠石兄弟皆稱素封然翠石尤醇謹喜爲善未嘗以富自豪抑然誠篤君子也觀其解紛勸善其生平可知矣古云爲富不仁吾不知翠石先仁而

後富耶抑先富而後仁耶

隸役

長淸某販布爲業客於泰安聞有術人工星命之學詰問休咎術人推之曰運數大惡可速歸某懼囊貲歸途中遇一短衣人似是隸胥漸漬與語遂相知悅屢市餐飲呼與共啜短衣人甚德之某問所營幹答言往長淸有所勾致問爲何人曰實告我非人乃東四司隸役也因出牒令自審第一即已姓名駭曰何事見勾曰想子壽數盡矣某涕泣求救鬼曰不能然

牒上名多拘集倘需時日子速歸處置後事我最後相招此即所以報変好耳無何至河際橋梁圮壞行人艱涉鬼曰子行死矣一文亦將不去請即建橋濟行人雖頗煩費然於子未必無補某然之歸告妻子作周身具刻日鳩工建橋久之鬼竟不至心竊疑之一日鬼忽來曰我已以建橋事上達城隍轉報冥司矣謂此一節可延壽命今牒名已除敬以報命某喜感謝云再至泰山當來酹奠鬼止之曰此禍我也倘司君知之奈何斷不可來我倘有事北往自當迂道

過訪、遂別而去、

周克昌

淮安貢生周天儀、年五旬、止一子、名克昌、愛暱之、年十三四、丰姿秀美、而性不喜讀、輒逃塾、從羣兒嬉戲、恒終日不返、父亦聽之、一日既暮不歸、尋之烏有、夫妻號咷、幾不欲生、年餘、昌忽自至、言爲道士迷去、幸不見害、值其他出、逃歸、父喜極、亦不追問、及教以讀、慧悟倍於曩昔、逾年、文思大進、既入郡庠試、遂知名、世族爭婚之、昌不願、趙進士女有姿、父强爲娶之、既

入門、夫妻調笑極歡、而昌恒獨宿若無所私、逾年捷
於鄉、父大慰、然年漸衰日望抱孫、故嘗隱諷之、昌若
爲不解、母不能忍、朝夕多絮語、昌變色出曰、我久欲
去所不遽舍者、顧復之情耳、實不能探討房帷、以慰
所望、請即去、彼順志者復來矣、天儀知之、追曳之已
踣、衣冠如脫、大駭、疑昌已死、是必其鬼也、方悲歎間、
昌忽僕馬而至、天儀大駭、昌亦言爲惡人掠賣於富
商家、商無子子焉、後忽生一子、昌思家、遂送之歸、問
所學則頑鈍如昔、乃知此爲真昌、其入泮鄉捷者鬼

也然竊喜其事未泄即使襲孝廉之名其家人俱不令知之入房婦甚狎熟而昌靦然有怍色似新婚者甫週年生子矣

世言庸福人必鼻口眉目間具有少庸而後福隨之其精光陸離者鬼所棄也庸之所在桂籍可以不入闈而得佳麗可以不親迎而致而況少有憑籍加之鑽窺者乎

紫花和尚

諸城丁生野鶴公之孫少年名士性好參禪沉病而

死越日復蘇曰我之疾惟某生可愈宜虔請之盩邑有某生者精岐黃而不以術行三聘始至疏方下藥病良已既歸一女子自外入曰我董尚書府中侍兒也紫花和尚與妾有夙寃今將追報君又欲活之耶再往禍將及言已遂沒丁病復作固要之某懼不敢往乃以實告丁歎曰孽自前生死吾分耳尋卒後詢諸人果有紫花和尚青州董尚書夫人嘗供養家中亦無有知其寃之所自者

北京市文物局
綜合事務中心藏

介景堂刻本

聊齋誌異摘鈔 上

〔清〕蒲松齡 著
〔清〕王金範 刪定

齊魯書社
·濟南·

圖書在版編目（CIP）數據

介景堂刻本《聊齋誌異摘抄》：北京市文物局綜合事務中心藏 / (清) 蒲松齡著；(清) 王金範删定. 濟南：齊魯書社, 2024. 10. —（《聊齋志異》珍本叢刊). — ISBN 978-7-5333-5024-6

Ⅰ. I242.1

中國國家版本館CIP數據核字第20241LS975號

策劃編輯　劉玉林
責任編輯　史全超　班文沖
裝幀設計　劉羽珂

介景堂刻本《聊齋誌異摘抄》：北京市文物局綜合事務中心藏

JIEJINGTANG KEBEN LIAOZHAIZHIYI ZHAICHAO
BEIJINGSHI WENWUJU ZONGHE SHIWU ZHONGXIN CANG

〔清〕蒲松齡　著　〔清〕王金範　删定

主管單位　山東出版傳媒股份有限公司
出版發行　齊魯書社
社　　址　濟南市市中區舜耕路517號
郵　　編　250003
網　　址　www.qlss.com.cn
電子郵箱　qilupress@126.com
營銷中心　（0531）82098521　82098519　82098517
印　　刷　常州市金壇古籍印刷廠有限公司
開　　本　880mm×1230mm　1/32
印　　張　50.75
插　　頁　10
版　　次　2024年10月第1版
印　　次　2024年10月第1次印刷
標準書號　ISBN 978-7-5333-5024-6
定　　價　398.00圓（全三册）

《〈聊齋志異〉珍本叢刊》編委會

《〈聊齋志異〉珍本叢刊》序

袁世碩

《聊齋志異》是中國古代志怪傳奇型小説最富麗輝煌的經典巨著，近三百年來持久傳世，彪炳中國文學史册，飲譽世界文學之林。

作者蒲松齡幼讀詩書，博學能文，而困於場屋，古稀之年方獲得『歲貢』的科名，不數年便與世長辭。他大半生傭於縉紳之家，充抄手，代筆墨，做童蒙館師，生活主要是讀書、著書、教書，可謂一位地道的窮書生。他科舉屢試不中，未能蟾宮折桂，改變困頓人生，自謂『一事無成就』，抱恨終生。其實，他天賦極高，文才超群，新舊雅俗各種文體都曾一試其非凡身手，著述等身，尤以作《聊齋志異》成中國古代文學之經典，名揚世界，宜贊曰：大哉，斯人！

蒲松齡自幼喜記述奇聞異事，結撰狐鬼小説，在當地贏得了能文之名，得到前輩名流高珩、唐夢賚的賞識。然又以其屢應鄉試不中式，受到朋輩好友張篤慶、孫蕙的勸誡和安庸文人的譏諷，心情一度消沉。年届不惑，應聘到西鋪畢家坐館，行前將已作成的篇什結集成册，定名《聊齋志異》，卷端《自志》寫心，自謂其『志異』之文古有典範，意旨嚴正，慨嘆無知音，情詞悱惻。進入畢家，其作受到自命風雅的館東畢際有的稱賞，并引起了畢氏幾位子侄的興趣，一時成爲交談中的話題，使作者甚感欣慰，抹掉了心靈中的幾絲陰影。畢氏是淄川官宦名門望族，明末户部尚書畢自嚴之裔，宅第寬宏，起居安適，藏書甚富，可供博覽，又有花木繁盛的園林可堪縱游。館東畢際有是罷職的江南通州知州，爲風雅中人，交際頗廣，待能文的西賓直如文友，主賓相處十分融洽。蒲松齡在這種穩定舒心的境况中，持續三十年之久，繼續寫作《聊齋志異》新篇什，直到年逾花甲方纔逐漸輟筆。晚年居家，無貲刊行，辭世後留存家中未經編次的八册稿本。日本慶應大學『聊齋文庫』藏已裱作卷子的十七篇，應爲其裔孫過録的一種副本的殘片。

在蒲松齡寫作《聊齋志異》的大半生裏，便陸續有篇什多寡不一的抄本傳出，有記載者：同邑前輩唐夢賚曾先後得其兩個抄本，特供大詩人王士禛評閲的兩册自抄本，濟南名士朱緗慕名多次借稿本過録篇目大致齊全的抄本。後者今存半部，簡稱『康熙抄本』。蒲松齡逝世後，遠近借稿本抄録者更多，有文獻可稽者有：（一）雍正初年，朱緗子朱賓理兄弟經館師淄川張元從蒲家借來蒲氏家藏稿本過録全書，厘定爲十二卷本。鑄雪齋抄《聊齋志異》卷末附殿春亭主人跋，叙其事較詳，鑄雪齋抄本即據朱氏兄弟抄本過録。（二）同時期，張元的另一門人歷城曾尚增，亦就其師所借蒲氏稿本過録一部。王金範編刻《聊齋志異摘抄》十八卷本，序稱據歷城所得『曾氏家藏抄本』重新分類編排刻成，殆即其本。王金範時任長山縣丞，治所在號稱『天下第一村』的周村。二十世紀六十年代於其地發現的《聊齋志異》二十四卷抄本，所收篇什與鑄雪齋抄本相等，末附錢塘包燻、金壇王喬題辭，兩題辭亦見於十八卷本中。

是則二十四卷抄本，殆即據歷城曾尚增抄本過録。（三）現存《聊齋志異》早期抄本，尚有易名《異史》的六卷本。依文字避諱情況，可判爲雍乾易代之際抄成。抄主據濟南朱氏抄本過録，擅改書名，厘定卷次。（四）乾隆年間，時任山東沂州知府的詩學名家鄭方坤，得到淄川蒲氏家藏稿本，離職後帶回福建閩侯，同邑秀才黄炎熙借閲抄成《聊齋志異選抄》十二卷本。後來，趙起杲從鄭方坤嗣子借録正副二本，成爲其主持編刻青柯亭本之基本底本，趙起杲《弁言》謂『茘薌當年得於其家者，實原稿也』，實則蒲氏長孫蒲立德爲謀求其祖《聊齋志異》刊行傳世，向文苑名家鄭方坤提供了一部自家過録的副本。趙起杲《弁言》中還提及，前曾得到友人周季和在濟南坐館時手録之《聊齋志異》二册，又在北京得吴君穎思抄本勘定，可見他主持編刻之前，《聊齋志異》的抄本已流向全國多個地方，自然還有湮没無聞不可稽考者。道光初年，段雞《聊齋志異遺稿例言》説：『是書本雍正年抄本，則未刻之前，已貴洛陽紙價矣。』

乾隆中期，任浙江睦州知府的趙起杲，早在未入仕前曾獲得《聊齋志異》抄本兩册，嗜讀，以未見全本爲憾。入仕後携之四方，官福建，得抄鄭方坤家藏抄本，以其爲得於蒲家的『原稿』，轉官浙江，經編刻經籍的名士鮑廷博慫恿、資助，遂借助學識甚富、後來做了『四庫館臣』的余集參與編校，刻成青柯亭十六卷本。幾乎同時，王金範在蒲氏家鄉淄川鄰邑長山編刻出篇目類編的十八卷本。青柯亭本的編印出自大手筆，編校依蒲氏原貌，刻印優良，遂終結了《聊齋志異》傳抄行世的局面，隨之有重刻、翻刻、評注等多種刻本及拾遺本相繼而出，風行天下，近世百年來相繼而出的石印本、鉛印本、圖咏本，悉依其規模、文字。閱讀别無選擇，嗜愛其書的有識之士祇能就其文本解讀評説。直到二十世紀中期，蒲松齡的半部手稿本被發現，張友鶴據之整理出一部《聊齋志異》會校會注會評本，方纔終結了青柯亭刻本主導傳播二百年的歷史。

《聊齋志異》的詮釋，始於手稿本的序言和最先出抄本的題辭，隨後被有選擇地匯入相繼印行的刻本中，成爲中國傳統經籍正文與注釋齊出并行的注評本。這一方面借名人題辭爲《聊齋志異》增添了賣點，如王漁洋并不懇切的題辭竟成了刻本的金字招牌；另一方面，《聊齋志異》的詮釋也由此獲得重大進展。但明倫的評本，不僅有碎片化的情節點評，還有對名篇佳什的整體賞析，并有所發揮。早在嘉慶年間，馮鎮巒潛心研讀所作的解説，識見精深，由於『寒氈終老』，未得刊行。這个歷史遺憾終於由光緒年間喻焜刻行的《聊齋志異合評》本彌補，馮評自然也成爲後出的這部合評本最有價值的部分，後出并沒有損傷其對這部經典名著所作詮釋的成就，也沒有遮蔽其中透露的歷史信息。

就我平生僅見的有關文獻，約略回顧《聊齋志異》傳播日廣、聲名日高的歷史過程，其中有些超常的現象頗值得尋繹，可拓寬、深入對這部文學名著的造詣、影響的認識。《聊齋志異》在作者生前陸續寫作之際便開始傳抄，有名士點評、題辭，傳抄由地方走向全國，促成更便於傳播的刊本行世，大名士的賞識給予了羽翼性的助力。蒲松齡自抄其作送呈王士禛評閱，期望其爲之作序，嗣後又將其題辭、點評抄録進稿本中，説明他是深明『古人文字多以游揚而傳』這條潛規則的。順乎其勢，最初有吕湛恩、何垠注本，訓釋語詞，繼而有正文與解説賞析齊行并出的評點本，則發生了性質的變異，解説賞析要依靠正文推出，篇幅分量都大爲膨脹，評點家自我呈現的意旨上升到第一主位元，文本的詮釋便由之發展起來，其價值也就由這部文學名著的傳播史，進入詮釋接受史。何守奇評本先出，篇後有題解。但明倫評本繼出，評點最繁多，書眉有段落分析，多中肯，多個名篇後對闡釋題旨或藝術特色的評析，别見慧心，已進入文學批評的賞析境界。馮鎮巒潛心研讀二十餘年小説文本，從文筆、故事、結構等多個角度解析，識見更深，晚年寫的《讀聊齋雜説》是概論性的評説，推許《聊齋志異》爲『文筆之佳，獨有千古』『議論醇正，準理酌情』『當代小説家言，定以此書爲第一』。馮鎮巒作此文的意旨主要不是稱揚《聊齋志異》高超的文學造詣，而是批評當時的文人對這部風行天下的小説集的非議，對紀曉嵐菲薄《聊齋志異》的幾點意見，都做了肯切的駁議。文中説道：『是書傳後，效顰者紛如牛毛，真不自分量矣。無聊齋本領，而但說鬼說狐，侈陳怪异，筆墨既無可觀，命意不解所謂。臃腫拳曲，徒多鋪陳；道理晦澀，義無足稱。』這或許不包括紀曉嵐的《閲微草堂筆記》，但還是對它做了并非稱揚的評價：『文字力量精神，别是一種，其生趣不逮矣。』歷史的發展實况證實了馮鎮巒的評點、解説的價值和意義。

齊魯書社成立伊始，即以整理出版齊魯文獻爲重任，先後編印出版了多種《聊齋》文獻及研究論著。近年更意識到以《聊齋志異》手稿爲起點的許多不同類型的文本，以其各自的内涵和形態顯示出這部文學經典的創作和傳播的歷史狀况，承載着作者創作歷程和讀者閲讀、傳播、評賞的歷史信息，也映照出中國古代文學創作、批評發展的卓越成就和中國文化的特色，於是立意并精心籌措編印《〈聊齋志異〉珍本叢刊》，其意義絶不止於拓寬和深化《聊齋志異》的研究。

前言

劉玉林

一、介景堂刻本《聊齋誌異摘抄》的基本情況

清乾隆三十二年（一七六七）孟夏，王金範在山東長山縣周村鎮（今淄博市周村區區治）刻成《聊齋誌異摘抄》，内封題『乾隆丁亥孟夏新鎸，金壇王金範删定，介景堂藏板』。該版本一般被稱爲『王刻本』，作爲《聊齋志異》的早期刻本，備受學界關注，如陳乃乾先生《談王金範刻十八卷本〈聊齋志異〉》[一]、袁

[一] 陳乃乾：《談王金範刻十八卷本〈聊齋志異〉》，載《文物》一九六三年第三期。

世碩先生《王金範選刻十八卷本〈聊齋志異〉》〔一〕等研究頗爲深入，齊魯書社亦於一九九八年出版孟繁海、孟原校注《王刻聊齋志異校注》。但介景堂刻本因刊刻較少、流傳不廣，故世所罕見，學界未展開細緻研究。本次影印底本藏於北京市文物局綜合事務中心，兩函十八册，『金鑲玉』裝幀，原書高二十四釐米，寬十四點五釐米。版框高十三點六釐米，寬十一釐米。正文每半葉九行，行二十字。順序爲：牌記、高珩序、唐夢賚序、蒲松齡序（即《聊斎自志》）、王金範序、聊齋誌異題詞、誌異摘抄題詞、誌異摘抄總目、正文十八卷（含各分卷目録）、宋允睿跋。

北京市文物局綜合事務中心藏介景堂本《聊齋誌異摘抄》係初刻，保留了更多的原始信息。如牌記，書名作『聊齋誌異摘鈔』，標明『摘鈔』；而中國社會科學院文學研究所藏乾隆五十年（一七八五）郁文堂本，牌記書名仿雕青柯亭本隸書字體作『聊齋志異』，顯然想冒充全本。如著作方式，牌記標明

〔一〕袁世碩：《蒲松齡事迹著述新考》，齊魯書社一九八八年版，第四〇九至四三二頁。

『金壇王横山删定』，不提及原著者蒲松齡；而郁文堂本則爲『淄川蒲松齡柳泉氏著，金壇王梓園横山氏參定』，明確了原著者的名分，同時把王金範的工作認定爲『參定』，并附『分類圈點』四字，更加中肯。如書眉，高珩序、唐夢賚序、蒲松齡序和聊齋誌異題詞的書眉作『聊齋誌異』，王金範序、誌異摘抄題詞、誌異摘抄總目、正文十八卷、宋允睿跋的書眉作『誌異摘抄』；郁文堂本雖然在牌記上標注『乾隆乙巳年重鐫』，實際上衹是挖改書眉中的『摘抄』二字，内文如『誌異摘抄總目』改作『聊齋誌異總目』，『誌異摘抄目録』改作『聊齋誌異目録』，但卷之八則因疏漏未改（類似情況，也出現於南開大學圖書館藏本、浙江圖書館藏本，南開大學圖書館藏本卷之六、卷之十也未改，説明其早於浙江圖書館藏本），『誌異摘抄卷之×』改作『聊齋誌異卷之×』。如題詞，分爲聊齋誌異題詞和誌異摘抄題詞。前者有王士禛詩一首、張篤慶詩四首、朱緗詩兩首、宋允睿《書雲蘿公主傳後》詩一首；後者有王昇詩兩首、包熫詩一首、王喬詩三首、包燿詩一首、王廷華《調寄惜分釵》詞一闋。郁文堂本則增刻李維梓詩六首、陸同文《調寄滿庭芳》詞一闋。

由上可見，介景堂本《聊齋誌異摘抄》問世之初即以選本面目示人，但青柯亭本《聊齋志異》風行天下後，《聊齋誌異摘抄》重印本則改頭換面，删落『摘抄』痕迹，冒充全帙，應是書商射利之爲。

二、王金範其人及交游

（一）王金範其人

王金範的生平家世，江蘇金壇《三旌義門王氏族譜》卷十二《事行四》載其小傳：

茂四公諱金範，字文叙，號横山，觀察公第四子。性方耿，遇不可，義形於色。尤嚴取予，嘗鎸一小篆，曰『清白吏子孫』，昕夕佩之。幼隨父出守嚴州，即留心吏治。觀察調任滇南，時公曾祖、大父在堂，留公侍奉，能得其歡心。逮觀察晋天津道，政事轇轕，公勷佐焉。

初，公讀書期大用，從岳翁方望溪先生游，劇賞之。觀察卒，家中落，曹太恭人年高，亟思禄養，遂以太學生就主簿職，效力直隸河工。河帥顧公、制府方公咸器之，委修思陵、金陵等工，俱稱職。遷新安縣丞，建閘衛田，督修城工。乙亥，丁内艱，服闋，改補山東之蒲臺，以熟練城工，總檔子房事，量移長山縣丞。公前後歷署新城、長山、萊蕪、文登縣篆，所在尸祝，循聲久著。丙戌，大計卓異候升，未幾卒於官。

方畿輔試用時，當道者非無葭莩可援，而公不稍貶，浮沉閑散十餘年，囊槖蕭然，優游自得，真無忝『清白吏子孫』矣。生於康熙丁亥七月初八日，卒於乾隆丁亥八月二十二日。配方孺人，賢而孝，内治嚴肅，生於康熙丁亥九月二十日，卒於乾隆戊午八月十二日。合葬官坊村祖塋。

據許雋超對《三旌義門王氏族譜》及王金範相關史料研究[二]，金壇義門王氏的始遷祖爲宋代王彥融，王金範爲金壇王氏第十七世。其父王廣益，字受州，號方厓，康熙十八年（一六七九）十一月十一日生，雍正十三年（一七三五）六月初一日卒。以歲貢捐納，官浙江嚴州知府，署直隸天津道，即王金範小傳中的『觀察公』。王廣益有景範、允轔、用豫、金範、可權、寅皋六子。王金範行四。《聊齋誌異摘抄》中避『益』字問題，陳乃乾先生推測：『這「益」字可能是王金範的父親或祖父的名字，爲了避他自己的家諱，把《聊齋志異》裏的「益」字全改掉了。』據此小傳，明顯是避父親名諱。同時，也説明王金範受父親的影響之深。據光緒《嚴州府志》，康熙五十八年（一七一九），王廣益去任，鄉里感其德，請邑人張雲鵬爲之撰記刻石，『公方黜己之聰明，徹於民之視聽，於是疑獄反，矜恤行，恤者生，疑者信，沛乎若河決下流而東注，恢乎若虹燭險魃而醜彰矣』，除高度評價其本職工作外，還對他『以其餘力修聖宮，創

〔二〕許雋超：《王金範生平家世考》，載《蒲松齡研究》二〇一八年第四期。

賢祠，浚河渠，掩枯骨，興立教化，皋比談經』的事迹充分肯定。王廣益清廉有爲，給正值少年的王金範留下了深刻的印象，故王金範以『清白吏子孫』（王金範極爲珍視這一身份，在其手書自序落款時將此印章排在三枚印章之首）自勉，始終將做好基層官吏作爲己任，其思想立場也是緊緊圍繞這一出發點的。這也是他與《聊齋志異》原作者蒲松齡評價社會不公正現象時産生一定矛盾的根源所在。

另外，王金範早年『讀書期大用，從岳翁方望溪先生游，劇賞之』，向我們透露了一條綫索，即其受到桐城派的影響。方苞（一六六八—一七四九），字靈皋，亦字鳳九，晚年號望溪，亦號南山牧叟，是清代桐城派散文的創始人。方苞尊奉程朱理學和唐宋散文，提倡寫古文要重『義法』：『「義」即《易》之所謂「言有物」也，「法」即《易》之所謂「言有序」也。意以爲經而法緯之，然後爲成體之文。』（《又書貨殖傳後》）提出文章要重『清真雅正』和『雅潔』，認爲古文中『不可入語録中語、魏晉六朝人藻麗俳語、漢賦中板重字法、詩歌中雋語、南北史佻巧語』（沈廷芳《書方望溪先生傳後》）。方苞倡導『凡無益於世教、人心、政法者，文雖工，弗列也』（《送李雨蒼序》），持論嚴正，康熙帝對其青睞有加，頗多眷顧。實際上，桐城派文風因迎合了清朝鞏固思想統治的需要，而得以流行廣遠，影響頗大。

作爲一介書生，身份又是方苞的乘龍快婿，王金範在寫作風格和文學思想上勢必深受岳父的影響，其文風和審美自然也會偏向『約其辭文，去其煩重』，這也充分反映在《聊齋誌異摘抄》中大量存在的文句篡改和情節删削上，王金範以散文筆法爲規矩，以思想務必益於世教、人心、政法爲旨歸，『不特可以破拘墟之習見，悟理境之無方，而於世道人心，亦不無少補云』（王金範《聊齋誌異摘抄·序》），然後作用於小説，不可避免地會産生劇烈的衝突，甚者面目全非，有違蒲松齡原稿之風貌。

（二）王金範的交游情况

此小傳未詳述王金範任職的具體時間，考《長山縣志·職官表》，乾隆二十七年（一七六二），王金範由蒲臺縣丞調任長山縣丞，乾隆三十二年（一七六七）離任。主要是於此期間，在『同人慫恿付梓，公諸同好，置之案頭』（王金範《聊齋誌異摘抄·序》）的鼓動下，他完成了《聊齋誌異摘抄》的删定工作。

爲初刻本《聊齋誌異摘抄》作序跋、題詞、書版之人，即王昇、包爊、王喬、包燿、王廷華、宋允睿等，他們也正是王金範的『同人』『同好』。王昇，字約軒，山西翼城人，據《淄川縣志》，其乾隆二十年（一七五五）任淄川縣丞，工書法及詩、古文詞，乾隆二十八年（一七六三）離任。淄川、長山兩縣相鄰，王昇與王金範同姓，且職級相同、愛好相仿，於公於私皆會過從甚密。《聊齋誌異摘抄》的底本即爲王昇依靠其在淄川任職時的人脉關係所借之『曾氏家藏抄本』，若無親密關係，斷不能爲友人費心竭力。而王昇擅長隸書，手寫上版唐夢賚所作序言，蠶頭燕尾，頗見功力，絶非泛泛之輩。他還作詩兩首：

羲文周孔載盈輿，司馬多才賦《子虛》。
當日坡公空説鬼，不曾留得幾行書。

《聊齋》草創未經修，豕亥傳留待校仇。
宗孟橫山筆削後，於今異誌有春秋。

意爲除了上古聖賢，王金範可比肩司馬相如、蘇東坡，王昇高度評價了其校修、筆削之『功』。當然，爲友人題詞難免有阿諛奉承之嫌，不過也可看出『曾氏家藏抄本』的確存在不少訛誤。作爲底本的提供者，王昇是了解這一情況的，我們從中亦能發現《聊齋志異》早期傳播的抄本信息。王昇之弟王廷華，字思亭，也是工詩善書，他楷書上版高珩序，端正雋秀，比對書風，牌記似亦出自其手。他作了《惜分釵》一詞：

聊齋筆，狐鬼迹，真真假假空耶色。墨痕乾，夜光寒，經營慘淡，淚燭成斑。難！難！難！

江山客，哦松室，小楷蠅頭消永日，一回删，一回攢，鐫梨剞棗，成就今番。看！看！看！

王廷華史料甚少，僅見於民國《翼城縣志》其兄王昇傳記，想必隨其兄在山東謀生。從題詞内容來看，此時正值《聊齋誌異摘抄》付梓，王昇與王金範交情匪淺，故有意有借同儕之書揚胞弟之名。

王喬，字仙令，金壇人，是王金範的同鄉，他一口氣寫了三首絶句：

牛鬼蛇神在眼前，非關太乙喜談玄。
無邊棒喝何從會，細雨陰風欲暮天。

自闢茅堂號且居，哦松弄竹更攤書。

阮家一任崇無鬼，司馬何妨賦《子虛》。

蒲子揮毫寓意深，丹黄仇校費清吟。

世人不識弦中趣，未許輕彈子敬琴。

後兩首引用阮修、王子敬的典故，可見其熟讀《世説新語》，對文言小説傾心已久，更是尊稱蒲松齡爲『蒲子』。對於做了删定刊刻工作的同鄉王金範，王喬則將其視爲偶像蒲松齡的知音。

包爊，字藜照，據《長山縣志》，乾隆十三年（一七四八）任長山典史，四十一年（一七七六）離任，在長山任職時間頗長，且與王金範做過數年同僚。他撰寫一首七律：

結情撰景假耶真，儘足消磨魂礌身。

斟酌删除空理障，商量摘取覺紅塵。
濡毫几案生風雨，落紙烟霞動鬼神。
果得高人有深致，一回展卷一驚人。

頷聯中『斟酌删除』『商量摘取』爲王金範删定《聊齋誌異摘抄》大唱贊歌。但不知爲何，這首詩也被二十四卷抄本《聊齋志異》收録。顯而易見，包爙此詩頌揚的是王金範而非蒲松齡，這條綫索爲我們研究《聊齋志異》早期傳播提供了一個重要的信息。包燿，字麗廷，係包爙之弟，他也作了一首七律：

鯨波蜃氣世情浮，且讀仇池恣冥搜。
訂誤經年收鐵網，校讎暇日寫蠅頭。
妄緣到盡方成覺，識界歸真始可求。

爲喚癡人醒塵夢，匠心誰識最深幽。

『校讎暇日寫蠅頭』，結合王廷華題詞中的『小楷蠅頭』，可見他們二人見過王金範的工作底本，也了解其删定的具體過程。

宋允睿，字默莊，爲《聊齋誌異摘抄》撰寫了跋文：

《聊齋誌異》爲淄川蒲柳泉先生所著，聞書初成，即有以千金購之者，柳泉弗受也。柳泉就聞見所及，以風馳電掣之椽筆，寫牛鬼蛇神之情狀，抑亦借無稽之談，發其無聊之思耶？憶丁卯歲，適遭悼亡，長夏神傷，友人遺余抄本，讀之悲懷稍釋，惜無好事者登諸梨棗，與齊諧志怪、虞初紀異并垂爲憾。忽忽廿載，吾友王子橫山先生，嗜古好奇，學優遇嗇，殆與柳泉後先同轍。爰取是書，删而訂之，得十八卷，名曰摘抄，筆雖游戲，而寓覺世牖俗之心焉。則與柳泉之徒侈詞富，相去有逕庭矣。長洲同學寅弟宋允睿跋。

宋允睿是王金範的江南老鄉，且有同學之誼，酷愛《聊齋志異》，早在乾隆丁卯（一七四七年）夏就得到抄本，借以消遣悲懷。因與王金範交好，他有可能向王金範大力推薦這部與《齊諧》《虞初志》比肩的志怪小説，并告知尚未刊刻的訊息。在宋允睿的慫恿下，王金範自然萌生了删改付梓的想法。

由上可見，爲介景堂本《聊齋誌異摘抄》作序跋、題詞、書版的六人，具有共同的旨趣，工書法、好詩文，或同僚、或同鄉、或同學，過從甚密，交往頗深。從交往的地域範圍、從屬的社會階層上來看，王金範的『朋友圈』高於蒲松齡的圈層。相對於最後僅僅是個拔貢的鄉野書生，作爲朝廷命官的王金範肯定自視甚高，而身份又是文學大家方苞愛婿，他自然對於《聊齋志異》原稿頗置微詞，如『其書浩漫』『亥豕既多』『甲乙紊亂』等；加之未經付梓，抄本

『前後枘鑿』『頭緒繁劇』等。作爲出版者，他完全以鳩占鵲巢、居高臨下的姿態大肆删改原作。

三、王金範摘選、删改《聊齋志異》的情况

（一）所據底本

據王金範所作序言，『辛巳春，余給事歷亭，同姓約軒，假得曾氏家藏鈔本，公退之餘，爰擇其可觀者，删繁就簡，分門别類，手鈔而點竄之，幾閲寒暑，始得成帙，哦松之暇，聊以自娱』。辛巳，爲乾隆二十六年（一七六一），王金範在這一年於濟南通過王昇得到了《聊齋志異》的抄本。這個抄本，王金範稱『曾氏家藏』，據袁世碩先生研究，王培荀《鄉園憶舊録》卷二『曾南村』條云：『曾南村尚增，歷城人，吾邑張榆村先生高第弟子也。』張榆村即張元，他與蒲家關係緊密，蒲松齡墓表便出自其手，雍正年間他曾在濟南朱家坐館，大名鼎鼎的鑄雪齋抄本的底本即爲張元從淄川蒲家借來的《聊齋志異》原稿。

曾尚增是歷城人，又是張元高足，可能在濟南看到張元所借的《聊齋志異》原稿，或者通過張元關係搞到朱家的抄本。再據《歷城縣志》卷三十八《列傳四》，曾尚增卒於乾隆二十五年（一七六〇），其去世後藏書外借或外流也屬正常，故王昇纔有機會借得曾家抄本，與同好王金範分享。而作跋的宋允睿，手頭也有一部抄本，大概是珍愛有加，并没有借給王金範。

（二）摘選篇目

據該書總目，是分爲十八卷，二十六類：孝、悌、智、貞、義、賢、夢徵、勇、情癡、書癡、炎涼、術、妬悔、糊塗、詭譎、謔報、薄倖、褻報、淫報、不孝、雜記、神（判附）、仙、鬼、狐、妖。其中，『不孝』，正文中無；『雜記』，正文中作『雜紀』；『神（判附）』，正文目録作『正神（判附）』，正文内文作『正神』。具體篇目詳見下，括注爲現今通行的《聊齋志異》原稿篇名（參見任篤行輯校《全校會注集評聊齋志異》）。

卷之一

〔孝〕

商三官　俠女　珊瑚　仇大娘　田七郎　陳錫九　大男　于江　莊

農（水災）　周順亭（孝子）

卷之二

〔悌〕

張誠　商二（二商）　曾友于

〔智〕

施愚山（胭脂）　周元亮（詩讞）　朱徽蔭（老龍船户）　于成

龍二則（于中丞）　費禕祉二則（折獄）　張老相公　張氏婦

〔貞〕

陳雲棲　細侯

〔義婦〕

喬氏（喬女）

〔賢婦〕

細柳　林氏　謝氏（雲蘿公主附）

卷之三

〔夢徵〕

楊公（楊大洪）　王桂菴寄生附

〔勇〕

崔猛　吴將軍（大力將軍）　某妾（妾擊賊）　尼僧（武技）

農婦　勇女（大人）　楊千總　徐彪（夜叉國）

〔情癡〕

孫子楚（阿寶）

〔書癡〕

郎玉柱（書癡）

〔炎凉〕

胡四娘　鏡聽

卷之四

〔術〕

柳生　小二　相士（邢子儀）　錢卜（錢卜巫）　道士（鍾生）

老僧二則（續黄粱、畫壁）　老尼（孫生）　單道士　道人（道士）

采薇翁　戲術三則（偷桃、戲術其二、戲術其一）　卜者（妖術）　妖

道（長治女子）　術人（小人）　造畜

卷之五

〔妬悔〕

江城　金氏（邵女）　連氏（段氏）　毛氏（段氏附）

〔糊塗〕

陳其善（郭安）　邑宰（郭安附）　陳端庵（郭安附王漁洋評）

司訓三則（司訓附、司訓、餓鬼）　王生（單父宰附）

〔詭譎〕

某家内眷（天宫）　某妻弟（真生附）　刁某（刁姓）　牧豎

淄川吏（夢狼附，僅見於《聊齋志異遺稿》）　曹操（曹操冢）

〔謔報〕

霍生　王某（霍生附）

〔薄倖〕

南三復（竇氏）　姚安

〔褻報〕

周生　安邱生（果報其一）

〔淫報〕

博興勢豪（博興女）　某甲

〔雜紀〕

顏氏　易嫁（姊妹易嫁）　郭華野（公孫夏附）　神醫（太醫）

賢宰（邵臨淄）　張不量　蔣虎臣（蔣太史）　亂離二則（亂離其二、亂離其一）　庫官　橘樹　真定女　金永年　化男　汪可受　李象先

某生（狐懲淫附）　三生　裸體二則（地震）　青城山婦（青城婦）

屠户三則（狼其三、狼其二、狼其一）　義犬　情鴻（鴻）　獅（獅子）

象　大蛛（龍戲蛛）　黑獸　蛤　大蝎　鹿銜草　古瓶　紅毛氈　查

牙山洞　煤洞（龍飛相公附）　研石　淄川某（某乙）　某經畧（三朝元老附）　元老（三朝元老）　秦檜

卷之七

〔正神〕

冥王二則（元少先生、閻王）　酆都御史　周將軍二則（董公子、冤獄）　雷曹　雹神　蝗神（柳秀才）　陸判

〔仙一〕

芙蓉城（曈人語）　乩仙（何仙）　安期島　呂祖（吴門畫工）

宫夢弼　白于玉　余德　劉海石　郎生（賈奉雉）　顛道人

卷之八

〔仙二〕

鞏仙　和生（瑞雲）　陽十姑（粉蝶）　老嫗（菱角）　彭海秋

神女　芳雲（仙人島）　西湖主　青娥

卷之九

〔仙三〕

雲蘿公主　嫦娥　錦瑟　龍女（羅刹海市）　織成　竹青　霞姑

（五通）　翩翩　霍女

卷之十

〔鬼一〕

庚娘　紉針　連城　連瑣　慰娘（薛慰娘）　秋月（伍秋月）　晚
霞　秋容小謝（小謝）　梅女　魯女（魯公女）

卷之十一

〔鬼二〕

宦娘　小倩（聶小倩）　無病（呂無病）　阿端（章阿端）　祝
生（水莽草）　湘裙　阿霞　愛奴　九娘（公孫九娘）　文淑（房文
淑）　温姬（嘉平公子）　鬼夢（鳳陽士人）

卷之十二

〔鬼三〕

聶政　王六郎　田子成　劉氏婦（劉夫人）　葉生　去惡（于去
惡）　褚生　宋生（司文郎）　王蘭　長清僧　金生色　牛成章　劉某
（劉姓）　隸役（布客）　周克昌　紫花和尚

卷之十三

〔狐一〕

馬介甫　恒娘　狐嫗（王成）　秀才（念秧其二）　真生　濰狐（濰水狐）　胡生（胡氏）　韻狐（沂水秀才）　狐聯　酒友　績女　矮狐（秦生）　周三　老翁（河間生）　嫁女（狐嫁女，介景堂本正文亦爲『狐嫁女』）　狐戲（王子安）

卷之十四

〔狐二〕

青梅　嬰寧　十四娘（辛十四娘）　鳳仙　長亭　嬌娜　青鳳

卷之十五

〔狐三〕

紅玉　蓮香　小翠　小梅　鴟頭　狐姊（阿綉）　封三娘　九郎（黄九郎）

卷之十六

〔狐四〕

舜華（張鴻漸）　三娘（巧娘）　狐報（荷花三娘子）　狐夢

狐妾　胡四姊　狐諧　狐仙（褚遂良）　蕭七姊（蕭七）　狐女　汾狐

（汾州狐）　雙燈　毛狐　燈狐（犬燈）　金陵女子

卷之十七

〔狐五〕

翠仙（雲翠仙）　鄰舟婦（武孝廉）　醜狐　毛物（浙東生）

小丈夫（賈兒）　竊食狐（農人）　入瓶（狐入瓶）　伏狐二則　阿瑣

（董生）

〔妖一〕

香玉牡丹　葛巾牡丹　黄英菊　素秋蠹魚

卷之十八

〔妖二〕

花姑子獐　白秋練白驥　阿纖鼠　綠衣女蜂　蓮花公主蜂　少女雞（馮木匠）　八大王鼈　三仙蝌蛇蝦蟆　静山猴（侯静山）　苗生虎　獰鬼猪（畫皮）　海公子蛇　巨龜（申氏）　黎氏狼　書生泥怪（泥書生）　馬畫怪（畫馬）　小官人

據此篇目，一目了然，該書收録二百七十五篇，包括從原本析出的附文十一篇，又有合二篇爲一刊出者三篇，實際收文二百六十七篇，約占《聊齋志異》全書的二分之一强。袁世碩先生《王金範選刻十八卷本〈聊齋志異〉》一文詳述了该書編選、分門别類、删改的特點，在此不再贅述。衹是袁先生認爲：『此本最初曾擬定名爲《聊齋誌異摘抄》……由於王金範覺得《聊齋志異》向無刊本，爲突出自己「删定」之功，所以便直以《聊齋志異》之名出之了。』今觀介景堂本牌記可知，王金範付梓之時的確定名爲《聊齋誌異摘抄》，且爲了凸顯自己，除總目、卷一目録兩處外，未標示原作者，而是寫明『金壇王横山删定』。

四、介景堂刻本《聊齋誌異摘抄》的價值

（一）出版意義

從正式刊行的角度來看，介景堂刻本《聊齋誌異摘抄》僅比青柯亭刻本晚了五個月，是《聊齋志異》第二個刻本，也是第一個選刻本，因而具有重要的出版意義。在此之前，《聊齋志異》的傳播多是以口頭和抄本的形態展開。而青柯亭刻本、介景堂刻本在大江南北相繼刊行，因刻版梓行、商賈發售的便利，大大推動了《聊齋志異》的傳播與普及。最早記録這兩個刻本信息的是楊復吉《夢闌瑣筆》：

> 蒲留仙《聊齋志異》脱稿後百年，無人任剞劂。乾隆乙酉、丙戌，楚中、浙中同時授梓，楚本爲王令君某、浙本爲趙太守起杲所刊。

雖然楊復吉誤將王金範的介景堂刻本稱爲『楚本』，但明確記載了刻本梓行終結《聊齋志異》這部名著『無人任剞劂』的歷史。不過，這并非意味着抄本時代的終結，畢竟在清代乾隆嘉慶時期，書價不菲，缺乏購買力的讀者往往采用謄抄、選録刻本的方式獲取該書。根據目前調查的信息，《聊齋誌異摘抄》不乏抄本，如北京市文物局所藏的兩個抄本[二]，經筆者初步研判公布書影的文字信息，均爲《商三官》，通過比對，這兩个抄本來源爲刻本，而非稿本，可能係買不起刻本的讀者抄寫而成。再如北京大學潘建國教授所藏的選抄本[三]，六册，全書筆迹爲一人抄録，『序』云：『是年，余館於壽邑牟翁之居敬堂，堂設書卷正多，揀得《聊齋志異》兩函，春間閲至三月，欣之，遂摘抄得其六卷，自謂不特可以娛目，破拘墟之習見正不少也。』落款署『咸豐元年歲次辛亥清

[二] 北京市文物局圖書資料中心編：《北京市文物局圖書資料中心古籍善本録》，國家圖書館出版社二〇一九年版，第一〇九五、一〇九六頁。

[三] 潘建國：《古代小説珍稀史料知見録》，見《紙上春臺》，鳳凰出版社二〇二一年版，第一二四至一二七頁。

和月上浣古青拙愚堂殷建中選抄』。『壽邑』乃今之山東東平，『古青』乃今之山東青州，由此可知殷建中係青州人，咸豐元年（一八五三）前後在東平縣牟家任塾師期間完成選抄。抄本題詞云『晨早攤書居敬堂，自抄自選自商量。抄成《志異》詳推閱，若見神仙坐滿床』，應出自殷氏之手，可見其文學水準虽不甚高但却極爲激賞《聊齋志異》。潘建國教授進一步指出：『倘若轉換一下研究角度，即站在《聊齋志異》文本傳播的立場，那麽，王金範選刻本、咸豐選抄本蘊涵的學術價值就會顯現出來。事實上《聊齋志異》的選本存世不少，僅筆者所知就有乾隆黄炎熙選抄本、道光七年（一八二七）刊小芝山樵選本《聊齋志異》六卷、清刻古歙江紹蓮摘抄《十八種新書聊齋志異》五卷、清抄本《聊齋誌異摘抄》十六卷等等。運用上述選本提供的資料，可以考察不同時期不同地區的讀者，對於《聊齋志異》小説的接受情況與欣賞口味。』[一]

綜而言之，介景堂刻本作爲選本的出版意義一方面在於擴大了傳播範圍，

[一] 潘建國：《古代小説珍稀史料知見録》，見《紙上春臺》，鳳凰出版社二〇二一年版，第一二七頁。

提高了知名度，對《聊齋志異》經典化做出了重要貢獻；另一方面，其自身帶有主觀選擇與有意改動的特點，真實反映了《聊齋志異》早期接受者的審美水準與對原作者蒲松齡的尊重程度。這種圍繞作家作品的接受與傳播會隨着《聊齋志異》的持續出版發行而不斷得到强化，形成了各種各樣的經典版本。

（二）校勘價值

介景堂刻本《聊齋誌異摘抄》儘管删改嚴重，爲世人所詬病，但其保留了早期抄本的原始風貌，具有一定的校勘價值。最早質疑王金範的是清代著名學者俞樾，他在《春在堂隨筆》卷六云：

> 蒲留仙《聊齋誌異》一書，膾炙人口久矣。然世所傳本皆十六卷，但雲湖前輩評本亦然。乃今又見乾隆間余歷亭[二]、王約軒摘鈔本，分十八卷，

[二] 俞樾誤將王金範序中「余給事歷亭」之「給事」理解爲「給事中」。陳乃乾先生、袁世碩先生已指正。

以類相從，首孝次弟，終以仙鬼狐妖，凡分門類二十有六，字句微有異同，且有一二條爲今本所無者。卷首有乾隆丁亥横山王金範序，其略云：『留仙蒲子以玩世之意，作覺世之言，其書汗漫，亥豕既多，甲乙紊亂，又以未經付梓，鈔寫傳訛，寖失其舊。辛巳春，余給事歷亭、同姓約軒假得曾氏家藏鈔本，删繁就簡，分門别類，幾閲寒暑，始得成帙。』然則其書亦舊本也，其異同處多不如今本，不知誰是留仙真迹。至所分門類，則無甚深意，殊覺無謂。又删『異史氏曰』四字，其評語亦不全，惟今本所無諸條，好事者宜録備之。

二十世紀六十年代初，鄭州大學中文系《聊齋志異》研究小組依據河南輝縣發現的一卷王金範選刻本殘本展開細緻研究，經過詳細比對手稿本、鑄雪齋抄本、青柯亭刻本，得出如下結論：『由上觀之，王金範刻本《聊齋志異》在校勘和藝術加工上，是具有一定價值的。但是，這不是説王刻本統統都是如此。由於王金範等人過分强調以「删繁就簡」的原則删訂《聊齋志異》，所以在不少地方對原著的生動描繪和豐富文采有所斫傷；雖然簡是簡了，但是却减得缺少藝術光輝。……總的説來，我們核校王本殘卷得到的認識是：它具有校勘諸本《聊齋志異》的價值，它的勘誤和在藝術上的加工，頗有可取之處。但是由於他過分「删繁就簡」，致使聊齋原著有不少不是改得「字句微有異同」，而是給人以面貌大變的感覺。「至所分門類」，雖不能全如俞樾説的「殊覺無謂」，但意義不大，確是實情。』〔二〕雖然研究者所據的底本是郁文堂本而非介景堂本，但除挖改版心、增加題詞外，二者係同版。由此可見，經過王金範删改之後，《聊齋誌異摘抄》依然保留了部分曾氏抄本的信息。陳乃乾先生也認爲『王金範刻本還留着些删而未净之處』，『除了大段删改之外，一般都是文法修辭上的删節和鈎乙，對於原文所用的辞彙還保留不少。這保留的

〔二〕中文系《聊齋志異》研究小組：《談乾隆三十二年刊十八卷〈聊齋志異〉殘本》，載《鄭州大學學報》一九六二年第一期。

部分可以校正舊鈔本的錯字』[二]。目前發現并公布的《聊齋志異》早期版本越來越多、圖像越來越清晰，我們可以依托介景堂刻本《聊齋誌異摘抄》中較其他抄本、刻本文字偏多的篇章開展專項校勘工作，一方面去探究《聊齋志異》早期版本的初始面貌，另一方面也可深入分析乾隆中期之後文網日密導致著作篡改刪削的歷史文化現象。

（三）版刻信息

此次依據底本，采用灰度影印的形式，使紙張的褶皺和污損『毫髮畢現』，真实反映原书的状态，最大限度地保存古籍中的各種信息，爲研究小説出版史的學者提供重要的原始文獻參考。

首先，書版的挖改痕迹能够清晰呈現，具體列舉四處如下：

其一，卷之三《崔猛》『封侯萬里』四字，應爲『南面而王』。

其二，卷之三《吴將軍》『他事得罪』四字，應爲『修史一案』。

[二] 陳乃乾：《談王金範刻十八卷本〈聊齋志異〉》，載《文物》一九六三年第三期。

其三，卷之五《司訓三則》『夏曰校三』四字，應爲『犬之性四』。其四，卷之十三《濰狐》『具此等面目』五字，應爲『以此居民上』；『自愛』二字，應爲『臨民』。

這些明显屬於刻版之後的挖改動作，可能出於『同好』的建議，也可能鑒於文字獄的嚴苛要求，客觀地反映出王金範的思想立場與時代局限。

其次，如底本中的『士卿彭記』的戳印、『增盛東記選料荆川太史』的紙厂印记、天頭處的紙料套色紋案，均予以保留。這些存留在古籍上的信息，隨着學界對於古代造紙業、雕版印刷業等考察的深入開展，也成爲研究清代乾隆年間的書坊用紙選料情況的重要資料。

此外，作爲初刻的『介景堂』堂號現已無從考證，而據孫方之調查，『郁文堂』在周村絲市街原東方紅照相館處。[一]可見該書版片轉售也未出刻版所在地周村的範圍，這應與清代周村當地發達的經濟密不可分。長山縣縣治在

〔一〕孫方之：《王金範選刻本〈聊齋志異〉價值及印刷堂號考辨》，載《蒲松齡研究》二〇一六年第一期。

今鄒平縣長山鎮，但自清初以來，周村因其地理位置優越，交通便利，商賈雲集，日益興旺，成爲魯中重鎮，長山縣特將縣丞設於此地。作爲長山縣丞，王金範在周村辦公、居住，故其落款署『周村且居書室』。他依靠主政一方的地位，利用當地的人脉資源，獲取抄本，雕版刊刻，甚至在付梓後挖改書版，可見當時周村經濟之發達與商業之便利。但客觀來講，介景堂刻本《聊齋誌異摘抄》的刻工與刷印技藝較青柯亭本有不小的差距，此次影印，原書刷印所致的叠影墨漬、棕刷痕迹均未修去，真實反映出当时周村的刊印水準，以供相關學者深入研究。

能够將世所罕見的介景堂刻本《聊齋誌異摘抄》收入齊魯書社出版的《〈聊齋志異〉珍本叢刊》并公之於衆，有賴於北京市文物局領導的認可與支持！承蒙該局綜合事務中心張勝磊先生、張晶晶女士的鼎力協助，在著名藏書家、學者張青松先生的幫助下，此項工作方能順利完成。值此付印之際，特致以誠摯的敬意和由衷的感謝！同時也相信在諸位專家學者和廣大讀者的支持下，《〈聊齋志異〉珍本叢刊》定會精品迭出、更上層樓，成爲聊齋學研究的重要文獻基礎！

目録

卷之二

卷之三

卷之六

卷之七

卷之八

卷之九

卷之十

卷之十一

卷之十七

乾隆丁亥孟夏新鐫

金壇王橫山删定

聊齋誌異摘鈔

介景堂藏板

序

志而曰異明其不同於常也然而聖人曰君子以同而異何耶其義廣矣大矣夫聖人之言雖多主於人事而吾謂三才之理六經之文諸聖之義可一以貫之則謂異之為義即易之旨道無不可也夫人但知

居仁由義克己復禮爲善
人君子矣而陟降而在帝
左右禱祝而感召風雷乃
近於巫祝之說者何耶神
禹創鑄九鼎而山海一經
復垂萬世豈上古聖人而
喜語怪乎抑爭子虛烏有
之賦心而預爲分道揚鑣
者地乎後世拘墟之士叟

瞳如豆一葉迷山目所不見率以仲尼不語為辭不知鵾飛石隕是何人載筆爾爾也倘槩以左氏之誣蔽之無異掩耳着高語無雷矣引而伸之即閶闔九天衣冠萬國之句深山窮谷中人亦以為欺我無疑也余謂欲讀天下之奇書

須明天下之大道蓋以人倫大道淵世者聖人之所以爲木鐸也然而天下有解人則雖孔子之所不語者皆足補功令教化之所不及而諸皋夷堅亦可與六經同功苟非其人則雖日述孔子之所常言而皆足以佐慝如讀南子之見

則以為淫辟皆可周旋泥
佛肸之往則以為叛逆不
妨共事不止詩書發塚周
官資篡已也彼拘墟之士
多疑者其言則未嘗不近
於正也一則疑曰政教自
堪治世因果無乃渺茫乎
曰是也然而陰騭上帝幽
有鬼神亦聖人之言否乎

彼彭生覿面申生語巫武壘宮中田蚡枕畔九幽斧鉞嚴於王章多矣而世人往往多疑者以報應之或爽誠有可疑即如聖門之士賢雋無多德行四人二者天亾一危繼母幾於同於伯奇天道憒憒一至此乎是非遠洞三世不足消

釋群憾釋迦馬燮袁盎人
瘡亦安能知之故非天道
憒憒人自憒憒故也或曰
報應示戒可矣妖術不宜
黜乎曰是也然而天地大
矣無所不有古今變矣未
可舟膠人世不皆君子陰
曺反皆正人乎豈夏姬謝
世便儕共姜榮公徹瑟可

叅孤竹乎有以知其必不然矣且江河日下人鬼頗同不則幽冥之中反是聖賢道場日日唐虞三代有是理乎或又疑而且規之曰異事世固間有之或亦不妨抵掌而竟馳想天外幻跡人區無乃齊諧濫觴乎曰是也然予長列傳不

厭滑稽卮言寓意蒙莊噶
矢且二十一史果皆實錄
乎仙人之議李郭也固有
遺憾久矣而况勃窣文心
筆補造化不止生花且同
煉石佳鬼佳狐之奇俊也
降福既以孔皆敦倫更復
無數人中大賢猶有愧焉
是在解人不為法縛不死

句下可也夫中郎帳底應餽子家之異味鄰保架上何須兎册之常詮余願婆婆藝林者職調人之役焉古人著書其正也則以天常民彝為則使天下之人聽一事如聞雷霆奉一言如親日月外此而書或奇也則新鬼故鬼魯廟依稀

内蛇外蛇鄭門鄭躅非盡
羈誣也倘盡以不語二字
奉為金科則萍實商羊纘
羊楷矢但當搖手閉目而
謝之足矣然乎否耶吾頤
讀書之士覽此奇文須溪
慧業眼光如電墻壁皆通
能知作者之意並知聖人
或雅言或罕言或不語之

故則六經之義三才之統諸聖之衡一以貫之異而同者忘其異焉可矣不然痴人每苦情深入耳便多濡首一字魂飛心月之精靈冉冉三生夢幻牡丹之亭畔依依檀板動而忽來桃蒴遺而不去君將爲魍魎郎生僕何辭齊諧魯

仲連乎般陽紫霞道人高
珩念東氏題

晉冀後學王廷華書

[illegible]

序

諺有之云見橐駝謂馬腫
背此言雖小可以喻大矣
夫人以目所見者為有所
不見者為無曰此與常之
倏有而倏无則怪之至於
艸木之榮落昆蟲之變化
倏有倏無又不之怪而獸
于視龍則怪之彼已竅之

力之百川之活之彝所持
之而動無所激之而鳴豈
非怪享又習而安焉獨至
於鬼狐則怪之至于人則
又不怪夫人則亦誰持之
而動誰激之而鳴者乎莫
不曰我實爲之夫我之所
以爲我者目能視而不能
視其所以視耳能聞而不

能者與所以聞而見於聞
見所不能及者雩其者見
所及以為者所不及以為
無其為聞見之發所無人
上言曰其形亡者其物亡
者而不操者以無形為形
無物為物者其無形無物
則耳目窮矣而不可謂之
無之有見成體者有不見

泰山者有聞蟻鬭者有不
聞雷鳴者見聞之不同者
盲聾未可妄論也自小儒
為人死如風火散之說而
原始要終之道不明于天
下於是所見者愈少所怪
者愈多而馬腫背之說昌
行于天下無可如何輒以
孔子不語之辭了之而齊

諧志怪，虞初紀異之編，疑信者參半矣。不知孔子之所以不語者，乃中人以下不可得而聞者耳，而謂春秋盡刪怪神哉！留仙蒲子，幼而穎異，長而特達。下筆風起雲湧，能爲紀載之言。於制舉業之暇，凡所見聞，輒爲筆記，大要皆鬼狐怪異之事向得其一卷輒爲仝人取去今再得其一卷閱之凡爲余所習知者十之三四最足以破小儒拘墟之見而與夏蟲語冰也余謂事無論常怪但以有害於人者爲妖故日食星隕鶂飛鵒巢石言龍鬭不可謂異惟土木甲兵之不

岂與乱臣賊学適謂妖異耳今觀箇仙所著斯論断大義皆本于賞善罰淫兵要義命之旨足以開物而成務正始揚雲濮言桓譚謂斯必傳矣般陽豹岩樵史唐梦賫際武氏題

桐封王昇約華氏學隸

序

披蘿帶荔三閭氏感而爲騷牛鬼蛇神長爪郎吟而成癖自鳴天籟不擇好音有由然矣某落落䆗螢之火魑魅爭光逐逐野馬之塵罔兩見笑才非干寶雅愛搜神情類黄州喜人談鬼聞則命筆遂以成篇久

之四方同人又以郵筒相
寄曰而物以好聚所積愈
多甚者人非化外事或奇
于斷髮之鄉睫在眼前怪
有過於飛頭之國遄飛逸
興狂固難辭永托曠懷癡
且不諱展如之人得毋向
吾胡盧耶然五父衢頭或
涉濫聽而三生石上頓悟

前曰放縱之言有未可概
以人廢者某懸弧時先大
人梦一病瘠瞿曇偏袒入
室藥膏如錢圓粘乳際寤
而松生果符墓誌且其少
羸多病長命不猶門庭之
淒寐則冷淡如僧筆墨之
畊芸則蕭條似鉢每搔頭
自念毋亦面壁人果吾前

身耶蓋有漏根因未結人
天之果而隨風蕩墮竟成
藩溷之花茫茫六道何可
謂無其理哉獨是子夜熒
熒燈昏欲蕋蕭齋瑟瑟案
冷疑氷集腋為裘妄續幽
冥之錄浮白載筆僅成孤
憤之書寄托如此亦足悲
矣嗟乎驚霜寒雀把樹無

溫弔月秋蟲偎欄自熱知
我者其在青林黑塞間乎
康熙十八年歲次己未桂
月上浣古般陽聊齋蒲松
齡記

良常王喬書

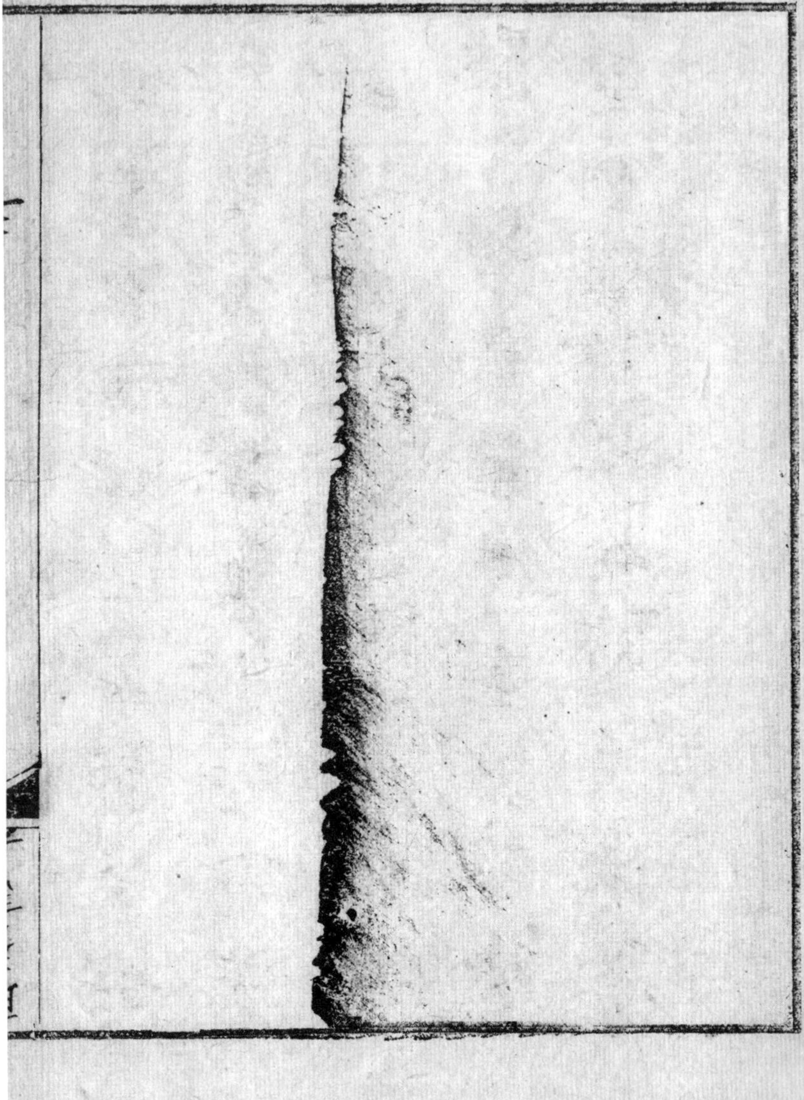

序

聖賢之道中庸而已子臣弟友之事日用常行之理布帛菽粟之文無所謂異也所謂異者必其耳目所未經考詢所不及是所

謂無稽之言弗聽者而何
可以傳誦海內爲哉於天下
固有事異而理常言異而
志正則不妨與聖賢中庸
之道並行而不悖今夫庸
夫俗子與之言聖賢切近

之理漠然無所動于中及閱稗官野史之忠臣烈士義夫節婦遂不覺慷慨激昂悲歌泣下一若情不能自已者什一二英敏之儒搜奇立異厭故喜新視六

種紵編為古人糟粕及輿之
歷諸幻妄幾欲縛船罵鬼
呵辟問天而泊無所歸乃
漸覺倫常之平實可喜則
莊語之不惜而嫚言之非所
謂相反而適以相成者欲非

所謂窮諸幻境而反其真者欲且天下之大何所不有文人學士發一縷之心思雕刻萬類穿籠衆有詭怪離奇不可名狀而實則古今之遥六合之内原有其人其事以供才

人之發揮且即無其人而未
嘗無其事無其事而未始
無其理則無一事非寓言
亦無一事非實境也世之人
域已以自封直欲使天下事
盡如吾見之聞之而非是則

震而驚之毋乃非少所見之故

乎柳泉蒲子以玩世之意

作覺世之言掇化工之筆為

揶揄之論凡其所言孝弟廉

節違天知命与夫鬼怪神

仙因果報應之說豈不以

警醒頑愚針砭賢智即所
謂事異而理常言異而志正
者也得以言之無稽而置之
哉第其書浩漫亥豕既多
甲乙紊乱又以未經付梓抄
寫傳訛寖失其舊或前後

掏鑿而神理不相貫注或
頭緒繁劇而實重不甚分
明猶之名葩襍於蕪草
嘉植蔓於藤蘿實可惜
也辛巳春余給事歷亭回
娃约軒偶得曾氏家藏鈔

本公退之餘爰擇其可觀者刪繁就簡分門别類手鈔而點竄之幾閱寒暑始得成帙哦松之暇聊以自娛同人慫慂付梓以諸同好置之案頭不特可以破拘

境之獨見性理境之無方而
於世道人心亦不無少補云爾
乾隆丁亥孟夏橫山王金範
書于周村且居書室

聊齋誌異題詞

新城王士正阮亭

姑妄言之妄聽之豆棚瓜架雨如絲料應厭作人間語愛聽秋墳鬼唱詩 秋墳鬼唱鮑家詩李長吉句也

淄川張篤慶歷友

冥搜鎮日一編中多少幽魂曉夢通五夜然犀探秘錄十年縱博借神叢董狐豈獨人倫鑑干寶眞傳造化功常笑阮家無鬼論秋雲颯颯起悲風

盧家冥會自依稀金盌千年有是非莫向酉陽稱雜

組還從禹穴問靈威臨風木葉山魈下研露空庭獨
鶴飛君自閒人堪說鬼季龍鷗鳥自相依
搦管蕭蕭冷月斜漆燈射影走金蛇瑯環洞裏傳千
載嵩岳雲中迸九華但使後庭歌玉樹無勞前席問
長沙莊周漫說徐無鬼惠子書成已滿車

濟南朱　緗橡村

冥搜研北隱墻東腹笥言泉試不窮秋樹根旁一披
讀燈昏風急雨濛濛
香茆結就新亭小睡覺櫚陰一欠伸君試妄言余妄

聽不妨狐窟號詩人
禽擲成編載一車詼諧玩世意何如山精野鬼紛紛
是不見先生誌異書
書雲蘿宮主傳後　　長洲宋允睿默莊
鶴唳空宵淚自流秋來腸斷失鸞儔倘緣得尚雲蘿
主便不封侯也不愁

誌異摘抄題詞

冀城王　昇約軒

羲文周孔載盈輿司馬多才賦子虛當日坡公空說
鬼不曾留得幾行書
聊齋草創未經修豕亥傳留待校仇宗孟橫山筆削
後於今異誌有春秋

錢塘包　燻藜照

結情撰景假耶眞儘足消磨魂礧身斟酌刪除空理
障商量摘取覺紅塵濡毫几案生風雨落紙烟霞動

鬼神果是高人有深致一廻展卷一驚人

金壇王　喬　仙令

牛鬼蛇神在眼前非關太乙喜談玄無邊棒喝何從會細雨陰風欲暮天

自闢𦬊堂號且居哦松弄竹更攤書阮家一任崇無鬼司馬何妨賦子虛

蒲子揮毫寓意深丹黃仇校費淸吟世人不識弦中趣未許輕彈子敬琴

仁和包　燿　麗廷

鯨波蜃氣世情浮且讀仇池忩冥搜訂誤經年收鐵網校讐暇日寫蠅頭妄緣到盡方成覺識界歸眞始可求爲喚癡人醒塵夢匠心誰識最深幽

河東王廷華思亭

聊齋筆狐鬼迹眞眞假假空耶色墨痕乾夜光寒經營慘淡淚燭成斑難難　江上客哦松室小楷蠅頭消永日一回删一回攢鐫梨剭棗成就今番看看

調寄惜分釵

誌異摘抄總目

淄川蒲松齡柳泉氏著

金壇梓園橫山氏删定

妖二

誌異摘抄目錄

淄川蒲松齡柳泉著
金壇梓園横山删定

卷之一

孝

莊農　周順亭

誌異摘抄卷之一

孝

商三官

故諸葛城有士人商士禹者、以醉謔忤邑豪、豪嗾家奴亂捶之、舁歸而死、禹二子長臣、次禮、一女名三官、年十六、出閣有期、以父故不果、兩兄出訟、經歲不得結、壻家遣人參母、請從權畢姻事、母將許之、女進曰、○復○仇○主○意○已○定○焉有父骨未寒、而行吉禮、彼獨無父母乎、壻家聞之、慚而止、無何訟不得理、舉家悲憤、謀留父尸爲再訟之本三官曰人被殺而不理時事可知矣天將爲我家專生一閆羅包老耶骨骸暴露於心何忍兩兄服其言乃瘞父瘞已三官攫兄舊日衣履乘夜改妝遁去不知所往母慚怍恐壻家知之不敢告族黨但囑二子偵察之幾半載杳無音信會豪家誕辰招優宴客優人孫淳携二弟子往執役其一王成姿容平等而詞音清澈羣賛賞焉其一李玉貌韶秀如好女呼令歌辭以未熟強之所度曲不合腔板合座鼓掌孫大慚白主人此子從學未久祗解行觴耳幸勿罪責

卽命行酒、玉往來給奉、善覘主人意向、豪悅之、酒闌人散、留與同寢、玉代豪拂榻解履、殷勤周至、醉語狎之、但有展笑、豪惑之、盡遣諸僕去、獨留玉、玉闔扉下楗、爲諸僕就別室飲、移時聞書室中格格有聲、一僕往覘之、見燈已滅、寂不聞聲、行將旋踵、忽有響聲甚厲、如懸重物而斷、其索者亟問之、並無聲息、呼衆排闥入、主人已爲玉所殺、玉自經死、繩絕墮於地、粱間頸際殘綆儼然、衆大駭、傳告內室、羣集莫解、移玉尸於庭、覺其襪履虛若無足、解之、則素舄如鉤、蓋女子也、大駭、呼孫焯詰之、焯不知所對、但云王月前投作弟子、願從壽主人、實不知所從來、衆以其服凶穢、是商家人、暫以二人邏守之、友親如生、撫之肢體溫煖、二人謀竊淫之、一人抱尸轉側、方將發其結束、忽腦如一物擊、口血暴注而死。其一大驚、告衆、衆敬若神明焉、且以鳴之官、問臣及禮、並言不知、但妹亡去已半載、衆俾往驗視、果三官尹奇之劍一只、領甚動豪家勿仇。

家有女諑讙帥不知、則兄之為丈夫者何如也。

阮亭云、麗娥。謝小娥。得此鼎足矣。

俠女、

金陵顧生、博於材藝、而家貧、以母老不忍離膝下、惟爲人書畫以自給、年二十有五、尚無家室、院內有空房、一老嫗携少女稅居之、以其家無男子、故未問其姓氏里居、一日偶自外入、見一女郎自母房中出、年約十八九、秀曼都雅、世罕其匹、見生不甚避、而意凛如也。生入問母、母曰、是院內女郎、就吾乞刀尺、適言其家亦止一母、此女不似貧家産、問其何爲不字、則以母老為辭、明日當往看其母、便風以意、倘所望不奢、兒可代養其母、明日造其室、其母一聾嫗耳、視其家、並無隔宿糧、問所業、則仰女十指、徐以同室之謀試之、嫗似納、而轉商其女、女嘿然、意殊不樂、母歸述其狀、而疑曰、女得非嫌吾貧乎、為人不言亦不笑。艷如桃李。而冷如霜雪。奇人也。歎異久之、偶有少年來求畫、姿容甚美、意頗偎佻、詰所自、以不遠對、嗣後兩三日輒一至、生狎之、亦不甚拒、遂私焉、由此往來暱甚、會女郎過、少年目送之、問為誰、對以鄰女、少年曰艷麗如此神情抑何可畏少間生入內母曰適女子來乞米云不舉火者經日矣此女至孝貧極可憐宜少周恤之生從母言負斗粟款門而達母意女受之亦不申謝嘗至生家見母作衣履便代縫紉出入堂中操作如婦生德之每獲餅餌必分贈其母女亦略不置齒頰母適疽生隱處宵旦叫號女時就榻省視爲之洗創敷藥日三四作母意甚不自安而女不厭其穢母曰誒安得新婦如此而奉老身以死也言訖悲哽女慰之曰郎大孝勝我寡母孤女什伯矣母曰

牀頭蹀躞之役豈孝子所能爲者且已向暮旦夕犯霜露深以祧續爲憂耳言間生入母泣曰䧟娘子良多汝無忘報德生謝之女曰君敬我母我勿謝也君何謝爲於是愈愛敬之然其舉止生硬毫不可干一日適相值生目注之女忽回顧嫣然而笑生喜出望外趨而從諸其家挑之亦不拒欣然交歡猶處子也已而戒生曰事可一而不可再生不應而歸明日又約之女厲色不顧而去日頻來時相遇並不假以詞色少游戲之則冷語氷人忽於空處問生常來少年

誰也生告之女曰彼舉止態狀無禮於妾頻矣以君
之狎暱故置之請便寄語再復爾是不欲生也已生
以告少年且曰子必慎之是不可犯少年曰旣不可
犯君何犯之生白其無曰如其無則猥褻之語何以
達君聽哉生不能答少年曰亦煩寄告假惺惺勿作
態不然我將偏播揚生怒情見於色少年乃去一夕
方獨坐女忽至笑曰我與君情緣未斷寧非天數生
狂喜而抱於懷欻聞履聲藉藉兩人驚起則少年推
扉入矣生驚問胡爲笑曰我來觀貞潔之人耳顧女

曰今日不怪人耶女眉塈頰紅嘿不一語急翻上衣
露一葦囊應手而出則尺許晶瑩匕首也少年見之
駭而却走追出戶外四顧渺然女以匕首望空拋擲
燦若長虹戞然有聲俄一物墮地生燭之則一白狐
身首異處矣大駭女曰此君之孌童也我固恕之奈
渠定不欲生何收刃入囊生曳令入曰適妖物敗意
請俟來宵次夕果至遂共綢繆詰其術女曰此非君
所知宜須慎密洩恐不爲君福又訂以嫁娶曰枕蓆
焉提汲焉非婦伊何也業夫婦矣何必復言嫁娶乎

生曰將勿憎吾貧耶曰君固貧妾富耶今宵之聚正以憐君貧耳臨别囑曰苟且之行不可以屢當來我自來不當來相強無用後相值毋欲引與私語輒避去然衣綻炊薪悉爲經理不啻婦也數月其母死生竭力營葬之女獨居生意其可亂乃踰垣入視其門則空室扃焉竊疑有他約夜復往亦如之遂留佩玉於牕間而返越日遇於母所既出而女尾之曰君疑妾耶人各有心不可以告人今欲使君勿疑烏可得然一事煩急爲謀妾體孕已八月矣恐旦晚臨盆妾

身未分明。能爲君生之。不能爲君育之。可密告老母、覓乳媼僞爲討螟蛉者。勿言妾也。生諾以告母。母笑曰。異哉此女、聘之不可、而顧私之。喜從其謀以待。又月餘、女數日不至。母探之。重門皆閉。扣良久。女蓬頭垢面出。啟而入之。則復闔之。入其室。則呱呱者在牀上矣。母驚問誕生幾時矣。答云三日。捉繃薦而視之、則男也。且豐頤廣額。喜曰。兒已爲老身育孫。伶仃一身。將焉所托。女曰。區區隱衷、不敢掬示老母。俟無人可。卽抱兒去。母歸與子言。竊異之。夜往抱兒歸。更數夕夜將半女欵門入手提革囊笑曰大事已了請從此別急詢其故曰養母之德刻刻不去於懷向云可一不可再以相報不在牀第也爲君貧不能婚將爲君延一線之續本期一索而得不意信水復來遂至破戒而再今君德既酬妾願亦遂無憾矣問囊中何物曰仇人頭耳檢而視之鬚髮交而血模糊也駭絕復致研詰曰向不與君言者以機事不密懼有宣洩今事已成不妨相告妾浙人父官司馬陷於仇被籍吾家妾負老母出隱姓名埋頭項已三年矣所以不

卽報者徒以有老母在母去又一塊肉累腹中因而

遲之又久曩夜出非他道路門戸未熟懼有錯悞耳

又囑曰所生兒善視之君福薄無壽此兒可光大門

閭夜深不得驚老母我去也言已出門生方悽然欲

詢所之一燗如電瞥爾間不復見生歎惋木立若喪

魂魄明以告母歎異而已後三年生果卒子十八舉

進士猶奉祖母以終老云

人必室有俠女而後可以畜孌童也不然爾愛其

艾豭彼愛爾婁豬矣

阮亭云、神龍見首不見尾、此女其猶龍乎

珊瑚

安生大成、重慶人、父孝廉、早卒、弟二成、幼、生娶陳氏、小字珊瑚、性嫻淑、生母沈、性悍、遇之虐、珊瑚無怨色。每早靚妝往、值生疾、母謂其誨淫、詬責之、珊瑚退毀妝以進。母愈怒、自批其頰、生素孝、鞭婦、母始少解、自此愈憎婦、婦雖奉事惟謹、終不與交一語、生知母怒、亦寄宿他所、示與婦絕、久之。母終不快、觸物類而罵之、意皆在婦、生曰、娶妻以奉姑嫜、今若此、何以妻為。

遂出珊瑚、使老媼送諸其家、方出里門、珊瑚泣曰、爲
女子不能作婦、何以見雙親、不如死、袖中出剪刀刺
喉、急救之、血溢沾衿、扶歸生族嬸家、嬸王氏寡居、遂
止焉、媼歸、生囑隱其事、而心竊恐母知、過數日探知
珊瑚創漸平、登王氏門、使勿留珊瑚、王召之、不入、但
盛氣逐珊瑚、無何、王率珊瑚出、便問珊瑚何罪、生責
其不能事母、珊瑚嘿無一語、惟俯首嗚泣、淚皆赤、素
衫盡染、生慘惻不能進詞而退、又數日、母已聞之、怒
詣王惡言誚讓、王傲不相下、反述其惡、且言婦已出

倘屬安家何人我自留陳氏女非留安氏婦也何煩
強與人家事母怒甚而窮於詞又見其意氣匈匈懸
沮大哭而返珊瑚意不自安思他往生有母姨于媼
年六十餘子死止有寡媳幼孫又嘗善視珊瑚遂辭
王往投媼媼詰得其故極言妹昏暴欲送之還珊瑚
力言不可兼囑勿言珊瑚有兩兄聞而憐之欲移之
歸而嫁之珊瑚執不可惟從于媼紡績以自度生自
出婦母多方為子謀婚而悍聲流播無與為姻閱數
年二成漸長遂先為畢姻二成妻臧姑驕悍戾沓尤

倍於母、母怒以色、則臧姑怒以聲、二成又懦、不敢爲左右袒、於是母威頓減、反色笑而承迎之、猶不能得臧姑歡、臧役母若婢、生不敢言、惟代母操作滌器灑掃之事、皆與爲、母子恒於無人處相對泣、無何母以鬱疾成病、委頓牀榻、便溺轉側、皆需人、生晝夜不得寐、兩目盡赤、呼弟代役、甫入門、輒爲臧嗔去、生於是奔告于媪、冀一臨存、入門泣且訴、訴未畢、珊瑚自幃中出。生大慙、禁聲欲出、珊瑚以兩手叉扉、生窘極、自肘下冲出而去、亦不敢以告母、無何于媪至、母喜止

之由此媪家無日不以人來來輒以甘旨餉媪媪緘
留以進病者母病亦漸瘥媪幼孫又以母命將佳餌
來問病沈歎曰賢哉婦乎姊何修者媪曰妹以去婦
何如人曰噫誠不至夫臧氏之甚也然烏如甥婦賢
媪曰婦在汝不知勞汝怒婦不知怨惡乎弗如沈乃
泣下且告之悔曰珊瑚嫁也未者答云不知然訪之
又數日病良已媪欲別沈泣曰恐姊去我仍死耳媪
乃與生謀析二成居臧不樂語侵兄兼及媪生願以
良田悉歸二成臧乃喜析已媪始去越日以輿來迎

沈沈至其家求先見甥婦媼曰小女子百善何遂無
一疵余固能容之子即有婦如吾婦恐亦不能享也
沈曰寃哉謂我木石鹿豕耶具有口鼻豈有觸香臭
而不知者媼曰被出如珊瑚不知念子作何語曰罵
之耳媼曰誠反躬無可罵亦烏乎罵之曰瑕疵人所
時有惟其不能賢是以知其罵也媼曰當怨者不怨
則德焉者可知當去者不去則撫焉者可知向之所
餽遺而奉事者非余婦也爾婦也沈驚曰如何曰珊
瑚寄此久矣向之所供皆渠夜績之所貽也沈聞之

泣數行下、曰、我何以見吾婦乎。媼乃呼珊瑚、珊瑚含涕而出、伏地下、母慚痛自撻、媼力勸始止、遂爲姑媳如初、十餘日偕歸、家中薄田數畝、不足自給、惟恃生以筆耕、婦以針黹、二成稱饒、兄亦不之求、弟亦不之顧也、臧姑以嫂之出也、鄙之、嫂亦惡其悍、置不齒、兄弟隔院、臧時有凌虐、一家盡掩其耳、臧無所用虐、虐夫及婢、婢一日自經死、婢父訟臧、二成代質、大受朴責、仍坐拘臧姑、生上下爲之營脫、卒不免、臧姑械十指、肉盡脫、官貪暴、索望良奢、二成質田貸貲、如數納入、始釋、歸而債家責負日急、不得已以良田鬻於村中任翁、翁以田半屬大成所讓、要生署劵、生往、翁忽自言、我安孝廉也、任某何人、敢市吾業、又顧生曰、冥中以汝夫妻孝、故使我暫歸一面、生溺曰、父有靈當救弟。曰、逆子悍婦、不足惜也、歸家速辦金贖吾血産、生曰、母子僅能存活、安得多金、曰、紫薇樹下有藏金、可以取用、欲再問之、翁已不語、少時而醒、茫不自知、生歸告母、亦未深信、臧姑已率數人往發窖、坎地四五尺、止見磚石、並無所謂金者、失意而去、生聞其掘、藏戒母及妻勿往視後知其無所獲母竊往窺之見磚石雜土中遂反珊瑚繼至則見土內悉白鏹呼生往驗之果然生以先人所遺不忍私召二成均分之數適得揭取之二各囊之而歸二成與臧姑共驗之盡甕礫也大駭疑二成爲兄所愚使往窺兄兄方陳金几上與母相慶因實告兄兄亦駭而心甚憐之舉金而並付之二成乃喜往酬債訖甚德兄臧姑曰卽此可知兄詐若非自愧於心誰肯以瓜分者復讓人乎二成疑信半之次日債主來言所償皆僞金將執

以鳴官、夫妻皆失色、臧姑曰、何如、我固謂兄賢不至於此、是將以殺汝也、二成懼哀之主、主怒不釋、二成以田券、主聽其自售、乃得原金、歸細視之、見斷金二錠、僅裹真金一韭葉許、中盡銅耳、臧姑因與二成謀、留其斷者、餘仍反諸兄、以覘之、且教之言曰、屢承讓德、實所不忍、薄留二錠、以見推施之義、所存物產、尚與兄等、余毋庸多田也、業已棄之、贖否在兄、生不知其意、固讓之、二成辭甚決、生乃受、秤之少五兩、令珊瑚質奩妝以滿其數、攜付債主、主疑似舊金、斷驗之、色足無謬、遂收金以劵與之、二成還金、後意其必有參差、既聞舊業已贖、大奇之、臧姑疑發掘時兄先隱其真金。忿詣兄所責數、詬厲、生乃悟反金之故。珊瑚逆而笑曰、産固在耳、何怒爲、使生出劵付之。二成一夜夢父責之曰、汝不孝不弟、冥限已迫、寸土皆非己有、占賴將以奚爲、醒告臧姑、欲以田歸兄、臧姑嗤其愚。是時二成有兩男、長七歲、次三歲、無何長男死、臧姑始懼。使二成退劵於兄、言之再三。生不受、未幾次男又死、臧姑大懼、自以劵置嫂所、春將盡、田蕪穢不耕、生不得已種之。臧姑自此改行。定省如孝子。敬嫂亦至。未半年而母卒。臧姑哭之慟。至勺水不入口向人曰、姑早死、使我不得事。是天不許我自贖也。育十胎皆不存、遂以兄子爲子、夫妻皆壽終。生舉三子、兩登科甲、人以爲孝友之報云、

逆婦化而身死、蓋一堂孝順、實無福以享之也、臧姑自克、謂天不許其自贖、非悟道者能言之乎、然

應迫死而以壽終、天固已恕之矣、

仇大娘

晉人仇仲值大亂爲寇俘去二子福祿俱幼繼室邵氏撫雙孤理遺業幸能溫飽而歲累禝豪强者復凌藉之遂至食息不保仲叔尚廉利其嫁屢勸焉而邵氏矢志不搖廉陰劵於大姓欲强奪之關說已成而他人不之知也里人魏名素狡獪與仲家積不相能事事思中傷之因邵寡僞造浮言以相敗辱大姓聞之惡其不德而止久之廉之陰謀與外之飛語邵漸聞之寃結胷懷朝夕隕涕四體漸以不仁委身牀榻福甫十六因縫紉無人遂急爲畢婣婦姜生屺瞻之

女、頗稱賢能、百事賴以經紀、由此用漸裕、仍使祿從師讀、魏忌嫉之、而陽與福善、頻招飲、福倚爲心腹交、魏乘間告曰、尊堂病廢、不能理家人生產、弟坐食無操作、賢夫婦何爲作馬牛哉、且弟娶婦、將大耗金錢、爲君計、不如早析、則貧在弟、而富在君也、福謀諸婦、婦咄之、奈魏日以微言相漬、福惑焉、直以己意告母、母怒、詬罵之、福大恚、輒視金粟爲他人之物、而委棄之、魏乘機誘與賭博、倉粟漸空、婦知而未敢言、既至糧絕、母駭問、始以實告、母憤怒而無如何、遂析之、幸姜氏賢旦夕爲母執炊奉事一如平日福既析愈無忌大肆淫賭數月間田産悉償戲債而母與妻皆不及知福貲既罄無所爲計因券妻貸貲而苦無受者邑人趙閏羅原漏網之巨盜武斷一鄉固不畏福言之食也慨然假貲福持去數日復空意躊躇將背券盟趙横目相加福大懼賺妻付之魏閏急告姜姜怒訟之福懼甚亡去婦至趙家始知爲夫所賣大哭覓死趙初慰諭之既而威逼之鞭撻之婦因拔笄刺喉急救已透食管血溢出趙急以帛束其項猶冀從容

而折挫焉、明日拘牒已至、趙絶不置意、官驗婦傷重、命杖之隷相顧無敢用刑、官久聞其暴横至此、愈信、大怒、喚家人出立懸之。姜遂舁女歸、自姜之訟也、邵氏始知禍不肖狀、一號幾絶、冥然大漸、祿時年十五、煢煢無以自主、先是仲有前室女大娘、嫁於遠郡、性剛猛、每歸寧、不滿其意、輒迕父母、往往以憤去、家人以是惡之、又因道遠、遂數載不通聞問、邵氏垂危、魏欲使招之來、而啟其爭、適有負販者與大娘同里、便托寄語、且歆以家之可圖、數曰大娘果與少子至、入

門、見幼弟侍病母景象慘淡不覺惻然因問福何在、
祿備告之、大娘聞之忿氣塞吭曰家無成人遂任人
蹂躪至此吾家田產諸賊何得賺去因入廚下爇火
炊糜先供母而後呼弟及子共啖之啖已出詣邑投
狀訟諸博徒衆懼、斂金賂之、大娘受其金而仍訟之
令拘某某等各加杖責、田產置不問、大娘憤不已率
子赴郡郡守最惡博徒、大娘力陳孤苦及諸惡局騙
狀情詞慷慨守爲之動、判令邑宰追田給主、仍追仇
福以儆不肖、既歸邑宰奉令押追、由是故產盡反大

娘已久寡乃遣少子歸且囑從兄務業勿得復來大
娘由此止母家養母教弟內外有條母大慰病漸瘥
家務悉委大娘里中豪强少有陵暴輒握刃登門侃
侃爭論罔不屈服居年餘田產日增時市藥餌珍肴
遺姜女又見祿漸長成囑媒爲之議昏魏告人曰仇
家產業悉屬大娘恐將來不可復返矣人咸信之故
無肯與論昏者有范公子子文家中名園爲晉第一
名花夾路直通內室或不知而悞入之怒執爲盜杖
幾死會清明祿自塾中歸魏引與遊遨遂至園所魏

故與園丁有舊、放令入、周歷亭榭、俄至一處、溪水洶湧、有畫橋朱檻、通一黑漆門、遥望門內、繁花如錦、即公子內齋也、魏紿之曰、請先入、我適欲私焉、祿信之、過橋入戶、至一院落、聞女子笑聲、方停步間、倏見有內眷、始駭奔、無何公子出、叱家人逐之、祿大窘、誤投溪中、公子反怒爲笑、命諸僕引出、見其儀容都雅、便令易去濕衣、曳入一亭、詰其姓氏、藹容溫語、意甚親暱、俄趨入內、旋出、笑握祿手、過橋、漸達曩所、祿不解其意、逡巡不敢入、公子强曳之、見花籬內隱隱有婦女窺伺、既坐、則群婢行酒、祿辭曰、童子無知、誤蹴閨闥、得蒙赦宥、已出非望、但願釋令早歸、公子不聽、俄頃肴餒紛紜、祿又辭、公子捺坐曰、僕有一樂拍名、若能對之、即放汝歸、祿唯唯、公子云、拍名渾不似、祿囁思良久、對曰銀成沒奈何、公子大笑曰、真石崇也、蓋公子有女名蕙娘、美而知書、曰擇良偶、夜夢一人告之曰、石崇汝壻也、問何在、曰明日落水矣、早告父母、共以爲異、祿適符夢兆、故邀入內舍、使眷屬共覘之也、公子聞對而喜、乃曰、拍名乃小女所擬、屢思而無其偶、今得屬對、亦有天緣、僕欲以息女奉箕帚、寒舍不乏第宅、更無煩親迎也、祿惶懼遜謝、且以母病不能入贅爲辭、公子姑令歸謀、遂遣圉人以馬送之、既歸告母、母驚爲不祥、由是始知魏氏險、然因凶得吉、亦不仇之、但戒子遠絕而已。逾數日、公子又使人致意母、母終不敢應、大娘應之。卽倩雙媒納采焉。求幾祿贅入公子家、年餘、遊泮、才名籍甚、妻弟長成、敬少弛、祿怒、攜婦歸、母已杖而能行、頻歲賴大娘經紀、第宅亦頗完好、祿既歸、僕從如雲、宛然有大家風焉、魏既見絶嫉妬愈深、恨無瑕可蹈、乃引旗下逃人誣祿寄頓、依令徒口外、范公子賄托、僅以蕙娘免、行田產盡沒入官、幸大娘執析產書、鋭身告理、新增良田如千頃、悉墾福名、母女始得安居、祿自分不返、遂書離昏字付岳家、伶仃自去、一日至都北、有乞丐怔營戶外、貌絶類兄、近致研詰、果兄、祿因自述、兄弟悲慘、祿解複衣、分數金、囑令歸、福泣而別、祿至關外、寄將軍帳下為奴、因祿文弱、命掌書記、僕輩研問家世、祿悉告之、內一人驚曰、是吾子也、蓋仇仲初為寇家牧馬、

後寇投誠賁旗下、時從主屯關外、向祿緬述、始知真
爲父子抱首哀鳴、一室爲之酸辛、已而憤曰、何物逃
東遂詐吾兒、因泣告將軍、將軍卽命祿作函致親王、
付仲詣都、仲在部投冤狀、親王爲之婉轉、遂得昭雪、
命地方官以業歸仇、仲返祿喜、細問家口、爲贖身計、
乃知仲入旗下、兩易配而無所出、時方鰥也、祿遂治
任返。初福別弟歸家。甯畐自投。大娘奉母坐堂上。操
杖問之、汝頣受扑責、便可姑留、不然、汝田產已盡、亦
無汝啜飯處。請仍去、福涕泣伏地、頣受笞、大娘投杖

曰賣婦之人亦不足懲但宿案未消再犯首官可耳即使人往告姜姜女罵曰我是仇氏何人而相告耶大娘頻述告福而揶揄之福慚愧不敢出氣居半年大娘雖給奉周備而役同廝養福操作無怨詞托以金錢輙不苟大娘察其無他乃白母求姜女復歸母意其不可復返大娘曰不然渠如肯事二姓楚毒豈肯自罹要不能不有此忿耳率弟躬往負荊岳父母誚讓良切大娘叱使長跪然後請見姜女請之再四堅避不出大娘搜捉以出女乃指福唾罵福慚汗無

以自容姜母始曳令起大娘詰問歸期女曰向受姊惠綦多今承尊命豈復有異言但恐不能保其不再賣也且恩義已絕更何顏與黑心無賴子共生活哉請別營一室妾往奉事老母較勝披削足矣大娘代白其悔爲翌日之約而別次晨以輿取歸母逆於門而跪拜之女伏地大哭大娘勸止置酒爲歡命福坐案側乃執爵而言曰我苦爭者非自利也今弟悔過貞婦復還請以簿籍交納我以一身來仍以一身去耳夫婦皆興席改容羅拜哀泣大娘乃止居無何昭

雪之命下、不數日、田產悉還故主、魏大駭、不知其故、自恨無術可以復施、適西鄰有回祿之變、魏托救火、暗以編管爇其第、風暴作、延燒幾盡、餘屋三楹、舉家依棲其中、未幾、祿至、相見悲喜。初、范公子得離書、持商蕙娘、蕙娘痛哭、碎而投諸地、父從其志、不復強、祿歸、聞其未嫁、喜如岳所、公子知其災、欲留之、祿不可。遂辭而退、大娘幸有藏金、出葺敗堵、福負擇營築、掘見窖鏹、夜與弟共發之、石池盈丈、滿中皆不動尊也。由是鳩工大作、樓舍壯麗、擬於世胄、祿感將軍義、偕千金往贖父福請往因遣健僕輔之以去祿乃迎蕙娘歸未幾福迎父歸一門歡騰大娘自居母家禁子省視恐人議其私也父既歸堅辭欲去兄弟不忍父乃析産而三之子得二女得一也大娘固辭兄弟皆泣曰吾等非姊烏有今日大娘乃安之遣人招子移家共居焉或問大娘異母兄弟何遂關切若此大娘曰知有母而不知有父者惟禽獸耳豈以人而效之福祿聞之皆流涕使工人治其第皆與已等魏自計十餘年禍之適以福之深自愧悔又仰其富思交歡

之、因以賀仲階進、倫物而往、福欲却之、仲不忍受、雞酒焉、雞以布縷縛足、逸火竈、竈火燃布、往棲積薪、僮婢皆未之見也、俄而薪焚、災舍一家、惶駭、幸手指衆多、一時撲滅、而廚中百物俱空矣、兄弟皆謂其物不祥、後值父壽、魏復餽牽羊、却之不得、繫牟庭樹、夜有僮被僕毆、忿趨庭下、觧牟索自經死、兄弟歎曰、其福之不如其禍之也、自是魏雖殷勤、竟不敢受其寸縷、寧厚酬之而已、後魏老、貧而丐、每周以布粟、而德報之、

畢哉、造物之不由人也、佻之適所以福之、彼矜詐
者、無謂亦甚矣、顧受其愛敬、而反以得禍、不更奇
哉、此可知盜泉之水、一掬亦汙也、

田七郎

武承休、遼陽人、喜交遊、夜夢人告之曰、爾交游遍海
內、皆濫交耳、惟田七郎可共患難、何反不識、醒而異
之、詰朝訪之、知爲東村業獵者、武敬謁諸家、扣門、入
一人出、年二十餘、貙目蜂腰、著膩帢、衣皁犢鼻、多白
補綴、拱手於額而問所自、武展姓字、云此來尋訪七

郎答曰、即我是也、遂延入、見破屋數椽、木岐支壁、入一小屋、虎皮狼蛻、懸布楹間、更無杌榻可坐、七郎就地設席、比焉、武與語、言詞朴質、大悅之、遽貽金作生計、七郎不受、固予之、七郎以白母、將還、固辭、武强之再四、母出、厲色曰、老身止此兒、不欲令事貴客、武慚而退、適從人於舍後聞母言、因以告武、先是七郎持金白母、母曰、我適睹公子有晦紋、必罹奇禍、聞之、受人知者分人憂、受人恩者急人難、富人報人以財、貧人報人以義、無故而得重賂不祥、恐將取死報於子矣也。武聞之、深歎母賢。然愈傾慕七郎。翌日設筵招之、辭不至。武登其堂、索飲、七郎自行酒、殊盡情理。越日邀之、乃至。欵洽甚歡。贈以金、不受。武托購虎皮、乃受之。歸、視所蓄、計不足償、思再獵而後遺之。入山三日、無所獲。會妻病、守視湯藥、不遑操業。浹旬、妻淹忽以死。爲營葬、所受金已耗去。武親臨唁、禮儀優渥。既葬、負弩山林、而迄無所得。武探知其故、輒勸勿急。切望七郎姑一臨存、而七郎終以負責爲憾、不肯至。武因先索舊藏、以速其來。七郎檢視故革、則蠹蝕殃敗、毛盡脫懊喪愈甚武知之至其家極意慰解之又視敗革曰此亦佳僕所欲得原不以毛遂軸鞹去兼邀同往七郎不可自念終不足以報武乃裹糧入山凡數夜得一虎全而餽之武喜治具請三日留七郎辭之堅武鍵戶使不得出諸客見七郎朴陋竊謂公子妄交而武周旋七郎殊異他客爲易新服卻不受承其寐而潛易之不得已受之既去其子奉媪命返新衣索敝裰武笑曰歸語老姥故衣已拆作履襯矣自是七郎時以兔鹿相貽招之不復至武一日詣七郎值

出獵未歸媼出曰再勿引致吾兒大不懷好意武敬禮之慙而退半年許忽聞七郎為爭獵豹傷人繫之去武大驚馳視之已械收在獄見武但云此後煩恤老母武慘然急以金賂宰又以百金賄仇主月餘七郎釋歸母慨然曰爾髮膚受之武公子非老身所得而愛惜者矣但祝公子終百年無災患即兒福七郎欲詣謝母曰往則往耳見公子勿謝也小恩可謝大恩不可謝七郎見武武溫言慰藉七郎唯唯家人咸怪其踈武喜其誠篤愈厚遇之由是恒數日留公子

家餽遺輒受不復辭亦不言報會武初度賓從頗多
夜舍履滿武偕七郎臥斗室中三僕即牀前藉芻藁
夜已深諸僕皆酣睡二人猶刺刺語七郎佩刀掛壁
間忽騰出數寸錚錚作響光閃爍如電武驚起七郎
亦起問床前睡者何人武答皆廝僕七郎曰此中必
有惡人武問故七郎曰此刀購諸異國殺人未嘗濡
縷迄佩三世矣決首至千計尚如新發於硎見惡人
則鳴躍當去殺人不遠矣公子宜親君子遠小人或
萬一可免武頷之七郎終不樂輾轉牀蓐武曰災祥

數耳、何憂之深也、七郎曰、我諸無恐怖、徒以有老母

在、武曰、何遽至此、七郎曰、無則便佳、蓋牀下三人一

爲林兒、是老奶子、能得主人歡、一童年十二三、武所

常役者、一李應、最拗拙、每因細事與公子裂眼爭、武

恒怒之、當夜默念、疑此人、詰旦、喚至、善言遣之、武長

子紳、娶王氏、一日武出、留林兒居守、齋中菊花甚茂、

新婦意翁出、齋庭無人、自詣摘菊、林兒突出勾戲、婦

欲遁、林兒強挾入室、婦啼拒、色變聲嘶、紳聞之、奔入、

林兒始逃去、武歸、聞之怒、覓林兒、竟不知所之、過數

日、始知其投身某御史家、某官都中、家務皆委决於
弟、武以同袍義、致書索林兒、某弟竟不發、武大恚、質
詞邑宰、宰勾牒雖出、而隸不捕、官亦不問、武方憤怒、適
七郎至、武曰、君言驗矣、因詳告之、七郎顏色慘變、終
無一語。即逕去。武囑幹僕邏察林兒、林兒夜出、爲所
獲、執見武、武掠楚之、林兒語侵武、武叔恒、故長者、恐姪
暴怒致禍、勸不如治以官法、武從之、縶赴公庭、而御
史家刺書郵致、宰釋之、付紀綱以去、林兒意益肆、倡言
衆中、誣主人婦與私、武忿塞欲死、馳登御史門、俯仰

叫罵、鄰里慰勸令歸、逾夜、有人白林兒被人臠割拋尸曠野、武驚喜、意稍得伸、俄聞御史家訟其叔姪、遂偕叔赴質、宰不聽辨、笞恆武、抗聲曰、殺人莫須有、至辱罵搢紳、則生實爲之、無與叔事、宰置不聞、武裂眥欲上、羣役禁捽之、操杖隸皆紳家走狗、恆又老耄、籤數未半、奄然已死、宰令止之、亦不復寃武、號且罵、宰亦若弗聞也者、遂舁叔歸、哀憤無所爲計、思欲得七郎謀、而七郎更不一弔問。竊自念、待七郎不薄、何遽如行路人、亦疑殺林兒必七郎、轉念、果爾、胡得不謀於是遣人探諸其家，至則扃鐍寂然，鄰人並不知耗。一日某弟方在內廨，與宰關說，值進薪水，忽一樵人至前，釋擔抽利刃，直奔之。某皇遽以手格刃，斷其腕。又一刀，始決其首。宰大驚，竄去。樵人猶張皇四顧。諸役吏急闔署門，操杖疾呼。樵人乃自剄死。紛紛集認，識者知為田七郎也。宰驚定，始出覆驗，見七郎僵臥血泊中，手猶握刃。方停蓋審視，屍忽崛然躍起，竟決宰首。已而復踣。衙官捕其母子，則亡去已久矣。武聞七郎死，馳哭盡哀。咸謂其主使七郎。武破產夤緣當路，始得

兒七郎尸葬原野三十餘日、鳥犬環守之。武事讓乃
厚葬之、其子流寓於登、改姓爲佟、起行伍、功加至同
知將軍、歸遼、武已八十餘、乃指示其父墓焉。

一錢不輕受、正其一飯不忘者也。賢哉母乎。七郎
憤未盡、雪死猶伸之、抑何其神。使荊卿能爾、千載
無遺恨矣。苟有其人、可以補天網之漏、世道茫茫、
恨七郎不多見也、悲夫。

陳錫九

陳子言、邵之名士也、富室周某仰其聲望、以女字其

子錫九、子言屢舉不第、而家蕭索、游學於秦、數年無耗、周有悔心、少女適王孝廉爲繼室、聘儀甚盛、僕馬甚都、以此愈憎錫九、貧壹意絕昏、問女、女不從。怒以惡服餙遣歸錫九、日不舉火、周亦不甚顧恤、一日使媪以榼餉女、入門告母曰、主人使某視姑、姑餓死未。女恐母慙、強笑以亂其詞、因出榼中餚餌列母前、媪止之曰、無須爾、自姑入人家、何曾交換出一杯溫涼水、吾家物、姥姥亦無顏啗噉、母大恚、聲色俱變。媪不服、惡語相侵、紛紜間、錫九自外入、詢知、大怒、撮毛批頰撻逐出門而去次日來逆女女不去明日復來增其人數衆口呶呶如將尋鬬母强勸女去女潸然拜母登車而去數日又使人來逼索離昏書母强錫九與之惟望子言歸以圖别處有人自西安來知子言已死母哀憤成疾尋卒薄田數畝鬻治喪具已因乞食赴秦求父骨遍訪之或言數年前有書生死於逆旅葬之東郊今塚已沒錫九無策惟朝丐市廛暮宿野寺冀有知者會晚經叢葬處有數人遮道索飯價錫九曰我異鄉人何處少汝飯價衆怒捽之仆地

以敗絮塞其口、力盡聲嘶、漸就危殆、衆忽驚曰、何處官長至矣、釋手寂然、俄有車馬至、問臥者何人、郎有數人扶至車下、車中人曰、是吾兒也、孽鬼何敢爾、可悉縛之來、勿致漏脫、錫九覺有人去其塞、少定細認真其父也、大哭曰、兒爲父艮苦、今固尚在人間耶、父曰、我今爲太行總管、此來亦爲吾兒、錫九哭愈哀、父慰諭之、錫九泣述岳家離婚、父曰、無憂、今媳亦在母所、兒念母、可暫一往、遂與同車、馳若風雨、移時至一處似官署、下車入重門、則母在焉、錫九痛欲絕、父止之、錫九啜泣、見妻在母側、問母曰、婦在此、得無泉下物耶、母曰、非也。是汝父接來、待汝歸後送去耳、錫九曰。兒侍父母、不願歸也、母曰、辛苦跋涉、爲父骨耳、汝不歸、初志云何也、且汝孝行、已達天帝、賜汝萬金、夫妻享壽正遠、何言不歸、錫九垂泣、父數數促行、怒曰、汝不去耶、錫九懼、詢葬所、父曰、汝行、我告之、去叢葬處百餘步、有子母白楡、是也、促之甚急、竟未别母、門外有健僕、拉馬待之、既超乘、父囑曰、日所宿處、有少資斧、可速辦裝歸、向岳索婦、不得婦、勿休也、錫九諾而行、馬絶駛、雞鳴至西安、僕扶下、方將拜、致父母、而人馬已杳、尋至舊處、假寐以待天曙、坐處有拳石礙股、睨而視之、白金也、市棺賃輿、至雙榆下、果得父骨歸合厝畢、家仍四壁、里中憐其孝、共飯之、將往索婦自度不能用武、與族兄十九往、門者絶之、十九素無賴、出言穢褻、周使人勸之歸、願即送女去、初女之歸也、周對之罵壻及母、女但向壁涕零、得離書、擲向女曰、陳家出汝矣、女曰、我不悍逆、何爲出我。欲歸質其故、又禁閉之、陳母死、亦不與聞。後錫九如西安、遂造凶訃以絕女志此信一播遂有杜中翰來議昏竟許之親迎有日女始知遂泣不食以被韜面氣如游絲周正無可為計忽聞錫九至發語不遜意料女必死遂舁歸之將待女死以洩其忿錫九歸而送女者已至猶恐其見病不內甫入門即委之而去鄰里共謀舁還錫九不肯扶置牀上而氣已絕正悲忿間周子已率數人持械入門窗盡毀錫九逃匿鄉人盡為之不平十九糾十餘人銳身急難周子兄弟皆被夷傷始鼠竄而去周大怒訟於官捕錫九十九等錫九將

行、忽聞榻上若息、近視之、秋波微動矣、少時已能轉
側、大喜、詣官自陳、宰怒、周誣訟、周賄以重賂、始得免、
錫九歸、夫妻相見、悲喜交集、先是、女絕食奄臥、自矢
必死、忽有人促起、曰、我陳家人也、速去、夫妻可以相
見、不覺身已出門、兩人扶登肩輿、頃至一官廨、見翁
姑具在、問此何所、母言、不必問、容當送汝歸、一日見
錫九至、竊喜、一見遽別、心頗疑之、翁不知何事、恒數
日不歸、昨夕忽歸、口可速送兒婦去、遂促女登輿、忽
見家門、遂如夢醒、夫妻共述曩事、相與驚喜、由此相

聚、但朝夕無以自給、錫九於近村訓蒙、兼自攻苦、每思父言天賜黃金、今四壁空空、豈訓讀所能發迹耶、一日自塾中歸、遇二人問之、曰爾陳某耶、然之、二人出鉄索縶之、錫九不解其故、少間村人畢集、共詰之、始知爲大盜所攀、衆憐其冤、醵錢賂役、以是途中得無恙、至郡見太守、歷述家世、太守愕然曰、此名士之子、温文爾雅、烏能作賊、取盜嚴梏之、始供爲周某賄囑、錫九遂訴其翁壻反面之由、太守大怒、立刻拘提、卽延錫九至署、與論世好、蓋太守前郡宰韓公之子、故予言受業門人也。贈燈火之金百。又以二騾代步。使不時趨郡以課文藝。錫九歸。夫妻慰甚。一日妻母哭至。見女伏地不起。女駭問之。始知父已被械在獄矣。女哀之至再。錫九不得已。爲之緩頰。太守批令自贖。罰穀百石。賜陳孝子周旣歸。出倉粟穙糠粃而貣運之。錫九謂女曰。爾翁以小人之心。度君子。烏知我必受之而必穙糠粃耶。因笑却之。一夜盜入。僕覺之。止竊兩騾去。後半年餘。錫九夜讀。闖撾門聲。問之無應者。僕啓門。兩騾走入。則向所亡也。直奔櫪下。咻咻汗喘燭之各負葦囊、辯視則白鏹滿中、大異、不知所自來、後聞是夜大盜刼周盈裝去、適防兵追急委其擲載而去、騾誌故主故奔回也、周自獄中歸、刑創猶劇、又遭盜刼、大痛、尋卒、女夜夢父囚繫而至、曰吾生平所爲、悔之不及、今受冥譴、非爾翁莫能解脫、爲我代求壻、致一函焉、醒而鳴泣、詰之、具以告、錫九久欲詣太行、即日遂發、既至、備牲物、祝之、即露宿其處、冀有所見、終夜無異、遂歸、周死、母子愈貧、仰給於次壻王孝廉王旋補縣尹、以墨敗、舉家徙瀋陽、後周母子

仍依錫九云、

善莫大於孝。鬼神通之、理固宜然、使爲尚德之達人也。者即終貧、猶將爲之。烏論後此之必昌哉。

大男

奚成烈、成都士人也、妻早歿、一妾何氏、小字昭容、繼室申氏、不能相善、虐遇何、因並及奚、終日嘵聒、恒不聊生、奚忿怒、携貲假負販、亡去、去後何生一子、名大男、奚久不返、申擯不與同炊、計日授粟、大男漸長、何不敢求加、惟紡績佐食、大男見塾中諸兒吟誦、羨之、告母欲讀母以其太稺姑送詣塾試使讀以難之大男慧所讀倍諸兒師異之願不索贄何乃使從師薄相酬二三年經書全遍一日謂母曰塾中五六人皆從父乞錢買餌我父何在也母曰待汝長時當告知大男曰方七八歲何時長也母曰汝往塾路經關帝廟當拜之祈汝速長大男信之每日兩過必入拜母知之問汝所祝何詞曰但祝明年便使我十五六歲母笑之而大男學與身長並速至十歲遂如十三四者其所爲文塾師不能竄易之告母曰昔謂我長大

當告父處。今可矣。母曰尚未。又年餘。居然成人。研詰愈頻。母乃緬述之。大男聞之。意不勝悲。欲往尋父。母曰。兒太幼。汝父存亡未知。何處可尋。大男無言而去。至午不歸。往詢諸師。則辰餐未返。母大驚。倩人搜尋。竟無踪跡。大男出門。不知何往之。舍惟循途奔去。遇一人。將如夔州。自言錢姓。大男丐食相從。錢病其緩。爲賃代步。資斧皆耗之。至夔同食。錢因投毒其中。大男瞑不覺。錢載至大刹。托爲己子。偶病乏貲。欲賣之。僧見其丰姿秀出。爭購之。錢得金去。僧飲之。畧醒。主僧見之、奇其相、研詰、始得顛末、又更憐之、贈貲使去。有瀘州蔣秀才下第、歸途中問得故、嘉其孝、携與同行、至瀘、主其家月餘、無往不諧。或言閩商有奚姓者、於是辭蔣、將之閩、蔣贈遺衣履、其里黨皆歛貲助之、至途有二布客、欲詣福清、邀與同侶、行數程、客窺見囊金、引至空所、縶手足、擗奪而去、適有永福陳翁過其傍、脫縛、載其後車、遂至翁家、翁豪富、諸路商賈多出其門、翁囑南北客代訪父耗、留大男伴諸兒讀、由是家愈遠、音愈梗、何昭容孤君三四年、申氏減其費

抑勒令嫁、何自食其力。志不搖。申強賣於重慶賈、賈
刼取而去。至夜以刀自劃。賈不敢逼。俟創平、又轉鬻
於鹽亭賈。至鹽亭、自刺心頭、洞見臟腑。賈大懼、藥敷
之。既平、但求作尼。賈誑之曰、我有商侶身無淫具、每
欲得一人主縫紉。此與作尼無異。亦可少償吾直。何
諸之。貨輿送去。入門、主人趨出、則奚生也。賈因其無
婦、故贈之。相見悲駭。各述苦況。始知有兒尋父未歸、
乃囑諸客侶偵察大男。而昭容遂以妾爲妻矣。然自
歷艱苦、疴痛多疾、不能操作。勸奚納媵。奚鑒前禍、不

從何曰妾如爭牀第者數年間固已從人生子尚得
與君有今日之聚乎且人加我者隱痛在心豈及身
而自蹈之奚乃囑客侶爲買三十餘歲老妾逾年年
客果爲買妾歸入門則妻申氏各相駭怪先是申獨
居年餘兄勸令再適申從之惟田產爲子姓所阻不
得售鬻諸所有積數百金攜歸兄家有保甯賈聞其
富有奩貲以多金啖其兄娶之而賈老廢不能人申
懟兄不安於室梁縊井投不堪其擾賈怒搜括其貲
將賣作妾而聞者皆嫌其齒長賈將適燕遂載與俱

去、遇奚同肆、適中其意、遂貨之而去、旣見奚慚懼不出一語、奚問同肆、亦畧知梗槩、因曰、使遇從男、則在保寧、無再見之期、此亦數也、然今日我買妾、可先拜昭容、修嫡庶禮、申恥之、奚曰、昔日汝作嫡、何如哉、何勸止之、奚不可、操杖臨傓、申不得已拜之、然終不屑承奉、但操作別室而、何悉優容之、亦不忍課其勤惰、奚每與昭容談讌、輙呼役使其側、何更代以娩、不聽前、會陳嗣宗宰塩亭、奚與里人有小爭、里人以逼妻作妾訟奚、令不准理、叱逐之、奚喜、與何竊其須、從一漏既盡僮忽叩扉入白邑令至奚駭極急覓衣履則令已至寢門大駭不知所爲何審之急出曰是吾兒也遂哭大男伏地悲咽蓋從陳翁姓已連捷宰鹽亭矣初自都迂道過故里始知父未還兩母皆醮伏膺哀痛族人知大男已貴反其田廬乃留僕營造又欲棄官尋父陳翁苦勸之會有卜者使筮焉卜人曰小者居大少者爲長求雄得雌求一得兩爲官吉乃之任爲不得親耗居官不茹葷酒是日得里人狀見奚姓名疑之陰遣家人訪之果父乘夜微行出見母愈

信卜者之神明、晨卽迎父母至署、中見大男貴、愈自斂、而申姊何何亦姊之衣服飲食。悉不自私。申初懼其復仇、至是大愧悔、嗣宗亦不念其舊惡、俾內外皆呼以太母、但誥命不及耳

顚倒衆生不可思議、此造物之巧也、奚生不能自立於妻妾之間、一碌碌庸人耳、苟非孝子貞妾、烏能有此奇合、坐享厚糈以終身哉

于江

鄉民于江、父宿田間、爲狼所食、江時年十六、得父遺

履悲恨欲絕夜俟母寢潛持鐵鎚去眠父所冀報父仇少間一狼來逡巡嗅之江不動無何搖尾掃其額又漸俯首舐其股江迄不動既而歡躍直前將齕其領江急以鎚擊其腦立斃起置草中頃又一狼來如前狀又斃之卧至中夜杳無至者忽睡熟夢父曰殺二物足洩我恨然殺我者其鼻白此都非是江醒堅卧以伺之既明無所得欲曳狼歸恐驚母遂投諸眢井而歸至夜復往亦無至者如此三四夜忽一狼來齧其足曳之以行行數步棘刺肉石傷膚江若死者

狼乃置之地上、意將齕腹、江騄起擊之、仆。又連擊之、斃。細視之、真白鼻也。負之歸、始告母。母泣、從去探智井中、得二狼焉。

農家者流、乃有此英物耶。義烈發於血誠、非直勇也、智亦異焉。

莊農

康熙二十一年苦旱、自春徂夏、赤地無青草。六月十三日小雨、始有種粟者。十八日大雨沾足、乃種豆。一日、石門莊有老叟暮見二牛鬭山上、謂村人曰、大水將至矣遂携家遷去村人共笑之無何雨暴注徹夜不止平地水深數尺居廬盡沒一農人棄其兩兒與妻扶老母奔避高阜下視村中已爲澤國弃不復念及兒矣水落歸家一村盡成邱墟入門視之一屋僅存兩兒並坐床頭嬉笑無恙咸謂夫妻之孝報云此六月二十二日事

康熙三十四年平陽地震人民死者十之七八城郭盡墟僅存一屋則孝子家也茫茫大刼中惟孝嗣無恙誰謂冥冥中無皂白耶

周順亭

青州東香山之前有周順亭者、幼孤、事母至孝、母股生巨疽、痛不可忍、晝夜嚬呻、周撫肌進藥、至忘寢食數月不瘥、周憂愁無以爲計、夢父告曰、母疾非人膏塗之不能愈。徒勞焦惻也。醒而異之、乃起以利刃割脇肉。肉脫落、覺不甚苦、急以布纏腰際、血亦不注、於是烹肉熬膏、敷母患處、痛頓止、母喜問何藥而靈效如此、周詭對之。母創尋愈、周每掩護割處。卽妻亦不令知之。旣痊、有痕如掌、割股爲傷生之事、君子不貴、然愚夫愚婦、何知傷生之爲不孝哉、亦行其心之所不自已者而已、有斯人而知孝子之真猶在天壤、司風教者、幸加意焉、

誌異摘抄目錄

卷之二

張氏婦

貞

陳雲樓　細侯

義

喬氏

賢

細柳　林氏

謝氏

誌異摘抄卷之二

悌

張誠

豫人張氏者、其先齊人、明末齊大亂、妻爲北兵掠去、張常客豫、遂家焉、娶於豫、生子訥、無何妻卒、又娶繼室牛氏、生子誠、氏悍嫉、訥奴畜之、啖以惡物、年二十餘、不與謀婚、且使樵、日責柴一肩、少則撻楚詬詛、不可堪、隱畜甘脆餌誠、使從塾師讀、誠漸長、性孝友、不忍兄劬、陰勸母勿聽、一日訥入山樵、未終、值大風雨、雨止而日已暮、腹中大餧、遂負薪歸、母驗之少、怒不與食、飢火燒心、入室僵卧。誠自塾中來、見兄嗒然、問病乎。曰餓耳。問其故、以情告。誠愀然便去。移時、懷餅來餌兄。問所自來、曰余竊麪倩鄰婦爲之、但食勿言也。訥囑曰、後勿復然、事洩累弟。且日一啗、飢當不死。誠念兄故弱、烏能多樵。次日食後、竊赴山、至兄樵處。兄見之、驚問何爲。答曰、將助採樵。問誰之遣、曰我自來耳。兄曰、無論弟不能樵、縱或能之、且猶不可。於是速之歸、誠不聽、以手斷柴、且云明日當以斧來兄近止之見其指破履穿悲曰汝不速歸我即以斧自剄死誠乃歸訥歸詣塾囑其師曰吾弟年幼宜閑之山中虎狠惡師曰午前不知何往業戛楚之歸謂誠曰不聽吾言遭笞責矣誠笑曰無之明日懷斧又去兄駭曰我固謂子勿來何復爾誠不應刈且急汗交頤不少休約足一束不辭而返師又欲加責乃實告之師嘆其賢遂不之禁兄屢止之不聽一日同樵山中欻有虎至竟銜誠去虎負人行緩訥追及力斧之中胯虎痛負誠狂奔莫可尋逐痛哭而返衆

慰解之、哭愈悲、曰、吾弟非猶夫人之弟。况爲我死。我何生爲。遂以斧自刎其項。衆急救之、入肉已寸許、血溢如湧、眩瞀隕絶。衆駭、裂之衣而約之、扶以歸。母哭罵曰、汝殺吾兒、欲剄頸以塞責耶。訥呻云、母勿煩惱、弟死、我定不生。置榻上、創痛不能眠、惟晝夜依壁哭。父恐其亦死、時就榻少哺之、牛輒詬責。一日惛懜睡去、似有人覺之曰、爾弟不死、可往南方覓之。甦覺、頸上不甚作痛、因述所夢。謂誠不死。母以爲撰造之誣、反詬詈之。月餘、創漸平、負屈無以自伸、乃力起拜父曰、行將穿雲入海往尋弟、如不遇、終此身勿復返也、願父猶以兒爲死、父引空處與泣、亦不敢止之、訥乃南行、每於衢衢訪弟耗、途中資斧絶、丐而行、逾年達金陵、懸鶉百結、傴僂道上、偶見十餘騎過、避道側、內一人如官長、年四十餘、健卒怒馬、騰踔前後、一少年乘小駟、屢視訥、訥以其貴公子、未敢仰視、少年停鞭少駐、下馬呼曰、非吾兒耶、訥舉首審視、誠也、握手大痛失聲、誠亦哭、曰、兄何漂落至此、訥言其情、誠大悲、騎者並下問故、以白官長、官命脫騎載訥、連轡歸諸其家、始詳詰之、初虎銜誠去、不知何時置路側、卧途中、經宿、適張別駕自都中來、過之、見其貌文、憐而撫之、漸蘇、言其里居、則相去已遠、因載與俱歸、又藥敷傷處、數日始痊、別駕無子、子之、蓋適從遊矚也、誠具爲兒告言、次別駕入訥、拜謝不已、誠入內捧帛衣出進兄、乃置酒燕叙、別駕問貴族在豫幾何丁、壯、訥曰無有、父少齊人、流寓於豫、別駕曰、僕亦齊人、貴里何屬、答曰、曾聞父言屬東昌轄、驚曰、我同鄉也、何故遷豫、訥曰、明季避亂、前母散失、父因先貫於西道、往來頫稔、故止焉、又問君家尊何名、訥告之、別駕瞠而視。俛首若疑。疾趨入內、無何太夫人出、共羅拜已、問訥曰、汝是張炳之之孫耶、曰然、太夫人大哭、謂別駕曰、此汝弟也、訥兄弟莫能解、太夫人曰、我適汝父三年、因亂散失、半年生汝兄、流離辛苦、幸汝兄成人、得此官、今解任矣、刻刻念鄉井、屢遣人至齊、殊無所覔耗、別駕曰、曩問誠未嘗言齊人。想幼穉不憶耳。乃以齒序、別駕得兩弟甚歡、與同卧處、盡悉離散端由。將作歸計、太夫人恐不見容、別駕曰、能容則共之、否則析之。天下豈有無父之人。於是鬻宅辦裝、刻日西發、既抵里、訥誠先馳報父、父自訥去、妻亦尋卒、塊然一老鰥、形影自吊。忽見訥入暴喜、恍恍以驚。又見誠、喜極不復能言、潸潸以涕。又告以別駕母子至、翁輟涕愕然、不能喜亦不能悲、蚩蚩以立。未幾別駕入拜已、太夫人把翁相向哭、既見婢媼廝卒、內外盈塞、坐立不知所爲。誠不見母、問之、方知已死、號嘶氣絕、食頃始甦。別駕出貲建樓閣、延師教兩弟、馬騰於槽、人喧於室、居然大家矣、余聽此事至終淚凡數墮、十餘歲童子斧薪助兄、慨然曰、王覽固再見乎、於是一墮、至虎銜誠去不禁狂呼曰、天道憒憒如此、於是又一墮、及兄弟猝遇則喜而亦墮、轉增一兒、又加一悲、則爲別駕墮、一門團聚、驚出不意、喜出不意、無從之涕、則爲翁墮也、不知後世亦有善涕如某者否、「王阮亭云一本絕妙傳奇、敘次文筆亦工、

商二

莒人商姓者、兄富而弟貧、比鄰而居、值歲大凶、弟朝

夕不自給、一日日向午、尚未舉火、枵腹蹀躞、無可爲計、妻令往告兄商一、曰無用、脫兄憐我貧也、當早有以處此矣、妻固强之、不得已、使其子往、少頃空手而返、商二曰何如、妻詳問阿伯云何、子曰伯躊躇目視伯母、伯母告我曰兄弟析居、有飯各吃、誰復能相顧也、夫妻無言、暫以殘盎敗榻、少易糠粃、且度旦三四惡少窺商大饒、足夜踰垣入、夫妻驚寤、鳴盥器而號、鄰人共嫉之、無援者、不得已、疾呼商一、商一聞嫂聲欲趨救、妻止之、大聲對嫂曰兄弟析居、有禍各受、誰復能相顧也、俄盜破扉、執商大及婦、炮烙之、呼聲綦慘、商二曰、彼固無情焉、有坐視兄死而不救者、孝子。越垣大聲疾呼、商二父子故武勇、人所畏懼、又恐驚致他援、盜乃去、視兄嫂兩股焦灼、扶榻上、招集婢僕、乃歸。商大雖被創、而金帛無所亡失、謂妻曰、今所遺。留悉出、弟賜宜分給之、妻曰、汝有好兄弟、不受此苦矣、商大乃不言、商二家絕食、謂兄必有以報、久之寂、不聞、婦不能待、使子攜囊往從貸、得斗粟而返、婦怒其少、欲返之、商二止之、踰兩月、貧餒愈不可支、商二曰、今無術可以謀生、不如鬻宅於兄、兄恐我他去、或不受券而恤焉、未可知、縱或不然、得十餘金、亦可存活、妻以爲然、遣子操券詣伯、伯告之婦、且曰、弟卽不仁、我手足也、彼去則我孤立、不如反其券而周之。妻曰、不然、彼言去、挾我也、果爾則適墮其謀、世間無兄弟者便都死邪、我高其墻垣、亦足自固、不如受其券、從所適、亦可以廣吾宅、計定、令商二押署券尾、付直而去、商二於是徙居鄰村、鄉中不逞之徒聞商二去、又攻之、復執商大、榜楚兼併、梏毒參至、所有金貲

悉以贖命盜臨去開廩呼村中貧者恣所取頃刻都
盡次日商二始聞及奔視則兄已昏憒不能語開目
見弟但以手抓床蓆而已少頃遂死商二忿訴之官
盜首逃竄莫可緝獲盜粟者皆里中貧民官亦莫可
如何商大遺幼子纔五歲家旣貧往往自投叔所數
日不歸送之歸則啼不止商二婦頗不加青眼商二
曰渠母不義其子何罪因市蒸餅數枚送之歸過數
日又避妻子陰負斗粟於嫂使養兒如此以爲常又
數年嫂賣其宅得直足自給商二乃不復至後歲大

飢道殣相望、商食指頗繁、不能他顧、姪年十五、荏弱不能操業、使携籃從兄貨胡餅。一夜、夢兄至、顏色慘慼曰、余惑於婦言、遂失手足之義、弟不念前嫌、增我汗羞。所賣故宅、今尚空閒、宜僦居之、屋後蓬顆下藏有窖金、發之可以小阜、使醜兒相從、長舌婦余甚憾之、勿顧也、既醒、異之、以重直啗第主、始得就、果發得五百金、從此棄賤業、使子姪設肆廛間、姪頗慧、記算無訛、又誠慤、凡出入一錙銖、必告商、商愈愛之。一日泣為母請粟。商妻欲勿與、商念其孝、援月廩

給之數年家愈富商大婦病死商二亦老乃析姪家貲與其子均分之

聞商大一介不輕取與亦狷潔自好者也然婦言是聽憒憒不置一詞恝情骨肉卒以慘死嗚呼亦何怪哉商二以貧始以素封終爲人何所長但不甚遵閫教噫一行不同而人品遂異

曾友于

曾翁昆陽故家也翁初死未殮兩眶中淚出如瀋有子六莫解所以次子悌字友于未冠入泮爲邑名士

獨以爲不祥戒諸兄弟各自惕勿貽痛於先人而兄弟半迂笑之先是翁嫡配生子成至七八歲母子爲强寇擄去娶繼室生三子長曰孝爲諸生次曰忠曰信妾生三子曰悌曰仁曰義孝以悌等出身賤鄙不齒因結連忠信皆爲黨卽與客飲悌等過堂下亦傲不加禮仁義皆忿與友于謀相仇友于百詞寬譬仁義亦遂止孝有女適邑周氏病死糾弟等往撻其姑悌不從孝憤然令忠信合族中無賴子往捉周妻搒掠無算拋粟毁器盎盂無存周告邑宰宰怒拘孝等

縶之將行申黜友于懼見宰自投友于品行素爲宰所重諸兄弟以是得無苦友于乃詣周所負荊周亦器重之訟遂止孝歸終不德友于無何友于母張氏卒孝等皆不爲之服宴飲如故仁義大忿友于曰此彼之無禮於我何損焉及葬把持墓門不使合厝友于乃瘞母隧道中未幾孝妻亡友于招仁義往奔其喪二人皆曰期且不論功於何有再勸之閧然散去友于乃自往臨哭盡哀隔墻聞仁義鼓且吹孝怒糾諸弟往毆之友于操杖先從入其家仁覺而逃義方

踰垣、友于自後擊仆之、孝等拳杖交加、毆不止、友于橫身庇之、孝怒、讓友于、友于曰、責之者以其無禮也。然罪固不至死。我不怙弟惡、亦不助兄暴、如怒不解、身代之。孝遂反杖撻友于、忠信亦相助毆兄、聲勢震動、里黨羣集、排解乃散、去友于卽扶杖詣兄請罪。孝逐去之、不令居喪次、而義創甚、不復食飲、仁代具狀訟諸官、訴其不爲庶母行服、官發牒拘孝、忠信而令友于陳狀、友于以面目損傷、不能詣署、具詞求寢、寧遂銷案不行、義亦尋愈、由是仇怨愈深、仁義皆幼弱

輒被敲楚懟友于曰人皆有兄弟我獨無友于曰此
兩語我宜言之兩弟何云因苦勸之卒不聽友于遂
扃戶攜妻子借寓他所離家五十餘里與不相聞友
于在家雖不助弟而孝等猶顧忌之既去諸兄一不
當輒叫罵其門辱及母名仁義度不能抗惟杜門思
乘間刺殺之行則懷刃一日寇所掠長兄成因母已
故攜婦歸諸兄弟以家久析聚謀三日竟無處可以
置之仁義竊喜招去共養之往告友于友于亦喜即
歸其出田宅居成孝怒其市惠登門窘辱之而成久

在寃中、習於威、威猛、聞之大怒、曰、我歸更無人肯置一屋。幸三弟念手足。又罪責之。是欲逐我耶。以石投孝。孝仆、仁義各以杖出、捉忠及信、並撻無數、成不待其訟先訟之宰。又使人請教友于、友于不得已詣宰、俛首不言、但有流涕。宰問之、惟求公訊。宰乃判孝等各出田產歸成、使七分相凖、自此仁義與成倍加愛敬、談及葬母事、因並泣下、成恚曰、如此不仁、是禽獸也、遂欲啓壙更爲改葬、仁奔告友于、友于急歸諫止之、成不聽、刻期發墓、作齋於塋、以刀削樹、謂諸弟曰、所

不衰麻相從者有如此樹衆唯唯於是一門皆哭臨
安厝盡禮由此兄弟相安而成性剛烈輙批撻諸弟
而於孝等尤甚惟重友于盛怒時友于至一言可觧
孝有所行成往往不平之因之孝無十日不至友于
所潛對友于詬詛友于婉諫卒不納友于不堪其擾
又遷於三泊僦屋而居去家愈遠音跡遂踈踰二年
諸弟皆長成毋敢少肆孝年四十六生五子長繼業
三繼德皆嫡出次繼功四繼績皆庶出又婢出繼祖
皆成立亦效父行各爲黨日相競孝亦不能呵止惟

祖無兄弟年又最幼諸兄皆得而詬厲之岳家故近三泊會詬岳隨迂道詬叔入門見叔家兩兄一弟紘誦怡怡樂之久居不言歸友于促之哀求寄居友于曰汝父母皆不之知我豈惜飯瓢飲乎乃歸過數月夫妻往壽岳母告父曰我此行不歸矣父詰之因吐微隱父慮與有夙郤計難久居祖曰父慮過矣三叔忠厚人也遂去携妻之三泊友于除舍居之以齒兒行使執卷從長子繼善祖最慧寄籍三泊年餘入雲南郡庠閉戶研讀諷誦最苦友于更愛之而自祖

居三泊家中兄弟愈不相能、一日微反唇、業詬辱㞀、母功怒刺殺業官收功重械之數日死獄中業妻馮氏猶日以罵代哭功妻劉聞之怒曰汝家男子死誰家男子活耶操刀入擊殺馮自投井中亦死馮炎大立悼女死慘卒諸子弟藏兵衣底徑捉孝妾裸撻道上以辱之成怒曰我家死人如麻馮氏何得復爾吼奔而出諸曾從之諸馮盡靡成首捉大立割其兩耳其子護救繼續以鐵杖橫擊折其兩股諸馮各被夷傷閧然而散惟馮子猶卧道周衆等莫可方畧成夾之以肘、置諸馮村而還、遂呼續詣官自首、馮狀亦至、於是諸會皆被收、惟忠亡去、至三泊、徘徊門外、猶恐兄念舊惡、適友于率子姪入閩歸、望見驚曰、弟何來、忠未語先泪、長跪道左。友于大駭、握手入詰、得其情、曰、爲之奈何。一門乖戾、逆知奇禍久矣、不然、何以竄跡至此。我離家既久、與大令無聲氣之通、今即匍匐而往、祗取辱耳、但得馮父子傷重不死、吾三人倖有提者、則此禍可以少解、乃晋之、晝與同餐、夜與共寢、忠頗感愧、居十餘日、見叔姪如父子、兄弟如同胞、悽然下淚曰、今始知曩日非人也。友于亦喜其悔悟、相對酸惻。俄報友于父子同科、祖亦副榜。大喜、不赴鹿鳴、先歸展墓。明季科甲最重、諸馮皆爲斂息。友于乃托親友賂以金粟、資其醫藥、訟乃息。舉家共泣、求友于復歸。友于乃與兄弟焚香約誓、俾各滌慮自新、遂移家還。祖從叔不欲歸、孝乃謂友于曰、我之德不應有亢宗子弟、又善教、郎從其志、俾寄名爲汝後。有寸進時、可賜還也。友于從之。後三年、祖果舉於鄉、使移家去、夫妻皆痛哭。居數日、祖有兒方三歲、亡歸友于家藏善室不肯還捉去輙逃孝乃異其居令與友于鄰祖啓戶於隔垣通叔家兩間定省如一焉自此成亦漸老事皆决於友于因而門庭雍穆稱孝友焉天下惟禽獸止知母而不知父奈何詩禮之家往往而蹈之也夫門內之行其漸漬子孫者直入骨髓故古云其父盜子必行刼其流弊然也孝雖不仁其報已慘而卒能自知之德托子於弟宜其有操心慮患之子也論果報猶迂矣　悌固賢其妻雖未敘及其賢可想見已　橫山

臙脂

施愚山

東昌卞氏業牛醫者、有女小字臙脂、才姿慧麗。父寶愛之、欲字清門、世族鄙其寒賤、不屑締盟、以故及笄未字。對戶龐王氏、佻健善謔、女閨中談友也。一日詣卞、臙脂送出、適一少年過、白服裙帽、丰采甚都。女意似動、秋波縈轉之。少年俯首趨過。既遠、女猶凝眺。王窺其意、戲之曰、以娘子才貌、得配若人、庶可無恨。女暈紅上頰、脉脉不作一語。王問識得此郎否。答云不識。王曰：此南巷鄂秀才秋隼，故孝廉之子。妾向與同里，故識之。世間男子無其溫婉。衣素，以妻服未闋也。娘子如有意，當寄語使委禽焉。女無言，王笑而去。數日無耗，心疑王氏未暇即往，又疑宦裔不肯俯拾。悒悒徘徊，縈念頗苦，漸廢飲食，寢疾惙頓。王氏適來省視，研詰病因。答言：我亦不知，但爾日別後，即覺忽忽不快，延命假息，朝暮人也。王耳語曰：我家男子負販未歸，尚無人致聲鄂郎。芳體違和，非爲此否？女赬顏良久。王戲之曰：果爲此，病已至是，尚何顧忌？先令夜

來一叙彼豈不首肯女歎息曰事至此已不能羞但
渠不嫌寒賤遣冰來病當愈若私約則斷斷不可王
領之前王與鄰生宿介通既嫁宿偵其夫他出輒尋
舊好是夜宿適來因述女言爲笑戲囑致意鄂生宿
久知女美聞之竊喜幸其機之可乘也將與婦謀又
恐其妬乃假無心之詞問女家閨闥甚悉次夜踰垣
入直達女所以指叩窗內問誰何答以鄂生女曰妾
所以念君者爲百年不爲一夕郎果愛妾但宜速遣
冰人若言私合不敢從命宿姑諾之苦求一握纖腕

爲信女不忍過拒力疾啓扉宿遽入即抱求歡女無力撑拒仆地上氣息不續宿急曳之女曰何來惡少必非鄂郎果是鄂郎其人溫馴知妾病由當相憐恤何遂狂暴若此若復爾爾便當鳴呼品行虧損兩無所用宿恐假迹敗露不敢復强但請後會女以親迎爲期宿以爲遠又請之女厭糾纏約待病愈宿求信物女不許宿捉足觧綉履而出女呼之返曰身已許君復何吝惜但恐畫虎成狗致貽污謗今褻物已入君手料不可反君如負心但有一死宿既出又投宿

王所既卧心不忘履陰揣衣袂竟已失去急起篝燈
振衣冥索疑婦藏匿婦故笑以疑之宿不敢隱因以
情告言已偏燭門外竟不可得懊恨歸寢竊幸深夜
無人遺落當在途也曉起尋之亦復杳然先是巷中
有毛大者游手無籍嘗挑王氏不得知宿與洽思掩
執以脅之是夜過其門推之未扃潛至窗外蹈一物
輭若絮綿拾視則巾裹女舄伏聽之聞宿自述甚悉
喜極抽身而出踰數夕越牆入女家門戶不悉誤詣
翁舍翁窺窗見男子察其形迹知爲女來者心忿怒

操刀直出。毛大駭反走。方欲攀垣而下。追已近。急無所逃。反身奪刃。媪起大呼。毛不得脫。因而殺之。女稍痊。聞喧始起。共燭之。翁腦裂不復能言。俄頃已絕。於墻下得綉履。媪視之。臙脂物也。逼女。女哭而實告之。但不忍貽累王氏。言鄂生之自至而已。天明訟於邑。邑宰拘鄂。鄂爲人謹訥。年十九歲。見客羞澁如童子。被執駭絕。不知置詞。惟有戰慄。宰愈信其情實。横加梏械。書生不堪痛楚。以是誣服。既解郡。敲朴如邑。生冤氣填塞。每欲與女面相質。及相遇。女輒詬詈。遂結舌不能自伸由是論死往來覆訊無異詞後委濟南府覆按時吳公南岱守濟南一見鄂生疑不類殺人者陰使人從容私問之俾得盡其詞公以是知鄂生宽籌思數日始鞫之先問胭脂訂約後有知者否答無之遇鄂生時别有人否亦答無之乃喚生上溫語慰之生言曾過其門但見舊鄰婦王氏與一少女出某即趨避過此並無一言吳公叱女曰適言側無他人何以有鄰婦也欲刑之女懼曰雖有王氏與彼實無關涉公罷質命拘王氏數日已至禁不與女通立

刻出。審便問王殺人者誰。王對不知。公詐之曰。臙脂供言殺卞某汝悉知之。胡得隱匿。婦呼曰。冤哉。淫婢自思男子。我雖有媒合之言。特戲之耳。彼自引姦夫入院。我何知焉。公細詰之。始述其前後相戲之詞。公呼女上。怒曰。汝言彼不知情。今何以自供撮合哉。女流涕曰。自己不肖。致父慘死。訟結不知何年。又累他人。誠不忍耳。公問王氏。既戲後曾語何人。王供無之。公怒曰。夫妻在牀。應無不言者。何得云無。王供丈夫久客未歸。公曰。雖然。凡戲人者。皆笑人之愚。以炫己之慧更不向一人言將誰欺命桔十指婦不得已實供與宿會言公於是釋鄂拘宿至自供不知公曰宿婈者必無良士嚴械之宿自供賺女是真自失履後未敢復往殺人實不知情公怒曰踰墻者何所不至又械之宿不任凌藉遂以自承招成報上無不稱吳公之神鐵案如山宿遂延頸待决矣然宿雖放縱無行故東國名士聞學使施公愚山賢能稱最又有憐才恤士之意因以一詞控其寃枉言詞愴惻公討其招供反覆凝思之拍案曰此生寃也遂請於院司

移案再鞫問宿生鞋遺何所供言忘之但即婦門時猶在袖中轉詰王氏宿介之外姦夫有幾供言無之公曰淫亂之人豈得專私一人供言身與宿介稚齒交合故未能謝絕後非無見挑者身實未敢相從因使指其人以實之供云同里毛大屢挑而屢拒之矣公曰何忽貞白如此命搒之婦頓首出血力辯無有乃釋之又詰汝夫遠出寧無有托故而來者曰有之某甲某乙皆以借貸餽贈曾一二次入小人家盖甲乙皆巷中游蕩之子有心於婦而未發者也公悉籍

其名並拘之既集公赴城隍廟使盡伏案前便問曩
夢神人相告殺人者不出汝等四五人中今對神明
不得有妄言如肯自首尚可原宥妄供兼得無赦同
聲言無殺人之事公以三木置地將並夾之括髮裸
身齊鳴寃苦公命釋之謂曰既不自招當使鬼神指
之使人以氈褥悉障殿窻令無少隙袒諸囚驅入暗
中始投盆水一一命自盥訖繫諸壁下戒令面壁勿
動殺人者當有神書其背少間喚出驗視指毛曰此
眞殺人賊也葢公先使人以灰塗壁又以烟煤濯其

手殺人者恐神來書故匿背於壁而有灰色臨出以手護背而有烟色也公固疑是毛至此愈信施以毒刑盡吐其實判曰宿介蹈盆成括殺身之道成登徒子好色之名祇緣兩小無猜遂野鶩如家雞之戀爲因一言有漏致得隴興望蜀之心將仲子而踰垣墻便如鳥墮冒劉郎而至洞口竟賺門開感悅驚尨鼠有皮胡若此攀花折樹士無行其謂何幸而聽病燕之嬌啼猶爲玉惜憐弱柳之憔悴未似鶯狂而釋么鳳於羅中尚有文人之意乃刼香盟於襪底寧非無

賴之尤、蝴蝶過墻、隔窗有耳、蓮花瓣、卸墮地無蹤、假
中之假、以生寃外之寃、誰信天降禍、起酷械至於再
六、自作孽、盜斷頭、幾於不續、彼踰墻鑽隙、固有玷夫
儒冠、而僵李代桃、誠難消其寃氣、是宜稍寬笞朴、折
其已受之慘、姑降青衣、開其自新之路、若毛大者、刁
猾無藉、市井凶徒、被鄰女之投梭、淫心不死、伺狂童
之入巷、賊智忽生、開戶迎風、喜得履張生之跡、求漿
值酒、妄思偷韓椽之香、何意魄奪自天、魂攝於鬼、浪
乘槎木。直入廣寒之宮。逕泛漁舟。錯認桃源之路。遂

使情火息焰、慾海生波、刀横頭前、投鼠無他顧之意、寇窮安往、急兎起反噬之心、越壁入人家、止期張有冠而李借、奪兵遺綉履、遂教魚脫網而鴻罹、風流道乃生此惡魔、温柔鄉何有此鬼蜮哉、郎斷首領以快人心、臙脂身猶未字、歲已及笄、以月殿之仙人、自應有郎似玉、原霓裳之舊隊、何愁貯屋無金、而乃感關雎而念好逑、竟遶春婆之夢、怨摽梅而思吉士、遂離倩女之魂、爲因一線纏縈、致使群魔交至、爭婦女之顏色、恐失臙脂、惹鷙鳥之紛飛、並託秋隼、蓮鈎摘去、難保一瓣之香鐵限敲來幾破連城之玉嵌紅豆於骰子相思骨竟作厲階喪喬木於斧斤可憎才眞成禍水葳蕤自守幸白璧之無瑕縲絏苦爭喜錦衾之可覆嘉其入門之拒猶潔白之情人遂其擲果之心亦風流之雅事仰彼邑令作爾冰人案既結遐邇傳誦焉自吳公鞫後女始知鄂生寃堂下相遇覥然含涕似有痛惜之詞而未可言也生感其眷戀之情愛慕殊切而又念其出身微賤日登公堂爲千人所窺指恐娶之爲人姍笑日夜縈廻無以自主判牒既下

意始安帖、邑宰爲之委禽、送鼓吹焉、

甚哉聽訟之不可以不慎也、縱能知李代爲冤、誰復思桃僵亦屈、然事雖闇昧、必有其間、要非審思研察不能得也、嗚呼、人皆服哲人之折獄明。而不知良工之用心苦矣。世之居民上者、棋局消日、紬被放衙、下情民艱、更不肯一勞方寸、至鼓動衙開、巍然坐堂上、彼嘵嘵者、直以桎梏靖之、何怪覆盆之下多沉冤哉、

周元亮

青州居民范小山、販筆爲業、行賈未歸、四月間妻賀氏獨宿、爲盜所殺、是夜微雨、泥中遺詩扇一柄、乃王晟之贈吳蜚卿者、王不知何人、吳青州之素封、與范同里、平日頗有佻撻之行、故里黨共信之、郡縣拘質、堅不服、而慘被械梏、遂以成案、駁解往復、經十餘官、更無異議、吳亦自分必死、囑其妻罄所有以濟煢獨、因而家驟貧、惟日貨田產以給資斧、賄賂監者、使市鴆、夜夢神人告之曰、子勿死、曩日外邊、吉今日裏邊吉也、再瞬又言、以是不果死、無何、周元亮先生蒞分守道、任理、因至吳、若有所思、因問吳某殺人、有何確據。范以扇對、先生熟視扇、便問王晟何人、并云不知、又將爰書細閱一過、立命脫其死械、自監移之倉、范力爭之、怒曰、而欲妄殺一人、便了却耶、抑將得仇人而甘心耶。衆疑、先生私吳郎、不敢言、先生標朱籤立拘南郭某肆主人、主人懼、罔知所以、至則問曰、肆壁有東莞李秀詩、何時題耶、答自去歲提學臨、有二三秀才飲醉留題、不知所居何里、因查李秀、隸日照籍、遂遣役至日照、坐拘李秀、數日秀至、怒叱之曰、既做秀才奈何謀殺人秀頓首錯愕但言無之先生擲扇下令其自視曰明係而作何假托王晟秀密視云詩真某作字實非某書曰既是汝詩定知所書之人秀曰跡似沂州王佐乃遣役關拘王佐佐至呵之佐言此青州鉄商張成索某書者云晟其表兄也先生曰盜在此矣執成至一訊遂伏先是成窺賀氏美欲挑之恐不諧念托於吳必人所共信故僞爲吳扇執而往諧則自認不諧則嫁名於吳而實不期至於殺也踰垣入逼婦婦以獨居常以刀自衛既覺捉成衣操

刀而起、成懼、奪其刀、婦力挽令不得脫、且號、成大窘、遂殺之、委扇而去、三年冤一朝而雪、無不謂神明者、吳始悟、囊遺吉乃周字也、然終莫解其故、後邑紳乘閒請之、先生笑曰、此甚易知、細閱爰書、賀被殺在四月上旬、是夜陰雨、天氣猶寒、扇乃不急之物、豈有忙迫之時、反携此以增累者、其嫁禍可知、向避雨南郭、見題壁詩、與箑頭之作、口角相類、故妄度李生、果因是而得真盜、幸中耳、聞者嘆服、

天下事當其無、無有有之用、惟入其中之深者能

之詞賦文章、華國之具、先生以相天下士、稱孫陽焉、豈非入其中者深乎、而不謂相士之道移於折獄、易云知幾其神、先生有之、

朱徽蔭

朱公徽蔭、巡撫粵東、時往來商旅、多告無頭寃狀、往往千里行人、死不見尸、甚至數客同遊、絕無音信、積案纍纍、莫可究詰、初告有司、尚欲發牒行緝、迨投狀既多、遂竟置而不問、公蒞任、稽舊案、死者不下百餘、其千里無主者、更不知其幾、何公駭異、慘怛籌思、廢

寢徧訪僚屬迄少方畧於是潔誠薰沐牒於城隍之神是夜齋宿恍惚中見一官僚搢笏而入問何官答云城隍劉某將何言曰鬢邊垂雪天際生雲水中漂木壁上安門言已而退既醒隱謎不解輾轉終宵忽悟曰垂雪者老也生雲者龍也水中木爲船壁上門爲戶合之非老龍船戶耶盖省之東北曰小嶺曰藍關源自老龍津以達南海嶺外巨商每由此入粵公即遣役密授機謀捉龍津駕舟者次第擒獲五十餘名皆不械而服蓋冦以舟渡爲名賺客登舟或投槖

藥、或燒悶香、俟諸客沉迷不醒、而後剖腹納石、以沉於水、寃慘極矣、自昭雪後、遐邇歡騰、頌謠成帙、云剖腹沉尸、慘寃已甚、而木雕之有司、更少痌瘝、則粵東之墻、無天日久矣、公至而鬼神効靈、覆盆俱炤、何其異哉、然公非有四目兩口、不過痌瘝之念、積於中者至耳、苟徒巍巍然出、則刀戟橫路、入則蘭麝薰心、尊優則極、而何能與神通哉

于成龍二則

于中丞成龍、按部至高郵、適巨紳家將嫁女、妝奩甚

富夜被穿窬蕭捲而去、州牧無術、公令盡閉諸門、止留一門放行人出入。吏目守之嚴、搜裝載。又出示諭闔城戶口、各歸第宅、候次日查點搜掘、務得贓物所在。乃陰囑吏目、設有城門中出入至再者、捉之。過午得二人、一身之外、並無行裝。公曰、此真盜也。二人跪辨不已、公令解衣搜之、見袍服內着女衣二襲、皆奩中物也。蓋恐次日大搜、急於移置、而物多難携、故密着而屢出之也、

又公爲宰時、至鄰邑、早旦經郭外、見二人以牀舁病

人覆大被枕上露髮髮上簪鳳釵一股側眠床上有
三四健男夾隨之時更番以手擁被令壓身底似恐
風入少頃息肩路側又使二人更相爲荷公過問之
云是妹子垂危將送歸夫家公又遣隸密瞷所之隸
尾之至一村舍兩男子迎之入還以白公公謂其邑
宰城中得無有劫盜否宰云無之時功令嚴上下諱
盜故被盜賊劫殺亦隱忍而不敢言公就館舍命家
人細訪之果有富室被强寇炮烙死矣公喚其子來
詰其狀子不敢承公曰我已代捕巨盜在此非有他

也。子乃頓首哀泣，求爲死者雪恨。公所闗見邑宰差健役四鼓離城，直至村舍，捕得八人，一鞫盡服。其罪詰其病婦何人，盜供是夜同在鈎欄，故與妓合謀，置金牀上，令抱卧至竊處，始瓜分耳。其服于公之神。或問所以能知之故，公曰：此甚易解，但人不闗心耳。豈有少婦在牀，而容人手入衾底者？且易肩而行，其勢甚重，交手護之，則知其中之有物矣。若病婦昏憒而至，必有婦人倚門而迎，止見男子，並不驚問一言，是以確知爲盜也。

費禕祉二則

胡成、淄川人、與馮安同里、世有郤、胡父子强、馮屈意交歡、胡終猜之、一日共飲薄醉、頗傾肝膽、胡大言勿憂貧、百金之產、不難致也、馮以其家不豐、故嗤之、胡正色曰、實相告、昨途遇一人、載厚裝來、我顛隕於南山智井中、時胡有妹夫鄭倫、托爲說合田產、寄數百金於胡、胡遂出以炫馮、馮信之、既散、陰以狀報縣、時浙江費公禕祉令淄、拘胡對勘、胡實供之、問鄭及產主、皆不訛、乃共驗諸智井、一役縋下、果有無首之尸在焉、胡大駭、莫可置辯、但稱寃苦、公怒、掌嘴數下、曰、確有証據。尚呼屈耶。以死囚具禁制之。尸戒勿出。惟曉示諸村、使尸親投狀。踰日有婦人投狀、自言爲亡者妻、言夫何甲揭數百金作貿易、被胡殺死、公曰、井有死人。恐未必是汝夫、婦執言甚堅、公乃命出尸於井、視之。果不謬、婦不敢近、却立而號、公曰、真犯已得。汝可暫歸、但追得死者首、即招報、令其抵償、遂自獄中喚胡出、呵曰、明日不將頭來、當械折股、押去終日、而反詰之、但有號泣、乃以梏具置前、作刑勢、曰、想汝

當夜扛尸忙迫。不知墮落何處。奈何不細尋之。胡哀、
祈容急覓。公乃問婦子女幾何。答言無。問甲有何戚、
屬。但有堂叔一人。慨然曰。少年喪妻。伶仃如此。其何
以為生。婦乃哭叩求憐憫。公曰。殺人之罪已定。但得
全尸。此案即銷。銷案後速醮可也。汝少婦勿復出入、
公門。婦感泣叩頭去。公即票示里人。代覓其首。經宿、
即有同村王五報稱已獲。問驗已明。賞以千錢。喚甲、
叔至。曰。大案已成。然人命重大。非積歲不能結。汝姪
既無出。少婦亦難存活。早令適人。此後亦無他務。但

有上臺檢駁止須汝答應耳甲叔不肯飛兩籤下再辦又一籤下甲叔懼應之婦聞詣謝公恩公極意慰諭之又諭有買婦者當堂關白旣下卽有投婚狀者葢卽報獲頭之王五也公喚婦上曰殺人之眞犯汝知之乎答以胡成公曰非也汝與王五乃眞犯耳二人大駭力辯冤誣公曰我久知其情所以遲遲而發者恐有萬一之屈耳尸未出井何以確信爲汝夫葢先知其死矣且甲死猶衣敗絮數百金何所自來又謂王五曰頭之所在汝何知之熟也所以如此其急

者意在速合耳兩人驚顏如土不能置一詞并械之果吐其實盜玉五與婦人私已久謀殺其夫而適值胡成之戲也乃釋胡馮以誣告問徒事既結並未妄刑一人

淄之西崖莊有賈某被殺於途是夜其妻亦自經死賈弟鳴於公公親詣驗之見布袱裹銀五錢餘尚在腰中知非爲財也者拘兩村鄰保審質一過殊少端緒並未搒掠釋散歸農但命約地細察十日一關白而已逾半年事漸懈賈弟怨公仁柔上堂屢聒公怒

曰汝旣不能指名、欲我以桎梏加良民耶、呵逐而出、賈弟無所申訴、憤葬兄嫂一日、以逋賦故逮數人至內一周成、懼責、言錢粮措辦已足、卽於腰中出銀袱、稟公驗視公驗已便問汝家何里答云某村、又問去西崕幾里、答五六里、又問去年被殺賈某係汝何戚、答云不識其人、公勃然曰汝殺之尚云不識耶、周力辯不聽、嚴梏之、果服其罪、先是賈妻王氏將詣姻家、慚無釵飾、聒夫使假於鄰、夫不肯、妻自假之頗甚珍重、歸途卸而裹諸袱、納袖中、旣至家、探之已亡、不敢告夫、又無力償鄰、懊惱欲死、是日周適尾而拾之、窺賈他出、半夜踰垣、將執以求合、時溽暑、王氏卧庭中、周潛就淫之、王氏覺、大號、周急止之、留衿納敛、事已婦囑曰、後勿來、吾家男子惡、犯恐俱死、周怒曰、我挾鉤欄數宿之資、寧一度可償耶、婦慰之曰、我非不願相交、渠常善病、不如從容以待其死、周乃去、於是殺賈、夜詣婦曰、爾夫已被人殺、請如所約、且出其夫信物以証之、婦聞大哭、周懼而逃、天明、則婦死矣。公廉得情、以周抵罪、共服其神明、而不知所以能察之故

有詢之者公曰事無難辨要在隨處留心耳初驗尸時見銀袱刺卍字文周袱亦然是出一手也及詰之又云不識詞貌詭變是以確知其情也

世之折獄者非悠悠置之則縲繫數十人而狠藉之耳堂上肉鼓吹喧闐旁午遂蹙額曰我勞心民事也雲板三敲則聲色並進難決之詞不復置諸念慮焉待升堂時禍桑樹以烹老黿耳嗚呼民情何由得哉余每謂智者不必仁而仁者則必智蓋用心苦則機關自出隨在留心之言可以教天下

之宰民社者矣、

張老相公

張老相公晉人、將嫁女、挈眷至湖南、親市奩妝、舟抵金山、張先渡江、囑家人在舟勿爇羶腥、蓋江中有黿怪、聞香輒出、壞舟吞行人、為害已久、張去、家人忘之、炙肉舟中、忽巨浪覆舟、妻女皆歿、張迴棹、悼恨欲死、因登金山謁寺僧、詢黿之異、將以仇之、僧聞之、駭言吾儕日與習近、懼為禍殃、惟神明奉之、祈勿怒、時輒斬牲牢、投以半體、則躍吞而去、誰復能相仇哉、張聞頓思得計便招鐵工起爐山半冶赤鐵重百餘觔審知所常伏處使二三徤男子以大鉗舉投之黿躍出疾吞而下少時波涌如山頃之浪息則黿已死浮水上矣行旅寺僧並快之建張老相公寺肖像其中奉爲水神禱之輒應

張氏婦

明末兵之所至雞犬廬舍一空婦女皆被淫汙時兗郡遭霪雨田中瀦水爲湖民無所匿遂乘桴入高粱叢中兵知之裸體乘馬入水冥搜擄掠姦淫鮮有遺

脫惟張氏婦獨不逃有廚舍一所夜與夫掘坎深數尺積茅其中覆以薄加薦其上若可寢處自炊竈下有兵至則自出門應給之二兵來欲強與合婦曰此等事豈對人可行者其一微笑而出婦與入室指薦使先登薦折兵陷婦又另取薦及薄覆其上故立坎邊以誘來者少間其一復入鬬坎中號不知何處婦笑以手招之曰在此兵踏薦又陷婦乃投以薪擲火其中火大熾屋焚婦乃呼救火既熄燔尸焦臭或問之婦曰兩豕恐害於兵故納坎中耳於是於離村數

里。大道旁。並無樹木處。攜女紅往坐烈日中。村去郡遠。兵來率乘馬。頃刻數至。笑語戲謔。因去道不遠。無一物可以蔽身。漸去。數日無患。一日一兵至。殊無少耻。欲就婦。烈日中。婦含笑不甚拒。而陰以針刺其馬。馬輙噴嘶。兵遂繫馬股際。然後擁婦。婦出巨錐猛刺馬項。馬負痛狂奔。韁繫股不得脫。拽馳數十里。同伍始代捉之。身首不知何處。惟韁上一股存焉。

巧討六出不失身於悍兵。智哉婦乎。慧而能貞。

明季兵驕將弱。故兵之所至。其害有甚於盜賊。盜賊人猶得而仇之、兵則人所不敢仇也、其少異於盜賊者、惟不甚敢輕於殺人耳。

貞

陳雲棲

楚黃陵真孝廉子毓生、能文、美丰姿、弱冠知名、有相者曰、當娶女道士爲妻、父母以爲妄、而爲之論婚、低昂不能就、母臧氏、家黃岡、生以故常詣外家、時有謠曰、黃州四雲、少者無倫、蓋郡有呂祖菴、菴中女道士皆美、故云、菴去臧氏村僅數里、生因往扣其關、果有

女道士三四人、謙喜承迎、度皆雅潔、中一二八、曠世
無儔、心好而目注之、女以手支頤。但他顧、生乘間問
姓字、答云雲棲姓陳、生戲曰、奇矣、小生適姓潘、陳頳
顏發頳。起而去。少間瀹茗進佳菓、各道姓字、一白雲
深、年約三十、一盛雲眠、年二十許、一梁雲棟、年約三
八、郝爲雲眠弟、雲棲去、生殊悵惘、因詢之、白曰、此婢
懼生人、生乃起別、白力挽之、絕裾而出、白曰、而欲見
雲棲、明日可復來、生歸、思慕甚切、次日又詣之、獨不
見雲棲、未便遽問、諸女治具留餐、生力辭、不聽、白拆

餠授箸勸進良殷既問雲棲何在答云自至久之曰已西沉生欲歸白捉腕詈之曰姑止此我捉婢子來奉見生乃止俄挑燈具酒雲眠道去酒數行生辭已醉白曰飲三觥則雲棲出矣生飲如數梁亦以此勸之生又盡之覆琖告辭白顧梁曰吾等面薄不能勸飲汝往曳陳婢來使道潘郎待妙常已久梁去少時而返言雲棲不至生欲去而夜已闌乃佯醉臥白梁捉裸之迭就淫焉終夜不堪其擾既明別去數日不敢復往然心念雲棲不置也不時於左近偵探之一

曰既暮見白出門與少年去生喜不甚異梁急往欵關雲眼出應門問之則梁亦他適因問雲棲盛導去入一院呼曰客至矣但見室門闔然而合生立窓外似將有言盛乃去雲棲隔窓曰人皆以妾爲餌釣君也頻來則身命殆矣妾不能終守清規亦不敢遽乖廉恥欲得如潘郎者而事之耳生乃以白頭相約雲棲曰妾師撫養非易果見愛當以念金贖妾身如望爲桑中之約不能也生諾之盛復至從與俱出遂別而歸中心怊悵思欲委曲貢緣再一訴其心曲適家

人報父病遂星夜回夷陵無何孝廉卒母庭訓最嚴
心事不敢告母但刻減金貲日積之有議婚者輒以
服闋爲辭母疑之生婉告曰曩在黃岡舅欲以婚陳
氏誠心所願今遭大故音耗遂梗久不如黃省問且
又一往如不諧從母所命母許之乃攜所積至黃詣
菴中則院守荒涼大異疇昔一老尼炊竈下因就問
訊曰前年老道士死四雲星散矣問何之曰雲深雲
棲從㬎少去閩雲棲居郡北雲眠消息不知也生即
詣郡北過觀輒謝並少蹤緒悵恨而返僞告母曰舅

言陳翁如岳州待其歸當遣伻來踰年年母適歸寧以問媪媪殊茫然母怒子誑媪疑甥與舅謀而未以問也亭舅達出無從稽其妄母有香愿登蓮峰齋宿山下既卧有人扣扉送一女道士寄宿同舍自言陳雲棲聞母家夷陵移坐就榻告愬坷坎詞旨悲惻言有表兄潘生與母同籍煩囑子姪輩一傳口語但道其暫寄棲鶴觀師叔王道成所朝夕厄苦度日如年望早一臨存恐過此以往未之或知也母審潘名字又不知但云旣在學宮諒無不知也未明別去殷殷

再囑。母既歸、偶言及生長跪、曰實告母、所謂潘生即兒也。母怒曰、不肖子、宣淫寺觀、以道士爲婦、何顔見親賓。平生不敢出聲、會赴試入郡、即買舟訪道成、既至則雲樓半月前出遊不返、歸途悒悒而病、適臧嫗卒、母往奔喪、殯後迷途、至京氏家、問之則族妹也、見有少女在室、年十八九、姿容曼妙、目所未睹、母每思得一佳婦、俾子不戀、心動焉、因詰生平、妹云此王氏女、京氏甥也、怙恃俱失、暫寄此耳、問婿家誰、曰無之、把手與語、意致嬌婉、母大悅、爲之過宿、私以己意告妹、妹曰、良佳、但其人高自位置、不然胡蹉跎至今也、容、商之母招與同榻、談笑甚懽、自顧母之母、悅請同歸荊州、女大喜、既至、生疾猶未起、母陰使婢告曰、載一麗人至矣、生未信、強起伏窗窺之、覺較雲棲猶艷麗也、因念三年之約已過、出遊不返、王容必已有主、得此佳麗、心懷頗慰、於是矍然動色、病亦尋瘳、母因謂女曰、汝亦知我同歸之意乎、女微笑曰、知之、但妾初志母不知也、妾少字夷陵潘氏、音耗闊絕、必已另有良配、果爾則為母也婦、不爾則終為母也女、報母爲有日也母曰既有成約自不可强但前在五祖山時有女冠問潘氏今又潘氏固知夷陵世族無此姓也女驚曰前蓮峰山下宿者母耶詢潘者即我是也母始恍然悟笑曰若然則潘生固在此矣女問何在母命婢導去問生生驚曰卿雲棲耶女見生始知前以潘爲戲也羞與終談急返告母母問其何復姓王答云因道師見愛遂以爲女從其姓耳母亦喜涓吉爲之成禮先是女與雲眠俱依王道成道成居隃雲眠遂去之漢口女嬌癡不能作苦又羞出操道士業道

成頗不善之，會京氏至觀中，女見之流涕，因與俱歸，俾改女子裝。將論婚，士族故諱其曾隸道士籍，而問名者女輒不願，舅妗皆不知其意，向頗厭嫌之。是日從母歸，得所托，如釋重負焉。合巹後，各述所遭，喜極而泣。女孝謹，母雅憐愛之，彈琴好弈，不知理家人生業，母頗以爲憂。積月餘，母遣兩人如京氏，留數日歸，途泛舟江流，欻一舟過，中一女冠近之，則雲眠也。雲眠獨與女善，女喜，招與同舟，相對酸辛，問將何之，盛云久切懸念，至棲鶴觀，則聞依京舅矣，故將詣黃岡一奉探耳、竟不知意中人、已得相聚、今視之如仙、剩此漂泊人。不知作何究竟。因而欷歔、女設一謀令易道裝僞作姊、携伴母徐擇佳偶、盛從之、既歸女先白母、盛乃入、舉止大家、談笑間練達世故、母既寡苦寂、得盛、良懽、惟恐其去、盛早起代母劬勞、不自作客、母更喜、陰思納女姊、以掩女冠之名、而未易言也、一日忘某事未作、問之、則盛代脩已久、因謂女曰、畫中人不能作家、亦復何爲、新婦若大姊者、吾無憂矣、不知女存心久、但懼母嗔、聞母言、笑對曰、母既愛之、新婦欲效英皇何如母輾然笑女退告生曰老母首肯矣乃另潔一室告盛曰昔姊言能得一知親愛人我兩人當共事之猶憶之否盛不覺雙眥瑩瑩曰我所謂親愛者非他如日日經營曾無一人知其甘苦數曰來畧有微勞即煩老母郵念則心中冷煖頓殊矣若不下逐客令俾得長伴老母於願斯足亦不望前言之踐也女告母母令姊妹焚香各矢無悔詞乃使生與行夫婦禮將寢告生曰妾乃二十三歲老處女也生猶未信旣而落紅殷褥始奇之盛曰妾所以樂得

良人者非不能甘岑寂也誠以閒閣之身覥然酬應如鉤欄所不堪耳借此一度掛名君籍當爲君奉侍老母作内紀綱若房幃之樂請別與人探討之三日後襆被從母遣之不去女早之母所占其牀寢不得已乃從生去由是三兩日輒一更代習爲常母故善弈以寡居不暇爲之自得盛經理井井晝日無事輒與女奕挑燈瀹茗聽兩婦彈琴夜分始散每語人曰兒父在時亦未能有此樂也盛司出納每記籍報母母疑曰兒輩常言幼孤作字彈棋誰教之女笑以實

告母亦笑曰我初不欲爲兒娶一道士今竟得兩矣忽憶相者所言始信有數不可逃也生再試不第母曰吾家雖不豐薄田三百畝幸得雲眠經理日就溫飽兒但在膝下率兩婦與老身共樂不願汝求富貴也生從之後雲眠生男女各一雲樓女一男三母八十餘歲而終孫皆入泮長孫雲眠所出已中鄉選矣

細侯

昌化滿生設帳於餘杭偶遊市廛經臨街閣下忽有荔殼墮肩頭仰視一雛姬凭閣上妖姿要妙不覺注

目發狂、姬俯哂而入、詢之、知爲娼樓賈氏女細侯也、其聲價頗高、自顧不能適願、歸齋冥想、終宵不寐、明日往訪之、相見言笑甚懽、心志愈迷、托故假貸同人、斂金若干、携以赴女、款洽臻至、即枕上口占一絶贈之云、膏膩銅盤夜未央。牀頭小語麝蘭香。新鬟明日重妝鳳。無復行雲夢楚王。細侯蹙然曰、妾雖汙賤、每願得同心而事之、君既無婦、視妾可當家否、生大悅、即叮嚀堅相約、細侯亦喜曰、吟咏之事、妾自謂無難、每於無人處、欲效作一首、恐未能便佳、爲識者所笑、後得相從幸教妾也因問生家田產幾何答曰薄田半頃破屋數椽而已細矦曰妾歸君後當常相守勿復設帳爲也四十畝聊足自給十畝可以種桑織五疋絹納太平之稅有餘矣閉戶相對君讀妾織暇則詩酒可遣千戶矦何足貴生曰鄉身價須幾何曰依媪貪志何能盈也多不過二百金足矣可恨妾齒穉不知重資財得輒歸母所私蓄者無多君能辦百金過此卽非所慮生曰小生之落寞鄉所知也百金何能自致有同盟友令於湖南屢見招僕因道遠故憚

於行今爲鄉故當往謀之計三四月可歸幸耐相候
細侯諾之生卽棄館南遊至則友已罷誤居民舍囊
槖空虛不能相助生落魄不能歸就邑中授徒焉偶
笞弟子弟子投河死其父痛子而訟其師因被逮囹
圄幸有他門人憐師無過時致餽遺以是得無苦細
侯自別生杜門不交一客母詰知之知不可奪亦姑
聽之有富賈慕細侯名託媒於媪務在必得不靳聘
財細侯不可賈以此詣湖南偵生耗時獄已將解賈
以金啖當事吏使久錮之歸告媪云生已瘐死細侯

疑其言不確、媪曰、無論滿生已死、縱或不死、與其從窮措大以椎布終也、何如衣錦而厭粱肉乎、細侯曰、滿生雖貧、其骨清也、守齷齪商、誠非所願、且道路之言、何足憑信、賈又轉囑他商、假作滿生絕命書寄細侯、以絕其望、細侯得書、惟朝夕哀哭、媪曰、我自幼於汝撫育良劬、汝成人二三年、所得報者無多、旣不願隸籍、又不願嫁、何以能生、細侯不得已、遂嫁賈、賈衣服簪環、供給豐、後年餘、生一子、無何、生得門人力、昭雪而出、始知賈之錮己也、然念素無郤、反覆不得其由門人義助資斧以歸聞細侯已嫁賈始知錮己有因也心甚激楚因以所苦托市媪賣漿者達細侯細侯大悲方悟前此多端悉賈之詭謀乘賈他出殺抱中兒携所有以歸滿凡賈家服飾一無所取賈歸怒質於官官原其情置不問

妓而能貞尚矣顧殺子而行亦天下之忍人也

義婦

喬氏

平原喬生有女黑醜壑一鼻跛一足年二十五六無

問名者、邑有穆生、四十餘、妻死、貧不能續、因聘焉、三年生一子、未幾、穆生死、家蕭索、大困、乞憐其母、母頗不耐之、女亦憤不復返、惟以紡織自給、有孟生喪偶、遺一子名烏頭、以周領之、人急於求配、然媒數言輒不當意、忽見穆婦、大悅之、陰使人風示之、女辭曰、飢凍若此、從官人得溫飽、夫寧不願、然殘醜不如人、所可自信者、德耳、又事二夫、官人何取焉、孟益愈賢之、向慕尤殷、使媒者函金加幣、而悅其母、母悅、自詣女所、固要之、女志終不奪、母慚、願以少女字孟、家人皆喜、而

孟殊不願居無何暴疾卒女往臨穴盡哀孟故無戚
黨死後村中無賴悉憑陵之家具攜取一空方謀瓜
分其田產家人亦各草竊以去惟一嫗抱兒哭帷中
女問得故大不平聞林生與孟善乃踵門而告曰夫
婦朋友人之大倫也妾以奇醜爲世不齒獨孟生能
知我前雖固拒之然心已許之矣今身死子幼自當
有以報知己然存孤易禦侮難若無兄弟父母遂坐
視其子死家滅而不一救則五倫中可以無朋友矣
妾無所多須於君但以片紙告官撫孤則妾不敢辭

林懿之將如其教無賴輩怒甚欲以白刃相仇林大
懼閉戶不敢復行女候之數日叔無言及問之則孟
氏田產已盡矣女忿甚欲身自詣官言部女屬孟向
人女曰全宗一己所憑者理耳如其言妄即至戚雖
所逃罪如非妄即道路之人可聽也官然其言竊呵
逐而出女冤憤無伸哭訴於鑑緗之門某先生聞而
義之代剖於宰宰援之果直窮治諸無賴輩返所取
或議置女居宅孟第撫其孤女不可扃其戶使婢抱焉
頭從與但歸另名合之凡島頭日用所需輒同婢啟

戶出粟爲之營辦已錙銖無所沾染抱子食貧一如
曩昔積數年烏頭漸長爲延師教讀己子則使學操
作媪勸使並讀女曰烏頭之費其所自有我耗人之
財以教己子此心何以自明又數年爲烏頭積橐數
百石乃聘於名族治其第宅送之歸烏頭泣要與同
居女乃從之然紡績如故烏頭夫婦奪其具女曰我
母子坐食此心何安遂早暮爲之經理使其子巡行
阡陌若爲傭然烏頭夫婦有小過輒斥譴不少貸稍
不悛則怫然欲去夫妻跪道悔詞乃止未幾烏頭入

泮又辭欲歸烏頭不可捐聘幣爲穆子完婚女乃合子歸烏頭留之不得陰使人於近村爲市恒産百畝而後遣之後女疾求歸烏頭不聽病愈篤囑曰必以我歸葬烏頭諾既卒陰以金啗穆子俾合葬於孟及期棺重三十人不能舉穆子忽仆七竅血出自言曰不肖子何得遂賣汝母烏頭懼拜祝之始愈乃復停數日修治穆墓已始合厝之

知己之感許之以身此烈男子之所爲也彼女子何知而奇偉顧若是哉

賢婦

細柳

細柳中都士人女也或以其嫛媲可愛戲呼之細柳云柳少慧解文字喜讀相人書而生平簡默未嘗言人臧否但有問名者必求一親窺其人閱人甚多俱言不可而年十九矣父母讓之曰天下迄無良匹汝將以丫角老耶女曰我實欲以人勝天顧久而不就亦吾命也今而後請惟父母之命是聽時有高生者世家名士適喪偶聞細柳之名委禽焉既醮夫妻甚

得前室有遺孤小字長福方五歲柳撫養周至或歸寧福輒號啼從之呵遣所不能止年餘產一子名之長怙生問命名之義答言無他但望其長依膝下耳柳於女紅疏畧常不留意而於畝之南東稅之多寡按籍而問惟恐不詳久之謂生曰家中事請置勿顧待妾自爲之生如言半載而家無廢事生亦賢之一日生赴鄰人飲適有追逋賦者敲門而誶乃趣僮招生歸隸已去生笑曰今乃知慧女不若癡男耶柳聞之俯首而泣生挽而勸之終不樂生不忍以家政累

之仍欲自任柳必不肯晨興夜寐經紀爾勤毋先一年即儲來歲之賦以故終歲未嘗有隸役登其門又以此法計衣食由此用度愈紓於是生大喜嘗戲之曰細柳何細哉眉細腰細凌波細且喜心思更細女對曰高郎誠高矣品高志高文字高但願壽數尤高村中有貨美材者不惜重直致之價不能足又多方乞貸於戚里生以其不急之物固止之卒弗聽置之年餘富室有喪者以倍貲購諸其門生利而謀諸柳柳不可問其故不語再問之瑩瑩欲涕心異之然不

忍重拂焉乃罷又逾歳生年二十有五柳禁不合遊
遊歸稍晚僮僕招請者相屬於道於是同人咸戲謗
之一日生赴友人飲覺體不快而歸至中途墮馬遂
卒時方溽暑幸衣衾皆所夙備里中始共服其智福
年十歳始學爲文父既殁嬌惰不肯讀輙亡去從牧
兒遊譙訶不改繼以夏楚而冥頑如故母無奈因呼
而諭之曰既不願讀亦復何能相强但貧家無冗人
可更若衣與僮僕共操作不然鞭撻勿悔於是衣以
敗絮使牧豕歸則自掇陶器與諸僕啗饘粥數日苦

之泣跪庭下、願仍讀、母返身向壁置不聞、不得已執
鞭啜泣而出、胻無衣、足無履、冷雨沾濡、縮頸如丐、里
人見而憐之、納繼室者皆引細娘爲戒、嘖有煩言、鄉
亦稍稍聞之、而漠不爲意、福不堪其苦、棄家逃去、鄉
亦任之、殊不追問、積數月、乞食無所、憔悴自歸、不敢
遽入、哀求鄰媪往白母、母曰、若能受百杖、可來見、不
然、早復去、福聞之、驟入痛哭、願受杖、母問今知悔乎、
曰悔矣、曰既知悔、亦無須撻楚、可安分牧豕、再犯不
宥、福大哭曰、願受百杖、請復讀、母不聽、鄰媪從慂之、

始納焉濯髮授衣令與弟同師勤身鋭慮大異往昔。三年遊泮中丞楊公見其文而器之月給常廩以助膏火怙資最鈍不能讀母令棄書而農游閒憚於作苦母怒曰四民各有本業既不能讀又不欲耕寧不瘠死耶立杖之由是率奴僕耕作一朝晏起則詬罵從之而衣服飲食母輒以美者歸兄怙雖不敢言而心竊不能平農功既畢母出資使學賈貶入手悉歸淫賭詭托盜賊運數以欺母母覺之杖之瀕死福長跪哀乞願以身代　怒始解自是一出門母輒復發之怙行稍斂而非其本意也一日請諸母將從諸賈入洛實借遠遊以快所樂而中心惕惕惟恐不遂所請母聞之殊無疑慮即出碎金三十兩爲之具裝又以鋌金一枚付之曰此乃祖宦囊之遺不可用去聊以壓裝備急可耳且汝初學跋涉亦不敢望重息只此三十金得無虧負足矣臨行又囑之怙諾而去欣欣意自得至洛謝絕客侶宿名娼李姬家十餘夕散金已盡自以巨金在橐初不以空匱爲慮及取而斫之則僞金耳大駭失色李媪見其狀冷語侵之怙心

不自安，然囊空無所往，猶冀姬念夙好，不卽絶之。俄有二人握索入，縣繫頸項，驚懼不知所爲，哀問其故，則姬已竊僞金去，首公庭矣。至官不能置詞，梏掠幾死，收獄中，又無資斧，大爲獄吏所虐，乞食於囚，苟延餘息。初怙之行也，母謂福曰：記取念日後，當遣汝至洛。我事煩，悉忘之。福請所謂，蹶然欲悲，不敢復請而退。過念日，問之，嘆曰：汝弟今日之浮蕩，猶汝昔日之廢學也。我不冒惡名，汝何以有今日？人皆謂我忍，但淚浮枕簟，而人不知耳。因泣下。福侍立，含淚敬聽，泣已乃曰汝弟蕩心不死故授之僞金以挫折之今度已在縲絏中矣中丞待汝厚汝往求焉可以脫其死難而生其愧悔也福即束裝去比入洛則弟已被逮三日矣即獄中望之奄然面目如鬼見兄涕不可仰福亦哭時福爲中丞所知故遐邇皆聞其名邑宰知之急釋之怙至家猶恐母怒膝行而前母顧曰汝願遂耶福亦同跪母始叱之起由是痛自悔家中諸務經理維勤即偶惰母亦不呵問之凡數月並不與言貿易怙意欲自請而不敢以意告兄母聞而喜並力

質貸而付之。半載而息倍焉、是年福秋撻、又三年登
第、弟貨殖已累巨萬矣、有客洛者見太夫人年四旬
猶若三十許人、而衣妝樸素類常家云、
黑心符出、蘆花變生、古今一轍、良可哀也、或有避
其謗者、又每矯枉過正、至坐視兒女之放縱而不
一置問、其視虐遇者幾何哉、獨是日撻所生、而人
不以爲暴、施之異腹兒、則指摘隨之矣、夫細郷固
非獨忍於前子也。然使所出賢。亦何能出此心以
自白於天下。而乃不引嫌、不辭謗、卒使二子一貴

一、富、表表於世、此無論闔閭、當亦丈夫之錚錚者
矣、

林氏

濟南戚安期、素佻㒓、喜狎妓、妻林氏美而賢、婉戒之。不聽、會流寇入境、妻被掠去、欲相犯、林僞諾之、適兆頭有佩刀、自剄死、寇舉而委諸野、次日有人傳林死、戚痛悼往視、尚有微息、負而歸、目漸動、稍稍嚬呻、扶其項、以竹管滴瀝灌飲、能咽、戚撫之曰、卿萬一能活、相負者必遭凶折。半年林平復如故、但首爲頸痕所

牽常若左顧戚不以爲醜愛戀逾於平昔曲巷之遊從此絶迹林自覺形異將爲置媵戚執不可居數年林不育因勸納婢戚曰業誓不二鬼神不聞之卽嗣續不承亦吾命耳若未應絶卿豈老不能育者耶林乃托疾使戚獨宿遣婢海棠襆被臥其牀下旣久陰以情問婢婢言無之林不信至夜戒婢勿往自詣婢所臥少間聞牀上息已動潛起登牀捫之戚醒問誰林耳語曰我海棠也戚拒卻曰我有盟誓不敢更也若似曩年尚須汝奔就耶林乃下牀出又使婢托已

往就之、戚念妻生平曾未肯作此態、疑焉、撲其項無痕、又咄之、婢慙而退、既明以情告林、使速嫁之、林笑曰、君亦不必過執、倘得生一子、亦幸甚、戚曰、苟遣盟誓、鬼譴將及、尚望延宗嗣乎、林翌日笑語戚曰、凡農家者流、苗與秀不可知、播種常例不可遺、晚間耕耨之期至矣、但下體少腫、恐不任顛猛耳、戚笑會之、既夕、林滅燭呼婢、使卧己衾中、戚入就榻、戲曰、佃人來矣、深愧錢鎛不利、負此良田、婢不語、既而舉事、極體意溫卹之、事已、婢偽起溺、以林易之、自此時值落紅

輒一爲之未幾婢腹震每使静坐不令給役故謂戚
曰妾勸納婢而君弗聽設爾時冒妾時君惧信之交
而得孕將復何如戚曰留犢犢母林乃不言無何婢
舉一男林陰覓乳媪抱養母家積四五年又産一男
一女長子名長生已七歳就外祖家讀書林半月輒
托歸寧一往看視婢年愈長戚時時促遣之林輒諾
婢亦日思兒女林從其願竊爲上饔送至母所林謂
戚曰日謂我不嫁海棠母家有一義男業配之矣又
數年子女俱長成值戚初度林先期治具爲候親友

戚歎曰歲月驚過忽已半世幸各强健家亦不至凍
餒所缺者膝下一點林曰君執拗不從妾言夫誰怨
然欲得男兩亦非難何況一也戚解顏曰既言不難
明日便索兩男林言易耳早起命駕至母家嚴妝子
女載與俱歸入門令雁行立呼父叩祝拜已而起相
顧嬉笑戚駭怪不解林曰君索兩男妾添一女始爲
詳述本末戚喜曰何不早告曰早告恐絶其母今子
已成立尚可絶其母乎戚感極涕泣遂迎婢歸偕老
焉

存心如林氏、可謂賢矣。聊齋此篇、極意寫戚爲林誑、余竊意林爲戚誑也。梓園

謝氏

章邱李孝廉善遷、少倜儻不羈、絲竹詞曲之屬皆精之、兩兄皆登甲榜、而孝廉愈佻撻、娶謝氏、稍稍禁制之、遂亡去、三年不返、徧覓不得、後得之臨淸鉤欄中、家人入見其南向坐、少姬十數左右侍、蓋皆學音藝而拜門牆者也、臨行積衣累笥、悉諸姬所貽、既歸、謝閉之一室、投書滿案、以長繩縶榻足、引其端自欞中

出貫以巨鈴繫諸廚下凡有所需則躡繩繩動鈴響則應之謝躬設典肆垂簾納物而估其直左持籌右握算老僕供奔走而已由此起積致富毋恥不及諸奴貴錮閉三年而孝廉捷喜曰三卯兩成吾以爲蝦矣今亦爾耶

誌異摘抄目錄

卷之三

情癡

孫子楚

書癡

郎玉柱

炎凉

胡四娘　　　　鏡聽

誌異摘抄卷之三

夢徵

楊公

楊公大洪、漣、爲楚名儒、自命不凡、科試後、聞報優等者、時方食、含哺出問、有楊某否、答無、不覺嗒然自喪、噎食入鬲、遂成塊病、噎阻甚苦、衆勸赴遺才錄、公患無資、衆醵十金送之、行、乃强就道、夜夢一人告之曰、前途有人能愈君疾、宜苦求之、臨去、贈以詩、有江邊柳下三弄笛、拋向江心莫歎息之句、明日途次、果見一道士坐柳下、因便叩請、道士笑曰、子悞甚矣、我何能療病乎、請爲三弄可也、因出笛吹之、公觸所夢、拜求愈切、且傾囊獻之、道士接金擲向江流、公以所來不易、啞然驚惜、道士曰、君未能恝然耶、金在江邊、請自取之、公詣視果然、又愈奇之、呼爲仙、道士漫指曰、我非仙、彼處仙人來矣、賺公回顧、力拍其項曰、俗哉、公受拍張吻作聲、喉中嘔出一物墮地、塌然俯而破之、飯裹猶存、病若失、回視道士已杳、

公生爲河嶽、殁爲日星、何必長生、乃爲不死哉、或

以未能免俗不作天仙爲公惜余謂天上多一仙人不如世上多一聖賢解者必不議余説之偵也

王桂菴　子寄生附

王穉字桂菴大名世家子適南遊泊舟江岸有鄰舟止一女綉履其中風姿韻絶王窺瞻旣久女若不覺王朗誦洛陽女兒對門居故使女聞女似解其爲已者略舉首一斜瞬之俛首綉如故王神志愈馳以金錠一枚遥投之墮女襟上女拾棄之若不知爲金也者金落岸邊王拾回更怪之又以金釧擲之墮足下

女操業不顧無何有榜人來王恐其見訕心頗急女從容以雙鈎覆蔽之榜人解纜順流逕去王心情喪惘殞坐凝思時王方娶而喪其偶悔不即訪之詢諸舟人並不識其姓名乃放舟追之目力既窮杳不知其所往不得已返舟而南事畢北旋又沿江細訪並無音耗至家寢食皆縈念之踰年復南買舟江際若家焉日日細數行舟往來者帆楫皆熟而曩舟殊杳居半年貲罄而歸行思坐想不能少置一夜夢至江邨過數門見一家柴扉南向門內睞竹爲籬意是園

亭、逕入之、有夜合一株、紅絲滿樹、陰念詩中門前一樹馬纓花、此其是矣、過數武、藩笆光潔、叉入之、見北舍三楹、雙扉闔焉、南有小舍、紅蕉蔽窗、探身一窺、則椸架當門、罥畫裙其上、知爲女子闥闥、愕然却退、而內亦覺之、有奔出瞰客者、粉黛微呈、則舟中人也、喜出非望、曰、亦有相逢之期乎、方將狎就、女父適歸、倏然驚覺、始知是夢、而景物歷歷、如在目前、恐與人言、破此佳兆、秘之、後年餘、再適鎮江、郡南有徐太僕與有世誼、招之飲、信馬而去、悞入小郵、道途景色、彷彿生平所歷一門內馬纓一樹景象宛然駭極投鞭而入種種物色與夢無別再入房舍一如其數夢既驗不復疑慮直趨南舍舟中人果在其中遥見王驚起以扉自障叱問何處男子王逡巡間猶疑是夢女見步履漸近閛然闔戶王曰卿不憶擲釧者耶備述相思之苦且言夢徵女隔窗審其家世王具道之女曰既屬宦裔中饋必有佳人焉用妾王曰非以卿故昏娶固已久矣女曰果如所云足知君心妾此情難告父母然亦方命而絕數家金釧猶在料鍾情者必有

耗聞耳父母偶適外戚行且至君姑退倩冰委禽計無不遂若望以非禮成耦則用心左矣王倉卒欲出女遥呼王郎姜芸娘姓孟氏父字江蘺王諾記而出罷筵早返謁江蘺既見始知即榜人也逆入設座籬下王自道家閥即致來意兼納百金爲聘翁曰息女已字人矣王曰訊之甚確固待聘耳何見絕之深翁曰適問所諾不敢爲誑王神情俱失拱别而退不知其言信否終夜輾轉無人可以爲謀向欲以情告太僕恐娶榜人女爲先生笑今情急不得已質明詣太

僕實告之太僕曰此翁與有瓜葛是祖母姪孫何不早言王始吐隱情太僕疑曰江離雖貧素不以操舟爲業得毋悞乎乃遣子大郎詣孟孟曰僕雖空匱非賣昏者曩公子以金自媒諒僕必爲利動故不敢附爲昏姻既承尊翁命必無錯謬但頑女頗恃嬌愛好門戶輒便拗執不得不與商確免他日怨悔也少時出拱手一如尊命約期乃别大郎反命王乃盛備禽妝納采於孟假館太僕家親迎成禮居三日辭孟北歸夜宿舟中問芸娘曰向於此處遇卿固疑不類舟

人子當日泛舟何之答云妾叔家江北偶借扁舟一省視耳妾家僅可自給然儻來物頗不貴視之笑君雙瞳如豆屢以金貲動人初聞吟聲知爲風雅士又疑爲儇薄子作蕩婦挑之也使父見金釧君死無地矣妾憐才心切否王笑曰卿固黠甚然亦墮吾術中女問何事王止而不言又固詰之乃曰家門日近料亦不能終秘實告卿我家中固有妻在吳尚書女也芸娘不信王故莊其詞以實之芸娘色變嘿移時遽起奔出王躡履追之則已投江中矣王大呼諸船驚

鬧、夜色昏濛、惟有滿江星點而已、王悼痛、中夜沿江而下、以重價覓其骸、骨亦無見者、邑邑而歸、憂痛交集、又恐翁來視女、無詞可以相對、有姊丈官河南、遂往遊焉、年餘始歸、途中遇雨、休裝民舍、見房廊精潔、有老嫗弄兒廈間、兒見王入、郎求援抱、王怪之、視兒秀婉可愛、攬置膝頭、嫗喚之不去、少頃、雨霽、王舉兒付嫗、下堂趣裝、兒啼曰、阿爹去矣、嫗恥之、呵之不止、強抱而去、王坐待治任、忽有麗者自屏後抱兒出、則芸娘也、方詫異間、芸娘罵曰、負心郎。遺此一塊肉、焉

置之王乃知爲己子、酸來刺心、不暇問其往迹、先以
前言之戲矢日自白、芸娘始反怒爲悲、相向涕零、先
是地主莫翁六旬無子、携媪往朝南海、歸途泊江際、
芸娘隨波下、適觸翁舟、翁命從人拯出之、療控終夜
始漸蘇、翁媪視之、是好女子、大喜、認爲女、携歸居數
月、欲爲擇壻、女不可、踰十月、舉一子、名之寄生、王避
雨其家、寄生方週歲也、王於是解裝、入拜翁媪、居數
日、始携芸娘歸、至則孟翁坐待已兩月矣、翁初至、見
僕輩情詞恍惚、心頗疑怪、既見、始共歡慰、歷述所遭、

乃知其枝梧有由也、

寄生字王孫、父母以其襁褓認父、謂有夙慧、鍾愛之、長更秀美、八九歲能文、十四入郡庠、每自擇偶、有姑母適鄭、秀才子僑生女閨秀、慧艷絕倫、王孫心切愛好、思慕良殷、積久寢食俱廢、父母大憂、研詰之、得其實、遣冰於鄭、鄭性方謹、以中表為嫌、卻之、而王孫病甚、母計無所出、隂婉致二姑、但求閨秀一臨存之、鄭聞大怒、出惡聲焉、父母既絕望、聽之而已、郡有大姓張氏、五女皆美、幼者名五可、尤冠諸姊、擇壻未字、一曰上墓曾遇王孫自輿中窺之歸以白母母沈知其意見媒媪于氏微示之媪遂詣王所時王孫方病訊知之笑曰此病老身能醫之芸娘問故媪述張氏意並道五可之美芸娘喜即使往候王孫媪入撫王孫而告之王孫搖首曰醫不對証奈何媪笑曰但問醫良否其良也召和而緩至可矣執其人以求之守死而待之不已癡乎王孫欷歔曰天下之醫無踰和者媪曰何見之不廣也遂以五可之容顏髮膚神情態度口寫而手狀之王孫又搖首曰媪休矣此余願所

不及也反身向壁不復聽矣媼見其志不移遂去一日王孫沉痼中忽一婢入曰所思之人至矣喜極躍而起急出舍則麗人已在庭中細視之却非閨秀着松黃袍細摺綉裙雙鈎微露神仙不啻也拜問姓名答曰妾五可也君深於情者而獨鍾情閨秀使人不平王孫謝曰生平未見顏色故目中止一閨秀今知罪矣遂與要盟方握手殷殷適母來撫摩蘧然而覺則一夢也回思聲容笑貌宛在目中陰念五可果如所夢何必求所難得因以夢告母母喜其念少奪急

欲媒之王孫恐夢見不確托鄰嫗素識張氏者僞以他故詣之而囑潛相五可嫗至其家五可方靠枕支頤婀娜之態傾絶一世近問何恙女嘿然弄帶不作一語母答曰非病也連日與爺娘負氣耳嫗問故曰諸家問名皆不願必如王家寄生者方嫁是爲母者勸之急遂作意不食數日矣嫗笑曰娘子若配王郎真是玉人成雙也渠若見五娘恐又憔悴死矣我歸卽令倩冰如何五可止之曰姥勿爾恐其不諧徒增笑耳嫗銳然以必成自任五可方微笑嫗歸一如媒

媪言、王孫又詳問衣履、無不與夢適合、大悅、意稍舒、然終不敢以人言爲信、過數日、漸瘳、密招于媪、來謀以親見五可、媪難之、姑應而去、久之不至、方欲覓之、一日、媪忽來、忻然曰、機幸可圖、五娘向有小恙、日令婢輩將扶過一對院、公子往伏伺之、五娘行綏滯委曲、可以盡睹、王孫喜、如其教、明日命駕、早往、媪先在焉、郎令繫馬村樹、導入臨路舍、設座掩扉乃去、少間、五可果扶婢出、王孫自門隙目注之、女經門外、過媪、故指揮雲樹、以遲纖步、王孫窺覘盡悉、彷彿又入夢中喜顫不能自持未幾媪至曰可代閨秀否王孫申謝而返始告父母遣妁要盟及媒往則五可已別字矣王孫失意悔悶欲死即刻復病父母憂甚責其自悮王孫無詞惟日飲米汁一合積數日雞骨支牀較前尤甚媪忽至驚曰何憊之甚王孫涕下以情告媪笑曰癡公子前日人趂汝求而故卻之今日汝求人而能必遂耶雖然尚可為力早與老身謀者即許京都皇子能奪之使還王孫大悅求策媪命函致之約次日候於張所桂庵恐以唐突見罪媪曰前與張公

業有成言、遷延數日而遽悔之、且彼字他家、尚無函信、諺云、先炊者先飯、何疑也、桂庵從之、次日二僕往並無異詞、厚犒而歸、王孫病遂愈、由此閨秀之想始絕、初鄭郄聘閨秀、頗不懌、既聞張氏姻成、心更抑欝、恍惚若病、日就支離、父母詰之、不肯言、婢窺其意陰以告母、鄭知之、怒不醫、以聽其死、母懟曰、吾姪亦殊不惡、何守頭巾戒、殺吾嬌女、鄭恚曰、若所生女、不如早死、免貽笑柄、以此夫妻反目、二娘故與女言、將使仍歸王孫、若爲媵女、俛首不言、若甚願之、二娘商鄭、鄭愈怒、一付二娘、置女若已死、不復與聞、二娘愛女切、欲實其言、女乃喜、病始瘥、竊探王孫、親迎有日矣、及期、以姪完婚、僞欲歸寧。昧旦、使人求僕輿於兄。兄最友愛、又以居邨鄰近、即以所備親迎輿馬先逆二娘、既至、則妝女入車、使兩僕兩輿護送之、到門以、氈貼地而入、時鼓樂已集、從僕叱令吹擂、一時人聲沸聒、王孫奔視、則女子以紅帕蒙首、立堂上、鬖極、欲奔、鄭僕夾扶、便令交拜、王孫不知何由、即拜訖、二媪扶女逕坐青廬、始知其閨秀也、舉家皇亂、莫知所爲時漸濱暮、王孫不復敢行親迎禮、桂菴不得已以情告張、張怒、遂欲斷絶、五可不肯、曰彼雖先至、未受雁采、不如仍令親迎、父納其言、以對來使、使歸桂菴、終不敢從、相對籌思、喜怒俱無所施、張待之既久、知其不行、遂亦以輿馬送五可至、因另設青廬於別室、而王孫周旋兩間、蹀躞無以自處、母乃調停於中、使序行以齒、二女皆諾、及五可聞閨秀差長、稱姊、有難色、母甚慮之、比三朝同會於母所、見閨秀風致宜人、不覺右之、自是始定、然父母皆恐其積久不相能、而二

女更無間言衣履易着相愛如姊妹焉王孫始問五
可却媒之故笑曰無他聊報君之却于媪耳向未見
妾意中止有閨秀旣見妾亦畧靳之以覘君之視妾
較閨秀何如也設君爲閨秀病而不爲妾病則亦不
必强求容矣王孫笑曰報亦慘矣然非于媪何由得
覩芳容五可曰是妾自欲見君媪何能爲過舍門時
豈不知耽耽者在内耶夢中業相約何尚未之信耶
王孫驚問何知曰妾夢至君家以爲妄後聞君亦夢
妾乃知魂魄真到此也王孫異之遂述所夢時日悉

符父子良緣皆以夢成亦奇矣故並誌之
父癡於情子遂幾爲情死所謂情種其王孫之謂
與不有善夢之父何生離魂之子哉

勇

崔猛

崔猛字勿猛建昌世家子性剛毅幼在塾中諸童蒙
稍有所犯輒奮拳毆擊師屢戒不悛名字皆先生所
題也年弱冠强武絶倫又能持長竿躍登夏屋喜雪
不平以是鄉人共服之求訴者無虛日崔抑强扶弱

不避怨嫌稍迕之石杖交加支體爲殘每盛怒無敢勸者惟事母孝母至則觧母譴責備至崔唯唯聽命出門輙忘比鄰有悍婦日虐其姑姑餓瀕死子竊啖之婦知詬厲萬端聲聞四院崔怒踰垣而過鼻耳唇舌盡割之立斃母聞之大駭呼鄰子極意溫卹配以少婢事乃寢母憤泣不食崔跪請受杖且告以悔母泣不顧其妻亦跪母乃杖之又以針刺其臂作十字紋朱塗之俾勿滅崔拜受之母乃食母喜飯僧道往往饜飽之適一道士在門崔過之道士目之曰郎君

多凶横之氣恐難保其令終積善之家不宜有此崔新受毋戒聞之起敬曰某亦自念之但一見不平苦不自禁力改之或可免否道士笑曰姑無問可免不可免請先自問能改不能改但當痛自抑如有萬分一我告君以觧死之術崔生平不信厭禳但笑不言道士曰我固知君不信但我所言不類巫覡行之亦盛德即不效亦不有所妨崔請之乃曰門外一後生宜原結之即犯死罪此子能活之也呼崔出指示之其人蓋南昌趙氏兒名僧哥以歲祲饑僑寓建昌崔

田是深相結、請趙館於其家、供給優厚、僧哥年十二、
登堂拜母、約爲弟昆、踰歲東作、趙携家去、音問遂絕、
崔母自鄰婦死、戒子更切、有赴訴者、輒擯斥之、一日
母弟卒、從母往弔、途遇數人縶一男子、呵罵促步、加
以捶扑、觀者塞途、輿不得進、崔問之、識崔者競相擁
告云、巨紳子某豪橫一鄉、窺李申妻有色、欲奪之、道
無由、因命家人誘與博賭、貸以貲而重其息、要使署
妻於劵、貲盡復給、終夜負債數千、積半年、計子母三
十餘千、申不能償、强以多人篡取其妻、申哭諸其門

某怒拉繫樹上搒笞刺剟逼立無悔狀崔聞之氣湧
如山鞭馬前向意將用武母搴簾呼曰唶又欲爾耶
崔乃止既弔而歸不語亦不食兀坐直視若有所嗔
妻詰之不答至夜和衣臥榻上輾轉達旦次夜復然
忽啟戶出輒又還臥如此三四妻不敢詰惟慴息以
聽之既而出遲久乃返掩扉熟寢矣是夜有人殺某
於牀上刳腹流腸申妻亦裸尸牀下官疑申捕治之
橫被殘酷踝骨皆見卒無詞積年餘不能堪誣服論
辟會崔母死既殯告妻曰殺某者我也徒以有老母

在故不敢泄今大事已了奈何以一身之罪殃他人我將赴有司死耳妻驚挽之絕裾而去自首於庭官愕然械送獄釋申申不可堅以自承官不能決兩收之戚屬皆誚讓申申曰崔所爲是我欲爲而不能者也彼代我爲之而忍坐視其死乎今日即謂崔未出也可執不異詞固與崔爭久之官吏皆知其故强出之以崔抵罪濵就決矣會邮刑官趙部郎案臨閲囚至崔名屏人而嗅之崔仰視堂上僧哥也悲喜實訴趙徘徊良久仍令下獄囑獄卒善視之尋以自首減

等充雲南軍中爲服役而去未期年援赦歸皆趙力也旣歸申終從不去代爲經理生業子之貲不受緣橦技擊之術頗以關懷崔厚遇之買婦授田焉崔由此力改前行毎撫臂上刺痕泫然流涕以故鄉鄰有事申輒矯命排解並不關白有王監生者家富豪四方無賴輩出入其門邑中殷實者多被刦掠或迸之輒遣盜殺諸途子亦淫暴王有寡嬸父子共烝之妻仇氏屢沮王王縊殺之仇兄弟質諸官王賕囑以告者坐誣仇寃憤莫伸詣崔求訴申絕之使去過數日

客至適僕他往使申瀹茗申默而出告人曰我與崔朋友耳從徙萬里不可謂不至矣曾無廩給而役同厮養所不甘也遂忿攜婦去或以告崔崔訝之申忽訟於公堂謂崔三年不給傭價崔大異之親與叩對狀申忿相爭官不直逐之出又數日申忽夜入王家將其父子寡孀并殺之粘紙於壁自書姓名及追逋之已亡命去王疑崔主使官不信崔始悟前此之訟蓋恐殺人之累己也關行附近州邑追逋甚急會闖賊亂其事遂寢無何明鼎革申仍攜家歸復與崔善

如初時土寇嘯聚王有從子得仁集叔所招無賴據山爲盜焚掠村疃一夜傾巢而至以復仇爲名崔適他出既破扉申始覺越牆伏暗中賊搜崔李不得擄崔妻周氏括財物而去申歸止有一僕忿急不能爲地乃斷繩數十段以短者付僕長者自懷之囑僕越賊巢登半山以火爇繩散挂荆棘即返勿顧僕諾而去申窺賊皆腰束紅帶帽繫紅絹遂傚其裝有老牝馬初生駒賊棄諸門外申乃縛駒跨馬銜枚而出直至賊穴賊據一大村申縶馬村外踰垣入見賊衆紛

絃操戈未釋，申竊問諸賊，知崔妻在王某所。俄聞傳令俾各休息，轟然噭應。忽一人報東山有火，衆賊共望之，初猶一二點，既而更多類星宿。申窃急呼東山有警，王大驚，束裝率衆而出。申承間潛出其後，反身入內，見兩賊守帳，紿之曰：王將軍遺佩刀。兩賊競覓，申自後斫之，一賊踣，其一回顧，申又斬之，竟負崔妻踰垣而出，解馬授轡曰：娘子不知途，馬戀駒，縱馬可也。申出隘口，灼火於繩，徧懸之，乃歸。次日崔還，以爲大辱，形神跳躁，欲單騎往平賊，申諫止之，集村人而謀之。衆恇怯莫敢應、解諭再四。得敢往二十餘人、又苦無兵、適於得仁族姓家獲奸細二崔、欲殺之、中不可命、二十人、各持白挺具列於前、乃割其耳而縱之、衆怨曰此等兵旅方懼、賊知而反示之、脫其傾隊而來、閭村不保矣。申曰吾正欲其來也。執匿盜者誅之、遣人四出、各假弓矢火銃、又詣邑借巨砲二、日暮率壯士至隘口、置砲當其衝、使二人匿火而伏、囑見賊乃發。又至谷東口、伐樹置崖上、已而與崔各率十餘人、分岈伏之。一更向盡、遙聞馬嘶、暗覘之、賊果大至繈屬不絶俟盡入谷乃推墮樹木以斷其歸途俄而砲發喑嗚號呌之聲震動山谷賊驟退自相踐踏東口不得出集無隙地兩岸銃矢夾攻勢如風雨斷頭折足者枕藉溝中遺二十餘人長跪乞命乃遣人縶送以歸乘勝直抵其巢守巢者聞風奔竄搜其輜重而還崔大喜問其設火之謀曰設火於東恐其西追也短欲其速盡恐偵知其無人也旣而設於谷口口甚隘一夫可以斷之彼即追來見火必懼皆一時犯險之下策也取賊鞫之果追入谷見火驚退二十

餘賊、盡剿則而放之。由此威聲大震。遠近避亂者從之如市、得土團三百餘人、各處強寇無敢犯一方賴之以安

快牛必能破車、崔之謂哉、志意慷慨、蓋鮮儷矣、然欲使天下無不平之事、寧非意過其中者歟。李中一介細民、遂能濟美。緣橦飛入剪禽獸於深闉斷路、夾攻蕩么麽於隘谷、假使得五丈之旗爲國効命、烏在不封侯萬里哉

吳將軍

海寧查伊璜濤明飲野寺中見殿前有古鐘大於兩石甕而上下土痕手迹滑然如新疑之俯窺其下有竹筐受八升許不知所貯何物使數人摳耳力掀舉之無少動大駭乃坐飲以俟其人居無何有乞人入携所得糗糒堆纍鐘下乃以一手起鐘一手掬餌置筐內往返數回始盡已復合之乃去移時復來探取食之食已復探輕如啓櫝一座盡駭查問若個男兒胡行乞答以啗噉多無傭者查以其徤勸投行伍乞人愀然慮無階查遂携歸餌之計其食畧倍五六人

爲易衣履以書薦於福州將軍又以五十金贈之行後十餘年查猶子令於閩有吳將軍六奇者忽來通謁款談問問伊璜是君何人答言爲諸父行與將軍何處有素曰是我師也十年之別頗復憶念煩致先生一賜臨也漫應之自念叔名士何得武弟子會伊璜至因告之伊璜茫不記憶因其問詢之殷卽命僕馬投刺於門吳趨出逆諸大門之外視之殊昧生平竊疑其悞而吳傴僂甚恭肅之入深啓三四關忽見女子往來知爲私廨屏足立吳又揖之登堂則捲簾

者移坐者並皆少麗。既坐方擬展問吳頤少動一姬捧公服至遽起更衣查不知其何爲衆姬捉衿袖訖先命數姬捺查座上不使動而後下拜查大愕莫辯所以拜已更便服侍坐笑曰先生不憶舉鐘之乞人耶查乃悟既而華筵高列家樂作於下羣姬列侍酒闌延之入室俟其寢乃去查醉起遲吳已於寢門三候矣查不自安辭欲返吳投轄下鑰錮閉之見吳日點姬婢廝卒及騾馬服用器具督造記籍戒無虧漏查以其家政故未致問一日籍成執謂查曰不才得有今日悉出高厚之賜一婢一物所不敢私敢以半奉先生又出藏鏹數萬亦兩置之按籍點熖古玩牀几堂內外羅列幾滿查諤然固止之吳不聽稽僕好姓名已即令男爲治裝女爲斂器且囑敬事先生百聲悚應又親視姬婢登輿廐卒捉騾馬闐咽並發乃返後查以他事得罪　株連被收卒得免皆吳力也

厚施而不問其名眞俠烈古丈夫哉而將軍之報其慷慨豪爽尤千古所僅見如此胸襟自不應老於吹簫吳市也

某妾

青州西鄙貴家某富有巨金一妾頗嫵麗而冢室淩折之鞭撻橫施妾奉事之惟謹某憐之往往私語慰撫妾未嘗有怨言一夜數人踰垣入撞其屋扉幾壞某與妻惶遽喪魄搖戰不知所爲妾起嘿無聲息暗摸室中得挑水木杖一拔關遽出羣盜亂如蓬麻妾撫杖風鳴鈎響擊四五人仆地盜盡靡駭愕亂奔墻高急不得上傾跌咿啞亡魂乞命妾拄杖於地顧而笑曰此等奴亦學作賊不值下手打得我亦不殺汝

殺嫌辱我。悉縱之逸去。某大驚。問何自能爾。則妾父故槍棒師。得盡傳其術。殆不啻百人敵也。妻尤駭甚。悔向之迷於物色。由是善顏視之。反如嫡然。妾終無纖毫失禮。鄰婦或謂妾。㛐擊賊若豚犬。顧奈何俯首受撻楚。妾曰。是吾分耳。他何敢言。聞者賢之。

身懷絕技。居數年而人莫之知。而卒之捍患禦災。化鷹為鳩。嗚呼。射雉既獲。內人展笑。握槊方勝。貴主同車。技之不可以已也如是夫。

尼僧

李超字魁吾、淄川西鄙人也、豪爽好施、偶一僧來托鉢、李飽啗之、僧甚感荷、乃曰、吾少林出也、有薄技、請以相授、李喜、館之客舍、豐其給、旦夕從學、三月藝頗熟、意甚得、僧問、汝能乎、曰、師所能者、我盡能之、僧笑命李試其技、李乃解衣、騰躍如猿、飛鳥落、移時、交叉而立、頗自矜詡、僧又笑曰、可矣、子既盡吾能、請一角低昂、李忻然、即交臂作勢、既而支撐格拒、李時時蹈僧瑕、僧忽一脚飛擲、李已仰跌丈餘、僧撫掌曰、子尚未盡吾能也、李以掌致地、慚沮請教、又數日、僧辭去李由此以武名遨遊南北、罔有其偶、偶適歷下、見一年少尼僧弄藝於場、觀者如堵、尼曰、顛倒一身、殊大冷落、有好事者不妨下場一撲、爲戲如是者三、衆相顧迄無應者、李在側不覺技癢、意氣而進、尼便笑與合掌、綫一交手、尼便呵止曰、此少林宗派也、卽問尊師何人、李初不言、尼固詰之、乃以僧告、尼拱手曰、憨和尚汝師耶、若爾、不必較手足、願拜下風、李請之再四、尼不可、衆慫慂之、尼乃曰、旣是憨師弟子、同是箇中人、無妨一戲、但兩相會意可耳、李諾之、然以其交弱、故易之、又少年好勝、思欲敗之、以邀一日之名、方頡頏間、尼卽遽止、李問其故、但笑而不言、李以尼爲怯、固請再角、尼乃起、少間、李騰一足去、尼騈五指下削其股、李覺膝下如中刀斧、蹶仆不能起、尼笑謝曰、孟浪迕客、幸勿罪。李舁歸、月餘始愈、後年餘、僧復來、爲述往事、僧驚曰、汝大鹵莽、惹他何爲。幸先以我名告之、不然、股已斷矣、

阮亭云、此尼亦殊詭異不可測、

農婦

淄川之西磁窑塢、有農人婦、勇健過男子、每爲鄉中排難解紛、夫家高苑、距淄百餘里、偶一至夫家、信宿便去、婦自赴顔山、販陶器爲業、有贏餘、則施丐者、一夕與鄰婦語次、忽起曰、小腹微痛、想業障欲離身也。遂去、明早往探之、則見其肩荷釀酒巨甕二、方將入門。隨至其室、則有嬰兒繃卧。駭問之、蓋娩後已負重百里矣、故與北庵尼善、訂爲姊妹、後聞尼有穢行、忿然操杖將往撻楚、衆苦勸而止、一日遇於途、遽扰之、問何罪、亦不答、拳石交施、至不能號、乃釋之

世言女中丈夫猶自知非丈夫也婦弁志其爲婦矣其豪爽與古劍仙無異得毋其夫亦磨鏡者流耶

勇女

長山李質君詣青路逢六人語音類燕視兩頰俱有瘢大如錢異之因問何病之同客自述舊歲俱往雲南日暮失道入大山中絶壑巉巇不可得出谷中有大樹一株條綿綿下垂蔭廣畝餘諸客計無所之因共繫馬觧裝傍樹休止夜既深虎豹鴞鵋次第嗥動

諸客抱膝相向不能寐、忽見一大人來、高丈餘、客憯伏莫敢息、大人至、以手攫馬而食、六七匹頃刻都盡、旣而折樹上長條、捉人首穿腮、如貫魚狀、貫訖、提行數步、條脆折有聲、大人似恐墜落、乃屈條之兩端壓以巨石而去、覺其去遠、出佩刀自斷貫條、負痛疾走、見大人又導一人俱來、客懼、伏榛莽中、見後來者更巨、至樹下往來巡視、似有所求而不得、已乃聲啁啾如巨鳥鳴、意甚怒、蓋怒大人之紿己也、因以掌批其頰、大人傴僂順受、無敢少爭、俄而俱去、諸客始倉皇出荒鼠良久遥見嶺頭有燈火群趨之至則一男子居石室中客入環拜兼告所苦男子拽令坐曰此物可惡然我亦不能箝制待舍妹歸可與謀也居無何一女子荷兩虎自外入問客何得至諸客叩伏而告以故女子曰久知兩個爲孽不圖凶頑若此當即除之於石室中出銅鎚二各重三四十觔出門遂逝男子煮虎肉餉客肉未熟女子已返曰彼見我欲遁追之數十里斷其一指而還因以指擲地大於脛骨焉衆駭極問其姓氏終不肯言少間肉熟客創痛不能

食女以藥屑徧糝之痛頓止既明女子送客至樹下行李俱在各負之行十餘里經昨夜鬬處女子指示之石窪中殘血尚存盆許出山女子始別而返

楊千總

民部畢公郎家起備兵洮岷時有楊千總化麟來迎冠蓋在途偶見一人路旁便遺楊開弓欲射之公急呵止楊曰此奴無禮合小怖之乃遥呼曰遺屑者奉贈一股會稽簾簪綰髻子即飛矢去正中其髻其人急奔便液汙地

徐彪

交州徐姓、泛海爲賈、忽被大風吹至一處、深山蒼莽、冀有居人、遂纜船而登、負糗腊焉、方入見兩崖皆洞口、密如蜂房、內隱有人聲、至洞外佇足一窺、中有夜叉二、牙森列戟、目閃雙燈、爪劈生鹿而食、驚散魂魄、急欲奔、夜叉已見之、輟食執入、二物相語、類鳥獸鳴、爭裂徐衣、似欲啗噉、徐大懼、取橐中糗糒、并牛脯進之、分啗甚美、復翻徐橐、徐搖手以示其無、夜叉怒、又執之、徐哀之曰、釋我、舟中有釜甑、可烹飪、夜叉不解其語、仍怒、徐再與手語、夜叉似微解、從至舟、取具入洞、束薪燃火、煮其殘鹿、熟而獻之、二物噉之喜、夜以巨石塞洞、似恐徐遁、徐曲體蜷臥、深懼不免、天明、二物出、又塞之、少頃、攜一鹿來、付徐、徐剝革於洞深處流水汲煮、數釜、俄有數夜叉至、群集吞噉、訖、其指釜似嫌其小、過三四日、一夜叉負一大釜來、似人所常用者、於是群夜叉各致狼麋、既熟、呼徐同噉、居數日、夜叉漸與徐熟、出亦不施禁錮、聚處如家人、徐漸能察聲知意、輒效其音、為夜叉語、夜叉大悅、攜一雌來妻、徐徐初畏懼莫敢伸、雌自開其股、就徐、徐乃與交、雌大歡喜、每留肉餌徐、若琴瑟之好、一日諸夜叉早起、腰間各束明珠一串、更番出門、若伺貴客、命徐多煮肉、徐以問雌、雌云此天壽節、雌出、謂衆夜叉曰徐郎無骨突子、衆各摘其五、并付雌、雌又自解十枚共得五十之數、以野苧爲繩、穿掛徐臂、徐視之、一珠可直百十金、俄頃俱出、徐煮肉畢、雌來邀去、同接山主、至一大洞、廣濶數畝、中有石、滑平如几、四圍俱有石座、上一座蒙以豹革、餘皆以鹿、夜叉二三十輩列坐

滿中、少頃大風揚塵、張皇都出、見一巨物來、亦類夜
义、狀奔入洞、踞坐鶚顧、群隨入、東西列立、悉仰其首
以雙臂作十字、交大夜义、按頭點視、問臥眉山衆盡
於此乎、群鬨應之、徐始知其地爲臥眉山、顧徐曰、此
何來、雖以壻對、衆又贅其意、謂卽有二三夜义奔取
孰肉陳几上、大夜义掬啗盡、飽極、贊善美、且責常供
又顧徐云、骨突子何短、衆曰、初來未備、乃於腰間摘
取珠串、脫十枚、付之、俱大如指頂、圓如彈丸、雖急接
代、徐穿掛、徐亦交臂作夜义語謝之、物乃去、躡風而

行其疾如飛衆始享其餘食而散居四年餘雌忽產一胎而生二雄一雌皆人形不類母衆夜叉皆喜其子輙共撫弄一日皆出攫食惟徐獨在忽别洞來一雌欲與徐私徐不肯雌怒撲徐踣地上徐妻自外至暴怒相搏齕斷其耳少頃二夜叉亦歸釋令去自此雌每守徐動息不相離又三年子女俱能行步徐輙教以人言漸能語啁啾中有人氣焉雖童也而奔山如履坦途依依有父子意一日雌與一子一女出半日不歸而北風大作徐惻然念故鄉携子至海岸見

故舟猶存、謀與同歸、子欲告母、徐止之、父子登舟、一晝夜達交、至家妻已、醮出珠二枚、售金營兆、家頗豐、子取名彪、十四五歲、能舉百鈞、粗莽好鬭、交帥見而奇之、以爲千總、值邊亂、所向有功、十八爲副將、時一商泛海、亦風飄至卧眉方登岸、見一少年、知爲中國人、問居里、商以告、乃甹入幽谷一小石洞、洞外皆叢棘、囑勿出、去移時、挾鹿肉來啖、商自言、父亦交人、商問之、而知爲徐商、在客中嘗識之、因曰我故人也、今其子爲副將、少年不辨何名、商曰此中國之官名、又問何爲官曰出則輿馬入則登堂上一呼而下百諾見者側目視側足立此名爲官少年甚歆動商曰既曾君在交何久淹此少年以情告商勸南旋曰余亦常作是念但母非中國人言貌殊異同類見之必遭殘害用是輾轉乃曰待北風起我來送汝行煩於父兄處寄一耗問商伏洞中幾半年時自棘中外窺見有夜叉往還大懼不敢少動一日北風策策少年忽至引與急竄囑曰所言勿忘卻商應之乃歸抵交達副總府備述所見彪聞而悲欲往尋之父慮海濤妖

藪險惡難犯力沮之彪撫膺痛哭爻不能止乃告交帥攜兩兵去逆風阻舟擺簸海中者半月四望無涯咫尺迷悶無從辨其南北忽而湧波接漢乘舟傾覆彪落海中逐浪浮沉久之被一物曳去至一處竟有舍宇彪視之其物如夜叉狀彪乃作夜叉語夜叉驚訊之彪乃告以所往夜叉喜曰卧眉我故里也唐突可罪君離故道已八千里此去爲毒龍國往卧眉非路乃覔舟來送徐夜叉在水中推行如矢瞬息千里過一宵已達北岍見一少年臨流瞻望彪知山無人

類、疑是弟、近之果弟、因執手哭、既而問母及妹、弁云
健安、彪欲偕往、弟止之、倉忙便去、囘謝夜叉、則已去
未幾、母妹俱至、見彪俱哭、彪脫衣分着之、告其意、母
曰恐去為人所凌、彪曰兒在中國甚榮貴、人不敢欺、
計遂決、苦風逆難渡、母子方徊徨間、忽見布帆南動、
其聲瑟瑟、彪喜曰天助吾也、相繼登舟、波如箭激、三
日抵岸、見者皆奔、抵家、母見翁、怒罵、恨其不謀、徐謝
過不遑、家人拜見主母、無不戰慄、彪勸母學華言、衣
錦厭粱肉、乃大欣慰、數月稍辨語言、弟妹亦漸白晳

弟名豹、妹名夜兒、俱强有力。彪恥不知書、教弟讀豹最慧、經史一過輒了、又不欲操儒業、仍使挽强弩、馳怒馬、登武進士第、聘阿遊擊女夜兒。以異種無與爲婚、會標下衣守備失偶、强妻之。夜兒能開百石弓、百餘步射小鳥無虛落、衣每征輒與妻俱。歷任同知將軍、奇勳半出於閨門。豹三十四歲掛印、母嘗從之、南征每臨巨敵、輒擐甲執銳爲子援。應見者莫不辟易。詔封男爵、豹代母疏辭、封夫人。

夜叉夫人亦所罕聞、然細思之不罕也。人家牀頭

俱有一夜又在、

情癡

孫子楚、

粤西孫子楚名士也、生有枝指、性迂、訥、人誑之輒信、爲眞、或值座有歌妓、則必遥望却走、或知其然、誘之來、使妓狎逼之、則頳顏徹頸、汗珠珠下滴、因共爲笑、遂貌其呆狀、呼爲孫癡、邑大賈某與王侯埒富、戚姻皆貴胄、有女阿寶、絕色也、日擇良匹、大家兒爭委禽、妝皆不當翁意、生時失儷、有戲之者、勸其通媒、生殊不自揣竟從其教。翁素耳其名而貧之、媒媪將出適、遇寶問之、以告女、女戲曰、渠去其枝指、余當歸之。媪告生、生曰、不難、媪去、以斧斷指、大痛徹心、血溢傾注、瀕死、過數日始能起、往見媒媪而示之、媪驚、奔告女、女亦奇之、戲請再去其癡、生聞而譁辯、自謂不癡、然無由見而自剖、轉念阿寶未必美如天人、何遂高自位置如此、由是曩念頓消。値清明節、俗於是日婦女出遊、輕薄少年、亦結隊隨行、恣其月旦、有同社數人、強邀俗去、或嘲之曰、莫欲一見可人否、生亦知其戲己然以受女邪揄亦思一見其人忻然隨衆物色之遥見有女子憩樹下惡少年環如墻堵衆曰得無阿寶乎訪之果寶也審諦之娟麗無雙少頃人愈稠女起遽去衆情顛倒品頭題足紛紛若狂生獨默然及衆他適回視生猶癡立如故呼之不應群曳之曰魂隨阿寶去耶亦不答衆以其素訥不爲怪或推之或挽之以歸至家直上臥牀終日不起冥如醉喚之不醒家人疑其失魂招於曠野莫能效强拍問之則矇矓應曰我在阿寶家及細詰之又不答家人惶惑不解

初生見女去、意不忍舍、覺身已從之行、漸傍其衿帶、間人無訶者、遂從女歸、坐臥依之、夜輒與狎、甚相得、然覺腹中奇餒、思欲一返家門、而迷不知路、女每夢與人交、問其名、曰我孫子楚也、心異之、而不可以告人、生臥三日、氣咻咻若將澌滅、家人大恐、托人婉告翁、欲一招魂其家、翁笑曰、平昔不相往還、何由遺魂吾家、家人固哀之、翁始允、巫執故服以往、女詰得其故、駭極、任其招呼而去、巫歸至門、生榻上已呻、既醒、女室之香奩什具、何色何名、歷言不爽、女聞之、愈駭、

陰感其情之深生既離牀萧坐立凝思忽忽若忘每
伺察阿寶希倖一再覿之會浴佛節聞寶將降香水
月寺遂早旦往候道左目眩睛勞日涉午女始至見
生以摻手搴簾凝睇不轉生尾從之女忽命青衣來
詰姓字生殷勤自展魂魄動搖女去始歸歸復病冥
然絕食夢中輒呼寶名每自恨魂不復靈家舊養一
鸚鵡適斃小兒持弄於牀生自念倘得身爲鸚鵡振
翼可達女室心方注想身已翩然鸚鵡矣遽飛而去
直達寶所女喜而撲之鎖其肘飼以麻子大呼曰姐

姐勿鎖我孫子楚也女大駭解其縛亦不去女祝曰深情已篆中心今已人禽異類姻好何可復圖答云得近芳澤於願已足他人飼之不食女飼之則食女坐則集其膝臥則依其牀如是三日女甚憐之陰使人瞷生則僵臥氣絕已三日但心頭未氷耳女祝曰君能復爲人當誓死相從答云誑我女乃自矢少間女束雙彎解履牀上鸚鵡驟下銜履飛去女急呼之已遠矣女使嫗往探則生已寤家人見鸚鵡銜繡履來共異之生既寤即索履衆莫知故適嫗至入視問

履所在生曰是阿寶信誓物借口相覆小生不忘金
諾也嫗反命女愈奇之故使婢洩其情於母母審之
確乃曰此子才名亦不惡但有相如之貧擇數年得
壻如此恐爲他人所笑女以履故矢不他翁媼乃從
之馳報生生喜疾頓瘳翁議贅諸家女曰壻不可久
處岳家況郎又貧久恐爲人賤兒既諾之處蓬茆而
甘藜藿不怨也生乃親迎成禮相逢如隔世歡自是
生家得奩妝小阜頗增物產而生癡於書不知理家
人生業女善居積亦不以他事累生居三年家遂富

生忽病消渴卒女哭之痛淚眼不睛至絕眠食勸之不納乘夜自經婢覺之急救而醒終亦不食三日集親黨將以斂生聞棺中呻以息啟之已復活自言見冥王以生平樸誠命作部曹忽有人白孫部曹之妻將至王稽鬼錄言此未應便死又白不食三日矣王顧謂孫曰感汝妻節義姑賜再生因使馭卒控馬送弓還由此體漸平值歲大比入闈之前諸少年玩弄之共擬隱僻之題七引生僻處與語言此某家闈節密相授生信之晝夜揣摩成七藝衆陰笑之時典試

者慮熟題有蹈襲、弊力反常經、題紙下七藝皆符、生以是掄魁、明年舉進士、授詞林、上聞其異、召問之、生具啟奏上大嘉悅、后召見阿寶、賞賚有加焉

性癡則其志凝、故書癡者文必工、藝癡者技必良、世之落拓無成者、皆自謂不癡也、且如粉花蕩產、盧雉傾家、顧癡人事哉、以是知慧黠而過、乃是真癡、彼孫子何癡乎、

書癡

郎玉柱

彭城郎玉柱、其先世官至太守、居官廉、得俸不治生產、積書盈屋、至玉柱尤癡、家苦貧、無物不鬻、惟先世藏書、一卷不忍去、父在時、曾書勸學篇、粘其座右、郎日諷誦、又障以素紗、惟恐磨滅、晝夜研讀無間寒暑、年二十餘、不求婚配、見親朋、不知溫涼、三數語後、則誦聲大作、客逡巡自去、每文宗臨試、輒首拔之、而苦不得售、一日方讀、忽大風飄卷去、急逐之、踏地陷足、探之穴有腐草、掘之乃古人窖粟、朽敗已成灰土、雖不可食、而愈信千鍾之說不妄、讀更力、又一日梯登高架於亂卷中得金輦徑尺大喜以爲金屋之驗出以示人則鍍金而非真金心竊怨古人之誑己也居無何有父同年觀察是道性佞佛或勸郎獻輦爲龕觀察大悅贈金三百馬二匹郎喜以爲金屋車馬皆有驗因愈刻苦然行年已三十矣或勸其娶曰書中自有顏如玉我何憂無美妻乎又讀二三年迄無效人咸揶揄之時民間訛言天上織女私逃或戲郎天孫竊奔蓋爲君也郎知其戲置不辨一夕讀漢書至八卷卷將半見紗剪美人夾藏其中駭曰書中有女

乃以此驗之耶心悵然自失而細視美人眉目如生
背隱隱有細字云織女大異之日置卷上反覆展玩
至忘食寢一日方注目間美人忽折腰起坐卷上微
笑郎驚絕伏拜案下既起已盈尺矣益駭又叩之下
几亭亭宛然絕代之姝拜問何神美人笑曰妾顏氏
字如玉君固相知已久日垂青盼脫不一至恐千載
下無復有篤信古人者郎喜極遂與寢處枕席間親
愛倍至而夫婦之道茫然每讀必使女坐其側女戒
勿讀不聽女曰君所以不能騰達者徒以讀耳試觀

春秋榜上讀如君者幾人若不聽妾行矣郎暫從之少頃忘其教吟誦復起踰刻索女不知所在神志喪失囑而禱之殊無蹤影忽憶女所隱處取漢書細檢之直至舊處果得之呼之不動伏以哀祝女乃下曰君再不聽當相永絕因使治棋枰樗蒱之具日與遨嬉而郎意殊不屬覷女不在則竊卷流覽恐為女覺陰取漢書第八卷雜溷他所以迷之一日讀酣女至竟不之覺忽睹之急掩卷而女已亡矣大懼冥搜諸卷渺不可得既仍於漢書八卷中得之頁數不爽因

再拜祝矣不復讀女乃下與之奕曰三日不工當復去至三日忽一局勝數子女乃喜授以絃索限五日工一曲郎手營目注無暇他及久之隨手應節不覺鼓舞女乃曰與飲博郎遂樂而忘讀女又縱之出門使結客由此倜儻之名暴著女曰子可以出而試矣郎一夜謂女曰凡人男女同居則生子今與卿居久何不然也女笑曰君日讀書妾固謂無用郎夫婦一章尚未了悟枕蓆二字有工夫郎驚問之女笑不言少間潛迎就之郎樂極曰我不意夫婦之樂有不

可言傳者於是逢人輒道無不掩口者女知而責之郎曰鑽穴踰隙者始不可以告人天倫之樂人所皆有何諱焉逾年舉一子一日謂郎曰妾從君二載業生子可以別矣久恐爲君禍悔之無及郎聞言泣下女亦悽然良久曰必欲妾留當舉架上書盡散之郎曰此卿故鄉乃僕性命何出此言女曰妾亦知有數不得不預告耳先是親族見女無不駭絶又未聞其締姻何家共詰之郎不能作僞語但默不言人愈疑郵傳幾徧聞於邑宰史公史閩人少年進士聞聲傾

動、切欲一睹麗容、因而拘郎與女、女聞知遁匿無跡、
宰怒、收郎斥革衣衿、梏械備加、務得女所自往、郎垂
死無言、械其婢、畧得其彷彿、宰以爲妖、命駕親臨其
家、見書卷盈屋、多不勝搜、乃焚之、庭中烟結不散、若
陰霾、郎既釋、遠求父門人書、得從[illegible]復、是年秋捷、次
年舉進士、而銜恨入於骨髓、爲顏如玉之位、朝夕而
祝曰、卿如有靈、當佑我官於閩、後果以直指巡閩、居
三月、訪史惡款、籍其家、時有中表爲司理、托納史愛
妾、詭言買婢、寄署中、案既結、卽日自劾、取妾而歸、

天下之物、積則招妒、好則生魔、女之妖、書之魔也、事近怪誕、治之未爲不可、而祖龍之虐、不已甚乎、其存心之刻、固宜得怨毒之報也、

炎涼

胡四娘

程孝思、劍南人、少慧、能文、父母早喪、家亦赤貧、求傭於胡銀台、司筆札、胡公試使文、大悅之、曰、此不長貧、可妻也、銀台有三子四女、多襁中論昏於大家、惟少女四娘、庶出、母早世、笄年未字、遂贅程、或非笑之、以

爲惛耄之亂命、而公弗顧也、除館館程、供給豐備、群公子鄙不與同食、婢僕咸邪揄焉、程嘿嘿不較短長、研讀更苦、衆厭且譏之、程讀弗輟、又以鳴鉦聒其側、程携卷去、讀於閨中。初四娘之未字也、有神巫知人貴賤、徧觀之、都無諛詞、惟四娘至、乃曰、此真貴人也、及贅程、諸姊妹皆呼之貴人、以嘲笑之、而四娘端重寡言、若罔聞知、漸至婢媪亦率相呼、四娘有婢名桂兒、意頗不平、大言曰、何知吾家郎君便不作貴官耶、二姊聞而嗤之曰、程郎如作貴官、當抉我眸子去、桂兒努目言曰到爾時恐不揞得睥子也二姊冇婢春香曰二娘食言我以兩睛代之桂兒大恚擊掌爲誓曰管教兩丁盲也二姊忿其語侵立批之桂兒號譁夫人聞之亦無所可否但微哂焉桂兒譟訴四娘四娘方績不怒亦不言績自若會公初度諸壻皆至壽儀充庭大婦嘲四娘曰汝家祝儀何物二婦曰兩肩荷一口四娘坦然殊無慙怍人見其事事類癡愈狎之獨有公愛妾李氏三姊所自出也恒禮重四娘往往相顧恤每謂三娘曰四娘內慧外樸聰明渾而不

露諸姊子皆在其包羅中而不自知況程郎晝夜攻
苦夫豈久為人下者汝勿效尤宜善之他日好相見
也故三娘每歸寧加意相權是年程以公力入邑庠
明年學使科試士而公適薨程縗絰如子未得與試
遂入遺才籍四娘囑曰曩久居所不被呵逐者徒以
有老父在今萬分不可矣倘能吐氣庶同時尚有家
耳臨別李氏及三娘贈遺優厚程入闈砥志研思以
求必售無何榜發竟被黜願乖氣結難於旋里幸囊
資少豐携之入都時妻黨多任京秩恐見誚訕乃易

名詭托里居求潛身於大人之門東海李蘭若見而器之收諸幕中資以膏火爲之納貢使應順天試連戰皆捷授庶吉士乃實言其故李公假千金先使紀綱赴劍南爲之治第時胡大郎以父亡空乏貨其沃墅因購焉然後貸輿馬往迎四娘先是程擢第後有郵報者舉宅皆惡聞之又審其名字不符叱去之適三郎完昏戚眷登堂爲餞姊妹諸姑咸在惟四娘不見招於兄嫂忽一人馳入呈程寄四娘函信兄弟發視相顧失色筵中諸眷客始請見四娘姊妹惴惴惟

恐四娘銜恨不至無何翩然竟來申賀者捉坐者寒暄者喧雜滿座耳有聽聽四娘目有視視四娘口有道道四娘也而四娘凝重如故衆見其靡所短長稍就安帖於是爭把琖酌四娘方宴笑閒門外啼號甚急群致怪問俄見春香奔入面血沾染共詰之哭不對二娘訶之始泣曰桂兒逼索眼睛非鮮脫幾抉去矣二娘大慙汗粉交下四娘漠然合座寂無一語四娘入盛妝而出獨拜李夫人及三姊出門登車而去衆始知買墅者即程也四娘初至墅什物多闕夫人

及諸郎各以婢僕器具相贈遺四娘一無所受惟李夫人贈一婢受之居無何程假歸展墓車馬扈從如雲詣岳家禮公柩次叅李夫人諸郎衣冠既竟已升輿矣胡公殁群公子日競貲財柩置弗顧漸將以華屋作山邱矣程見之悲竟不謀之諸郎刻期營葬事事盡禮殯日冠蓋相屬里中咸嘉嘆焉程十餘年歷秩淸顯凡遇鄉黨危急罔不極力二郎適以人命被逮直指巡方者爲程同譜風規甚烈挽婦翁王觀察函致之殊無裁答大懼欲往求妹而自覺無顏乃懇

李夫人作手書俾大哥往至都大郎亦不敢遽進覷程入朝而後諧之冀四娘念手足之義而忘睚眦之嫌閽人旣通郎有舊媼出導入廳事具酒饌亦頗草草食畢四娘出顏色溫霽云大哥人事大忙萬里何暇枉顧大郎五體投地泣述所來四娘扶而笑曰大哥好男子此何大事直復爾爾妹子一女流幾曾見嗚嗚向人大郎乃出李夫人書四娘曰諸兄家娘子都是天人各求父兄何事不了何至奔波到此大郎無詞但固哀之四娘作色曰我以爲跋涉來省妹子

乃以大訟來求貴人耶拂袖竟入大郎慙憤而出歸家詳述大小罔不詬詈李夫人亦謂其忍逾數日二郎釋放寧家衆大喜方笑四娘之徒取怨謗也俄四娘遣价候李夫人喚入僕陳金幣言夫人爲二郎事遣發甚急未遑字覆聊寄微儀以代函信衆始知二郎之歸乃程力也後三娘家漸貧程施報逾於常格又以李夫人無子迎養若母焉

是書誌異也若四娘之事舉世皆然何足異乎豈聊齋執筆時世風猶稍厚歟 梓園

鏡聽

青州鄭氏兄弟皆文學士大鄭早知名父母嘗過愛之又因子并及其婦二鄭拓落不甚爲父母所喜亦并惡其婦冷煖相形頗存芥蔕次婦每謂二鄭等男子耳何遂不能爲妻子爭氣遂擯弗與同宿於是二鄭感憤勤心鋭志亦遂知名父母稍稍優顧之然終殺於兄次婦望夫綦切明歲大比竊於除夜以鏡聽卜有二人初起相推爲戲云儂也涼涼去婦歸吉凶不可解亦置之迨試後兄弟偕歸時暑氣猶盛兩婦

在廚下炊爨餉耕其勤甚苦忽有報騎登門報鄭大捷母入廚喚大婦曰大男中式矣汝可凉凉去次婦忿惻泣且炊俄又有報二鄭捷者次婦擲餅杖而起曰儂也凉凉去此時中情所激不覺出之於口既而思之始知鏡聽之驗也

貧窮則父母不子有以哉庭幃中固非憤激之地然二鄭婦激發男兒亦與怨望無賴者不同投杖而起亦千古快事也

貧窮則父母不子固矣今有入下一轉語曰富貴

則父、母不、子、噫、人之得有其子、亦難、矣、梓園

誌異摘抄目錄

卷之四

術

妖道　術人

造畜

誌異摘抄卷之四

術

柳生

周某順天宦裔也、與柳生善、柳得異人傳、精袁許之術、嘗謂周曰、子功名無分、萬鍾之貲、尚可人謀、然尊閫薄相、恐不能佐君成業、未幾婦果死、家室蕭條、殊無聊賴、一日詣柳、將卜姻、入客舍良久、柳不出、呼之再三、始出曰、我日爲君物色佳偶、今始得之、適在內作小術、求月老繫赤繩耳、周喜問之、答曰適有人携

囊出遇之否曰遇之曰此君岳翁宜敬禮之曰緣相
好遂謀隱密何相戲之甚也適遇之人襤褸若丐僕
郎式微何至下昏於市儈柳曰不然犁牛尚有子何
害周問曾見其女耶曰未也我素與無舊姓名亦適
知之周笑曰尚未知犁牛何知其子柳曰我以數信
之其人兇而賤然當生厚福之女但强合之必有大
厄容禳之周既歸未肯以其言爲信諸方覓之迄無
一成一日柳忽至曰有一客我已代折簡矣問爲誰
曰但勿問宜速作黍周不諭其故如命治具俄客至

蓋傳姓營卒也心頗不然陽浮道與之而柳生承應甚恭少間酒肴旣陳殊甚草草柳起告客周公子鬻慕已久每託言代訪曩夕始得晤又聞不日遠征立刻相邀可謂倉猝主人矣飲間傳憂馬病柳俛首爲之籌思旣而客去柳讓周曰千金不能買此友何乃視之漠漠借馬騎歸因假周命詣傳持贈之周知之稍不快然無如何過歲將如江西投臬司幕詣柳問卜柳言大吉周笑曰我言無他但薄有所獵當覲佳婦幾幸前言之不驗也柳云並如君願及至江西值

大寇叛亂，三年不得歸，後稍平，遄日返棹，中途爲土寇所掠，同難七八人，皆刼其金貲，釋令去，惟周被擄至巢。盜首詰其家世，因曰：我有息女，欲奉箕帚，當勿辭。周不答，盜怒，立命梟斬。周懼，思不如暫從其請，因從容而藥之，遂告曰：小生所以躊躇者，以文弱不能從戎，恐爲丈人累耳。如使夫婦得相將俱去，恩莫厚焉。盜曰：我方憂女子累人，此何不可從也。引入內妝，女出見，年可十七八，蓋天人也。當夕合巹，深過所望，細審姓氏，乃知其父即當年荷囊人也，因述𢡟言爲之感歎過三四日將送之行忽大軍掩至全家皆就執縛有將官三員監視已將婦翁斬訖尋次及周周自分已無生理一將官審視曰此非周某耶蓋衛卒已以軍功授副將軍矣謂僚曰此吾鄉世家名士安能作賊解其縛問所從來周詭曰適自江右娶婦歸不意陷盜窟幸蒙拯救德戴二天但室人離散求借洪威更賜洗全傳命列諸伻令其自認得之餉以酒食助以資斧曰囊受解驂之惠旦夕不忘但搶攘間不遑修禮請以馬二匹金五十兩助君北旋又遣二

騎持信矢護送之、途中女告周曰、癡父不聽忠告。母氏死之。知有今日久矣。所以偷生旦暮者、以少時曾爲相者所許、冀他日能收親骨耳。某所窖藏巨金、發之不特可贖父骨、餘者携歸、尚足謀生産。囑騎者候於路、夫婦至舊處、廬舍已燼、於灰土中取佩刀掘尺許、果得金、盡裝入橐、乃以百金贖父尸、與母合瘞之、始行、至直隷界、厚犒騎者去。周久不歸、家人謂其已死、恣意侵冒、衆帛器具、蕩無存者、聞主人歸、大懼閧然盡逃、祇有一媪一婢一老奴在焉。周以出死得生、不復追問及訪梛則不知所適矣女持家逾於男子擇醇篤者授以貲本而均其息每諸商會計於簷下女垂簾聽之盤中悞下一珠輙指其訛内外無敢欺數年夥商盈百家數十巨萬矣乃遣人移親骨厚葬之

月老可以賄囑無怪媒妁之同於牙儈矣乃盜也而有是女耶培塿無松栢此鄙人之論耳婦人女子猶失之況以相天下士哉

小二

滕邑趙旺夫妻奉佛、不茹葷血、鄉中有善人之目、家稱小有、一女小二、絕慧美、趙珍愛之、年六歲、使與兄長春從師讀、凡五年而熟五經焉、同窻丁生、字紫陌、長於女三歲、文采風流、頗相傾愛、私以意告母、求昏趙氏、趙期以女字大家、故弗許、未幾趙惑於白蓮教、徐鴻儒既反、一家俱陷爲賊、小二知書善解、凡紙兵、豆馬之術、一見輒精、小女子師事徐者六人、惟二稱最、因得盡傳其術、趙以女故、大得委任、時丁年十八、遊泮矣、而不肯論昏、意不忘小二也、潛亡去、投徐麾下女見之，喜，優禮逾於常格。女以徐高足，主軍務，晝夜出入，父母不得閑。丁每宵見，嘗扉絕諸役，輙至三漏。丁私告曰：小生此來，卿知區區之意乎？女云：不知。丁曰：我非妄意攀龍，所以故，實爲卿耳。左道無濟，祇取滅亡。卿慧人，不念此乎？能從我去，則寸心誠不負矣。女憮然爲間，豁然夢覺，曰：背親而行，不義，請告。二人入陳利害，趙不悟，曰：我師神人，豈有舛錯？女知不可諫，乃易髻而髻。出二紙鳶，與丁各跨其一。鳶肅肅振翼，似鶼鶼之鳥，比翼而飛。質明，抵萊蕪界。女以指撚鳶頂、卽歛壘、遂收鳶、叓以雙衛馳至山陰里、托爲避亂者、僦屋而居、二人草草出、酉於蔞薪、儲不給、丁甚憂之、假栗比舍、莫肯貸、以升斗女無愁容、但質簪珥、閉門靜對、猜燈謎、憶亡書、以是角低昂、負者驕二指、擊腕臂焉、西鄰翁姓禄、林之雄也、一日獵歸、女曰、富以其鄰、我何憂、暫假千金、其與我乎、丁以爲難、女曰、我將使彼樂輸也、乃剪紙作判官狀、置地下、覆以雞籠、然後握丁登榻、煑藏酒、撿周禮爲觴政、任言某册第幾頁第幾人、卽共翻閱、其人得食傍水傍西傍者飲得酒部者倍之既而女適得酒人丁以巨觥引滿促釂女乃囑曰若借得金來君當得飲部丁翻卷得鱉人女大笑曰事已諧矣滴瀝授爵丁不服女曰君得水族宜作鱉飲方喧競間欻聞籠中戛戛女起曰至矣啟籠驗視則布囊中有巨金纍纍充溢丁不勝愕喜後翁家媼抱兒來戲竊告曰昨大怪事主人初歸篝燈夜坐地忽暴裂深不可底一判官自內出言我地府司隸也泰山帝君會諸冥曹造暴客惡錄傾銀燈千架架計重十兩施百架則消滅罪愆主人

駭懼、焚香叩禱、奉以千金、判官携之、荏苒而入地、亦遂合夫妻、聽其言、故嘖嘖詫異之、而從此漸購牛馬、蓄廝婢、自營宅第、里無賴子窺其富、糾諸不逞、踰垣劫丁、丁夫婦始自夢中醒、則編管爇炤、冠集滿屋、二人執丁、又一人探手女懷、女袒而起、戟指而呵曰、止止、盜十有三人、皆吐舌呆立、癡若木偶、女始着褌下榻、呼集家人、一一反接其臂、逼令供吐、明悉、乃責之曰、遠方人埋頭澗谷、冀得相扶持、何不仁至此、緩急人所時有、窘急者不妨明告、我豈積殖自封者哉、豺

狠之行，本合盡誅，但吾所不忍，姑釋去，再犯不宥。諸
盜叩謝而去。居無何，鴻儒就擒，趙夫婦子女俱被誅
夷。生賫金往贖長春之幼子以歸，兒時三歲，養爲己
出，使從丁姓，名之承祧。於是里中人漸知爲白蓮戚
裔。適蝗害稼，女以紙鳶數百翼放田中，蝗遠避不入
其隴，以是得無恙。里人共嫉之，群首於官，以爲鴻儒
餘黨。官瞰其富，肉視之，收丁，丁以重賂啗令，始得免。
女曰：貨殖之來也苟，固宜有散亡。然蛇蝎之鄉，不可
久居。因賤售其業而去之，止於青州之西鄙。女爲人

靈巧善居積經紀過於男子、嘗開琉璃廠、每進工人
而指點之、一切碁燈奇式幻采、諸肆莫能及、以故直
昂得速售、居數年、財雄一鄉、而女督課婢僕嚴、食指
數百、無冗口、暇輒與丁烹茗、着棋、或觀書史、爲樂、錢
穀出入以及婢僕業、凡五日一課、女自持籌、丁爲之
點籍唱名、數爲勤者、賞賚有差、惰者鞭撻罰膝立、是
日給假、不夜作、夫妻設肴酒、呼諸婢虔俚曲爲笑、女
明察如神、人無敢欺、而賞輒浮於其勞、故事易辦、村
中二百餘家、凡貧者俱量給貲本、鄉以此無游惰、值

大旱女令村人設壇於野乘輿夜出禹步作法甘霖傾注五里內悉獲霑足人愈神之女出未嘗障面村人皆見之或少年群居私議其美及覿面遇之俱肅肅無敢仰視者每秋日村中人不能耕作者授以錢使採荼薊幾二十年積滿房屋人竊非笑之會山左大饑人相食女乃出菜雜粟贍饑者近村賴以全活無逃亡焉生二子爲邑名士

二所爲殆天授非人力也然非一言之悟驟死已久由是觀之世抱非常之才而惧人匪僻以死者

當亦不少焉知同學六人中遂無其人乎使人恨不遇丁生耳

相士

滕邑楊某從白蓮教得左道之術徐鴻儒誅後楊幸漏網遷居於鄒縣之北鄉挾術遊搢紳間家中田園樓閣遂稱富有一日至泗上某紳家幻法爲戲婦女出窺楊睨其女美既歸謀攝取之其繼室朱氏亦風貌飾以華妝僞作仙姬又授木鳥教之作用乃自樓上推墮之朱覺身輕如葉飄飄然淩空而行無何忽

至一處、止不前、知已至矣、是夜月明清潔、俯視甚了、
取木鳥投之、鳥振翼飛下、直達女室、女見彩禽翔入、
喚婢撲之、鳥已冲簾出、女追之、鳥墮地作鼓翼聲、近
視之、撲入裙底、展轉間負女飛騰、直冲霄漢、婢大號、
朱在空中曰、下界人勿須驚怖、我月府姮娥也、渠是
王母第九女、偶謫塵世、王母日切懷念、暫招去一會、
即送還也、遂與結襟而行、方及泗水界、適有放飛爆
者、斜觸鳥翼、鳥驚墮、牽朱亦墮落、一秀才邢子儀家、
邢赤貧而性方梗、曾有鄰婦夜奔、拒不納、婦銜憤去、

譖諸其夫誣以挑引夫固無賴晨夕登門詬辱之邢因貨產僦居別村聞相者顧某善決人禍福踵門叩之顧望見笑曰君富足千鍾何着敗絮見人豈謂某無瞳耶邢嗤妄之顧細審曰是矣雖固蕭索乎然金穴不遠矣邢又妄之顧曰不惟暴富且得麗人邢終不以爲信顧推之出曰且去驗後方索謝耳是夜獨坐月下忽二女自天降視之皆麗姝詫爲妖因致詰問初不肯言邢將號召鄉里朱懼始以實告且囑勿洩願終從焉邢思世家女不與妖人婦等遂遣人告

諸其家、其父母自女飛升、零涕惶惑、忽得報書、驚喜過望、立刻命輿馬、攜女歸報邢、百金、邢得艷妻、方憂四壁、得金甚喜、往謝顧、顧又審曰、尚未、尚未、泰運已交、百金何足言、堅不受謝、先是紳歸、請於上官捕楊、楊預遁、不知所之、遂籍其家、發牒追朱、朱懼、牽邢飲泣、邢亦計窘、始賂承牒者、賃輿攜朱詣紳、哀求辭脫、紳感其義、極力營謀、得贖免、留夫妻於別館、權如戚好、紳女幼受劉聘、劉一時顯秩也、聞女寄邢家信宿、以爲辱、反姻書與女絕昏、紳將議姻他族、女告父母誓從邢。邢聞之喜，朱亦喜，自願下之。紳憂邢無家，時楊居宅從官貨，朱曰：「楊宅可居也。」紳因代購之。邢遂携朱先歸，出囊金粗治器具，蓄婢僕，旬日間耗費已盡，但冀女來當復得其資助。一夕，朱謂邢曰：「孽夫楊某曾以千金埋樓下，惟妾知之。適視其處，磚石依然，或窖藏無恙未可知。」往共發之，果得金。因信顧術之神，厚報之。後女于歸，粧貲豐盛，不數年富甲一郡矣。

白蓮殲滅，而楊獨不死，又貨殖之，幾疑恢恢者疎而近於漏矣。而孰知天之留之，甚爲邢也。不然，邢即否極而泰，亦惡能倉卒起樓閣累巨金哉，不愛一色而天輒報之以兩，嗚呼，造物無言而意可知矣。

錢卜

戛商，河間人，其父東陵豪富者，後每食包子輒棄其角，狼籍滿地，人以其肥重，呼之去角太尉。暮年家恭貧，日不給餐，兩肱瘦垂，革如囊，人又呼募莊僧，謂其掛袋也。臨終謂商曰：余生平暴殄天物，上干天怒，遂至饑凍以死，汝當惜福力行，以蓋父愆。商恪遵治命。

誠樸無二。躬耕自給、鄉人咸愛敬之、富人某翁哀其
貧、假以貲、使學負販、輒虧其母、愧無以償、請為傭、翁
不可、商瞿然不自安、盡貨其田宅、往酬翁、翁詰得情、
愈直之、強為贖還舊業、又貸以重金、俾作賈、商辭曰、
十數金尚不能償、奈何結來世驢馬債耶、翁乃招他
賈與偕、數月而返、僅能不虧、翁不收其息、使復之、年
餘貨貲盈羨、歸至江、遭颶風、幾覆、物半喪失、歸計所
有、畧可償主、遂語賈曰、天之所貧、誰能救之、此皆我
累君也、乃稽簿付賈、奉身而退、翁再強之、必不可、躬

耕如故毋自歎曰人生世上皆有數年之享何遂拓
落如此會有外來巫以錢卜悉知人運數敬詣之巫
老嫗也寓室精潔中設神座香氣常靄商人朝拜訖
巫使索貲商授百錢巫盡內木桶中執跪座下搖動
如祈籤狀已而起傾錢入手而後於案上次第擺之
其法以字爲否幕爲亨數至五十八皆字以後則盡
幕矣遂問庚甲幾何答二十八歲巫搖首曰尚早官
人現行者先人運非本身運五十八歲後始無盤錯
也問何爲先人運曰先人有善其福未盡則後人享

之先人有不善其禍未盡則後人亦受之商甫指曰再三十年齒已老耄行就木矣巫曰五十八以前便有五年同運畧可營謀然僅免饑寒耳交五十八當有巨金自來不用力求官人生無過行再世享之不盡也別巫而返疑信半焉然安貧自守不敢妄求後至五十三歲留意驗之時方東作病痁不能耕既痊天大旱早禾盡枯近秋方雨家無別種因數畝悉以種穀既而又旱蕎菽半死惟穀無恙後得雨勃發其豐倍焉來春大饑得以無餒商以此信巫從翁貸貲

小權子母輒小獲或勸作大賈商不肯迨五十七歲
偶葺墻垣掘地得鐵釜揭之白氣如絮懼不敢發移
時氣盡白鏹滿焉夫妻共運之秤計一千三百二十
五兩竊議巫術小殃鄰人妻來窺見之歸告夫夫忌
焉潛告邑宰宰最貪拘商索金妻欲隱其半商曰非
所宜得留之賈禍盡獻之宰得金恐有漏匿又追貯
器以金實之滿焉乃釋商居無何宰遷南昌司馬踰
歲商以懋遷至南昌則宰已死妻子將歸貨其粗重
有桐油若干簍商以直賤買之既抵家器有滲漏瀉

注他器則內有白金二鋌、徧探皆然、兌之適得前掘鏹之數、商由此暴富、贍貧窮、慷慨不吝、妻勸積遺子孫、商曰此即所以遺子孫也、鄰人亦貧至爲丐、欲有所求而心自愧、商聞而告之曰、昔日事乃我時數未至、故鬼神假子手以敗之、於汝何尤、遂周給之、鄰人感泣、後商壽八十、子孫承之、數世不衰、

奢侈已甚、必敗之道、至生暴夭、物死無飯含、亦可哀已、幸而鳥死鳴哀、子能幹蠱、窮敗數十年、卒以中興、不然、父孽累子、子復累孫、不至乞丐相傳不

止矣、何物老媼、遂發先天之秘、亦怪矣哉、

道士

鍾慶餘、遼東名士也、應濟南鄉舉、聞藩邸有道士、知人休咎、心向往之、二場後、遊趵突泉、適相值、年六十餘、鬚長過腹、一皤然道人也、集問災祥者如堵、道士悉以微詞授之、於衆中見生、忻與握手、曰、君心術德行、可敬也、挽登閣上、屏人語、因問莫欲知將來否、曰、唯唯、曰、子福命至薄、然今科鄉舉可望、但榮歸後、恐不復見尊堂矣、鍾至孝、聞之泣下、遂欲不試而歸、道

士曰若過此以往一榜亦不可得矣生云毋死不見且不可復爲人貴爲卿相何加焉道士曰某夙世與君有緣今日必合盡力乃以一丸授之曰可遣人夙夜將去服之可延七日塲畢而行母子猶及見也鍾藏之匆匆而出神志喪失因計終天有期早歸一日則多得一日之奉養携僕貰驢即刻東邁。馳里許驢返奔鞭之不馴控之則蹶生無計燥汗如雨僕勸止之生不聽又貰他驢又如之日已銜山莫知爲計僕又勸曰明日即完塲矣何爭此一朝夕乎請即先主

而行計亦良得不得已從之次日草草竣事立時遂
發不遑啜息星馳而歸則母病綿惙下丹藥漸就痊
可鍾就榻泫泣母搖首止之執手喜曰適夢至陰司
見王者顏色霽和謂稽爾平生無大罪惡今念汝子
純孝賜壽一紀生亦喜歷數日果平健如故未幾聞
捷辭母如濟因賂內監致意道士道士忻然出生便
伏謁道士曰君既高捷令堂又增壽數此皆盛德所
致道人何力焉生又訝其預知因而拜問終身道士
云君無大貴但得耄耋足矣君前身與我為僧侶以

石投犬、悞斃一蛙、今已投生爲驢、論前定數、君當横折、今孝德感神、已有解星入命、固當無恙、但令正前世爲婦不貞、數應少寡、今君以德延壽、非其所耦、恐歲後瑶臺傾也、生惻然良久、問繼室所在、曰在中州、今十四歲矣、臨别囑曰、倘遇危急、宜奔東南、後年餘、妻果病死、鍾之舅令於西江、母遣往省、即以便道過中州、將應繼室之讖、偶適一村、値臨河演劇、士女甚雜、方欲整轡趨過、有一失勒壯驢、隨之致騾蹄趹、生回首以鞭擊驢耳、驢驚大奔、時有王世子方六七歲、乳媼抱坐堤上、驢冲過、扈從皆不及防、擠墮河中、衆大譁、欲執之、生縱騾絶馳、忽憶道士言、極力趨東南、約三十餘里、入一山村、有叟在門下、騎揖之、叟邀入、自言方姓、便詰所來、生叩伏在地、具以情告、叟言不妨、請即寄居此間、當使緝者去、至晚得耗、始知爲世子、叟大駭曰、他家可以爲力、此真愛莫能助矣、生哀不已、叟籌思曰、不可爲也、請過宵聽其緩急、或可再謀、生愁怖終夜不寢、次日偵聽、則已行牒譏察、收藏者棄市、叟有難色、無言而入、生疑懼無以自安、中夜叟來叩扉、入少坐、便問夫人年幾何矣、生以鰥對、叟喜曰、吾謀濟矣、問之、答云、姊丈慕道、掛錫南山、姊又謝世、遺有孤女、從僕鞠養、亦頗慧、以奉箕帚、如何、生喜、符道士言、而又冀親戚容邇、可以得其周、謀曰、小生誠幸矣、但遠方罪人、深恐貽累丈人、叟曰、此即爲君謀也、姊丈道術頗神、但久不與人事矣、合巹後、門與甥女籌之、必合有濟、生大喜、贅焉、女年十六、艷絕無雙、生每對之欷歔、女云、妾即陋、何遂遽見嫌惡、生謝曰、娘子仙人、相耦爲幸、但有禍患、恐致乖違、因以實告女怨曰舅何孟浪至此此彌天之禍不可爲謀乃不明言而陷我於坎窞生曰是小生以死命哀舅舅慈悲而窮於術知卿能生死人而肉白骨也某誠不足稱好逑然家門頗不辱寞幸垂諒焉女嘆曰事已至此夫復何辭然父自削髮招提兒女之愛已絕無已同往哀之恐擔挫辱不淺也乃連夜以氈絮厚作襆縢各隱着衣底然後負肩輿入南山十餘里山徑拗折絶險不復可乘下輿女跬步維艱生挽臂扶曳竭蹶始能上達不遠卽見山門共坐少憩女喘汗

淫淫粉黛交下生見之情不可忍曰爲某事遂使卿罹此苦女愀然曰恐此尚未是苦困少蘇相將入蘭若禮佛而進曲折入禪堂見老僧趺坐目若瞑一僮執拂侍之方丈中掃除光潔而座前悉布砂礫密如星宿女不敢擇入跪其上生亦從諸其後僧開眸一看即復閤女叅白久不定省今女已嫁故偕壻來僧久之啓視曰妮子大累人即不復言夫妻跪良久筋力俱殆砂石將壓入骨痛不可支又移時乃言曰將騾來未女答言未曰夫妻即去可速將來二人拜而

起、狼狽而行、既歸、謹如其言、不解其意、但伏聽之。過數日、相傳罪人已得、伏誅訖、夫妻相慶無何。山中遣僮來、以斷杖付生、云代死者此君也。便囑瘞祭以觧竹木之冤。生視之、斷處有血痕焉。乃祝而葬之。夫妻不敢久居、星夜歸遼陽。

老僧二則

福建曾孝廉高捷南宮時、與二三新貴遨遊郊郭。偶聞毘盧禪院寓一星者、因往問卜。入、揖而坐。星者見其意氣揚揚、稍佞諛之。曾搖箑微笑、便問有蟒玉分否星者。正容許以二十年太平宰相。曾大悅。氣愈高。值小雨。乃與友避雨僧舍。舍中一老僧深目高鼻。坐蒲團上。淹蹇不爲禮。衆一舉手登榻自話。群以宰相相賀。曾心氣殊高。便指同遊曰某爲宰相時。推年丈作南撫。家中表作忝遊我家。老蒼頭亦得小千把。余願足矣。一座大笑。俄聞門外雨注如傾。曾倦伏榻間。忽見有二中使賫天子手詔召曾太師決國計。曾得意榮寵。亦烏知其非有也。疾趨入朝。天子前席溫語良久。命三品以下聽其黜陟。不必奏聞。卽賜蟒服一襲玉帶一圍、名馬二匹、曾被服稽拜以出、入家則非舊所居、第繪棟雕榱、窮極壯麗、自亦不解何以遽至於此、然撚鬚微呼、則應諾雷動、俄而公卿贈賄游物、傴僂足恭者、疊出其門、六卿來、倒屣而迎、侍郎輩、揖與語、下此者、頷之而已、晉撫餽女樂十八、皆是好女子○其尤者爲嫋嫋、爲仙仙、二人尤蒙寵顧、科頭休沐日、事聲歌○一日念微時、嘗得邑紳王子良周濟、我今置身青雲、渠尚蹉跎仕路、何不一引手、早旦一疏、薦爲諫議郎、奉俞旨、立行擢用、又念郭太僕曾睚眦我郎

傳呂給諫、及侍御陳昌等。授以意旨、越日彈章交至、
奉旨削職以去。恩怨了了、頗快心意。偶出郊衢、醉人
適觸幽簿、卽遣人縛付京尹、立斃杖下。接簿連阡者、
皆畏勢獻沃產、自此富可埒國。無何而嫋嫋仙仙、以
次殂謝、朝久遐思、忽憶微時見東家女絕美、毎思購
充媵御、輒以綿薄違宿願。今日幸可適志、乃使幹僕
數輩、強納貲於其家。俄頃籐輿舁至、則較昔之望見
時尤艷絕也。自顧生平於願斯足。又逾年、朝士竊竊、
似有腹誹者。然揣其意、俱恐爲立仗馬、曾亦高情盛

氣不一置懷有龍圖學士包拯上疏其畧曰竊以曾
某原一飲博無賴市井小人一言之合榮膺聖眷父
紫兒朱恩寵爲極不思捐軀摩頂以報萬一反恣胸
臆擅作威福可死之罪擢髮難數朝廷名器居爲奇
貨量缺肥瘠爲價重輕因而公卿將士盡奔走於門
下佔計貧緣儼然負販仰息望塵不可算數或有傑
士賢臣不肯阿附輕則置之閒散重則褫以編氓甚
且一臂不袒輙迕鹿馬之奸片語方干遠竄豺狼之
地朝士爲之寒心朝廷因而孤立又且貧民膏腴任

肆饕食。良家女子。強委禽狀。沴氣、兇氣、驕無天日。奴
僕一到、則守令承顏謝罪。因一拔、則院司枉法。或有所
養之兒、瓜果之親、出則乘傳。風行雷動、地方之供給
稍遲。馬上之鞭撻立至。荼毒人民、奴隸官府。扈從所
臨。野雖甚罔草而其某方炎炎赫赫帖帖、罷能無懈若己對方承
於闕下。甚斐賬進於君前。委蛇才退於自公。聲歌已
起於後苑。聲色狗馬。晝夜甚荒淫。國計民生。罔存念慮。
世上寧有此等相爭、內外駭詫、人情洶洶、若不急加
斧鑽之誅、勢必釀成撻楚之禍、臣叔夙夜祇懼。不敢

寧處胃苑列欵、仰達宸聰、伏祈斷姦佞之頭。籍貪冒、之產。上回天怒。下快輿情。如果臣言虛謬、刀鋸鈇鑊、卽加臣身云云、疏上、曾聞之、氣魄駭慄、如飲氷水、幸而皇上優容、留中不發、又繼而科道九卿交章劾奏、郎昔之拜門牆稱假父者、亦反顏相向、奉旨籍家、充雲南軍、子任平陽太守、已差員提問、曾方聞旨驚怛、旋有武士數十人、帶劍操戈、直抵內寢、褫其衣冠、與妻幷繫、俄見數人運貲於庭、金銀錢鈔、數百萬、珠翠瑙玉數百斛、幄幕簾榻之屬、又數千事、以至兒襁女爲遺墮堦庭、曾一一視之、酸心刺目、又俄而一人掠美妾出、披髮嬌啼、玉容無主、悲火燒心、含憤不敢言、俄樓閣倉庫、并已封誌、立叱曾出、夫妻吞聲就道、求一下駟劣車少作代步、亦不可得、十里外妻足弱欲傾跌、曾時以一手相攀引、又十餘里、已亦困憊、欲見高山、直揷霄漢、自憂不能登越、時挽妻相對泣、而監者獰目來窺、不容稍停駐、又顧斜日已墜、無可投止、不得已、參差蹩躠而行、比至山腰、妻力已盡、泣坐路隅、曾亦憩止、任監者叱罵、忽聞百聲齊譟、有群盜各

操利刃、跳梁而前、監者大駭逸去、曾長跪言孤身遂
謫、囊中無長物、哀求宥免、群盜裂眦宣言我輩皆被
害冤民、祇欲得倖賊頭、他無索取、曾怒叱曰、我雖待
罪、乃朝廷命官、賊子何敢爾、賊亦怒、以巨斧揮曾項、
覺頭墮地作聲、魂方駭疑、卽有二鬼來反接其手驅
之行、入一都會、頃之覩宮殿、殿上一醜形王者憑几
決罪福、曾前匍匐請命、王者閱卷纔數行、卽震怒曰、
此欺君悞國之罪、宜置油鼎、萬鬼群和、聲如雷霆、卽
有巨鬼捽至墀下、見鼎高七尺許、四圍熾炭、鼎足盡

赤、曾觳觫哀啼、竄跡無路、鬼以左手抓髮、右手握踝、
拋置鼎中、覺瑰然一身、隨油波而上下、皮肉焦灼、痛
徹於心、沸油入口、煎烹肺腑、念欲速死、而討不能得、
約食時、鬼方以巨乂取曾、復伏堂下、王又檢冊籍、怒
曰、倚勢凌人、合受刀山獄、鬼復捽去、見一山不甚廣
濶而峻削、壁立利刃、縱橫亂如密筍、先有數人胷腸
刺腹於其上、呼號之聲、慘絕心目、鬼促曾上、曾大哭
退縮、鬼以毒錐刺腦、曾負痛乞憐、鬼怒、捉曾起、望空
力擲、覺身在雲霄之上、暈然一落、刀交於胸、痛苦不

可言狀、又移時、身軀重贅、刀孔漸濶、忽焉脫落、四肢蠖屈、鬼又逐以見王、王命會計生平賣爵鬻名所得金錢幾何、即有鬈鬚人持籌握算、曰三百二十一萬、王曰彼既積來、還令飲去、少間取金錢堆堦上如邱陵、漸入鐵釜、鎔以烈火、鬼卒數輩更相以杓灌其口、流頤則皮膚臭裂、入喉則臟腑沸騰、生時患此物之少。是時患此物之多也。半日方盡、王者押令去甘州爲女、行數步見架上鐵梁圍可數尺、綰一火輪、其大不知幾百由旬、焰生五采、光耿雲霄、鬼撻使登輪、方合眼躍登、則輪隨足轉、似覺傾墮、遍體生涼、開目自顧、身已嬰兒、而又女也、視其父母、則懸鶉百結之室之中、瓢杖猶存、心知爲乞人子、日隨乞兒托鉢、腹轆轆然常不得一飽、着敗衣、風常刺骨、十四歲鬻爲秀才備媵妾、衣食粗足自給、而家室悍甚、日以鞭箠從事、往往以赤鐵烙胸乳、幸而良人頗憐愛、稍自寬慰、東鄰惡少年、忽踰垣來逼、與私、乃自念前身惡孽已被鬼譴、今那得復爾、於是大聲疾呼、良人與嫡婦盡起、惡少年始竄去、居無何、秀才宿諸其室、枕上喋喋方自訴冤苦、忽震厲一聲、室門大闢、有兩賊持刀入、竟決秀才首、囊括衣物已、乃圍伏被底、不敢復作聲、既而賊去、乃呼奔嫡室、嫡大驚、相與泣驗、遂疑妾以奸夫殺良人、因以狀白刺史、嚴鞫之、竟以酷刑定罪、案依律凌遲處死、縶赴刑所、胸中冤氣扼塞、距踴聲屈、覺九幽十八獄、無此黑黯也、正悲號間、聞同遊者呼曰、兄夢魘耶、豁然而寤、見老僧猶跏趺座上、同侶競相謂曰、日暮腹枵、何久酣睡、曾乃慘淡而起、僧微笑曰、宰相之占驗否、曾大驚異、拜而請教、僧曰、修德行仁。火坑中有青蓮也。山僧何知焉、曾盛氣而來、不覺喪氣而返、臺閣之想由此淡焉、入山不知所終、福善禍淫、天之常道、闒作宰相而忻然於中者、必非喜其鞠躬盡瘁可知矣、是時方寸中宮室妻妾、無所不有、然而夢固爲妄想、亦非真、彼以虛作神以幻報、黄粱將熟、此夢在所必有、當以附之邯鄲之後、

江西孟龍潭與朱孝廉客都中、偶遊一蘭若、殿宇禪舍俱不甚弘敞、惟一老僧掛搭其中、見客入、肅衣出

、迎導與隨喜、殿中塑誌公像、兩壁圖畫精妙、人物如
生東壁畫散花天女、內一垂髫者、拈花微笑、櫻唇欲
動、眼波將流、朱注目久、不覺神搖意奪、恍然凝思、身
忽飄飄如駕雲霧、已到壁上、見殿閣重重、非復人世、
一老僧說法座上、偏袒繞視者甚衆、朱亦雜立其中、
少間、似有人暗牽其裾、回顧則垂髫兒、囅然竟去、履
跡從之、過曲欄入一小舍、朱次且不敢前、女回首搖
手中花、遙遙作招狀、乃趨之、舍內寂無人、遽擁之、亦
不甚拒、遂與狎好、既而閉戶去、囑勿咳、夜乃復至、如

此二日，女伴共覺之，搜得生，戲謂女曰：「腹內小郎已許大，尚髮蓬蓬學處子耶？」共捧簪珥，促令上鬟。女含羞不語。一女曰：「姊姊妹妹，吾等勿久住，恐人不懽。」群笑而去。生視女髻雲高簇，鬟鳳低垂，比垂髫時尤艷絕也。四顧無人，漸入猥褻，蘭麝薰心，樂方未艾。忽聞吉莫靴鏗鏗甚厲，縲索鏘然，旋有紛囂騰辨之聲。女驚起，與生竊窺，則見一金甲使者，面黑如漆，綰鎖挈槌，衆女環繞之。使者曰：「全未？」答言：「已全。」使者曰：「如有藏匿下界人，即共出首，勿貽伊戚。」又同聲言：「無。」使者反身鶚顧、似將搜匿、女大懼、面如死灰、張皇謂朱曰、可急匿榻下、乃啓壁上小扉、猝遁去、朱伏不敢少息、俄聞靴聲至房內、復出、未幾、煩喧漸遠、心稍安、然戶外輒有往來語論者、朱跼蹐既久、覺耳際蟬鳴、目中火出、景狀殆不可忍、惟靜聽以待女歸、竟不復憶身之何自來也、時孟在殿中、轉瞬不見朱、疑以問僧、僧笑曰、往聽說法去矣、問何處、曰不遠、少時以指彈壁而呼曰、朱檀越何久遊不歸、旋見壁間畫有朱像、傾耳佇立、若有聽察、僧又呼曰、遊侶待久矣、遂飄忽自

壁而下、厥心不正、目瞪足軟、盂大駭、從容問之、蓋方
伏榻下、聞扣聲如雷、故出房窺聽也、朱驚拜老僧而
問其故、僧笑曰、幻由人生、貧僧何能解、朱氣結而不
揚、盂心駭而無主、遂起別而歸、
幻由人作、此言類有道者、人有淫心、是生褻境、人
有褻心、是生怖境、老僧點化愚蒙、千幻並作、皆人
心所自動耳、老婆心切、惜不聞其言下大悟、披髮
入山也、
老尼

淄川孫生娶故家女辛氏、初入門、爲窮袴、多其帶、渾身紏纏甚密、拒男子不與共榻、牀頭常設錐簪之具、以自衛、孫屢被刺劉、因就别榻卧、月餘不敢問鼎、即白晝相逢、女未嘗假以言笑、同窗某知之、私謂孫曰、令正能飲否、答云少飲、某戲之曰、僕有調停之法、善而可行、問何法、曰以迷藥入酒、紿使飲焉、則惟君所欲矣、孫笑之、而陰服其策良、詢之醫、乃以酒煮烏頭、置案頭、入夜、孫釃别酒、獨酌數觥而寢、如此三夕、妻終不飲、一夜、孫卧移時、視妻猶寂坐、孫故作齁聲、妻乃

下榻取酒煨爐上孫竊喜既而引滿一杯又復酌約
盡半杯許以其餘仍納壺中拂榻遂寢久之無聲而
燈尚未滅也疑其尚醒故大呼錫藥鎔化矣妻不應
再呼仍不應起身往視則爛醉如泥啓衾潛入層層
斷其結縛妻固覺之不能動亦不能言任其輕薄而
去既醒惡之投環自縊孫夢中聞喘哮聲起而奔視
舌已出兩寸許大驚斷索扶榻上踰時始蘇孫自此
殊厭惡之夫妻避道而行相逢則俯首過之積四五
年不交一語妻或在室中與他人嬉笑見夫至色則

立變凛如霜雪孫嘗寄宿齋中恒經歲無歸時郎强之歸亦面壁移時黙然就枕而已父母甚憂之一日有老尼至其家見婦亟加贊譽母不言但有浩嘆尼詰知其故曰此易事耳母喜曰倘能回婦當不靳酬也尼窺室無人耳語曰購春宮一幀三日後爲若厭之尼既去母從其教購以待之三日尼果來囑曰此須甚密勿令夫婦知乃剪下圖中人又針三枚艾一撮並以素紙封固外繪數筆如蚓狀使母賺婦出竊取其枕開其縫而投之已而仍合之返故處尼乃去

至晚、母強子歸宿、傭媼知其情、竊往伏聽、二更將殘、聞婦呼孫小字。孫不答、少間、婦復語、孫厭氣作惡聲、質明、母入其室、見夫婦面首相背、知尼術之誣也、呼子於無人處、委諭之、孫聞妻名、便怒切齒、母怒罵之、不顧而去、越日、尼來、告之罔效、尼大疑、媼因述所聞、尼笑曰、前言婦憎夫、故偏厭之、今婦意已轉、所未轉者男耳、請作兩制之法、必有驗、母從之、索子枕如前、緘置訖、又呼令歸寢。更餘、猶聞兩榻上皆有轉側聲、時作咳、都若不能寐、久之、聞兩人在一牀上唧唧語、

但隱約不可辨、將曙猶聞嬉笑、吃吃不絕、媼以告生
母、喜尼來厚饋之、孫由是琴瑟和好、生一男兩女、十
餘年從無角口之事、同人私問其故、笑曰、前此顧影
生怒、後此聞聲而喜、自亦不解其何心也。
移憎而愛、術不亦神哉、然能令人喜者、亦能令人
怒、術人之神、正術人之可畏也、先哲云、六婆不入
門、有見矣夫

單道士

單道士善作劇、有世家韓公子、愛其術、以爲座上客、

單與人行坐輒不見公子欲傳其術單不肯公子固
懇之曰我非悋吾術恐壞吾道也所傳而君子則可
不然有借此以行竊者矣公子固無慮此然或出見
美麗而悅隱身入人閨闥是濟惡而宣淫也不敢從
命公子不能強而心怒之陰與僕輩謀撻辱之恐其
遁匿因以細灰布麦場上思左道能隱形而履處必
有印迹可臨印處急擊之於是誘單往使人執牛鞭
立撻之單忽不見灰上果有履跡左右亂擊頃刻已
迷跡亦不見單歸謂公子曰吾不可復居矣乃於壁

上畫一城以手推擱城門頓開因將囊衣篋物悉擲門內乃拱別曰我去矣躍身入城城門遂合所畫城亦尋滅後聞在青州市上教兒童畫壘圈於掌逢人戲拋之隨所拋處或面或衣圈輙脫去落印其上又聞其善房中術能令下部吸燒酒盡一器公子嘗面試之

江南武進有少年稍婆能以酒十數觔傾盆內觧褌坐入吸之頃刻立盡　梓園

道人

韓生世家也、同村徐氏常飲於其家、會宴集、有道人托缽門外、家人投錢及粟、皆不受、亦不去、家人怒、與之角口、韓問詢家人、以情告、言未已、道人竟入、韓招之坐、道人一舉手即坐、畧致研詰、始知其初居村東破廟中、韓曰、何日樓鶴東觀、竟不聞知、殊缺地主之禮、答曰、野人新至、無交游、聞居士揮霍、深願求飲焉、韓命舉觴、道人能豪飲、徐見其衣服垢敝、不甚爲禮、韓亦海客遇之、道人傾飲二十餘杯、乃辭而去、自是每宴客、道人輒至、遇食則食、遇飲則飲、韓亦稍厭其頻飲，次徐嘲之曰：「道長日為客，寧不一作主？」道人笑曰：「貧道與居士等，惟雙肩荷一喙耳。」徐慚不能對。道人曰：「雖然，貧道懷誠久矣，會當竭力作杯水之酬。」飲畢，囑曰：「翌午幸賜光寵。」次日，相邀同往，道人已候於途，且語且步，已至寺外，入則院落一新，連閣雲曼。大奇之曰：「久不至此，創建何時？」道人答：「竣工未久。」比入其室，陳設華麗，世家所無，二人肅然起敬。甫坐，行酒皆二八姣童，錦衣珠履，酒饌芳美，備極豐渥。飯已，另有小進，珍果多不可名，貯以水晶玉石之器，光炤几榻酌以玻璃琖圓尺許道人曰喚石家姊妹來童去少時二美人入一細長如弱柳一身短齒最稚媚曼雙絕道人使歌以侑酒少者拍板而歌長者和以洞簫其聲淸細旣闋道人懸爵促釂又命徧酌顧問美人久不舞尚能之否隨有兩僮展氍毹於筵下兩女對舞長衣亂拂香塵四散舞罷斜倚畫屛二人心曠神飛不覺醺醉道人亦不顧客舉杯飲盡起謂客曰姑煩自酌我少憩卽去屋南壁下有螺鈿牀女子爲施錦裀扶道人臥道人乃曳長者共寢命少者立牀

下爲之爬背二人見此狀頗不平徐乃大呼道人不得無禮將往撓之道人急起遁去見少女猶立牀下乘醉拉向北榻公然擁臥視牀上美人尚眠繡榻顧韓曰君何太迂韓乃逕登南榻欲與狎褻而美人睡去撥之不轉因抱與俱寢天明酒夢俱醒覺懷中冷物氷人視之則抱長石臥青堦下急視徐尚未醒見其枕遺屙之石酣寢敗廁中蹵起互相駭異四顧則一庭荒草兩間破屋而道人杳矣

釆薇翁

明鼎革、干戈蠭起、於陵劉芝生聚衆數萬、將南渡、忽一肥男子詣柵門、敞衣露腹、請見兵主、劉延入與語、大悅之、問其名姓、自號釆薇翁、劉留參幃幄、贈以刀、翁言我自有利兵、無須刁戟、問兵所在、翁乃捋衣露腹、臍大可容雞子、忍氣鼓之、忽臍中塞腹喤然突出劍跗、握而抽之、白刃如霜、劉大驚、問止此乎、笑指腹曰、此武庫也、何所不有、命出弓矢、又如前狀、出雕弓一、畧一閉息、則一矢飛墮、其出不窮、已而斂插臍中、卽都不見、劉神之、與同寢處、敬禮甚備、時營中號令

雖嚴而烏合之衆時出剽掠翁曰兵貴紀律令統數
萬之衆而不能鎮攝人心此敗亡之道也劉善之於
是糾察卒伍有掠取婦女財物者梟以示衆軍中稍
肅而終不能絶翁不時乘馬出遨遊部伍間軍中悍
將驕卒輒首自墮地不知其何因因共疑翁前進嚴
飭之策兵士已畏惡之至此大相憾怨諸部領譖於
劉曰釆薇妖術也自古名將止聞以智不聞以術浮
雲白雀之徒終致滅亡今無故將士往往自失其首
人情洶懼將軍與處亦危道也不如圖之劉從其言

謀俟其寢而誅之使覘翁坦腹方卧息如雷衆大喜以兵逶舍兩人持刀入斷其頭及刀起頭已復合息如故大驚又斫其腹腹裂無血其中戈矛森列盡露其額衆愈駭不敢近遥撥以稍而鐵弩大發射中數人衆驚散白劉劉急詣之已杳矣

戲術三則

余赴試濟南值春節向例各故事前一日赴藩署演春余從友人往觀見堂上四官皆衣赤余方稚亦不知其何官但聞人語嚌嘈鼓吹聒耳忽有一人率披

髮童荷擔而上、似有所白、萬聲洶動、亦不聞爲何語、
但視堂上作笑聲、卽有青衣人大聲命作劇、其人應
命問作何劇、堂上相顧數語、吏下宣問所長、答言能
顛倒生物、吏以白官、少頃復下、命取桃、術人應諾、解
衣覆笥上、故作怨狀、曰、長官殊不了了、堅冰未解、安
所得桃、奈何、其子曰、父已諾之、又焉辭、術人惆悵良
久、乃曰、我籌之爛熟、春初雪積、人間何處可覓、惟王
母園中、四時常不凋謝、或有之、必竊之天上、乃可、子
曰、嘻、天可階而升乎、曰、有術在、乃啟笥出繩一團約

數十丈理端望空擲去繩即懸立空際若有物繫之未幾愈擲愈高渺入雲中手中繩亦盡乃呼子曰兒來余老憊體重拙不能行須汝一往遂以繩授子曰持此可登子受繩有難色怨曰阿翁亦大憒憒如此一綫之繩欲我附之以登萬仞之高天倘中道斷絕骸骨何存矣父又强嗚拍之曰我已失口追悔無及煩兒一行兒勿苦倘取得來必有百金賞當爲兒娶一美婦子乃持索盤旋而上手移足隨如蛛趁絲漸入雲霄不可復見久之墜一桃如盌大術人喜持獻

公堂堂上傳示良久亦不知其真偽忽而繩落地上術人驚曰殆矣上有斷吾繩者兒將焉托移時一物墮視之其子首也捧而泣曰是必偷桃爲監者所覺吾兒休矣又移時一足落無何肢體紛墮無復存者術人大悲一一拾置笥中而闔之曰老夫止此兒日從我南北遊今承嚴命不意罹此奇慘當負去瘞之乃升堂而跪曰爲桃故殺吾子矣如憐小人而助之塟當結草以圖報耳衆官駭詫各有賜金術人受而纏諸腰乃叩笥而呼曰八八兒不出謝賞將何待忽

其子首抵笥蓋而出、望北稽首而去、以其術奇、故至今猶記之、後聞白蓮教能爲此術、意此其苗裔也、

利津李見田知搬運法、一日在顏鎮偶遊陶場、欲市巨甕、與陶人爭直不成而去、至夜窯中未出者六十餘甕、啟視已空、陶人大驚、疑李、踵門求之、李謝不知、固哀之、乃曰、我代汝出窯、一甕不損、在魁星樓下、非歟、如言往視、一一俱在、樓在鎮之南山、去場三里餘、傭工運之、三日乃盡、

有桶戲者、桶可容升、無底、中空、戲人以二席鋪地上、

持一升入桶中旋出即有白米滿升傾注蓆上又取又傾頃刻兩蓆皆滿然後一一量入畢而舉之猶空桶竒在多也

卜者

于某少任俠喜拳勇力能持高壺作旋風舞崇正間殿試在都僕疫不起患之會市上有卜者能決人死生將代問之旣至未言卜者曰君莫欲問僕病乎于駭應之曰病者無害君可危于乃自卜卜者起卦愕然曰君三日當死于驚詫良久卜者從容言鄙人有

小術報我十金當代禳之子自念生死已定術豈能觧不應而起卜者曰惜此小費勿悔勿悔愛子者咸懼勸罄囊哀之子不聽倏忽至三日端坐旅舍靜以覘之終日無恙至夜閤戶挑燈倚劍危坐一更向盡更無死法意欲就枕忽聞窗隙窣窣有聲急視之一小人荷戈入及地則高如人手捉劍起急擊之飄忽未中遂遽小復尋窗隙意欲遁疾斫之應手而倒燭之則紙人已腰斷矣仍不敢卧又坐待之踰時一物穿窗入怪獰如鬼纔及地急擊之斷而爲兩皆蠕動

恐其復起、又連擊之、劍劍皆中、其聲不輟、審視則土
偶、片片已碎、於是移坐窗下、目注隙中、久之聞窗外
如牛喘、有物推窗櫺、房壁震搖、其勢欲傾、于懼覆壓、
計不如出而鬭、遂劃然脫扃、奔而出、一巨鬼高與簷
齊、昏月中見其面黑如漆、眼閃爍有黃光、上無衣、下
無履、手弓而腰矢、于方駭、鬼已彎矣、遂以劍撥矢、矢
墮、欲擊之、則又彎矣、急躍避、矢貫於壁、戰戰有聲、鬼
怒甚、拔佩刀、揮如風、望于力劈、于猱進、刀中庭石、石
立斷、于出其股間、削鬼中踝、鏗然有聲、鬼愈怒、吼如

雷轉身復剟于叉伏身入刀落斷其裙于已及脇下猛斫之亦鏗然有聲鬼仆而僵亂擊之聲硬如柝燭之則一木偶高大如人弓矢尚纏腰際刻畫猙獰劍擊處皆有血出因秉燭待旦方悟鬼物皆卜人之遣欲致人於死以神其術也次日徧告交知與共詣卜所卜人遙見之瞥不見或曰此翳形術也犬血可破如其言戒備而往卜人又匿如前急以犬血沃立處但見卜人頭面皆爲犬血糢糊目灼灼如鬼立乃執付有司杖斃之

嘗謂買卜爲一癡、世之講此道而不爽於生死者幾人、卜之而爽、猶不卜也、且卽明明告我以死期之至、將復如何、況有借人命以神其術者、其可畏尤甚耶

妖道

陳歡樂、潞之長治人、一女慧美、有道士行乞、覘之而去、由是日假托鉢、伺左側、適一瞽者自陳家出、道士追與同行、問何來、瞽云適過陳家推命、道士曰、聞其家有女郎、我中表親欲求姻好、但未知其甲子、瞽爲

之述、之道士乃別而去、一日父母他出、道士作法誘之出、但見茫茫黑波中、一路如綫、駭而却退、門舍居廬、已被黑水淹沒、又視路上行人、惟一道士緩步於前、遂遥尾之、冀見鄉人告語、走數里、忽覩房舍、視之則己家門、大駭、意奔馳如許、固猶在村中、何迷惘若此、欣然入門、父母尚未歸、仍至己房、覺奔波殆極、就榻憩坐、道士忽入、女大驚、欲遁、道士捉而捺之、女欲號則瘖不能聲、道士以利刀剖其心、女覺魂飄飄離殼而立、視道士以己心血點木人上、又復叠指詛咒、女覺木人遂與已合道士囑曰自茲當聽差遣勿得違悞遂佩戴之陳氏失女舉家惶惑尋至牛頭山始聞村人傳言嶺下一女子剖心而死陳奔驗果其女也泣以愬宰宰拘嶺下居人搒掠幾徧訖無端緒姑待覆勘道士風聞謂女曰今遣汝第一差往偵邑中審獄狀去當隱身㛹閣上倘見官宰用印即趨避切記勿忘我在前面椰樹下等你限你辰去巳來遲一刻則以一針刺汝心中令作急痛二刻刺二針至三針則使汝魂魄消滅矣女聞之四體驚慄飄然遂去

瞬息至官廨，如言伏閣上，一時嶺下人羅跪堂下，尚未訊詰，適將鈐印公牘，女未及避，而印已出匣，女覺身軀重輭，紙格似不能勝，嘿然作響，滿堂愕顧，宰命再舉，響如前，三舉，翻墮地下，衆悉聞之，宰祝曰，如是寃鬼，當便直陳，爲汝昭雪，女哽咽而前，歷言道士誘已狀，殺已狀，遣已狀，宰差役馳去，至椰樹下，道士果在，捉還，一鞫而服，乃釋衆人，宰問女寃雪欲何歸，女曰，將從大人，宰曰，我署中無處可容，不如暫歸汝家，女良久曰，官署即吾家，我將入矣，宰又問，音響已寂

退入宅中、則夫人已生女矣、

術人

康熙間、有術人攜一榼、榼藏小人長尺許、投一錢、則啓榼令出唱曲而退、至掖掖宰索榼入署細審小人、出處初不敢言、固詰之始自述其鄉族、葢讀書童子自塾中歸、爲術人所迷、復投以藥、四體暴縮、彼遂攜之以爲戲具、宰怒杖殺術人

造畜

魘昧之術不一、有投美餌給食之、則迷罔相從而去、

俗名打絮巴、江南謂之扯絮、小兒無知、輙受其害、又有變人爲畜者、名曰造畜、此術江以南最多、揚州旅店中有一人牽驢五頭、暫繫櫪下、云我少旋即返、切囑勿令飲噉、遂去、驢暴日中、蹄齧殊喧、主人牽着涼處、驢見水即奔、遂縱飲之、一滚塵化爲婦人、怪之、詰其所由、舌强而不能答、乃匿諸室中、旣而驢主至、繫五羊於院中、驚問驢之所至、主人曳客坐、便進餐、飲且云、客姑飯、驢且至矣、主人出、悉飲五羊、輾轉皆爲童子、陰報郡、遣役繫去、械殺之

誌異摘抄目錄

卷之五

周生　安邱生

淫報

博興豪勢　某甲

讀史摘抄 卷之五 二

誌異摘抄卷之五

妬悔

江城

臨江高生名蕃、少慧、儀容秀美、十四歲入邑庠、富室爭婚之、生選擇良苛、屢梗父命、父仲鴻年六十、止此子、姑息之、不忍少拂、初東村有樊翁者、授童蒙于市肆、攜家僦生屋、翁有女小字江城、與生同甲、時皆八九歲、兩小無猜、日共嬉戲、後翁徙去、積四五年不復聞問、一日生于隘巷中、見一女郎、艷美絕俗、從一小鬟僅六七歲，不敢傾顧，但斜睨之。女停睇若欲有言。細視之，江城也。頓大驚喜，各無所言，相視呆立。移時別去。生故以紅巾遺地，小鬟拾以授女，女入袖中，易己巾，僞謂鬟曰：「高秀才非他人，勿得諱其遺物，可追還之。」小鬟果追付生。生得巾大喜，歸見母，請與論婚。母曰：「家無半間屋，南北流移，何足匹偶？」生言：「我自欲之，當無悔。」母中心攄拒，不自決，以商鴻。鴻執不可。生聞之悶然，嗌不容粒。母大憂之，曰：「樊氏雖貧，亦非徂儈無賴者比。我請過其家，倘其女可偶也，亦何害？」鴻

諸、之母托燒香詣之、見女明眸秀齒、居然娟好、心大
愛悅、遂以金帛厚贈之、實告以意、樊媪謙抑而後受
盟、歸述其情、生始解顏爲笑、逾歲擇吉迎女歸、夫婦
相得甚歡、而女善怒、反眼若不相識、詞舌嘲啁、常聒
于耳、生以愛故、悉爲忍之、翁媪稍有所聞、心弗善也、
潛責其子、爲女所聞、大恚、詬罵彌加、生稍稍反其惡
聲、女愈怒、撻逐出戶、闔其扉、生嚶嚶門外、不敢叩關、
抱膝宿簷下、女自是視若仇、其初長跪猶可以解、漸
至屈膝無靈、而生愈苦矣、翁姑薄讓之、女牴牾不可

言狀、翁姑忿怒、逼令大歸、樊慚懼、挽交好者請于仲鴻、鴻不許、年餘生出遇岳、岳把袖邀歸、謝罪不遑、妝女出見、夫婦相看、不覺惻楚、樊乃沽酒款壻、酬勸甚殷、無何日暮、堅留止宿、掃別榻使夫婦並寢、旣曙辭歸、不敢以情告父母、掩飾而彌縫之、由此三五日輙一寄岳家宿、而父母不知也、樊一日自詣仲鴻、初不見、廹而後見之、樊膝行而請、鴻不承、誘諸其子、樊言壻昨夜宿僕家、不聞有異言、鴻驚問何時寄宿、樊具以告、鴻赧謝曰、我固不之知、耳彼愛之、我獨何仇乎、

樊既去、呼子責之、但俛首而已、言鬬樊、已送女至鴻
曰、我固不能爲兒女任過、不如各自門戶、即煩主析
爨之盟、樊勸之不聽、遂别院居之、遣一婢給役焉、月
餘頗相安、翁姑竊慰、未幾女漸肆、生面上時有掐爪
痕、父母明知之、亦忍置不問、一日生不堪撻楚、奔避
父所、翁媪方詰問、女已横撻追入、竟即翁側捉而捶
之、翁姑沸噪、略不顧瞻、撻至數十、始悻悻以去、鴻逐
子曰、我惟避囂、故析爾爾、固樂此又焉逃乎、生被逐、
徙倚殊無所歸、母恐其挫折行死、令獨居而給之食、

又召樊來、使教其女、樊入室開諭萬端、女終不聽、反以惡言相苦、樊拂衣而行、誓相絕、無何、樊翁病、與嫗相繼死、女恨之、亦不臨弔、惟日隔壁噪罵、故使翁姑聞、鴻悉置不校、生自獨居、若離湯火、但覺淒寂、暗以金啗媒嫗李氏、納妓齋中、往來皆以夜、久之、女微有聞、詣齋嫚罵、生力白其誣、矢以天日、女始歸、自此日伺生隙、一日李嫗自齋中出、適爲所遇、急呼之、嫗神色變異、女愈疑、謂嫗曰、明告所作、或可宥免、若有隱秘、撮毛盡矣、嫗戰而告曰、半月來、惟鉤欄李雲娘過此兩度耳、適公子言、曾于玉笥山見陶家婦、愛其雙翹、囑奴招致之、渠雖不貞、亦未便作夜度娘、成否故未必也、女以其言誠、姑從寬恕、媼欲行、又强止之、曰旣昏、呵之曰、可先往滅其燭、便言陶家婦至矣、媪如其言、女卽遽入、生喜極、挽臂促坐、具道饑渴、女默不語、生暗中索其足、曰、自山上一覩仙容、介介獨戀是耳、女終不語、生曰、夙昔之願、今始得遂、何可覿面而不識也、躬自促火一照、則江城也、大懼、失色墮燭于地、長跪觳觫、若兵在頸、女摘耳提歸、以鍼刺兩股殆徧。乃卧以下床。醒則數罵之。生以此畏若虎狼。即偶假以顏色。枕席上亦震慴不能卒事。女批頰而叱去之。愈厭棄不以人齒。生日在蘭麝之鄉。如犴狴中人仰獄吏之尊也。女有兩姊。俱適諸生。長姊平善訥于口。常與女不相洽。二姊適葛氏。爲人狡黠善辨。顧影弄姿。貌不及女。而悍妬與埒。姊妹相逢。無他言。惟各以閫威自鳴得意。以故二人最善。生適戚友。女輒嗔罵。惟適葛氏。知之不禁也。一日飲葛所。既醉。葛嘲曰。子何畏之甚。生笑曰。天下事顧多不解。我之畏。畏其美也。乃有美不及內人，而畏與僕等者，慼不滋甚哉。
葛大慚，不能對。婢聞，以告二姊。二姊怒，操杖遽出。生
見其狀，兒踊屣欲走。杖起，已中腰膂。三杖，三蹶而不
能起。誤中顱，血流如瀋。蹣跚而歸，妻驚問之。初以迕
姨故，不敢遽告。再三研詰，始具陳之。女以帛束生首，
忿然曰：人家男子，何煩他撻楚耶。更短袖裳，懷木杵，
携婢逕去。抵葛家，二姊笑語承迎。女不語，以杵擊之，
仆，裂袴而痛楚焉。齒落唇缺，遺失溲便。女既返，二姊
羞憤，遣夫赴愬于生。生趨出，極意溫卹。葛私語曰：僕

此來不得不爾婢婦不仁幸假手以懲創之我兩人無嫌焉女已聞之遽出指駡曰齷齪賊妻子虧苦反竊竊與外人交好此等男子不宜打煞耶疾呼覓杖葛大窘奪門竄去生由此往來全無一所同總王子雅過之宛轉留飲飲間以閨閣相謔頗涉狎褻女適窺客伏聽盡悉暗以巴豆投湯中而進之未幾吐痢不可堪奄存氣息女使婢問之曰再敢無禮否始悟病所自來呻吟而哀之則菉豆湯已儲待矣飲之乃止從此同人相戒莫敢飲于其家王有酤肆肆中多

紅梅、設筵招其同人、生托文社、稟白而往、日暮既酣、王生曰、適有南昌名妓、流寓此間、可呼來共飲、衆大悅、惟生起辭、羣臾之曰、閫中耳目雖長、亦聽睹不至于此、因相矢緘口、生乃復坐、少間妓果出、年十七八、玉佩丁冬、雲鬟掠削、問其姓、曰謝氏、小字芳蘭、出詞吐氣、備極風雅、舉座若狂、而芳蘭尤屬意生、屢以色授、爲衆所覺、故曳兩人並肩坐、芳蘭陰把生手、以指書掌作宿字、生于此時、欲去不忍、欲留不敢、心如亂絲、不可言喻、而傾頭耳語、醉態自狂、榻上臙脂虎、亦並忘之少選更漏已動肆中酒客愈稀惟遥座一美少年對燭獨酌有小僮捧巾侍焉衆竊議其高雅無何少年罷飲出門去僮返身入向生曰主人相候一語衆都不知誰何惟生顔色慘變不遑告别匆匆便去蓋少年乃江城僮即其婢也生從至家伏受鞭朴從此禁錮更甚弔慶皆絶文宗下學生以僕講降爲青一日與婢語女疑有私以酒罎囊婢首而撻之已而縛生及婢以繡剪剪腹間肉互補之繹縛令其自求月餘補處竟合爲一每以白足踏餅于塵土中吡

生撫食之如是種種年餘毋以憶子故至其家見子
柴瘠大聲痛哭不醒者數次生扶歸女見其狀入室
癡坐嗒然若喪飲食不進者亦數日一夕夜半忽喚
生生疑其將遺捧進溺盆女卻之牖把生臂曳入衾
生承命四體驚悚若奉丹詔女慨然曰使君若此何
以爲人乃以手撫捫生體每至刀杖痕嚶嚶啜泣以
指甲自掐恨不即死生見其狀意良不忍所以慰藉
之良厚女曰妾思曩時非人所爲有夫婦而不能歡
有姑嫜而不能事是誠何心明日可移家去仍與父

母同居無復定省絮語終夜娓話十年之別昧爽郎
起摺衣斂器婢携籠躬襆被促生前往叩扉母出駭
問告以意母遲回有難色女偕婢入伏地哀泣但求
免死母察其意誠泣曰吾兒何遽如此生爲細述前
狀母喜令僕爲除舊舍女自是承顏順志過于孝子
見人則靦如新婦或戲述往事則紅漲于頰蓋有不
期然而然者一轉移間即成佳婦回視曩昔詢可稱
兩截人矣且勤儉又善居積三年翁媪不問家計而
富稱巨萬矣生是歲即鄉捷女每謂生曰當日一見

芳蘭今猶憶之生以不受荼毒願已至足妄念所不敢萌唯唯而已會以應試入都數月乃返入室見芳蘭正與江城對奕驚而問之則女以數百金出其籍云余于浙邸得晤王子雅言之竟夜甚詳此得非有前世因乎

人生業果飲啄必報而惟果報之在閨中者如附骨之疽其毒尤慘毎見天下賢婦十之一悍婦十之九亦以見人世之能修善業者少也

金氏

柴廷賓、太平人、妻金氏不育、又奇妬、柴百金買妾、金暴遇之、經歲而死、柴忿獨宿數月、不踐閨闥、一日柴初度、金卑詞莊禮、爲丈夫壽、柴不忍拒、始通言笑、金設席內寢、招柴、柴辭以醉、金華粧自詣柴所、曰妾竭誠、終日君卽醉、請一盞而別、柴乃入酌酒話言、金從容曰、前日誤殺婢子。今甚悔之。何便仇怨。遂無結髮情耶。願請納金釵十二、妾不汝瑕疵也、柴遂喜、燭盡見跋、因止宿焉、由此愛敬如初、金便呼媒媼來、囑爲物色佳媵、而陰使遷延勿報、已則故督促之、如是年

餘、柴不能待、徧囑戚好爲之購致、得林氏之養女。金
一見喜形于色、飲食皆共之、脂澤花鈿、任其所取。林
故燕産、不習女紅、繡領之外、須人而成。金曰、我家素
勤儉、非似王侯家買作畫圖看者。于是授美錦使學
製、若嚴師誨弟子。初猶訶罵、繼以鞭朴。柴痛切于心、
不能爲地、而金之憐愛林尤倍于初、往往自爲裝束、
勻鉛黄焉。但履跟稍有摺痕、則以鐵杖擊雙彎、髮少
亂則批兩頰。林不堪其虐、自經死。柴悲慘心目、傾致
怨懟。金怒曰、我代汝教娘子、有何罪過。柴始悟其奸、

因復反目，永絕琴瑟之好，陰于別業修房闥，思購麗人而居之。荏苒半載，未得其人。偶會友人之𧰼，見二八女郎，光艷奪目，停睇神馳。友怪其狂顧，秋波斜轉之。柴因詢諸人，知爲邵氏女，九娘。邵貧士，止此女，少聰慧，教之讀，目過成誦，尤喜讀內經及冰鑒書。父鍾愛之，有議婚者，輒令自擇，而貧富皆少所可，故十七歲猶未字也。柴得其端末，知不可圖，然心低徊之，又冀其家貧，或可利動，謀之數媼，無敢議者，遂齎灰心。忽有賈媼者，以貨珠過柴，柴告所願，賂以重金，曰：止求一通誠意其成與否所勿責也萬一可圖千金勿惜媪利其有諸之登門故與邵妻絮語睹女驚歎曰好個美姑姑假到昭陽院趙家姊妹何足數得又問壻家阿誰邵妻答尚未媪言若個娘子何愁無王侯作貴客也邵妻嘆曰王侯家所不敢望只要個讀書種子便是佳耳我家小冤孽反復遴選十無一當不解是何意向媪曰大娘勿須煩惌恁個麗人不知前生修何福澤纔能消受得咋一大笑事柴家郎君云于某家壁邊望見顏色願以千金爲聘此非餓鴟作

天鵝想耶早被老身訶斥去矣邵妻微哂未答媪曰
便是秀才家難與較量若在別個失尺而得丈宜若
可爲矣邵妻復笑不言媪撫掌曰果爾則爲老身計
亦左也嘗大娘愛登堂便促膝賜漿酒若得千金出
車馬入樓閣老身再到門則閽者呵叱及之矣邵妻
沉吟良久起而去移時喚其夫女三人並出笑曰婢
子奇特多少良匹悉不就聞爲賤媵則就之但恐爲
儒林笑也媪曰倘入門得一小哥子大老婆便如何
耶言已告以別居之謀邵喜謂女曰試同賈姥言之

此汝自主張勿後悔致懟父母女慨然曰父母安享厚奉則養女有濟矣況自顧命薄得佳偶必減壽數少受折磨未必非福前見柴郎亦福相子孫當有興者媼大喜奔告柴喜出非望即置千金備輿馬娶女于別業家人無敢言者女謂柴曰君之計所謂燕巢于幕不謀朝夕者也塞口防舌以冀不漏何可得乎請不如早歸猶速發而禍小柴慮摧殘女曰天下無不可化之人我苟無過怒何由起柴曰不然此非常之悍不可情理動者女曰身爲賤婢摧折其分不然

買日爲活何可長也柴以爲是終躊躇而不敢决一口柴他往女青衣而出命蒼頭控老牝馬一媪携襆從之竟詣嫡所伏地自陳金始而怒既念其自首可原又見容飾謙卑氣亦稍平乃命婢子出錦衣衣之曰彼薄倖人播惡于衆使我横被惡名其實皆男子不義諸婢無行有以激之也汝試念背妻而立家室此豈復是人乎女曰細察渠亦稍悔之但不肯下氣耳諺云大者不伏小以禮論妻之于夫猶子之于父庶之于嫡也大娘若肯假以辭色則積怨可以盡捐

金云彼自不來我何與焉即命婢媪爲之除舍心雖不樂亦暫安之柴聞女歸驚懼不已竊意羊入虎穴狼藉不堪矣疾奔而至見家中寂然心始穩貼女迎門而勸令詣嫡所柴有難色女泣下柴意少納女往見金曰郎適歸自慚無以見大娘乞同往一姍笑之也金不肯行女曰妾已言之矣夫子妻猶嫡之于庶孟光舉案而人不以爲諂何哉分在則然耳金乃從之見柴曰汝狡兎三窟何歸爲柴俛首不答女肘之柴始强顔爲笑金色稍霽將返女推柴從之又令庖

人備酌、自是夫妻和、女早起、青衣往朝、盥已授帨、執婢禮甚恭。柴入其室、苦辭之、十餘夕始肯一納。金亦心賢之、然自愧弗如、積慚成忌、但女奉侍謹、無可蹈瑕、或薄施訶譴、女惟順受。一夜夫妻小有反脣、曉妝猶含盛怒、女捧鏡、鏡墮破之、金恚甚、握髮裂眥、女懼、長跪哀免。怒不解、鞭之至數十、柴不能忍、盛氣奔入、曳女出、金呶呶逐擊之、柴怒、奪鞭反朴、面膚綻裂、始退、由此夫妻若仇、柴禁女勿往、女勿聽、早起、膝行伺幕外、金搥床怒罵、叱去不聽、前日夜切齒、將伺柴

乜出洩憤于女柴知之謝絕人事杜門不通弔慶金
無如何惟日撻婢媼以寄其恨下人皆不可堪自夫
妻絕好女亦莫敢當夕柴于是孤眠金聞之意亦稍
安有大婢素狡黠偶與柴語金疑其私暴之尤苦婢
于無人處疾首怨罵一夕輪婢值宿女囑柴禁勿往
曰婢面有殺機叵測也柴如其言招之來詐問何作
婢驚懼無所措詞柴愈疑撿其衣得利刃焉婢無言
惟伏地乞死柴欲撻之女止之曰恐大娘聞之此婢
必無生理彼罪固不赦然不如鬻之既全其生我亦

得直焉。柴然之、會有買妾者、急貨之金、以其不謀故、罪柴、遂遷怒女、詬罵不已、柴忿、頓女曰、皆汝自取、前此殺郄焉、有今日、言已而走、金怪其言、徧詰左右、並無知者、問女、女亦不言。心愈忿怒、捉裾浪罵、柴乃返、以實告、金大驚、向女溫語、而心轉恨其言之不早、柴以爲嫌郤盡釋、不復作防、適遠出、金召女數責之曰、殺主者罪不赦、汝縱之何心、女造次不能以詞自達、金燒赤鐵烙女面、欲毀其容、婢媪皆爲之不平、毎號痛一聲、則家人盡哭、願代受死、乃不烙、以鍼刺脇二十餘下始揮去之柴歸見面創大怒欲往尋之女捉襟曰妾明知火炕而故蹈之當嫁君時豈以君家爲天堂耶亦自顧命薄聊以洩造化之怒耳安心忍受尚有滿時若再觸焉是坎已塡而復掘之也遂以藥敷患處數日尋愈忽攬鏡喜曰君今日宜爲妾賀彼烙斷我晦紋矣朝夕事嫡一如往日前金見衆哭已知身同獨夫畧有愧悔之萌時時呼女共事詞色平善月餘忽病呃逆柴恨其不死畧不顧問數日腹脹如鼓日夜侵困女侍伺不遑眠食金德之女以醫理

自陳金自覺曏昔過慘疑以怨報故謝之金爲人持家嚴整婢僕悉就約束自病後皆散誕無操作者柴躬自經理劬勞特甚而家中米鹽不食自盡由是慨然興中饋之思聘醫藥之金對人輙自言爲氣蠱以故醫脈之無不指爲氣鬱者凡易數醫卒無效亦瀕危矣又將烹藥女進曰此等藥百裹無效祇增劇耳金不信女暗撮別劑易之藥下食頃三遺病若失遂笑女言妄呻而呼之曰女華陀今何如也女及羣婢皆笑金問故始實告之因泣曰妾日受子之覆庇而

不知也今而後請雖家政聽子而行無何病瘵柴整設爲賀女捧壺侍側金自起奪壺曳與連肩親愛異常更闌女托故離席金遣二婢曳還之强與連榻自此事必商食必偕即姊妹無其和也無何女產一男產後多病金親爲調視後金患瘰痛發則面目皆青但欲覓死女急市銀針數枚比至則氣息瀕盡按穴刺之劃然痛止十餘日復發復刺過六七日又發雖應手奏效不至大苦然心常惴惴恐其復萌夜夢至一處似廟宇殿中神鬼皆動神問汝金氏耶汝罪過

多端壽數合盡念汝攺悔故僅降災以示微譴前殺兩姬此其宿報至邵氏何罪而慘毒至此鞭打之刑已有柴生代報可以相準所欠一烙二十三針今三次止償零數便望病根除耶明日又當作矣醒而大懼猶冀爲妖夢之誣食後果病其痛倍苦女至剌之隨手而瘥疑技止此矣病根何以不拔請再灼之此非爛燒不可但恐大娘不能受金憶夢中語以故無難色然呻吟忍受之際默思欠此十九針不知作何變症不如一朝受盡庶免後苦炷盡求女再針女笑

曰針豈可以泛施耶金曰不必論穴但須一十九針女大笑不可金請愈堅起跪榻上女終不忍實以夢告女乃約畧經絡刺之如數自此平復果不復病彌自懺悔臨下亦無戾色子名曰俊秀慧絕倫女每曰此子翰苑相也八歲有神童之目十五歲以進士授翰林是時柴夫婦年四十女三十有二三耳輿馬歸寧鄉里榮之邵自鬻女後家暴富而士林羞與爲伍至是始有通往來者

女子狡妬其天性然也而爲妾媵者又復炫美弄

機以增其怒嗚呼禍所由來矣若以命自安以分自守百折而不移其志此豈挺刃所能加乎乃至再拯其死而始有悔悟之萌此豈人也哉如數以償而不增之息亦造物之恕矣顧以仁術作惡報不亦傎乎每見愚夫婦抱痾終日即招無知之巫任其刺肌灼膚而不敢呻心嘗怪之至此始悟

連氏

段瑞環大名富翁也四十無子妻連氏又最妬欲買妾而不敢私一婢連覺之撻婢數百鬻諸河間欒氏

段日老、諸姪朝夕乞貸、一言不相應、怒徵聲色、段思不能給其求、而欲嗣一姪、則羣姪阻撓之、連之悍亦無所施、始大悔憤、曰翁年六十餘、安見不能生男、遂買兩妾、居年餘、皆有娠、舉家咸喜、于是氣息漸舒、凡諸姪有所强取、輒惡聲梗拒之、無何一妾生女、一妾生男、而殤、夫妻失望、漫冀將來、而已又年餘、段中風不起、諸姪復肆、牛馬什物、竟自取去、連詬斥之、卽反唇相稽、無所爲計、朝夕悲啼、段由是病劇、尋死、諸姪集柩前、議析遺產、連雖痛恨、然不能禁止、欲留沃墅一所贍養老稚姪輩不肯連曰汝等寸土不留將令老嫗及呱呱者餓死耶日不決惟忿哭自撻忽有客入弔直趨靈所俯仰盡哀哀已便就苫次衆不知其誰詰之客曰亡者吾父也衆大駭客始從容自陳先是婢嫁欒氏踰五六月生子懷欒撫之等諸男十八歲入泮後欒卒諸兄析産置不與諸欒薗懷問母始知其故曰既屬兩姓各有宗祏何必在此承人百畝田哉乃命騎詣段而段已死言之鑿鑿確可信據連方忿痛聞之大喜直出曰我今亦復有兒所假去牛

馬什物、可好自送還、不然有訟而已、諸姪相顧無色、漸引去、懷乃移妻來共居、父憂諸段不平、共謀逐懷、懷知之、曰欒不以爲欒、段不以爲段、我適安歸乎、忿欲質官、諸戚黨爲之排解、衆謀亦寢、而連以牛馬故不肯已、懷勸罷之、連曰、我非爲牛馬也、雜氣集胷臆、汝父以憤死、我所以吞聲忍氣者、爲無兒耳、今有兒何畏乎、前事汝不知狀、待予自質、賽懷固止之不聽、具詞赴邑、宰拘諸段、口對狀、連氣直詞惻、吐陳泉湧、宰爲動容、並懲諸段、追物給主、既歸、其兄弟之子

有不與黨謀者招之來以所追物盡散給之連七十餘歲將終呼女及媳曰汝等誌之如三十不育便當典質釵珥爲夫納妾無子之情狀難堪也

連氏雖妬而能疾轉宜天以有後伸其氣也觀其慷慨激發吁亦傑矣

毛氏

濟南蔣稼妻毛氏不育而妬嫂每勸諫之毛不聽曰寧絶嗣不令送眼流眉者忿氣人也年近四旬嬾以嗣續爲念欲繼兄子弟與兄言兄諸婦與嫂言嫂亦

諾然故悠忽之兒毋至叔所夫妻曲意撫兒餌以甘
脆而問之曰肯來否兒亦應之兒私囑兒曰倘再問
答以不肯如問何故不肯答云待汝死後何愁田產
不爲我有一日稼遠出行賈兒至其家毛又問兒果
對如父教毛大怒逐兒曰妻孥在家固日日算我田
產耶其計左矣急不能待夫歸立招媒媪爲夫買妾
時有賣婢者其直甚昂傾貲不能取盈勢將不就兒
恐其遲焉而悔竊以金付媒媪僞爲媪所轉貸者毛
大喜買婢而歸稼既還毛以情告稼亦怒遂與兒絕

年餘妾生子夫妻共喜毛曰媪不知假貸何人竟不置問此德不可忘其子已生何不償母價也祿乃囊金詣媪媪曰當謝大官人無謝老身身貧如洗誰肯貸一金者因以實告祿始悟歸與妻言相爲感泣遂治具邀兄嫂至夫婦皆膝行出金償兄兄不受盡歡而散後祿生三子

糊塗

陳其善

淄川孫五立有僮獨宿一室恍惚被人攝去至一宮

殿、見閻羅在上、視之曰悞矣、此非是、因遣送還、既甦、大懼、移宿他所、遂有同輩郭安者、見榻空閒、因就寢焉、又一僕李祿、與僮有夙怨、久將甘心、是夜操刀入、捫之以爲僮也、竟殺之、其父鳴於官、時陳其善爲邑宰、殊不深究、郭哀號言平生止此子、今將何以聊生、陳即判李祿爲之子、此不奇於僮之見鬼、而奇於陳之折獄也。

邑宰

濟南屬邑有殺人者、其婦訟之、邑令怒、立拘凶犯至、拍案罵曰、人家好好夫婦。直令寡耶。卽以汝配之。亦令汝妻寡也。遂判合之、此等明決、皆甲榜所爲、他途不能也、而陳其善亦復爾爾、何途無才、

陳端庵

新城令陳端庵、凝性仁柔、無斷、王生與哲賃居宅於人、久不給租、又不出屋、訟之陳、不能決、但曰毛詩有云、維鵲有巢、維鳩居之、生爲鵲可也、

司訓三則

東萊明經遲某、司訓沂水、性顚癡、凡同人咸集、時默

無一言、坐片時、不覺五官俱動、笑啼並作、旁若無人焉、者若聞人笑聲、則頓止、日儉鄙自奉、積金百餘兩自埋齋房、妻子亦不使知、一日獨坐、忽手足自動、少刻云、作惡結怨、受凍忍餓、好容易積蓄、者埋在齋房倘有人知、竟如何如此、再四、一門斗在旁、殊亦不覺次日遲出、門斗入掘取而去、過二三日、心不自安、發穴驗視、則已空空、頓足搏膺、嘆恨欲死、長山吳青立耳錄云、

明時教官某聾甚、與一狐善、狐語之、亦能聞、每見上

官亦與狐俱入不知其重聽也積五六年狐别而去
囑曰君如傀儡非挑弄之則五官俱廢與其以聾取
罪不如早自高也某戀祿不能從其言應對屢乖學
使欲去之某求當道者爲之緩頰一日執事文場唱
名畢學使退與諸教官燕坐教官各捫籍靴中呈進
關說已而學使笑問貴學何以獨無某茫然不解近
坐者肘之以手入靴示之勢某爲親戚寄買房中僞
器隨在求售因學使笑語疑索其靴中此物藏躬起
對曰有八錢者最佳下官不敢呈進一座匿笑學使

叱之出遂免官教職中可云千態萬狀矣

司訓獨無關說亦中流砥柱也學使而求呈進固

當奉之以此由是得免寃哉

齊人馬永貪無賴家素空鄉人以餓鬼呼之年三十

餘日愈窶衣百結鶉兩手交其肩在市上攫食人盡

棄之不以齒邑有朱姓少業懋遷於五都之市狡詐

無賴暮年歸其鄉大爲士類所鄙而朱潔行爲善人

始稍稍禮貌之一日值馬攫食不償爲肆人所苦憐

之代給其直引歸贈以數百俾作本馬去不肯謀業

坐而食不數日貲已盡仍蹈前轍而常懼與朱遇去之臨邑暮宿學宮冬夜寒冷輒摘聖賢旒而煨其板學官知之怒欲加刑馬哀免願爲先生生財學官喜釋之馬探某生殷富登門强索貲故挑其怒乃以刀自劙誣而控諸學學官勒取重賂始免申黜諸生因而共憤質於縣尹廉得實杖四十梏其頸三日斃焉是夜朱叟夢馬冠帶而入曰負公大德今來相報既娩妾舉子叟知爲馬名之午兒少不慧喜其能讀二十餘竭力經紀得入邑庠後歲試寓旅邸晝臥床上

見糊壁悉舊藝、內有夏曰校三句文、心畏其難讀、而志之入場適逢此題、錄之得優等食餼焉、六十餘補臨邑訓導官數年、曾無一道義交、惟袖中出青蚨、則作鸕鷀笑、不則睫毛一寸長、稜稜若不相識、偶邑令以諸生小故、判令薄懲、輒酷掠如治盜賊、有訟士子者、即富來扣門矣、如此多端、諸生不復可耐、而年近七旬、臃腫聾聵、每向人物色烏鬚藥、有某生素狂、剉茜根給之、天明共視、如廟中所塑靈官狀、大怒拘生、生已早亡去、以此憤氣中結、數月而死、

王生

淄川王生娶月餘欲出其妻妻父訟之時邑宰辛公問王何故出妻答云不可說固詰之曰以其不能產育耳公曰妄哉月餘新婦何知不產忸怩久之告曰其陰甚偏公笑曰是則偏之爲害而家之所以不齊也斷合之

詭譎

梁家內眷

郭生京都人年二十餘儀容秀美一日薄暮有老嫗

遺尊酒、怪其無因、嫗笑曰、無須問、但飲之、自有佳境、遂徑去、揭尊徽嗅、冽香四射、遂飲之、忽大醉、冥然罔覺、及醒、則與一人並枕卧、撫之、膚膩如脂、麝蘭噴溢、蓋女子也、問之不答、遂與交、交已、以手捫壁、陰陰有土氣、酷類墳塚、大驚、疑爲鬼迷、因問女子、卿何神也、女曰、我非神、乃仙耳、此是洞府、與有夙緣、勿相訝、但耐居之、再入一重門、有漏光處、可以溲溺、既而女起、閉戶而去、久之、腹餒、遂有人來、聲似女僮、餉以麪餅、鴨臛、使捫索而啖之、黑漆不知昏曉、無何、女子來寢、始知夜矣、郭曰、晝無天日、夜無燈火、食炙不知口處、常常如此、則姮娥何殊於羅刹、天堂何別於地獄哉、女笑曰、爲爾俗中人多言喜泄、故不欲以形色相見、且暗中摸索、妍媸亦當有別、何必燈燭、居數日、幽悶異常、屢請暫歸、女曰、來夕當與君一遊天宮、爲别次、夜忽有小鬟籠燈入曰、娘子伺郎久矣、從之出、星斗光中、但見樓閣無數、經幾曲畫廊、始至一處、堂上垂珠簾、燒巨燭、如晝、入則美人華妝南向坐、年約二十餘、錦袍炫目、頭上明珠、翹顫四出、地下皆設短燭、裙

底皆炤誠天人也郭迷亂失次不覺屈膝女令婢扶
曳入坐俄頃八珍羅列女行酒曰飲此以送君行郭
足恭曰向覿面不識仙人實所惶愧如容自贖願請
爲没齒不二之臣女顧婢微笑便命移席卧室室中
流蘇繡帳衾褥香輭使郭就榻坐飲次女屢言君離
家久暫歸亦無妨更盡一籌郭不言别女喚婢籠燭
送之郭不言僞醉眠榻上抗之不動女使諸婢扶裸
之一婢排私處曰個男子容貌温雅此物何不文也
舉置床上大笑而去女亦寢郭乃轉側女問醉乎曰

小生何醉甫見仙人神志顛倒耳女曰此是天宮未
明宜早去如嫌洞中怏悶不如早别郭曰今有人夜
得名花聞香捫榦而苦無燈火此情何以能堪女笑
允給燈火漏下四點呼婢抱衣送之入洞見丹堊精
工寢處褥茀棕氈厚尺許郭解履擁衾婢徘徊不去
郭凝視之風致娟好戲曰謂我不文者卿耶婢笑以
足蹴枕曰子宜僵矣勿復多言視履端嵌珠如巨菽
捉而曳之婢仆於懷遂相狎而呻楚不勝郭問年幾
何矣答云十七問處子亦知情乎曰妾非處子然荒

踈已三年矣郭研詰仙人姓氏及其清貫尊行婢曰勿問郎非天上亦異人間若必知其確耗恐覓死無地矣郭遂不敢復問次夕女果以燭來相就寢食以此爲常一夜女入曰期以永好不意人情乖沮今將糞除天宮不復能相容矣請以巵酒爲別郭泣下請脂澤爲念女不許贈以黃金一觔珠百顆三琖既盡忽已昏醉既醒覺四體如縛糾纏甚密股不能伸首不得出極力轉側昏墮床下出手摸之則錦被囊裹細繩束焉起坐凝思略見甃檽始知爲己齋中時離

家已三月家人謂其已死郭初不敢明言懼被仙譴然心疑之竊聞以告知交莫有測其故者被置床頭香盈一室拆視則湖綿雜香屑爲之因珍藏焉後某官聞之曰此賈后之故智也仙人烏得如此雖然此事亦宜慎秘洩之族矣後有巫常出入大人家言其樓閣形狀絕似某家郭聞之大懼携家亡去未幾某伏誅始歸

高閣迷離香盈繡帳雛奴蹀躞履綴明珠非權姦之淫縱豪勢之驕奢烏有此哉顧淫籌一擲金屋

變、而長門唾壺未乾、情田鞠爲茂草、空床傷意、暗燭銷魂、含顰玉臺之前、凝睇寶幄之内、遂使糟邱臺上、路入天宮、温柔鄉中、人疑仙子、傖楚之帷薄固不足羞、而廣田自荒者、亦足戒已、

某妻弟

長山某、賣解信藥、即垂危、灌之無不活、然秘其方、即戚好不傳也、一日以株連被逮、妻弟餉食獄中、陰置信焉、坐待食已而後告之、某不信、少頃腹中潰動、始大驚、罵曰、畜生速行、家中雖有藥末、恐道遠難俟、急

於城中買薜荔爪爲末、清水一琖速來、妻弟如其敎、迨覓至、已嘔瀉欲死、急投之、立愈、其方自此遂傳

刁某

有刁某者、家無恆產、每托許負之術出遊、實無術也、而數月一歸、則金帛盈橐、其異之、會其鄰有客於外、者遥見高門內、一人冠華陽巾、高談濶論、衆婦環繞、之近視則刁、因從旁微窺之、少閒有問者曰、吾等衆人有一夫人在、能辨之乎、蓋有一貴人婦微服其中、將以驗其術也、鄰人代爲之窘、刁從容望空橫指曰

此何難辨貴人頭上自有雲氣環繞衆婦不覺集視
之覘其雲氣乃指其人曰此眞貴人衆驚服群以
爲神鄰人歸述其詐而慧然後知雖小道亦必有過
人之才不然亦烏能欺耳目賺金錢無本而殖哉

牧豎

兩牧豎入山見狼穴穴有小狼二謀分捉之各登一樹
相去數十步少間狼至入穴失子意甚倉皇豎於樹
上扭小狼蹄耳故令嗥狼聞聲見之怒奔樹下號且
爬抓其一豎又致小狼鳴急狼輟聲四顧又望見之

乃舍此趨彼跑號如前無何前樹又鳴又轉奔之口無停聲足無停趾數十往復奔漸遲聲漸弱既而奄奄僵臥久之不動豎下視之氣已絕矣今有豪强子怒目按劍若將搏噬爲所怒者乃闔扉去豪力盡聲嘶更無敵者豈不自雄不知此禽獸之威人故弄之以爲戲耳

淄川吏

淄川令楊某性剛鯁攖其怒者必死尤惡吏胥小過不宥每堂坐吏胥之屬無敢咳者此屬間有所白必

反、而、用、之、適有邑人犯重罪當死、一吏索重賂爲之緩頰、邑人不信、且曰果能之我何靳報焉、乃與要盟、少頃、鞫是事、邑人不肯服、吏在側、呵語曰、不速供、械梏死矣、公怒曰、何知我必械梏之耶、想其賂未到耳、遂責吏、釋邑人、邑人乃以百金報吏、

詭詐多端、少失覺察、卽爲所用、正不止肆其爪牙、食人已也、此輩敗我陰騭、甚至喪我身家、不知居官者是何肺腸、偏要以赤子飼麻胡也、

曹操

許城外河水洶湧近崕深黯盛夏時有人入浴若被刀斧尸斷浮出後一人亦如之轉相驚怪邑令聞之遣多人閘斷上流竭其水見崕下有深洞中置轉輪輪上排利刃如霜去輪攻入中有小字字皆漢篆乃曹操墓也破棺散骨所狥金寶盡取之

後賢詩云盡掘七十二疑塚必有一塚藏君屍寧知竟七十二塚之外乎奸哉瞞也然千餘年而朽骨不保變詐亦復何用嗚呼瞞之智正瞞之愚耳

謔報

霍生

文登霍生、與嚴生少相狎、長相謔也、口給交禦、惟恐不工、霍有鄰媼、曾爲嚴妻導產、偶與霍婦語、言其陰旁有兩贅疣、婦偶與霍言之、霍與同黨者謀、窺其將至、故竊語云、嚴妻與我最昵、衆諱言、不信霍因捏造端末、且云、如不信、其陰側有雙疣、嚴止䆫外、聽之旣悉、不入逕去、至家苦掠其妻、妻不承、搒更殘、妻不堪虐、自縊死、霍始大悔、然亦不敢向嚴而白其誣矣、嚴妻旣死、其鬼夜哭、舉家不得寧焉、無何嚴暴卒、鬼乃不哭、霍婦夢女子披髮大叫曰、我死得良苦、汝夫婦何得懽樂耶、旣醒而病、數日尋卒、霍亦夢女子指數訴罵、以掌批其吻、驚而寤、覺脣際隱痛、捫之、高起、三日而成雙疣、遂爲痼疾、不敢大言笑、啟吻太驟、則痛不可忍、

死能爲厲、其氣冤也、私病而加於脣吻、神而近於戲矣、

王某

淄川王某、與同䆻某狎、其妻歸寧、王知其驢善驚、先

伏叢莽中、伺婦至暴出、驢驚婦墮、惟一僮從、不能扶婦乘、王乃殷勤抱控、甚至婦亦不識誰何、王揚揚以此得意、謂僮逐驢去、因得私其婦於莽中、述其袴履甚悉、某聞大慚而去、少間自隙中見某一手握刃、一手捉妻來、意甚兇惡、大懼、踰垣出、某從之追二三里不及、始返、王極力奔馳、肺葉開張、以是得喘病、遂成痼疾、

薄倖

南三復

南三復、晉陽世家也、有別墅、去所居十里餘、每馳騎日一詣之、適遇雨、途中有小村、見一農人家門內寬廠、因投止焉、近郁人故皆威重南、主人出邀、蹋蹐甚恭、入其舍、斗如、客既至、主人始操篲殷勤灑掃、既而潑蜜爲茶、命之坐、始敢坐、問其姓名、言廷章竇姓、未幾、進酒烹雛、給奉周至、有笄女行炙、時止戶外、稍稍露其半體、年十五六、端妙無比、南心動、雨歇既歸、繫念綦切、越日、具粟帛往酬、借此階進、是後常一過之、時携酒肴、相與留連、女漸稔、不甚忌避、輒奔走其前、覥之則低鬟微笑南愈惑焉無三日不往者一日值竇他出坐艮久女出應客南捉臂狎之女慚急峻拒曰奴雖貧要嫁何貴倨凌人也時南失偶便揖之曰倘獲憐眷定不他娶女要誓南指矢天日以堅永約女乃允之自此爲始瞰竇他出即過繾綣女促之曰桑中之約不可長也日在帡幪之下倘肯賜以姻好父母必以爲榮當無不諧宜速爲計南諾之轉念農家豈堪匹耦姑假其詞以因循之會媒來爲議姻於大家初尚躊躇既聞貌美財豐志遂決女以體孕催

併更急、南遂絕迹不往、無何女臨蓐、產一男、父怒搒之女以情告、且言南要我矣、竇乃釋女、使人問南、南卻不承、竇乃棄兒、更撲女、女暗哀鄰婦告南、以苦南亦置之、女夜亡、視棄兒猶活、遂抱以奔南、款關而告閽者曰、但得主人一言、我可不死、彼即不念我、寧不念兒耶、閽人具以達南、南戒勿入、女倚戶悲啼、五更始不復聞、至明視之、女抱兒坐殭矣、竇忿、訟之上官、南懼、以千金行賂、得不究、大家夢女抱兒告曰、必不許負心郎、若許我必殺之、大家貪南富、卒許之、既親迎奩妝豐盛、新人亦娟好、然善悲、終日未嘗有歡容、枕蓆間、時復有涕淺、問之亦不言、過數日、婦翁至、入門、便泪南未遑、問故相將入室、見女駭曰、適於後園見吾女縊死桃樹上、今房中誰也、女聞言色暴變、仆地而死、視之則竇女、急至後園、新婦果自經死、駭極往報竇、竇發女塚、棺啟尸亡、前忿未蠲、倍增慘怒、復訟於官、官因其情幻、擬罪未決、南又厚餌竇、哀令休結、官亦受其賄囑、乃罷、而南家自此稍替、又以異迹傳播、數年無敢字者、南不得已、遠於百里外聘曹進士女未及成禮、會訛傳選秀女、民間有女者、悉送歸夫家、一日有媪導輿至、自稱曹家送女者、扶女入室謂南曰、選女之事已急、倉卒不能如禮、且送娘子來問何無客、曰、薄有奩妝、相從在後耳、媪草草逕去、南視女亦風致、遂與諧笑、女俛頸引帶、酷類竇女、心中作惡、第未敢言、女登榻、引被障首而眠、亦謂新人常態、弗爲意、日歛昏、曹無人至、始疑之、捋被問女、而女已奄然氷絶、驚怪莫知其故、馳伻告曹、曹竟無送女之事、時姚孝廉女新葬、隔宿爲盜所發、破棺失尸、聞其異詣南所徵之果其女敵衾一襯四體裸然姚怒質狀於官官因南屢行無理惡之坐發塚見尸論死始亂之而終成之非德也況誓於初而絕於後乎撻於室聽之哭於門仍聽之抑何忍也而所以報之者亦此李十郎慘矣

姚安

姚安臨洮人美丰標同里宮姓有女字綠娥艷而知書擇偶不嫁母語人曰門族風采必如姚某始字之姚聞紿妻窺井擠墮之遂娶綠娥雅相親愛然以其

美也、故疑之、閉戶相守、步輒綴焉、女欲歸寧、則以兩手支袍、覆翼以出、入輿封誌、而後馳隨其後、越宿促與俱歸、女心不能善、忿曰、若有桑中約、豈瑣瑣所能止耶、姚以故他出、則扃女室中、女愈厭之、俟其去、故以他鑰置門外、以疑之、姚歸見之、大怒、問所自來、女憤言、不知、姚愈疑、伺察彌嚴、一日自外至、潛聽久之、乃開鎖啟扉、惟恐其響、悄然掩入、見一男子貂冠卧床上、忿怒、取刀奔入、力斬之、近視、則女晝眠畏寒、以貂覆面也、大駭、頓足自悔、宮翁忿質於官、官收姚褫衿苦械姚破產以巨金賂上下得不死由此精神迷惘若有所失適獨坐見女與髯丈夫狎褻榻上惡之操刀往則沒矣反坐又見之怒甚以刀擊榻床蓐斷裂遂執刀近榻伺之見女立面前視之而笑遽斫之立斷其首既坐女不移處而笑如故夜間滅燭則聞淫溺之聲褻不可言日日如是不可復忍於是鬻其田宅將卜居他所至夜偷兒穴壁入刼金而去自此貧無立錐忿恚而死里人藁葬之

愛新而殺其舊忍乎哉人止知新鬼爲厲而不知

故鬼之奪其魄也、嗚呼、截指而適其履。不亡何待。

褻報

周生

周生者、淄川令之幕友、令適公出、夫人徐有忝禮碧霞元君願、以道遠、將遣僕賚儀往、使周爲祝文、周作駢詞、歷叙平生、頗涉狎謔、中有云、栽般陽滿院之花、偏憐斷袖、置夾谷彌山之草、惟愛餘桃、此訴夫人所憤也、諸如此類、甚多、脫稿、視同幕凌生、凌以爲褻、戒勿用、弗聽、付僕而去、居無何、周生卒、旣而僕亦死、又未幾夫人以產後亡、人亦未之異也、周生子自都來、迎父櫬、夜與淩生同宿、夢父戒之曰、文字不可不慎也、我不聽淩君言、遂以褻詞致干神怒、遽夭天年、又貽累徐夫人、且殃及焚文之僕、恐冥罰猶未已也、醒以告淩、淩亦有所夢、因述其文、周子方知之、爲之惕然、

恣情縱筆、輒洒洒自快、此文士通病也、然淫媟之詞、何以告神明哉、狂生無知、冥譴其所應爾、乃使賢夫人及焚文之僕、駢死而不知其罪、冤已、

安邱生

安邱某生邪蕩不檢頗通卜筮之術每有鑽穴踰隙之行則卜之一日忽病藥之不愈曰吾實有所見冥中怒我狎褻天數將重譴矣藥何能爲亡何目暴瞽兩手無故自折

淫報

博興勢豪

博興民王某有女及笄勢豪某窺其姿伺女出掠去無知者至家逼淫女號嘶撐拒某縊殺之門外故有

深淵遂以石繫尸沉諸其中王氏女不得計無所施天忽雨雷電遶勢豪家忽有龍下攫其首而去未幾天晴淵中女尸浮出一手捉人頭審視則勢豪也官鞫其家人始得其情

某甲

某甲私其僕婦因殺僕納婦生二子一女閱十九年巨寇破城刼掠一空一年少賊持刀入其家甲視之酷似所殺之僕自歎曰吾合休矣傾囊贖命迄不顧亦不一言其殺二十七口而去甲頭未斷寇去猶能

言之三日，尋斃，嗚呼，果報之不爽，可畏也哉。

北京市文物局
綜合事務中心藏
介景堂刻本

聊齋誌異摘鈔

下

〔清〕蒲松齡 著
〔清〕王金範 删定

齊魯書社
·濟南·

誌異摘抄目錄

卷之十三

狐一

周三　　老翁

嫁女　　狐戲

誌異摘抄卷之十三

狐一

馬介甫

大名諸生楊萬石妻尹氏奇悍異常少忤之輒以鞭撻從事石懼之甚父年六十餘尹以奴隸畜之石與弟萬鍾常竊餌翁不敢令尹知翁衣敗絮恐戚友訕笑不令見客四十無子納妾王旦夕不敢通一語兄弟試郡中遇一少年容服都雅與語悅之詢其姓字云介甫馬姓交日密焚香爲昆季盟既別約半載馬

忽過楊値翁門外、曝陽捫蝨、疑爲傭僕、通姓氏令達
主人、翁披絮入、或告曰、此即其翁也、馬方驚訝、石兄
弟岸幘出迎、登堂一揖、便請拜父、石辭以偶恙、馬色
變、石屢言具食、向夕不至、兄弟互相出入、始以壺酒
來、頃刻立盡、伺良久、石頻起催呼、熱汗蒸騰、久之以
饌至、脫粟失飪、殊不甘旨、食已、石即辭去、鍾以襆被
來伴、馬責之曰、曩以伯仲高義、遂同盟好、今老父[illegible]
不溫飽、行道者羞之、鍾泫然曰、家門不吉、蹇遭悍嫂、
尊長細弱、横被摧殘、非瀝血之好、此醜不敢揚也、馬

駭歎移時、曰、我初欲明早即行、今得此異聞、不可不

一見之、請假閒舍、就便自炊、鍾從之、除室爲馬安頓、

深夜竊餽蔬米、惟恐婦知、馬會其意、力却之、且請翁

同寢食、市布帛爲易袍袴、舉家皆感泣、鍾子喜兒方

七歲、從翁眠、馬撫之曰、此兒福壽過於其父、但少年

孤苦耳、婦聞翁溫飽、大怒、謂馬何强預人家事、惡聲

漸近馬居、楊兄弟不能制止、而馬若弗聞也者、妾王

妊五月、婦始知之、褫衣慘掠、已乃令石跪受巾幗、操

鞭逐出、父手頓足、觀者填溢、馬指之曰、去、婦即反奔、

袴履俱脫，足纏縈繞於道上，徒跣而歸，面色灰死。少定，婢爲縛袴進襪履，號咷大哭，無敢問者。馬爲石解巾幗，石聳身定息，惟恐脫落。馬強去之，而坐立不寧，猶恐以私脫加罪。探婦哭已，乃敢入，次且而前。婦不發一語，遽起，入房自寢。石意始舒，與弟竊奇。馬家人皆以爲異，相聚偶語。婦微有聞，羞且怒，徧撻奴婢。呼妾，妾創劇不能起，婦以爲僞，就榻榜之，崩注胎墮。石於無人處對馬哀啼，馬慰解之，呼僮具肴饌，更籌再唱，不放石去。婦恨夫不歸，方大恚忿，忽聞撬扉聲，急呼婢、則室門已闔、有巨人入、影蔽一室、獰獰如鬼、俄有數人入、各執利刃、婦駭絶欲號、巨人以刀刺頸曰、號便殺、却婦求以金帛贖命、巨人曰、我冥曹使者、奉命取悍婦心耳、婦懼甚、自投敗顙、巨人以利刃畫婦心、而數之曰、如某事、謂可殺否、即一畫、凡一切凶悍之事、責數殆盡、刀畫膚革不啻數十、末乃曰、妾生子、亦爾宗緒、何忍打墮、此事必不可宥、乃令數人反接其手、剖視心臟、婦叩頭乞命、但言知悔、俄聞中門啟閉曰、楊萬石來矣、既悔過、姑留餘生、紛然盡散、無何石入見婦赤身綳繫心頭刀痕縱橫不可數解而問之得其故大駭竊疑焉明日向馬述之馬亦駭由是婦戚漸斂經數月不敢出一惡語馬大喜告石曰實告君幸勿宣洩前以小術懼之旣好合請暫別也遂去婦每日暮挽留石作伴懽笑而承迎之石生平不解此樂遽遭之覺坐立皆無所可婦一夜憶巨人狀瑟縮搖戰石思媚婦意微露其假婦遽起苦致窮詰石自覺失言而不能諱遂實告之婦勃然大怒石懼長跪床下婦不顧哀至漏三下曰欲得我恕須以刀

畫汝心頭如干數、此恨始消、乃起捉厨刀、石大懼而、奔、婦逐之、犬吠雞騰、家人盡起、鍾不知何故、但以身左右翼兒、婦大詬詈、見翁來、睹袍服、倍加吼怒、即就翁身條條斯裂、批翁頰而摘翁髭、鍾怒、以石擊之中顱而斃、鍾曰、我死而父兒得生、何憾、遂投井死、移時婦蘇、聞鍾死、怒亦漸解、既殯、弟婦戀兒、矢不嫁、婦唾罵不與食、醮去之、遺孤兒、朝夕受鞭楚、俟家人食訖、始啗以冷塊、積半歲、兒尪羸、僅存氣息、一日馬忽至、石囑家人勿以告婦、馬見翁襤褸如故、大駭、又聞鍾殞謝頓足悲號見聞馬至便來依戀前呼馬叔馬審顧始辨驚曰何憔悴至此翁囁嚅具道情事馬忿然謂石曰我曩道兒非人然不意至此兩人止此一綫殺之將奈何石惟俯首帖耳而泣婦已知之不敢自出逐客乃呼石入批使絕馬含涕而出批痕儼然馬怒曰兒不能威獨不能斷出耶毆父殺弟安然忍受何以爲人石欠伸似有動容馬又激之曰如渠不去便殺卻毋懼弟有二三知交都居要地必合極力保無虧也石諾負氣疾行適與婦遇叱問何爲石皇遽

失色、以手據地曰、馬教余出婦、婦愈恚、顧尋刀杖石
懼、奔出、馬啞之曰、兒眞不可教也、已、遂開篋出刀圭
藥、合水飲石曰、此丈夫再造散、向所以不用者、以能
病人耳、今不得已試之、少頃、石覺忿氣塡胷、如烈焰
中燒、刻不容忍、直抵閨闥、叫喊如雷、婦未及問、石以
足騰起、婦顛去數尺有咫、拾石擂擊無筭、婦體幾無
完膚、嘲嗤猶詈、石腰中出佩刀、婦罵曰、出刀子、敢殺
我耶、石不語、割股上肉、大如掌、擲地上、方欲再割、婦
哀鳴乞恕、石又割之、家人見其兇暴、集力掖之出、馬

迎之捉臂慰勞右餘怒未息屢欲奔尋馬止之少間藥力消喀然喪馬囑曰兒勿餒乾綱之振在此一舉夫人之所以懼者非朝夕之故其所由來漸矣譬之非死而今生須從此滌故更新再一餒則不可為矣石入探之婦股慄心懾倩婢扶起將以膝行止之乃已出語馬生父子交賀馬欲去父子共挽之馬曰我適有東海之行故便道相過回時可復會耳月餘婦創愈賓事良人未敢少肆久之覺黔驢無技漸狎漸嘲漸罵未數月舊態全作矣翁不能堪宵遁至河南

隸道士籍石亦不敢尋年餘馬至知其狀怫然責數已立呼喜兒至扶驢上驅策逕去由此鄉人皆不齒石學使案臨以劣行黜又五六年遭回祿財物一空延燒鄰舍村人執以告郡又罰之於是家產漸盡至無棲身之所近村相戒無以舍舍石尹氏兄弟怒婦所爲亦拒絕之不得已質妾於貴家同婦南渡至河南界資斧已絕婦終日絮聒不肯從適有屠而鰥者以錢三百貨去石一身丐食於遠村近郭閒至一朱門閽人訶拒之忽一官人出石伏地啜泣官人熟視

之略詰姓名驚曰是伯父也何一貧至此石細審知爲喜兒不覺大哭從之入見堂中金碧煥映俄頃父扶童子出相對悲哽初馬携喜兒至此即出尋翁來使祖孫同居又延師教讀十五歲入邑庠次年領鄉薦爲聯姻於世族楊姓既完婚乃別欲去祖孫泣留之馬曰我非人實狐仙也道侶相候已久遂去石歷述所遭喜兒聞之不覺悽楚因念昔與嫉伯母同受酷虐倍加感傷遂賫金以輿馬贖王氏歸年餘生一子因以爲嫡尹從屠半載狂悖猶昔屠怒以刀孔其

股穿以毛繩懸梁上荷肉竟出號極聲嘶鄰人知之爲解其縛抽其繩一抽則呼痛之聲震動四鄰以是見屠來則毛髮皆竪後創雖愈而斷亡遺肉終不利行猶夙夜服役不敢少懈屠既横暴每醉歸則撻詈不情婦始悟昔之施於人者亦猶是也一日楊夫人及伯母往普陀寺燒香近村農婦俱來恭謁尹亦在其中識之詢之從者始悉其詳悵立不敢前王亦識尹故問伊誰家人進白張屠之妻尹氏也便詞使前與太夫人稽首王笑曰汝尹氏耶從屠當不乏肉

食何竊痔乃爾、尹愧恨歸、欲自經、繯弱不得死、屠愈惡之、歲餘屠死、途遇石、遙望之、以膝行、淚下如縻、石碍僕來、通一言、歸告姪、欲謀珠還、姪不肯、婦久無所歸、依羣乞以食、石猶時就尹廢寺中、姪以爲玷、隂教羣乞窘辱之、乃絶、

恒娘

京師洪大業、娶朱氏、姿致頗佳、後納婢寶帶、貌遠遜於朱、而洪嬖之、朱不平、輒以此反目、後徙居、與帛商狄姓者爲鄰、狄妻恒娘、過院謁朱、恒娘三十許、姿僅

中人而言詞輕倩朱悅之次日答其拜見室亦有妾
年二十餘甚娟好居凡半年並不聞詬誶語而狄獨
鍾愛恒娘副室則備員而已朱一日見恒娘而問之
曰余向謂良人愛妾謂其爲妾也每欲易妻之名爲
妾今乃知不然嫂何術如可授願北面爲弟子恒娘
曰嘻子則自疎而尤男子乎朝夕而絮聒之是爲叢
毆雀其離滋甚耳其歸縱之即來勿納也一月後當
爲子謀之朱於是餙寶帶使從丈夫寢一飲食亦使
寶帶俱洪時周旋朱朱拒之愈力於是洪稱朱氏賢

如是月餘朱往見恒娘喜曰得之矣子歸毀若裝勿
華服雜家人操作一月後可復來朱從之如是半月
洪憐之使寶帶分其勞朱不受輒叱去之如是者又
一月往見恒娘曰孺子眞可教也後日爲上巳節欲
招子踏春子當盡去敝衣袍袴襪履嶄然一新早過
我朱諾之至日一一如恒娘教恒娘喜曰可矣又代
挽鳳髻光可鑑影袍袖不合時製又拆改之謂履樣
拙更於笥中出業履共成之臨別飲以酒囑曰歸去
一見男子卽早閉戶寢來叩關勿聽也三度呼可一

度納口索舌手索足皆吝之半月後當復來朱歸見洪洪凝睇之歡笑異於平時朱少話游覽即支頤作倦態未昏即合扉睡未幾洪果來款關朱堅卧不起次夕復然明日洪讓之朱曰獨眠習慣矣日既西洪入室坐守之殢雨尤雲如調新婦更爲次夕之約朱不可長與洪約以三日爲率半月許復詣恒娘恒娘曰從此可以擅專房矣然子雖美不媚也子之姿一媚可奪西子之寵況下者乎於是試使睨曰非也病在外眥試使笑曰非也病在左頤乃以秋波送嬌又

驟然瓠犀微露使朱效之凡數十作始畧得其形似恒娘曰子歸攬鏡而嫺習之無餘術矣至於床笫之間隨機而動之因所好而投之此非可以言傳也朱歸一如恒娘教洪大悅形神俱惑惟恐見拒日將暮則對坐調笑跬步不離竟不能推之使去朱更善遇寶帶每食輙與共而洪厭之不終席遣去朱賺夫入寶帶房扃閉之終夜無所染於是寶帶恨洪對人輙怨謗洪怒漸加夏楚寶帶忿不修餙拖敝垢履頭類蓬葆更不可復言人矣恒娘謂朱曰我術如何朱曰

術則至妙、但弟子能由之、而不能知之、縱之何也、曰、子不聞乎、人情厭故而喜新、重難而輕易、丈夫之愛妾、非必其美也、甘其所乍獲、而幸其所難遘也、縱而飽之、則珍錯亦厭、況藜羹乎、毀之而復遠之、何也、曰、置不留目、則似久別、忽睹艷裝、則如新至、譬貧人驟得粱肉、則視脫粟非味矣、而又不易與之、則彼故而我新、彼易而我難、此卽子易妻爲妾之法也、朱大悅、遂爲閨中密友、一日謂朱曰、我兩人情若一體、自當不昧生平、向欲言而恐疑也、行相別、當以實告、妾乃狐也。幼遭繼母之變。鬻妾都中。良人遇我厚。故不忍遽絕。戀戀以至於今。明日老父尸解。妾往省視。不復還矣。朱握手欷歔。明早往視。則舉家惶駭。恒娘已杳。

狐嫗

王成。平原故家子。性懶。家日落。惟破屋數椽。與妻卧牛衣中。村外有周氏廢園。惟存一亭。時盛夏。村人多寄宿其中。成亦在焉。既曉。人散。成起欲歸。見草際金釵一股。拾視之。鐫有儀賓府造。王祖為衡府儀賓。家中物多此款式。正籌思間。忽一嫗來尋。成雖貧。然性介遽授之嫗喜曰釵值無多先夫之遺澤也問尊夫爲誰曰故儀賓王柬之也成驚曰是吾祖也何以相遇嫗亦驚曰汝其孫耶我乃狐仙年前與君祖繾綣君祖殁老身遂隱過此遺釵適入君手豈非天數成亦曾聞祖有狐妻使邀臨顧嫗從之成呼妻出見負敗絮有菜色嫗歎曰嘻何一貧至此耶又顧敗竈無烟曰家計若此何以爲生妻因細述貧狀嗚咽飲泣嫗以釵授婦使姑質錢市米三日外再來成挽留之嫗曰汝妻猶不能存活我在仰屋而居復何裨補

遂去、成爲妻、言其故、妻大怖、成誦其義、使姑事之、妻諾、三日果至、出數金、糴粟麥各一石、夜與婦宿、婦初懼之、然察其意、殊拳拳、遂不之疑、翌日謂成曰、宜操小生業、坐食烏可久也、成告以無資、曰汝祖在時、金帛憑所取、我以世外人、無需是物、故未嘗多取、積花粉之金四十兩、至今猶存、久貯亦無所用、可將去販葛、刻日赴都、可得微息、成從之、購五十餘端以歸、嫗命趣裝、囑曰、宜勤勿惰、宜急勿緩、遲之一日、悔之無及、成諾之、中途遇雨、過宿、更甚、見行人踐淖沒脛、心畏苦之、待至停午、而陰雲復合、雨又大作、信宿乃行、入都、解裝、主人深惜其晚、先是南道初通、葛到甚少、貝勒府購致甚急、價頓昂、較常可三倍、前一日方購足、後來者皆失望、主人以告、成鬱鬱不樂、越日葛至愈多、價亦日下、主人勸令速售、改而他圖、從之、虧資十餘兩、次早將作歸計、啟囊則金亡矣、驚告主人、無可爲計、或勸鳴官、責主人償、成歎曰、此我命、於主人何干、主人德之、贈金五兩、慰之使歸、自念無以見祖母、適見鬭鶉者、一賭數千、每市一鶉、不過百錢、意忽

動計囊中資僅足販鶉於是出販鶉而反頗得利主
人喜賀至夜大雨徹曙衢水如河居以待晴連綿數
日更無休止起視籠鶉漸死不知計之所出越日死
愈多僅餘數頭并一籠飼之經宿往觀則僅存一鶉
矣因告主人不覺潸墮主人勸慰之共往視焉審諦
之曰此似英物諸鶉之死未必非此鶉殺之也君暇
亦無所事請把之如其良也賭亦可以謀生成如其
教既馴主人令持賭酒食輒贏令以金與人决賭輒
勝半年積二十餘金視鶉如命先是親王好鬭鶉每

值上元輙放民間把鶉者入邸相角主人謂成曰今富可立致所不可知者在子之命耳因導與往囑曰脫敗則喪氣出耳倘萬一鬭勝王必欲市之君勿應如固强之惟予首是瞻待首肯而後應之成曰諾至邸鶉人接踵而至少頃王出便殿宣言有願鬭者上即有一人抱鶉趨而上畧一騰踔客鶉已敗王大笑俄頃登而敗者數人主人曰可矣相將俱登王相之曰此健羽也不可輕敵命取鐵喙者當之一再騰躍而王鶉鎩羽更選其良再易再敗王急命取宮中玉

鶉素羽如鷺神駿不凡成意餒跪求罷鬬王笑曰脫鬬死當厚爾償成乃縱之玉鶉直奔之而玉鶉方來則伏如怒雞以待之玉鶉健啄則起如翔鶴以擊之進退頡頏相持約一時許玉鶉漸懈而其怒更烈其鬬更急未幾雪毛摧落垂翅而逃觀者千人罔不歎羨王乃索取而親把之自喙至爪審視一過問成曰鶉可貨否答曰小人無恒產與相依爲命不願售也王曰賜爾重直中人之產可致願之乎成俛思良久曰本不願去顧大王既愛好之苟使小人得衣食業

更何求、王問直、答以千金、王笑曰、癡子、此何珍寶、而千金直也、成曰、大王不以爲寶、臣以爲連城之璧、不過也、王曰、如何、曰、小人把向市中、日得數金、易升斗粟、一家數十指無凍餒矣、是何寶如之、王言、予不相虧、與二百金、成搖首、又增百金、成目視主人、色不動、乃曰、承大王命、請減百價、王曰、休矣、誰肯以九百易一鶉者、成囊鶉欲行、王呼曰、來來、實與爾六百、肯則售、否則已耳、成又目主人、仍自若、成心願已足、惟恐失時、乃曰、以此數售、心實怏怏、但交而不成、獲罪滋大、無已、卽如王命、王喜、卽兌付之、成囊金而出、主人慰、曰、我言如何、乃急鬻也、少靳之、八百金在掌中矣、成歸、擲金案上、請主人自取之、主人不受、固讓之、乃盤計飯食受之、成治裝至家、歷述所爲、嫗曰、此爾祖福也、天下豈有懶而獲利者乎、命置良田三百畝、起屋作器、居然世家、嫗治家嚴、每早起、命成督耕、婦督織、稍懈、輒訶之、夫婦不敢有怨詞、三數年間、家日富、一日、嫗忽辭欲去、夫婦共挽之、嫗不可、苦留乃止、旭旦候之、已杳矣、

秀才

吳生、字安仁、淄川人、三十喪偶、獨宿空齋、有秀才來與談、遂相知愛、從一小奴名鬼頭、亦與吳僮報兒善、久而知其爲狐、遠遊必與俱、同室人不能見、吳客都中、將歸、聞其戚王子巽、曾遭念秧之禍、因戒僮謹防之、狐言不妨、此行無不利、至涿、遇一人、裘馬濟楚、漸與吳語、自言山東黃姓、提塘戶部、今東歸、且喜同途不寂、於是同行、每食必代吳償直、吳陽感而陰疑之、私以問狐、狐言不妨、意乃釋、及晚、入店、先有美少年

坐其中黃入與爲禮喜問何時離都答云昨日黃隨
拉與同寓向吳曰此我表弟姓史亦文士可佐君子
談夜當不寥落乃出金治具共飲少年風流蘊籍與
吳大相愛悅既而謀賭各出囊金爲質狐囑報兒暗
鎖板扉曰倘聞人喧但寐無吪吳每擲小注則負大
注則勝更餘計得二百金史黃錯囊垂罄議質其馬
忽聞撻門甚厲吳急起投骰於火蒙被假臥黃急拔
關門鎖不得啟數人洶洶破扃入聲言捉賭者史黃
并言無有一人竟捋吳被指爲賭者吳叱咄之郎強

撿吳裝方不能與之撐拒忽聞門外輿馬呵殿聲吳急出嗚呼衆始懼曳之入但求無聲主人復力勸之吳乃已衆散去黃史故作驚喜狀取次覓寢黃令史與吳同榻吳以腰橐置枕頭方伸被睡史已裸體啟衾入小語曰愛兒磊落願從交好吳心知其詐然計亦良得遂相偎抱史極力周奉不料吳固偉男大為鑿枘嚬呻殆不可任切切哀免求訖事手捫之血流漂杵矣乃釋之及明史不能起托言暴病不能從吳臨別贈金為藥餌費途中語狐乃知夜來鹵簿皆彼

爲之也黃於遂愈詒事吳暮復同舍斗室甚隘僅容
一榻頗燥潔黃曰此卧兩人則隘君自卧則寬我另
寓何妨俄聞有秀才偕一僕來就外舍宿携有香醞
遍邀同舍云不敢邀吳主人來道其意邀黃去吳亦
喜獨宿可接狐友久之不至遂寢倏聞壁上隐門有
彈指聲吳披關探視一少婦艷妝入自扃門戶向吳
偉男
展笑亦頗佳麗吳喜詰之則主人子婦也遂與狎大
相愛悅婦忽潸然泣下吳驚問之婦曰不敢隱妾實
翁遣以餌君者平時入室卽被掩執不知今宵何久

不至、又嗚咽曰、妾良家女、情所不甘、今已傾心於君、乞垂救拔、吳聞駭懼、計無所出、但遣速去、婦惟俯首泣、忽聞數人奔至、撾扉鼎沸、聞黃曰、我一路祇奉謂汝何人、何遂誘我弟室、吳懼、逼令女去、聞總門外亦有騰擊聲、吳倉卒汗出如瀋、女亦伏泣、又聞有人勸止之、主人不聽、推門愈急、勸者曰、請問主人意將何爲、如欲殺耶、有我等容數輩、必不坐視凶暴、如兩人中有一逃者、抵罪安所辭、如欲訟之耶、帷簿不修、適以取辱、且爾宿行旅、明明陷詐、安保女子無異言、主人張目不能語吳生竊感佩而不知其誰初秀才邀飲勸黃及主人尤殷兩人屢辭欲起秀才牽裾苦不令去後乘間遁操杖奔吳所秀才聞喧始入勸解吳伏牕窺之則狐友也心竊喜又見主人意稍奪乃大言以恐之又謂女子何嘿不一言女啼曰恨爲人驅役賤務主人聞之面如死灰秀才叱罵曰爾輩禽獸之情亦已畢露此客子所共憤者黃及主人皆釋刀杖長跪而請吳亦啟戶出大怒詈秀才亦勸止之兩始和解女子又啼寧死不歸娼媼來捽女令入女臥

地哭、愈哀、秀才勸主人貸之、吳主人俯首曰、作老娘三十年、今日倒綳孩兒、亦復何說、遂依秀才言、吳固不肯破壐、貲秀才調停兩間、議定五十金、人財交付、後晨鐘已動、乃共促裝載女子以行、女未經鞍馬、馳驅頗殆、午間少憇、將行、覓報兒不知所往、日西尚無踪跡、頗懷疑訝、以問狐、狐曰無憂、將至矣、已晚報兒始至、吳詰之、報兒笑曰、主人以五十金肥奸儈、竊所不平、適與鬼頭計、返身索得、遂以金置几上、吳驚問其故、蓋鬼頭知女止一兄、遠出十餘年不返、遂幻化

其兒狀，使報兒爲弟，行入門索妹，主人恐，托言病殂，
二僮欲訟之，主人大懼，啗之以金，漸增至四十，二僮
乃行，報兒具述其故，吳卽賜之，吳歸，琴瑟甚篤，細詰
女子，曩美少年史姓，卽其夫也，襲一㭊紬帔，云是得
之山東王姓者，蓋其黨與甚衆，逆旅主人皆其一類，
何意吳生所遇，卽王子巽連天叫苦之人也，不亦快
哉，吉哉，古言騎者善墮，

真生

長安士人賈子龍，偶過鄰巷，見一客丰度洒然，問之

則眞生、咸陽僦寓者也、心慕之、往投刺、適外出、凡三
謁皆不遇、乃陰使人窺其在舍、而後過之、眞避不出、
賈搜之、始見、促膝傾談、大相知悅、賈就逆旅、遣僮行
沽、眞又善飲、能雅謔、樂甚、酒將盡、眞出飲器、玉卮無
當、注杯酒其中、盎然已滿、以小琖挹取入壺、並無少
減、賈異之、堅求其術、曰、我不欲相見者、君無他短、但
貪心未淨耳、此乃仙家隱術、何能相授、賈曰、冤哉、我
何貪、間萌奢想者、徒以貧耳、一笑而散、由是往來無
間、每値窘乏、眞輒出黑石一塊、吹咒其上、以磨瓦礫、

立刻化爲白金、便以贈生、僅足所用、未嘗贏餘、賈每以爲少、眞曰、我言君貪、如何如何、賈思明告必不可得、將乘其醉睡竊而去之、一夕飲既卧、賈潛起搜諸衣底、眞覺之曰、子眞喪心、不可處也、遂辭別移居而去、後年餘、賈遊河干、見一石瑩潔絕類、眞生物拾之、珍藏若寶、過數日、眞忽至、嗒然若有所失、賈慰問之、眞曰、君前所見乃仙人點金石也、曩從抱眞子遊、彼憐我介、以此相貽、醉後失去、陰卜當在君所、如有還帶之恩、不敢忘報、賈笑曰、僕生平不敢欺友朋、誠如

所卜、但知管仲之貧者、莫如鮑叔、君且奈何、眞請以
百金爲贈、賈曰、百金非少、但授我口訣、一親試之、無
憾矣、眞恐其寡信、賈曰、君自仙人、豈不知賈某、寧失
信於朋友者乎、眞授其訣、賈顧堦下、有石砧、將試之、
眞掣其肘、不聽、前賈乃俯掬半甎、置砧上、曰、若此者
非多耶、眞乃聽之、賈不磨甎、磨砧、眞變色、欲與爭、而
砧巳化爲渾金、反石於眞、眞歎曰、業如此、復何言、然
妄以禍祿加人、必遭天譴、如逭我罪、施材百具、絮衣
千領、肯之乎、賈曰、僕所欲得錢。者原非欲窖藏之也。

君倘視我爲守財虜乎、眞喜而退、賈得金、且施、且賈、不三年、施數已滿、眞忽至、曰、君信義人也、別後被福神奏帝、削去仙籍、蒙君博施、今幸以功德消罪、願勉之、勿替也、賈問眞係天上何曹、曰、我乃有道之狐耳、出身綦微。不堪孽累。故生平自愛。一毫不敢妄作。賈爲設酒、遂與歡飲如初、賈至九十餘、狐猶時至其家、

濰狐

濰邑李氏有別第、忽一翁來稅居、歲出直五十金、諾之、久無耗、李囑家人別賃、翌日翁至、曰、租宅已有關

說、何得更僦他人、李白所疑、翁曰、我將久居、所以遲遲者、以涓吉在十日之後耳、因先納一歲之直、過期數日、亦竟渺然、及往覘之、則雙扉內閉、炊烟起而人聲雜矣、訝之、投刺往謁、翁趨出逆而入、笑語可親、既歸、遣人饋遺其家、翁犒賜豐厚、又數日、李設席邀翁、款洽甚歡、問其里居、以秦中對、李訝其遠、翁曰、貴鄉福地也、秦中不可居、大難將作、時方承平、置未深問、越日、翁報居停禮、供帳飲食、備極侈麗、李益疑爲顯者、翁以交好、因自言爲狐、李駭絕、逢人輒道、邑縉紳聞其異、咸願納交於翁、翁無不接見、欵洽周至、漸而官吏亦時往還、獨一官求通、輒辭以故、令又托主人先容、翁辭、李詰其故、翁私語曰、君不知彼前身爲驢、今雖儼居民上、乃嗅糟而亦醉者也、僕固異類、羞與爲伍、李乃托詞轉告、謂狐異其神明、故不敢見官、信之而止、此康熙十一年事、未幾秦羅兵燹、狐能前知、信夫、

驢之爲物、龐然也、一怒則踶趹嘷嘶、眼大於盎、氣粗於牛、不惟聲難聞、狀亦可厭、倘執束芻而誘之、

則帖耳輯首、喜受羈勒矣、具此等面目、宜其啜糟而亦醉也、願自愛者、以驢爲戒。而求齒於狐。則德口進矣、

胡生

北直有巨家欲延師、忽一秀才踵門自薦、延之入、詞語開爽、遂相知悅、自言姓胡、納贄館之、胡課業良勤、淹博殊甚、然時出游、輒昏夜始歸、扃閉儼然、而已在室中矣、遂相驚以狐、然察其意殊不惡、優重之不以怪異廢禮、胡知主人有女、求爲姻、屢示意、主人僞不

解、一日胡假而去、次日有客來謁主人、逆入、年五十
餘、衣履鮮潔、意甚恬雅、既坐、自達始知為胡生作氷、
主人默然良久、曰僕與胡先生交已莫逆、何必婚姻、
且小女已字人矣、煩代謝先生、客曰、確知令愛待聘、
何拒之深、再三言之、而主人不可、客有慚色、曰胡亦
世族、何遽不如先生、主人直告曰、實無他意、但恐非
其類耳、客聞之怒、主人亦怒、相侵愈亟、客起抓主人、
主人命家人杖逐之、客乃遁、主人以其言忿、知必相
仇、戒備之、次日果有狐兵至、或騎、或步、或弓、或弩、馬

嘶人沸、聲勢洶洶、主人不敢出、狐聲言火屋、主人懼、有徤者率家人譟出、飛石施箭、兩相冲擊、互有夷傷、狐漸靡、紛紛引去、遺刀地上、皆膏粱葉也、衆笑曰、技止此耳、然恐其復至、備不敢懈、明日衆方聚語、忽一巨人自天而降、高丈餘、身橫數尺、揮大刀如門、羣操矢石擊之、顛而踣、則芻靈耳、衆更易之、狐三日不復至、衆亦少懈、主人適登厠、見狐兵張弓挾矢至、亂射之、矢集於臀、大懼、急喊、衆奔鬭、狐始去、視之、矢皆蒿梗、如此月餘、來去不常、雖不甚害、而日日戒嚴、主人患苦之、一日胡生率衆至、主人自出、胡望見避之、主人呼之、不得已乃出、主人曰、僕自謂無失禮於先生、何故興戎、羣狐欲射、胡止之、主人握其手、邀入故齋、置酒相歎。從容曰、先生達人、當相見諒。以我情好。寧不樂附婚姻。但先生車馬宮室。多不與人同。弱女相從。即先生亦當知其不可。且諺云、瓜果之生摘者、不適於口。先生何取焉。胡大慚、主人曰、無傷、舊好故在、如不以塵濁見棄、在門牆之幼子、年十五矣、願得坦腹床下。不知有相若者否。胡喜曰、有一妹少公子一歲頗不陋劣、以奉箕帚如何、主人起拜、胡答拜、於是酬酢甚歡、前郤盡釋、命羅酒漿、徧犒從者、上下歡慰、乃詳問里居、將以奠雁、胡辭之、日暮醺醉、乃去、年餘胡不至、或疑其爽約、主人堅待之、又半年、胡忽至、既道溫涼已、乃曰、妹子長成矣、請卜良辰、遣侍翁姑、主人喜、即訂約而去、至期輿馬送新婦至、奩妝豐盛、堆滿室中、新婦溫麗異常、主人大喜、胡生與一弟來送女、越日乃去、新婦能預知年歲豐凶、故謀生之計、皆取則焉、胡生兄弟及其母、時來望女、人皆見之、

韻狐

沂水某生、課業山中、夜有二美人入、含笑、不言、各以長袖拂榻、相將坐、衣軟無聲、少間、一美人起、以白綾巾展几上、上有草書三四行、亦未審其何詞、一美人置白金一鋌、可三四兩許、秀才掇内袖中、美人取巾、握手、出、笑曰、俗不可耐、秀才捫金、則無有矣、麗人在坐、投以芳澤、置不顧、而金是取、是乞兒相也、尚可耐哉、狐子可兒、雅態可想、友人言此、并思不可耐事附志之、

酸俗客、富貴態、名士腔、謊言不掩、苦讓、
旁觀諂態、歪詩文强人觀聽、語次頻稱貴戚、
歪科甲談詩文、假人餘威粧模樣、財奴哭窮、
市井惡謔、體氣苦逼人語、醉人歪纏、

狐聯

焦生、章邱石虹先生之堂弟也、讀書園中、宵分有二美人來、顏色雙絕、一可十七八、一可十四五、撫几展笑、焦知其異、正色拒之、長者曰、君鬚如戟、何無丈夫氣、焦曰、僕生平不敢二色、女笑曰、迂哉、子尙守腐局

耶下元鬼神凡事皆以黑爲白況床笫間瑣事乎焦又咄之女知不可動乃曰君名下士妾有一聯請爲屬之能對我自去戌戌同體腹中止欠一點焦凝思不就女笑曰名士固如是乎何不云已巳連踪足下何不雙挑一笑而去

酒友

車生者家不中貲而耽飲夜非浮三白不能寐也以故床頭樽常不空一夜睡醒轉側間似有人共臥者意是覆裳墮耳摸之則茸茸有物似猫而巨燭之狐

也酣醉而犬卧視其瓶則空矣笑曰此我酒友也不忍驚覆衣加臂與之共寢留燭以覘之夜半狐欠伸生笑曰美哉睡乎啟覆視之儒冠之俊人也起拜榻前謝不殺之恩生曰我癖於麴糵而人以爲癡卿我鮑叔也如不見疑當爲糟邱良友曳登榻復共寢且言卿可常臨毋相猜狐諾之生既醒則狐已去乃治旨酒一盛專伺之抵夕果至促膝歡飲狐量豪善諧於是恨相見晚狐曰屢叨良醞何以報德生曰斗酒之歡何置齒頰狐曰雖然君貧士杖頭錢大不易當

爲君少謀酒資明夕來告曰去此東南七里道側有遺金可早取之詰旦往果得二金乃市佳肴以佐夜飲狐又告曰院後有窖藏宜發之如其言果得錢百餘千喜曰囊中已有莫愁沽矣狐曰不然轍中水胡可以久掬合更謀之異日謂生曰市上菽價廉此奇貨可居從之收菽四十餘石人咸非笑之未幾大旱禾豆盡枯惟菽可種售種息十倍由此愈富治沃田二百畝但問狐多種麥則麥收多種黍則黍收一切種植之早晚皆取決於狐日稔密呼生妻以嫂視子

猶子、爲後生卒、狐遂不復來、

績女

紹興有寡媼夜績、忽一少女推扉入、笑曰、老姥無乃勞乎、視之年十八九、袍服艷麗、媼驚問何來、女曰、憐媼獨居、故來相伴、媼疑爲侯門亡人、苦相詰、女曰、媼勿懼、妾之孤、亦猶媼也、我愛媼潔、故相就、兩免岑寂、顧不佳耶、媼疑爲狐、默然猶豫、女竟升床代績、曰、媼無憂、此等生活、妾優爲之、定不以口腹相累、媼見其溫婉可愛、夜深、謂媼曰、攜來衾枕、尚在門外、出溲時煩捉入、媪出、果得衣一襲、女解陳榻上、不知是何錦繡、香滑無比、媪愈疑大懼、女笑曰、實相告、我眞仙人、然非禍汝者、但須謹言、衣食自足、媪亦設布被與之共榻、羅衿甫解、異香滿室、媪拜於床下、女出臂挽之、膚膩如脂、肌一著人、覺皮膚鬆快、媪笑曰、老身使是男子、今日當爲情死、由是兩心浹洽、日同操作、視所績匀細生光、織爲布、晶瑩如錦、價較常三倍、媪出則扃其戶、有訪媪者、輒於他室應之、居半載、無知者、後媪漸洩於所親、里中姊妹行、皆託媪求見、女讓曰、汝言、不慎、我不能久居矣、媪悔失言、深自責、而人之求見者日多、至有以勢迫媪者、媪涕泣自陳、女曰若諸女伴、見亦無妨、恐有輕薄見、將見狎侮、媪復哀懇、始許之、越日老媪少女、香烟相屬於道、女厭其煩、無貴賤、悉不交一語、惟默然端坐、以聽朝參而已、鄉中年少者聞其美、神魂傾動、媪悉絕之、有費生者、邑之名士、傾其產、以重金啗媪、媪諾、為之請、女已知之、責曰汝賣我耶、媪伏地自投、女曰汝貪其賂、我感其癡、可以一見、然緣盡於此矣、媪又伏叩、女約以明日、生聞之喜具香燭而往入門長揖女簾內與語問君破産相見將何以教妾也生曰實不敢他有所干祗以王嬙西子徒得傳聞如不以冥頑見棄俾得一潤眼界下願已足若休咎自有定數非所樂聞忽見布幙中容光射露翠黛朱櫻無不畢現似無簾幌之隔者生意眩神馳不覺傾拜拜已而起則厚幙沉沉悄聲不見矣悒悵間竊恨未睹雙彎俄見繡履雙翹瘦不盈指生又拜簾中語曰君歸休妾體倦矣媼延生別室烹茶爲供生題南鄉子一調於壁云隱約畫簾前三

寸凌波玉筍尖點地分明蓮瓣落纖纖再著重臺應
可憐花襯鳳頭彎入握應知軟似綿但願化爲蝴蝶
去裙邊一嗅餘香死亦甘題畢而去、女已知之、謂媼
曰、我言緣分已盡、今不妄矣、媼伏地請罪、女曰、罪不
盡在汝、我偶墮情障、以色身示人、遂被淫詞汙褻、此
皆自取、於汝何尤、若不速去、恐陷身情窟、轉刼難出
矣、遂襆被出、媼追挽之、轉瞬已失

矮狐

萊州秦生製藥酒、悞投毒味、未忍傾棄、封而置之、積

年餘、夜適思飲、而無所得酒、忽憶所藏、啟封嗅之、芳烈噴溢、涎流不可制、止取琖將嘗、妻苦勸諫、生笑曰、快飲而死、勝於饞渴而死多矣、一琖既盡、妻覆其瓶、滿室流溢、生伏地而牛飲之、少時腹痛口噤、中夜而卒、妻號泣爲備棺木、將入斂、忽有美人入、長不滿三尺、逕就靈寢、以匜水灌之、豁然頓甦、叩而詰之、曰我狐仙也、適丈夫入人家竊酒、醉死、往救而歸、偶過君家、彼憐君與己同病、故使以餘藥活之也、言訖不見、

周三

泰安張太華、富吏也、家有狐擾、不可堪、遣制罔效、陳其狀於州尹、尹亦不能爲力、時州之東、亦有狐居村民家、人共見之、一白髮叟耳、叟與居人通弔問、一如世人禮、自言行二、人呼之爲二爺、適有諸生謁尹、間道其異、尹爲吏策、使往問叟、時東村人有應役者、訪之果不誣、便與俱往、即役家設筵、招叟、叟至、揖讓酬酢、無異常人、吏因告以所求、叟言我固悉之、但不能爲君效力、僕友人周三、僑居岳廟、宜可降伏、當代求之、臨別與吏約、明日設筵於岳廟之東、吏如其教、叟果導周至、虬髯鐵面、服袴褶、飲數行、向吏曰、適二弟致尊意、事已盡悉、但此輩實繁有徒、不可善諭、難免用武、請卽假館君家、微勞所不敢辭、吏聞之、自念去一狐得一狐、是以暴易暴也、游移不敢卽應、周已知之、曰、得無畏也、我非他比、且與君有喜緣、請勿疑、吏諾之、周又戒、明日偕家人閉戶坐室中、幸勿譁、吏歸、悉如所教、俄聞攻擊刺鬭之聲、踰時始定、啟關出視、血點點盈階上、墀中有小狐首數枚、大如琖、又視所除舍、則周危坐其中、拱手笑曰、蒙重托、妖類已蕩滅

矣、自是館於其家、相見如主客焉、

老翁

河間某生、場中積麥穰如邱、家人日取爲薪、洞之、有狐居其中、常與主人相見、老翁也、一日屈主人飲、拱生入洞、生難之、强而後入、入則房舍華好、即坐、茶酒芳烈、但日色蒼黄、不辨中夕、筵罷既出、景物俱杳、翁每夜往夙歸、人莫能跡、問之、則言友朋招飲、生請與俱、翁不可、固請之、翁始諾、挽生臂、疾如乘風、可炊黍時、至一城市、入酒肆、見座客良多、聚飲頗譁、乃引生登樓、下視飲者、几案杯飧、皆可指數、翁自下樓、任意取案上酒果供生、人不之禁、生視一朱衣人前列金橘、令翁取之、翁曰、此正人、不可近、生嘿念狐與我遊、必我邪也、自今以往、我必正、方一注想、覺身不自主、眩墮樓下、飲者大駭、相譁以妖、生仰視竟非樓、乃梁間耳、以實告衆、衆審其情、確贈而遺之、問其處、乃魚臺、去河間千里云、

狐嫁女

歷城殷冢宰、少貧、有膽畧、邑有故家廢第廣數十畝、

樓亏連亘常見怪異、久之蓬蒿漸滿、白晝亦無敢入者、會盛夏公與諸生飲、或戲云有能寄某第宿者、共醵分請之、公躍然曰、是亦何難、攜一薦往、衆送諸門笑曰、吾等暫在外、可爲聲援、公亦笑曰、有鬼狐當捉証耳、遂入時值上弦月色昏黃、門戶可辨、摩挲數進、始抵後樓、樓有月臺、遂登之、光潔可愛、似非無人居者、西望殘月、惟銜山一綫耳、坐良久、更無少異、席地枕石、卧看牛女、二更向盡、恍惚欲寐、聞有人上樓、假寐睨之、見一青衣人挑蓮燈來、猝見公、驚而却退、語後人曰、有生人在、問誰也、答云不識、俄一老翁至、諦視之、曰、此殷公、㬋已酣、但辨吾事、相公倜儻、或不叱怪、乃相率鋪陳、移時燈燭輝煌、往來者甚衆、公稍稍轉側作嗽聲、翁聞公醒、乃出跪而言曰、小人有箕帚女、今值于歸、不意有犯貴人、望勿深罪、公起曳之、曰不知今夕嘉禮、慚無以賀、翁曰、貴人光臨、壓除凶煞、甚幸、即請陪坐、倍加光寵、公言衣冠不整、奈何、翁贈以衣帽、喜允之、遂有婦人出拜、年可四十餘、翁曰此拙荆、公揖之、俄聞鼓樂聲、有奔而告者、曰至矣、翁趨之公亦立俟、少間、紗燈一簇、導新郎至、年十七八、丰采韶秀、翁命與貴客爲禮、次翁壻拜、已乃即席、少間、粉黛雲從、酒胾霧霈、玉碗金甌、光映几案、酒數行、翁喚女奴請小姐來、良久不出、翁自起促之、俄婢媼輩擁新人出、環珮璆然、麝蘭散馥、翁命向上拜、起坐母側、微目之、翠鳳明璫、容華絕世、旣而酌公以金爵、大容數升、飲竟頽然而醉、隱於几、皆曰、相公醉矣、俄聞新郎告行、鼓樂大作、紛紛下樓而去、移時寂然、公微醒、暗無燈火、惟脂香酒澤、光溢四堵、東方旣白、乃從

容攜、徹衣而出、諸生先俟於外、見其衣帽詫之、因以狀告、

狐戲

王子安、東昌名士、困於塲屋、將揭曉時、痛飲大醉、臥內室、忽有人白報馬來、王踉蹌起曰、賞錢十千、妻因其醉、誑而安之曰、但請自睡、已賞之矣、王乃眠、俄又有入者曰、汝中進士矣、王言尚未會試、其人曰、汝忘之耶、王大喜、起而呼曰、賞錢十千、妻又誑之曰、已賞之矣、又移時、一人急入曰、汝已點翰林、長班在此、果

見二人、衣冠修潔、拜床下、王呼賜酒食、妻又給之、暗笑其醉、而已、久之、王自念不可不出耀鄉里、大呼長班、無應者、妻笑曰、暫臥、尋他去矣、又久之、長班果復來、王搥床頓足、大罵鈍奴何往、長班怒曰、向與爾戲耳、而眞罵耶、王怒、驟起撲之、落其帽、王亦傾跌、妻入扶之、曰何醉乃爾、王曰、長班可惡、我故懲之、何醉也、妻笑曰、家中止有一嫗、晝爲汝炊粥、夜爲汝温足、何處長班、伺汝窮骨子、女粲然皆笑、王醉亦稍解、始如夢醒、然猶記長班帽落、忽於門旁得一纓帽如琖大、

自笑曰昔人爲鬼揶揄吾今爲狐奚落矣

秀才入闈有七似焉初入時白足提籃似丐唱名時官呵吏罵似囚其歸號舍也孔孔伸頭房房露腳似秋末之冷蜂其出場也神情惝怳天地異色似出籠之病鳥迨望報也草木皆驚夢想亦幻時作一得志想則頃刻而樓閣已成作一失志想則瞬息而骸骨已朽此際行坐難安則似被縶之猱忽然而飛騎傳來已往別家此時神色猝變嗒焉若喪則似餌毒之蠅弄之亦不覺也初失志心灰

意敗大罵司衡無目筆墨無靈誓必舉案頭物而
盡炬之從此披髮入山面向石壁再有以文進我
者定當操戈逐之無何日漸遠氣漸平技又漸癢
遂似破卵之鳩只得銜木營巢從新另抱矣如此
情況當局者痛哭欲死而自旁觀者視之其可笑
孰甚焉子安方寸中頃刻萬緒想爲此狐竊笑已
久故乘其醉而玩弄之床頭人醒寧不啞然自笑
哉顧得志之況味不過須臾詞林諸公不過經兩
三須臾耳子安一朝而盡嘗之則狐之恩幾與房

師等。

誌異摘抄目錄

卷之十四

狐二

誌異摘抄卷之十四

狐二

青梅

白下程生、性磊落不羈、一日自外歸、有女子從之入、掠髮微笑、妖麗無比、程疑之、女曰、妾非他、狐也、程曰、倘得佳人、鬼且不懼、而況於狐、遂與狎、二年生一女、小字青梅、每謂程勿娶、我且爲君生子、成家、程信之、親友共誚之、程志奪、遂聘湖東王氏、狐知之、怒、以女委於程曰、此汝家賠錢貨、我何故代人作乳媪乎、出門徑去青梅長而慧貌韶秀肖其母既而程病卒王再醮去青梅寄養於堂叔叔無行將鬻以自肥適有王進士者聞其慧購以重金使從女喜娘服役喜年十四容華絶代見梅忻悅與同寢處梅亦善伺候能以目聽以眉語由是一家俱憐愛之邑有張生介受家窶貧稅居王第性純孝制行不苟又篤於學青梅偶至其家見生據石啗糠粥入室見供父母有豚蹄焉一日又至見翁臥病生適抱父便液汙生衣掩其迹惟恐翁知梅以此大異之歸述所見謂女曰吾家

窶非常人也娘子欲得良匹張生其人也女恐父貧之梅曰不然是在娘子如以爲可妾潛告使求伐焉夫人必召商之應曰諾則諧矣女恐終貧爲天下笑梅曰妾自謂能相天下士必無誤也明日告張媪媪驚爲不祥梅曰小姐謂公子賢妾故窺其意以爲言氷人往我兩人袒焉計合遂即不然於公子何辱媪乃托賣花侯氏往夫人聞之笑告王王乃大笑喚女至述侯氏意女未及答青梅亟贊其賢決其必貴夫人又問女曰此汝百年事如能啜糠即爲汝允之女

俯首久之曰、貧富命也、倘命之厚、則貧無幾時、而不貧者無窮期矣。或命之薄、彼錦繡王孫、其無立錐者、豈少哉。是在父母。初、王之商女也、將以博笑。及聞其言、不樂曰、汝欲適張氏耶。女不答、再問再不答。怒曰、賤骨子不長進、欲携筐作乞人婦、寧不羞死。女漲紅氣結、含涕引去。青梅見不諧、即欲自謀。一夕、詣生。生方讀、驚問所來、詞涉吞吐。生正色却之。梅泣曰、妾良家子、非淫奔者、徒以君賢、故願自托。生曰、卿愛我、謂我賢也。昏夜之行、自好者不爲、而謂賢者爲之乎。始亂之終成之君子猶曰不可況不能成彼此何以自處梅曰萬一能成肯賜援拾否生曰得人如卿又何求但有不可如何者三故不敢輕諾耳曰若何曰卿不能自主則不可如何即能自主我父母不樂則不可如何即樂之而卿之身直必重我貧不能措則尤不可如何卿速退瓜李之嫌可畏也梅臨去又囑曰倘君有意乞共圖之生諾梅歸喜詰所往遂跪而自陳喜怒將施扑責梅泣曰無他因以實告女歎曰不苟合禮也必告父母孝也不輕然諾信也有此三者

天必祐之其無患貧也已既而曰汝將若何曰嫁之喜笑曰癡婢能自主耶曰不濟則以死繼之喜曰我必如所願梅稽首曰言之戲乎抑果欲慈悲也果爾則尚有微情併祈垂憫焉喜問之曰張生不能致聘婢子又無力以自贖必取盈焉勢必不能喜沉吟曰是非我之能爲力也我曰嫁且恐不得當而曰必無取值焉是大人所必不允亦非我之所敢言也梅聞之泣數行下但求拯救喜思之良久曰無已我私蓄數金當傾囊相助梅拜謝因潛告張母母大喜多方

乞貸得若干金留待好音會王授曲沃宰女乘間告
母曰青梅年已長今將蒞任不如遣之夫人固以青
梅太黠恐導女不義每欲嫁之恐女不樂也聞女言
甚喜梅知之告之張母適日有傭保婦白張母意王
笑曰是合耦婢子前此何妄也然鬻媵高門價當倍
昔女急進曰青梅侍我久賣爲妾良不忍王乃以原
金署券以青梅嬪於生入門孝翁姑委曲承順尤過
於生而操作更勤糠粃不爲苦由是家中無不愛之
重之又以刺繡爲業售且速賈人候門以購惟恐弗

得得貲稍可救貧於是勸生勿以內顧誤讀經紀皆自任之因主人之任往別阿喜喜泣曰子得所矣我固不如梅曰是何人之賜而敢忘之然以爲不如婢子恐促婢子壽遂泣而別王如晉半載夫人卒停柩寺中又二年王坐行賕免罰贖萬計漸貧不能自給從者逃散是時疫大作王染疾亦卒女惟一媪從未幾媪又卒女伶丁孤苦有鄰媪勸之嫁女曰能爲我瘞雙親者從之媪憐之贈以斗米而去半月復來曰我爲娘子極力事難圖也貧者不能爲而富者又

嫌子爲凌夷嗣奈何倘有一策但恐不能從也女曰若何曰此間有李郎欲覓側室倘見姿容必不惜重費女大哭曰我縉紳裔而爲人妾耶媼無言而去日僅一餐延息待斃半年後殆不可支一日媼至女泣告曰困頓如此每欲自盡猶戀戀苟活者徒以有兩柩在已將轉溝壑誰收親骨者故思不如依汝所言也媼於是導李來窺之大悅即出金營葬葬已載女去入參冢室冢故奇妬李初未敢言妾但托言買婢及見女暴怒杖逐之出不聽入門女披髮溯零進退

無據適有老尼過邀與同居女喜從之拜求祝髮尼不可曰我視娘子非久卧風塵者脫粟飯頗可支持姑寄此待之時至子自去居無何市中無賴窺女美輙敲門游語甚至夜越菴墻不勝其擾尼求吏部某公遞官究治始少安又年餘有貴公子來强尼通殷勤尼婉語之曰渠前令女不甘媵御公子且歸遲遲當有以報命既去女欲求死夜夢父曰我不從汝志悔之已晚但勿死夙願尚可復酬女異之天明尼望而驚曰睹子面濁氣盡消橫逆不足憂也福且至勿

忘老身少頃貴家奴來問所謀尼笑語承迎奴述主言事若無成俾尼自復命尼請緩以三日謝令去女大悲尼慰之曰有老身在斬殺自當之决不汝累也次日方晡暴雨驟至忽聞數人撻戶大譁女意變作驚怯不知所爲尼啟關見有肩輿停駐女奴數輩捧一麗人出僕從烜赫冠蓋甚都驚問之云是司李內眷暫避風雨導入肅坐婦女各尋休息見女艷之走告夫人雨止夫人起尼引入見女喜娘也夫人青梅也相哭失聲蓋張翁病故生起復後連捷授司李先

奉母之任、後移諸眷口、梅曰、適遣僕往訪消息、云小姐已適人去矣、不知流落至此。因各道離踪、女歎曰、今日相看、何啻霄壤。梅曰、幸小姐挫折無耦、正天欲吾兩人完聚耳。倘非阻雨、何以有此邂逅、此中具有鬼神、非人力也。乃取衣爲女易妝、云明早一同赴任。女俯首徘徊、慮同居其名不順。梅曰、昔日自有定分。婢子敢忘大德、張郎亦非負義者、抵任母子皆喜、女拜曰、今日無顏見母、庵中但有一絲生路、決不肯從夫人至此。倘念舊好、得受一廬、可容蒲團足矣。母笑慰之梅密與母謀涓吉合卺至期抱艷妝來女不知所可俄聞鼓樂大作梅率婢媼來强妝之扶而出見生朝服而拜遂不覺盈盈而自拜也梅送入洞房曰虛此位久矣又顧生曰好爲之返身欲去女捉其裾梅笑曰此不能相代也解指脫去青梅事女謹莫敢當夕而女終惭怩不自安於是母命相呼以夫人然梅終執婢妾禮罔敢懈三年張行取入京過尼菴以五百爲壽尼却之固强之乃受二百金爲建王夫人碑鄰媼亦厚贈之後張仕至侍郎王生四子一女程

生三子一女、張上書陳情、俱封夫人、

天生佳麗、固將以報名賢、而世俗之王公巨卿、乃留以贈紈袴、此造物所必爭也、而離離奇奇、致作合者無限經營、化工亦良苦矣、獨是青夫人能識英雄於塵埃、誓嫁之志、期以必死、曾儼然而冠裳也者、顧棄德行而求膏粱、何智出巾幗下哉、

嬰寧

王子服、莒之羅店人、早孤、絕慧、十四入泮、聘蕭氏、未娶而夭、母愛之、平時不令外遊也、會上元、有內兄吳

生邀同遊玩方至村外吳爲僕人招去生見遊女如雲乘興獨往忽遇一女郎攜婢手撚梅花一枝容華絕代笑容可掬生注目不移竟忘顧忌女行過數武顧婢子笑曰個兒郎目灼灼似賊遺花而去生拾之神魂若失怏怏而返至家藏於枕底終日不語亦不食肌肉頓減醫藥罔效母撫問所由嘿然不答適吳生至囑詰之始知其情笑曰此易事耳我代爲訪之數日吳來詢所謀吳紿之曰得之矣我姑之女爾姨妹也居西南山中約三十餘里謀之我姑無弗諧者

生可嚀再四、吳亦自任而去、是月沉疴若失、探枕底梅花未彫落也、凝思把玩、如見其人、數日絕無音耗、折柬招吳、吳支托不赴、召生、悒悒不樂、轉思三十非遙、何必仰息他人、旣係娥女、何不自往一訪、遂懷梅袖中、負氣而往、而家人不知也、伶仃獨步、無可問程、但望南山行去、約三十餘里、亂山合沓、絕無行人、遙望谷底叢花亂樹中、隱隱有邨落、下山入村、見居人寥寥、有一家舍宇皆茅茨、門前絲柳、墻內桃杏尤繁、間以修竹、意其園亭、不敢遽入、對門有巨石、滑潔可愛因坐少憩忽聞墻內有女子呼小榮其聲嬌細方佇聽間一女郎自東而西手執杏花一枝俯首自簪見生含笑撚花而入審視之即上元途中所遇也大喜但念無由階進欲呼姨氏懼有訛誤坐倚徘徊無人可問自午至於日昃盈盈望斷饑渴並忘時見女子露半面來窺似訝其久不去者遷延良久忽一媪扶杖出顧生曰何爲者生揖之曰將以訪親媪聾不聞生又言之乃問貴戚何姓生曰忘之矣媪笑曰奇哉姓名不知何親可探我視郎君亦書癡耳不如從

我來、少啖粗糲、明朝歸、詢知姓氏、再來採訪未遲、生、大喜、從媼入、見門內白石砌路、夾道紅花、片片墮階上、曲折而西、又啓一關、庭中豆棚花架布滿、肅客入舍、粉壁光明如鏡、牕外海棠枝朵、探入室中、裀藉几榻、罔不潔澤、甫坐、即有人自牕外窺探。媼呼小榮可速作黍、供客、坐次具展宗閥、媼曰、郎君外祖姓吳否、曰然、媼驚曰、是吾甥也、令堂吾妹也、年來家窶貧、又無三尺僮、遂至音問梗塞、甥長成如許、尚未相識、生曰、此來即爲姨也、匆遽遂忘姓氏、媼曰、老身秦姓、並無

所出、弱息亦爲䴥產、渠母淹逝、遺我鞠育、頗亦不鈍、
但少教訓耳、少頃令其來見、未幾婢子具飯、媪勸餐
已、令小榮喚寧姑來、婢應去、良久聞戶外笑聲、媪又
喚、曰嬰寧汝姨兄在此、戶外嗤嗤笑不已、婢推之以
入、猶掩口笑不能止、媪嗔目曰、有客在、咤咤叱叱、何
爲、女忍笑而立、生揖之、媪曰、此王郎、汝姨子、一家人
也、問妹子年幾何矣、媪不聞、女又笑不能仰視、媪曰、
我言少教誨、此可見矣、年已十六、癡呆如嬰兒、生曰、
小甥一歲、媪曰、甥婦誰氏、答云無之、曰甥才貌如此、

何尚未聘嬰亦無姑家極相匹敵惜有內親之嫌生
無語目注嬰寧婢向女云目灼灼賊腔未改女大笑
顧婢曰視碧桃開未遽起以袖掩口出至門外笑始
縱媪亦起呼婢爲生安置曰阿甥來不易宜留三五
日遲遲送汝歸如嫌幽悶舍後有小園可供消遣次
日至舍後果有園半畝細草鋪氈楊花糝徑草舍三
楹花木四合穿花小步忽聞樹頭有笑聲視之則嬰
寧在上見生來狂笑欲墮生接之陰捘其腕女又大
笑生俟其笑止乃出袖中花示之女接之曰枯矣何

留之曰此上元妹子所遺故存之女曰存之何爲曰以示不忘自上元相遇凝思成疾幸垂憐憫女曰此大細事待郎行時當折一巨捆送之生曰妹子癡耶我非愛花愛撚花之人耳女曰葭莩之親愛何待言生曰我所謂愛非瓜葛之愛乃夫妻之愛女曰有以異乎曰夜共枕蓆耳女俯首思曰我不慣與生人睡語未已婢至生遁去少時會母所母問何往女答以園中與大哥共語媼曰飯熟已久有何長言周遮乃爾女曰大哥欲我同睡幸媼不聞生急以他詞掩之因

小語責之、女曰、此語不應說耶、生曰、此背人語、女曰、背他人、豈得背老母、且寢處亦常事、何諱之、生恨其癡、無術可以悟之、食方竟、家人以雙衛來尋生、出門適相值、先是母見生久不歸、往詢吳、吳憶曩言、令於西南山村覓之。凡歷數郵、始至於此、生入告媼、且請與女同歸、媼喜曰、我有此志久矣、但殘軀不能遠涉、得甥攜去、認阿姨、大好、呼嬰寧、寧笑而至、媼曰、大哥欲汝同去、可便束裝、到彼且勿歸、少學詩禮、亦好事翁姑、卽煩阿姨擇一良匹、與汝、二人遂發、至山坳、回顧、猶依稀見媪依門望也、抵家、母見姝麗、驚問爲誰、生以姨女對、母曰、前吳姪與兒言詐也、我一姊適秦氏、歿已久、正疑慮間、吳生至、女避入室、吳詢得故、恍然曰、此女名嬰寧耶、生詰所自、知曰、秦姑去世、姑丈祟於狐、生女名嬰寧、姑丈歿、狐猶時來、後遂攜女去、今年當十五六矣、將勿此耶、生曰、是也、但聞室中嗤嗤、皆嬰寧笑聲。母曰、此女亦太憨、吳請見母、促令出、始極力忍笑、面壁移時方出、一展拜、遽入、放聲大笑、滿室婦女爲之粲然、吳請往覘之、尋至郁所、山花零

落而已憶姑塋處彷彿不遠然墳壠湮沒莫可辨識
詫歎而返母疑其爲鬼入述吳言女畧無駭意弔其
無家亦絕無悲意孜孜憨笑而已衆莫之測母令與
少女同寢眛爽卽來省問操女紅精巧絕倫惟善笑
禁之不止然一笑嫣然狂而不損其媚人皆樂之母
恐爲鬼物私於日中窺之形影無異遂擇吉行合巹
禮女笑極不能俯仰生以癡憨恐洩房中事而女殊
秘密不肯道一語每值母憂怒女至一笑卽解愛花
成癖物色徧戚黨恒典釵購佳種數月階砌藩溷無

非花者舍後有木香一架、故隣西家女每攀登其上、摘供簪玩、母見輒訶之、卒不改、一日隣人子見之、凝注傾倒、女不避而笑、隣人子謂其屬意、心愈蕩、女指墻底、笑而下、鄰子謂示約處、大悅、及昏、踰墻而往、女果在焉、就而淫之、則陰如錐刺、痛徹於心、大叫而踣、細視之、一枯木立墻邊、所接乃水淋竅也、鄰人聞聲、隔墻研問、呻而不言、白於生、舁歸、其妻詰知之、燭其中、有巨蝎如小蠏然、夜半、鄰子卒、鄰人訟生、訐發嬰寧妖異、宰素知生爲篤行士、審得其情、謂其子抱木行淫而死反誣訟生將杖責之生爲乞免母謂女曰憨狂爾爾當知過喜而伏憂也邑令神明幸不牽累若鶻突官必逮婦女質公堂我兒何顏見戚里女正色矢不復笑人故逗之亦終不笑然竟日未嘗有戚容一日對生潸零曰曩以相從日淺言之恐駭聽聞今察姑及郎皆過愛無異心直告或無妨妾本狐產相依鬼母十餘年始有今日又無兄弟所恃者惟君老母岑寂山阿無人憐而合厝之九泉輒爲悼恨君倘不惜煩費使泉下人消此怨恫何如生諾之而慮

迷於荒草女曰無慮刻日往女指示之果得媪櫬撫哭哀痛覔秦氏墓合葬焉是夜生夢媪來謝寤而述之女曰妾見之囑勿驚郎耳問小榮曰亦狐也最黠母留以視妾每攝餌哺我故德之昨母云已嫁之矣每寒食拜掃無缺逾年生一子不畏生人見人輒笑亦有母風云

觀其孜孜憨笑似全無心肝者而墻下惡作劇其黠孰甚焉至悽戀鬼母反笑爲哭我嬰寧何嘗憨耶。

十四娘

廣平馮生、性輕脫、縱酒、一日昧爽獨行、遇一少女、著紅帔、從小奚奴、躡露奔波、襪履沾濡、心異之、略一瞻盼、容色華好、似若有情、（此情緣○也）薄暮醉歸、過廢寺、有女子自內出、則向麗人也、見生卽避入、生念麗者何由得在禪院中、繫驢於門、往覘其異、入則斷垣零落、階上細草如毯、正徬徨間、一班白叟出問、生曰、偶過古剎、欲一瞻仰、翁何至此、曰、老夫流寓、無所、暫借安頓、細小既承寵降、有山茶可以當酒、乃肅賓入殿、後見一院

石路光明、無復榛莽、入其室、則簾幌床幕、香霧噴人、

詢其姓氏、云蒙叟姓辛、生乘醉問曰、聞有女公子未

逢良匹、竊不自揣、願以鏡臺自獻、辛笑曰、容謀之、荆

人少間、有婢與辛耳語、辛起入、隱約三四語、即趨出、

曰、君卓犖士、傾風已久、但弱息十九人、許字任之荆

人、老夫不與焉、生曰、小生祇願得今朝領小奚奴帶

露行者、辛不應、相對默然、聞房內嚶嚶膩語、生乘醉

搴簾曰、伉儷既不可得、當一見顏色、以消吾憾、內聞

簾動、羣立愕顧、果見紅衣人、亭亭獨立、衆見生入、遍

室張皇幸慫命數人捽生出酒愈湧上倒榛蕪中瓦石亂落如雨幸不著體卧移時乃起跨驢踉蹌而行夜色迷離誤入澗谷狼奔鴟叫毛髮皆豎四顧躊躇不知何所遙望蒼林中燈火明滅疑必邨落竟投之至則見高門閥閱急以策撾門內問何人半夜來此生以失路對內曰待達主人俄聞闢戶一僕出代生捉驢生入見室甚華好堂上張燈火有婦人出問姓氏生以告踰刻青衣數輩扶一老媼出曰郡君至生起立肅拜媼止之坐謂生曰爾非馮雲子之孫耶曰

然曰爾是我彌甥老身殘年向盡骨肉之間殊多踈濶生曰兒少失怙與我祖父行者十不識一焉素未拜省便乞指示媼曰子自知之生不便復問媼曰甥深夜何得至此生歷陳所遇媼笑曰此大好事況甥名士殊不玷辱彼何得强自高甥勿慮我爲若致之生唯唯謝媼顧左右曰我不知辛家女兒遂如此端好青衣曰辛家十九女都翩翩有風格不知官人所聘行幾生曰年約十五餘矣青衣曰此是十四娘三月間曾從阿母壽郡君何忘却媼笑曰是刻蓮瓣爲

高履實以香屑蒙紗而步者乎青衣曰是也媪曰此
婢大會作意弄媚巧然果窈窕阿甥賞鑒不謬謂青
衣曰可遣人喚之來青衣去移時入曰喚得辛家十
四娘至矣旋見紅衣女子望媪俯拜媪曳之曰後爲
我家甥婦勿修婢子禮女起娉娉而立紅袖低垂媪
理其鬢髮捻其耳環曰十四娘近在閨中作麼生女
低應曰閒來只挑繡回首見生羞縮不安媪曰此吾
甥也盛意與兒作姻好何便教迷途終夜竄谿谷女
俯首不言媪曰我喚汝非他欲爲吾甥作伐耳女嘿

嘿而已媪命掃榻展裀褥即爲合巹女覥然曰還以告之父母媪曰我爲汝作冰有何舛謬女曰郡君之命父母不敢違然如此草草婢子死不敢奉命媪笑曰小女子志不可奪眞吾甥婦也乃拔女頭上金花一枝付生命歸家擇吉爲定乃使青衣送女去聽遠雞已唱遂送生出數步外回顧邨舍已失但見松楸敝冢而已定想移時乃悟其處爲薛尚書墓薛故生祖母弟所以稱爲彌甥心知遇鬼然亦不知十四娘爲何人歸姑撿曰以待夜半猶寂方怨鬼約難恃頃

之門外譁然踊履出視繡幰已駐於庭雙環扶女坐青廬粧奩亦無長物惟兩奴扛一撲滿大如甕息肩置堂隅生喜得佳耦並不疑其異類問女曰薛郡君卿家何畏之甚女曰妾實狐也薛尙書今作五路都巡環使數百里鬼狐皆備屬從故在墓時常少生不忘蹇修翌日往祭其墓歸見一青衣持貝錦爲賀委几上而去生以問女女曰此郡君物也十四娘爲人勤儉洒脫日以紝織爲事時歸寧未嘗踰夜又時出金帛作生計有羸餘輒投撲滿邑有楚銀臺公子少

與生同筆硯頗相狎聞生得婦卽登堂稱賀越日又折簡招飲女謂生曰曩公子來我窺之其人猿睛鷹準不可交也宜勿往生諾之翌日公子來問負約之罪且述近作生評隲嘲笑公子慚而去女聞之慘然曰公子豺狼不可狎也不聽吾言將及於難生笑謝之會歲試公子第一生次之公子沾沾自喜走伻邀飲頻招乃往至則知爲公子初度賓朋滿座列筵甚盛公子出試卷親友疊相歎賞公子謂生曰諺云場中莫論文今知其謬矣所以忝居兄上者以起處數

語略高兒一籌耳合座盡贊生醉不能忍大笑曰君
今倘以爲文章至是耶一座失色公子慚忿氣結客
散生亦歸醒而悔之因以告女女不樂曰君誠鄉曲
之儇子也輕薄之態施之君子則喪德施之小人則
殺身君禍不遠矣我不忍見君流落請從此辭生懼
且悔女曰如欲我留與君約從今閉戶絶交遊勿浪
飲生謹如教日杜門有造訪者女輒囑蒼頭謝去一
日公子馳函邀飲女焚之不以聞翌午出弔遇公子
於途捉臂苦邀生辭以故公子令圉人挽轡行至家

立命酹、復辭、公子要遮、無已、出家姬彈箏勸酒爲樂、
生素不羈、興、頓豪、無復縈念、因酣醉、臥席間、公子妻
阮氏最悍妬、婢妾不敢施脂澤、昨婢入齋中、爲阮掩
執、立斃之、公子以生嘲慢、故銜之、遂謀醉以酒而誣
之、生五更酒醒、覺身旁有物、摸之、人也、蹙之不動、而
殭、大駭狂呼、廝役盡起、公子出、驗之、誣生逼姦殺婢、
執送於官、十四娘聞之、潸然曰、早知今日矣、因按日
以金錢遺生、生見官無理可伸、日夕搒掠、無完膚、女
自詣見生、悲氣塡心、不能言說、女知陷阱已深、勸令

誣服以免刑憲生泣聽命女歸家即遣婢子他往又托媒購良家女適有名祿兒者年已及笄容華頗麗遂買之與同寢處撫愛異於他人生罪已定蒼頭歸慟述不成聲女聞坦然若不介意既而決有日女始倉皇躁動晝去夜來無停履每於寂所於邑悲哀至損眠食一日日晡婢忽來引與屏語出則笑色滿容。料理門戶如平時。翌日蒼頭自獄歸生寄語一往永訣女漫應之亦不愴惻家人竊議其忽忽道路沸傳楚銀臺華職平陽觀察奉 特旨治馮生獄蒼頭聞之喜告主母、女亦喜、卽遣探視、生已出獄、相見悲喜、俄捕公子至、一鞫得其情、生立釋、寧家歸見幃中人泣、然流涕、女亦相對悽楚、悲已而喜、然終不知何以得達上聽、女笑指婢曰、此君之功臣也、生愕問故、先是女遣婢赴都、欲達宮闈、爲生陳寃抑、至則有神守護、徘徊數月、不得入、婢懼誤事、方欲歸謀、忽聞上將幸大同、婢乃預往、僞爲流妓、上至極蒙寵眷、疑婢不似風塵中人、婢乃垂泣、上問有何寃抑、婢言妾直隸廣平生員馮某之女、父以寃獄將死、遂賣妾鉤欄中、上慘然賜金百兩臨行細問顛末以紙筆記姓名且言欲與共富貴婢言但得父子團聚不願華膴也上頷之乃去婢述本末生急拜之居無何女忽謂生曰妾不爲情緣何處得煩惱君被逮時妾奔走戚屬間並無一人代一謀者爾時酸衷莫可告愬今視塵俗愈苦我已爲君蓄佳偶可從此別生聞大哭女乃止夜遣祿兒侍生寢拒不納十四娘容光頓減月餘漸衰老半載如邨嫗生敬之終不替女復言別曰君自有佳侶何用此鳩盤爲生泣如前又踰月女暴疾跡絕

飲食、生百計求醫藥、日漸沉困、竟以溘逝、生悲悒欲絕、以婢賜金爲營葬、數日、婢亦不別而去、遂以祿兒爲室、踰年生一子、比歲不登、家愈落、夫妻無計、對影長愁、忽憶堂陬撲滿、常見十四娘投錢於中、視之、金錢殆滿、探其中、堅不可入、撲而碎之、頓大充裕、後蒼頭至太華、遇十四娘乘青驢、婢跨蹇以從、問馮郎安否、且言致意主人、我已列名仙籍矣、言訖不見、

輕薄之語、多出於士類、此君子所戒也、余嘗冒不韙之名、言寃則已迂然、未嘗不刻苦自勵、以勉附

於君子之林、而禍福之說、不與焉、若馮生者、一言之微、幾至殺身、苟非室有仙人、亦何能解脫囹圄、以再生於當世耶、吁可懼哉。○十四娘可人、其婢亦不可及。

鳳仙

劉赤水、平樂人、少穎秀、十五入郡庠、父母早世、家不中貲、而性好修飾、衾榻皆精美、一夕友人招飲、忘滅燭去、酒數行、始憶之、急返、聞室中小語、竊之、見少年擁麗者眠榻上、宅鄰貴家廢第、恒多怪異、心知其狐亦不恐入而叱曰卧榻豈容鼾睡。二人遑遽抱衣赤身遁去遺紫紈袴一帶上繫針囊劉大悅恐被竊去藏衾中抱之俄一蓬頭婢自門罅入向劉索之劉笑要償婢請遺以酒不應贈以金又不應婢笑而去旋返曰大姑言如賜還當以佳耦爲報劉問伊誰曰吾家皮姓大姑字八仙共卧者胡郎也二姑水仙適富川丁官人三姑鳳仙未字較兩姑尤美自無不當意者劉恐失信請坐待好音婢去久之復返曰大姑寄語官人好事豈能猝合適與之言反遭詬厲但緩時日以待之、吾家非輕諾寡信者、劉付之數日杳無息耗、一夕自外歸、閉戶獨坐、忽雙扉自啟、兩婢以被承女郎入、曰、送新人至矣、笑置榻上而去、近覗之、酣睡未醒、酒氣猶芳、頳顏醉態、傾絕人寰、喜極爲之捉足解襪、抱體緩裳、而女已微醒、見劉四肢不能自主、但恨曰、淫婢賣我矣、劉狎抱之、女嫌膚冷、微笑曰、今夕何夕、見此涼人、劉曰、子兮子兮、如此涼人何、遂相歡愛、既而曰、八仙無恥、玷人床寢、而以妾換袴耶、必小報之、從此靡夕不至、一日、出金釧一枚曰、此八仙物

也又數日懷繡履一隻來珠嵌金繡工巧殊絶囑劉

暴揚之劉誇示親朋求觀者皆以貲酒爲贄由此常

懷藏之一夜女忽來作别曰姊以履故恨妾欲携家

遠去隔絶我好劉懼願還之女云不必彼方以此挾

妾如還之中其計矣劉問何不獨留曰父母遠去一

家十餘口俱托姊夫經紀若不從去恐長舌婦造黑

白也自此不復至逾二年思慕綦切偶在途中遇一

女郎騎款段馬老僕控之摩肩過女郎啟障紗窺之

丰姿絶艷後一少年顧劉曰君不識竊眠卧榻者耶

劉始悟爲胡、因爲叙親誼、少年指女郎曰、此山荆也、岳新歸、將以省覲、可同行否、劉喜從入縈山、山上故有邑人避亂之宅、女下馬入、少間數人出望曰、劉官人亦來矣、入門謁翁媪、又一少年先在、袍袴鮮美、翁曰、此富川丁壻、並揖即坐、少時酒炙紛綸、談笑頗洽、翁曰、今日三壻並臨、可稱佳集、又無他人、可喚兒輩來、作一團圓會、俄姊妹俱出、鳳仙見劉、似無悲喜意、翁命設坐、各傍其壻、八仙掩口微笑、鳳仙輒與嘲謔、水仙貌少亞、沉重温克、滿座傾談、惟把酒含笑而已、於是履舃交錯、蘭麝熏、人飲酒樂甚、劉見樂器具備、遂取玉笛爲翁壽、翁喜、命善者各執一藝、因而合座爭取、惟丁與鳳仙不取、八仙以拍板擲鳳仙懷中、曰、丁家妹夫不諳可也、汝寧指屈不伸者、合座笙簫迭奏、翁悅曰、家人之樂極矣、兒輩俱能歌舞、何不各盡所長、八仙起、挽水仙曰、鳳妹從來金玉其音、我兩人可歌洛妃一曲、二人歌舞方已、婢以金盤進果、都不知其何名、翁曰、此自眞臘攜來、因擲數枚送丁前、鳳仙不悅曰、壻豈以貧賤爲愛憎耶、翁微哂不言、八仙曰、阿爹以丁郎異縣、故是客耳、若論長幼、豈獨鳳妹有拳大酸擩也、鳳仙終不快、解華妝以鼓拍授婢唱破窖一齣、淚隨聲下、既闋、拂袖逕出、一座爲之不歡、八仙曰、婢子喬性猶昔、乃追之、不知所往、劉無顏、亦辭而歸、至半途、鳳仙坐路旁、呼與並坐、曰、君一丈夫、不能爲床頭人吐氣耶、黄金屋自在書中、願好爲之、舉足云、出門匆遽、棘刺破復履矣、八仙物猶在懷否、劉出之、女取而易之、劉乞其敝者、囅然曰、君亦太無賴矣、幾見自家衾枕物、亦要懷藏者、如相見愛、一物可以相贈出一鏡付之曰欲見妾當於書卷中覓之不然相見無期矣言已不見惆悵而歸視鏡則鳳仙背立其中如望去人於百步外者因念所囑謝客下帷一日見鏡中人忽轉正面盈盈欲笑愈愛之無人時輒以共對月餘銳志漸衰恒出遊忘反歸見鏡影慘然若涕翌日視之背立如初矣始悟為己之廢學也乃閉戶研讀晝夜不輟月餘影復外向自此每有事荒廢則其容戚數日攻苦則其容喜於是朝夕懸之如對師保如此二年一舉而捷喜曰今可以見吾

鳳仙矣攬鏡視之見畫黛彎長瓠犀微露喜容可掬忽鏡中人笑曰影裏情郎畫中愛寵今之謂矣驚喜四顧鳳仙已在座右握手問翁媼起居曰妾别後未歸伏處岩穴聊與君分苦耳劉赴宴會城女請與俱共乘而往人不之見既而將歸陰與劉謀僞爲娶於郡者女既歸始出見客經理家政人皆驚其美而不知其爲狐也劉房師爲富川令往謁之遇丁邀至其家欵禮優渥言岳家近又他徙內人歸寧將反當寄信往並詣申賀劉初疑丁亦狐及細審邦族始知爲

富川大賈之子、初丁自別業歸、過水仙獨行、見其美、微覘之、女請附驥以行、丁載至齋、與同寢處、樓隙可入、始知爲狐、女言郎勿見疑、妾以君誠篤、故願托之丁、嬖之、竟不復娶、劉歸、假廣宅以備燕寢、而苦無供帳、鳳仙曰無慮、一日視之、陳設煥然矣、鳳仙促之曰吾父母至矣、可往迎之、頃、果有三十餘人賚旗采酒禮而至、輿馬繽紛、塡滿街巷、劉揖翁及丁胡入客舍鳳逆媼及兩姊入內室、八仙曰婢子今貴、不怨冰人矣、釧履猶存否、鳳搜付之曰履則猶是也、而被千人看、破、矣、八仙以履擊鳳背曰、撻汝寄於劉郎、乃投諸火、祝曰、新時如花開、舊時如花謝、珍重不會著、姮娥來相借、水仙亦代祝曰、會經籠玉筍、著出萬人稱、若使姮娥見、應憐太瘦生、鳳撥灰曰、夜夜上青天、一朝去所歡、留得纖纖影、徧與世人看、遂以灰捻盤中、堆作十餘分、望見劉來、托以贈之、但見繡履滿盤、悉如故、欸八仙急出、推盤墮地、地上猶有一二隻存者、又吹之、其迹始滅、次日丁以道遠、夫婦先歸、八仙貪與妹戲、翁及胡屢促之、亭午始發、初來儀從過盛、觀者如市、有兩寇見麗人、魂魄喪失、因謀刼諸途、偵其離村尾之而去、相隔不遠、馬極奔不能及、至一處兩匡夾道輿、稍緩追及之、持刀叱咤、人衆皆奔、下馬啟簾則老媼坐焉、方疑愕、掠其母而兵已傷右臂、被縛矣細視非匪、乃平樂城門也、輿中人則李進士母、自鄉中歸耳、一寇後至、亦斷馬足而繫之、門丁執送太守一訊而伏、時有大盜未獲、詰之即其人也、明春劉及第、鳳以招禍故、悉辭內戚之賀、劉亦不他娶、及爲郎官、納妾生二子

嗟乎、冷煖之態、仙凡固無殊哉、少不努力、老大徒傷悲、惜無好勝佳人、作鏡影中之悲笑耳

長亭

泰安石太璞、好厭禳術、有道士遇之、喜其慧、納為弟子、出書二卷、皆驅狐遣鬼之法、乃以遣鬼法授之、曰精於此、衣食佳麗皆有之、問其姓名、曰吾汴城北村元帝觀王赤城也、留數日、盡得其術、石由此精於符籙、求者接踵於門、一日有叟來、炫陳幣帛、自稱翁姓、謂其女祟於鬼、必求親詣、石辭不受贄、與偕往、十餘

里入山村、至其家、房舍華好、入室見少女臥縠帳中、婢以鈎掛帳、望之、年十四五、支綴於床、形容枯槁、近臨之、忽開目、云良醫至矣、舉家皆喜、謂其不語已數日矣、石出、因問病狀、叟言白晝見少年來、與共寢處、捉之已杳、少間復至、意其爲鬼、石曰、其鬼也、驅之不難、恐是狐、須吾師來、叟曰、必非狐、石授以符、是夕宿於其家、夜分有少年入、衣冠整肅、疑是主人眷屬、起而問之、曰我鬼也、翁家盡狐、偶悅其女紅亭、姑止焉、鬼爲狐祟、陰隲無傷、君何必離人之緣、而護之也、女之姊長亭、光艷尤絕、敬留全璧、以待高賢、彼如孚君、我當自去、石諾之、是夜少年不復至、女頓蘇、叟喜、以告、請入視之、石焚符診脈、見繡幕後有女郎、麗如天人、心知其長亭也、診已、索水灑帳、女郎以碗水付之、蹀躞間、意動神流、心殊不在鬼矣、出辭、托製藥去、數日不返、鬼愈肆、長亭外、婦女俱被淫惑、招石、石托疾不赴、明日、叟自至、石作病股狀、扶杖而出、叟問故、曰此鰥之難也、曩夜婢子墮湯夫人泡兩足耳、叟問何久不聘、石曰、恨不得清門如翁者、叟似知其意、嘿而

去、翌日又至、曰頃與荆人言、君如毆鬼去、使舉家安
枕、小女長亭年十七矣、當遣事君子、石喜、頓首於地
曰、蒙雅意如此、病軀何敢復愛、立刻出門、並騎而去、
入視祟者、畢、即請與媪盟、媪出曰、先生何見疑也、即
以長亭所插金簪授石爲信、石拜受之、乃徧集家人、
悉爲祓除、惟長亭深匿不出、遂寫一符、使人持贈之、
是夜寂然、翌日惟紅亭呻吟未已、投以法水、所患若
失、石欲辭去、叟殷勤勸止、至晚殺核羅列、勸酬殊切、
漏二下、叟辭去、方欲就枕、聞叩扉甚急、啟視則長亭

掩入辭氣倉皇言吾家欲以白刃相仇可急遁言已逕去石大懼踰垣急竄遙見火光疾奔就之則里人夜獵者詭詞告之待獵已乃與俱歸心懷怨憤無可伸訴思欲往汴尋赤城來代爲洩忿而老父病廢已久不能遠離籌思莫決忽一日轝輿至門則媼送長亭至謂石曰曩夜之歸胡再不謀石見長亭怨恨都消故亦隱之媼促兩人拜訖石將設筵辭曰我非閒人不能坐享甘旨我家老兒昏眊倘有不悉郎肯爲長亭一念老身爲幸多矣遂去蓋殺壻之謀媼實不

聞及追之不得媼始知之心實不平與叟日相詬誶長亭亦飲泣不食媼强送女來非翁意也數月取女歸寧石料其不返止之女自此時一涕零年餘生一子覓乳媼哺之然兒善啼夜必歸母荏苒數年忽又以輿來言媼思女甚長亭大悲石不忍復留之欲抱子去石不可長亭乃自歸别時以一月爲期既而半年無耗往探之至則所僦屋久虛又二年餘想望都絶既而父卒倍加哀傷因而病憊苫次彌留忽聞婦人哭入則縗絰者長亭也石大悲一慟而絕婢驚呼

女始輟泣撫之良久始甦女曰妾不孝不得嚴父心尼歸三載誠所負心適家人由東海經此得翁凶問妾遵嚴命絕兒女之情不敢循亂命而失翁媳之禮妾來時母知而父不知也言閒兒拔懷中撫之泣曰我有父兒無母矣兒亦噭咷一室擁泣女起經理家政石乃大慰但病久急不能起女乃請石外兄款洽弔客喪既閉石始杖而起相與營葬葬已女欲辭歸以受背父之譴夫挽兒號隱忍而止未幾有人來告母病乃謂石曰妾爲君父來君不爲妾母放令歸耶

石許之、使媼抱兒他適、涕潸出門而去、數年不返、石父子亦漸忘之、一日昧爽、啟扉、長亭忽飄然至、石方駭問、女慽然曰、生長閨閣、視里許爲遙、今一日夜而奔千里、殆矣、詰之、女欲言復止、固問之、哭曰、今爲君言、恐妾之所悲、而君之所快也、迺年徙居晉界、僦居趙搢紳之第、主客交最善、以紅亭妻其公子、公子數逋蕩、家庭頗不相安、妹歸告父、父留之半年、公子忿恨、不知何處聘一惡人來、縛老父去、一門大駭、頃刻四散矣、石不禁鼓掌、曰卿數年不返、我何難請吾師來一洩其忿今所謂惡人自有惡人磨也女怒曰彼雖不仁妾之父也妾從君數年止有相好而無相尤今日人亡家破百口流離卽不爲父傷寧不爲妾弔乎聞之忭舞更無片語相慰藉何不義也遂拂袖出石追之已渺矣悵然自悔翌日媪與女俱來石方喜慰而母女俱伏地求救石驚問之女曰妾負氣而去今不能自堅又欲求人復有何顏石曰岳固可恨而母之惠卿之情所不忘也聞禍而樂亦猶人情卿何不能暫忍女曰頃於途中遇母始知繫吾父者卽君

師也、石曰、果爾亦大易、然翁不歸、則卿之父子離散、恐翁歸而卿之夫泣兒啼矣、媼矢以自明、女亦誓以相報、石乃治裝如汴、訪至元帝觀、則赤城歸未久、入而參之、便問何來、石視階下一老狐、孔前股而繫之、笑曰、弟子之來、爲此老魅、赤城詰之、曰是吾岳也、因以實告、赤城謂其狡詐、不肯輕釋、石固請之、亦備述其詐、狐聞之、帖首弭耳、似有慚狀、赤城笑曰、彼羞惡之心、未盡忘也、乃許之、石起牽之出、以刀斷索抽之、狐痛極、齒齦齦然、石不遽抽、而頓挫之、笑問之曰、痛

乎、勿抽可耶、狐睛睒𤒻、似有愠色、既釋、搖尾出觀而
去、石辭歸、三日前已有人報媪、信媪先去、留女待石、
石至、女逆而謝之、石曰、卿如不忘夫婦之情、不在感
激也、女曰、今復遷故居矣、音問可以不梗、妾歸省三
日可來、君信之否、石曰、兒生而無母、未便殤折、我日
日鰥居、習以成慣、今不似趙公子、而反德報之、所以
爲卿者至矣、如其不還、在卿爲負義、道里雖近、當亦
不復過問、何不信之有、女去二日、即返、問何速、曰、父
以君在汴、會相戲弄、未能忘懷、言之絮絮、妾不欲復

闢故早來也、自此閨中之往來無間、而翁壻間尚不通聞問云、

嬌娜

曲阜孔生雪笠、蘊籍工詩、有執友令天台、招之往、適令卒、拓落不能歸、寓居蕭寺、爲僧鈔錄、寺西百步爲單氏空宅、一日大雪、生偶過其門、一少年出、丰采甚都、見生趨與爲禮、揖之入、屋宇雖不甚廣、錦簾繡幕、位置精雅、壁間多古人字畫、案頭瑯環瑣記一冊、記載俱目所未睹、少年細詰行踪、意憐之、勸設帳授徒、

生歎曰、羈旅之人、誰作曹邱者、少年曰、倘不以駑駘見棄、願拜門墻、生喜、請爲友、因問宅何久錮、曰、此單宅、以公子鄉居、是以久曠、僕姓皇甫、祖居陝、家焚於火、暫借棲止、當晚卽留生共榻、明早、僮白太翁來、亾叟入、鬚髮皤然、向生謝曰、先生不棄頑兒、勿以友行輩視之也、進錦衣貂帽、呼酒薦饌、酒數行、叟辭、曳杖而去、少年呈課業、皆古文詞、詢之、笑曰、僕不求進取也。抵暮、更酌、謂僮曰、可喚香奴來、少頃、一婢入、紅妝艷絕、命撥琵琶、彈湘妃曲、激揚哀烈、不類夙聞、又命以巨觴行酒、三更始罷、約五日一飲、每飲必招香奴、生一夕酒酣氣熱、目注之、少年會其意。曰此婢爲老父豢養、兒無家、我代籌久矣。當爲君謀一佳耦。生曰、如果惠好、必如香奴者乃可。少年曰、君誠少所見多所怪者。以此爲佳、願易足也。居半載不令外出、問之、曰家君恐交游紛志、故謝客耳。生亦安之。時當溽暑、移齋園亭、生胸間腫起如桃、一夜如盌、痛楚呻吟。少年朝夕省視、眠食俱廢。又數日、劇甚、太翁亦至。少年曰、兒思先生清恙、惟嬌娜妹子能療之。昨遣人於外祖母處呼令歸何久不至俄僮入曰娜姑至姨與松姑同來父子即趨入少頃少年引妹至年十三四嬌波流慧細柳生姿生見艷色嚬呻頓忘精神亦爲之一爽少年告妹曰此兒良友不啻同胞妹子好醫之女乃就榻診視笑曰心脉動矣宜有是疾証雖危可治但皮肉已凝結非削去不可乃脫金釧安患處徐徐按下創突起寸許根際餘腫盡束於釧內乃解佩刀附根割去紫血流溢沾染床蓆而貪近嬌姿不覺其苦又呼水洗患處出紅丸如彈大著肉上旋轉一

周覺熱火蒸騰、再一周習習作痒、三周已徧體淸涼、女收丸曰、愈矣、遂去、生躍起走謝、沉痾若失、而懸想容輝、不能自已、自是廢卷癡坐、殊無聊賴、少年已窺之、曰、弟爲兄物色得一佳耦。問何人、曰、亦弟眷屬、姨女名松、年十八矣、頗不陋、如不見信、松姊日涉園亭、伺前廂可見。生如其敎、果見嬌娜偕一麗人來、眉黛彎蛾、蓮鉤蹴鳳、與嬌娜相伯仲也。生大悅、挽少年作伐、一日來、賀曰、諧矣、乃除別院、爲生成禮、合巹後、甚愜心懷、一夕、少年謂生曰、切磋之惠、何日可以忘之、近單公子索宅甚急意將棄此而西勢難復聚生願從去少年勸還鄉里生難之曰無慮我送君行少頃太翁引松娘至贈黃金百兩少年以兩手握生夫婦囑閉目飄然履空但覺耳際風鳴久之曰至矣開眼視之果見故里抑家門母出非望方共欣慰而少年已逝始疑其非人詢之松娘但微笑而已松娘事姑孝艷色賢名聲聞遐邇後生舉進士授延安司李携松娘之任舉一男名小宦旋以近道指罷官方將歸偶獵於野遙見一美少年跨驪駒近視之則皇甫生

也、攬轡停驂、悲喜交至、邀生去、至一村、入其家、宛然
世族、問嬌娜、已嫁、岳母已亡、深相感悼、信宿偕松娘
同往、嬌娜亦至、抱小宦、曰、姊姊亂吾種矣、生拜謝曩
德、笑曰、姊夫貴矣、求忘痛耶、妹夫吳郎亦來拜謁、一
日少年有憂色、謂生曰、天降凶殃、能相救否、生不知
何事、但銳自任、少年招闔家、羅拜堂上、生大駭、少年
曰、余實狐也、今有雷劫、能相救、一門可望生全、否則
請抱子行、無相累、生矢共生死、乃使仗劍於門、囑曰、
雷擊勿動、生如教、果見陰雲晝暝、昏黑如磐、回視舊

居惟見高塚巋然巨穴無底方錯愕間霹靂一聲擺簸山岳急雨狂風老樹爲拔生目眩耳聾屹不少動忽於繁烟黑霧中見一物利喙長爪自穴中攫一人出隨烟直上瞥睹衣履念似嬌娜乃急躍以劍擊之隨手墮落忽而崩雷暴作生仆於地少間晴霽嬌娜已蘇見生震死於傍大哭曰孔郎爲我而死我何生爲一家出視共舁生歸嬌娜使松娘捧其首兄以金簪撥其齒自乃撮其頤以舌度紅丸入又接吻而呵之紅丸隨氣入喉移時吐出而蘇於是一門團聚驚

定而喜、生以幽曠不可久居、議同旋里、滿室交贊、惟嬌娜不樂。生請與吳郎俱、吳又不欲、終日議不果、忽吳家一小奴汗流氣促而至、驚致研詰、則吳郎家亦同日遭刼、一門俱歿、嬌娜夫婦頓足悲傷不止、共勸慰之、而同歸之計遂決、生入城勾當數日、趣裝歸、以閒園寓皇甫、眷屬門常閉、生及松娘至、始開、生與皇甫若一家然、小宦長成、貌韶秀有狐意、出遊街市、人咸知爲狐兒也、

余於孔生、不羨其得艷妻、而羨其得膩友、觀其容

可以忘饑，聽其聲可以解頤，得此良友，時一談讌，則色授魂與，尤勝於顛倒衣裳也。

青鳳

太原耿氏第宅宏廠，後凌夷，房屋多曠廢，因生怪異，耿患之，移居別墅，留老僕門焉。從子去病狂放不羈，囑僕有所聞見，即告之。一夕，遥見樓後燈光，走報生，生入覘之，聞人語切切，潛窺之，見巨燭高燒，其明如晝，一叟儒冠南面坐，一媪相對，俱年四十餘，左一少年可二十許，右一女郎纔及笄耳，酒胾滿案，圍坐笑語生突入呼曰有不速之客來羣奔匿獨叟詫問誰何入人闈闥生曰此我家也汝佔之旨酒自飲不邀主人毋乃不情叟視之曰非主人也生曰我狂生耿去病主人之從子也叟曰久仰山斗乃揖坐呼家人易饌生止之叟乃酌客生曰我輩通家無庸見避叟呼孝兒俄少年來叟曰此豚兒也生揖而坐畧詢門閥叟言義君胡姓生素豪言論風生孝兒亦倜儻傾吐閒雅相愛悅生年二十一長孝兒兩歲約爲兄弟叟曰聞君祖纂塗山外傳君知之乎答曰知之叟曰

我塗山氏之苗裔也、唐以後譜系、猶能憶之、五代而上、無傳焉、幸一垂教也、生述塗山氏佐禹之功、粉飾其詞、妙緒泉湧、叟大喜、曰今得聞所未聞、顧孝兒曰公子非他人、可請阿母及青鳳來共聽之、亦令知我祖德也。孝兒入少時。媪偕少女至、審顧之、弱態生姿。秋波流慧、人間無其麗也、叟指媪曰、此老荆、指女郎曰、此猶女也、頗慧、所聞見輒不忘、故令聽之、生談竟而飲、瞻顧女郎、停睇不轉、女覺、俛其首、生隂躡其足、急斂之、亦無慍色、生神志飛揚、不能自主、拍案曰、得婿如此南面王不易也嫗見生狂醉與女俱去生失望乃辭出而心縈縈不能忘情於青鳳也夜復往終宵寂無聲咳乃移居樓下更餘凭几朗讀一鬼披髮入面黑如漆張目視生生笑撚指研墨自塗目灼灼相與對視鬼慚而去次夜滅燭欲寢忽聞樓後啟門聲急窺之有光自房中出視之則青鳳也見生雙扉遽合生致詞曰小生不避險惡實以卿故幸無他人得一握手爲笑死不憾也女曰子之深情妾豈不知但吾叔閨訓嚴謹不敢奉命生固哀之云亦不敢他

望、但一見顏色足矣、女首肯、啟關而出、生狂喜、捉其臂而曳之、相將入樓下、擁而加諸膝、女曰、幸有夙分、過此一夕、無用矣、詰之、曰、吾叔畏君狂、故化厲鬼以恐之、而君不動也、今已卜居他所、一家皆移什物赴新居、而妾留守、明日即發矣、恐叔歸、欲去、生強止之、方持論間、叟掩入、女羞懼無以自容、俯首依床、拈帶不語、叟怒曰、賤輩辱我門戶、不速去、且鞭之、女低頭急去、叟亦出、訶詬萬端、聞青鳳嚶嚶啜泣、生心如割、大聲曰、罪在小生、於青鳳何與、刀鋸鈇鉞、願身受之、良久寂然乃寢自此宅內絕無怪異矣生叔聞而異之願售以居直不較生喜移家居之甚適會清明掃墓歸見小狐二爲犬所逐其一投荒竄去一則倉皇道上望見生依依哀啼蓊耳輯首似求援救生憐之啟裳衿提抱以歸閉門置床上則青鳳也大喜慰問女曰適與婢子戲遘此大厄非郎君藎犬腹矣望勿以非類見憎生曰日切懷思繫於夢寐見卿如獲異寶何憎之有女曰此天數也不因此何得相從令婢子必言妾死可永從君矣生喜另舍居之二年餘方

夜讀孝兒忽入生詰所來伏地曰家君有難非君莫救問何事曰公子舊好莫三郎明日過此携有獵狐望君留之生曰樓下之羞耿耿在念他事不敢與聞必欲僕効綿薄非青鳳來不可孝涕零曰鳳妹已死三年矣生曰旣爾則恨滋深耳執卷高吟殊不顧瞻孝哭失聲掩面而去生告知青鳳鳳失色曰救之否曰救之適不諾者亦聊以報前横耳鳳乃喜曰妾少孤依叔成立昔雖得罪乃家法應爾生曰誠然但使人不能無介介耳卿果死定不相援鳳笑曰忍哉次

日莫三郎至生門逆之見獲禽甚多中一老狐血殷毛革撫之皮肉猶溫生托裘做乞得補綴莫慨然留贈生付青鳳鳳抱於懷三日而甦展轉復化爲叟見鳳疑非人間鳳歷言其情乃向生下拜慚謝前愆喜顧鳳曰我固謂汝不死今果然矣鳳謂生曰君如念妾仍望以樓後相假使妾得伸返哺之私生諾之叟謝別而去入夜舉家來自此如家人矣生齋居常與孝談讌嫡子漸長遂使傅之循循善誘有師範焉

誌異摘抄目錄

卷之十五

誌異摘抄卷之十五

狐三

紅玉

廣平馮翁、一子字相如、父子俱諸生、翁年近六旬、性方鯁、而家貧、數年間、媪與子婦俱相繼逝、井臼自操之、一夕、相如坐月下、忽見東鄰女自墻上來窺、視之甚美、微笑、招之不來、亦不去、固邀之、乃梯而過、遂共寢、處問其姓氏、曰、妾鄰女紅玉也、生大愛悅、與訂永好、女諾之、夜夜往來、約半年許、一日翁夜起、聞女子

笑聲窺見之怒嗔相如出駡曰畜產所爲何事如此
落寞尚不刻苦乃學浮蕩耶人知之喪汝德人不知
亦促汝壽生跪自投泣言知悔翁叱女曰女子不守
閨戒旣自玷而又以玷人倘事發當不僅貽寒舍羞
也駡已憤然歸寢女流涕曰親庭罪責良足愧辱我
二人緣分盡矣生曰父在不得自專卿如有情尙當
含垢爲好女言詞決絕生乃洒涕女止之曰妾與君
無媒妁之言父母之命踰墻鑽隙何能自首此處有
一佳耦可聘也生告以貧女曰來宵相俟妾爲君謀

之次夕女果至出白金四十兩贈生曰去此六十里有吳村衛氏年十八矣高其價故未售也君重啗之必合諧允言已別去生乘間語父欲往相之而隱饋金不敢告翁自度無資止之生又婉言翁頷之生乃假僕馬詣衛氏衛故田舍翁生引與閒語衛知生望族又見儀容軒豁心許之而慮其靳於資生會其意傾囊陳几上衛乃喜挽鄰生爲媒書紅箋而盟焉生入拜媪居室偪窄女自帳後來窺徵覘之雖荊布之飾而神情光艷心竊喜之衛借舍款壻便言無須親

迎待少作衣裝郎合送去生與訂期而歸詭告翁言衛愛清門不責貲翁亦喜至日衛果送女至女勤儉有順德琴瑟甚篤二年舉一男名福兒會清明掃墓遇邑紳宋氏宋官御史坐行賕免居林下大煽威虐是日亦上墓歸見女艷之問村人知爲生配料生貧士可賂動使家人風示之生驟聞怒形於色既思勢不敵斂怒爲笑歸告翁翁大怒奔出對其家人指天畫地詬罵萬端宋氏怒遣數人入生家毆翁父子洶若鼎沸女聞之棄兒於床披髮號救羣篡舁之閧然

竟去、父子傷殘、呻吟在地、兒呱呱啼室中、鄰人共憐
之、扶置榻上、經日、生始杖而能起、翁忿不食、嘔血
死、生大哭、抱子興詞、上至督撫、訟幾徧、卒不得直、後
聞婦亦不屈死、愈悲。冤塞胸吭。無路可伸、每思要路
行刺、恐其無用、又慮呱呱者無托、日夜哀思、雙睫爲
之不交。忽一丈夫弔諸其室、曰、君有殺父之仇。奪妻
之恨、而忘報乎、生疑爲宋人之偵、姑僞應之、客怒、眥
欲裂、遽起曰、僕以君人也。今乃知不足齒之傖、生察
其異、跪而挽之、曰、誠恐宋人餂我、今實布腹心、僕之

卧薪嘗膽者固有日矣但憐此褓中物恐墮宗祧君義士能爲我杵臼否客曰此婦人女子之事非所能君欲托諸人者請自任之所欲自任者願得而代庖焉生聞崩角任地客不顧而出生追問姓氏曰不濟不任受怨濟亦不任受德也遂去生懼禍及抱子出亡至夜宋氏一門俱寢有人越重垣入殺御史父子三人及一媳一婢宋具狀告官官大駭宋執稱相如於是遣役捕生生遁不知所之以是情似眞宋僕偕官役冥搜適至南山聞兒啼搜得之縶累而行兒啼

羣奪兒拋棄之、生寃憤欲絕、見邑令、問何殺人、生曰、寃哉、彼以夜死、我以晝出、且抱呱呱者、何能殺人。令曰、不殺人、何逃乎、生詞窮、不能置辯、乃收諸獄、生泣曰、我死何足惜、孤兒何罪、令曰、汝殺人子多矣、殺汝子、何怨、生既褫革、屢受梏慘、卒無詞、令是夜方卧、聞有物擊床、震震有聲、大懼、舉家驚起、燭之、一短刀銛利如霜、刺床如木者寸餘、牢不可拔、令魂魄喪失、荷戈徧索、竟無蹤跡、心竊餒、又以宋已死、無可畏懼、乃詳憲為生解免、生釋歸、甕無升斗、孤影對四壁、幸鄰人憐餽食飲苟且自度但念大仇已報則驩然喜思慘酷之禍幾於滅門則淚潸潸墮及思半生貧徹骨宗支不續又大哭不能自禁乃哀邑令求判還衛氏之骨及瘞而歸悲怛欲死輾轉空床竟無生路忽有款門者凝神靜聽聞一人在門外噥噥與小兒語生急起窺覘似一女子扉初啟便入問大冤昭雪可幸無恙其聲雖熟而倉猝不能追憶也燭之則紅玉挽一兒嬉笑跨下生不暇問抱女嗚咽女亦慘然既而推兒曰汝忘而父耶兒牽女衣目灼灼視生細審之

福兒也大驚泣問兒那得來女曰實告君昔言鄰女者妾也妾實狐適宵行見兒啼谷口抱養於秦聞大難既熄故携來與君團聚耳生揮涕拜謝兒在女懷如依其母竟不識父矣天未明女即起問之答曰去爾生大哭留之女笑曰妾誑君耳今家道新創非夙興夜寐不可乃剪莽擁篲操作過男子生憂貧乏不能自給女曰但請下帷讀勿問家政或可不殍餓死遂出金治織具租田僱工耕作里黨閫婦賢咸資助之約半年人烟騰茂類素封家生曰灰燼之餘卿白

手再造也。然一事未就，如何？詰之，答曰：試期已廹，巾服尚未復也。女笑曰：妾前以四金寄廣文，名已復矣。若待君言，已誤之矣。生愈神之。是科遂領鄉薦。年三十六，女嬝娜如隨風欲去，而操作過農家婦，雖嚴冬手膩如脂，自言二十八歲，人視之若少女然。

其子賢，其父德，故其報之也。俠非特人俠，狐亦俠也。遇亦奇矣。然宦宰悠悠，監人毛髮，刀震震入木，惜不略移床上半尺許耳。使蘓子美讀之，必浮白曰：惜乎擊之不中。

阮亭云程嬰杵臼未嘗聞諸巾幗况狐耶

蓮香

桑曉字子明沂州人少孤館於紅花埠爲人靜穆自喜東鄰生戲曰君獨居不畏鬼狐耶笑曰丈夫何慮鬼狐雄來有利劍雌來當納之鄰生與友謀遣妓扣扉生問爲誰妓曰余鬼也生大懼逡巡妓去鄰生早至生述之且告歸鄰生曰何不納之生悟其假遂安焉一夕有女子扣齋生意友人復戲也啟門入則傾國之姝問所自曰蓮香西鄰妓女埠上青樓故多信

之滅燭登床綢繆甚至自此三五夕輒一至一夕又一女子翩然入年十五六彈袖垂髫風流秀曼行步之間若還若往大愕疑爲狐女曰妾李姓良家子慕君高雅幸能垂盼生喜握其手甚冷問何涼也曰幼質單寒夜蒙霜露那得不爾既而羅襦衿解儼然處子也女曰妾爲情緣葳蕤之質一朝失守不嫌鄙陋願侍枕蓆房中得毋有人否生曰止一鄰妓名蓮香亦不常至女曰當謹避之妾不與衎中人等秘勿洩雞鳴欲去贈繡鞋一隻曰此妾下體所著足寄思慕

有人慎勿視也生受之翹翹如解結錐心甚愛悅趣夕無人取玩之女飄然至遂相欵狎自此每出履必應念而至生異而詰之曰偶相值耳一夜蓮來驚曰郎何神氣蕭索生言不覺蓮卽告別約十日來去後李至無虛夕問君情人何久不至因以相約告李笑曰君視妾何如蓮香美生曰可稱兩絕但蓮卿肌體溫和李變色曰如此妾定不及因而不懽乃屈指計十日之期已滿囑勿漏妾將竊之後蓮果至笑語甚洽及寢按其脈大駭曰殆矣十日不見何憊損至此

得毋有他遇否生詢其故曰妾以神氣驗之脉析析如亂絲鬼徵也次夜李來生問窺蓮何似曰美矣妾固疑世間無此佳人果狐也去吾尾之南山而穴居生疑其妬妄應之踰夕戲蓮曰或謂卿爲狐余固未之信也蓮問是誰之云生曰我自戲卿蓮曰狐何異於人惑之則病不惑則房後三日精氣可復設旦旦伐之人有甚於狐矣天下病尸瘵鬼皆狐蠱死耶然必有議我者生不得已白之蓮曰我固怪君憊也然何遽至此得勿非人乎君勿言明宵當如法窺之翌

夕李至裁三數語聞戶外咳聲急亡去蓮入曰君殆
矣是眞鬼也暱其美而不速絕冥路近矣生亦疑其
姤默不語蓮曰固知君不能忘情然不忍視君死明
日當攜藥來爲君一除陰毒幸病根猶淺十日恙當
已次夜至下刀圭藥頃刻兩三行覺臟腑淸虛精神
頓爽心德之終不信李爲鬼蓮香同衾偎生生欲與
合輒拒之數日後肌膚充實別時殷殷囑絕李生亦
妄應之及閉戶挑燈輒捉履傾想李忽至數日間隔
頗有怨色生曰彼連宵爲我作巫醫情好在我李稍

懌生枕上私語曰我愛卿甚乃有謂卿爲鬼者李結舌良久罵曰必淫狐之惑君聽也若不絕之妾不來矣遂嗚嗚飲泣生百詞慰解乃已隔宿蓮香至知李復來怒曰君必欲死耶生笑曰卿何相妒之深蓮曰君種死根妾爲除之不妒者將復如何生托詞以戲曰彼云前日之病爲狐祟耳蓮乃歎曰誠如君言迷不悟萬一不虞妾百口何以自解請從此辭百日後當視君於臥榻中留之不可怫然逕去由是與李夙夜必偕兩月餘覺大困漸羸瘠日飲粥一甌欲歸尚

戀李不忍遽去因循數日沉綿不起生始疑之謂李曰我悔不聽蓮香之言以至於此言訖而瞑移時復醒李已去自是遂絕生羸卧空齋思念蓮香如望歲一日忽搴簾入曰田舍郎我豈妄哉生哽咽良久自言知罪但求拯救蓮曰病入膏肓實無救法姑來永訣以明非妒生大悲曰枕底一物煩代碎之蓮得履就燈前展玩李欻然入猝見蓮香返欲遁蓮以身蔽門李窘甚生責數之李不能答蓮笑曰妾今始得與阿姨面相質曩謂郎疾未必非妾致今竟何如李俯

首謝過蓮曰佳麗如此乃以愛結仇耶李投地隕泣乞垂憐救蓮扶起細詰生平曰妾別駕女早夭瘞於墻外已死春蠶遺絲未盡與郎偕好妾之願也致郎於死良非素心蓮曰聞鬼利人死以死後可常相聚曰不然兩鬼相逢並無樂處如樂也泉下少年郎豈少哉蓮曰癡矣夜夜爲之人且不堪而況鬼乎李問狐能害人何術獨否蓮曰是採補者流妾非其類故世有不害人之狐斷無不害人之鬼以陰氣盛也生聞之始知狐鬼皆眞李習常見慣頗不爲駭但念殘

息如縷、不覺失聲大慟、蓮問何以處郎君。李赧然無以自容、蓮笑曰、恐郎强健、醋娘子要食楊梅也。李歛衽曰、如有醫國手、使妾得無負郎君、便當埋首地下。敢復靦顏人世耶。蓮解囊出藥曰、妾早知今日、別後採藥三山、凡三閱月、物料始備、瘵蠱至死、投之無不效者、然證何由得、仍以何引、不得不轉求出力、問何需、曰、櫻口中一點香唾耳、李暈生兩頰、俯首轉側、蓮曰、此平時熟技、今乃吝耶、遂以丸納生吻、轉逼之、李不得已、唾之、蓮曰、再、又唾之、唾凡三四、丸已下咽、少間腹中如雷鳴復納一丸自乃接脣而布以氣生覺丹田火熱精神煥發蓮曰愈矣雞鳴李徬徨別去蓮以生新愈尚須調攝將戶外反關僞示生歸以絕交往日夜守護之李亦每夕必至殷勤給奉事蓮猶姊蓮亦深憐愛之居三月生健如初李遂數夕不至偶至一望卽去相對悒悒不樂蓮常留與共寢必不肯生抱持之不得遁遂連衣偃臥蹺其體不盈二尺蓮愈憐之陰使生狎之撼不得醒生睡去覺而索之已杳後十餘日更不復至生懷思殊切恒出履玩弄蓮

曰窈娜如此、所謂我見猶憐、生曰、昔日亦履則至、心固、疑之然、終不料其爲鬼也、今對履思、容能無慟乎、因而泣下、先是富室章氏有女、字燕兒、年十五不汗而死、中夜復蘇、起顧欲奔、章扃戶不得出、女自言我別駕女、魂感桑郎眷注、遺舄猶存彼處、我鬼耳、錮我何爲、章詰其至此之由、女低徊反顧、茫不自解、或有言桑歸者、女辯其誣、家人偵之、果未歸、章母使媪索履、生詢知之、出以授燕兒、得之喜、試之小、於足者盈寸、大駭、始悟已之借軀以生也、因陳所由、母始信之、攬鏡自炤、忽大哭曰、當日形貌頗堪自信、每見蓮姊、猶增慚怍、今若此、人也不如其鬼也、把履號咷、勸之不解、裳衾偃卧、勸之食、不食、體盡腫、七日不死、而腫盡消、覺饑不可忍、乃復食、數日徧體瘙癢、皮盡脫、晨起、睡舄遺墮、索著之、則碩大無朋矣、因試前履、肥瘦脗合、乃喜、復自鏡、眉目頤頰、宛肖生平、盥櫛拜母、見者皆喜、蓮香聞其異、勸生娶之、生以貧富懸殊、無可媒致、會媪初度、生往爲壽、媪睹生名、故使燕兒窺之、燕見生至、驟出把袂、欲從與俱歸、母出訶譙之、始慚

而入生審視宛然不覺涕零因伏拜母前母扶之不
以爲傜生於是挽女舅執柯章議擇吉贅生生歸告
蓮香蓮悵然良久便欲别去生大駭泣下蓮曰君行
花燭於人家妾可從往乎因謀先與旋里而後迎燕
蓮乃從之生以情白章章聞其有室怒加誚讓燕力
白之乃如所請至日生往親迎備具頗甚草草及歸
則自門達室悉氊貼地千百籠燭燦列如錦蓮香扶
新婦入青廬搭面既揭歡若平生蓮陪卺飲因細詰
還魂之異曰别後自覺身爲異物抑鬱無聊憤不歸

墓隨風飄泊見生人則羨之晝憑草木夜則信足浮沉偶至章家見少女卧床上近之不知何以能活也蓮聞之嘿嘿若有所思逾兩月蓮舉一子産後暴病日就沉綿捉燕臂曰敢以孽種相累我兒即若兒燕泣慰藉之爲召巫醫輙郤之閲數月沉痼彌留生及燕兒皆哭忽張目曰勿爾人樂生我樂死有緣十數年後復相見也言訖而卒啟衾將斂尸化爲狐生不忍異視厚瘞之子名狐兒燕撫如已出每清明必抱兒哭諸其墓後生舉於鄉家漸裕而燕苦不育狐兒

慧而弱。燕每勸生置妾。一日門外一媪攜女求售。燕
呼入見之。儀容態度。酷似蓮香。大驚曰。蓮姊復出耶。
生急問年幾何。答云十四。與蓮死年歲符合。問聘金。
媪曰。老身止此一塊肉。但俾得所。妾亦得噉飯處。足
矣。生優價留之。燕握女手入。撮其頷而笑曰。識我否。
曰。不識。詢其姓氏。曰。妾姓韋。父徐城賣漿者。死三年
矣。燕拍其項而呼之曰。蓮姊蓮姊。十數年相見之約。
猶記憶乎。女忽如夢醒曰。咦。因熟視燕。生笑曰。似曾
相識燕歸來也。女泫然曰。是矣。母言妾生時便能言。

以爲不祥，飲以狗血，遂昧宿因。今日始如夢醒。娘子其耻於爲鬼之李妹耶。共話平生，悲喜交至。一日，寒食，燕曰：此每歲妾與郎君哭姊日也。遂與共登其墓，女亦歎息。燕謂生曰：妾與蓮姊兩世情好，不忍相離。宜令白骨同穴。生從其言，啟李塚，得骸，舁歸而合葬之。親朋聞其異，吉服臨穴，不期而會者數百人云。

天下所難得者人身。奈何具此身者往往而置之，遂至靦然而生不如狐，泯然而死不如鬼。

小翠

越人王太常總角時晝臥忽陰晦巨雷暴作一物大於貓來伏身下輾轉不離移時晴霽物逕出視之非貓始怖呼兄語之兄曰此貴徵狐來避雷刼也後果少年登進士爲侍御生一子名元豐癡絕年十六不能知牝牡鄉黨無與爲婚者王憂之適有婦率少女登門請爲婦視其女嫣然展笑眞仙品也問姓名自言虞氏女小翠年二八矣與議聘金曰是從我糠覈不得飽者一旦置身廣廈役婢僕厭膏粱彼意適我願慰矣豈賣菜也而索直乎夫人悅優厚之婦卽命

女拜王及夫人。囑曰。此爾翁姑。奉事宜謹。我大忙。且去。三數日當復來。王命僕馬送之。婦言不遠。毋煩多事。遂出門去。小翠殊不悲戀。夫人亦愛之。數日婦不至。以里居詢女。女亦憨然不能言其道路。遂治別院。使夫婦成禮。諸戚聞拾得貧家女作新婦。共姍笑之。及見女皆驚。爲有大家模範。又甚慧。能得翁姑意。翁姑甚寵愛之。然惕惕焉惟恐其憎子癡。而女殊歡笑不爲嫌。第善謔。或與公子蹴毬。或以脂粉塗公子面。裝鬼。或裝公子作霸王。已乃豔服束細腰。婆娑作帳下

舞、或髻插雉尾撥琵琶丁丁縷縷、喧笑一室、王屢聞
之、屢以告夫人、夫人往責之、女或俯首微笑、或以手
刓床、或倚几弄黛、不懼亦不言、夫人無奈、因杖其子、
女始色變屈膝請宥、同巷有王給諫者、相隔十餘戶、
然素不相能、時値大計吏、忌公握河南道篆、思中傷
之、公知其謀、無所爲計、一夕、女冠帶飾冢宰狀、剪素
絲作濃髭、又以青衣飾兩婢爲虞候、跨廐馬而出、戲
云、將謁王先生、至給諫之門、又鞭撻從人、大言曰、我
謁侍御王、寧謁給諫王耶、回轡而歸、比至家門者誤

以爲真、奔白王公、公急起承迎、方知爲子婦之戲、怒甚、謂夫人曰、人方蹈我之瑕、反以閨門之醜登門告之、禍不遠矣、夫人怒奔女室詬讓之、女惟笑不置一詞、撻之不忍、出之無家、夫妻懊怨、終夜不寢、時冢宰某公赫甚、其儀采服從、與女僞裝無少別、給諫亦以爲真、屢偵公門、終夜客未出、疑冢宰與公有陰謀、次日早朝見而問曰、相公至君家耶、公疑其相譏、慚言唯唯、給諫愈疑、謀遂寢、由此交懽、公公探知其情、竊喜、陰囑夫人勸女改行、女笑應之、逾歲首相免以私函致公悞投給諫。給諫大喜，托善公者往假萬金，公拒之。給諫自詣公所，公覓衣巾不得，伺之久，怒公慢，將行，忽見公子冕旒衮衣出，大駭。已而笑撫之，脫其冕服，襆之而去。公出，客去已遠，知其故，大哭曰：此禍水也！不日赤吾族矣。與夫人操杖往，女已知之，闔扉任其詬厲。公怒，斧其門。女在內含笑而告翁：無怒。有媳在，刀鋸斧鉞自受之，必不貽害雙親。翁若此，是欲殺婦以滅口也。公乃止。給諫抗疏揭公不軌，衮冕爲據。上驚，驗之，其冕旒乃粱䕸心所製，袍則敗布黃袱也、上怒其誣、又召元豐至、見其憨狀可掬、笑曰、此可以作天子耶、乃下之法司、給諫又訟公家蓄妖人、法司嚴詰贓獲、並言無他、惟顛婦癡兒日事嬉笑、隣里亦無異詞、案乃定、以給諫充雲南軍、王由是奇女、意其非人、使夫人詰之、女笑不言、再復窮詰、則掩口曰、兒玉皇女、母不知耶、無何、公擢京卿、年五十、每患無孫、女居三年、恒與公子異寢、夫人舁榻去、囑公子與女同寢、過數日、公子告母曰、小翠夜夜以足股加腹上、喘氣不得、又慣掐人股裏、婢媪無不粲然、夫人呵令去、一日女浴於室、公子見之、欲與偕、女笑止之、浴已、乃更瀉熱湯於甕、解其袍袴、與婢扶入之、公子大呼、欲出、女不聽、以衾蒙之、少時無聲、啟視已絕、女坦笑不驚、曳置床上、拭乾加被、爲夫人聞之、哭而入、罵曰、狂婢何殺吾兒、女輾然曰、如此癡兒、不如無有。夫人愈恚、以首觸女、婢輩曳勸之、方紛譟間、一婢告曰、公子呻矣、輟涕撫之、則氣息休休、而大汗浸淫沾浹茵褥、食頃汗已、忽開目四顧、遍視家人、似不相識、曰、我今回憶曩昔、都如夢寐、夫人以其言不癡、大異之攜叅其父、屢試之、果不癡矣、大喜、如獲異寶、至晚還榻舊所、更設衾枕以驗之、公子入室、盡遣婢去、窺之則榻虛設矣、自此癡顛皆不復作、而琴瑟靜好如形影焉、年餘、公爲給諫黨彈劾免官、舊有人所贈玉瓶價直千金、將出以賄當路、女愛而把玩之、失手墮碎慚而自投、公夫婦方以免官不快、交口呵詈、女忿而出、謂公子曰、我在汝家、所保全者不止一瓶、何遂不少存面目、實與君言、我非人也、以母遭雷刼、受阿翁庇翼、又以我兩人有五年夙分、故以我來報恩、了夙分、耳身受唾罵、擢髮不足以數、所以不卽行者、五年之愛未滿、今何可以暫止乎、盛氣而出、追之已杳、公爽然自失、而悔無及矣、公子入室、睹其賸粉遺鈎、慟哭欲死、寢食不甘、日就羸瘁、公大憂、急爲續弦以解之、公子不願、求良工畫小翠像、日夜禱之、幾二年、偶以故自外歸、過自家別墅、月明如晝、聞內有笑聲、停轡、使廐卒捉鞚、登鞍覘望、遙見一衣翠者曰、婢子當逐出、一紅衣者曰、汝在吾家、反逐阿誰、翠衣者曰、婢子不羞、不能作婦、被人驅遣、猶冒認物產耶、紅衣者曰索勝老大婢無主顧者、聽其音酷類小翠、疾呼之、翠衣者曰、姑不與汝爭、汝漢子來矣、既而審之果翠、喜極、女令登垣、承接而下、曰二年不見、何一瘦至此、公子握手泣下、具道相思、女言妾亦知之、但無顏到家耳、今與大姊遊戲、又相邂逅、足知前因不可逃也、請與同歸、不可、請止園中、許之、遣僕白夫人、夫人來、女趨迎拜、夫人捉臂流涕、力白前過、曰若不少記榛梗、可偕歸慰我遲暮、女固辭、夫人慮野亭荒寂、計以多人服役、女曰、我諸人俱不願見、惟前兩婢朝夕相從、不能無眷注耳、外惟令一老僕候門、夫人如其言、日供食用而已、女每勸公子別婚、公子不從、後年餘、女眉目聲音、與昔頓異、出像質之、迥若兩人、女曰、視妾今日何如疇昔、公子曰、似不如、女曰、妾老矣、公子曰、二十餘歲、如何便老、女笑以圖焚之、救之已燼、一日謂公子曰、昔在家時、阿翁謂我不作繭、令親老君孤、妾實不能生育、恐悮君宗嗣、請娶婦於家、旦晚奉公姑、君往來於兩間、亦無所不便、公子然之、納幣於鍾太史家、吉期將近、女爲新人製衣履、賫送母所、及新人入門、言貌舉止、與小翠無異、大奇之、探之別墅、女已不知所往、問婢、婢出紅巾曰、娘子暫歸寧、留此貽公子、展巾、則結玉玦一枚、心知其不返、遂攜婢俱歸、雖頃刻不忘小翠、而對新人如見舊好焉、始悟鍾氏之姻、故先化其貌、以慰他日之思云、

一狐也、以無心之德、而猶思所以報、而身受再造之福者、顧失聲於甑破、何其鄙哉、月缺重圓、從容而去、始知仙人之情、更深於流俗也、

小梅

蒙陰王慕貞、世家子也、偶遊江浙、見嫗哭於途、詰之、言先夫止遺一子、今犯死刑、繫獄中、王素慷慨、誌其姓名、出金爲之斡旋、竟釋其罪、其人出、聞王之救已也、茫然不解其故、訪諸旅邸、感泣謝問、王言無他、憐汝老母耳、其人大駭、言母故已久、王亦異之、抵暮、嫗來申謝、王詰其誣、媪曰、實相告、我東山老狐也、二十年前與其父有一夕之好、故不忍其兒之死也、王悚然起敬、再欲詰之、已失所在、先是王妻好佛、不茹葷酒、治潔室、懸觀音像、以無嗣、日夜禱之、已而妾生子名保兒、王自江南歸、神忽大靈、有應趨避事、輒示夢焉、以故家中事皆取決之、後王妻疾篤、移榻其中、又別設錦裀於內室而扃之、若有所伺、王以爲惑、因其病、不忍違之、卧病二年、惡囂、常屏人獨寢、潛聽之、似與人語、啟門視之、則寂然矣、病中無他慮、有女十四歲、惟日催治裝遣嫁、既醮、呼王至榻前曰、今訣矣、初病時、菩薩告我、命當速死、念不了者、女未嫁、因與少藥、俾延息以待、去歲菩薩赴南海、留案前侍女小梅爲我作伴、保兒妾所憐愛、我死後、恐娶悍妬婦、令其

子母失所、小梅姿容秀美、又溫淑、卽以爲繼室可也、
王曰、卿素敬佛、今出此言、不已褻乎、答云、伴我年餘、
相忘形迹、彼已允之矣、問小梅何處、曰、室中非耶、方
欲再詰、合眼已逝、王夜守靈幃、聞室中隱隱啜泣、集
諸婢、啟鑰視之、則二八麗者、縗服在室、衆以爲神、羅
拜之、女歛涕扶掖、王凝注之、俯首而已、王告曰、如亡
室之言非妄、請卽上堂、受兒女朝謁、如其不可、僕亦
不敢妄想、女靦然出、竟登北堂、王使婢爲設坐南嚮、
王拜、女亦拜、下而長幼卑賤以次伏叩、女莊容坐受、

惟妾至則挽之、自王妻病、婢惰奴偷、家久替、衆忝已、肅然列侍、女曰我以大娘相托、羈留人間、汝輩各宜洗心爲主、效力從前、愆尤悉不計較、不然莫謂室中無人也、衆聞言悚惕、閧然諾、女乃排撥喪務、一切井井、由是毋敢懈者、女終日經紀內外、王有作、亦商而行、雖一夕數見、並不交一私語、既殯、王欲申前約、囑妾示意。女曰妾受大娘囑、不容辭。但匹配大禮、不可草草。年伯黃先生位高德重、求主秦晉盟、則惟命是聽。時沂水黃太僕致政家居、與王父同譜、王卽親

詰以告黃奇之、郎與同來、女出展拜、黃一見驚爲天
人、遂謝不敢當。禮既、而助妝優厚、成禮乃去、女餽遺
枕履若奉舅姑。由此交愈親、合巹後、王終以神故褻
中帶肅、女曰、愚哉、爲有正直之神下婚塵世者、王審
所自、女曰、不必研詰、既以爲神、則神已耳、再詰之徵
笑而已、女御下最寬、婢賤戲狎、遙見之若爲不知也、
者其舉動無異常人、然頑鈍之婢、素撻楚不能化者、
女一言無不奉命唯謹、皆云並不自知、實非畏之、但
見其人則心自柔、故不忍拂其意耳、以此百廢具舉、

數年中倅富室矣、又數年、妾產一女、女生一子、左臂有朱點、因字小紅。彌月盛筵招黃。黃賀儀豐渥、辭以耄不能遠涉、女遣兩媪强邀之。黃始至、抱兒出、袒左臂以示命名之意。又再三問其吉凶、黃笑曰、得子喜也、可增一字、名喜紅。女大悅、更出展拜。是日鼓樂充庭、貴戚如市、黃留三日始去。忽門外有輿馬來逆女歸寧、前十餘年並無瓜葛、共議之、而女若弗聞、理妝抱子、要王相送、從之。至二十里許、寂無行人、對王欷歔曰、王郎王郎、會短離長、謂可悲否。王驚問其故、女

曰君江南拯一死罪有之乎哭於路者吾母也感君
義而思所報乃因夫人好佛附為神道實以妾報君
也今幸生此襁褓物此願已慰妾視君晦運將來此
兒在家恐不能免故托歸寧免兒厄難耳臨別執手
惓然交涕登輿去若風王望之不見始還數年絕無
音問忽四鄉瘟疫流行死者甚衆王暴病猝卒族多
無賴共淩其孤寡逾歲保兒又殤一家無主族人更
橫割裂田產又欲瓜分第宅以妾居故遂使數人來
強奪鬻之妾戀幼女母子環泣慘動隣里方危難間

忽有肩輿、入共覘之、則女引小郎來、四顧人紛如市、問此何人、妾哭訴其由、女顏色慘變、便與僕役闖門下鑰、衆欲抗拒、而手足若痿。女令一一收縛、繫諸廊柱、即遣僕邀黃公、然後入室哀泣。泣已謂妾曰、此天數也。已期前月來、以母病躭延、遂至於今、不謂轉盼間已成邱墟。所繫族人、共諒兒非慕貞子、女亦不與辨。少頃黃來、女引兒出迎、握兒臂、便將左袒、見朱記宛然、乃示衆人以証其確。因細查失物、登簿記名、訴之合令、拘集杖而追之、不數日、失物盡歸故主。黃將歸、女引見泣拜曰。妾非世間人。年伯所知也。今以此子委年伯矣。黃曰。老夫一息尚在。無不爲之區處。黃去、女分撥就緒。托兒於妾。乃具饌祭掃。祭畢飄然而去、

鴉頭

東昌諸生王文、少誠篤、游於楚之六河、過里戚趙東樓、大賈也、相見甚歡、邀至其寓、有美人坐室中、愕怪卻步、趙呼妮子去、王乃入、問此處何所、答曰、小鉤欄、余因久客假於此、話間、妮子頻來、王跼促不安、告別

趙強令坐、俄見一少女過門外、見王秋波頻顧、眉目含情、儀容嫺婉、神仙中人也、王素方直、至此惘然若失、問麗者何人、趙曰此媼次女、小字鴉頭、年十四矣、纏頭者累以重金啖媼、女執不從、致母鞭楚、今尚待聘耳、王聞之、默然杲坐、酬應悉乖、趙曰君倘垂意願執斧柯、王憮然曰、此念所不敢存、然向夕不言去、趙又請之、王曰、雅意極所感佩、顧囊澁奈何、趙知女性激烈、必不允、故許以十金爲助、王謝、趨出、罄貲而至、得五數、致媼、媼少之、鴉頭曰、母日責我不作錢樹子、

今請得如母願、但初學爲人、報母有日、勿以區區放
郤財神媪得女、允從甚喜、遂諾之、邀王郎歡愛孫至、
女謂王曰、妾烟花下流、不堪匹偶、旣蒙繾綣義、郎至
重、君傾囊博此一宵歡、明日如何、王泫然悲哽、女曰、
勿悲、妾委風塵、實非所願、歷相多人、未有敦篤如君
可托者。請以宵遁。王喜聽、譙鼓已三下矣、女急易男
裝、隨王回寓、王故從雙衛、托以急務、命僕便發、女以
衾繫僕股、驢耳、耳後但聞風鳴、平明已達漢口、王驚
其異、曰言之得毋懼乎、妾非人、實狐也、母貪淫日遭

虐遇今幸脱苦海百里外即非所知王畧無疑貳曰
室對芙蓉家徒四壁恐終見棄女曰何爲此慮今市
貨皆可居三數口亦可自給王如言鬻驢作貲本設
小肆與僕同操作賣酒販漿其中女刺繡日獲贏餘
顧贍甚優年餘漸能蓄婢媪王自是不著犢鼻課督
而已女一日悄然悲曰今夜合有難作王問之女曰
母已知消息必見凌逼若姊來無憂恐母自至耳無
何妮子排闥入女笑逆之妮子曰婢子不羞隨人逃
匿母令我縛去女怒曰從一者有何罪妮子捽女斷

衿婢媪皆集妮子懼奔去女曰姊歸母必自至大禍不遠可速作計乃急辦裝未就母忽掩入曰我固知婢子無禮須自來也女跪哀之媪不言揪髮提去王徘徊愴惻急詣六河門庭如故人物已非悼喪而返於是散客旅囊貲東歸後數年遊燕京過育嬰堂見一兒七八歲僕人怪似其主反復凝注之王問僕笑以對王視見風度磊落自念乏嗣因其肖己愛而贖之詰其名曰王孜王曰子棄之襁褓何知姓氏曰本師言得我時胷前有字曰東昌王攴之子王大駭曰

我即王文烏得有子然甚愛之既歸見者不問而知
爲王生子既長有力樂鬬好殺甚田獵不務生產王
亦不能銜制之又自言能見鬼狐會里中有患狐者
請汝覡之至則指狐隱處令人擊之即聞狐鳴由是
人咸畏之一日王出外遇趙東樓巾袍不整驚問之
趙慘然請間王乃偕歸趙曰熅得鴟頭擄施楚掠既
北徙欲奪其志女矢死不二因囚置之生一男熅逼
令兼之王曰天幸孽子已歸問君何至此曰今而知
言樓之好不可過謚直也從熅北徙煩輩不肯就乎

案取亢咨數年萬金蕩然媪見床頭金盡鄉生憎惡
妮子亦奇貴家宿遺媪他出鴉頭自牕內呼余曰鉤
欄中原無倩好所綢繆者錢耳依戀不去將得奇禍
臨行竊視女女授書使達君因出鴉頭書書云知孩
兒已在膝下矣妾之厄難趙君自能面悉前世之孽
夫復何言幽室之中暗無天日鞭創裂膚饑火煎心
易一晨昏如歷年歲君如不忘漢上雪夜單衾迭互
擁抱時當與兒謀必能脫妾於厄母姊雖忍但囑弗
致傷殘是所願耳王讀泣不自禁以金帛贈趙而去

時孜年十八矣、王示以母書、皆欲裂眥、日赴都詢吳媪、則車馬方盈、孜直入、妮子方與客飲、見孜色變、孜殺之、客駭爲寇、視女尸已化爲狐、媪方督婢作羹、孜奔近、忽不見、孜四顧、抽矢望屋梁射之、一狐貫胷而墮、尋得母所、投石破扃、母子各失聲、母問媪、曰已殺之、母怨曰、兒何不聽吾言、命持葬郊野、孜僞諾之、剝其皮而藏之、撿媪箱篋、奉母而歸、夫婦重諧、悲喜交至、既問吳媪、孜言在吾囊中、問之出兩革以獻、母怒曰、忤逆兒、何得爲此、號慟欲死、王極力撫慰、叱兒瘞之始稍解、王自女歸家、愈豐、心德趙、報以巨金、趙始知母女皆狐也、孜承奉甚孝、然悞觸之、則惡聲暴吼、女謂王曰、兒有拗筋、不刺去之、終當殺身傾產、何孜睡、縛其手足、孜醒曰、我無罪、母曰、將醫爾虐、其勿苦、以巨針刺踝骨側三分許、用力掘斷、崩然有聲、肘間腦際、並如之、乃釋縛、令安臥、天明、奔候父母、泣曰、兒憶昔所爲、都非人類、父母大喜、自此溫和如處女、鄉里賢之

狐姊

海州劉子固十五歲時往葢省其舅見雜貨肆中止一女子姣麗無雙心愛好之潛至其肆托言買扇女呼父出劉意沮閱之而退跡其父他出又詣之女將覓父劉止之曰無須但言價我不靳直也女故昂之劉不與較明日又往又如之女曰適言僞耳因以半價返之劉每見其父出即往由是稔熟女問郎居何所以實對轉詰之自言姚氏女以所市物裹好舌舐粘之劉懷歸不復動恐亂其舌痕也積半月爲僕所窺陰與舅言要之歸意惓惓不自得以所市物密置

一篋暇時輙自撿一過觸類凝思次年復至萾則肆
宇闃焉訪諸隣始知姚係廣寧人以無重息故暫歸
又不知何時可來神志乖喪居數日怏怏歸母爲議
婚故梗之母疑且怪僕隂以情告母遂不令往萾劉
忽忽遂減眠食母憂思無計念不如從其志於是刻
日辦裝使如萾轉寄語舅氏媒合之舅訪之其母尚
寓於萾遂詣之歸謂劉曰事不諧矣女字阿纖已字
廣寧矣劉旣絶望歸屢捧篋啜泣適媒來艷稱復州
黄氏女劉恐不確遂至復將親訪之甫入城見一門

內女郎似阿繡、詳視之、眞是無訛、劉因寓其東鄰、訪之爲李氏、數日莫可夤緣、惟目候其門、以冀其復出、一日方晡、女果出、忽見劉、即反走、以手指其後、劉喜甚、詣舍後、見荒園寥廓、西有短垣、遂潛伏草中、久之有人自墻上露其首、曰來乎、劉諾而起、細視眞阿繡也、因大慟、涕墮如綆、女隔堵探身、以巾拭其淚、深慰之、劉曰百計不遂、自謂今生已矣、何期復有今夕、顧卿何以至此、曰李氏妾表叔也、劉請踰垣、女曰君先歸、妾繼至、劉如言伺之、少間女來、袍袴猶昔、劉挽坐備道艱苦因問卿已字何未醮也女曰家君以道遠不願附爲婚姻故托言受聘以絶君望耳既就枕蓆欵接之歡不可言喻未明過墻而去劉自是不復措意黄氏矣一夕僕起飼馬見室中燈猶明窺之見阿繡大駭顧不敢聲言早起詢之曰夜在房中者何人劉初諱之僕曰此地岑寂狐鬼之藪小主宜自愛彼姚家女郎何爲至此劉始覥然曰西鄰是其表叔有何疑沮僕出訪之告劉曰西鄰止一子尚幼並無别戚所遇當是鬼魅不然焉有數年之衣尚未易者且

其面色過白，兩頰少瘦，笑處無微渦，不如姚美。劉乃大懼曰：「然，且奈何？」僕謀俟其來擊之。至暮，生不敢入。僕曰：「請先入，我繼至，勿恐也。」劉入，女至，謂劉曰：「君何見疑？妾實狐也，然亦無他，不過了此夙願耳。」僕排闥入，女呵之曰：「可棄杖，具酒來，與爾主別。」僕自投若或奪焉。劉恐，強設酒饌。女談笑如常，向劉曰：「君心事方將圖効綿薄，何竟伏戎？妾雖非阿繡，亦自謂不陋，君視之猶昔否耶？」劉噤不語。女把琖一呷，起曰：「我且去，待花燭後，再與新婦較優劣也。」遂去。劉信其言，竟如

蓋怨舅之誑己也不謁舅訪姚氏左近寓之托媒自

通啗以重賂姚妻言小叔爲訪壻廣寧翁女偕去成

否不可知須旋日方可計議劉徬徨無以自主惟堅

守以待其歸逾時亂作乃趣裝行中途主僕相失爲

偵者所掠以劉文弱踈其防盜馬亡去至海州界見

一女子蓬首垢耳劉馳過之女大呼曰馬上非劉郎

乎停鞭審顧則阿繡也詰之曰爾復來誑我乎女問

何爲出此言劉述所遇女曰妾眞阿繡也父携妾自

廣寧歸遇兵被俘授馬屢墮忽一女子握腕趨竄荒

啜軍中亦無追者女子步若飛苦不能從百步而屣屢褪焉久之兵聲漸遠乃釋手曰別矣前皆坦途可緩行愛汝者將至宜與同歸劉知其狐感之因述其留蓄之故女言其叔爲擇壻於方氏未受聘而亂作劉始知舅言非妄携之馬上而歸入門則老母無恙具道所以母喜爲女盥濯容光煥發母曰無怪癡兒夢魂顛倒也遂使從已宿遣人寓書於姚仍令舅氏執柯不數日姚夫婦俱至卜吉成禮乃去劉出藏篋封識儼然有粉一匣啟之爲赤土劉異之女掩口曰

數年之盜今始發覺爾日見郎任妾包裹故以此相戲耳方嬉笑間一女子搴簾入曰快意如此當謝蹇修矣劉視之又一阿繡也家人悉集無有能辨者劉注目移時始揖而謝之女子索鏡自照赧然趨出尋之已杳夫婦感其義爲位於室而祀之一夕劉醉歸方自挑燈而阿繡至劉挽問何之笑曰酒氣薰人令人不耐如此盤詰誰作桑中逃耶劉笑捧其頰女曰郎視妾與狐姊孰美劉曰卿過之然皮相者不辨也已而閤扉相狎俄有叩關者女起笑曰君亦皮相者

也、劉不解、趨啟門、則阿繡入、大愕、始悟與狎者狐也、暗中猶聞笑聲、夫妻望空禱求現相、狐曰、我不願見阿繡、問何不另化一貌、曰不能、詰之、曰阿繡前世吾妹也、從母見西王母、心竊愛慕、歸即刻意效之、妹較我慧、一月神似、我學三月而後成、然終不及妹、今已隔世、自謂過之、不意猶昔、我感汝兩人誠、故時復一至、今且去、遂不復言、自此三五日輒一來、一切疑難悉決之、值阿繡歸寧、常來數日、住家人皆懼之、每有亡失、則華妝端坐、插玳瑁簪長數寸、朝家人而莊語

之曰、所竊物夜當送至某所、否則掊懲之、悔無及、天明、果於某所得之、三年後絕不復來、偶失金帛、阿繡效其裝嚇家人、亦屢效焉

封三娘

范十一娘、睢城祭酒之女、豔美、騷雅尤絕、父母鍾愛之、求聘者輒令自擇、女恒少所可、會上元日、游水月菴、一女、步趨相從、似欲有言、審視二八絕代姝也、悅而好之、轉相盼注、女子微笑曰、姊非范十一娘乎、答曰、然、曰、聞芳名久矣、人言果不謬、范亦審其里居、女

笑曰、妾封氏行三、近在鄰村、把臂歡笑、詞致溫婉、大相愛悅、范問、何無伴侶、曰、父母早逝、一老嫗留守門戶、將別、封似有戀戀意、范亦惘然、遂邀過從、封曰、娘子朱門繡戶、素無葭莩親、慮致譏嫌、固邀之、答俟異日、范脫金釵一股、贈之、封亦摘髻上綠簪爲報、旣歸、傾想殊切、出所贈簪、非玉、非金、不識爲何物、日望其來、悵然遂病、父母知之、遣人諮訪、並無知者、時值重九、羸頓無聊、倩侍兒强扶窺園、設褥東籬下、忽一女攀垣來窺、覘之則封女、曰、接我以力、侍兒從之、女驚喜頓起、曳坐、褥間、責其負約、且問所來、答云妾家某此向遠、前言近村者、舅家耳、別後思念頗切、緣貧賤者與貴人交、足未登門、先懷慚怍、恐爲婢僕笑、適經墻外、聞女子聲、恐是小姐、故來攀望、女因述病源、封泣下如雨、曰妾來當秘密、造言生事者、飛短流長、所不堪受、范諾之、偕歸同榻、病尋愈、訂爲姊妹、人來則隱匿夾幙間、半年餘、公及夫人頗聞之、一日方對奕、夫人入見之、驚曰眞吾兒友也、因謂女曰閨中有良友、我之所喜、何不早白、女因達封意、夫人顧謂封曰伴吾兒極所欣慰、何昧之、封羞暈滿頰、嘿然而已。夫人去、封乃告別、苦留之乃止。一夕、自外倉皇奔入、泣曰、我固知不可留、今果遭此辱。驚問之、曰、適出更衣、一少年橫來相干、幸而得脫。范細詰形貌、曰、此妾癡兄、告夫人、責之。封堅辭欲去、范請待天曙、封不可、使兩婢送之、半里許、辭謝自去。後數月、婢適東村歸、遇封從老嫗來、婢喜、拜問。封亦惻惻、訊范起居、婢曰、三姑過我、我家姑姑盼欲死。封曰、我亦思之、但不樂使人知、歸啟園門、我自至。婢歸啟門、相見各道間闊、視

婢睡熟乃移與范同枕私語曰妾固知娘子未字以
才色門第何患無貴介壻然紈袴兒敷不足數如欲
得佳耦請勿以貧富論范然之封曰明日上元節請
仍游水月菴當令見一如意郎君妾少讀相人書頗
不參差眛爽别去范往封已先在正游眺間見一秀
才年可十七八布袍不飾而儀容俊偉封潛指曰此
同里孟安仁翰苑才也范知其貧睪睨之不以爲可
封曰娘子何墮世情哉此人苟長貧賤者余當抉眸
子不復相天下士矣願得一物持與訂盟范曰姊何

草草父母在不遂如何封曰妾此為正恐不遂耳志
若堅生死何可奪也娘子姻緣已動魔刼未消請郎
別以所贈金鳳釵矯命贈之范方謀更商封已去時
孟生貧而才十八猶未聘也是日忽遇兩艷歸涉冥
想忽封款門入生識為菴中所見喜致詰問曰妾封
氏范十一娘之女伴也生大悅遽前擁抱封拒曰妾
非毛遂乃曹邱生十一娘願諦永好請倩冰也生愕
然不信封乃出釵授生生喜不自已矢曰僕不得十
一娘寧終鰥耳封遂去生挽鄰媼詣范夫人貧之不

以告女、立鄰之女知之、大失所望、深怨封之悞己也、
而金釵難返、只以死誓、數日有權要爲子求婚、公羨
之以告女、女不樂、母詰之、嘿無一言、但有涕泪、使婢
潛告夫人、非孟生不嫁、公聞之怒、竟許某紳家、女忿
不食、惟日眈卧、親迎之前夕、忽起攬鏡自妝、夫人竊
喜、俄侍女奔告小姐自縊矣、救之不及、舉宅驚涕痛
悔無及、孟生自鄰媪反命、猶冀復挽、察知佳人有主、
忿火中燒、萬慮俱斷矣、未幾聞玉蕤香埋、憺然悲喪、
恨不從麗人死、向晚出門、意將一哭十一娘之墓歟

有一人來近之則封三娘前賀曰姻好就矣生泫然曰卿不知十一娘耗耶三娘曰我謂就者正以此可急喚家人發塚我有藥能令返魂生從之破棺掩穴自負尸歸投以藥踰時而蘇顧見三娘問此何所封指生曰此孟生也始如夢醒封曰去此五十里避某村可免漏洩生從之封欲辭去十一娘泣留作伴使居別院因貨殉葬之飾用爲度日亦稱小有封每遇生來輒避去十一娘從容曰吾姊妹骨肉不啻也然終無百年聚計不如效英皇封曰妾少得異訣吐納

可以長生、故不願嫁耳、范笑曰、世傳養生術、汗牛充棟、行而效者誰也、封曰、妾所得非人世所知、世傳並非眞訣、惟華陀五禽圖差爲不妄、凡修煉家無非欲氣血流通耳、若得厄逆證、作虎形立止、非其驗耶、范陰與生謀、使僞爲出者、入夜強勸以酒、既醉、生潛入汚之、封醒曰、妹子害我矣、倘色戒不破、道成當昇第一天、今墮姦謀、命也、乃起告辭、范告以誠、而哀謝之、封曰、實相告、我乃狐也、緣瞻麗容、忽生愛慕、如繭自纏、遂有今日、乃情魔之刼、非關人力、再留則魔更生、無底止矣娘子福澤正遠珍重自愛言已而逝夫妻驚歎久之逾年生連捷官翰林投刺謁范公公愧悔不見固請乃見生執子壻禮甚恭公愧怒疑生儇薄生請間具道情事公深訝之使婢探諸其家方大驚喜悔戒勿宣懼有禍變又二年某紳父子以罪充遼海軍十一娘始歸寧焉

九郎

何師參字子蕭家於苕溪之東門臨曠野薄暮偶出見婦人跨驢來約五十許意致清越一少年從其後

年十五六、丰采過姝麗、何素有斷袖癖、見之、神出於舍、於是翹足目送、影滅方歸、次日早伺之、落日冥濛、少年始過、曲意承迎、笑問所自、答以外祖家、生固邀之、乃入略坐、與辭堅不可挽、生握手送之、殷囑便道相過、少年唯唯而去、生由是凝思如渴、往來眺望、足無停趾、一日日銜半規、少年欻至、生大喜、邀入、命館童行酒、問其姓氏、答云黃姓、行九、童子無字、問往來何頻、曰家慈在外祖家、常多病、故數省之、酒數行、欲辭去、生捉臂遮留、下管鑰、九郎頹顏復坐、挑燈共語、溢若處子、而詞涉游戲、便含羞向壁、未幾引與同衾、九郎不允、堅以睡惡爲辭、強之再三、乃解衣著袴臥、何滅燭、移與同枕、曲肘加髀而狎抱之、苦求私暱、九郎怒曰、以君風雅士、故與流連、乃此之爲、是禽處而獸愛之也、未幾晨星熒熒、九郎竟去、生恐其遂絕、復伺之、數日九郎始至、喜逆謝過、強曳入齋、促坐笑語、竊幸其不念舊惡、解履登床、又撫哀之、九郎曰、纏綿之意已鏤肺鬲、然親愛何必在此、生甘言糾纏、但求一親玉肌、九郎從之、生俟其熟寐、潛就輕薄、九郎醒攬衣遽起、乘夜遁去、生邑邑若有所失、忘啜廢枕、日漸委悴、惟日使齋僮邏偵焉、一日九郎過、欲徑去、僮見之、牽衣入、見生清癯大駭、慰問生、實告以情、淚涔涔隨聲零落、九郎細語曰、區區之意、實相愛、恐有害於君、故不爲也、君既樂之、我何惜焉、生大悅、九郎去後、病頓減、數日平復、九郎果至、遂相繾綣、曰、今勉承君意、幸勿以此爲常、既而曰、欲有所求、能爲力乎、問之、答曰、母患心痛、惟太醫齊野王先天丹可療、君與善、當能求之、生諾之、臨去又囑、生入城求藥、及暮付之九郎喜恭手稱謝臨行又强與合九郎曰勿相糾纏請爲君圖一佳人勝弟萬萬生問誰曰有表妹三娘美無倫倘垂意當執斧柯生諾之而疑其誑自是數日不至一日遇於途生責其負約九郎曰實不忍禍君故疏之既不見諒請勿悔焉由是燕會無虛日偶適齊一見生曰君神色黯淡病乎曰無脈之驚曰君有鬼脈病在少陰不自愼殆矣歸語九郎九郎歎曰良醫也我實狐久恐不爲君福無何果病延齊診視曰曩不實言今魂氣已遊墟莽秦緩何能爲力九

郎日來省視、日、不聽吾言、果至於此、生尋死、九郎慟哭而去、先是邑有某太史、與生同筆硯、年十七八詞林、時秦藩貪暴、而通賄賂朝士、無有言者、公抗疏劾之、以越祖免藩、陞是省中丞、公少有英稱、會邀叛王青盼、因購得舊所往還札、脅公、公懼、夫婦俱自經、公越宿忽醒、曰、我何子蕭也、家人留之、不可、出奔舊舍、撫疑其詐、必欲排陷之、使人索千金於公、公憂悶欲絕、忽通九郎至、悲喜交集、既欲復狎、九郎曰、君有三命乎、公曰、生勞不如死逸、因訴冤苦、九郎曰、幸復生、聚君曠無偶前言表妹慧麗多謀必能分憂公欲一見顏色曰不難明日托取伴老母此道所經設計而別明日亭午九郎果從女郎經門外過公拱手絮絮與語略睨女郎娥眉秀曼誠仙人也九郎索茶公請入飲九郎曰三妹勿訝此兄盟好不妨少休止扶之下繫驢於門而入公自起瀹茗因目九郎曰前言不足以盡今得死所矣女似悟其言之爲已者離榻起立嚶喔而言曰去休公外顧曰驢子其亡九郎馳出公擁女求歡女顏色紫變窘若拘囚大呼九兄不應

曰君自有婦何喪人廉耻也公自陳無室女曰能矢山河勿令秋扇棄捐則惟命是聽公乃誓以皦日女不復拒事已九郎至女色然怒讓之九郎曰此何子蕭昔之名士今之太史與兄最善其人可依即聞諸（妙語雙關太史公○合傳法也）衿氏當不相見罪向晚公要遮不聽去女恐姑母駭怪九郎銳身自任跨驢竟去居數日有婦携婢過神情意致雅似三娘公呼女出窺果母也瞥見女怪問何得在此女慚不能對公邀入拜而告之母笑曰九郎稚氣胡再不謀女自入廚下設食供母食已乃去

公得佳耦頗快心期而惡緒縈懷恒慼慼有憂色女問之公緬述本末女笑曰此九兒一人可能解君何憂公詰其故女曰聞撫軍溺聲歌而比頑童此皆九兒所長也投所好而獻之怨可消公慮九郎不肯女曰但請哀之越日九郎來公肘行逆之九郎驚曰兩世情好但可自効頂踵所不敢惜何忽作此態向人公具以謀告九郎有難色女曰妾失身於郎誰實爲之脫令中途彫喪焉置妾也九郎不得已諾之公馳書於所善之王太史而致九郎焉王會其意大設招

撫軍飲、命九郎飾女裝、作天魔舞、宛然美女、撫惑之、亟請於王、欲以重金購九郎、惟恐不得當、王故沉思似難之、遲之又久、始將公命以進、撫喜、前卻、頓釋自得、九郎動息不相離、侍妾十餘、視同塵土、九郎飲食供具如王者、賜金萬計、半年撫軍病、九郎知其去冥路近也、遂輦金歸公家、既而撫軍死、九郎出貲、起屋置器、畜婢僕、母子及妗並家焉、

誌異摘抄目錄

卷之十六

狐四

舜華　三娘

狐報　狐夢

狐妾　胡四娣

狐諧　狐仙

蕭七娣　狐女

汾狐　雙燈

毛狐　燈狐

金陵女子

誌異摘抄卷之十六

狐四

舜華

禾平張鴻漸年十八卽知名時盧龍令趙某貪暴有范生被杖斃同學忿其寃將鳴部院推張爲呈狀約其共事張許之妻方氏美而賢聞其謀沮之曰大凡秀才作事可與共勝不可與共敗勝則貪天功敗則紛然瓦解矣今勢力世界曲直難以理定君又孤脫有反覆急難者誰也張服其言悔之乃婉謝諸生但

爲創詞而去趙以金賄大僚諸生坐結黨被收又追
捉刀人張懼亡去至鳳翔界資斧不繼日暮躊躇曠
野過一小村歇房簷下老媼出闔扉詰之張以失路
求宿告媼曰飲食牀榻俱細事但家無男子不便留
客張曰僕亦不敢過望但容宿門內得免虎狼足矣
媼乃令入閉門授以草薦囑曰我憐爾無歸私容止
宿未明宜早去恐吾家小娘子聞知將便獲罪媼去
張倚壁假寐忽見媼以燈籠導一女郎出張急避暗
處窺之二十許麗人也及門見草薦詰媼媼實告之

女怒曰、一門細弱、何得容納外人、即問其人焉往、張
懼出伏堦下、女審詰邦族、色稍霽、曰幸是風雅士、不
妨相留、然老婢竟不關白、此等草草、豈所以待君子、
命媼引入舍、俄頃具饌、品物精潔、既而設錦裀於榻、
張甚德之、因私詢其姓氏、媼言吾家施氏、太翁夫人
俱謝世、止遺三女、適所見長姑舜華也、媼既去、張見
几上有南華經注、因取就枕上翻閱、忽舜華推扉入、
張釋卷覓冠履、女曰無須、因就榻坐、靦然曰、妾以君
風流才士、欲以門戶相托、遂犯瓜李之嫌、得不遐棄、

否、張茫然不知所對、但云不相誑、家中固有妻耳、女笑曰、此亦見君誠篤、顧亦不妨、既不嫌憎、明日當煩媒妁、言已欲去、張探身挽之、女亦遂留、未曙即起、以金贈張曰、君持作臨眺之資、向暮宜晚來、恐為人所窺、張如其言、早出晚歸、半年以為常、一日歸稍早、至其處、村舍全無、方驚駭間、聞媼曰來何早也、一轉盼則院落如故、身已在室中、異之、女自內出、笑曰、君疑妾耶、妾實狐仙也、與君有夙緣、如君見怪、請即別、張戀其美、亦安之、夜謂女曰、卿既仙、當千里一息耳、小生離家三年念妻孥不去心能携我一歸乎女怫然曰琴瑟之情妾自分於君爲篤君守此念彼是相對綢繆者皆妾也張謝曰卿何出此言諺云一夜夫妻百夜恩後日歸而念卿亦猶今日之念彼也設得新忘故卿何取焉女乃笑曰妾有褊心於妾願君之不忘於人願君之忘之也然欲暫歸亦何難君家咫尺耳遂把袂出門見道路昏暗張逡巡不前女曳之曰至矣君歸妾且去張停足細認果見家門踰垝垣入見室中燈火猶熒以兩指彈扉內問是誰張具道所

來、內秉燭啟關、真方氏也、兩相驚喜、握手入帷、見兒
臥床上、慨然曰、我去時纔及膝、今身長如許矣、夫婦
偎依、恍如夢寐、張歷述所遭、問及訟事、始知諸生有
瘐死者、有遠徙者、方服妻之遠見、方曰、君既有佳耦、
亦念孤衾中有零涕人否、張曰、不念胡以來也、我與
彼雖云情好、終非同類、獨其恩義難忘耳、方曰、君以
我何人也、張審視之、乃舜華也、以手探兒、一竹夫人
耳、大慚無語、女曰、君心可知矣、分當絕交、猶幸未忘
恩義、差足自贖、過二三日、忽曰、妾思癡情戀人、終無

意味。今適欲至都、便道可以同去、乃取竹夫人共跨之、囑閉目、覺離地不遠、風聲颼颼、移時尋落、女曰、從此別矣、方將訂囑、女去已杳、悵立少時、覺蒼茫中樹木屋廬、皆故鄉景物、循途歸、踰垣扣戶、宛如前狀、方氏驚起、詰証確實、始挑燈嗚咽而出、張猶疑舜華之幻弄也、又見兒臥如昨、因笑曰、竹夫人又携入耶、方氏變色曰、妾望君如歲、枕上啼痕固在也、甫相見、全無悲戀情、何以爲心、張察其情真、始執臂欷歔、具言其事、問訟事、並如舜華言、方相感慨、忽門外有履聲、問之、不應、蓋里中有惡少某甲、久窺方豔、是夜自別村歸、遙見一人踰垣入、謂必赴淫約者、尾而聽之、及方氏亟問、乃曰、室中何人也、方諱言無之、甲言竊聽已久、敬將執姦耳、方不得已、以實告、甲曰、張鴻漸大案未結、即使歸家、亦當縛送官府、方苦哀之、甲詞愈狎逼、張忿火中燒、提刀直出、剁甲中顱、甲顛而斃、方曰、事已至此、罪更加重、君速逃、妾請任其罪、張曰、丈夫死則死耳。焉可辱妻子以求活耶。卿勿顧慮、但令此子勿斷書香。目即瞑矣。天明、赴縣自投、趙以欽件中人、

姑薄懲之、尋由郡解都、械禁奇苦、途中遇女子跨馬
過、一老嫗捉鞚、蓋舜華也、張呼嫗、欲語、淚隨聲墮、女
返轡、啟障紗訝曰、張表兄何至此、張畧述之、女曰、寒
舍不遠、即邀公役同行、亦可少助資斧、從去二三里、
見一山村、樓閣高整、女下馬、入令嫗啟舍延客、既而
酒炙豐美、似所夙備、又使嫗出曰、家中適無男子、張
官人即向公役多勸數觴、前途依賴多矣、遣人措辦
數十金爲官人作費、兼酬兩客、二役竊喜、縱飲不復
言行、日漸暮、二役徑醉矣、女出、曰依君平昔、便當掉

頭不顧、然余不忍也。因以手指械械、立脫曳、張共跨一馬、馳若飛、少時促下、曰君止此、妾與妹有青海之約、又爲君逗遛半晌、久勞盼注矣、張問後會何時、女不答、加鞭而去、既曉問其地、太原也、遂至郡、托名宮子、遷賃屋授徒、十年知捕亡浸息、乃復逡巡東向、既近里門、不敢遽入、俟夜深、及門、則墻垣高固、不可踰越、叩門久之、始有人出、問啟關入、竟不識張、爲何人、張畧道情事、家人奔告、方方驚起、攜之入室、始知二役逃亡未返、言次、簾外一少婦頻來、張問伊誰、曰兒婦耳問兒安往曰赴都大比未歸張泣下曰流離十數年兒能成立卿心血殆盡矣少頃子婦已溫酒炊飯羅列滿几子婦出肅拜張喜慰過望居數日隱匿房榻惟恐人知一夜方卧忽聞人語沸騰捶門甚厲大懼並起方急以數金塞張懷中以門扇代梯送張度垣而去詰門問故乃報新貴者方大喜深悔張遁不可追張越莽穿榛急不擇途及明困殆已極初念本欲西去問之途人則去京都通衢不遠遂入鄉村見一高門有報條粘壁間為許姓新孝廉也頃之一

翁自內出、張迎揖之、翁見儀貌都雅、延入相款、因詰所往、張托言設帳都門、歸途遇寇、翁留誨其少子、張畧問官閥、乃京卿林下者、孝廉其猶子也、越數日、孝廉偕一同榜歸、云是永平張姓、十八九少年也、張以鄉譜同、疑是其子、至晚出齒錄急借披閱、不覺淚下曰、鴻漸即我是也、孝廉大慟、許叔姪慰勸、始收悲以喜、許即以函字致要路、父子乃同歸、方自聞報日、以張在亡為念、忽白孝廉歸、更加感傷、少時父子並入、駭如天降、詢知其故、始共悲喜、適趙以貪劾去、甲父

亦不敢復萌禍心、張亦厚遇之、又歷述當年情狀、甲父感愧、遂相交好

三娘

粵東縉紳傅氏、六十餘生一子、名廉、慧而闇、年十七陰裁如蠶、遐邇聞知、無妻以女者、自分宗緒已絕、而無可如何、廉從師讀、師偶他出、適門外有猴戲者、廉觀訖、度師已至、而懼、遂亡去、離家數里、遇一衣白女郎、偕小婢出其前、女一回顧、妖麗無比、蓮步蹇緩、廉趨過之、女顧婢曰、試問郎君得毋欲如瓊否、婢呼問

廉詢其何爲女曰倘之瓊也有尺一書煩便道寄里門老母在家亦可爲東道主廉出本無定向念渡海亦可因諾之女出書付婢婢轉付生並贈之以金問其姓名居里云華姓居秦女村去北郭三四里生附舟至瓊北郭日已曛暮問秦女村無知者望北行四五里星月皎潔曠無逆旅窘甚見道側一墓欲傍棲止又懼虎狼因攀樹踞其上聽松聲謖謖宵蟲哀奏中心忐忑悔至如燒忽聞下有人聲俯瞰之庭院宛然一麗人坐石上兩婢分侍左右女曰今夜月白星

踈華姑所贈團茶烹一盞來賞此良夜生意其鬼魅
毛髮直竪不敢少息忽一婢仰視曰樹上有人女驚
起曰何處大膽兒暗來窺人生大懼無所逃隱遂盤
旋下伏地乞宥女近臨一覤反恚爲喜曳與並坐睨
之年可十七八姿態艷絶聽其言亦非土音問郎何
之答云爲人作寄書郵女曰野多暴客露宿堪虞不
嫌蓬蓽願稅駕焉邀生入室惟一榻命婢展兩被其
上生自慚形穢願在下床女笑云佳客相逢女元龍
何敢高臥生不得已與共榻而惶恐不能自舒未幾

女暗中以纖手探入、輕捻股際、生僞寐若不知覺、又未幾啟衾入、搔生、不動、女便下探隱處、乃停手悵然悄悄出衾去、俄聞哭聲、生惶愧無以自容、恨天公之缺陷而已、女呼婢篝燈、婢見啼痕、驚問所苦、女搖首曰、我自歎吾命耳、可嗔郎醜遣之去、生聞之倍增慚作、且懼宵半萞萞、何所復之、籌念間、忽一婦排闥入、婢白華姑來、徵窺之、年約五十餘、猶風致、見女未睡、便致詰問、女未答、又見榻上有卧者、遂問共榻何人、婢代答、夜一少年郎寄此宿、婦笑曰、不知巧娘諧花燭見女啼痕未乾驚曰合巹之夕悲啼不倫將勿郎君粗暴也女不言愈悲婦欲捋衣視生一振衣書落榻上婦取視駭曰我女筆也拆讀歎詫女問之婦云是三兒家報言吳郎已死煢無所依將奈何女曰彼固言爲人寄書幸未遣之去婦呼生起究詢書所自來生備述之婦曰遠煩寄書當何以報又熟視生笑問何迕巧娘生言不自知罪又詰女女歎曰自憐生適閹寺歿奔椓人是以悲耳婦顧生曰慧黠兒固雄而雌者耶是我客不可溷他人遂導生入東廂探手

於袴而驗之、笑曰、無怪巧娘涕零、然幸有根蒂、猶可爲力、挑燈徧翻箱簏、得黑丸、授生吞之、秘囑勿吪、乃出、生獨卧籌思、不知藥醫何證、比五鼓初醒、覺臍下熱氣一縷、直沖隱處、蠕蠕然似有物垂股際、自探之、身已偉男、驚喜過望、天將曙、婦至、以炊餅納生、叮囑耐坐、反扃之、出語巧娘曰、郎有寄書勞、將留召三娘來與訂兄妹交、且復閉置、免人厭惱、乃出門去、生迴旋無聊、時近門隙、見巧娘、輙欲招呼自陳、慚訥而止、延及夜分、婦始攜女歸、開扉曰、悶煞郎君矣、三娘可

來拜謝女逡巡入向生斂衽婦命相呼以兄妹巧娘
笑曰姊妹亦可並出中堂團坐置飲飲次巧娘戲問
寺人亦動心佳麗否生曰跛者不忘履盲者不忘視
相與粲然巧娘以三娘勞頓迫令安置婦顧三娘俾
與生俱三娘羞暈不行婦曰此丈夫而巾幗者何畏
之敦促乃去私囑生曰陰爲吾壻陽爲吾子可也生
喜捉臂登床發硎新試其樂何如既而問巧娘何人
曰鬼也才色無匹而時命蹇落適毛家小郎子病閹
十八不能人因邑邑不暢賫恨以歿生驚疑三娘亦

鬼女曰實告君妾狐耳巧娘獨居無耦妾母女無家借廬棲止生大愕女云無懼雖鬼狐非相禍者由此日共談笑雖知巧娘非人而心愛其娟好獨恨自獻無隙生蘊藉善談頗得巧娘憐一日華氏母子將他往仍閉生室中生隔扉呼巧娘巧娘命婢歷試數鑰乃得啟生附耳請閒巧娘遣婢去生挽就寢偎向之女戲掬臍下曰惜可見此處闕然語未竟觸手盈握驚曰何前之渺渺而遽纍然生笑曰前羞見客故縮今以誚謗難堪聊作蛙怒耳遂相綢繆已而恚曰今

乃知閉戶有因、昔母子流落無所、假廬居止、三娘從
學刺繡、妾不少秘、惜待伊母女如此、不應妒忌、乃爾
生勸慰之、且以情告、巧娘終銜之、生曰、秘之、華姑囑
我、嚴語未及已、華姑偕三娘掩入、二人皇遽方起、華
姑瞋目問誰啟扉、巧娘笑逆自承、華姑大怒、聒絮不
已。巧娘故哂曰、阿姥亦大笑人。是丈夫而巾幗者何
能爲。三娘見母苦相詆、意不自安、以一身調停兩間、
始各拗怒爲喜、巧娘言雖憤懥、然自是屈意事三娘。
但華姑晝夜防閑、兩情不得自展、眉目含情而已、一

日華姑謂生曰、吾是姊妹、皆已奉事君、念居此非計、
君宜歸告父母、早訂系約、即治裝促生行、二女相向、
容顏悲惻、而巧娘尤不可堪、淚滾滾如斷貫珠、殊無
已時、華姑排止之、便曳生出、至門外、則院宇無存、華
姑送至舟中、曰、君行後、老身携兩女僦屋於貴邑李
氏廢園中、倘不忘夙好、可於此親迎也、生乃歸、生父
失子、日夜焦思、見子歸、喜出非望、生畧述顛末、兼致
華氏之訂、父曰、妖言何足聽信、汝能生還者、徒以閹
故、不然、死矣、生曰、彼雖異類、情亦猶人、況又慧麗、娶

之亦不爲戚黨笑父不言但噱之生退而技癢不安其分輒私婢漸至白晝宣淫意欲炫鬧父母一日爲小婢所窺奔告母母不信薄觀之大駭呼婢研究盡得其狀喜極逢人宣暴以示子不闖將論婚世族生私白母非華氏不娶母曰世不乏美婦人何必鬼物生曰兒非華姑無以知人道背之不祥父從之遣嫗僕覘之出東郭四五里至李氏園見敗垣竹樹中縷縷有炊烟嫗下乘直造其闥則母子拭几濯溉似有所伺嫗拜致主命見三娘驚曰此即吾家小主婦耶

無怪公子魂恩而夢繞之便問阿姊華姑歎曰是我假女三日前死矣因以酒食餉嫗及僕嫗歸備道三娘容止父母皆喜末陳巧娘耗生惻惻欲涕至親迎日見華姑親問之云已投生北地矣生欷歔久之迎三娘歸終不能忘情巧娘凡有自瓊來者必問之或言秦女墓夜夜鬼哭生詫之告三娘三娘沉吟良久泣曰妾負姊矣詰之答云妾母子來時實未使聞茲之怨啼將無是向欲相告恐彰母過也生聞之悲已而喜卽命裝兼程馳詣其墓扣墓木而呼曰巧娘巧

娘某在斯某在斯遂啟墓見女捧嬰兒自柩中出舉首酸嘶怨望無已生亦涕下探懷問誰氏子女曰是君之遺孽也誕三月矣生歎曰誤聽華姑言使母子埋憂地下罪將安辭遂與同歸抱子告父母父母視之體貌豐偉不類鬼產大喜二女諧和事公姑以孝聞後父病延醫巧娘曰疾不可爲魂已離舍矣督治冥具旣竣而卒兒長絕肖父尤慧十四入泮有聲

狐報

湖州士人宗湘若秋日巡視田隴見禾稼茂密處搖

動越陌往覘有男女野合笑曰桑中之遊樂乎男子逸去女子亦起細審之雅甚娟好心悅之近身啟衣膚膩如脂於是援娑上下幾徧女笑曰腐秀才要如何便如何耳狂探何爲詰其姓氏曰春風一度卽别東西何勞審究豈將留名字作貞坊耶宗曰野田草露中乃山村牧猪奴所爲以卿麗質卽私約亦當自重何至如此女聞言極意嘉納宗言荒齋不遠請過流連女曰我出已久恐人所疑夜分可耳問宗門戶誌之而去更初果至殢雨尤雲備極親愛積有月日

密無知者、會一老僧見宗曰、君有邪氣、曾何所遇、答曰無之、過數日忽病、女每夕攜佳果餌之、殷勤撫問如夫婦之好、然卧後必強與合、宗不能耐、心疑其非人、因曰曩和尚謂我有邪氣、今果病矣、明日屆之來便求符呪、女色變、宗愈疑之、次日遣人告僧、僧曰此狐也、其技尚淺、易就束縛、乃書符二道付之、曰以淨壜一事置榻前、一符貼壜口、待狐竄入、急覆以盆、再以一符粘盆上、投釜中煑之、即斃、家人歸如僧教、深夜女始至、探袖中金橘方將問訊、忽壜口颼飀一聲女已吸入家人暴起覆口貼符宗見金橘散滿地上追念前好愴然感動命揭符釋之女自壜中出狼狽頗殆稽首曰君仁人也誓必有以報遂去數日宗病沉篤家人入市購材木遇一女子問曰汝是宗湘若紀綱否答云是女曰宗郎是我表兄聞病重將便省視適有故不得去靈藥一裹煩致之家人受歸宗念中表無妹審其狀始知是狐服之果瘳旬日平復心德之禱諸虛靈願一再覿一夕閉戶獨酌忽聞彈指敲牕啟視則狐女也把手稱謝延止共飲女曰別來

耿耿無以報高厚今爲君覓一良匹聊足塞責宗問何人曰非君所知明日辰刻往南湖如見有採菱女著氷縠帔者急趨之苟迷所往即視堤畔有短幹紅蓮花隱葉底便采歸以蠟火爇其蒂當得美婦兼致修齡宗謹受教既而告別宗固挽之女曰自遭厄刼頓悟大道奈何以衾裯之愛取人仇怨厲色辭去宗如言至南湖果見有著氷縠帔者垂髫絶代也促舟逼之忽迷所往即撥荷叢果有短幹紅蓮折之而歸入門置几上削蠟將以爇火回頭化爲美麗宗驚喜

伏拜女曰癡郎我是妖狐將爲君祟矣宗不聽女曰誰敎子者宗曰我自識卿捉臂牽之忽化爲石高尺許面面玲瓏乃供案上焚香祝之入夜杜門塞竇惟恐其去轉瞬視之又非石矣紗帔一襲遙聞薌澤展視領衿餘膩猶存遂覆衾擁之而臥再起挑燈返顧則垂髫人在焉喜極恐其復化哀祝而後就之女笑曰孽障不知何人饒舌遂叫風狂郎瑣碎死乃不復拒而款洽間若不勝任屢乞休止宗不聽女曰如此我便化去宗懼而罷由是兩情甚懽而金帛常盈亦

不知所自來、女見人啫啫似不能言者、生諱言其異、懷孕十餘月、計日當產、囑宗杜門禁欵者、自以刀剖臍下取子出、令宗裂帛裹之、過宿而愈、又六七年、謂宗曰、夙業償滿、請告別也、宗聞泣下、曰他日見不知毋亦一恨事、女亦悵悒、曰聚必有散、固是常也、兒福相君亦期頤、更何求、妾本何氏、倘蒙思念、抱妾舊物呼荷花三娘子、當有見耳、言已而去、撿視箱中、初來時所著氷縠帔尚在、每一憶念、抱呼荷花三娘子、則宛然女郎、懽容笑黛、並肖生平、但不語耳、

花如解語還多事，石不能言最可人，放翁佳句，可爲此傳寫照。約軒

狐夢

余友畢怡菴，倜儻不羣，豪縱自喜，貌豐肥，多髭，士林知名。常讀青鳳傳，心輒向往，恨不一遇。一夕，睡中有人搖之，醒而却視，則一婦人，年逾不惑，而風韻猶存。畢驚起問之，笑曰：我狐也，蒙君注念，心竊感佩。畢聞而喜，投以嘲謔，婦笑曰：妾齒加長矣，縱君不見惡，先自慚沮。有小女及笄，可侍巾櫛，明宵無寓人於室，當

郎來、言已而去、越夜焚香坐伺、婦果攜女至、態度嫻婉。曠世無匹。婦謂女曰、畢郎與有夙緣、郎須留止、明旦早歸、勿貪睡也、畢乃握手入幃、款狎備至、事已笑曰、肥郎癡重、使人不堪、未明即去、既夕自來、曰、姊妹輩將爲我賀新郎、明夕屈同去、問何所、曰大姊作筵主、去此不遠也、至期候之、良久不至、漸困倦伏案頭、女忽入曰、勞君久待矣、乃握手而行、奄至一處、有大院落、直入中堂、燈燭熒熒、燦若星點、俄而主人至、年近二旬、淡妝絕艷、斂衽稱賀、婢報二娘子至、年可十七八笑向女曰新郎頗如意否女以扇擊背白眼視之二娘曰記兒時與妹戲妹畏人數脅骨遙呵手指即笑不可耐便怒謂我當嫁僬僥國小王子我謂婢子他日嫁多鬚郎刺破小吻今果然矣大娘笑曰無怪三娘子怒也新郎在側直爾憨跳頃之促坐宴笑甚歡忽一少女抱一貓至年十二三雛髮未燥而艷媚入骨大娘曰四妹亦要見姊夫耶此無坐處因提抱膝上取肴果餌之移時轉置二娘懷中二娘曰婢子許大身如百鈞重我脆弱不堪既欲見姊夫姊夫

故壯偉、肥膝可坐、乃捉置畢懷、入懷香、輭輕若無人、畢抱與同杯飲、大娘曰小婢勿過飲、醉失儀容、爲姊夫所笑、少女孜孜展笑、以手弄貓、貓戞然鳴、大娘曰尙不拋却、渾身蚤蝨矣、二娘曰請貍奴爲令、執箸交傳、鳴處則飲、衆從之、至畢則鳴、畢故豪飲、連舉數觥、乃知少女故捉令鳴也、因大喧笑、二娘曰四妹歸休、壓壞郎君、恐三姊怨人、小女郎乃抱貓去、大娘見畢善飲、乃摘髻子貯酒、以勸、視之、僅容盃許、飲之覺有數斗之多、比乾、視之則荷蓋也、二娘亦欲相酬、畢辭

不勝酒、出一口脂合子、大於彈丸、酌曰、既不勝酒、聊
以示意、畢視之、一吸可盡、接吸百口、更無乾時、女以
小蓮杯易合子去、曰、勿爲奸人所算、置合案上、則一
巨鉢、二娘曰、何預汝事、三日郎君、便如許親愛耶、畢
持杯向口立盡、把之膩軟、審之、乃羅襪一鉤、襯餙精
工、二娘奪罵曰、猾婢何時盜人履子去、怪足冰冷也、
遂起入室易舄、畢離席告别、女送出村、使自歸、瞥然
醒寤、竟是夢景、而口鼻醺醺、酒氣猶濃、異之、翌暮女
至、曰、非脅未醉死耶、畢言是夢、女曰、姊妹畏君狂譟

故托之夢，實非夢也。每與女奕，輒負。女笑曰：「君日嗜此，意必高著，今覩之，平平耳。」畢求指示。女曰：「奕之爲道，在人自悟，朝夕漸染，或當有異。」居數月，覺稍進。女試之，笑曰：「尚未，尚未。」畢出與所嘗奕者游，則人覺其異，咸奇之。畢爲人坦直，胸無宿物，微洩之。女已知之，責曰：「無惑乎同道者不交狂士也。屢囑秘密，何尚爾爾？」佛然欲去。畢謝過不遑，女乃稍解，然由此寖踈矣。積年餘，一夕來，兀坐相向。與之奕，不奕；與之寢，不寢。悵然良久，曰：「今將别矣。」問：「何往？」曰：「妾與四妹爲王母徵作花鳥使不得復來矣曩有姊行與君家堂兄善臨別已産二女今尚未醮妾與君幸無所累畢求贈言曰盛氣平過自寡遂起執手曰君送我行里許洒淚分手曰彼此有心未必無會期也乃去

狐妾

萊蕪劉洞九官汾州閒亭外笑聲俄四女子立几前相視而笑一年四十許一三十餘一二十四五一垂髫者劉固知官署多狐置不顧少間垂髫者戲以紅巾拋劉面上劉拾擲牕間仍不顧四女一笑而去一

夕年長者來謂劉曰、舍妹與君有緣、願無棄葑菲、劉漫應之、遂去、俄借一婢送垂髫者來、俾與劉並肩坐、曰、一對好鳳侶、今夜諧花燭、勉事劉郎、我去也、劉諦視之、光艷無比、遂與燕好、劉詰之、曰、妾固非人、而實人也、妾前官之女、蠱於狐、奄忽以死、窆園內、衆狐以術生我、遂飄然若狐、劉因以手探尻際、女覺之、笑曰、君將謂我有尾耶、請捫之、自此遂留不去、每行坐與一小婢俱、婢媪叅謁、賞賚甚厚、適劉壽日、賓客衆多、須酒席三十餘筵、庖人不足用、女曰、何須庖人、三十席亦易辦也、頃聞刀砧聲不絕、客至則肴俎已就、無不精美、求後行炙人來索湯餅、內言曰主人未嘗預囑、咄嗟何以辦、其假之、少頃呼取湯餅、視之數十碗、蒸騰几上、客既去、乃謂劉曰、可出金貲償某家湯餅、劉使人持直去、其家失湯餅、方共驚疑、使至、疑又不釋矣、一夕劉偶思山東苦醁、友請取之、出移時返曰、門外一甕、可供數日飲、劉視之、果家中甕頭春也、家中遣二僕如汾、途間一僕曰、聞狐夫人有厚賞、得之可買一裘、女告劉曰、家中有人來、恨傖奴無禮、必報之明日僕果至頭忽大痛號呼劉笑曰汝得罪何人求之當自瘥僕思初來罪何由得衆疑小君俾哀之女曰爾謂夫人則已耳何謂狐也僕乃悟叩不已又曰既欲得裘何得無禮已而曰赦之矣僕病若失忽自簾中擲一裹曰此羔羊裘也解視得五金後買一裘適符其數劉詢僕家事僕言惟某夜失酒一罈其日卽女取酒時也劉愛之爲繪一小照時張道一爲提學使聞之以桑梓誼詣劉欲乞一面女拒之劉示以照張强携之去置案頭視之曰以卿麗質何之不

可乃托身於鬖鬖之老下官殊不惡於洞九何不一
惠顧女忽謂劉曰張公無禮當小懲之次日張又視
似有人以物擊額甚痛大懼以照反之劉詰之使隱
其故而詭對之劉笑曰爾主額上得毋大痛僕不敢
欺以實告一日壻亓生來請謁女固辭劉曰壻非他
人何拒之女曰壻相見必當有以贈之渠望我奢自
度不能滿其志故不欲見耳既固請之乃許以十日
見及期亓入隔簾揖之少致存問儀容隱約不敢審
視既退數步之外囘眸注盼聞女云阿壻囘首矣言

已、大笑烈烈、如鴞鳴、亓聞之、脛股皆輭、搖搖然如喪
魂魄、移時、始定、曰適聞笑聲、如霹靂、竟不覺身爲己
有、少頃以二十金贈亓、亓受之、謂婢曰、小君寧不知
我素性揮霍、不慣使小錢耶、女聞之曰、我固知之、囊
底適罄、且我縱厚贈、彼福薄亦不能任、女凡事先知、
遇有疑難、與決、無不剖、一日忽仰天大驚曰、大難將
作、爲之奈何、劉詢之、曰獨二公子可慮、餘無礙也、但
此處不久將爲戰場、君當求差遠去、始免於難、劉從
之、乞解餉雲貴間、道里遼遠、聞者弔之、而女獨賀、無

何姜瓖叛汾州爲賊窟劉仲子自山東來適遭其變遂遇害城陷官僚皆罹於難惟劉以公出得免劉歸盗已平尋以大案罣誤貧至饔飧不給女曰勿憂床下三千金可用也劉喜曰竊之乎曰天下無主之物取之不盡何庸竊乎劉與謀得脫歸後數年女忽去紙裹數事留贈中有喪家掛門小旛長二寸許人知爲不祥劉尋卒

胡四姊

泰安尙生獨居清齋值秋夜銀河高耿明月在天徘

徊花陰、頗存遐想、忽一女子踰垣來、笑曰、秀才何思之深、生就視、容華若仙、驚喜擁入、窮極狎昵、自言胡氏、名三姊、問其居第、但笑不言、生亦不復置問、惟相期永好而已、自此臨無虛夕、一夜與生促膝燈幕、生愛之、盼矚不轉、女笑曰、耽耽視妾何爲、曰、我視卿如紅葉碧桃、雖竟夜視不厭也、曰、妾陋質、遂蒙青盼如此、若見吾家四妹、不知如何顛倒、生傾動、恨不一見顏色、長跪哀請、女諾之、適夕果偕四姊來、年方及笄、荷粉露垂、杏花烟潤、嫣然含笑、媚麗欲絶、生狂喜引

坐、三與生同笑語、四惟手引繡帶、俯首而已、未幾、三
姊起別妹、欲從行、生曳之不釋、顧三姊曰、卿卿煩一
致聲、三乃笑曰、狂郎情急矣、妹子一爲少留、四姊不
言、三姊遂去、二人備盡歡好、既而引臂替枕、傾吐生
平、無復隱諱、自言爲狐、生依戀其美、亦不之怪、四姊
因言、阿姊狠毒、業殺三人矣、惑之無不斃者、妾幸承
溺愛、不忍見滅亡、當早絕之、生懼、求所以處、四姊曰、
妾得仙人正法、當書一符、貼寢門、可以卻之、遂書之、
既曉、三姊來、見符、卻退曰、婢子負心、傾意新郎、不憶

引線人矣、汝兩人合有夙分、余亦不相仇、但何必爾、乃逕去、數日四姊他適、曰今日不回矣、生偶出門眺望山下、疑有狐林蓍莽中、一少婦來、亦頗風韻、近謂生曰、秀才何必日沾沾戀胡家四姊、渠又不能以一錢相贈、卽以一貫授生曰、先持歸貰良醞、我卽携小肴饌來、與君爲歡、生懷錢沽酒歸、少間婦果至、携燔雞醃彘肩、置几上、抽刀縷切爲臠、釃酒調謔、懽洽異常、旣而滅燭登床、狎情蕩甚、天明始起、方坐床頭捉足易舄、忽聞人聲、傾聽、已入幃幕、則胡四姊也、婦倉

皇、而遁、遺舄於床、四姊逐叱曰、騷狐何敢與人同寢
處、追去移時始返、怨生曰、君不長進、與騷狐相匹偶、
不可復近、悻悻欲去、生惶恐自投、情詞哀懇、怒稍解、
一日有陝人造門曰、吾尋妖物、非朝伊夕、乃今始得
之、生父以其言異、訊所由來、曰小人日泛烟波、遊四
方、終歲常八九月、離桑梓、被妖物殺吾弟、歸甚悼恨、
誓必尋而殄滅之、奔波數千里、殊無跡兆、今在君家
左近、不剪、當有繼吾弟亡者、時生與女密、父母微察
之、大懼、延入令作法、出二瓶、列地上、符咒良久、有黑

霧四圍分投瓶中、客喜曰、都到矣、遂以豬脬裹瓶口、
緘封甚固、生父亦喜、堅留客飯、生惻然、近瓶竊聽、聞
四姊在瓶中言曰、坐視不救、君何負心、生意感動、急
啟所封、而堅不可動、四姊又曰、勿須爾、但放倒壇上
旗、以針刺脬作孔、妾即出矣、生如其言、果見白氣一
系自孔中出、凌霄而去、客出見旗橫地、大驚曰、遁矣、
此必公子所爲、搖瓶俯聽、曰、幸止亡其一、此物合不
死、猶可赦、乃携瓶別去、後生在野督傭刈麥、遥見四
姊坐樹下、生趨近之、執手慰問、曰、別後十易春秋、大

丹已成，但思君之念未忘。故復一拜。問生欲與偕歸，女曰：妾今非昔比，不可以塵情染。後當復見耳。言已不知所往。又二十餘年，生適獨居，四姊自外至。生喜與語。女曰：我今各列仙籍，不應再履塵世，但感君情特報撤瑟之期，可早處分後事，亦勿悲憂，妾當度君爲鬼仙。乃別而去。數日生果卒。

狐諧

明時，有富戶役長厚者，充之，多至破家。博興萬福，字子祥，家道頗裕，幼業儒，年二十餘，不能掇一芹。適報充是役、懼而逃、於濟南、稅居逆旅、夜有女來、色頗麗、萬悅而私之、詢其姓氏、女自言、是狐、但不爲君祟耳、萬喜而不疑、日與臥處、凡有所需、無不仰給之、無何二三相識、輒來造訪、恒信宿不去、萬不得已、以實告客、懇萬轉白、願一睹仙容、狐因我亦猶人耳、見我何爲、客有孫得言、善謔、固請見、且謂得聽嬌音、神魂飛越、何吝容華、徒令人聞聲、相思也、狐笑曰、賢孫子、欲爲爾高曾祖母作行樂圖耶、諸客俱笑、又曰、我爲狐、請與客言狐典、頗聞之否、衆唯唯、曰、昔某村旅舍、多狐、輙出祟行客客知之相戒不宿其舍年許門戶蕭索、主人大憂甚諱言狐怨、一遠方客來望門投止主人大悅、甫入門即有人陰告曰是家有狐、客懼白主人、主人力白其妄、客乃止、入室方卧見羣鼠出於床下、客大駭狂奔急呼有狐、主人驚問、客怨曰狐巢於此何誑我言無、主人問所見何狀、曰今所見細細么麼、不是狐兒必當是狐孫子。言罷座客粲然、孫曰既不賜見、我輩勿去阻其陽臺、狐笑曰寄宿無妨、倘有小迕犯幸勿滞懷、客恐乃散去、然數日必一來索狐笑罵狐諧甚每一語即顛倒賓客滑稽者不能屈也一日置酒高會萬居主人位孫與二客陳氏兄弟各所見所聞者分左右上虛一席居狐辭不善飲請坐談許之酒數行衆擲骰爲瓜蔓之令客擲瓜色會當飲戲以觥移上座曰狐娘子大清醒願借一觴狐笑曰我不飲願陳一典以佐諸公飲孫掩耳不欲聞衆曰罵人者當罰狐曰我罵狐何如衆曰可於是傾耳共聽狐曰昔一大臣使紅毛國著狐腋冠王異之問何皮溫厚乃爾大臣以狐對王曰狐是何物狐字畫何

等使臣曰右邊是一大瓜左邊是一小犬主客又復閧堂孫大窘乃曰雄狐何在而縱雌狐流毒若此狐曰適一典談猶未竟遂爲羣吠所亂請終之國王見使臣乘一騾甚異之使臣曰此馬之所生又大異之使臣曰中國馬生騾騾生駒駒王細問其狀使臣曰馬生騾是臣所見騾生駒駒是臣所聞舉座大笑衆知不敵相約有開謔端者罰作東道主頃之酒酣孫戲謂萬曰一聯請君屬之妓者出門訪情人來時萬福去時萬福合座屬思不能對狐笑曰我有之矣龍

王下詔求直諫鼈也得言龜也得言四座無不絶倒孫大恚曰又何犯戒狐笑曰罪誠在我但非此不能確對明當設席謝過其詼諧不能盡述居數日與萬偕歸將抵家告萬曰此處有一戚好不可不一視日且暮姑宿此待旦而行可也萬疑前此無村落姑從之頃見一莊生平所未歷狐往叩關蒼頭應門入則重門疊閣宛然世家俄見翁媪出揖萬坐待以姻婭款宿焉明早曰我遽偕歸恐駭聞聽君先往我後至萬先去預白於家人未幾狐至與萬言笑聞之而不

見也、逾年萬復事於濟、狐又與俱、忽遇數人、狐與語、備極寒暄、乃謂萬曰、我春峽中人與君有夙因、遂從爾許時、今我兄弟至矣、將從以歸、不能周事、留之不可竟去、

狐仙

長山趙某、稅屋大姓家、素孤貧、不能自給、病癥結、奄就危殆、一日力疾就涼、熟寐樹下、既醒、見絕代麗人坐身旁、因詰問、女曰、我特來為汝作婦、某驚曰、無論貧人不敢有妄想、且奄然垂斃、有婦欲何為、女言能

治之某曰我病非倉猝可除縱有良方自苦無貲可買藥餌女曰我治疾不用藥也遂以手按趙腹力摩之覺其掌熱如火移時腹中痞塊隱隱作解拆聲又少時欲登厠急起解衣大下膠液流灘結塊盡出覺通體爽快返卧故處謂女曰娘子何人祈告姓氏以便尸祝答云我狐仙也君家曾有恩於妾每銘心欲一報之日相尋覔今始得見夙願可酬矣某自慚形穢又慮茅屋竈煤玷染華裳女但請行趙乃導入家土炕無蓆冷竈無烟曰無論光景如此不堪相辱卽

卿能甘之又何以養妻子女但言無慮言次一回頭見榻上氈薦衾褥已設方將致詰又轉瞬見滿室皆銀光紙裱糊如鏡諸物已悉變易几案精潔肴酒並陳矣遂相歡飲日暮與同衾寢如夫婦主人聞其異請一見之女即出見無難色由此四方傳播造門者踵相接女並無所拒絕或設筵招之女必與夫俱一日座中一孝廉陰萌淫念女已知之忽加誚讓即以手推其頭頭出櫺外而身猶在室轉側皆所不能因共哀免乃曳出之積年餘造請者日多女頗厭之値

端陽飲酒高會、忽一白兔躍入、女起曰、春藥翁來見召矣、謂兔曰、先行、兔逕去、女令趙取梯、趙於舍後負長梯來、高數丈、庭有大樹一株、便倚其上、梯更高於樹杪、女先登、趙亦隨之、女回首曰、親朋有願隨者、當卽移步、衆愕視、不敢登、惟主人一僮、踴躍從諸其後、上上愈高、梯盡雲接、不可見矣、共視其梯、則多年無板之破扉耳、羣入其室、灰壁敗竈依然、他無一物、猶意僮返可問、久之絡杳、

蕭七姊

徐繼長臨淄人居城東磨房莊業儒未成去而爲吏偶適姻家道出于氏殯宫薄暮醉歸過其處見樓閣繁麗一叟當戶坐酒渴思飲揖叟求漿叟邀入飲飲已叟曰昏暮難行姑宿此早旦而發如何也徐亦疲殆樂遵所請叟命具酒奉客卽謂徐曰老夫一言勿嫌孟浪君淸門令望可附婚姻有幼女未字欲充下陳幸垂援拾徐踧踖不知所對叟卽遣伻告親族又傳語令女郎妝束頃之峩冠博帶者四五輩先後並至女郎亦艷妝出姿容絕俗於是交坐宴會徐神魂

眩亂、但欲速寢、酒數行、堅辭不任、乃使小鬟引夫婦入幃館、同爰止、徐問其氏族、女云蕭姓、行七。又復細審門閥、女曰身雖賤陋、配吏胥、當不辱寞、何苦窮詰、徐溺其色、狎暱備至、不復他疑、女曰此處不可爲家、審知汝家姊甚平善、或不拗阻、歸除一舍、行將自至矣、徐應之、既而加臂於身、奄忽就寐、既覺則抱中已空、天色微明、松陰翳嶢、身下藉黍穰尺許、厚駭歎而歸、告妻、妻戲爲除館、設榻其中、闔門出曰、新娘子今夜至矣、因與共笑、日既暮、妻戲曳徐、啟門曰、新人得

毋巳在室耶既入則美人華妝坐榻上見二人入起
逆之夫妻大愕女掩口吃吃而笑叅拜恭謹妻乃治
具爲之合歡女早起操作不待驅使一日言姊姨輩
俱欲來吾家一望徐慮倉卒無以應客女曰都知吾
家不饒將先賫饌具來但煩姊烹飪而已徐告妻妻
諾之晨炊後果有人荷酒殽來釋擔而去晡後有六
七女郎來長者不過四十團坐飲啖喧笑盈室徐妻
伏牕以窺惟見徐及七姊相向坐他客皆不見夜闌
始去女送客未返妻入視案上杯盤俱空笑曰諸婢

想、俱餓遂如狗舐砧、少間、女還、殷殷相勞、奪器自飧、
促、嫡安眠、妻曰、客臨吾家、使自備飲饌、亦大笑、話明
日、合另邀至徐、從妻言、使女復召客、客至、恣意飲噉、
惟留四盞、不加七箸、女勸之、羣笑曰、汝姊謂吾輩惡、
故留之、座間一女郎、年十八九、素舄縞裳、云是新寡、
女呼爲六姊、情態妖艷、善笑能口、與徐漸洽、輒以諧
語相嘲、行觴政、徐爲錄事、禁笑諠、六姊頻犯、連引十
餘爵、酡然竟醉、芳體嬌懶、荏弱難持、無何亡去、徐燭
而覓之、則酣寢帷中、近接其吻、亦不覺、以手探袴私、

處壙起心旌方搖席中紛喚徐郎乃急理其衣見袖中有綾巾竊之而出迨夜央衆客離席六姊未醒七姊入搖之始呵欠而起繫諸理鬟從衆去徐拳拳懷念將於空處展玩綾巾而覓之已杳疑送客時遺落遂問執燈細炤堦除女問之徐漫應之女笑曰勿誑語巾子人已將去徒勞心目徐驚以實告且言懷思女曰彼與君無宿分緣止此耳問其故曰彼前身爲青樓女君爲士人見而悅之爲兩親所阻志不能遂感疾阽危彼私謂母曰我已不起但得若來獲一捫

其肌膚死無憾君感此意諾如所請適以冗羈未往過夕而至則已殞是前世與君有一捫之緣也過此即非所望後設筵再招諸女惟六姊不至徐疑女妬頗有怨懟女一日謂徐曰君以六姊故妄相見罪彼實不肯至於我何尤請爲君極力一謀用解從前之惑彼雖不來寧禁我不往登門就之或人定勝天不可知徐喜從之女握手飄若履虛頃刻至其家黃甍廣堂門戶曲折與初見時無少異岳父母並出曰拙女久蒙溫煦老身以殘年衰慵有疎省問或當不怪

耶、卽張筵作會、女便問諸姊妹、母曰各歸其家、惟六姊在耳、卽喚婢請六娘子來、久之不出、女入曳之出、俯首簡默、不似前此之諧、少時叟媼入內、女謂六姊曰、姊姊高自重、使人怨我、六姊微哂曰、輕薄郎何宜相近、女執兩人臂、强使易飲、曰吻已接矣、作態何爲、少間七姊亡去、室中止餘二人、徐遽起相逼、六姊宛轉撑拒、徐牽衣長跪而哀之、色漸和、相携入室、裁緩襦結、忽聞喊嘶動地、火光射闥、六姊大驚、推徐起曰、禍事忽臨、奈何、徐忙迫不知所爲、而女郎已竄無跡矣徐悵然少坐屋宇並失獵者十餘人揆鷹操刃而至驚問何人夜伏於此徐托言迷途因告姓字一人曰適逐一狐見之否答云未見細認其處乃于氏殯宮也怏怏而歸猶冀七姊復至晨占鵲喜夕卜燈花而竟無消息矣

狐女

伊兗九江人夜有女來相與寢處心知爲狐而戀其美秘之久之形體支離父母詰知之大憂使人更代伴宿施勅勒卒不能禁翁自與同衾則女不至易以

他人則又至、伊問之女、曰世俗符呪、何能制我、然俱、有倫理、豈有對翁行淫者、翁聞之、忤子不去、狐遂絕、後值叛寇、恣橫村人、盡竄、伊奔入崑崙山、四顧荒凉、又無同侶、日將暮、心愈惴恐、忽見一女子來、疑是避難者、急就之、則女也、亂離中相見欣慰、女曰、日已酉下、勢無復之、君姑止此、我相佳地、錮一室、以避虎狼、乃北行數武、蹲草莽中、不知何作、少頃返、握伊南去、十餘步、又曳之回、忽見大木千章、遶一高亭、銅墻鐵柱、頂類金簿、近覩則墻可及肩、四週並無門戶、而墻上窗排坎窗女踏之而過伊亦從之既入疑金屋非人工可造因問所自來女笑云君子居之明日卽以相贈金鐵各千萬計半生吃著不盡矣既而告別伊苦留之乃止曰彼人厭棄已拌永絕今又不能自堅矣既醒狐女不知何時已去天明踰垣而出回視卧處並無亭屋惟四針揷指環內覆脂合其上大樹則叢荆老棘也

汾狐

汾州別駕朱公廨多狐夜坐有女子往來燈下初謂

是家人婦未遑瞻顧及舉目竟不相識而容光艷絕心知其狐遽呼之來女停履笑曰厲聲加人誰是汝家婢媼朱笑而起曳坐謝過遂與款密久如夫妻之好忽謂曰君秩將遷別有日矣問何時曰目前但賀者在門弔者在閭矣三日遷報果至四日卽得母訃音公解任欲與偕旋女不可送之河上強之登舟女曰妾實狐也不能自渡河朱不忍別戀戀不舍女云去謁一故舊來移時返曰請便登舟朱詰之云所謁非他乃河神也妾以君故特請之限我十日故可暫

依遂同濟至期果別而去

雙燈

魏運旺青州之盆泉人故世族也後式微年二十餘廢學就岳家業酤一夕獨臥樓上忽聞樓下步履聲魏驚起悚聽聲漸近尋梯而步步繁響無何有婢挑雙燈已至榻前後一年少書生導一女郎近榻微笑魏大愕審知爲狐毛髮森豎俯首不敢視書生笑曰君勿見猜舍妹與有前因便合奉事魏視書生錦貂炫目自慚形穢靦顏不知所對書生率婢子携燈竟

去細視女郎楚楚若仙心甚悅之然慚怍不能作游語女郎顧笑曰君非抱本頭者何作措大氣遽近枕薦援手於懷魏始爲之破顏𢭏袴相嘲遂與狎昵曉鐘未發雙鬟即來引去復訂夜約至晚女果至笑曰癡郎何福不費一錢得如此佳婦夜夜自投到也置酒與飲賭藏枚女十有九勝乃笑曰不如妾握枚子君自猜之中則勝否則負若使妾猜君當無勝時遂如其言通夕爲樂旣而將寢曰昨宵衾裯濇冷令人不可耐遂喚婢襆被來展布榻閒綺縠香軟頃之緩

帶交偎口脂濃射眞不數漢家溫柔鄉也自此遂以爲常後半年魏歸家月夜與妻話隐間忽見女郎華妝坐墻頭以手相招魏就之女援之出把手而告曰今與君別矣請送我數武以表半年綢繆之義魏驚問之女曰姻緣自有定數何待說也語次至村外前婢挑雙燈以待竟赴南山登高處乃辭魏言別留之不得遂去魏竚立徬徨遥見雙燈明滅漸遠不可見抑鬱而返

毛狐

農子馬天榮、年二十餘、貧不能娶、芸田間、見少婦盛粧、踐禾越陌而過、貌赤色、致亦風流、馬疑其迷途、顧四野無人、戲挑之、婦亦微納、欲與野合、笑曰、青天白日、寧宜爲此、子歸、掩門相候、昏夜我當至、馬不信、婦矢之、馬以門戶向背具告之、婦乃去、夜分果至、遂相悅愛、覺其肌膚嫩甚、火之、膚赤薄如嬰兒、細毛徧體、異之、又疑其蹤跡無據、自念得非狐耶、因戲相詰、婦亦自認不諱、馬曰、既爲仙人、自當無求不得、既蒙繾綣、寧不以數金濟我貧、婦諾之、次夜來、馬索金、婦故愕曰適忘之將去馬又囑至夜問所乞或不忘耶婦笑請以異日踰數日馬復索婦笑向袖中出白金二鋌翹邊細紋雅可愛玩馬喜藏於櫝積半歲偶需金因持示人人曰是錫也以齒齕之應口而落大駭藏而歸至夜婦至憤致誚讓婦笑曰子命薄眞金不能任也一笑而罷馬曰聞狐仙皆國色何獨不然婦曰吾等皆隨人現化子且無一金之福落雁沉魚何能消受以我蠢陋固不足以奉上流然較之大足駝背者即爲國色過數月忽以三金贈馬曰子屢相索我

以子命不應有藏金、今媒聘有期、請以一婦之貲相餽、亦借以贈別、馬自白無聘婦之說、婦曰、一二日自當有媒來、馬問所言姿貌如何、曰、子思國色、自當是國色、馬曰、此不敢望、但三金何能買婦、婦曰、此月老注定、非人力也、馬問何遽言別、曰、戴月披星、終非了局、使君自有婦、搪塞何爲、天明而去、次日果有媒來、先詰女貌、答在妍媸之間、聘金幾何、約四五數、馬不難其價、而必欲一親見其人、媒恐良家子不肯衒露、既而約與俱去、相機便、既至其村、媒先往、使馬候諸村外久之來曰諧矣余表親與同院住適往見女坐室中請郎僞爲謁表親者而過之咫尺可窺也馬從之果見一女子坐室中伏於床倩人爬背媒嚌指之馬趨過掠之以目貌誠如媒言及議聘並不爭直但需一二金裝女出閣馬乃納金並酬媒氏及書劵者計三兩已盡亦未多費一文擇吉迎女歸則胸背皆駝項縮如龜下視裙底蓮船盈尺乃悟狐言之有因也

隨人現化或狐女之自爲解嘲然其言福澤良可

深信余每謂非祖宗數世之積德、不可以博高官、非本身數世之積德、不可以得佳人、

燈狐

韓光祿大千之僕、夜宿廈間、見樓上有燈、如明星、未幾熒熒飄落、及地化爲狐、覡之、轉舍後去、急起、潛尾之、入園中、化爲女子、僕還卧故所、俄女子自後來、僕陽寐以覘之、女俯而撼之、僕僞爲醒狀、問其爲誰、女不答、僕曰、樓上燈光非子耶、女曰、既知之、何問焉、遂共宿、止晝別宵會、以爲常、主人知之、使二人夾僕卧、

二人醒、俱墮床下、亦不知墮自何時、主人怒、謂僕曰、來時當捉之來、否則鞭之、僕不敢言、諾而退、因念捉之難、不捉懼罪、輾轉無策、忽憶女子體著紅衫、未肯暫脫、必其要害、執此或可脅之、至夜女來、問主人囑汝捉我乎、曰、有之、但我兩人情好、何忍爲此、及寢、陰掬其衫、女急啼、力脫而去、從此遂絕、後僕自他方歸、遥見女子坐道周、至前則舉袖障面、僕下騎呼曰、何作此態、女乃起、握手曰、我謂子已忘舊好矣、既戀戀有故人意、情尚可原、前事出於主命、亦不汝怪也、但

緣分已盡、今設小酌爲別、時秋初高粱正茂、女携與
俱入、則中有巨第、繫馬入堂中、酒肴已列、甫坐羣婢
行炙、日將暮、僕有事欲復主命、遂別、既出則依然田
隴耳、

金陵女子、

沂水居民趙某、自城中歸、見女子衣白、哭路側甚哀、
睨之美、悅之、凝注不去、女垂涕曰、夫夫也、路不行而
顧我、趙曰、我以曠野無人、而子哭之慟、實愴於心、女
曰、夫死無路、是以哀耳、趙勸其復擇良匹、曰、眇茲一

身其何能擇如得所托媵之亦可趙欣然自薦女從之趙以去家遠將覓代步女曰無庸乃先行飄然若仙至家操井臼甚勤積二年餘謂趙曰感君戀戀猥相從忽已三年今宜且去趙曰曩言無家今焉往曰彼時漫爲是言耳何得無家妾父貨藥金陵倘欲再晤可載藥往趙經營爲貫輿馬女曰不必出門逕去追之不及瞬息已杳居久之頗涉懷想因市藥詣金陵寄貨旅邸訪諸街市忽藥肆一翁見之曰壻至矣延之入女方浣裳庭中見趙不言亦不笑浣不輟趙

銜恨遽出翁又曳之返女不顧如初翁命治具作飲
謀厚贈之女止之曰渠福薄多將不任宜少慰其苦
辛再撿十數醫方與之便吃著不盡矣翁問所載藥
女云已售之矣直在此翁乃出方付金送趙歸試其
方有奇驗沂水尚有能知其方者以蒜臼接茅簷雨
水洗瘊贅其方之一也良效

仙耶鬼耶吾不得而知之也以其迹近於狐故以
歸之狐　横山

誌異摘抄目錄

卷之十七

狐五

妖一

香　玉牡丹　　葛　巾牡丹

黃　英菊　　素　秋蠹魚

誌異摘抄卷之十七

狐五

翠仙

晉人梁有才、流寓歷下、孑然一身、作小負販、當四月交、從人登岱、香侶雜沓、又有優婆夷塞、率衆跪神座下、視香爲度、名曰跪香、才視衆中有女郎、年十七八而美、悅之、詐爲香客、近女郎跪、又僞爲膝困無力狀、故以手據女郎足、女回首似嗔、膝行而遠之、才又膝行而近之、少間又據之、女郎覺、遽起出門去、才亦起跡之不知所往，怏怏而行，途中遇女郎，從媪才趨之，媪，女行且語媪云，汝能叅禮娘娘大好事，汝又無弟妹，但保佑汝得快壻，能相孝順，都不必貴公子富王孫也，才聞之竊喜，漸漬與語，媪自言爲雲氏，小女名翠仙，家西山四十里，才曰，山路濇，母如此蹜蹜，妹如此纖纖，何能便至，曰，已晚，將寄兒家宿耳，才曰，適言相壻，不以貧賤鄙，嫌我又未婚，頗當母意否，媪以問女，女不應，媪數問，女曰，渠寡福，又蕩無行，輕薄之心，還易反復，兒不能爲遢伎兒作婦，才樸誠自表，切矢

皦日、媪喜竟諸之、女不樂、勃然而口、毋又强拍臂之、
才殷勤手於橐、覓山兜二、昇媪及女過隘、輙呼兜夫、
不得顛播、俄抵村舍、媪邀才同入兄家、兄嫂出逆媪、
指才曰、此吾壻、日適良、不須別擇、便取今日、兄亦喜、
出酒殺餌、才既嚴妝、翠仙出拂榻促眠、女曰、我固知
郎不義、廹母命、漫相隨、郎若人也○即不須憂偕活○才
唯唯聽受、明日早起、母謂才宜先去、我以女繼至、才
歸掃戶闥、媪果送女至、入視室中、虛無有、便云似此
何能自給、老身速歸、當小助汝、遂去、次日有男女數

輩各携服食器具、布一室、滿之、不飯俱去、但留一婢。才由此坐溫飽、惟日引無賴朋飲、競賭、漸盜女簪珥佐博、女勸之不聽、惟嚴守箱奩、如防寇盜。一日博黨款門訪才、窺見女大驚、戲謂才曰、子大富貴、何憂貧耶、才問故、答曰、適見令正、仙人也、與子家道不相稱、貨爲媵、金可得百、爲妓、可得千、千金在室、而聽飲博無貲耶、才不言、而心然之、歸、輒向女欷歔、時時言貧不可度、女不顧、才頻頻擊棹拋箸、罵婢、作諸態、一日女沽酒與飲、忽曰、郎以貧故、日焦心、我又不能御貧分郎憂、豈不愧怍、但無長物、止有此婢、鬻之可稍稍佐經營、才搖首曰、其值幾何、又飲少時、女曰、妾於郎有何不相承、但力竭耳、念一貧如此、便死相從、不過均此百年苦、有何發跡、不如以妾鬻貴家、兩所便、得直或較婢多、才故愕言何得至此、女固言之、色作莊、才喜曰、容再計之、遂緣中貴人貨隸樂籍、中貴親詣才、見女大悅、即立券八百緡、事濱就矣、女曰、母日以壻家貧、常常縈念、今義斷矣、我將暫歸省、且郎與妾絕、何得不告母、才慮母阻、女曰、我顧自樂之、保無差錯、才從之、夜將半、姁抵母家、撻闥入、見樓舍華好、婢僕輩往來憧憧、才日與女居、每請諸母、女輒止之、故年餘曾未一至岳家、至此大駭、以其巨家、恐樂籍所不甘也。女引才登樓、見媪、媪驚問何來、女怨曰、我固道渠不義、今果然。乃於衣底出黃金二鋌、置几上曰、幸不爲小人賺脫、今仍以還母、母駭問故、女曰、渠將鬻我、故藏金無用處、乃指才罵曰、豺鼠子。曩日負肩擔、面沾塵如鬼、初近我、熏熏作汗腥、膚垢欲傾塌、手足皴一寸厚、使人終夜惡、自我歸汝家、安坐餐飯。鬼皮姢脫母在前、我豈誣耶、才垂首不敢少出氣、女又曰、自顧無傾城姿、不堪奉貴人、似若輩男子、我自謂猶相匹、有何虧負、遂無一念香火情、我豈不能起樓宇、買良沃、念汝儇薄骨、乞丐相、終不是白頭侶、言次婢嫗連衿臂、旋旋圍遶之、聞女責數、便都唾罵、共言不如殺卻、何須復云云、才大懼、據地自投、但言知罪、女又盛氣曰、鬻妻子已大惡、猶未便是劇、何忍以同衾人、賺作娼、言未已、衆眥裂、悉以銳簪剪刀股攢刺脇踝、才悲號乞命、女止之曰、可暫釋卻、渠便無仁義、我不忍觳觫。乃率衆下樓去、才坐聽移時、語聲俱寂、思欲潛遁、忽仰視見星漢、東方已白。野色蒼莽、燈亦尋滅、並無屋宇、身坐削壁上、俯瞰絶壑、深無底。駭絶懼墮、身稍移、塌然一聲、隨石崩墜、壁半枯籐橫焉、胥不得墮、以籐受腹、手足無著。下視茫茫、不知幾何尋丈。不敢轉側、嘷怖聲嘶。一身盡腫。眼耳鼻舌身力俱竭。日漸高、始有樵人望見之、尋綆來縋而下、移置崕上、奄將就斃、舁歸其家、至則門洞厰、家荒如敗寺、牀簏什器俱杳、惟繩床敗案是己家舊物、零落猶存、嗒然自臥、饑時一乞食於鄰、既而腫潰爲癩、里黨薄其行、悉唾棄之、才無計、賃屋而穴居、行乞於道、以刀自隨、或勸以刀易餌、才不肯、曰野居防虎狼、用自衛耳、後遇向勸鬻妻者於途、近而哀語、遽出刀擊而殺之、遂被收、官廉得其情、亦未忍酷虐之、繫獄中、尋瘐死、

凡狹邪子誘人賭博、爲諸不義、其事不敗、雖則不怨、亦不德、迨至身無襦、婦無袴、千人所指、無疾將死、窮敗之念、無時不縈於心、窮敗之恨、無時不切於齒、清夜牛衣中、輾轉不寐、夫然後歷歷想未落

時歷歷想將落時，又歷歷想致落之故，而因以及發端致落之人，至於此，弱者起擁絮坐詛，強者忍凍裸行，篝火索刀，霍霍磨之，不待終夜矣。故以善規人，如贈橄欖；以惡誘人，如餽漏脯也。聽者固當省，言者可勿戒哉。

鄰舟婦

武孝廉石某，挈貲赴都謀銓敘，至德州暴病，唾血臥舟中，僕盜金亡去，石大恚，病更加，資糧斷絕，榜人謀委棄之。會有鄰舟婦，聞之，願載石，榜人喜，扶石過船，石覩之、婦四十餘、被服燦麗、神采猶都、呷以謝之、婦臨審曰君夙有瘵根、今魂魄已遊虛莽、石聞之哀哭、婦曰我有丸藥、能起死病、瘳勿相忘、石洒泣矢盟、乃以藥餌石、半日覺少瘥、旣到婦家、婦卽榻供甘旨、殷勤過於夫婦、石甚德之、月餘病良已、石膝行而前、敬之如母、婦曰妾煢獨無依、如不以色衰見憎、願侍巾櫛、時石三十餘、喪偶經年、聞之喜愜過望、遂相燕好、婦乃出藏金、令入都營幹、相約返與同歸、石赴都謀得本省司閫、餘金市僕馬、因念婦臘已高、終非良偶、以百金聘王氏爲繼室、恐婦聞知、遂避德州道、迂途履任、年餘不通音耗、有石中表偶至德州、與婦爲鄰、婦知之、詣問石況、某以實對、婦大罵、因告以情、某亦代爲不平、慰解曰、或務冗未暇、可修書爲婢寄之、婦如其言、某敬以達石、石殊不置意、又年餘、婦自往止於旅舍、令司賓者通姓氏、石令絕之、一日方燕飲、聞喧聲、釋杯凝聽、則婦已搴簾入矣、石大駭、面色如土、婦罵曰、薄情郎、安樂耶、試思富若貴何所自來、我與汝情分不薄、即欲置婢妾、相謀何害、石長跪自投、詭辭求宥婦氣稍平石與王氏謀以妹禮見婦王不從固哀之乃往王拜婦亦拜曰妹勿懼我非悍妬者曩事實人情所不堪即妹亦當不願有是郎遂爲王緬述本末王亦憤恨因與交詈之石不能自爲地惟求自贖遂相安帖初婦之未入也石戒閽人勿納怒讓之閽人固言管鑰未發無入者石疑之不敢問婦雖笑言而終非所好也王初猶自危見婦嫻婉不爭夕三餐後掩闥早寢並不問良人夜宿何所王以此愈敬之厭旦往朝如事姑嫜婦御下寬和有體而明察

若神、一日失印綬、合署沸騰、婦但笑不言、似知盜者姓名、然終不肯洩、居之終歲、察其行多異、石疑其非人、常於寢後使人覘之、但聞終夜作振衣聲、亦不知其何爲、婦與王極相憐愛、一夕石出未歸、與王飲不覺過醉、就臥席間、化而爲狐、王憐之、覆以錦衾、未幾石歸、王告以異、石欲殺之、王曰、卽狐何負於君、石不聽、急覓佩刀、而婦已醒、罵曰、虺蝮之行、而豺狼之心、必不可以久居、曩時啖藥、乞賜還也、卽唾石面、覺森寒如澆氷水、喉中習習作痒、嘔出則丸藥如故、婦收

之忿然遝去追之已杳中夜石舊証復作血嗽不止
半載而卒

醜狐

長沙穆生家清貧冬無絮衣一夕枯坐有女子入衣服炫麗而顏色黑醜笑曰得無寒乎生驚問之曰我狐仙也憐君寂寞聊與共溫冷榻耳生懼其狐而厭其醜大號女以元寶置几上曰若相諧好以此相贈生悅而從之床無裀褥女代以袍將曉囑曰所贈可急市輭帛作臥具餘者絮衣作饌足矣倘得永好勿

憂貧也、遂去、生告妻、妻亦喜、卽市帛爲之縫紉、女夜
至、見卧具一新、喜曰、君家娘子劬勞哉、遂留金以酬
之、從此至無虛夕、每至必有所遺、年餘屋廬修潔、內
外皆衣文繡、居然素封、女賂貽漸少、生由此心厭之、
聘術士至、畫符於門、女來嚙折而棄之、入指生曰、背
德負心至君已極。然此奈我何、若相厭薄、我自去耳、
但情義既絕、受於我者須要償也。忿然而去、生懼以
告術士、術士作壇陳設、未已、忽顛地下、血流滿頰、視
之則割去一耳、衆大懼、奔散、室中擲石如盆、門窗釜

毹、無復全者、生伏床下、俄見女抱一物入、貓首猧尾、置床前、嗾之曰、嘻嘻可嚼奸人足、物齒利於刃、嚼足指、爽脆有聲、生痛極、哀視女曰、所有金珠盡出、勿隱、生應之、女曰、呵呵、物乃止、生不能起、但告以處、女自往搜括、珠鈿衣服之外、止得二百餘金、女少之、又曰、嘻嘻、物復嚼、生哀鳴求恕、女限十日、償金六百、生諾之、女乃抱物去、久之、家人漸集、從床下曳生出、足血淋漓、去其二指、視室中財物已空、又懼女復來、遂貨婢鬻產、以盈其數、至期、女果至、急付之、無言而去。自此遂絕生足創醫藥半年始愈而家清貧如初矣狐適近郈于氏于業農家不中貲三年間援例納粟夏屋連曼所衣華服半生家物生見之亦不敢問一日遇女於途女無言以素巾裹五六金遙擲之返身逕去後于姓早卒女猶時至其家家中金帛輒亡去于子見其來叅之日父卽去世兒輩皆若子縱不撫卹何忍坐令貧耶女去遂不復至

邪物之來殺之不枉然既受其德卽鬼物不可負也既貴而殺趙孟則賢豪非之矣夫人非其心之

所好、卽萬鍾何動焉、覩其見金色喜、其亦利之所在、喪身辱行而不惜者、與傷哉貪人、卒取殘敗

毛物

浙東房生、客於陝、貧不能歸、教授生徒、嘗以膽力自詡、一夜裸卧、忽有毛物從空墮下、擊胸有聲、覺大如犬、氣咻咻然、四足撓動、大懼、欲起、物以兩足撲倒之、恐極而髮經一時許、覺有人以尖物穿鼻、大嚏、乃蘇見室中燈火熒煌、床邊坐一美人、笑曰、好男子、膽氣固如是耶、生知爲狐、大懼、女漸與狎戲、膽始放、遂共

欵狎、積半年、如琴瑟之好、女一日臥床頭、生潛以獺
綱蒙之、女醒不敢動、但哀之、生笑不前、女忽化白氣
自床下出、恚曰、終非好相識、可送我去、以手曳之、身
不覺自行、出門凌空、翕飛食頃、女釋手、生暈然墮落
適世家園中、有虎阱、操木爲圈、繩作網以覆其口、生
墮網上、網爲之側、以腹受網、身半倒懸、下視虎蹲阱
中、仰見之、躍上、近不盈咫、心膽俱碎、園丁來飼虎、見
而恠之、扶下已死、移時始漸甦、備言其故、其地爲浙
界、離家止四百餘里、告之主人、贈以貲而歸、嘗語人

曰雖得兩死然非狐不能歸也

小丈夫

楚翁某賈於外婦每夜夢與人交醒而捫之小丈夫也未幾門未啟而已逝矣情知爲狐入暮邀隣媼伴焉有子十歲向臥别榻亦招與俱夜深狐復來婦喃喃如夢語媼覺呼之狐遂去自是不敢熄燭戒子勿睡熟夜闌兒及媼倚壁寐旣醒失婦久之不至兒執火覓之至他室則母裸臥其中扶回遂狂歌哭叫厭與人居兒每聞母笑語輒起火之日效圬者以磚石

叠牕上止之不聽過數日兩牕盡塞無少明已乃合
泥塗壁孔終日營營不憚其勞塗已磨刀宵分匿刀
於懷以瓢覆燈伺母囈語急啟燈杜門聲喊久之無
異乃詐作砍搜狀欻有一物如貍自門隙出急擊之
僅斷其尾約二寸許血猶滴初挑燈起母即詬罵兒
若不聞擊之不中懊恨而寢及明視血跡踰垣而去
入何氏園中至夜果絕但母癡臥笑罵如故未幾翁
歸就榻問訊婦嫚罵視若仇兒以狀告延醫藥之輒
瀉去潛入湯水雜飲之數日漸安父子俱喜一夕又

失婦所在、復覔得於別室、由是不欲與夫同室、向夕竟奔他室、挽之、即罵翁無策、盡扃他室、婦去則門自開、毆禳無少驗、兒薄暮潛入何氏園、伏莽中、將以探狐所在、月初升、乍聞人語、見二人來、一長鬣奴捧壺衣老櫻色衣、俱隱細不可辨、移時聞一人曰、明日可取白酒一瓶來、頃之俱去、惟長鬣獨留、脫衣卧石上、審視之、四肢皆如人、但尾垂後部、兒欲歸、恐驚狐、遂終夜伏、未明、又聞二人以次復來、偕奴入竹叢中、而沒、兒乃歸、翁問所往、答宿阿伯家、翁入城、兒亦欲看舅氏、遂從去、見帽肆掛狐尾、乞父市之、翁不顧、兒牽衣嬌聒之、不得已、市焉、乘父他顧、盜錢去、沽白酒、寄於肆、舅喜獵、兒奔其家、乘舅衿他往、發獵藥、裹竊盈掬藏之、出陰置酒中、以尾綴繫之、遨遊市上、果見長鬣者雜人叢中、兒審之確、漸與語、詰其里居、答曰北村、亦詢兒、云某山洞、長鬣異之、兒笑曰、我世居洞府、君固否耶、其人驚詰姓氏、兒曰、我胡氏子、曾在某處、見君從兩郎、顧忘之耶、其人熟審之、若信若疑、兒微啟下裳、少露其尾、曰、我輩混跡人中、但此物猶存、爲可恨耳、其人問在市、何爲、兒曰、父遣我沽、其人亦以沽、告兒、問沽未、曰吾儕多貧、故竊時多、兒曰、此役亦良苦、耽驚、其人曰、受主人遣、不得不爾、因問主人、伊誰、曰卽曩所見兩郎兄弟也、一私北郭王氏婦、一宿東村某家、其兒大惡、被斷尾、十日始瘥、今復往矣、言已欲別、曰勿誤我事、兒曰、竊之難、不若沽之易、我已沽、就寄肆中、敬以相贈、我尚有餘錢、可再沽也、其人愧、無以報、兒曰、我等同類、何靳此、須暇時尚當與君痛飲耳、遂與俱去、取酒與之、乃歸、翁問何往、托在舅

家盜錢何爲見譴之至夜母竟安寢心知有異及明
告父同往驗之則兩狐斃於亭上一狐死於草中喙
津津尚有血出酒瓶猶在持而搖之未盡也翁驚問
何不早言曰此物最靈一洩則彼知之翁喜曰我見
討狐之陳平也於是荷狐歸婦瘠殊甚嘔痰數升心
漸明了尋愈王氏婦向祟於狐至是問之則狐絕矣
由此奇兒稍長教之騎射後貴至總戎

竊食狐

有農人耕於山下婦以陶器爲餉食已器置隴畔向

暮視之、器中餘粥盡空、如是者再、心疑之、因留心覘
之、有狐來探首器中、農人持鋤潛往力擊之、狐驚竄
器囊頭不得脫、顛蹷觸器碎、落出首、見農人、竄愈急
越山而去、後數年、山南有貴家女苦狐纏祟、劾勒無
靈。狐謂女曰、紙上符呪能奈我何、女紿之曰、汝道術
良深、可幸永好。但不知生平亦有所畏者否、狐曰、我
諸無所怖、惟數年前在北山時、竊食田畔、被一人帶
闊笠、持曲項兵、幾爲所斃、至今猶悸、女告父、父思投
其所畏、但不知姓名居里、無從詢問、會僕以故至山

村、向人道及、旁一人驚曰、此與昔年事適相符、將無向所逐狐、今能爲怪耶、僕異之、歸告主人、主人喜、即命僕馬招農人來、敬白所求、農人笑曰、曩所遇誠有之、顧未必即爲此物、且既能變化、豈復畏一農人、貴家固强之、使挾帶如爾日狀、入室以鋤卓地、咤曰、我日覓汝不可得、汝乃逃匿在此耶、今相値、決殺不宥、言已、即聞狐鳴於室、農人愈作威怒、狐即哀言乞命、農人叱曰、速去、釋汝、女見狐捧頭鼠竄而去、自是遂安、

入瓶

萬村石氏婦、祟於狐、患之、而不能遣。床後有瓶、每聞婦翁來、狐輒遁匿其中。婦窺之熟、暗計而不言。一日翁來、狐又竄入、婦急以絮塞其口、置釜中、燂湯而沸之。瓶熱、狐呼曰、熱甚、勿惡作劇。婦不理、號愈急、久之無聲。拔塞驗之、狐已熟矣。

伏狐　二則

太史某爲狐所魅、病瘠、符禳既窮、乃乞假歸、冀可逃避。太史行而狐從之、大懼、無所爲謀。行次涿州、遇鈴

醫白言能伏狐、太史延之入、投以藥、則房中術也、促
令服訖、入與狐交、銳不可當、狐辟易、哀而求罷、不聽、
進愈勇、狐輾轉營脫、苦不得去、移時無聲、視之、現狐
形而斃矣、

昔余鄉某生者、素有嫪毒之目、自言生平未得一快
意、夜宿孤館、四無鄰、忽有奔女、扉未啟而已入、心知
爲狐、亦欣然樂就、狎之、衿襦甫解、貫革直入、狐驚痛
啼、聲吱然、如鷹脫韝、穿牕而去、某猶望牕外作狎暱
聲、哀喚之、冀其復回、而已寂然矣、此真討狐之猛將

也宜榜門驅狐可以爲業

阿瑣

董生字遐思青州之西鄙人冬月薄暮展被於榻而熾炭爲方將籌燈適友人招飲遂扃戶去時座中有醫人善太素脈徧診諸客顧王生九思及董曰余閱人多矣脈之奇無如兩君者貴脈而有賤兆壽脈而有促徵此非鄙人所敢知也而董君尤甚共驚問之曰某至此亦窮於術未敢臆決願自慎之二人甚駭旣以爲模稜語置不爲意夜半董歸見齋門虛掩大

疑醺中自憶必去時忘扃入室、即以手探衾中溫否、
探入有人臥、大驚急火之、竟爲姝麗、韶顏稚齒、不殊
神仙、戲探下體、則毛尾翛然、大懼欲遁、女已醒、出手
捉生臂問何往、董戰慄哀求、願仙人憐恕、女笑曰、何
所見而仙我、董曰我不畏首而畏尾、女強引董手復
探、則皮肉如脂、尻骨童童、笑曰、何如、醉態惛憹、不知
所見伊何、遂誣人若此、董固喜其麗、至此更惑、反自
咎適然之錯、然疑其所來無因、女曰、君不憶東鄰之
黃髮女乎、屈指移居者已十年矣、爾時我未笄、君垂

鬟也、董恍然曰、卿周氏之阿瑣耶、女曰是矣、董曰、卿言之、我彷彿憶之、十年不見、遂宼秀如此、然何遂能來、女曰妾適癡郎四五年、翁姑相繼逝、又不幸爲文君、剩妾一身、煢無所依、憶所識者惟君、故來相就、入門已暮、邀飲者始至、遂潛隱以待君歸、待之既久、足氷肌栗、故借被以自溫耳、幸無見疑、董喜、解衣就寢、意殊自得、月餘漸羸瘦、家人怪問、輒言不知、久之覺面目支離、乃懼、造善脈者診之、醫曰、此妖脈也、前日之死徵驗矣、疾不可爲也、董大哭、醫不得已、爲之針手灸臍而贈以藥曰、如有所遇力絶之、董亦自危、既歸、女笑要之、董佛然曰、勿相糾纏、我行且死、走不顧、女大恚懟曰、汝尚欲生耶、至夜服藥、獨寢甫交睫、夢與女交、醒已遺矣、愈恐、移寢於內、火守之、夢如故、積數日、吐血斗餘而死、王九思在齋中見一女子來、悅其美而私之、詰所自、曰、妾遐思之鄰也、渠舊與妾善、不意爲狐惑而死、近日妖氣可畏、讀書人宜慎相防、王感佩之、居數日、迷罔病大作、忽夢董曰、與君好者狐也、殺我矣、又欲殺君、我已訴之冥府、洩此幽憤、翌日之夜當炷香室外勿忘也醒而異之謂女曰我病甚恐將委溝壑或勸勿室也女曰命當壽室亦生不壽不室亦死也漸與調笑不能自持又亂之已而悔之而不能絕及暮挿香戶上女來拔棄之夜又夢董來讓其違囑次夜暗令家人俟寢後潛炷之女忽驚曰又置香耶急起滅之入曰誰教君爲此者王曰或室人憂病聽巫家厭禳耳女徬徨不樂家人潛窺香滅又炷之女忽歎曰君福澤良厚我悞害遐思而奔子誠我之過我將與彼就質於冥曹君如不忘夙好

勿壞我皮囊也、逡巡下榻、仆地而死、燭之狐也、猶恐其活、剝其皮而懸之、王病甚、見狐來曰、我訴諸法曹、謂董見色而動、死當其罪、但咎我不當惑人、追金丹去、復令還生、皮囊何在、曰、家人不知、已脫之矣、狐慘然曰、余殺人多矣、今死已晚、然忍哉君乎、恨恨而去、王病幾危、半年乃瘥、

妖一

香玉牡丹

勞山下淸宮、耐冬高二丈、數十圍、牡丹高丈餘、花時

璀璨如錦、膠州黃生假館其中、一日遙自牕中見女郎、心疑觀中烏得有此、趨出已遁去、由此屢見之、遂隱身叢樹間以伺之、無何又偕一紅裳者來、遙望之艷麗雙絕、行漸近、紅裳者却退曰、此處有生人、生乃暴起、二女驚奔、裙袖飄拂、香風流溢、追過短墻、寂然已杳、愛慕殷切、因題樹下云、無限相思苦、含情對短缸、恐歸沙吒利、何處覓無雙、歸齋冥想、女郎忽入、驚喜承迎、女笑曰、君洶洶似强寇、使人恐怖、不知君竟騷雅士、無妨相見、生略叩生平、曰妾小字香玉、隸籍平康、被道士閉置於此、生問道士何名、當爲卿一滌此垢、女曰、彼亦未敢相逼、借此與君常會、亦佳、問紅衣者誰、曰、名絳雪、亦妾義姊、遂相狎寢、既醒、曙色已紅、女急起曰、貪歡忘曉矣、妾酬君作、口占、勿笑也、良夜更易盡、朝暾已上牕、願如梁上燕、棲處自成雙、生曰、卿秀外慧中、令人愛而忘死、顧一日之去、如千里之別、乘間即來、勿待晚也、女諾之、由此夙夜必偕、每使邀絳雪、總不至、心以爲恨、女曰、絳姊落落、不似妾情癡也、當從容勸駕、不必過急、一夕女慘然曰、君隴不能守、尚望蜀耶、今長别矣、問何之、以袖拭淚曰、此有定數、難爲君言、昔日佳作、今成讖語矣、佳人已屬沙吒利、義士今無古押衙、可爲妾咏詩之、不言、但有嗚咽、竟夜不眠、早旦而去、生怪之、次日有即墨藍氏入宫游矚、見白牡丹、掘之去、生始悟香玉乃花妖也、悵惋不已、過數日、聞藍氏移花至家、萎悴死、恨極、作哭花詩五十首、日日臨穴涕洟、其處一日正往憑弔、遙見紅衣人揮涕穴側、從容就之、女亦不避、生因把袂、相向汍瀾、已而挽請入室、女亦從之、歎曰、童稚相依一朝斷絕。聞君哀傷。愈觸妾慟。淚墮九泉。或當感誠再生。然死者神氣已散。倉猝何能與吾兩人共談笑也。生曰。小生命薄。妨情人。當亦無福可消雙美。曩煩香玉屢達微忱。胡再不臨。女曰。妾以年少書生。什九薄倖。不知君固至情人也。然妾與君交。以情不以淫。若晝夜狎暱。則妾所不能。言已告別。生曰。香玉長離。使人寢食俱廢。賴卿少留。慰此懷思。何決絕如是。女乃止。過宿而去。數日不復至。冷雨幽牕。苦懷香玉。輾轉牀頭。淚凝枕簟。因起挑燈。踵前韻曰。山院黃昏雨垂簾坐小牕相思人不見中夜淚雙雙詩成自吟忽牕外有人曰作者不可無和聽之絳雪也啓門內之女視之續其後曰連袂人何處孤燈照晚牕空山人一個對影自成雙生讀之泣下因怨相見之疎女曰妾不能如香玉之熱但可少慰君寂寞耳生欲與狎曰相見之歡何必在此于是至無聊時女輙一至至則宴飲酬倡有時不寢而去生亦聽之嘗曰香玉吾愛妻絳雪吾良友也每問卿是第幾株早以見示僕將抱置家中免似香玉被人奪去貽恨百年女曰故

士難移告君亦無用也妻尙不能終從況友乎生不聽捉臂而出至牡丹下輒問此爲卿否女不言掩口而笑適生以度歲歸二月間忽夢絳雪至愀然曰妾有大難君急往尙得相見遲無及矣醒而異之急命僕馬至山則道士將建屋有耐冬礙其營造欲斫之生疑所夢卽此急止之入夜絳雪來謝生笑曰向不實告宜遭此厄今已知卿矣如不來當以艾炷灸之女曰妾固知君如此故不敢相告坐移時生曰今對良友更思艷妻久不哭香玉卿能從我哭乎二人乃

往臨穴洒涕至一更向盡絳雪收淚勸止乃還又數夕生方獨居悽惻絳雪笑入曰喜信報君知花神感君至情俾香玉復降宮中生喜問何時答云不知要不遠耳天明欲去生曰僕爲卿來勿長使人孤寂女笑諾之忽數夜不至生往抱樹搖動撫摩頻喚絳雪久之無聲乃返對燈團艾將以灼樹女遽入奪艾棄之曰君惡作劇使人䕌痏當與君絕矣生笑擁之坐方定香玉盈盈而入生望見泣下流灕急起把握香玉以一手捉絳雪相對悲哽已而坐道離苦生覺把

之而虛如手自握、驚其不類曩昔、香玉泫然曰、昔妾花之神、故凝、今妾花之鬼、故散也、今雖相聚、君勿以爲眞、但作夢寐觀可耳、絳雪曰、妹來大好、我被汝家男子糾纏死矣、遂辭而去、香玉款笑如生平、但偎傍之際、生彷彿以身就影、邑邑不樂、香玉亦俛仰自恨、乃曰、君以白蘞屑少雜硫黃、日酬妾一杯水、明年此日可報君恩、亦別而去、明日往視故處、則牡丹芽生矣、生從其言、日加培溉、又作雕欄以護之、香玉來感激甚至、生謀移植其家、香玉不可、曰、妾不堪復戕、且物生各有定處、違之反促年壽、但相憐愛、好合自有日耳、生恨絳雪不至、香玉曰、必欲強之使來、妾能致之、乃與生挑燈出至樹下、取草一莖、布掌作度、以度樹本、自下而上至四尺六寸、按其處、使生以兩爪齊搔之、俄絳雪自背後出、笑罵曰、婢子來、助紂爲虐耶、牽挽並入、香玉曰、姊勿怪、暫煩陪侍郎君、一年後不相擾矣、自此遂以爲常、生覗花芽、日加肥茂、春盡盈二尺許、歸家、亦以金遺道士、使朝夕培養之、次年四月至宮、則花一朵、含苞未放、方流連間、花搖搖欲拆、少時已開大如盤、儼然有美人坐蕋中、纔三四指許、轉瞬間、飄然已下、則香玉也、笑曰、妾忍風雨以待君、君來何遲也、遂入室、絳雪亦至、笑曰、日日代人作婦、今幸退而爲友、遂相談燕、賡和至中夜、絳雪乃去、兩人綢繆欵洽、一如當年、后生妻卒、遂入山不復歸、是時牡丹已大如臂、生每指之曰、我他日寄魂於此、當生卿之左、兩女笑曰、君勿忘之、後十餘年、忽病、其子至、對之而哀、生笑曰、此我生期、非死期也、何哀爲、謂道士曰、他日牡丹下有赤芽怒生、一放五葉者、卽我也、遂不復言、予輿致而歸、至家尋卒、次年果有肥芽突出、葉如其數、灌溉之、三年高數尺、大拱把、但不花、老道士死、其弟子不知愛惜、因其不花、斫去之、白牡丹亦憔悴、尋死、無何耐冬亦死、

葛巾 牡丹

洛人常大用、性好牡丹、聞曹州種甲齊魯、心嚮往之、時方二月、適以他事如曹、因假搢紳園以待花時、作懷牡丹詩百首、久之、花漸含苞、而資斧不繼、尋典春衣、流連忘反。一日清晨、徘徊花所、遇一女郎、老嫗隨

焉、微窺之、容光艷絶、疑是貴家眷屬、從容避去、將暮往、又見之、迷眩中忽轉一念、此必仙人、急追之、過假山、女郎及嫗方坐石上、嫗以身障女、叱曰、狂生何爲、生長跪曰、娘子必是仙人、嫗咄之曰、如此妄言、當令人執送究治、生大懼、女郎微笑曰、去生、幸女郎無怒容、或當不復置念、日已向晨、無問罪師、心漸寧帖、而回憶聲容、轉懼爲想、如是三日、憔悴欲死、夜分秉燭、嫗忽入、持甌進曰、吾家葛巾娘子手合鴆湯、其速飲、生大駭、嗅之、覺藥氣清香、似非毒者、曰、既是娘子手

調與其相思而病不如仰藥而死遂引而盡之嫗笑
接既去俄覺肺膈寬舒頭顱清爽疾若失更信其爲
仙無可賽緣但彷彿其立處坐處虔拜而默禱之一
日行深樹間遇女郎獨行大喜投地女郎近曳之郎
以手握玉腕而起肌膚膩輭令人骨節欲酥正欲有
言忽遙見老嫗來女令隱身石後南指曰夜以梯度
南牆四面紅窻者妾居也怱怱而去生悵然夜以梯
登垣則下已有梯在喜而下果有紅窻聞室中敲棋
聲近窺之見女郎與一素衣人對局嫗亦在座一婢

侍爲仍踰垣歸少頃凡數度子聲猶繁未幾上梯聞
嫗出云梯誰置此呼婢移之邑邑而返次夕復往梯
又先設矣幸寂無人趨之下入則女郎兀坐若有所
思見生驚起斜立含羞生揖曰自謂福薄恐於天人
無分亦有今夕也遂狎抱之纖腰盈掬吹氣如蘭撑
拒曰何遽爾生曰好事多磨遲爲鬼妒言未已遙聞
人語女急曰玉版妹子來矣可伏床下生從之無何
素衣女子入笑曰敗軍之將可復言戰否已烹茗敢
邀爲長夜歡女郎辭以困倦玉版固請之堅坐不行

玉版笑曰、如此戀戀、豈藏有男子在室耶、强拉之去、生恨極、遂搜枕簟、冀得一物、室內並無奩具、祇床頭有水晶如意、上繫紫巾、芳潔可愛、懷之歸、體香猶凝、傾慕愈切、然因伏床之恐、不敢復往、但珍藏如意以待之、入晚女郎果至、笑曰、妾向以君爲君子也、不知乃爲梁上君子、生曰、有之、所以然者、第望其如意耳、乃代解裙結、玉肌乍露、溫香四流、偎抱之間、無氣不馨、曰、僕固意卿爲仙人、今知不爽、幸蒙垂盼、緣在三生、但恐杜蘭香之下嫁、終成離恨耳、女笑曰、君慮亦、過妾不過離魂之倩女、偶爲情動耳、此事宜愼密、恐是非之口、揑造黑白、則禍離更慘於好別矣、生然之、固詰姓氏、女曰、君以爲仙則仙、何必以姓名傳、問嫗何人、曰桑姥、妾少時受其露覆、故不與婢輩等、又曰、妾處耳目多、不可久覊、乘間當自來、臨別索如意曰、此乃妾堂妹玉版之物、恐索之無以對、耳由此三兩夜輒一至、生惑之、不復思歸、而囊槖旣匱、思欲貨馬、女知之、携私蓄五十餘金強留之、一夕謂生曰、近日微有浮言、勢不能長、不可不預謀也、生曰爲之奈何、女謀偕亡曰君先歸會於洛生曰卿一人何可獨行曰不妨桑姥吾心腹可令其同行生束裝旋里比至女乘輿適已到門登堂朝家人親朋走賀並不知其竊而逃也生竊自危女殊坦然曰無論千里外非邏察所及即或知之妾世家女卓王孫當無如長卿何也生弟大器年十七女顧之曰是有慧根前程尤勝於君妾妹玉版貌殊不惡年亦相若可稱佳耦生請作伐女曰致之不難妹與妾最善兩馬駕輕車費桑姥之一往返耳即日命車遣桑姥去至曹將近里門

姥下車使御者止而候於途良久偕女子來登車遂發女郎計其時日使大器盛服逆之五十里許乃相遇御車歸由此兄弟皆得美婦而家又日以富一日有數十騎突入生舉家登樓寇入園之生俯問有仇乎答曰有兩事相求聞兩夫人世所無請賜一見我等五十八人各乞金五百乃聚薪樓下爲縱火計以脅之女與玉版盛妝下樓未盡者三級謂寇曰我姊妹皆仙媛暫履塵世何畏寇盜賜汝萬金恐不敢受也寇衆一齊仰拜一盜曰此詐也女曰盜首某某我

已知之意欲何爲早圖之未晚也衆驚顧失色惘然散去後二年姊妹各舉一子始自言魏姓母封曹國夫人生疑曹無魏姓世家又大姓失女覓置不問未便窮詰而心竊怪之遂托故詣曹諮訪於是仍假舊館閒南隣從無魏姓居住忽見壁上有贈曹國夫人詩因詰主人笑請往觀之至則牡丹一本高與簷等問所由名則以其花爲曹第一故同人戲封之心疑女爲花之妖既歸誦其詩以覘之女蹙然變色呼玉版抱兒至謂生曰三年前感君見思故呈身相報今

見猜疑、不可復聚、因與玉版皆擧兒遥擲之、兒墮地、並没、生方驚顧、而二女已渺、急覔桑姥、亦不知去向、悔恨不已、後數日、墮兒處生牡丹二株、一夜經尺、當年而花、一紫一白、朶大如盤、較尋常牡丹瓣尤密數倍、年茂蔭成林、故至今紫者呼爲葛巾、白者名爲玉版、移分他所、更變異種、莫識其名、自此牡丹之盛、洛下無雙云、

黄英、菊

順天馬子才、性好菊、聞有佳種、不憚千里購之。一日

有金陵客、言其中表有一二種、爲北方所無、馬欣動、卽刻治裝、從客至金陵、客爲營求、得兩芽、歸中途遇一少年、跨蹇從油壁車、丰姿洒落、漸與浹洽、少年自言陶姓、因問馬所自、實告之、少年曰、種無不佳、培溉在人、因與論藝菊之法、馬大悅、問將何往、答云、姊厭金陵煩囂、將欲卜居河朔耳、馬欣然曰、僕雖貧、茅廬可以寄榻、不嫌荒陋、無須他適、陶趨告姊、車中人推簾語、乃二八美姝也、顧弟言、屋不厭卑、而院宜寬廣、馬代諾之、遂與俱歸、第南有荒圃、僅小室三四椽、陶

喜居之、日過北院治菊、已枯者拔而植之、無不活、馬
固清貧、陶日與共飲食、而察其家似不舉火、馬妻呂
亦愛陶姊、不時餽䘏之、陶姊小字黃英、雅善談、輒過
呂共紡績、陶一日謂馬曰、君家固不豐、僕日以口腹
累知交、胡可爲常、爲今計、賣菊亦可謀生、馬素介、聞
陶言、鄙之曰、僕以君風流雅士、當能安貧、今作是論、
將以東籬爲市井○有辱黃花矣、陶笑曰、自食其力不
爲貪、賣花爲業不爲俗、人固不可苟求富○然亦不必
務求貧也○於是以馬所棄殘枝劣種、擷拾而去、由此

不復就馬食飲、招之始一至、未幾菊將開、聞其門如
市、過而窺之、見買花者車載肩負、道相屬也、其花皆
異種、目所未睹、心厭其貪、欲與絕、而又恨其私秘佳
本、遂款其扉、將就誚讓、陶出、握手曳入、見荒圃半畝、
皆菊畦、數椽之外無曠土、劚去者則折別枝插補之、
其蓓蘽在畦者、罔不佳妙、細認、皆向所拔棄者、陶入
室、出酒饌、設席畦側、曰、僕貧不能守清戒、連朝幸得
微貲、頗足供醉、少間、房中呼三郎、陶去、以殽至、烹飪
精良、因問令姊胡爲不字、答云時未至、問何時、曰四

十三月詰何說，但笑不言，盡歡始散。過宿又往，新插者已盈尺矣。大奇之，苦求其術。陶曰：此非可以言傳，且君不以謀生，焉用此？又數日，賣者稀少，陶乃以蒲蓆包菊，捆載數車而去。踰歲春仲，始載南中嘉卉而歸，於都中設花肆，十日盡售，復歸藝菊。陶由此日富，一年增舍，二年起夏屋，興作從心，更不謀諸主人。舊日花畦，盡爲廊舍，更於墻外買田一區，築墉四周，悉種菊。至秋，載花去，春盡不歸。而馬妻病卒，意屬黃英，使人風示之。英微笑，似允許，惟候陶歸。年餘竟不至。

英課僕種菊、一如陶、得金合賈、取利村外、買膏田二十頃、忽有客自粵東來、寄陶生函信、發之則囑姊歸馬、考其日、適合四十三月也、奇之、以書示英、問致聘何所、英辭不受采、馬擇日親迎、英既適馬、於間壁開門、通南第、日過課其僕、馬恥以妻富、恒囑英作南北籍、以防淆亂、而家所需、英輒取諸南第、不半載、家中觸目皆陶家物、馬遣人一一賫還、戒勿復取、未浹旬又雜之、凡數更、馬不勝煩、英笑曰、陳仲子毋乃勞乎、馬慚、不復稽、一切聽之、英鳩工庀材、土木大興、馬不能禁經數月樓舍綿亘兩第竟合爲一疆界不分矣然遵馬教不復藝菊矣而享用過於世家馬不自安曰僕三十年清德爲卿所累今視息人閒徒以婦人食眞無一毫丈夫氣矣人皆祝富我但祝貧耳英曰妾非貪鄙但不少致豐盈遂令千載下謂淵明貧賤百世不能發迹故聊爲我家彭澤解嘲耳然貧者願富難富者求貧亦甚易牀頭金任君揮之不吝也馬曰捐他人金抑亦良愧英曰君不願富妾亦不能貧也無已析君居清者自清濁者自濁何害乃於園中

築茅茨擇美婢往侍馬馬安之然過數日念英招之不肯至不得已就之隔宿輒至以爲常英笑曰東食西宿廉者不當如是馬亦自笑無以對遂復合居如初會馬以事客金陵適逢菊月過花肆見欵朶類陶製少間主人出果陶也具道契濶遂止宿焉要之歸陶曰金陵吾故土將婚於是積有薄貲煩寄吾姊我歲杪當暫去馬固要之且曰家幸充盈無須復賈因坐肆中使僕廉其直數日盡售促裝買舟而北入門英已早除舍各物具備若知弟歸者陶解裝課役大

修園亭、馬爲之擇婚、辭不願、英遣二婢侍之、逾年生一女、陶素豪飲、馬友人曾生量亦無敵、適過馬、使與陶較量、二人縱飲相得甚歡、自辰訖四漏、約各盡百壺、曾醉卧座間、陶起歸寢、出門倒地、委衣於地、化爲菊花、十餘朶大如拳、馬駭、告英、英急往拔之曰、胡醉至此、覆以衣、邀馬俱去、戒弗視、既明則陶卧畦邊、馬乃悟姊弟皆菊精也、愈愛之、陶自迹露、飲愈放、恒自邀曾飲、一日飲太過、曾爲僕負之去、陶卧地又化爲菊、馬如法拔之、守其旁、久之葉漸憔悴、大懼、告英、英駭曰、殺吾弟矣、奔視之、根株已枯、痛絶、掐其根埋盆內、日灌溉之、馬悔恨欲絶、越數日、曾亦醉死、無何、盆中根漸萌、九月既開、短幹紛柔、嗅之有酒香、名之醉陶、澆以酒則茂、後女長成、嫁於世家、英終老亦無他異、

素秋　蠹魚

俞慎、字謹菴、順天屬世家子也、赴試入都、見對戶一少年、美如冠玉、近與語、風雅尤絶、捉臂邀至、自言金陵俞生、名士忱、字恂九、謹菴見與同姓、更加親洽、訂

爲昆弟、恂九遂以名、减士、爲忱。明日過其家、引入內室、呼妹素秋出拜、年十三四、肌膚瑩澈、粉玉無其白也。少頃妹托茶至、家中似無僕婢、由是往來無間。因曰、吾弟流寓於此、無應門之僮、兄妹纖弱、何以爲生。計不如從我去、有斗舍可共棲止、何如。恂九喜、約以塲後、試畢、恂九云、妹子具蔬酒、爲兄接塲、勿違其意。竟挽之入內、妹出、略道寒暄、便入複室、少間自出、行炙、謹菴起曰、妹子奔波、情覺不安。頃之搴簾出、則一婢捧壺、一媼托盤、謹菴訝曰、何不令此輩從事、而煩妹子、恂九微笑曰、妹子又弄怪矣、但聞簾內吃吃作笑聲、謹菴不解其故、既而席終、婢媼撤器、謹菴悞唾婢衣、隨唾而倒、視之、則帛剪小人、僅四寸許、素秋笑出、拾之去、俄而婢復出、給使如故、謹菴大異之、恂九曰、此妹幼時所學紫姑之技耳、因問弟妹俱已長成、何未聘字、答曰、先人卽世、去留尚無定所、故爾遲遲、遂商訂行期、鬻宅、攜妹與謹菴歸、除舍舍之、又遣一婢爲之服役、謹菴妻韓侍郎猶女也、尤愛素秋、而恂九最慧、目十行下、時藝老宿不及也、謹菴勸應試、恂九曰自審福薄不堪仕進且一入此途遂不能不戚戚於得失故不爲也居三年謹菴又下第恂九奮然曰榜上一名何艱難至此我初不欲爲此今見大哥不能發舒不覺中熱矣謹菴喜與考得入泮兄弟下帷攻苦踰年科試並爲郡邑冠軍恂九名大噪遠近爭婚之悉卻去謹菴力勸以塲後爲詞無何試畢傾慕者爭錄其文相與傳誦榜發兄弟皆被黜時方對飲謹菴猶强作噱恂九失色酒琖傾墮仆於地扶榻上病已困殆急呼妹至張目謂謹菴曰吾兩人之情

雖如兄弟實非同族弟自分必死恩無可報素妹已長成嫂氏撫愛媵之可也謹菴作色曰是眞吾弟之亂命也將謂我人頭畜鳴者耶恂九泣下謹菴郎爲購良材恂九命舁至力疾而入囑妹曰我歿後郎闔棺無令人開視謹菴尙欲有言而目已瞑矣舉室哀傷謹菴疑其囑異俟妹他出啟視之則袍服如蛻揭之有蠹魚徑尺蟠臥其中駭異間素秋忽入慘然曰兄弟何所隔閡所以然者非避兄也恐傳之他人妾亦不能久居耳謹菴曰禮緣情制情之所在異族

何殊。妹妹寧不知我心乎。即汝嫂當無漏言請勿慮遂卜期厚葬之初俞欲以素秋論婚於世家恂九不欲既殁以商素秋素秋不應俞曰妹年二十矣長而不嫁人其謂我何對曰若然惟兄命但自顧無福相不願入侯門寒士則可俞諾之不數日冰媒相屬卒無所可先是俞妻堂弟韓荃得窺素秋心悅之欲謀爲妾商之姊姊力戒勿言韓終不能舍托人風示之許以鄉場關節俞大怒詬罵遂與韓絶交往適有故尚書之孫某將娶而妻卒亦遣冰來其家之富厚俞所熟稔然欲一見其人因與媒約令某親詣及期垂簾於內令素秋自相之某至裘馬騶從炫耀閭里其人頗秀雅俞大悅人咸贊美之而素秋殊不樂俞不聽許之盛備奩裝素秋固止之曰但令原服役之婢從之而已俞不聽卒厚贈焉既嫁琴瑟頗好然兄嫂常念之每月一歸寧歸時奩中簪珥必攜數事交嫂收貯嫂不知其故亦聽之某少孤母溺愛異常日近匪人漸誘嫖賭家傳古物皆以鬻償韓荃與有瓜葛日招飲而逆採之願以兩妾及五百金易素秋某初不

肯，韓固求之。某意似搖，恐俞不甘。韓曰：「彼與我至戚，此又非其支系，若事成，彼亦無如我何。萬一有他，我身任之，有家君在，何畏一俞謹菴哉！」遂盛裝兩姬出行酒，且曰：「果如約，此即君家人也。」某感之，約期而去。至日，韓果以輿送二姬來，某匿之齋中。僕又以金如數交明，某奔入告素秋曰：「爾兄急病相呼。」素秋忽忽登輿而去。夜迷於途，忽見兩燈來，眾咸喜其可以問途。無何至前，則巨蟒兩目也。眾大駭，竄匿。將曙，復集，則空輿存焉。歸告主人，垂首喪氣而已。一日，俞遣人迎妹詭云爲人賺去陪嫁婢歸曰閒二妾云是易姑者俞忿甚徧訴郡邑某懼謀於韓韓以金妾兩亡正復懊恨斥絶不爲力某無可復計匄牒至但以賂囑月餘典賣一空俞於憲府控理某知不可復匿始出訴韓詎去拘韓對質韓懼告之父父時致政歸怒其所爲不法執送吏韓歷陳遇蟒之變無可爲據家人榜掠俱徧某亦屢被敲楚幸母日鬻田産上下營求刑輕得不死而韓僕已瘐斃矣韓久困囹圄願助某賂俞千金哀求罷訟俞不許某母又請納以二姬但

求姑存疑案以待尋訪妻又承壻命朝夕解免俞乃許之某家貧宅辦金而急切不得售因先送姬來乞其延緩一夕素秋偕一媼驀然入俞駭問曰妹固無恙耶笑曰蟒變乃妹之小術耳當夜竄入一秀才家依於其母彼自言識兄今在外逆之乃宛平名士周生也素相善把臂入齋款洽臻至傾談既久始知顛末初素秋款生門母納之詰問始知俞妹將馳報素秋止之因與母居能解母意母悅之以子無婦竊屬意素秋微探之以未奉兄命爲辭生亦以俞交契故

不肯作無媒之合但頻偵聽知訟事已有關說素秋乃告歸母令生率一媼送之即囑媼媒焉俞以素秋居生家久竊有心而未言也及聞媼言大喜即與生面訂焉先是素秋歸將使俞得金而後宣之俞不可曰向忿無所洩故索金以敗之今見妹萬金何能易哉即遣人告兩家頓罷之又念生家不豐而道遠難以親迎因移生母來居以恂九舊宅彼此婚嫁成禮一日嫂戲謂素秋今得新壻昔日枕蓆之愛猶憶之否素秋笑顧婢曰憶之否嫂不解研問之葢三年床

第皆以婢代每夕以筆畫其兩眉驅之去即對燭坐壻亦不之辨也奇之求其術但笑不言次年大比生與俞偕往素秋以為不必是科俞舉於鄉生落第歸陰有退志踰年母卒遂不復言進取矣一日素秋告嫂曰向問我術固未肯以此駭物聽也今將遠別請授之亦足以避兵燹驚而問之答曰三年後此處當無人烟姿荏弱不堪驚恐將蹈海濱而隱大哥富貴中人不可以偕故言別也乃以術悉授嫂復以情告俞留之不得至於泣下問往何所亦不言一日早起

携一白鬚翁、控雙衞別兄嫂而去、俞使人尾之、至膠萊界、塵霧障天、少霽、已不知所往、三年後、闖賊作亂、村舍為墟、韓剪帛置門內、寇至、見雲繞韋馱高丈餘、遂駭走、以是得無恙、後有村中人至海上、遇一叟似俞家老奴、而髭髮盡黑、猝不敢認、叟停足笑曰、我家公子尚健耶、借口寄語秋姑、亦甚安樂、問其居、曰、尚遠、怱怱遂去、俞聞之、使人於所在徧訪之、竟無蹤跡、

誌異摘抄目錄

卷之十八

妖二

巨黿　黎氏狼

書生泥怪　馬畫怪

小官人

誌異摘抄卷之十八

妖二

花姑子 獐

安幼輿、陝之拔貢生、爲人揮霍好義、喜放生、見獵者獲禽獸、不惜重直買釋之、會舅家出殯、往助執紼、暮歸、經華岳、迷竄山谷中、心大恐、一箭外忽見燈火、趨投之、欻見一叟傴僂曳杖、斜徑疾行、安方欲致問、叟先詰誰何、安以迷途告、且言燈火處必是山村、將以投止、叟曰、此非安樂鄉、幸老夫來、可從去、茅廬可以、下榻安大悅從行里許至小村扣扉一嫗出啟關曰郎子來耶曰諾旣入則舍宇湫隘挑燈促坐命隨事具食又謂嫗曰此非他是吾恩主汝蹇於步可喚花姑子來釃酒餞女郎以饌具入立叟側秋波斜盼安視之芳容韶齒殆類天仙叟令煨酒西房有煤爐女郎入房撥火安問此何人答云老夫章姓年七十止此女田家少僕婢以君非他人遂敢出妻見子幸勿哂也安問壻何家答云尚未安贊其慧麗稱不容口叟方謙挹忽聞女郎驚號叟奔入則酒沸火騰叟乃

救止訶曰老大婷濡猛不知耶回首見爐旁有薊心

揀紫姑未竟又訶曰髮蓬蓬許纔如嬰兒持向安曰

貪此生涯致酒沸騰掌君獎譽豈不羞死安審諦之

眉目袍服製甚精工贊曰雖近兒戲實見慧心斟酌

移時女頻來行酒嫣然含笑殊不羞澀安注目情動

忽聞嫗與叟去安覷無人謂女曰睹仙容使我魂失

欲通媒妁恐其不遂如何女把壺向火嘿若不聞屢

問不對生漸入室女起厲色曰狂郎入闥將何爲生

長跪哀之女奪門欲去安暴起要遮狎接臁胭女顛

聲疾呼叟忽遽入問安釋手而出殊切愧懼女從容
向父曰酒復湧沸非郎君來壺子融化矣安聞女言
心始安愈德之魂魄顛倒喪所懷來於是僞醉離席
女亦遂去叟設裀褥闔扉乃去安不能寐未曙呼別
至家即挽媒求聘終日而返竟莫得其里居安遂命
僕馬尋逵自往至則絶壁巉岩並無村落訪諸近里
亦無此姓失望而歸寢食俱廢由此得昏瞀之疾強
啖粥湯哽咯欲吐潰亂中輒呼花姑子家人不解終
夜伺之氣勢阽危一夜守者睡熟生覺有人揣而抗

之開眼則花姑子立床下、不覺神氣清醒、熟視女郎、
潸潸涕墮、女笑曰、癡郎何至此耶、乃登榻坐生股、以
兩手爲按太陽穴、覺腦麝奇香穿鼻沁骨、按數刻、忽
覺汗滿天庭、漸達肢體、小語曰、室中多人、我不便住、
三日當復相望、又於繡袪中出數蒸餅置床頭、悄然
竟去、生至中夜汗已、思食、捫餅啖之、不知所包何料、
甘美異常、遂盡三枚、又以衣覆餘餅、懵懵酣睡、辰分
始醒、如釋重負、三日餅盡、精神倍爽、乃遣散家人、又
恐女來不得入、潛出齋庭、悉脫扃鍵、未幾女果至、笑

曰癡郎不謝巫耶生喜極抱與綢繆恩愛倍至已而
曰妾冒險蒙垢所以故來報重恩耳實不能永諧琴
瑟幸早别圖安嘿然良久乃問曰素昧平生何處與
卿家有舊女云君自思之生固求永好女曰屢屢夜
奔固不可常諧伉儷亦不能安聞之鳴邑女曰必欲
相諧明宵請臨妾家安乃喜問曰道路遼遠卿纖纖
之步何遂能來曰妾固未歸東頭嫗我姨行爲君
故淹留至今恐家中疑怪明當去耳安與同衾但覺
氣息肌膚無處不香問曰薰何薌澤致浸肌骨女曰

妾生來便爾、非由薰餙、安奇之、早起言別、約安晚去、安慮迷途、女約相候於路、抵暮馳去、女果伺待、偕至舊所、叟媪歡逆、酒肴無佳品、既而就寢、女殊不瞻顧、頗涉疑念、更深女始至、曰父母絮絮不寢、致勞久待、浹洽終夜、謂安曰、此宵之會、乃百年之別、安驚問之、答云父以小村孤寂、故將遠徙、與君好合、盡此夜耳、安俯仰悲愴、依戀之間、夜色漸曙、叟忽入罵曰、婢子玷我清門、使人愧怍欲死、女失色、忽忽奔去、叟亦出、且行且詈、安驚愕無以自容、潛奔而歸、徘徊數日、心鼻殆不可過因思叟言有恩卽令事洩當無大譴遂乘夜竄往蹀躞山中不知所往大懼方覓歸途見谷中隱隱有舍宇詣之則閈閎高壯似是世家重門尙未扃也因向門者詢章氏居有人出問昏夜何人詢章氏安曰是吾親好偶迷居址曰無問章也此花姑衿家花姑今在此容傳白之入未幾卽出邀安花姑出迎謂青衣曰安郎中夜奔波可伺床寢少間入幃安問衿家何別無人女曰衿他出留妾代守幸與郎遇豈非夙因然偎傍之際甚覺腥羶心方疑之女遽

抱安頸、以舌舐鼻孔、澈腦如刺、安駭絕欲脫、身若巨絙之縛、少間惘然不覺矣、安不歸、家人覓之、或言暮遇於某山、家人入山、則裸死危厓下、舁歸、衆方聚哭、一女自外噭咷而入、撫尸捺鼻、涕洟其中、呼曰、天乎、天乎、何愚冥至此、告家人曰、停以七日勿殮也、衆方啟問女、敖然不答、含淚逕出、尾之已渺、疑爲神、夜以來哭如昨、至七日、忽甦反側、以呻、家人盡駭、女子入、相向嗚咽、安揮衆令出、女以青草一束、燂湯飲之、頃刻能言、歎曰、殺之惟卿、再生之亦惟卿矣、因述所遇女曰妾已知之是蛇精冒妾也君初迷道時所見燈火即此物也安曰卿何能起死人而肉白骨也毋乃仙乎曰久欲言之恐致驚怪君五年前於華山道上買獵獐放之即妾父也前言大德蓄以此故今妾與父訟諸冥司父願壞道代郎死哀之七日始得當然君雖生必瘻痺不仁得蛇精血合酒飲之可愈生慮無術可擒女曰不難其穴在老屋中於晡時聚茅焚之外以强弩戒備妖物可得言已欲去安挽之女曰妾不能終事實所哀慘然爲君故道行已損其七幸

憫宥也月來覺腹中微動恐是孽根男與女歲後當相寄耳流涕而去經宿覺腰下蠱死如言熾火穴中有巨蛇冲焰而出殺之火熄入洞蛇大小數百皆焦死飲其血三日漸能轉側半年始愈後獨行谷中遇花姑之母以綳兒授之曰此爾子也吾女致意郎君方欲詢問瞥不復見安抱歸不復娶

花姑始而寄慧於憨終而寄情於憨乃知憨者慧之極憨者情之至也

白秋練　白驥

直隸賈人慕小寰之子小字蟾宫聰慧喜讀年十五六歲以文業迂使去而學賈遂携至楚每舟中無事輒便吟誦抵武昌旅邸父使其守居積乘父出執卷吟詩鏗鏘中節輒見牕影憧憧有人竊聽而亦未之異也一夕父赴飲久不歸生更苦吟忽見一人徘徊牕外月映甚悉遽出窺覘則二八傾城姝也見生急避去數日載貨北旋暮泊湖濱父適往鄰船有媼入曰郎君殺吾女矣生驚問之答曰妾白姓息女秋練頗解文字言在郡城得聽清吟于今結念至絕眠食

意欲附爲婚姻、不得復拒生、心實愛好、翁恐爻嗔、因
以情告媼、不實信、務要盟約、怒曰、人世盟好、有求委
禽而不得者、今老身自媒、反不見納、耻孰甚焉、請勿
想北渡矣、遂去、少閒爻歸、善其詞以告之、冀垂納焉、
爻以其道遠、又薄女子之懷春也、笑置之、泊舟處水
深沒棹、夜忽砂積擁起、舟滯不得動、湖中每歲客舟
必有留住者、名曰守湖、至次年桃花水發、方得開行、
舟中貨常數倍於原直、以故翁不甚憂怪、獨計明歲
南來、尙須揭貲、於是留子自歸、生竊喜、悔不詢媼居

里。日既暮。媪與一婢扶女郎至。展衣臥諸榻上。向生曰。人病至此。尚作無事人耶。遂去。生初見而驚。移燈視女。則病態含嬌。秋波自流。略致詢詰。嫣然微笑。生強其語。曰。爲郎憔悴却羞郎。可爲妾咏。生狂喜。欲近就之。而憐其荏弱。探手於懷。接腕爲戲。女不覺歡然展謔。乃曰。君爲妾三復王建羅衫葉葉之作。病當愈。生從其言。甫兩過。女攬衣起曰。妾愈矣。再讀則嬌顫相和。生神志飛揚。遂滅燭共寢。女未曙而起。曰。老母將至矣。未幾。媪果至。見女凝妝歡坐。不覺欣慰。邀女

去女俯首不答嫗曰汝樂與郎君戲亦乃任之也乃自
去於是生始研詰居止女曰妾與君不過傾蓋之交
婚嫁尚未可必何須令知家門然兩人互相愛悅要
誓良堅女一夜早起挑燈開卷忽悽然淚瑩生急起
問之女曰阿翁行且至我兩人事妾適以卷卜屍之
得李益江南曲詞意非祥生慰解之曰首句嫁得瞿
塘賈郎已大吉何不祥之有女乃少懽起身作別曰
暫請分手生把臂嗚咽問好事如諧何處可以相報
曰妾常使人偵探之諸否無不聞也生將下舟送之

女力辭而去無何翁果至生漸吐其情翁疑其招妓怒加詬詈細審舟中財物並無虧少乃已一夕翁偶出女忽至相見依依莫知决策女曰此有數且圖目前姑留君兩月再商行止臨别以吟聲爲相會之約由此值翁他出遂高吟則女自至孟夏物價失時諸賈禱於湖神廟端陽後水大至舟始通既歸凝思成疾翁憂之爲求醫藥生告母曰病非藥可愈惟有秋練至耳翁初怒之久之支離已甚始懼隨携子入楚泊舟故處訪之無知白媼者會有媼操櫂湖濱出自

認翁登其舟窺見秋練心竊喜審詰邦族則浮家泛宅而已因告子病由冀女登舟解其沉痼媼以婚無成約弗許女露半面殷殷窺聽聞兩人言皆淚欲墮媼見之復因翁哀請許焉夜翁出女果至就榻嗚泣曰昔年妾狀今到君耶此中況味要不可不使君知然羸頓如此急切何能瘳妾請爲君一吟生亦喜女亦吟王建前作生曰此卿心事醫我何得效然聞卿聲神已爽矣試爲我吟千條楊柳盡向西女從之生曰快哉卿昔誦詩餘有采蓮子云菡萏香蓮十頃陂

心尚未忘煩一曼聲度之女吟甫闋生躍起沉痾若失遂相狎抱既而問父見媼何詞可諧否對曰不諧既而女去父回見生已起喜甚但慰勉之曰女子良佳然自總角時把柁櫂歌無論微賤抑亦不貞生曰與見始交時固處子也翁既出女復來生述父意女曰妾窺之審矣天下事愈急則愈遠愈迎則愈拒當使意自轉反相求始諧耳生問計女曰商賈之志在於利妾有術知物價舟中物並無少息為我告翁居某物利三之某物十之歸家妾言驗則為佳婦矣再

來時、君十八、妾十七、相歡有日、何憂爲生、以所言告
父、父不信、姑以餘貲半從其說、既歸、原貨本大虧、幸
少從女言、得厚息、略相準、以是服、秋練生更誇張之、
謂女言能使己富、翁於是揭貲而南、至數日、覓媼無
跡、一日將晚、始見其泊舟柳下、因委禽焉、媼悉不受、
但涓吉送女過舟、翁另賃一舟、爲子合巹、女乃使翁
往兩廣、所應居貨、悉籍付之、媼乃邀壻去家於其舟、
翁三月而返、至楚、價已倍蓰、將歸、女求載湖水、每食
必加少許、如用醯醬焉、由是翁每南行、必爲致數罈

而歸後三四年舉一子一日涕泣思歸生乃偕入楚
至湖不知媼之所在女扣舷思母形神喪失促生沿
湖問訊會有網鱘鰉者得白鱀生近視之巨物也形
類人乳陰畢具奇之歸以告女女大駭謂夙有放生
願囑生贖放之生往商網者索直昂女曰妾在君家
謀金不下巨萬區區者何遂靳直也如不從妾即投
湖死耳生懼以金贖放之返失女更盡始至問何往
曰適至母所問母何在覥然曰今將實告適所贖即
妾母也向在洞庭龍君命司行旅今宮中欲選嬪妃

妾被浮言者所稱道、遂勑妾母坐柤、索妾母實奏之、龍君不聽、放母於南濵、餓欲死、故罹前難、今難雖免、而罰未釋、君如愛妾、代禱眞君、可免、如以異類見憎、請以見還、君妾自去、龍君之奉、未必不百倍君家也、生大驚、慮眞君不可見、女曰、明日未刻、見有跛道士、郎眞君也、急拜之、入水亦從之、眞君喜文士、必合憐允、乃出魚腹紗一方、曰、如問所求、即出此求書一兒字、生如言、候之、果有跛道士至、生伏拜之、道士急走、生從其後、道士以杖投水、躍登其上、生從之而登、則舟也。又拜之。道士問何求。生出紗求書。道士展視曰。此白驥翼也。子何遇之。蟾宮不敢隱。詳陳顛末。道士笑曰。此物殊風雅。老龍何得荒淫。遂以筆草書兔字如符形。返舟令下。則見道士踏杖浮行。頃刻已渺。歸舟女喜。但囑勿洩於父母。歸後二三年。翁南行數月不歸。湖水既盡。久待不至。女遂病。日夜喘急。囑曰。如妾死。勿瘞。當於卯午酉三時。一吟杜甫夢李白詩。死當不朽。候水至。傾注盆內。閉門緩妾衣。抱入浸之。宜得活。喘息數日。奄然遂斃。後半月。翁至。生急如其言。

浸一時許漸甦自是每思南旋後翁死生從其意遷於楚

阿纖鼠

奚山者高密人負販爲業常客蒙沂間一日途中阻雨及至所常宿處而夜已深徧叩肆門無有應者徘徊廡下忽二扉豁開一叟出邀入山喜從之縶蹇登堂堂上迄無几榻叟曰我憐客無歸故相容納我實非賣食沽飲者家中無多手指老荆弱女已眠熟矣雖有宿殽苦少烹瀹勿嫌冷啜也言已便入少頃以

足床來置地上促客坐又入携一短足兀至跋來跋
往蹀躞甚勞山起坐不自安叟令暫息少間一女郎
出行酒叟顧曰我家阿纖起矣視之年十六七窈窕
秀弱風致嫣然山有少弟未婚竊屬意焉因詢叟清
貫尊閥答云士虛姓古子孫皆夭折剩此女適不忍
攪其酣睡想老荊喚起爾問壻誰家答言未字山竊
喜既而品味雜陳似所宿具食已致恭而言曰萍水
之人遂蒙寵惠没齒所不敢忘緣翁盛德乃敢遽陳
樸魯僕有幼弟三郎十七歲矣讀書肄業頗不頑冥

欲求援繫、不嫌寒賤否、叟喜曰、老夫在此、亦是僑寓、倘得相托、便假一廬、移家而往、庶免懸念、山都應之、遂起展謝、叟殷勤安置而去、雞既唱、叟已出呼客盥沐、束裝已、酬以飯金、固辭曰、留客一飯、萬無受金之理、矧附爲婚姻乎、既別、客月餘乃返、去村里餘、遇老媼率一女郎、冠服盡素、既近、女郎酷似阿纖、女郎亦頻轉顧、因把媼袂、附耳不知何詞、媼便停步向山曰、君奚姓乎、山唯唯、媼慘然曰、不幸老翁壓於敗堵、今將上墓、家虛無人、請少待路側、行卽還也、遂入林去、移時始來、途已昏暝、遂與偕行、道其孤弱、不覺哀啼、山亦酸惻、媪曰、此處人情大不不善、孤孀難以過度、阿纖既爲君家婦、過此恐遲時日、不如早夜同歸、山可之、既至家、媪挑燈供客已、謂山曰、意君將至、儲粟都已糶去、尚存二十餘石、遠莫致之、北去四五里、村中第一門、有談二泉者、是吾家售主、君勿憚勞、先以尊乘運一囊去、叩門告之、但道南村古姥、有數石粟、糶作路用、煩驅蹄躈一致之也、即以囊粟付山、山策蹇去、叩戶、一碩腹男子出、告以故、傾囊先歸、俄有兩

夫以五騾至、媼引山至粟所、乃在窖中、山下爲操量、
執槩、母放女收、頃刻盈裝、付之以去、凡四返、而粟始
盡、既而以金授媼、媼留其一人二畜、治任遂東行二
十里、始曙、至一市、市頭賃騎、談僕乃返、既歸、山以情
告父母、相見甚喜、卽以別第館媼、卜吉爲三郎完婚、
媼治裝奩甚備、阿纖寡言少怒、或與語、但有微笑、晝
夜績織無停晷、以是上下悉憐悅之、囑三郎曰、寄語
大伯、再過西道、勿言吾母子也、居三四年、奚家愈富、
三郎入泮矣、一日山宿古之舊鄰、偶及曩年無歸投

宿翁媪之事、主人曰、客悞矣、東鄰爲阿伯別第、年前居者輒睹怪異、故空廢甚久、有何翁媪相留、山甚訝之而未深信、主人又曰、此宅向空十年、人無敢入者、一日、第後墻傾、伯往視之、則石壓巨鼠、如貍、尾在外、猶搖、急歸呼衆共往、則已渺矣、羣疑是物爲妖、後十餘日、復入視、寂無形聲、又年餘、始有居人、山愈奇之、歸家私語、竊疑新婦非人、陰爲三郎慮、而三郎篤愛如常、久之、家中人紛相猜議、女微察之、中夜語三郎曰、妾從君數年、未嘗少失婦德、今置之不以人齒、請賜離婚書、聽君自擇良耦、因泣下、三郎曰、區區寸心、宜所素知、自卿入門、家日豐、咸以福澤歸卿、烏得有異言、女曰、君無二心、妾豈不知、但衆口紛紜、恐不免秋扇之捐、三郎再四慰解、乃已、山終不釋、日求善撲之貓、以覘其異、女雖不懼、然蹙蹙不快、一夕謂媪小恙、辭三郎省視之、天明、三郎往詢、則室內已空、駭極、使人於四途蹤跡之、並無消息、中心營營、寢食俱廢、而父兄皆以爲幸、交慰藉之、爲續婚、而三郎殊不懌、俟之年餘、音問已絶、父兄輒相誚責之、不得已、以重金買妾、然思阿纖不衰、又數年、奚家日漸貧、由是咸憶阿纖、有堂弟嵐、以故至膠、迂道宿表戚陸生家、夜聞鄰哭甚哀、未遑詰也、既返、復聞之、因問陸生、答云數年前、有寡母孤女、僦居於此、前月姥死、女獨處無一綫之親、是以哀耳、問何姓、曰姓古、嘗閉戶不與里社通、故未悉其家世、嵐驚曰、是吾嫂也、因往款扉、有人揮涕出、隔扉問曰、客何人、我家故無男子、嵐隙窺而遙審之、果嫂、便曰、嫂啟關、我是奚家阿遂、女聞之、拔關納入、訴其孤苦、悽愴悲懷、嵐曰、三兄憶念頗苦、

夫妻卽有乖迕、何遂遠遁至此、卽欲賃輿同歸、女愴
然曰、我以人不齒數、故遂與母偕隱、今又返而依人、
誰不加白眼、如欲復還、當與大郎分炊、不然、行將乳
藥求死耳、嵐歸以告三郎、三郎星夜馳去、夫妻相見、
各有涕洟、次日告其屋主、屋主謝監生窺女美、陰欲
圖致爲妾、數年不取其直、頻風示媼、媼絕之、媼死、竊
幸可謀、而三郎忽至、通計房租以留難之、三郎聞金
多、頗有憂色、女言不妨、引三郎視倉儲、約粟三十餘
石、償租有餘、三郎喜以告謝、謝不受粟、故索金、女歎

曰：此皆妾身之惡障也。三郎怒，將訟於官，陸氏止之，爲散粟於里黨，斂貲償謝，以車送兩人歸。三郎實告父母，與兄析居。阿纖日督夫建倉廩，而家中尚無儋石，共奇之。年餘驗視，則倉中盈矣。又不數年，家中大富，而山苦貧。女移翁姑自養之，輒以金粟周兄，狃以爲常。三郎喜曰：卿可云不念舊惡矣。女曰：彼自愛弟耳。且非渠，妾何緣適君哉？後亦無甚怪異。

綠衣女 蜂

于生名璟，字小宋，青州人。讀書醴泉寺。一夕方披誦忽聞牕外曰于相公勤讀哉其聲甚細方凝思間一女子推扉入笑曰勤讀哉驚起視之綠衣長裙婉妙無比于知非人因詰里居女曰君視妾當非咋噬者何勞窮問于心好之遂與寢處腰細殆不盈掬更籌方盡翩然遂去自此無夕不至談吐間妙解音律于曰卿聲嬌細倘度一曲必能消魂女笑曰不敢度曲恐消君魂耳于固請之曰妾非吝惜恐爲他人所聞君必欲之請便獻醜但只微聲示意可耳遂以蓮鉤輕點歌云樹上烏臼鳥賺奴中夜貼不怨繡鞋濕祗

恐郎無伴聲細如蠅裁可便認而靜聽之宛轉滑烈動耳搖心歌已啟門窺曰防聰外有人遶屋周視乃入生曰卿何疑懼之深笑曰諺云偷生鬼子常畏人妾之謂矣一夕來惕然不喜曰生平之分殆止此乎予急問之女曰妾心動妾祿盡矣予慰之曰心動眼瞤蓋是常事何遽云云女稍懌復相綢繆更漏既歇披衣下榻方將啟關徘徊復返曰不知何故提撕心怯乞送我出門予起送之門外女曰君竚望我我踰垣去君方歸予諾之視女轉過遊廊寂不復見方欲

歸寢、聞女號救甚急、于奔往四顧、無跡、聲在簷間、舉首細視、則一蛛大如彈、搏捉一物、哀鳴聲嘶、于破網挑下、去其纏縛、則一綠蜂、奄然將斃矣、捉歸室中、置案頭、移時始蘇、徐登硯池、投墨汁中、出伏几上、走作謝字、頻展雙翼、已乃穿牕而去、自此遂絕

蓮花公主　蜂

膠州竇旭、字曉暉、方晝寢、夢一褐衣人邀去、至一處、叠閣重樓、萬椽相接、曲折而行、覺萬戶千門、迥非人世、又見宮人女官往來甚夥、都問曰、竇郎來乎、俄一

貴官出迎見生甚恭生問曰素既不敘遂跡忝詔過
蒙寵召頗注疑念答云寡君以先生清族世德傾風
結慕深願一晤生問王何人答云少間自悉無何二
女官至以旌導行入重門見殿上一王者降階相迎
執賓主禮列筵豐盛仰視殿上一扁曰桂府生踧促
不能致辭王曰朕一言煩君屬對才人登桂府生卽
應云君子愛蓮花王曰奇哉蓮花乃公主小字何適
合如此寧非夙分傳語公主可一見君子移時公主
至年十六七妙好無雙王命向生展拜曰此卽蓮花

小女也、拜已而去、生神情搖動、木坐凝思、王似察其意、曰、息女宜相匹敵、但自慚不類、如何、生悵然若癡、近坐者躡之、曰、王言君未聞耶、生茫然若失、離席曰、臣蒙優渥、不覺過醉、儀節失次、幸垂宥焉、王起曰、既見君子、實愜素心、何遽言去也、命內官導之出、醒寤默思、歷歷在目、悔歎而已、一夕與友人共榻、忽見前內官來召之去、見王、伏謁、王曳起延坐、曰、別後知勞眷念、謬以小女奉裳衣、想不嫌棄也、晏罷、宮人前白、公主妝竟、俄擁公主至、與生交拜成禮、送歸洞房、窮極華麗詰旦戲爲公主匀鉛黄已而以帶圍腰布指度足公主笑問君顛耶曰屢爲夢幻故細誌之調笑未已一宮人馳入曰千丈巨蟒盤踞宮門吞食内外臣民王已避去公主牽襟泣曰郎焉置妾生悽愴欲絶曰小生貧賤慚無金屋有茅廬數間姑同竄匿可乎乃挽扶至家公主曰此大安宅勝故國多矣然妾從君來父母何依請别築一舍當舉國相從生難之公主曰不能急人之急焉用郎也伏床悲涕生焦思無術頓然而醒始知夢也大聲呼怪友人詰之乃以

夢告，而耳畔啼聲，嚶嚶未絶。共審聽之，乃蜂子二三頭，飛鳴枕上。毆之不去。友人勸爲營巢。生諾之，方監兩堵，羣蜂自墻外來，絡繹不絶。跡所由來，鄰翁之舊圃也。圃中蜂一房，三十餘年矣，生息頗繁。或以生夢告翁，覘之，寂然。發其壁，則蛇據其中，長丈許，捉而殺之。蜂入生家，滋息更甚，亦無他異。

少女　雞

撫軍周有德，改故藩邸爲院署。有木匠馮明寰直宿其中，方就寢，總檽半開，月明如晝，遥見短墻上立一紅雞注目間已飛搶至地俄一少女露半身來窺馮疑爲同輩所私靜聽之衆已睡熟私心忡忡竊望其悞投也少間女果越牕過逕入馮懷馮喜默無一言歡畢女亦遂去自此夜夜至初猶自隱後遂明告曰我非悞就敬相投耳兩人情日密既而工满歸女已候於曠野馮所居村離郡固不甚遠女從去入室家人皆莫之睹馮始知其非人迨數月精神漸減心大懼延師敺鎮卒無少驗一夜女艷妝來向馮曰世緣俱有定數當來推不去當去亦挽不住今與子別矣

遂去、

八大王　鼈

臨洮馮生、世家子也、有漁鼈者、負其債不能償、得鼈輒獻之、一日獻巨鼈、額有白點、以其異放之、後自壻家歸、晚至恒河畔、見一醉者、從二童顛跛而至、遥見生、便問何人、生以行道對、醉人怒曰、行道者無姓名乎、生以距家遠、置不較、徑過之、醉人捉袂不得行、生力解莫能脫、反詰之、嚱然曰、我南都舊令尹也、生曰、世間有此等令尹、幸是舊令尹、倘新令尹、將無遂人、矣、醉人怒甚、勢將用武、生大言我馮某、非受人撻打者、醉人聞之、踉蹡下拜、曰是我恩主唐突勿罪、喚從者先歸、治具生辭之不得、行數里入一村、廊舍華好、似貴人家、詢其姓氏、曰言之勿驚、我洮水八大王也、適友人招飲、不覺過醉、有犯尊顏、實切惶愧、俄而設筵豐盛、促坐懽飲、八大王興豪、連舉數大觥、生恐其復醉、却之、笑曰、君得毋畏我狂耶、醉人無行、謂不復記憶者、欺人耳。僕雖不齒於儕偶、顧未敢以無賴之行。施之長者、生正容曰、既自知之、何勿改之、八大王曰老夫爲令尹時、沉湎過於令口、白觸帝怒、謫歸、力返前轍者十餘年矣、今潦倒不能橫飛、故態復作、自不解耳、茲敬聞命矣、傾談間遠鐘已動、起捉臂曰、相聚不久、蓄有一物、聊報厚德、如顧後當見還也、口中吐一小人、僅寸餘、因以爪掐生臂、痛若裂膚、急以小人按其上、釋手已入皮裏、墳起類痰核、驚問之、笑而不答、生曰何處與君有舊、笑曰君自思之、額有白點者、卽僕也、遂送生出、回顧村舍全無、錯愕久之、因憶前所放者、必八大王也、所贈者、必鼈寶也、自此凡有珠寶處、黃泉下、皆可見、素所不識之物、隨口亦知其名、後有貨故宅者、視其中有藏鏹無數、因以重金購之、由此與王公埒富、火齊木難之類、皆蓄焉、得一鏡、光射里餘、鬚眉皆可數、佳人一照、則影留其中、磨之不能滅也、若改妝重照、或更一美人、則前影消矣、時肅府第三主、絕美、生雅慕之、會主遊崆峒、乃懷鏡伏山中、伺其下輿、照之而歸、置案頭、視之見三主在中、拈巾微笑、口欲言而波欲動、年餘、爲妻所洩、肅王怒、收之、追鏡去、擬大辟、生賄中貴、言於王曰、王如見赦、

天下至寶、不難得也、不然、有死而已、王欲籍其家、而
徒之、三主曰、彼已窺我、十死不足解此玷、不如嫁之、
王不許、主閉戶不食、妃大憂、力言於王、王乃釋之、以
意示之、生曰、糟糠之妻不下堂、寧死不敢承命、王怒
復逮之、妃召生妻入、將鴆之、既入、以珊瑚鏡臺獻之、
妃詞意溫婉、妃悅之、使謁主、主亦悅之、約為姊妹、使
諭生、生曰、王侯之女、不可以先後論嫡庶也、妻不聽、
歸修聘幣、納于邸、珍石寶玉之屬、不能知其名、王大
悅、以主嬪焉、主仍懷鏡歸生、一夕、獨寢、夢八大王軒

然入曰所贈之物當見還也佩之久恐損壽命生諾之卽留晏飲八大王辭曰自聆藥石戒之已三年矣乃嚙生臂痛極而醒塊核消矣後此遂如常人

三仙　蝌蛇蝦蟆

士人某赴試金陵經宿遷晤三秀才言談超曠悦之沽酒相歡款洽間各表姓字一介秋衢一常豐林一麻西池縱飲甚樂不覺日暮介曰未修地主之儀反叨盛饌於理未當茅茨不遠可便下榻常麻並起捉裾喚僕相將俱去至邑北山忽睹庭院門遶清流旣

入、舍宇精潔、呼僮張燈、又命安置從人、麻曰、昔日以文會友、今闈場伊邇、不可虛此良夜、請擬四題、命鬮各拈、共一文成、方飲、衆從之、各擬一題、寫置几上、拾得者就案構思、二更未盡、皆已脫稿、迭相傳視、秀才讀三作、深爲傾倒、草錄而藏之、主人進良醞巨杯、促釂、不覺醺醉、客興辭、主人乃導客就別院寢、醉中不暇解履、和衣而臥、既醒、紅日已高、四顧並無院宇、惟主僕臥山谷中、大駭、呼僕起、見傍有一洞、水涓涓流溢、自訝迷惘、視懷中則三作俱存、下山問土人、始知

爲三仙洞中有蠏、蛇、蝦蟆、三物最靈時出遊人往往
見之士人入闈三題皆仙作以是擢解

靜山猴

高少宰念東云崇禎間有猴號靜山托神於河間之
叟與人談詩文決休咎娓娓不倦以殽置案上飲啗
狼籍但不能見之耳時念東祖寢疾或致書云靜山
不可不問遂以僕馬往招叟叟至焚香俟之忽聞屋
上大聲曰好人家叟起曰至矣羣從叟出迎又聞作
拱致聲既入室遂大笑縱談時少宰兄弟尚諸生方

入闈歸、靜山言二公子闈卷亦佳、但經不熟、再須勤勉、雲路亦不遠矣、敬問祖病、曰生死事大、其理難明、因共知其不祥、未幾果謝世、

苗生　虎

岷州龔生赴試西安、休於旅舍、沽酒自酌、一偉丈夫入坐、與扳談、生舉巵勸客、客亦不辭、自言苗姓、言噱粗豪、生以其不文、偃蹇遇之、尊既盡、不復嗔沽、苗生曰、措大飲酒使人悶、損起向壚頭出錢行沽、提一巨瓻入、生辭不飲、苗捉臂勸、嚼臂痛欲折、不得已爲盡

數觴、苗以羹椀自吸、笑曰、僕不善勸客、行止惟君所
便、生即治裝行、不數里、馬病臥於途、坐待路側、行李
重累、無所爲計、苗尋至、詰知其故、遂卸裝付僕、已乃
以肩承馬腹而荷之、趨二十餘里、始至逆旅、釋馬就
櫪、移時生主僕方至、生乃驚爲神、相待優渥、沽酒市
飯、與共餐飲、苗曰、僕善飯、非君所能飽、飫飲可也、引
盡一瓻、乃起而別曰、君醫馬尚須時日、余不能待、遂
去、後闈畢歸、遂三四友人、邀登華山、藉地歡飲、苗忽
至、左攜巨尊、右提豚肘、擲地曰、聞諸君登臨、敬附驥

尾，衆起爲禮，雜坐豪飲，甚歡。衆欲聯句，苗爭曰：「縱飲甚樂，何苦愁思？」衆不聽，設金谷之罰。苗曰：「不佳者當以軍法從事。」衆笑曰：「罪不至此。」苗曰：「如不見誅，僕武夫亦能之也。」首坐靳生曰：「絶巘憑臨眼界空。」苗信口續曰：「唾壺擊缺劍光紅。」下座沉吟既久，苗遂引壺自傾。移時，以次屬句，漸涉鄙俚。苗呼曰：「只此已足，如赦我者，勿作可也。」客不聽。苗不可復忍，遽學作龍吟，山谷響應；又起俯仰作獅子舞。詩思既亂，衆乃罷吟。因而飛觴再酌。時已半醉，客互誦闈中作，迭相贊賞。苗不欲聽拉生豁拳勝負屢分而諸客贊誦未已苗厲聲曰僕聽之已悉此等文只宜向床頭對婆子讀耳廣衆中刺刺者何爲也衆有慚色又更惡其粗莽遂更高吟苗怒甚伏地大吼立化爲虎撲殺諸客咆哮而去所存者惟生及靳是科二人領薦後三年靳再經華陰忽見前被噬者嵇生大恐欲馳嵇捉鞚使不得行靳乃下馬問欲何爲答曰我今爲苗氏之倀從役良苦必再殺一士人始可相代三日後應有儒服儒冠者見噬於虎然必在蒼龍嶺下始是代某者君

於是日多邀文士於此飾爲故人謀也靳不敢辯敬諾而別至寓所籌思終夜莫知爲謀自拌背約以聽兒責適有表戚蔣生來靳述其異蔣名下士有尤生考居其上竊懷忌嫉是日聞靳言陰欲陷之折簡邀尤與共登臨自乃著常服而往尤亦不解其意至嶺牛殺酒並陳敬禮臻至會郡守登嶺上守故與蔣爲通家聞蔣在下遣人召之蔣不便以常服往遂與尤易冠服著未竟虎驟至銜蔣而去

得意津津者捉衿袖强人聽聞者欠伸屢作欲

雖欲遁而謌者手舞足蹈茫不自覺知交者亦當從旁肘之躡之恐座中有不耐事之苗生在也然嫉忌者易服而髮則知苗亦無心者耳故厭怒者苗也非苗也

獰鬼　猪

太原王生早行遇一女郎抱襆獨奔甚艱於步近之乃二八姝麗也心甚愛慕因問何蒙露獨行女曰行道之人不能解憂愁何勞相問王曰卿何憂愁或可効力不辭也女黯然曰父母貪賂鬻妾朱門嫡妒甚

朝詈而夕楚辱之所弗堪也將遠遁耳問何之曰在亡之人烏有定所生言敝廬不遠即煩枉顧女喜從之生代携襆物導與同歸女顧室無人問君何無家口答云齋耳女曰此所良佳如憐妾而活之須秘密勿洩生諾之乃與寢合匿密室過數日妻陳知之疑爲大家媵妾勸遣之生不聽偶出遇一道士顧生而愕問何所遇答言無之道士曰君身邪氣縈繞何言無生又力白道士乃去曰惑哉世固有死已臨而不悟者生以其言異頗疑女轉思明明麗人何至爲妖

意道士借魘禳以獵食者、無何至齋門、門內杜不得入、心疑之、乃踰垝入室、門亦閉、躡足窺之、見一獰鬼、面翠色、齒巉巉如鋸、鋪人皮於榻上、執采筆而繪之、已而擲筆、舉皮如振衣狀、披於身、遂化爲女子、生大懼、獸伏而出、急追道士、不知何往、徧跡之、遇於野、長跪乞救、道士曰、此物亦良苦、甫能覓代者、余固不忍傷其生、乃以蠅拂授生、令掛寢門、因訽住持曰、青帝廟、生歸、乃寢內室、懸拂焉、更許、聞門外戢戢有聲、使妻窺之、但見女子來、望拂子不敢進、立而切齒、良久乃去、少時復來、罵曰、道士嚇我、終不然、寧入口而吐之耶、取拂碎之、壞寢門而入、徑登生榻、裂生腹、掬心而去、妻號、婢入燭之、生已死、腔血狼藉、陳駭涕不敢聲、急使弟二郎奔告道士、道士怒曰、我固憐之、鬼怪乃敢爾、即從二郎來、女子已失所在、仰首四望、曰、幸遁未遠、問南院誰家、二郎曰、我家也、道士曰、現在君所、二郎愕然、曰未有、道士問曰、曾否有不識者一人來、曰僕早赴青帝廟、當歸、問之、去而返、曰晨間果有一嫗來、欲傭爲僕家操作、室人止之、尚在也、道士曰、卽是物也、遂與俱往、仗木劍立庭心、呼曰、孽魅還我拂子來、嫗在室、惶遽無色、出門欲遁、道士逐擊之、嫗仆、人皮劃然而脫、化爲豬、道士以木劍梟其首、身變作濃烟、匝地成堆、道士出一葫蘆、拔其塞、以妖首裝入、仍置烟中、飀飀然如口吸氣、瞬息烟盡、道士塞口入囊、共視人皮、眉目手足、無不備具、道士卷之如畫軸然、亦囊之、乃別欲去、陳氏拜求回生之法、道士謝不能、陳伏地不起、道士沉思曰、我術淺、誠不能起死我指一人、或能之、問何人、曰市上有瘋者、時卧糞土中試叩而哀之倘狂辱之勿怒也二郎亦習知之乃別道士與嫂俱往見乞人顛歌道上穢不可近陳膝行而前乞人笑曰佳人愛我乎陳告以故又大笑曰人盡夫也活之何爲陳固哀之乃曰異哉人死而乞活於我我閻摩耶怒以杖擊陳陳忍痛受之市人漸集如堵乞人咯痰唾盈把舉向陳吻曰食之陳紅漲於面有難色既思道士之囑遂强啖焉覺入喉中硬如團絮格格而下停結胸間乞人大笑曰佳人愛我哉遂起行不顧尾之入於廟中追而求之不知所在

前後冥搜殊無端兆慚恨而歸既悼夫亡之慘又悔
食唾之羞俯仰哀啼但願即死方欲展血斂尸家人
竚望無敢近者陳抱尸收腸且理且哭哭極聲嘶頓
欲嘔覺膈中結物突奔而出不及回首已落腔中驚
而視之乃人心也在腔中突突猶躍熱氣騰蒸如烟
然大異之急以兩手合腔極力抱擠少懈則氣氤氳
自縫中出乃裂繒帛急束之以手撫尸漸溫覆以衾
裯中夜啟視有鼻息矣天明竟活言恍惚若夢但覺
腹隱痛耳視破處結痂如錢尋愈

愚哉世人明明妖也而以爲美迷哉愚人明明忠也而以爲妄然愛人之色而漁之妻亦將食人之唾而甘之矣天道好還但愚而迷者不悟耳可哀也夫

海公子　蛇

東海古蹟島有五色耐冬花四時不凋而島中自古無居人人跡亦罕到登州張生好奇喜遊獵聞其佳勝備酒食自棹扁舟而往至則花正繁香聞數里樹有大至十餘圍者反復流連甚慊所好開樽自酌恨

無同遊忽花中一麗人來紅裳眩目畧無倫比見張笑曰妾自謂與致不凡不圖先有同調張驚問之曰我膠娟也適從海公子來彼尋勝翱翔妾以艱於步履故留此耳張方苦寂得美人大悅招坐共飲女言辭溫婉蕩人心志張愛好之恐海公子來不得盡歡因挽與亂女忻從之相狎未已忽聞風蕭蕭草木偃折有聲女急推張起曰海公子至矣張束衣愕顧女已失去旋見一大蛇自叢樹中出粗於巨桶張懼障身大樹後兾蛇不見蛇近前以身繞人並樹糾纏數

匝兩臂直東膀間不可少屈昂其首以舌刺張鼻臭血下注流地上成窪乃俯就飲之張自分必死忽憶腰中佩荷內有毒狐藥因以二指夾出破裹堆掌中乂側頸自顧其掌令血滴藥上頃刻盈把蛇果就掌吸飲飲未及盡遽伸其體擺其尾若霹靂聲觸樹樹半截斷落蛇臥地如梁而斃矣張亦眩莫能起移時方蘇載蛇而歸大病月餘疑女子亦蛇精也

巨龜

涇河之側有申姓者家貧竟日恒不舉火夫妻相對

無以爲計妻曰無已其盜乎申曰士人子不能亢宗而辱門戶羞先人跖而生不如夷而死妻忿曰子欲活而惡辱耶世不田而豐者止兩途汝既不能盜我無寧娼耳申怒與妻語相侵妻含憤而睡申念爲男子不能謀食至使妻欲娼不如死潛出投繯庭樹間惛懵中見父來曰癡兒何至於此斷其繩囑曰盜可一爲須擇禾黍深處伏之此行可富不可再爲妻聞墮地聲驚寤呼夫不應爇火覓之見樹上繯絕夫死其下大駭撫捺移時而甦扶臥床上相向哭既明托

夫病、乞鄰得稀飿餌夫、申啜已出、至午負囊米至、妻問所從來、曰余父執皆世家、向以搖尾爲羞、今且將作盜、何顧焉、可速炊、我將從爾言往行、刼妻疑其未忘前言之忿、含忍之、因淅米作糜、申飽食訖、尋竪木斧作梃持之、欲出、妻察其意、似眞、曳而止之、申曰、爾教我爲事、事發相累、當無悔、絕裾而去、暮抵鄰村、距里許、伏焉、忽暴雨、上下淋濕、遙望樹林、將以投止、而電光一炤、已近村垣、遠處似有行人、恐爲所窺、見垣下禾黍蒙密、憶父言、遂疾趨而入、無何、一男子來、軀甚壯偉、亦投禾中中、懼伏不敢動、幸男子斜行去、微窺之、入於垣中、默憶垣內爲富室亢氏第、此必梁上君子、伺其重獲而出、當含有分、又念其人勇健、倘善取不予、必至用武、自度力不敵、不如乘其無備而顛之、計已定、伏伺良專、直至雞鳴、其人始出、足未及地、申暴起、梃中腰膂、踣然傾跌、則一巨龜、喙張如盆、大驚、又連擊之、遂斃、先是亢有女、絕慧美、父母皆憐愛之、一夜有丈夫入室、狎逼爲歡、欲號則舌已入口、昏不知人、聽其所爲而去、羞以告人、惟多集婢媼、嚴扃門戶而已、夜既寢、更不知扉何自而開、入室則羣衆皆迷、婢媼遍淫之、於是各駭以告翁、翁戒家人操兵環繡閣、室中人燭而坐、約近夜半、內外人一時都瞑、雞鳴忽若夢醒、見女赤身臥、狀類癡、良久始寤、翁甚恨之而無如何、積數月、女柴瘠頗殆、每語人有能毆遣者、謝金三百、申亦知之、是夜得龜、因悟祟女者必是物也、遂叩門白之、翁喜延之上座、使人舁龜於庭、臠割之、留申過夜、其怪果絕、乃如數贈之、負金而歸、妻以其連日不還、方共憂盼、見申入、急問之、申不言、以金置榻上，妻開視，幾駭絕，曰：子真爲盜耶？申曰：汝逼我爲之，又作是言。妻泣曰：前特以相戲耳，今犯斷頭之罪，我不能受賊人累也，請先死。乃奔，申逐出笑曳而返，具以告妻，乃喜。自此謀生產，稱素封焉。

黎氏 狼

龍門謝中條者，佻達無行，三十餘喪妻，遺二子一女，營累甚苦，謀聘繼室，低昂未就，暫傭嫗撫子女。一日山行，遇一少婦，年二十餘，甚美，心悅之，戲曰：娘子獨行，不畏怖耶？婦不顧。又曰：娘子纖步，山徑殊難。婦仍不顧、謝四顧無人、近婦側、遽挲其腕、曳入幽谷、將以強合、婦怒呼曰、何處強人橫來相侵、謝牽挽而行、更不休止、婦步履跌蹶、困窘無計、乃曰、燕婉之求、乃若此耶：緩我當相就耳、謝從之、偕入幽壑、野合既已、遂相欣愛、婦問其里居姓氏、謝以實告、既亦問婦、婦言妾黎氏、不幸早寡、姑又殞殁、塊然一身、無所依倚、故常至母家耳、謝曰、我亦鰥也、能相從乎、婦問君有子女無也、謝曰、實不相欺、若論枕蓆之事、交好者亦頗不乏、祗是兒啼女哭、令人不耐、婦躊躇曰、此大難事觀若衣服襪履款樣、亦只平平、我自謂能辨、但繼母難作、恐不勝誚讓也、謝曰、請毋疑阻、我自不言、人何干與、婦亦微納、轉而慮曰、肌膚已沾、有何不從、但有悍伯、每以我爲奇貨、恐不允諧、將復如何、謝謀與逃、婦曰、我亦思之、所慮家人一洩、兩非所便、謝云、此無難、家中止一傭嫗、立便遣去、婦喜、遂與同歸、匿外舍、謝入、遣嫗訖、掃榻迎婦、倍極歡好、婦操作、兼爲兒女補綴、辛勤周至、謝得婦、嬖愛異常、日惟閉門相對、不通賓客、月餘、適以公事出、反關乃去、及歸、則中門嚴閉、扣之不應、排闥而入、渺無人跡、及至寢室、一巨狼衝門躍出、幾驚絶、入視子女、皆無、鮮血般地、惟三頭存焉、返身追狼、已不知所之矣、士則無行、報亦慘矣、再娶者、皆引狼入室耳、況於野合逃竄中求賢婦哉、

書生　泥怪

淄川羅村有陳代者、少蠢陋、娶妻某氏、頗麗、自以夫不如人、鬱鬱不得志、然貞潔自持、婆媳亦相安、一夕獨宿、忽聞風動扉開、一書生入、脫衣巾、就婦共寢、婦

駭懼若相拒而肌膚頓輭聽其狎褻而去自是恒無虛夕月餘形容枯瘁母怪問之初慚怍不欲言固問始以情告母駭曰此妖也百術爲之禁呪終亦不能絶乃使代伏室中操杖以伺夜分書生果復來置冠几上又脫袍服搭椸架間纔欲登榻忽驚曰咄咄有生人氣急復披衣代暗中暴起擊中腰脅塔然作聲四壁張顧書生已杳束薪爇炤泥衣一片墮地上案頭泥巾猶存

馬畫怪

臨清崔生家窶貧圜垣不修每晨起輒見一馬卧露草間黑質白章惟尾毛不整似火燎斷者逐去夜又復來不知其所自至崔有好友官於晉每欲往探之而苦無健步遂捉馬施勒乘之而去囑家人曰倘有尋馬者當如晉以告既就途馬騖駛瞬息百里夜不啖芻豆意其病縶銜不令馳而馬嘶噴沫健怒如昨復縱之近午已達晉時騎於市中觀者無不稱歎晉王聞之許以重直崔恐爲失者所尋不敢售居半年不食不飲異之遂以八百金貨於晉邸乃自市健

驟以歸、後王以急故、遣校尉騎赴臨淸、馬逸、追至崔家東鄰、入門不復見、索諸主人、主人曾姓、實未之見、及入其室、見壁間掛子昂畫馬一幅、內一匹毛色渾似、尾處爲香炷所燒、始悟馬畫妖也、校尉難復王命、因訟曾、時崔得馬、貲居積盈萬、自願以其直貸曾、付校尉而去、曾甚德之、而不知其卽當年之售主也、

小官人

太史某忘其姓氏、晝臥齋中、忽有小鹵簿出自堂陬、馬大如蛙、人細於指、小儀仗數十對、一官冠皂紗著

繡襖乘肩輿、紛紛出門而去、公心異之、竊疑睡眼之
訛、頓見一小人、返入舍、攜一氈包大如拳、竟造床下、
言家主有不腆之儀、敬獻太史、言已侍立、又不陳其
物、少間自笑曰、戔戔微物、想太史無所用、不如即賜
小人、太史頷之、欣然攜之而去、後不復見、惜太史中
餒、不曾詰所從來、

誌異摘抄跋

聊齋誌異爲淄川蒲柳泉先生所著聞書初成卽有以千金購之者柳泉弗受也柳泉就聞見所及以風馳電掣之椽筆寫牛鬼蛇神之情狀抑亦借無稽之談發其無聊之思耶憶丁卯歲適遭悼亡長夏神傷

友人遺余抄本讀之悲懷稍釋惜無好事者登諸梨棗與齊諧志惟虞初紀異並垂爲憾忽忽廿載吾友王子橫山先生嗜古好奇學優遇嗇殆與椰臯後先同轍爰取是書刪而訂之得十八卷名曰摘抄筆雖游戲而寓覺世牖俗之心

焉則與榔泉之徒後詞富
相去有逕庭矣長洲同學
寅弟宋允睿䟦

焉則與梆泉之徒後詞富
相去有逕庭矣長洲同學
寅弟宋允睿跋